AF552039

KNAUR

Im Knaur Taschenbuch sind bereits folgende Bücher der Autorin erschienen:
Taberna Libraria – Die Magische Schriftrolle
Taberna Libraria – Das Geheimnis von Pamunar

Über die Autorin:
Dana S. Eliott ist das Pseudonym für die beiden aus Ostwestfalen stammenden Autorinnen Sandra Dageroth und Diana Kruhl. Seit die beiden sich 1996 kennenlernten und beschlossen, ihr Hobby gemeinsam auszuleben, sind bereits mehrere Science-Fiction- und Fantasyromane entstanden. Doch erst mit ihrem jüngsten Projekt, der Buchreihe »Taberna Libraria«, haben sie sich an die Öffentlichkeit gewagt.

DANA S. ELIOTT

Taberna Libraria

Der schwarze Novize

Roman

Besuchen Sie uns im Internet:
www.knaur.de

Aus Verantwortung für die Umwelt hat sich die Verlagsgruppe Droemer Knaur zu einer nachhaltigen Buchproduktion verpflichtet. Der bewusste Umgang mit unseren Ressourcen, der Schutz unseres Klimas und der Natur gehören zu unseren obersten Unternehmenszielen. Gemeinsam mit unseren Partnern und Lieferanten setzen wir uns für eine klimaneutrale Buchproduktion ein, die den Erwerb von Klimazertifikaten zur Kompensation des CO_2-Ausstoßes einschließt. Weitere Informationen finden Sie unter: www.klimaneutralerverlag.de

Originalausgabe Juni 2020
Knaur Taschenbuch

Ein Imprint der Verlagsgruppe
Droemer Knaur GmbH & Co. KG, München

Redaktion: Nina Scheweling
Covergestaltung: ZERO Werbeagentur, München
Coverabbildung: Sandra Dageroth
Fußspuren im Innenteil: Potapov Alexander / Shutterstock.com
Satz: Adobe InDesign im Verlag
Druck und Bindung: CPI books GmbH, Leck
ISBN 978-3-426-51834-2

2 4 5 3

Für Jasmin und Claudia

Prolog

Nächtliche Stille hatte sich über das Haus gesenkt, und Dunkelheit füllte die Flure und Zimmer. Nur durch das kleine Fenster im Badezimmer fiel kurz ein Strahl Mondlicht, als die dahingleitenden Wolken aufrissen und den Blick auf den Himmel freigaben. Die Aloe auf der Fensterbank warf einen gezackten Schatten auf die Badezimmertür, der einmal quer über das Holz kroch, als sie lautlos geöffnet wurde.

Mit verstohlenen Schritten betrat ein Schemen den Raum. Er spähte noch einmal zur Treppe zurück, bevor er die Tür geräuschlos schloss und zögernd vor den Spiegel trat. Mit trockenem Mund blickte er hinein und wartete. Draußen schloss sich die Wolkendecke wieder, der Raum verfinsterte sich, und die Schatten verschmolzen mit der Dunkelheit. Leise jaulend frischte der Wind auf und ließ den Fensterrahmen knarren. Doch sonst regte sich nichts.

Hatte er den Zeitpunkt verpasst?

Es war ihm nicht möglich gewesen, eher zu erscheinen, ohne sich zu verraten …

Seine Unruhe wuchs. War alles umsonst gewesen? Oder würde der Meister ihn strafen, weil er zu spät war? Er spürte, wie seine Finger auf dem Waschbecken nervös zu zucken begannen, und er krallte sie förmlich in den Rand, um sie ruhig zu halten. Er starrte weiter in den Spiegel, auf seine eigenen, von Furcht und Zweifel erfüllten Züge. Und dann begann es. Die Temperatur im Raum fiel schlagartig. Die Duschwand und das Fenster überzogen sich mit feinen Eiskristallen, ebenso wie der Spiegel. Fernes Wispern erklang, zuerst aus der einen, dann aus der anderen Ecke. Hinter ihm. Dann neben ihm. Er spürte, wie ihm eine Gänsehaut über den Rücken kroch. Mit zitternden Fingern streckte er die Hand nach dem Spiegel aus, um ihn freizuwischen.

Der Anblick der fremden Augen, die ihn anstarrten, ließ ihn erschrocken zurückweichen. Sein Herz raste, und in seinem trockenen Hals spürte er ein schmerzhaftes Pochen.

»Du bist spät.« Die Gestalt im Spiegel sah ihn mit ausdrucksloser Miene an, doch er wusste es besser. Er kannte die Wahrheit dahinter – und dass sein Leben gerade an einem seidenen Faden hing. Zu vieles hatte sich nicht so entwickelt, wie es geplant gewesen war. Es hatte zu viele Fehlschläge gegeben, die das Feuer der Wut in seinem Meister nährten.

»Verzeiht, Herr«, begann er und senkte den Kopf. »Ich …«

»Langweile mich nicht!« Barsch hallte die Stimme seines Meisters in seinem Kopf wider und hämmerte gegen seine Schläfen. »Deine erbärmlichen Ausflüchte interessieren mich nicht!« Die Augen des Spiegelbilds wechselten abrupt die Farbe. »Es gibt Wichtigeres zu besprechen als deine Unzulänglichkeiten!«

Während die wütend hervorgestoßenen Worte in seinem Kopf lärmten, war im Badezimmer nur das leise Wimmern des Windes vor dem Fenster zu hören. Er lauschte kurz, doch auch jenseits der Tür schien alles ruhig zu bleiben.

Sein Meister senkte kurz die Lider, als müsse er sich sammeln. Als er sie wieder hob, hatten seine Augen ihre ursprüngliche Farbe angenommen. »Allmählich werden die beiden Frauen und ihre Freunde lästig. Ich würde es sehr begrüßen, wenn wir dieses Problem endlich zu einem zufriedenstellenden Abschluss bringen könnten.« Die nun überaus sanfte Stimme seines Meisters waberte durch seine Gedanken wie der eisige Bodennebel, der sich um seine Knöchel zu schlingen begann.

»Ja, Herr. Was ist Euer Befehl?«

Der Mann im Spiegel seufzte unwillig. »Auch wenn es mir Ungemach bereitet, so werde ich diese Sache nunmehr völlig in deine Hände legen müssen, solange mich meine Verpflichtungen hier gebunden halten. Es ist an der Zeit, dass wir deine Aufgaben etwas … erweitern.«

Er wechselte nervös von einem Fuß auf den anderen. »Muss ich dafür meine Tarnung aufgeben?«

»Wenn du es richtig anstellst, wirst du sie danach ohnehin nicht mehr benötigen.« Ein kaltes Lächeln erschien auf dem Gesicht des Meisters. »Und wenn du versagen solltest, übrigens auch nicht.«

Das frostige Lächeln seines Meisters schien auch dann noch sichtbar zu sein, als sein Spiegelbild sich allmählich vor ihm aufzulösen begann. Doch seine eigenen Umrisse kehrten damit noch nicht zurück.

Angespannt beugte er sich weiter vor. Die Eisschicht kehrte auf das Glas zurück und breitete sich mit einem leisen Knistern wie ein Spinnennetz von der Mitte über die gesamte Fläche aus. Sein Mund und sein Hals waren mittlerweile so trocken, dass er kaum noch schlucken konnte. Sein hastiger Atem kondensierte in der Luft.

Dann riss das Glas unvermittelt.

Entsetzt taumelte er einen Schritt zurück, bis er gegen die Badewanne stieß und beinahe das Gleichgewicht verlor. Den Schrei, der ihn verraten hätte, unterdrückte er im letzten Moment. Mit aufgerissenen Augen beobachtete er, wie sich dünne Schwaden herabschlängelten und den Wasserhahn mit feinen Eiskristallen überzogen. Im Waschbecken verdichtete sich der Dunst zu einer Form.

Während sich der Nebel zu seinen Füßen langsam in die Ecken des Raumes zurückzog und die Wolkendecke erneut aufriss, trat er wieder näher an das Waschbecken und reckte neugierig den Hals. Was er sah, ließ seine Furcht versiegen. Stattdessen erschien ein finsteres Lächeln auf seinen Lippen.

»Ich danke Euch, Herr«, flüsterte er und nahm behutsam die kleine, gehörnte Schatulle auf. »Dieser Winter wird wahrlich grimmig werden.«

KAPITEL 1

Die schönste Zeit des Jahres

Seit Tagen hingen tiefgraue Wolken über Woodmoore-by-the-Sea. Und seit Tagen ging – genau wie am heutigen Sonntag – ein dichter, kalter Regen über dem Ort nieder, den der Wind in pfeifenden Böen gegen die Häuser trieb. Corrie hob kurz den Blick, als eine weitere Salve gegen das Schaufenster der *Taberna Libraria* prasselte. Dann trank sie noch einen Schluck von ihrem heißen Gewürztee und betrachtete wieder den kleinen Stapel Bücher zu ihren Füßen.

»Wo stelle ich euch denn jetzt noch hin?«, murmelte sie und klopfte nachdenklich mit den Fingern gegen den Becher. Für die Schaufensterdekoration hatte sie drei kleine Pyramiden aus alten Holzkisten gebaut, mit dunkelrotem Samt ausgelegt und mit Sternen und Tannengrün verziert. Dort lagen und standen nun neben Klassikern wie Dickens und Neuheiten wie den Mörderischen Weihnachts-Kurzgeschichten auch Pergamente und prächtige Schreibfedern, wundervolle Glasornamente und kunstvolle Buchhüllen aus den Läden von Port Dogalaan. Corrie suchte nur noch einen passenden Platz für die Bücher von Mrs Saltham, einer lokalen Autorin, die absolut nicht mehr dazwischen passen wollten. Sie krauste nachdenklich die Nase und fasste die fantastischen Weihnachtsgeschichten ins Auge, die zwischen zwei Kisten standen. »Vielleicht, wenn ich euch –«

»Das ist nicht dein Ernst, oder?«, unterbrach sie Silvanas entsetzte Stimme.

Corrie sah erstaunt auf. »Sprichst du mit mir?«

»Ja«, erwiderte Silvana gedehnt.

Das klang nicht gut. Mit einem Seufzen warf Corrie noch einen Blick hinaus – und zuckte zusammen. Für einen kurzen Moment glaubte sie, ein Stück die Straße hinunter etwas Großes, Dunkles durch den Regen huschen gesehen zu haben. Etwas, das Ähnlichkeit mit Yazeem in seiner Werwolfgestalt besessen hatte. Doch was sollte ihn dazu veranlassen, am helllichten Tag in dieser Gestalt durch die Birch Street zu schleichen? Vor allem, da er ihnen nach seiner Rückkehr von Eltranar vor zwei Tagen versprochen hatte, ihnen heute beim Schmücken des Ladens zu helfen, und bisher weder aufgetaucht war noch sich gemeldet hatte, wie leider viel zu oft in letzter Zeit. Oder hatte er eine Fährte aufgenommen von etwas, worüber sie sich Sorgen machen musste? Etwas unbehaglich sah sie zu den beiden Tauben, die aufgeplustert neben den Gargoyles an der untersten der drei Treppenstufen hockten. Doch sie machten keinerlei Anstalten, sich zu rühren. Corrie atmete tief durch. Dann hatte sie sich vermutlich doch getäuscht und es war wirklich bloß ein gewöhnlicher Hund gewesen. Sie zwängte sich an den Regalen vorbei zurück in den Laden und starrte ihre Freundin an, die mit beinahe anklagendem Blick eine künstliche Tannengirlande emporhielt, an der farbige Kugeln und Schleifen befestigt waren.

»Lila?«, entfuhr es Corrie bestürzt.

»Dann hattest du etwas anderes bestellt?«, fragte Silvana erleichtert.

»Klassisches Rot.« Corrie ging zu ihr und fischte im Karton nach dem Lieferschein. »Oder hast du geglaubt, so etwas würde ich *absichtlich* bestellen?«

»Wäre das denn schlimm?«, fragte Vincent, der gerade aus der Küche zurückkam und in einen Zimtkringel biss. »Ich kenne mich mit euren Bräuchen nicht so gut aus. Ist Lila für Weihnachten verboten?« Seine großen, braunen Augen wanderten fragend zwischen den beiden Freundinnen hin und her.

Corrie musste trotz der falschen Girlanden schmunzeln. Der gut gelaunte Faun war ihnen bisher eine große Hilfe gewesen und hatte mit beinahe kindlichem Eifer die Tische mit den Geschenkartikeln aufgebaut, was zur Folge hatte, dass er mittlerweile einen ähnlich intensiven weihnachtlichen Duft verströmte wie die Seifen, Kerzen und parfümierten Grußkarten, die er aufgebaut hatte.

Silvana ließ die Girlande in den Karton zurückgleiten.

»Verboten nicht. Aber Lila ist etwas … eigenwillig.«

»Ganz toll«, stöhnte Corrie und ließ den Schein sinken.

»Kein Rot mehr da?«, riet Silvana.

»Leider nein. Jetzt heißt es Lila oder nichts.«

Vincent schüttelte den Kopf. »Wenn ich daran denke, was passieren würde, wenn wir das Fest zu Ehren Aurylls mit anderen als mit blauen Bändern begehen würden. Das wäre unverzeihlich und würde uns sicherlich für die Dauer seiner Vorherrschaft im Pantheon großes Unglück bringen. Kein Reisender könnte sich mehr auf seinen Schutz verlassen.«

»So dramatisch ist Lila für Weihnachten zum Glück nicht«, erwiderte Corrie. »Aber selbst wenn ich mich damit abfinden könnte, würde es nicht zum Rest der Dekoration passen.«

»Wir können die Kugeln und Schleifen ja ganz abnehmen«, schlug Silvana vor. »Und die Girlanden dann entweder natürlich belassen oder selbst rote Schleifen dran machen.«

Corrie warf den Lieferschein zurück in den Karton und zog eine Grimasse. »Werden wir wohl müssen.«

»Ich bin sicher, dass ihr eine Lösung findet«, sagte Vincent und zwinkerte den beiden Freundinnen gut gelaunt zu, während er sich einem weiteren Karton zuwandte. »Wer die Bücher von Angwil auftreibt, der kommt auch mit lilafarbenem Baumschmuck zurecht.«

»Vermutlich«, erwiderte Corrie mit dem Anflug eines Lächelns. »Und immerhin haben wir ja bis auf die Girlanden schon eine Menge geschafft.« Sie sah zur Theke. »Die beiden Bäume stehen noch –«

Als hätten ihre Worte eine geheime Losung enthalten, klappte im selben Moment eine der beiden künstlichen Tannen wieder zusammen und kippte zur Seite. Corrie hob entgeistert die Brauen. Den halben Morgen hatte sie mit dem Mechanismus der beiden Kunsttannen gekämpft, hatte geflucht und beinahe die Anleitung zerrissen, bevor ein wütender Tritt die Scharniere endlich hatte einrasten lassen. Jedenfalls hatte sie das angenommen.

Sie sah fragend zu Silvana, der anzusehen war, dass sie sich das Lachen verkneifen musste. »Geht das nur mir so, oder …«

»Halt!« Die quietschende Stimme von Phil ließ die beiden Freundinnen und Vincent erschrocken herumfahren.

Wie in Zeitlupe sahen sie erst die restlichen Kartons mit der Dekoration fallen, dann den bereits fertig geschmückten Tannenbaum auf der anderen Seite der Theke. Schleifen, Anhänger und Kugeln verteilten sich auf dem Boden, und mit einem weiteren scharfen »Klack« gaben auch seine Scharniere nach, woraufhin sich der Baum wie schon sein Vorgänger wieder zusammenfaltete. Der Verursacher – das Buch von Bergolin, das sich in einer der Tischgirlanden verheddert hatte – stürmte wie eine panische Katze an ihnen vorbei, begleitet vom Klirren der Glöckchen an den Bändern und den

Rufen von Phil und Scrib. Erst auf den zweiten Blick bemerkten die Freundinnen, dass Scrib ebenfalls in einem der Bänder verwickelt war und kurzerhand mitgeschleift wurde. Vor den Hörbüchern gelang es Phil endlich, das Buch von Bergolin mit einem gewagten Sprung zu Fall zu bringen und zu stoppen.

Corrie setzte sich konsterniert auf die kleine Trittleiter und starrte auf das Chaos, das sich vor ihr ausbreitete. Das Päckchen aus Ratten, Buch und bunten Bändern, die Kugeln, die gemächlich zwischen den Schleifen, Zuckerstangen und Herzen über den Boden rollten, und die Kunstschneeflocken der Zweige, die langsam über allem niederschwebten. »Was wollte ich gerade sagen?«

»Dass wir dringend eine Pause brauchen?«, fragte Silvana vorsichtig.

»Und die Unordnung hier liegen lassen?«, fragte Corrie zurück. »Das räumt sich schließlich nicht von selbst weg.«

»Das kann ich doch für euch machen«, bot Vincent lächelnd an.

»Und wir helfen!«, rief Phil, der versuchte, Scrib aus den Bändern zu entwirren. Das Buch von Bergolin hatte sich offenbar wieder beruhigt und blieb geduldig liegen.

Unsicher sah Corrie von Silvana zu Vincent und den Ratten. Eine Pause klang zugegebenermaßen verlockend, doch es gefiel ihr nicht, den Faun hier mit Phil und Scrib alleine zu lassen. Das wäre ihnen bei Veron bereits fast zum Verhängnis geworden. Sie schluckte bei der Erinnerung daran, dass der Halbelf damals die Bücher hätte zerstören können, wenn er in der Lage gewesen wäre, sie ungestört aus dem Spiegel zu holen. Diesen Fehler wollte sie nicht noch einmal begehen. Trotzdem bereitete ihr das Misstrauen dem Faun gegenüber

Unbehagen. Auch er hatte während der Gefangennahme durch Vulco eine Menge erlitten.

Und nach Verons Verrat würde ihn Cryas gewiss nicht in die Nähe des Portals lassen, wenn er sich nicht zu einhundert Prozent sicher wäre, dass Vincent ihnen gegenüber absolut loyal war. Trotzdem zögerte sie. »Ich weiß nicht recht.«

Vincent lächelte noch immer freundlich. »Das macht wirklich nichts. Im Gegenteil. Ich ...« Er unterbrach sich, als es vernehmlich an der Kellertür klopfte.

»Ja, bitte?«, fragte Corrie entnervt.

Langsam wurde die Tür einen Spaltbreit aufgeschoben, und Fneck steckte den Kopf hindurch. »Entschuldigt bitte«, sagte er. »Aber wir benötigen dringend Vincents Hilfe. Es ist eine unplanmäßige Lieferung eingetroffen, mit der keiner etwas anfangen kann – außer vielleicht der Bestellmeister selbst. Könntet ihr ihn vielleicht kurz entbehren?«

Vincent hob die Braue. »Dann wird das Aufräumen wohl noch etwas warten müssen. Warum fahrt ihr nicht erst einmal zu Albian? Vielleicht könntet ihr mir dann auch wieder einmal ein Zimtteilchen mitbringen?«

»Das ist eigentlich gar keine schlechte Idee«, stimmte Silvana zu und sah Corrie auffordernd an. »Eine von Albians Spezialmischungen wird dir jetzt sicherlich guttun. Wir haben das in letzter Zeit viel zu selten gemacht.«

Corrie konnte nicht leugnen, dass ihre Freundin damit recht hatte. Seit sie von Pamunar zurückgekehrt waren, hatten sich einige Dinge geändert. Nicht nur Yazeem. Sie und Silvana hatten viel nachgedacht und geredet, über Lamassar, über die Vox Venti und ihr Versprechen – doch während Silvana ihre vormalige Zurückhaltung gegen eine neu gewonnene Entschlossenheit getauscht hatte, Lamassar für das, was er getan hatte, auf gar keinen Fall ungestraft zu lassen, war Corrie nachdenklicher geworden. Zwar dachte auch sie nicht daran, aufzugeben, aber die Verluste der Vox Venti und der Verrat ihres Freundes hatten sie zögerlicher werden lassen. Vorsichtiger.

Müde fuhr sie sich mit der Hand über die Augen. »Klingt verlockend.«

»Dann komm.« Silvana zog ihre Freundin sanft auf die Füße. »Danke noch mal für deine Hilfe, Vincent.«

Der Faun winkte ab. »Wirklich viel habe ich ja nicht tun können. Aber wenn ihr weitermacht, dann sagt Bescheid. Ich bin gerne wieder für euch da, wenn es das Bestellwesen erlaubt.«

»Frühestens, wenn wir uns eine Lösung für die Girlanden überlegt haben«, erwiderte Corrie und zog eine Grimasse.

»Wie ich schon sagte, hege ich daran keinerlei Zweifel«, antwortete Vincent, bevor er mit Fneck im Keller verschwand. Und während Phil und Scrib begannen, die verstreuten Kugeln wieder einzusammeln, schloss Corrie die Kellertür ab, wie sie es sich seit Verons Verrat angewöhnt hatten, auch wenn Alexander Trindall seine Schutzzauber auch bis zum Portal erweitert hatte. Dann machte sie sich mit Silvana auf den Weg zum *Blackwood Lakeview.*

Der Regen schien noch dichter geworden zu sein, und Corrie musste bereits jetzt, am frühen Nachmittag, die Scheinwerfer einschalten. Während sie den HY durch die Straßen in Richtung Ortsausgang lenkte, sah Silvana aus dem Fenster auf die vorbeiziehenden Häuserfronten und hing ihren Gedanken nach. Bevor sie aufgebrochen waren, hatte sie noch einen Blick auf ihr Handy geworfen, doch noch immer hatte Ya-

zeem nichts von sich hören lassen. Sein Verhalten hätte sie über die Maßen beunruhigt, wenn es nicht während der vergangenen drei Monate beinahe zum Normalzustand geworden wäre. Seit den Ereignissen auf Pamunar. Seit sie Namar und die anderen verloren hatten. Drei Monate, in denen der Werwolf nur noch für die Vox Venti und seine Schuldgefühle zu leben schien. War er früher beinahe jeden Tag bei ihnen im Laden gewesen, um ihnen bei allen neuen Anforderungen mit Rat und Tat zur Seite zu stehen, so sahen sie ihn jetzt oftmals über viele Wochen lang gar nicht. Wenn er dann wieder auftauchte, entschuldigte er sich zwar jedes Mal reumütig, wich jedoch stets allen Nachfragen aus, was er auf den Inseln eigentlich tat. Und so hatten sie es mittlerweile aufgegeben, etwas Genaueres von ihm erfahren zu wollen. Von Kajsja, die ihn jedes Mal mit ihrer Magie dorthin brachte, wussten sie auch nur, dass er entweder zu der Clanobersten der Vox Venti oder zu seinem Bruder gebracht werden wollte. Und so wie sein Erscheinen im Laden, waren auch die Abende, an denen sie zusammensaßen und er ihnen von den Reichen jenseits des Portals erzählte, selten geworden. Keine farbenprächtigen Geschichten, die sie ein wenig von den zurückliegenden Ereignissen ablenkten, von der Suche nach dem vierten Buch, von der noch immer über ihnen schwebenden Gefahr des Verräters und Lamassars selbst. Keine Scherze über die Kunden und ihre skurrilen Buchwünsche …
Auf der einen Seite hatte Silvana Verständnis für den Werwolf – er hatte endlich seine Familie wiedersehen können, hatte dabei in Namar einen engen Freund nach Jahren der Trennung gerade erst wiedergetroffen, mit ihm gelacht und Erinnerungen ausgetauscht, und ihn kurz darauf für immer verloren. Namar war gestorben, weil er ihnen geholfen hatte.

Und Yazeem gab sich die Schuld daran. Einerseits wollte Silvana dem Werwolf alle Zeit zugestehen, die er brauchte, um das Geschehene zu verarbeiten und das auf eine Art zu tun, die er für sich gewählt hatte. Andererseits war sie jedoch enttäuscht und wütend darüber, dass Yazeem sich zurückzog, gerade jetzt, wo es darauf ankam. Sie hatten beschlossen, weiterzumachen, damit das Opfer ihrer Freunde nicht umsonst gewesen war, und sich Lamassar weiter entgegenzustellen.

Doch wie sollten Corrie und sie das schaffen, wenn sie allein waren? Wenn der ruhende Pol in ihrer Mitte, den sie immer um Rat hatten fragen können und der ihnen stets zur Seite gestanden hatte, nicht mehr für sie da war? Erst vor zwei Tagen hatte er Corrie versprochen, dass er heute zu ihnen kommen würde, um ihnen beim Schmücken zu helfen, aber das war er nicht. Wahrscheinlich weilte er längst wieder im Inselreich. Und wann würde er dann wiederkehren? In ein paar Wochen? In ein paar Monaten? Und was, wenn in der Zwischenzeit etwas passierte?

Unvermittelt trat Corrie auf die Bremse. Die Reifen des HY quietschten vernehmlich auf dem nassen Asphalt. »Hast du das gesehen?«

Silvana, die in ihrem Gurt hart nach vorne geworfen worden war, bedachte ihre Freundin mit einem ärgerlichen Blick.

»Das weiße Kaninchen mit der Taschenuhr, das du fast überfahren hättest?«

»Tut mir leid.« Corrie sah in den Rückspiegel. Als hinter ihnen niemand kam, legte sie den Rückwärtsgang ein und gab Gas. Nach ein paar Metern bremste sie erneut, dieses Mal jedoch deutlich vorsichtiger, und deutete aus dem Fenster zu einer Einfahrt auf der anderen Straßenseite. »Schau mal.«

Silvana beugte sich vor, um an ihrer Freundin vorbeisehen zu können. Auf einem leidlich großen Schild stand »Haushaltsauflösung«. »Dafür machst du eine Vollbremsung?«, fragte sie empört.

Doch Corries Augen leuchteten. »Lass uns nur ganz kurz einmal hinfahren und uns umsehen. Vielleicht finden wir ja ein paar Bücher, die noch gut genug für den Laden sind.«

Silvana hob die Brauen. Da war sie wieder – Corries Neugierde, gepaart mit ihrem Faible für alte, gebrauchte Dinge. Sie warf einen Blick auf die Uhr. »Aber wirklich nur kurz. Sonst kommst du nicht mehr zu deinem Kaffee.«

»So lange wird es sicherlich nicht dauern«, erwiderte Corrie fröhlich, setzte den Blinker und legte den Gang ein. »Aber ich habe so ein Gefühl, dass es sich lohnen wird.«

Also rumpelten sie mit dem Citroën den unbefestigten Weg zwischen den Bäumen entlang bis zu einem von zwei großen Koppeln umgebenen Landhaus. Kurz darauf öffnete ihnen eine nicht gänzlich unbekannte Gestalt die Tür.

»Mr Cochard!«, entfuhr es Corrie überrascht, als sie sich dem hochgewachsenen, dunkelhaarigen Fee gegenübersah, der sie seit der Eröffnung der *Taberna Libraria* schon des Öfteren aufgesucht hatte.

Sabian Cochard lächelte charmant und verbeugte sich.

»Miss Vaughn und Miss Livenbrook. Schön, Sie beide hier zu sehen. Sind Sie wegen des Verkaufs hier?«

»Corrie hat das Schild oben an der Straße gesehen«, erwiderte Silvana nickend.

»Viel ist leider nicht mehr da«, sagte der Fee und trat beiseite, um sie einzulassen. »Ich hatte schon überlegt, ob ich das Schild überhaupt noch stehen lasse. Aber bitte, sehen Sie sich gerne um.«

»Ziehen Sie um?«, wollte Corrie wissen, während Silvana und sie dem Fee durch den kahlen Flur folgten.

Cochard schüttelte den Kopf. »Ich wohne ein Haus weiter.« Er deutete über seine Schulter in eine unbestimmte Richtung.

»Aber Miss Grayson, die ehemalige Besitzerin, hat mich aus mir unerfindlichen Gründen zu ihrem Alleinerben bestimmt und verfügt, dass ich ihren Besitz veräußere. Der Erlös soll gespendet werden.« Er hob die Schultern und lächelte. »Und wie könnte ich dieser liebreizenden alten Dame ihren letzten Wunsch abschlagen, so ungewöhnlich er auch sein mag?« Ungewöhnlich schon, dachte Silvana, aber durchaus nachvollziehbar. Sie hatten den Fee bisher als überaus angenehmen, stets höflichen und hilfsbereiten Kunden erlebt, deswegen verstand Silvana gut, warum Miss Grayson ihren Nachbarn um die Verwaltung ihres Nachlasses gebeten hatte. Sie folgte Corrie und dem Fee durch die Räume, die noch erahnen ließen, wie gemütlich es hier einmal gewesen sein musste. Der graue Holzfußboden knarrte leise unter ihren Schritten. Plötzlich blieb Corrie neben einem Bild stehen, das als Einziges noch an der gestreiften Wand hing und die Tuschezeichnung eines Hauses zeigte. Schon seit dem Eintreten hatte Corrie geglaubt, etwas zu spüren – wie damals auf dem Basar von Port Dogalaan, als sie auf das Kästchen gestoßen war, das schließlich all die Ereignisse um die Bücher von Angwil in Gang gesetzt hatte. Hier, vor diesem Bild, war sie sich ganz sicher, ein feines Kribbeln in ihren Fingern zu spüren. Sie betrachtete es genauer. Es zeigte ein Haus ähnlich diesem hier – an solch einer niedrigen Mauer und fast identischen Laternen wie jenen auf dem Bild waren sie und Silvana jedoch nicht vorbeigegangen. Ein Detail fiel ihr besonders ins Auge. Sie deutete auf das Dach und hatte dabei das Gefühl, dass das Kribbeln stärker wurde. »Was ist denn das?« Cochard lächelte geheimnisvoll. »Das ist der Wächter des Hauses. Jedenfalls hat ihn Miss Grayson immer so bezeichnet. Eine Steinfigur, ähnlich einem Wasserspeier. Er sitzt nach wie vor oben auf dem Dachfirst. Das Bild zeigt das Haus neben diesem hier, in dem ich wohne – und das früher ebenfalls Miss Grayson gehört hat, bis sie hier herübergezogen ist.«

»Und was genau soll die Figur darstellen?«, fragte Silvana, deren Interesse ebenfalls geweckt war.

»Wenn ich mich richtig erinnere, soll es ein Peryton sein.« Silvana runzelte die Stirn. »Ein was?«

»Ein geflügelter Hirsch«, erklärte Corrie. »Ich habe dir schon mal ein Bild gezeigt. Es heißt, sie werfen einen menschlichen Schatten und ernähren sich von Fleisch.«

»Menschenfleisch«, fügte Cochard schmunzelnd hinzu.

»Aber ich denke, vor dem alten Steinklotz brauchen Sie sich nicht zu fürchten. Ich wüsste nicht, dass er sich in all den Jahren auch nur einmal gerührt hätte.«

»Wieso setzt man sich ausgerechnet so etwas aufs Dach?«, fragte Silvana kopfschüttelnd.

»Das kann ich Ihnen leider nicht beantworten. Aber laut Miss Grayson bringt er Glück, also habe ich ihn nie entfernen lassen.«

Corrie betrachtete die Zeichnung noch immer aufmerksam. In ihrem Bauch breitete sich ein seltsames Gefühl aus. »Steht das Bild auch zum Verkauf?«, fragte sie.

Cochard schürzte die Lippen. »Im Grunde genommen schon, so wie schließlich alles hier.«

»Aber?«, hakte Silvana nach.

»Es stammt von meinem Bruder«, gestand Cochard und faltete die Hände hinter dem Rücken. »Deshalb würde ich es gerne behalten.«

»Ihr Bruder ist sehr talentiert«, bemerkte Silvana, während Corries Gedanken rasten. Irgendetwas war mit dieser Zeichnung, aber sie konnte nicht genau sagen, was. Hatte es mit dem Bild selbst zu tun? Oder mit dem, was es darstellte? So gerne sie es mitgenommen hätte, fiel ihr doch keine Begründung ein, um Sabian zu überreden, sich von ihm zu trennen.

»Ja, das ist er«, erwiderte der Fee stolz. »Und er würde bestimmt gern mehr Zeit mit dem Zeichnen verbringen, aber unser Unternehmen lässt das leider nicht zu.«

Corrie, die noch immer mit kribbelnden Fingern die Zeichnung betrachtete, spürte die Blicke ihrer Freundin und Mr Cochards in ihrem Rücken und zwang sich, ihre Augen von dem Bild zu lösen. Während der Fee sie ein wenig amüsiert musterte, schien Silvana zu ahnen, dass es nicht die Darstellung war, die Corrie in den Bann gezogen hatte, sondern dass da noch mehr war.

»Es wird Feelix sicher freuen zu hören, dass eines seiner Werke solch eine Faszination auslöst. Er kann Ihnen sicherlich irgendwann auch eines anfertigen, wenn Sie möchten.«

Damit schwand Corries Hoffnung endgültig, dass Sabian Cochard vielleicht doch noch von seinem Vorhaben abrücken würde, das Bild selbst zu behalten. Der Fee wies den Gang hinunter. »Wollen wir dann weiter? Die meisten Kartons habe ich im Salon aufgebaut.«

Widerwillig gab sich Corrie geschlagen. Sie warf noch einen letzten Blick auf die Zeichnung und den Wächter auf dem First, dann folgte sie Silvana und Cochard, die sich gerade dem guten Dutzend Kartons im nächsten Zimmer zuwandten, für dessen Inhalt sich bisher noch niemand interessiert hatte. Auch ein paar Kleinmöbel waren noch vorhanden, ein Chesterfield-Sessel, einige aufgerollte Teppiche und weitere Bilder, bei deren Betrachtung Corrie jedoch kein Kribbeln mehr verspürte. Dafür erregte etwas anderes ihre Aufmerksamkeit. Über dem Kamin, in dem ein kleines Feuer brannte, hing der ausgestopfte Kopf eines Hirsches. Die Tatsache an sich war nichts Ungewöhnliches, ganz im Gegensatz zu seinen Augen, die Corrie fasziniert und mit dem Anflug einer Gänsehaut betrachtete. Sie hatte nicht nur ein Faible für Horrorfilme aller Art, sondern auch für ebenso gruselige Videospiele, und an eines davon fühlte sie sich gerade überdeutlich erinnert. Statt der üblichen Glasaugen funkelten in den Höhlen des Hirschkopfes zwei dunkelrote Kristalle und verliehen dem toten Tier einen feindseligen, bedrohlichen Ausdruck – den die beiden langen Eckzähne in seinem Maul noch verstärkten. »Noch ein Peryton?«, fragte sie.

Cochard stellte einen der Kartons auf den Boden, damit Silvana hineinsehen konnte, und nickte. »Zumindest soll es einen darstellen. Aber ob er echt oder nur zusammengesetzt ist, kann ich Ihnen nicht sagen.«

»Miss Grayson war kein Mensch, oder?«, fragte Corrie und wandte sich nun ebenfalls einem der Kartons zu.

»Eine Sylphe«, erwiderte der Fee. »Und eine der herzlichsten, der ich je begegnen durfte.« Er nickte zur Tür. »Ich werde Sie einen Moment allein lassen, damit Sie in Ruhe stöbern können. Es gibt noch ein wenig in der Küche zu tun. Wenn Sie Hilfe benötigen, rufen Sie einfach.« Damit ließ er Silvana und Corrie im Salon zurück. Einen Moment lang waren nur seine verhallenden Schritte und das Knacken der Holzscheite im Kamin zu hören.

»Das Bild?«, fragte Silvana dann leise.

»Dieses Kribbeln war wieder da«, erwiderte Corrie ebenso leise und beugte sich über die Kiste vor ihr. Eine Sammlung verschiedenster Decken sah ihr entgegen – Tischdecken, Platzdeckchen, Mittelläufer. Mit Rosen, mit Karos, Rauten, Streifen, Lilien. Hübsch, aber nichts, was sie benötigt hätten.

»Wie bei dem Kästchen?«

Corrie nickte leicht. »Irgendetwas ist mit dem Bild, da bin ich mir sicher.«

»Vielleicht hat es etwas mit dem dritten Buch zu tun?«, überlegte Silvana und sah in den Karton, den Sabian Cochard ihr heruntergehoben hatte. Er enthielt drei Teddybären, die selbst Silvana gefielen, auch wenn sie sonst nicht viel für Stofftiere übrighatte – ein weißer Bär mit Stricksachen, ein dunkler Bär mit Schottenrock und Dudelsack und ein Bär mit bunten Schmetterlingen auf Pfoten und Nase.

»Möglich«, erwiderte Corrie und wandte sich der nächsten Kiste zu. »Wir sollten es auf jeden Fall im Kopf behalten.«

»Werden wir«, stimmte Silvana zu und hob die Bären hoch.

»Schau mal. Wären die etwas für das Schaufenster?«

»Ich glaube nicht«, erwiderte Corrie nachdenklich, zeigte dann jedoch auf den weißen Bären. »Aber wie wäre es mit dem hier für den Handarbeitstisch?«

»Wir können es uns ja noch überlegen«, sagte Silvana und setzte den Bären behutsam auf den Boden, bevor sie die anderen zurücklegte und sich der nächsten Kiste widmete, die voller Bücher war.

Corrie hingegen sah sich einem wild zusammengewürfelten Inhalt gegenüber. Jede Menge Kleinkram, als wäre es der letzte Karton gewesen, in den Sabian Cochard alles hineingeworfen hatte, was sich nirgendwo anders zuordnen ließ: alte Zeitschriften, zwei Vasen, Garnrollen, Stricknadeln, ein paar hölzerne Deko-Figuren und ein Metallring mit Keksformen, den Corrie etwas genauer betrachtete. Damit würde sich vielleicht das Schaufenster verschönern lassen. Besonders die Ecke mit den Backbüchern.

Doch sonst fand sie nichts weiter, weder in diesem noch in den nächsten Kartons. Schließlich erhob sich Silvana mit einem kleinen Stapel Bücher im Arm und sah fragend auf ihre Freundin hinab. »Wollen wir dann weiter?«

Corrie nickte, griff zu dem Bären und den Keksformen und stand auf. »Ich glaube, jetzt kann ich wirklich einen Kaffee vertragen.«

Nachdem sie ihre Funde bei dem Fee bezahlt hatten und Corrie noch einen letzten Blick auf die Zeichnung geworfen hatte, saßen sie kurze Zeit später wieder im Auto. Während der Fahrt dachte Corrie noch über die Vorliebe der alten Dame für Perytons nach und was sie sich unter einer Sylphe vorzustellen hatte. Ihre Gedanken wurden jedoch jäh unterbrochen, als sie den Wagen auf den Parkplatz des *Blackwood Lakeview* steuerte.

»Gibt es heute etwas umsonst?«, entfuhr es ihr.

»Albian ist nun einmal der beste Konditor weit und breit«, erwiderte Silvana und wies zu einer Lücke, die sie entdeckt hatte. »Auch für normale Menschen.«

Im Erdgeschoss waren so gut wie alle Tische belegt. Doch ihr Ziel war ohnehin das Obergeschoss, das den gewöhnlichen Besuchern vorenthalten blieb und das Corrie und Silvana zudem ungleich gemütlicher fanden. Kühl strich die magische Barriere über ihre Gesichter, während sie die Treppe hinaufstiegen. Hier oben waren die dunklen Stühle und Bänke mit einem gobelinartigen Stoff bezogen, und magische Buntglasfenster schützten die Besucher vor allzu neugierigen Blicken von außen. Im Kamin prasselte ein wärmendes Feuer, das je nach gewünschter Atmosphäre die Farbe wechselte. Heute brannte es in einem behaglichen Kupferton.

Kajsja kam ihnen mit einem Tablett in der Hand entgegen.

»Schön, euch zu sehen«, begrüßte sie die beiden Freundinnen und balancierte die gestapelten Tassen und Teller an ihnen vorbei zur Treppe. »Setzt euch. Ich bin gleich wieder zurück!«

Corrie wollte Silvana gerade einen Platz nahe dem Kamin vorschlagen, als sich plötzlich Silvanas Handy meldete.

»Yazeem?«, fragte Corrie.

Silvana schüttelte den Kopf. »Talisienn.« Sie hob das Telefon ans Ohr. »Ja, Tal?«

Corrie konnte zwar nicht verstehen, was er sagte, aber als sich Silvanas Gesichtsfarbe veränderte und sie sich merklich versteifte, begriff sie, dass der Anruf ernst war. Fragend hob sie den Autoschlüssel.

Silvana nickte, während sie weiter den Worten des Vampirs lauschte. »Natürlich, Tal. Wir kommen sofort. Ja, bis gleich.« Sie ließ das Telefon sinken und schluckte. »Wir müssen zu Talisienn. So schnell es geht.«

KAPITEL 2

Vampir in Not

Auf dem Weg zum Haus der McCaers sprach Silvana kein Wort. Angespannt saß sie neben Corrie, nagte unruhig an ihrer Unterlippe und schielte immer wieder auf den Tacho.

»Ich fahre schon schneller, als ich darf«, bemerkte Corrie sanft, was ihre Freundin jedoch nur mit einer Mischung aus Brummen und Seufzen quittierte. Natürlich wusste sie, dass Corrie nichts dafür konnte, aber sie hätte sich im Moment am liebsten wie Kajsja einfach durch ein Portal ins Haus der McCaers gezaubert.

Bereits am Freitag hatte Talisienn ihr am Telefon gesagt, dass er sich nicht gut fühlte und ihren gemeinsamen Ausflug nach Everfields, wo sie mit den ersten Weihnachtseinkäufen hatten beginnen wollen, lieber absagen würde. Silvana hatte ihm angeboten, vorbeizukommen, doch der Vampir hatte abgelehnt und sie damit beruhigt, dass Donn da war, um nach ihm zu sehen. Was war geschehen, dass Talisienn nun sie und Corrie um Hilfe bat? War Donn nicht da? Oder …

Unruhig rutschte Silvana auf dem Sitz herum. Ein Gedanke begann, in ihr zu keimen. Ein Gedanke, den sie eigentlich bereits vor Monaten als zu absurd abgetan hatte, als sie mit Corrie und den Leseratten über den Verräter nachgedacht hatte.

Sollten sie doch recht gehabt haben mit ihrem Verdacht? Donnalds Verhalten, dass er öfter als sonst fortgefahren war und sich mit Terminen herausredete, wenn Talisienn es zur Sprache gebracht hatte, hatte sie damals schon mit Misstrauen erfüllt, und auch Yazeem hatte es als ungewöhnlich erachtet. Der Hexer hatte sich zuerst noch über seine neu gewonnene Freiheit gefreut, die selteneren Bevormundungen, aber mittlerweile, so wusste Silvana, hatte auch er begonnen, sich zu sorgen. Hatte Talisienn etwas herausgefunden, das er ihnen mitteilen wollte? Hatte Donn ihn und sie doch getäuscht? Hatte der Hexer deshalb so elend am Telefon geklungen? Silvana biss sich auf die Lippe und versuchte, den Gedanken wieder aus ihrem Kopf zu verbannen. Wenn es wirklich so wäre, hätte sich Talisienn nicht gemeldet, um sie zu sich zu rufen und damit möglicherweise in Gefahr zu bringen. Er hätte sie vielmehr gewarnt und aufgefordert, sich Schutz zu suchen. Es musste etwas mit ihm selbst zu tun haben, und dieser Gedanke bereitete ihr fast noch größeres Unbehagen als der, dass Donn doch ihr gesuchter Verräter sein könnte. Sie hatte in den Monaten, seit sie sich kennengelernt hatten, noch nicht herausgefunden, warum er als Vampir oft genug in keiner guten Verfassung war, ein Umstand, den ihm auch Donn regelmäßig vorzuhalten pflegte. Hatte sich sein Zustand seit Freitag so sehr verschlimmert, dass er sich nicht mehr alleine helfen konnte? War Donn wieder zu einem dieser ominösen Termine aufgebrochen und nicht für Talisienn erreichbar? Hatte er sich deshalb dieses Mal an sie gewandt?

Silvana schluckte. Was würden sie vorfinden, wenn sie bei den McCaers ankamen? Sie spürte, wie die Angst ihr Herz schneller schlagen ließ, und versuchte, die aufkeimende Panik niederzukämpfen. Sie sah auf ihre Hände, die nervös mit dem Riemen ihrer Handtasche spielten. Und auf das Armband, das Talisienn ihr bei ihrem Ausflug nach Middledale vor zwei Wochen geschenkt hatte und das nun das

Handgelenk jener Hand zierte, die der Hexer dabei gehalten hatte.

Sie berührte den fein gearbeiteten, weißen Anhänger in Form einer Lilie, der von dem dreifach verschlungenen Lederband hing. Sie hatten so viel Spaß gehabt an dem Tag. Und vor zwei Tagen hatten sie sich einen ebenso angenehmen Tag in Everfields machen wollen.

Warum hatte sie nicht noch einmal angerufen? Warum hatte sie sich nicht erkundigt, wie es ihm ging?

Die Antwort konnte sie sich selbst geben: aus Angst, Donn am anderen Ende zu haben und von ihm angefahren zu werden. Und aus Angst, dass sich Talisienn bedrängt fühlte. Und dieser Angst war es jetzt zu verdanken, dass sie nun eine noch größere Furcht verspürte …

Ihre Gedanken rissen abrupt ab, als Corrie den HY rumpelnd in die Auffahrt der McCaers lenkte. Sie hatte die Bremse noch nicht vollständig angezogen, als Silvana bereits heraussprang und um den Wagen herum zur Haustür eilte.

»Silvie?«, rief Corrie irritiert und folgte ihr mit raschen Schritten.

Silvana kramte bereits in ihrer Handtasche und zog ihren Schlüsselbund hervor.

Corrie runzelte die Stirn. »Du hast einen Schlüssel? Seit wann?«

»Seit vorletzter Woche«, erwiderte Silvana und sah ihre Freundin vielsagend an. »Für Notfälle. Aber sag Donn bloß nichts davon.«

»Ich werde mich hüten«, murmelte Corrie und hob abwehrend die Hände, bevor sie Silvana ins Haus folgte.

Im Flur brannte Licht, und Corrie sah stirnrunzelnd zu der völlig untypischen Unordnung, die an der Garderobe der Vampire herrschte. Silvana rief bereits Talisienns Namen. Sie hörten die heisere Antwort im selben Moment, in dem Corrie das tragbare Telefon auf den Fliesen entdeckte, dem die Abdeckung und der Akku fehlten. Beides lag einen halben Meter weiter vor der Küchentür.

Silvana stieß einen unterdrückten Aufschrei aus. »Guter Gott, Talisienn!« Sie stürzte die Treppe hinauf, auf deren Mitte sich der Hexer krümmte.

»Ich wollte euch öffnen«, hörten sie ihn heiser hervorbringen.

Silvana, die neben ihm hockte und ihm über die Schulter strich, schüttelte den Kopf. Corrie bemerkte, dass sie mit den Tränen kämpfte. »Ich habe doch einen Schlüssel, Tal.«

Der Vampir stöhnte leise. »Richtig. Wie dumm …«

»Kannst du aufstehen?«, fragte Corrie und kniete sich ebenfalls neben ihn.

»Nur mit Hilfe«, erwiderte der Vampir matt.

Corrie sah über seinen Rücken hinweg Silvana an. »Wohin?« Silvana holte tief Luft. »Ins Wohnzimmer.«

»Gut.«

Gemeinsam fassten sie Talisienn vorsichtig unter den Armen, richteten ihn, so gut es ging, auf und stützten ihn auf der Treppe und dem Weg ins dunkle, kalte Wohnzimmer.

Als Silvana im Vorbeigehen mit dem Ellbogen den Lichtschalter betätigte und die Lampen im Wohnzimmer aufflammten, sah Corrie sich erstaunt um. Die Unordnung hatte auch hier Einzug gehalten. Kissen und Decken waren auf dem ganzen Sofa und dem Fußboden davor verteilt, ein Glas lag auf dem Couchtisch, der dunkelrote Inhalt war auf der Platte und dem Teppich darunter verschüttet, und zwei Stühle lagen umgestürzt vor dem Esstisch.

Doch darum konnten sie sich auch später noch kümmern. Zunächst ließen sie den Hexer behutsam auf das Sofa sinken. Silvana strich ihm vorsichtig das lange Haar aus dem Gesicht, und Talisienn schloss erschöpft die Augen.

Im Licht war deutlich zu erkennen, wie bleich der Vampir war. Seine trockenen Lippen zeigten bereits Risse, und auf seiner Wange prangte eine blutige Schramme, die vermutlich vom Sturz auf der Treppe herrührte. Silvana griff zu einer Decke und breitete sie über ihm aus. »Wieso bist du alleine, Tal? Wo ist Donn?«, fragte sie und setzte sich zu ihm, während Corrie im Kamin ein wärmendes Feuer anzündete.

»Das weiß ich nicht«, erwiderte Talisienn leise und schluckte mühsam.

Silvana ließ ihren Blick über den Tisch wandern, über die dunkelrote Flüssigkeit, von der ein metallischer, bitterer Geruch ausging, zu den verstreuten Kissen und den herumliegenden Stühlen. Hatten die beiden eine Auseinandersetzung gehabt? Hatte Donn ihn deshalb absichtlich allein gelassen? Wenn dem so sein sollte, konnte sich Donn auf etwas gefasst machen, wenn er wiederkam. Egal wie wütend er vielleicht gewesen war – Talisienn in einer solchen Situation allein zu lassen, war einfach unverantwortlich.

Sie strich über die kalte Wange des Hexers. »Du brauchst dringend Blut«, stellte sie fest.

Talisienn nickte kaum merklich und verzog schmerzerfüllt das Gesicht. »In der … Küche …«, brachte er mühsam hervor.

»Ich gehe schon«, sagte Corrie und erhob sich. Im Kamin begannen die ersten Flammen, knisternd an dem trockenen Holz zu lecken. »Bleib du hier bei ihm.«

»Danke.« Silvana nahm behutsam Talisienns Hand und

drückte sie tröstend. Sie spürte, dass er den Druck zu erwidern versuchte, doch seine Finger waren erschreckend schwach.

Sie betrachtete das blasse Profil des Vampirs. Als sie das schmerzerfüllte Zucken in seinen Mundwinkeln bemerkte, presste sie die Lippen zusammen. Wie oft hatte er hinter einem Lächeln verborgen, wie es ihm wirklich ging? Und wie schlimm musste es jetzt sein, wenn er es über sich gebracht hatte, sie doch um Hilfe zu bitten? Ihre Gedanken wurden von Corrie unterbrochen, die wieder ins Wohnzimmer kam.

»Ich habe Wasser aufgesetzt«, sagte sie und stellte eine Tasse mit Blut auf den Tisch, bevor sie Silvana half, Talisienn zum Sitzen aufzurichten. »Und den Eintopf aus dem Kühlschrank.« Silvana nahm die Tasse mit Blut und setzte sie dem leise stöhnenden Vampir an die Lippen. Talisienn versuchte, sie mit seinen Händen zu fassen, doch seine Finger zitterten so sehr, dass Silvana die Tasse nicht eher losließ, bis er sie mit hastigen Zügen geleert hatte. »Noch mehr?«, fragte sie.

Talisienn, der erschöpft den Kopf auf die Sofalehne hatte sinken lassen, nickte. »Bitte. Eine Tasse noch. Vielleicht lauwarm?«

»Und Tee für uns alle«, fügte Corrie hinzu, während sie aufstand und Silvana die Tasse auf dem Weg zur Tür aus der Hand nahm.

Silvana zog dem Vampir die Decke etwas höher und griff nach seiner Hand. »Ich hätte dich heute Morgen anrufen sollen«, flüsterte sie betrübt. »Es tut mir leid.«

Die Finger, die sich um ihre schlossen, waren noch immer kalt und kraftlos, aber so schwach ihr Griff auch sein mochte, lag doch etwas Bestimmendes darin. »Das muss es nicht, Silvana. Es hätte nichts geändert«, bemerkte er mit leiser Stimme. »Ich wollte nicht, dass du mich so siehst. Ich wollte nicht, dass du oder überhaupt einer von euch den Eindruck bekommt, dass Donn recht hat und ich nicht für mich selbst sorgen kann. Dass ich nicht weiß, was und wann ich mir etwas zumuten kann. Dass ich nur ein schwacher, dummer Krüppel bin.« Der Hexer hielt die Augen geschlossen, als habe er trotz seiner Blindheit Angst, sie anzusehen.

Silvana sah auf seine Hand, während sie seine beringten Finger streichelte. Einerseits konnte sie ihn verstehen, andererseits war sie enttäuscht, dass er ihr offenbar so wenig vertraute. Einen Moment lang war nur das Klappern des Geschirrs in der Küche zu hören.

»Ich habe gesehen, wozu du fähig bist«, begann Silvana schließlich und fasste seine Hände fester, in die langsam etwas Wärme zurückzukehren begann. »Und das waren nicht die Taten eines Krüppels, der nicht über sich selbst bestimmen darf. Das einzig Dumme, das du heute getan hast, war, mich nicht eher anzurufen. Du musst mir gegenüber nichts beweisen, Tal. Ich bin für dich da, egal ob es dir gut geht oder schlecht. Und dass ich nicht viel auf Donns Meinung gebe, solltest du mittlerweile wissen.«

Darauf brachte der Vampir ein beinahe belustigtes, wenn auch noch schwaches Lächeln zustande. »Ja, ich denke, das weiß ich.« Er hob die Lider, und Silvana hatte das Gefühl, dass er ihre Aura genau musterte.

Der Moment blieb jedoch nicht lange. »Der Tee ist fertig!«, rief Corrie und kam mit einem Tablett in der Hand wieder ins Wohnzimmer zurück.

Talisienn schenkte Silvana noch ein sanftes Lächeln und

strich tastend über ihr Armband. »Danke, dass ihr so schnell gekommen seid«, sagte er leise. »Und jetzt keine Sorgen mehr, ja?«

Silvana biss sich kurz auf die Lippe, nickte aber und wandte sich dann ihrer Freundin zu, die ihr eine neue Tasse Blut für Talisienn entgegenhielt.

»Geht es dir wieder etwas besser?«, fragte Corrie und setzte sich mit dem Tee in der Hand dem Vampir und ihrer Freundin gegenüber, nachdem sie das Tablett abgestellt hatte.

Talisienn, der die Tasse unter Silvanas aufmerksamem Blick dieses Mal selbst an seine Lippen führte, nickte kurz.

»Deutlich.«

»Kannst du uns dann erzählen, was hier eigentlich passiert ist?«

»Wenn ich das nur selbst wüsste, Corrie«, erwiderte der Vampir und trank noch einen Schluck Blut. »Mein Bruder ist mir ein absolutes Rätsel geworden.«

»Hattet ihr Streit?«

Talisienn lächelte humorlos. »Streit? Dazu hätte es einen Wortwechsel gebraucht. Aber mein Bruder war schon immer mehr der Mann der Taten als der Worte. Mit ihm etwas zu diskutieren, ist noch nie besonders gut gelaufen. Wobei er mir früher wenigstens noch zugehört hat. Oder ich hatte zumindest den Eindruck.«

Silvana sah zu einem zerknickten Buch, das Corrie auf dem Weg in die Küche vom Boden aufgehoben und zu den Kissen auf die Liege gelegt hatte. So wie es aussah, musste es jemand mit Wucht geworfen haben. »Ist er für das Chaos hier verantwortlich?«

Talisienn schnaubte leise. »Allerdings. Und das alles nur, weil ich ihm gesagt habe, dass ich mir Sorgen um ihn mache.«

Noch nie hatte Silvana solch eine Verbitterung in den Zügen des Vampirs gesehen. Es passte nicht zu ihm, und die Tatsache, dass Donn schuld daran war, schürte ihre Wut auf ihn nur umso mehr.

»Wie kann das zu solch einem Wutausbruch führen?«, fragte Corrie mit gerunzelter Stirn.

Talisienn ließ die Tasse sinken und schloss die Augen. »Ich weiß es nicht«, antwortete er leise.

Silvana zog die Brauen zusammen. In ihren Augen war Donn der Inbegriff eines Unsympaths, und sie fragte sich ernsthaft, wie Talisienn es all die Jahrhunderte mit ihm ausgehalten hatte.

Der Vampir schien ihre Gedanken zu erahnen. »Ich weiß, dass Donn dir immer noch das Gefühl zu geben versucht, dass du hier nicht willkommen bist und ihr beide keine Hilfe von uns erwarten könnt. Aber so ist er sonst nicht. Er ist kein missmutiger, unfreundlicher Klotz, der anderen gerne das Leben schwer macht. Er ist eigentlich ein sehr fürsorglicher, sensibler Mann. Und verlässlich.« Er senkte den Kopf. »Jedenfalls war er das bis vor ein paar Monaten noch.«

»Und was ist dann passiert?«

»Das, was ihr auch mitbekommen habt. Die angeblichen Termine, die er auf einmal hatte. Wichtige Präsentationen. Geschäftsessen, um weitere Details zu besprechen. Natürlich hat es das früher auch schon gegeben. Aber dafür war er nie ganze Wochenenden fort. Und er ist auch noch nie aggressiv geworden, wenn ich ihn gebeten habe, den Termin zu verschieben. Anders als in den letzten paar Wochen. Also habe ich ihn am Freitag zur Rede gestellt.« Talisienn schloss die Augen und atmete tief durch. »Er kam gerade nach

Hause, während wir telefoniert hatten, Silvana und ich. Als ich ihn mit seinem Verhalten mir gegenüber konfrontierte, fing er gleich an, herumzubrüllen. Er warf mir an den Kopf, dass es mir doch egal sein kann, wo er ist, solange er mir meine Rezepte holt. Seinen Worten folgte die Tablettenpackung.« Betroffen hörte Silvana den Worten des Vampirs zu, der nun erbost die Kiefer aufeinanderpresste. »Ich habe versucht, ihn zu beruhigen, ihm gesagt, dass ich mir Sorgen mache. Doch meine Worte erreichten nur das Gegenteil. Und schließlich blieb ich ohne Antworten in diesem Chaos zurück.«

»Soll das heißen, Donn ist schon seit *Freitag* fort?«, fragte Silvana bestürzt.

»Ich hatte angenommen, dass er zurückkommt, sobald er sich wieder beruhigt hat«, sagte Talisienn. »So wie immer, wenn er wusste, dass ich ihn brauche.«

»Aber dieses Mal nicht«, stellte Corrie fest und sah dabei zu Silvana, die grimmig die Lippen zusammengepresst hatte.

»Dieses Mal nicht«, bestätigte Talisienn. »Wenn ich geahnt hätte, dass er fortbleibt, hätte ich euch sicherlich schon viel eher angerufen und nicht erst, als es nicht mehr anders ging.« Er wandte den Blick seiner blinden Augen in Silvanas Richtung. »Ich hatte versucht, aufzuräumen und die Tablettenpackung zu finden, aber ich schaffte es einfach nicht. Und schließlich habe ich mich nach oben in mein Zimmer zurückgezogen. Letztendlich war das der größte Fehler, denn ich habe es danach nicht mehr geschafft, hinunterzugehen. Erst als ich euren Wagen gehört habe, habe ich es noch einmal versucht. Es tut mir leid, dass du mich so sehen musstest. Das hatte ich eigentlich vermeiden wollen.«

Corrie war aufgestanden und suchte den Boden ab.

Schließlich ging sie in die Knie und erspähte die leicht zerdellte Packung unter dem Sessel, auf dem sie gesessen hatte.

»Kein Wunder, dass du sie nicht gefunden hast«, murmelte sie, als sie die Packung hervorzog und Silvana reichte. Diese drückte eine der Tabletten aus dem Blister und reichte sie dem Vampir, der sie mit dem restlichen Blut aus der Tasse herunterspülte.

Doch auch, wenn der Hexer mittlerweile wieder deutlich mehr Farbe hatte und die Tasse in seinen Händen nicht mehr zitterte, war die Sorge um ihn in Silvana noch sehr präsent.

»Für einen Moment hatte ich wirklich Angst, Donn hätte dir etwas angetan«, gestand sie leise.

Talisienn hob die Brauen. »Donn mir? Warum sollte er so etwas tun?«

»Weil wir befürchtet hatten …«, begann Silvana und stockte. Sie konnte ihm etwas Derartiges doch nicht einfach so sagen!

»Ja?«, fragte Talisienn langsam, als sie nicht weitersprach.

»Wir hatten befürchtet, dass Donn der zweite Verräter neben Veron sein könnte«, antwortete Corrie statt ihrer Freundin.

»Wirklich?«, fragte Talisienn erstaunt und lachte auf. »Hat es dieser dumme Esel tatsächlich geschafft, dass ihm die Leute zutrauen, für Lamassar zu arbeiten?« Er wurde wieder ernst. »Ich nehme es euch nicht übel, keine Sorge. Ich kann eure Gedanken nachvollziehen. Donn ist nicht gerade ein einfacher Charakter, und er hat es euch mit seinem Verhalten schwer gemacht, an seine guten Absichten zu glauben. Aber ein Verräter ist mein Bruder nicht, dafür lege ich meine Hand ins Feuer.« Er stellte tastend die Tasse zurück auf den Tisch.

»Und außerdem wäre er sonst schon längst …« Er brach ab und runzelte die Stirn.

»Was hast du?«, fragte Silvana argwöhnisch.

»Mir ist gerade ein Gedanke gekommen, den ich vorher noch nicht gehabt habe. Den ich aber schon längst hätte haben sollen.«

Corrie neigte erwartungsvoll den Kopf. »Und der wäre?«

»Ich denke, wenn ihr dem Verräter auf die Spur kommen wollt, dann solltet ihr überlegen, wer die ganze Zeit über nicht einmal das Haus verlassen hat, um nicht in die Nähe der Aare zu gelangen.« Damit lehnte der Vampir sich zurück und zog sich die Decke etwas höher.

Silvana hatte ihre Freundin angesehen und genau wie Corrie verblüfft die Brauen gehoben. Diesen Gedanken hatte in der Tat noch niemand von ihnen gehabt. Aber natürlich passte es. Die Aare würden sich auf jeden stürzen, der auf Lamassars Seite stand. Wer also hatte in der ganzen Zeit nicht einmal das schützende Haus verlassen? Die Ersten, die ihr einfielen, waren Phil und Scrib. Beide wussten zudem noch über alle Vorkommnisse und Verstecke in der *Taberna* Bescheid, beide waren von Anfang an dabei gewesen, auch damals schon … Dagegen sprach jedoch, dass sie auf die Bücher aufgepasst hatten, anstatt sie zu zerstören, und in den vergangenen Monaten mehr als genügend Zeit und Gelegenheiten gehabt hätten, den Plan, Lamassar zu stoppen, zu vereiteln. Nein, die Ratten schieden aus. Alexander, Yazeem, Donn, Albian … sie alle hatten die *Taberna* betreten und auch wieder verlassen, ohne dass die Aare sie angegriffen hätten. Ebenso Kajsja und Talisienn selbst. Keiner von ihnen konnte also der Verräter sein.

Corries Gedanken gingen hingegen in eine andere Richtung. Sie überlegte nicht nur, wer das Haus nicht verließ, um die Aare zu meiden – sondern auch, wer den Aaren noch nie in irgendeiner Form begegnet war. Dabei dachte sie vor allem an die Mitarbeiter der *Magischen Schriftrolle*. Was, wenn Veron dort noch einen Verbündeten gehabt hatte? Jemanden, der als langer Arm von Lamassar fungiert, der alles geplant und durchgeführt hatte? Jemand, der Magie beherrschte und das Rätsel für Lamassar hatte lösen können ... Corrie spürte, wie ihr Herz kurz aussetzte, bevor es zu rasen begann. Zuerst hatte sie an Vincent gedacht, doch auch wenn der Faun ein fotografisches Gedächtnis besaß und sie mit ihm über das Buch von Angwil gesprochen hatten, wäre er nicht unbedingt in der Lage gewesen, das magische Rätsel zu lösen. Aber es gab jemanden, auf den all ihre Überlegungen zutrafen. Jemand, der sich perfekt anpassen konnte. Den sie noch nie vorher verdächtigt hatten. Corrie räusperte sich. »Ich glaube ... ich hätte da eine Idee.«

Talisienn blickte sie auffordernd an. »Nur zu.«

Corrie sah auf ihre Hände hinunter. Sollte sie es wirklich sagen? Waren die Anzeichen deutlich genug? Oder waren ihre Gedanken völlig aus der Luft gegriffen? Was würde geschehen, wenn sie den Namen aussprach, die Person sich jedoch als unschuldig erweisen sollte? Und was, wenn sie den Namen für sich behielt, die Person am Ende aber tatsächlich der Verräter war, den sie suchten?

»Corrie?«, weckte sie Talisienns sanfte Stimme aus ihren Gedanken. »Alles in Ordnung?«

Corrie atmete tief durch. »Ich glaube, es könnte Marica sein.«

»Marica?«, entfuhr es ihrer Freundin ungläubig. »Wie kommst du denn darauf? Sie hat uns geholfen, uns unkenntlich zu machen, als wir in Port Dogalaan die Zutaten für das Festtagstörtchen gekauft haben.«

»Veron hat uns gegen Sahade auch geholfen«, hielt Corrie dagegen. »Und außerdem könnte sie genau diese Fähigkeit wunderbar gegen uns einsetzen. Sie kann ihre Gestalt nach Belieben ändern, Silvie! Wir würden sie niemals erkennen, wenn sie in Port Dogalaan hinter uns herspionieren würde – oder wenn sie schon vor Veron durch das Portal im Keller gekommen wäre und dann ihre Gestalt verändert hätte, um ungestört im Laden sabotieren zu können!« Sie sah Talisienn an. »Hätten Alexanders Schutzzauber sie davon abgehalten?«

»Jetzt schon«, erwiderte Talisienn. »Aber vor den Ereignissen um Veron nicht. Wir hätten niemals gedacht, dass uns jemand verraten könnte, der weiß, wie man das Portal aktiviert.« Er senkte den Kopf. »Offenbar haben wir eine Menge nicht bedacht.«

»Niemand schafft es, an alles zu denken«, sagte Silvana beschwichtigend und strich behutsam mit der Hand über Talisienns Schulter. »Vor allem, wenn sie so völlig unmöglich erscheinen wie der Verrat eines Freundes.«

Talisienn nickte. »Und trotzdem sind es gerade diese Dinge, an die wir *vor allem* hätten denken sollen.« Mit einem Seufzen richtete er sich auf. »Aber genug davon. Es lohnt auf jeden Fall, deinem Gedanken nachzugehen, Corrie. Wenn es wirklich Marica ist, könnte sie aus der *Magischen Schriftrolle* heraus agieren, ohne die Aare fürchten zu müssen.« Er ließ sich wieder zurücksinken und schloss die blinden Augen. »Darum kümmere ich mich als Nächstes. Könntet ihr mir bis dahin einen Gefallen tun?«

»Herausfinden, wohin Donn verschwindet?«, riet Corrie.

»Ich wüsste nicht, wen ich sonst bitten sollte«, seufzte Talisienn. »Ich weiß, dass ihr schon genug andere Dinge zu tun habt, aber … es ist mir wirklich wichtig. Und euch vertraue ich. Er wird es mir sicherlich nicht freiwillig erzählen, und einen weiteren Vorstoß wie am Freitag wage ich vorerst nicht mehr. Wenn ihr es also irgendwie einrichten könntet …«

Corrie sah ihre Freundin fragend an. Für sie war die Zusage selbstverständlich, wenn es Talisienn so wichtig war, und sie war sich sicher, dass auch Silvana seiner Bitte zustimmen würde – und sei es nur, um Donn, nachdem sie herausgefunden hatten, was er trieb, endgültig den Hals umzudrehen. Trotzdem war es ihre gemeinsame Entscheidung.

Als Silvana grimmig nickte, nickte auch Corrie. »Natürlich. Wir lassen uns etwas einfallen.«

»Ich danke euch.« Über Talisienns Gesicht huschte ein erleichtertes Lächeln. »Und jetzt habe ich euch den Abend zur Genüge verdorben. Ich denke, ich werde …« Er wurde vom Klingeln des Telefons unterbrochen, das Corrie wieder zusammengesetzt und auf den Tisch gelegt hatte. Silvana wusste, dass die wichtigsten Nummern mit einem eigenen Klingelton belegt waren, und an Talisienns Gesichtsausdruck erkannte sie, dass ihn der Anruf erstaunte – und irritierte.

»Donn?«, fragte sie.

Der Hexer schüttelte jedoch den Kopf. »Jemand, mit dem ich jetzt gerade überhaupt nicht gerechnet habe.« Er tastete nach dem Telefon und drückte die Taste zur Annahme. »Einen Moment«, sagte er zu dem unbekannten Anrufer, »ich melde mich sofort wieder.« Dann legte er auf.

»Wir gehen dann jetzt besser«, sagte Corrie und erhob sich. »Glaubst du, dass du wieder allein zurechtkommst?«

»Sonst bleiben wir noch«, fügte Silvana hinzu. »Und räumen auf.«

Talisienn hob jedoch die Hand. »Ihr habt heute Abend schon genug für mich getan. Den Rest sollte ich jetzt wieder selbst schaffen können.«

»Aber wenn noch etwas ist …«, sagte Silvana und erhob sich widerstrebend.

»Melde ich mich«, beendete Talisienn ihren Satz und griff zielsicher ihre Hand. »Und dieses Mal rechtzeitig. Versprochen.« Seine Lippen küssten sanft ihre Finger. Silvana lächelte, auch wenn ihr gleichzeitig die Wärme in die Wangen schoss. Sie beugte sich vor, um ihn zu umarmen – und um ihre Röte vor Corrie zu verbergen. »Ich bin für dich da«, flüsterte sie ihm ins Ohr, bevor sie sich zu Corrie umwandte und zusammen mit ihr das Haus verließ. Draußen spürte sie die kühle, feuchte Nachtluft überdeutlich auf ihrem brennenden Gesicht und blieb stehen, um tief durchzuatmen. Corrie legte ihr sanft eine Hand auf den Arm. »Alles in Ordnung?«, fragte sie besorgt.

Silvana nickte. »Was für ein Tag.«

»Da stimme ich dir voll und ganz zu«, erwiderte ihre Freundin und lächelte vielsagend. »Aber ich habe eine gute Idee, wie wir ihn ausklingen lassen könnten.«

Silvana hob die Braue. »Und das wäre?«

Corrie zog den Schlüssel des HY hervor. »Ich mache uns einen schönen, heißen Grog – und dann schauen wir, ob uns ein Plan einfällt, wie wir Donns Geheimnis auf die Spur kommen.«

KAPITEL 3

Faing

»Bitte sag mir nicht, dass es schon wieder nicht dabei war.« Silvana betrachtete stirnrunzelnd den morgendlichen Berg Bücher und Pergamente, die sich auf dem Tisch neben Vincents Schreibpult stapelten.

Der Faun sah von seiner Liste auf und bedachte erst den Stapel, dann Silvana mit einem fragenden Blick. »Was genau?«

»Die *Abhandlung über die Rituale der Skreile.*« Vincent schürzte die Lippen. »Ich bedaure.«

»Ganz sicher nicht?«

Der Faun schenkte ihr ein irritiertes Lächeln. »Ganz sicher. Du brauchst nicht zweimal zu fragen.«

»Schon gut.« Silvana unterdrückte ein Seufzen. »Ich weiß ja, dass du alles im Kopf hast.«

»Du könntest oben noch einmal nachfragen, warum es so lange dauert«, schlug Vincent vor.

»Das sollte ich vermutlich«, stimmte ihm Silvana resigniert zu. »Eventuell macht Shukar dann keinen ganz so großen Aufstand.«

»Frag am besten Fneck«, riet ihr der Faun. »Oder Faing.«

»Faing?«, wiederholte Silvana. »Dann ist das Skreile-Buch eins von den fliegenden?«

»In der Tat«, bestätigte Vincent, ohne von seinen Pergamenten aufzusehen.

Faing Ciar'Carlyf, ein Volar aus dem weit im Süden Terrovias liegenden Rist, war vor einem Monat als Nachfolger

Verons eingestellt worden, nachdem langsam wieder der Alltag in der *Magischen Schriftrolle* eingekehrt war und Cryas sich dazu in der Lage gesehen hatte, den Posten neu zu besetzen. Faing war, wie der Halbelf vor ihm, für die fliegenden Bücher im Angebot der Buchhandlung verantwortlich – egal, ob es sich um einen der reich illustrierten Prachtbände aus Althasian oder eines der winzigen Hefte aus Musrum handelte, die unter der gläsernen Kuppel ihre Runden zogen. Viel hatten sie und Corrie allerdings in der kurzen Zeit noch nicht mit ihm zu tun gehabt.

Silvana verabschiedete sich also von Vincent, schob sich an den heute besonders eng stehenden Kisten und Truhen im Flur vorbei, ignorierte das Heulen von Mutopis' Manifest und öffnete schließlich die Tür zur *Magischen Schriftrolle*.

Einen Moment lang blieb sie im Rahmen stehen und atmete tief ein. Die Eingänge der Buchhandlung standen weit offen, und mit der angenehm frischen Luft schwebte der Duft nach dem Meer und der zahlreichen Bäckereien auf der Promenade herein. Wenn es die Zeit zugelassen hätte, wäre Silvana gerne hinausgegangen, hätte sich bei Danah einen Quaker geholt, bei Lissha, der Minotaurin im Geschäft daneben, einen ihrer leckeren Tees und hätte eine Weile den Ausblick auf die Schiffe genossen, die in Port Dogalaan einliefen oder den Hafen wieder verließen, um zu weit entfernten Gestaden zu segeln. Oder sie hätte die bunt gemischte Kundschaft aus allen erdenklichen Rassen betrachtet, die über die Promenade wanderte und die Waren der Schneider, der Papierschöpfer und magischen Tintenbrauer, der Kerzenzieher, Federbinder und Edel-Sattler begutachtete. Nie hätte sie zu Beginn dieser ganzen Sache gedacht, dass ihr Herz einmal so an diesem Ort hängen würde – aber wenn alles endlich vorbei war, wenn sie alle Bücher gefunden und Lamassar besiegt hatten, würde sie ihren ersten Urlaub definitiv hier verbringen. Und wenn es Talisienn gut genug ging, würde sie ihn mitnehmen. Zu einer Fahrt mit der Hippocampus-Kutsche. Und vielleicht einem Abendessen in einer der Tavernen. Wenn er es denn wollte. Sie war sich noch immer nicht sicher, was es war, das sie spürte, wenn sie an ihn dachte. Oder wie sie seine Gesten zu deuten hatte. Ohne Frage genossen sie beide die Zeit, die sie miteinander verbrachten. Doch machte es wirklich Sinn, wenn sie sich dabei mehr erhoffte als reine Freundschaft? Sie dachte wieder an heute Morgen. Wie froh sie nach dem vergangenen Abend gewesen war, dass der Hexer sie angerufen und ihr mitgeteilt hatte, dass Donn wieder aufgetaucht war. Offenbar hatte sein Bruder sehr bestürzt darauf reagiert, dass Talisienn Silvana hatte anrufen müssen, weil es ihm so schlecht gegangen war. Immerhin zeigte er Reue. Auch wenn Silvana nicht glaubte, dass seine Ausflüge nun aufhören würden. Zu den finsteren Gedanken an Donn drängte sich nun auch noch der ungehaltene Wolkendrachen zurück in ihr Bewusstsein, und das leichte Lächeln, das bei dem Gedanken an die möglichen Unternehmungen mit dem Hexer ihre Lippen umspielt hatte, verschwand. Missmutig rümpfte sie die Nase, bevor sie sich auf den Weg ins Obergeschoss machte und dabei nach den Mitarbeitern der *Magischen Schriftrolle* Ausschau hielt. Marica und Pearly Ambertail standen mit einem gedrungenen, dicken Faun zusammen, und die junge Zentaurin hörte aufmerksam zu, während die Hexe ihm mit ausführlichen Gesten etwas zu dem Buch in seinen Händen erklärte. Silvana betrachtete Marica verstohlen. Ob Corrie mit ihrem Verdacht wirklich recht haben konnte? Es erschien Silvana durchaus möglich, dass sie gemeinsame Sache mit Veron gemacht haben könnte, und auch in einem anderen Punkt musste sie Corrie zustimmen – dank Maricas Fähigkeit, ihre und auch die Gestalt anderer Leute zu ändern, hätte sie alle hervorragend täuschen können. Silvana beschleunigte ihre Schritte und hoffte, einem möglichen Blickkontakt und einer damit verbundenen gezwungen freundlichen Begrüßung zu entgehen. Doch weder Marica noch Pearly Ambertail bemerkten Silvana, ebenso wenig wie Fneck, der gerade von Lorana, einer der elfischen Drillingsschwestern an der Kasse, ein paar Schriftrollen entgegennahm und in seinem geschuppten Beutel verstaute.

An der Rampe hielt Silvana kurz inne. Der Anblick war einfach zu faszinierend. Unter der lichtdurchfluteten Kuppel glitten wie üblich die fliegenden Bücher umher, ließen sich auf den Handläufen nieder und raschelten leise mit den Seiten; ein besonders dickes setzte mit einem deutlich hörbaren Klatschen auf einem der Regale auf, was einen Schwarm kleinere Hefte aufstieben ließ. Es war immer wieder ein Schauspiel, ihnen zuzusehen, doch heute zog noch etwas anderes Silvanas Aufmerksamkeit auf sich. Irritiert hob sie die Hände und betrachtete ihre Haut, bevor sie den Blick nach oben richtete. Über ihr ging ein feiner, glitzernder Staubregen nieder, der zu einem Buch gehörte, das selbst für diese Welt ungewöhnlich schien und bei dem sich Silvana zuerst nicht einmal sicher war, ob es überhaupt ein Buch war. Mit langsamem Seitenschlag zog ein Foliant wie ein dahingleitender Rochen über sie hinweg. Er war in schimmerndes, pinkfarbenes Leder gebunden, auf dem kostbare, bunte Edelsteine das Licht brachen, und zog einen Schweif aus glänzenden, vielfarbigen Lesebändern hinter sich her. »Fantastisch«, murmelte Silvana staunend. Sie sah dem Folianten noch einen Moment lang nach, dann wandte sie sich der Rampe zu und begann mit dem Aufstieg.

Auf der ersten Ebene musste sie sich an den ausladenden Hinterteilen einiger Zentauren-Professoren vorbeischieben, die angeregt über ein paar Pergamente diskutierten. Dabei bekam sie einen der Schweife ins Gesicht, was der Besitzer jedoch im Eifer seiner Rede nicht bemerkte. Auf der nächsten Ebene wich sie einer Satyra aus, die einen wackeligen Turm aus kristallenen Büchern balancierte. Wirklich atemberaubend, was es in dieser Welt an außergewöhnlichen Büchern gab. Silvana konnte nicht leugnen, dass es mittlerweile gerade das war, das sie an der Arbeit in der *Taberna Libraria* schätzte – die immer neuen, ungewöhnlichen Bestellungen aufzunehmen, die Bücher zu sehen, die sich hinter den zum Teil mehr als skurrilen Namen verbargen, und die Geschichten hinter ihnen kennenzulernen. Manche von ihnen waren Wochen auf dem Rücken von Drachen unterwegs zu ihnen gewesen, manche waren aus den Tiefen des Meeres oder den marmornen Hallen der großen Buchmanufakturen zu ihnen gekommen. Und jedes Werk schien faszinierender zu sein als das vorherige.

Sie blieb kurz stehen, um prüfend zu schnuppern. Hier oben, wo die Luft durch die geöffneten Eingangstüren nicht hingelangte, war noch immer ein leichter Brandgeruch wahrnehmbar. Die sichtbaren Spuren hatte die Belegschaft der *Schriftrolle* jedoch weitestgehend beseitigt. Nur hier und da war für das wissende Auge noch etwas sichtbar. Vulcos Feuerwölfe hatten wirklich furchtbar gewütet.

Nach einer weiteren Empore erreichte Silvana die wie immer etwas schlüpfrige Rampe mit den Büchern aus dem Ermari-Sumpf und dann auch endlich die Etage, auf der

Veron seinen Schreibtisch gehabt hatte. An seiner Stelle fand sie nun Faing Ciar'Carlyf vor, der mit einer Schreibfeder in der Hand über einem ausgebreiteten Pergament saß. Ohne Frage war er wie Marica ein weiteres farbenfrohes Unikum dieses Ladens. Neben einer Hose aus mehrfarbigen Lederflicken trug er lediglich Stiefel mit einem hohen Schaft und bunten Troddeln. Seine spitz zulaufenden Ohren standen weit unter seinen violetten, an den Spitzen in tiefes Rot übergehenden Haaren hervor, was ihn wie einen Glam-Rocker aus den 80er-Jahren aussehen ließ. Das Auffälligste an ihm waren aber zweifelsohne die großen, ledrigen Schwingen auf seinem Rücken, die in einem satten Purpur schimmerten. Silvana erinnerte sich bei seinem Anblick immer wieder daran, dass auch unter den Gefangenen der Sethy, die sie gemeinsam mit Corrie und Kajsja auf Eltranar befreit hatten, ein Mann wie er gewesen war … Wie hatte Vincent ihn noch gleich bezeichnet? Sie vergaß es jedes Mal. Ein *Volar* …?

Als Faing sie bemerkte, strahlte er freudig. »Silvana! Wie schön, dich auch einmal wieder hier zu sehen! Kann ich etwas für dich tun?«, fragte er überschwänglich und legte die Feder beiseite. Dann erhob er sich und breitete die Arme aus.

»Hallo, Faing«, erwiderte Silvana, die erstaunt war über die Begrüßung, die Umarmung jedoch erwiderte. Sie war deutlich sanfter, als sie das bei seinem Enthusiasmus und seiner Statur erwartet hatte. »Hast du dich schon gut eingelebt hier oben?«

Der Volar löste sich grinsend von ihr und beschrieb mit dem Arm einen ausladenden Halbkreis. »Es ist fantastisch. Ich hätte keinen besseren Arbeitsplatz finden können. Auch wenn die Umstände, die mir den Platz hier verschafft haben, keine guten waren. Was kann ich für dich tun?«

»Vincent meinte, dass du mir vielleicht weiterhelfen könntest«, antwortete Silvana. »Ich brauche Auskunft über einen bestimmten Titel.«

Der Volar machte eine einladende Geste. »Bitte.«

»Es geht um Skreile.«

Faings Gesicht nahm einen mitleidigen Ausdruck an. »Ganz schwer zu beschaffende Ware.«

»Das habe ich auch schon festgestellt«, erwiderte Silvana mit einem Seufzen. Das ungute Gefühl in ihrem Magen breitete sich weiter aus. Das konnte ja heiter werden, wenn Shukar noch länger würde vertröstet werden müssen. »Wir warten jetzt seit etwas mehr als vier Wochen. Trotz Lieferung per Drachenpost.«

Der Volar kratzte sich an der dünnen Narbe auf seiner Stirn. »Das ist noch nicht einmal allzu lange für solche Bücher. Und dazu kommt leider noch, dass die Manufaktur – die einzige, die diese Bücher herstellt – im vergangenen Doppelmond zu einem großen Teil abgebrannt ist. Das Librovarium wurde vollständig zerstört, und die Bücher, die nicht umgekommen sind, sind in alle Richtungen davongeflogen. Ich kann dir leider nicht sagen, wie lange es dauert, sie wieder einzufangen und die Gebäude wiederaufzubauen.«

Doppelmonde entsprachen, wie Silvana mittlerweile wusste, den Monaten in ihrer Welt, und jeweils vier davon bildeten ein Haus des Pantheons, also eines der vier über das Jahr herrschenden Götterfamilien – wie bei ihnen die Jahreszeiten. Der Brand war also noch gar nicht so lange her. Silvana spürte ihre Hoffnung sinken. »O nein.«

»Ich nehme an, ihr habt einen besonders ungeduldigen Kunden?«, riet Faing.

Silvana nickte bekümmert. »Einen ewig mürrischen Wolkendrachen.«

Faing hob eine Braue. »Was will denn ein Wolkendrache mit einem Buch über Skreile?«

Silvana hob die Schultern. »Ich glaube nicht, dass er es verraten würde, selbst wenn ich ihn danach frage. Was ist denn so ungewöhnlich daran?«

»Was für einen Titel hat er denn genau bestellt?«, fragte der Volar, ohne auf Silvanas Frage einzugehen.

»Die *Abhandlung über die Rituale der Skreile*«, erwiderte Silvana. An Faings Gesichtsausdruck erkannte sie, dass ihn diese Auskunft noch weniger froh stimmte. »Weißt du, was Skreile sind?«, fragte er.

Silvana schüttelte den Kopf. Woher sollte sie es auch wissen? Shukar besaß nicht die Angewohnheit, sich über den Inhalt seiner Bestellungen auszulassen.

»Skreile sind gewissermaßen die Hexer der Volare.«

Silvana blinzelte perplex. »Dann will Shukar ein Buch über schwarzmagische Rituale?«

»Die Abhandlung enthält keine wirklichen Rituale – nur eine Aufzählung, welche es gibt und welcher Art sie sind. Trotzdem.« Er wollte weitersprechen, aber eine tiefe Stimme kam ihm zuvor.

»Silvana?« Mit kräftigen Flügelschlägen erschien der Besitzer der *Magischen Schriftrolle* an der Brüstung neben ihnen.

»Hallo, Cryas«, begrüßte Silvana den Greif und spürte, wie seine roten Augen sie forschend musterten.

»Würdest du bitte noch kurz mit mir kommen, bevor du wieder zurück in die *Taberna* gehst? Ich würde gern noch ein paar Dinge mit dir besprechen.«

Ein paar Dinge … »Natürlich«, erwiderte Silvana und bemühte sich zu lächeln.

»Exzellent.« Damit ließ sich Cryas wieder zu Boden sinken und wurde, kaum dass er wieder aufsetzte, von einem schwarz gewandeten Bucentauren zur Seite genommen, bei dem sich Silvana fragte, wie er mit seinen langen Hörnern überhaupt durch die Türen gepasst hatte.

Sie sah zurück zu dem Volar. »Das sind ja wirklich wundervolle Neuigkeiten.«

Faing hob die Hände, an denen Silvana nicht weniger als 15 Ringe unterschiedlichster Machart zählte. »Tut mir leid. Wenn es dir hilft, versuche ich gerne, auf anderem Weg an eine Ausgabe zu gelangen.«

»Ich wäre dir ewig dankbar«, erwiderte Silvana seufzend, ohne sich jedoch großen Hoffnungen hingeben zu wollen – und mit einem mehr als unguten Gefühl, nun, da sie den Inhalt der Bestellung kannte. Wenn es dem Wolkendrachen gegenüber zu rechtfertigen gewesen wäre und sie keine Angst haben müssten, dass er ihnen danach den Buchladen in Brand setzte, hätte Silvana am liebsten darauf verzichtet, es ihm zu verkaufen.

»Habt derweil ein Auge auf euren Wolkendrachen«, riet Faing.

»Das dürfte kein Problem sein, so oft, wie er auftaucht.« Silvana hob die Hand. »Vielen Dank noch mal. Dann werde ich jetzt hören, was Cryas mit mir besprechen möchte.«

Der Volar verbeugte sich tief. »Ich lasse es dich wissen, sobald ich mehr zu dem Buch sagen kann.« Damit setzte er sich wieder an den Schreibtisch, nickte Silvana noch einmal zu und fuhr dann mit seiner Arbeit fort.

Silvana schritt langsam und gedankenverloren die Rampe hinunter in den Verkaufsraum. Sie hatte befürchtet, dass Cryas sie ansprechen würde. Vermutlich wollte er sie nach

Yazeem fragen. Verdammt, warum hatten sie auch vor ein paar Tagen in einem Anflug von Enttäuschung über das Verhalten des Werwolfs laut werden lassen müssen, dass er kaum noch bei ihnen war?

Bis dahin hatten sie es doch so gut vor dem Greif verborgen. Beinahe wäre sie auf der abschüssigen Rampe bei den Sumpfbüchern ausgerutscht und konnte sich gerade noch am Geländer festhalten. Mit einem unterdrückten Fluch richtete sich Silvana wieder auf. Einen Moment blieb sie so stehen, die Hände auf den Handlauf gestützt, die Augen geschlossen. Sie hatten nicht erwartet, dass Yazeem der Verlust von Namar so sehr zusetzen würde. Dass er Versprechen nicht mehr einhielt. Dass er … sich verändert hatte. Und das ausgerechnet jetzt, wo sie sich neben dem Wettlauf mit Lamassar auch noch um einen zweiten Verräter kümmern mussten, der sie möglicherweise in der Gestalt von Marica schon die ganze Zeit über narrte. Und seit gestern war auch noch der Verbleib von Donnald hinzugekommen, der Talisienn Sorgen bereitete. So viele Sorgen, so viele Probleme. So vieles, das von ihnen abhing. Silvana unterdrückte ein Stöhnen, bevor sie die Schultern straffte und den Weg nach unten fortsetzte.

Im Erdgeschoss der *Magischen Schriftrolle* verabschiedete Cryas gerade den Bucentauren. Als er Silvana erblickte, nickte er in Richtung seines Büros, neben dem der vergitterte Schrank mit den Wächterbüchern wieder aufgebaut worden war. Die neuen schienen weitaus aggressiver zu sein als ihre Vorgänger und bissen vehement in die Stäbe, als Silvana an der Seite des Greifs an ihnen vorbeiging. »Sie sind noch jung«, erklärte der Greif mit einem Schmunzeln, als er Silvanas erschrockenen Blick bemerkte. »Aber der Bestiar, der sie zähmen kann, um in ihnen zu lesen, wird auch keine allzu großen Probleme mehr mit anderen Kreaturen haben. Da fällt mir ein, dass auch Hanten Marauner vor langer Zeit einmal ein so wildes wie diese hier erworben hat. Ich frage mich, wie es ihm wohl damit ergeht und wie groß das Buch mittlerweile ist.«

Silvana schürzte die Lippen. »Nun, zumindest hat er noch alle seine Finger. Glaube ich jedenfalls. Dann ist er also ein wirklicher Bestiar?« Sie und Corrie hatten es nach dem, was sie an Literatur für ihn besorgen mussten, den seltsamen Wesen in seinem Haus und dem, was Corrie über diesen Berufsstand erfahren hatte, vermutet. Doch der Greif hatte es heute das erste Mal ausgesprochen.

»Offiziell ist er in beratender Tätigkeit bei der Botschaft angestellt, wenn ich das richtig erinnere«, bestätigte Cryas. »Er ist mehr der Theoretiker als jemand, der tagein, tagaus draußen ist. Aber er ist ein ausgebildeter Bestiar, ja.«

Das musste sie Corrie unbedingt erzählen, wenn sie wieder zurück war, dachte Silvana. Hoffentlich vergaß sie es nicht. Sie sah wieder zu den Büchern, die drohend raschelnd mit ihren Seiten an den Gitterstäben kauten.

»Müssen die eigentlich auch gefüttert werden?«

»Diese glücklicherweise nicht«, erwiderte Cryas und ging durch den kurzen Flur voraus in sein Büro.

»Diese?«, wiederholte Silvana perplex, während sie ihm folgte.

»Es gibt noch andere«, erklärte Cryas. »Zum Beispiel die Wächterbücher, die das Zähmen schwarzer Abkömmlinge beschreiben.«

»Und mit was? Blut?«, riet Silvana. An der Schwelle zu Cryas' Büro blieb sie stehen und ließ den Blick umherwandern. Seit sie vor einer Woche das letzte Mal hier gewesen war, hatte sich wieder einiges verändert. Am deutlichsten fiel ihr auf, dass das Pergament in seinem Glas, das bis vor Kurzem nur noch farblose Schattierungen gezeigt hatte, wieder anfing, bunt zu schimmern.

»Am liebsten das Blut ihres Herrn«, bestätigte Cryas. »Nur ein Bestiar, der in der dunklen Bezähmung kundig ist, kann es wagen, sie zur Hand zu nehmen, ohne diese gleichzeitig zu verlieren. Und das sind nicht viele.«

»Die gibt es hier im Buchladen aber nicht, oder?«, fragte Silvana.

Cryas wies zu einem der neuen Sessel, der sich daraufhin langsam zu Silvana umdrehte. »Bitte nimm Platz.« Er ließ sich auf dem froschgrünen Polster hinter seinem Schreibtisch nieder und faltete die Tatzen auf der Platte. »Ich kann dich beruhigen. Solche Bücher sind nicht offiziell im Umlauf. Sie befinden sich allesamt im Besitz der Gilden der Bestiare und werden nur den versiertesten Meistern ausgehändigt. Und das auch nur unter besonderen Umständen.« Er nickte zur angrenzenden Tür. »Möchtest du Tee?«

Silvana schüttelte den Kopf. Ihr war nach all den Neuigkeiten nicht danach. »Danke, aber heute lieber nicht.«

Cryas nickte. »Und wie ist es euch in der vergangenen Woche ergangen? Vincent sagt, ihr bereitet euch auf Weihnachten vor?«

»Das stimmt«, bestätigte Silvana. Small Talk zum Einstieg. Das kannte sie auch von Gesprächen mit Vorgesetzten. Doch das dicke Ende ließ meistens nicht lange auf sich warten.

»Und wie geht es euch sonst? Gibt es irgendetwas, wobei wir euch helfen können?«, fragte Cryas freundlich.

»Auf den ein oder anderen Kunden könnten wir gut verzichten«, erwiderte Silvana so unbeschwert wie möglich. »Aber ich schätze, von denen habt ihr selbst genügend.«

Cryas' Lächeln wurde breiter. »Mehr, als ihr euch vorstellen könnt. Und das Buch von Angwil?«

Silvana schüttelte den Kopf. »Noch nichts. Wir kommen einfach nicht dahinter, wie es weitergehen soll. Bis auf den seltsamen Spruch am Ende sieht alles aus wie ein ganz gewöhnliches Buch. Irgendetwas scheint uns zu fehlen. Bei allen anderen Büchern gab es noch Hilfsmittel, wie die Nadel, die Linse oder den Kompasskäfer. Dieses Mal haben wir jedoch nichts weiter.«

Cryas nickte ernst. »Ich würde euch ja vorschlagen, dass es sich jemand von uns noch einmal ansieht – aber nach der Sache mit Veron sollte vorerst niemand mehr davon erfahren.«

Dem konnte Silvana nur zustimmen. Auch wenn sie ein bisschen Hilfe gut gebrauchen konnten, war es besser, wenn außer ihnen und Yazeem niemand das Buch zu sehen bekam. Sie konnten es sich nicht erlauben, Lamassar ein weiteres Mal in die Hände zu spielen. Solange es noch einen zweiten Verräter gab und obendrein nicht geklärt war, wie genau Lamassar an den Text des Dritten Buches von Angwil kommen konnte, mussten sie sich weiterhin bedeckt halten.

Cryas strich sich über den Schnabel. »Ich soll Corrie und dich übrigens von Marsh grüßen. Er und seine restlichen Eiskatzen kehren bald in die *Schriftrolle* zurück.«

»Fantastisch!«, erwiderte Silvana ehrlich erfreut. Der Angriff der Feuerwölfe hatte Marsh und seinen Mitstreitern arg zugesetzt, deswegen hatten sie sich an den Hafen zurückgezogen. Es würde guttun, den Kater mit der frostigen Stimme bald wiederzusehen.

»Das bringt mich auch zu dem Punkt, weswegen ich dich eigentlich sprechen wollte«, fuhr Cryas fort. »Stadthalter Bonelle war bei mir – König Leigh hat Vulco vor ein paar Tagen verurteilt. Er wird mit seinen treuesten Anhängern den Rest seiner Tage im Kerker von Enguria verbringen. Das Kommando über die Garde in Port Dogalaan hat bis auf Weiteres Bonelle selbst. Und ihm sollten wir vertrauen können.«

»Das sind ja noch mehr gute Neuigkeiten«, sagte Silvana und lächelte erleichtert.

Cryas nickte. »Leigh war schon nicht sonderlich erfreut darüber, dass seine Wölfe uns als den königlichen Buchlieferanten angegriffen haben. Aber der Brief, den Veron zurückgelassen hat, hat ihm gewissermaßen die Augen geöffnet. Lamassar ist nun offizieller Feind der Krone. Und ihrer Verbündeter.«

»Was ihn aber nicht davon abhalten wird, seine Pläne weiter zu verfolgen«, warf Silvana ein.

»Im Gegenteil«, stimmte Cryas zu. »Deshalb müsst ihr auch besonders vorsichtig sein ab jetzt. Versprich mir das.«

Silvana nickte. Natürlich wusste sie, dass Lamassar seit den Ereignissen auf Pamunar noch hartnäckiger versuchen würde, eines der Bücher in die Finger zu bekommen. Um jeden Preis. Mit jedem Buch, das sie fanden, lief ihm die Zeit davon. Und der einzige Weg für sie, dieses Wettrennen gegen ihn auch wirklich zu gewinnen, war es, ihm nach Möglichkeit immer einen Schritt voraus zu sein. Irgendwie. Sie atmete tief durch. »Wir werden aufpassen. Außerdem haben wir ja die Aare. Und Freunde.«

Cryas lächelte. »So traurig es mich stimmt, dass wir beim letzten Vorstoß von Lamassar gute Leute verloren haben, so sehr erfüllt es mich auch mit Stolz, dass ihr beide den Mut aufbringt, weiter nach den Büchern zu suchen.«

Mut? War es das wirklich? Silvana hatte sich bisher nie als besonders mutig gesehen. Und sie war sich sicher, dass auch Corrie diesen Umstand abgestritten hätte. Neugierig, ja. Aber mutig? Dennoch hatte der Greif nicht ganz unrecht. Auf Eltranar und Pamunar war viel geschehen. Sie hatten die Gefangenen der Sethy befreit, hatten gelernt, mit dem Schwert umzugehen, waren durch Lamassars Flure gestreift und hatten die Schlacht im Labyrinth miterlebt. Hatten sie sich vielleicht auch verändert? Waren sie wirklich mutiger geworden?

»Alles in Ordnung?« Die sanfte Stimme des Greifs riss sie aus ihren Überlegungen.

»Ja, alles in Ordnung. Ich war nur kurz in Gedanken.« Sie versuchte zu lächeln. »Ich muss langsam wieder zurück in die *Taberna*. Ich kann Corrie nicht so lange allein lassen.«

»Richtig«, erwiderte der Greif und sah sie ernst an. »Das bringt mich zu meiner letzten Frage …«

Vor der Tür gab es einen dumpfen Knall, gefolgt von einem Aufschrei. Cryas fuhr zusammen und stapfte mit ärgerlichem Krächzen hinter seinem Schreibtisch hervor. »Was ist denn nun schon wieder los?« Kopfschüttelnd eilte er den Gang zurück in den Laden.

Silvana folgte ihm und wurde mit einer Szene konfrontiert, die selbst für die *Magische Schriftrolle* skurril anmutete – was nicht zuletzt der Erscheinung des darin verwickelten Zentauren zu verdanken war. Die anderen Vertreter dieser Rasse erinnerten Silvana immer an altehrwürdige Professoren (die sie ja auch zu einem großen Teil waren), stets so tief in hochwissenschaftliche Themen vertieft, dass sie alles andere um sich herum vergaßen. Dieser Zentaur hatte jedoch so gar nichts von einem Gelehrten – eher von einem selbstverliebten Model. Sein rostrotes Fell war auf Hochglanz gestriegelt, und seine hellblonden Haare umrahmten ein ebenmäßiges Gesicht mit gezupften Augenbrauen und vollen Lippen. Silvana rümpfte die Nase – hatte er tatsächlich Lipgloss aufgetragen? Im Gegensatz zu seinen Artgenossen ließ er darüber hinaus auch den vollen Bart vermissen. Seine wasserblauen Augen starrten erschrocken zu dem Regal mit den Wächterbüchern. Viele der Kunden der *Schriftrolle* hatten ihm ihre Aufmerksamkeit gewidmet – entweder belustigt oder betont verstohlen. Ein Zwerg reckte neugierig den Hals und versuchte dabei möglichst unauffällig, einen besseren Beobachtungsplatz zu finden.

»Was in Ifas' Namen geht hier vor?« Bei der donnernden Stimme des Greifs zuckte Silvana kurz zusammen, und die Kunden bemühten sich augenblicklich, den Anschein zu erwecken, sich für die Bücher im näheren Umfeld zu interessieren.

Nur der Zentaur starrte noch immer auf das Regal, hob langsam seinen Arm und zeigte mit zitterndem Finger auf die knurrenden Bücher, von denen noch immer etliche am Gitter klebten wie Putzerfische an der Scheibe eines Aquariums – nur ungleich aggressiver. »Es … es hat mich verstümmelt«, stammelte er.

Silvana sah etwas genauer hin und erblickte weiter hinten im Regal eines der Wächterbücher, das hingebungsvoll auf einer dicken Haarsträhne herumkaute. Ihr Blick wanderte zu dem Schweif des Zentauren, der tatsächlich etwas ausgefranst wirkte.

»Und wie konnte es dazu kommen?«, wollte Cryas wissen. Als der Zentaur darauf nicht antwortete, schob sich Pearly Ambertail zögernd heran. »Ich habe es gesehen. Zwei der fliegenden Bücher des Dracheneinmaleins haben sich gejagt, dabei ist eines abgestürzt und direkt vor diesem Herrn aufgekommen.« Sie wies mit der Hand auf ein Buch, das Silvana bisher nicht bemerkt hatte. Es lag vor den lackierten Hufen des blonden Zentauren und versuchte vergeblich, wieder abzuheben. Allerdings war einer seiner Buchdeckel abgerissen und lag leblos unter ihm. Kläglich stieß es ein paar Funken aus, die verglühten, bevor sie auf den Boden trafen. Silvana, die wusste, welches Schicksal ihm bevorstand, spürte Kummer bei seinem Anblick.

Pearly fuhr fort: »Er hat sich offenbar erschreckt und ist zurückgewichen, wodurch er dann leider den Wächterbüchern zu nahe gekommen ist. Und die haben getan, was sie eben so tun, wenn man sich ihnen so rasch nähert.«

Die Augen des Greifs richteten sich wieder auf den Zentauren. »Nun, mit so etwas muss man hier rechnen, werter Herr«, sagte er langsam und deutete auf eines der entsprechenden Schilder, die überall im Laden hingen. »Ihr befindet Euch nun einmal in einer Buchhandlung. *Meiner* Buchhandlung.«

Zu Silvanas Erstaunen reagierte der Zentaur auf Cryas' Worte, indem er das Buch vor seinen Hufen mit einem unvermittelten, jovialen Lächeln beiseiteschob und sich vor dem Greif verneigte, ohne noch weiter Notiz von den Umstehenden zu nehmen. »Ich bin wirklich untröstlich über meine Ungeschicktheit. Gestattet, dass ich mich vorstelle: Tabanius der Dritte.« Er verneigte sich erneut. »Gehe ich recht in der Annahme, dass Ihr Meister Capralia seid, der Besitzer dieses ausgesprochen geschmackvollen Tempels des Wissens?«

Silvana wusste nicht, ob sie grinsen oder verstört blicken sollte, und Pearly neben ihr wandte sich ab, um nicht laut loszuprusten.

Cryas, der eine gefiederte Braue gehoben hatte, ließ sich auf den Hinterbeinen nieder und verschränkte abwartend die Tatzen. »Ja, der bin ich in der Tat.«

»Prächtig!« Der Zentaur klatschte in die Hände. »Seid noch einmal versichert«, fuhr er fort, wobei er sich verschwörerisch in Cryas' Richtung beugte, »dass es nicht in meiner Absicht lag, für Unruhe zu sorgen. Eine solche Aufmerksamkeit hat einzig das Werk verdient, für das ich hier bin.« Mit einem siegessicheren Lächeln zog er ein Buch aus seiner bunten Tasche, die Silvana erst jetzt auffiel. Doch es waren nicht die pinken Nähte oder das plüschige Innenfutter, das Silvana das Blut in den Adern gefrieren ließ, sondern das Cover des besagten Buches.

Auch Cryas legte die Ohren an.

Der Zentaur hielt das Buch empor, als wäre es Excalibur, das er gerade aus dem Stein gezogen hatte. »Der von dieser Welt sehnsüchtig erwartete Folgeband von *Der Faun mit den Purpuraugen!* Erfahren Sie, was das Schicksal noch für Barnas bereithält, und sichern Sie sich noch heute diesen neuen Garanten für viele Austerzen in Ihrer Kasse!«

Silvana wusste nicht, worüber sie mehr schockiert war – über die Tatsache, dass es nun tatsächlich einen zweiten Band dieser grauenvollen Liebesschnulze gab, dass ausgerechnet dieses frisierte Pony ihn verkaufte oder dass sie ihm wohl oder übel welche für die *Taberna* würde abnehmen müssen.

»Wir sprechen ein anderes Mal weiter«, wandte sich Cryas an Silvana, der es schien, als müsse der Greif ein Seufzen unterdrücken. Angesichts seines noch immer strahlenden Gegenübers konnte sie das nachvollziehen.

»Kein Problem.« Sie hob die Hand. »Bis zum nächsten Mal.« Wenn sie ehrlich war, hätte sie gerne den Fortgang des Szenarios verfolgt, aber zum einen hatte sie so die Möglichkeit, Cryas' Fragen in Bezug auf Yazeem zu entkommen, und zum anderen war Corrie schon lange genug alleine im Laden – sofern der Werwolf nicht wider Erwarten doch noch aufgetaucht war.

Vincent, der immer noch über seinen Listen saß, ging kurz in den Nebenraum, um ihr die Bestellungen zu holen. Als er zurückkehrte, wusste Silvana, warum er diese Lieferung nicht wie sonst bei sich im Regal abgelegt hatte. »Meine Güte, was stinkt denn da so?«, fragte sie entsetzt, als Vincent ihr den Stapel Bücher entgegenhielt.

»Das *Cantoraxium Styranium* für Mr Marauner«, erwiderte der Faun, der ebenfalls die Luft angehalten hatte. »Liegt am Leder. Sumpfassel.«

»Aha.« Silvana überwand sich, die Bücher an sich zu nehmen, und lächelte Vincent verkniffen an. »Wie kommt er bloß immer auf solche Bücher?«

Vincent hob grinsend die Schultern. »Frag ihn doch mal. Dann weißt du vielleicht auch, was sonst noch alles auf euch zukommen könnte.« Er griff in die Tasche seiner Robe und zog einen versiegelten Briefumschlag hervor, den er Silvana oben auf den Stapel legte. »Den hätte ich fast vergessen. Für Corrie.« Er zwinkerte. »Von Kushann.«

»Da wird sie sich aber freuen!«, lächelte Silvana – jedoch nur so lange, bis sie wieder einatmen musste und der Gestank ihr Lächeln schlagartig verblassen ließ.

Trotzdem setzte sie den Stapel kurz noch einmal ab, um

den Brief in ihrer Hosentasche zu verstauen. Sie wollte schließlich nicht, dass er den Duft von Sumpfasselleder verströmte, was Corries Freude über die Nachricht des Freibeuters sicherlich geschmälert hätte.

Mit verkniffenem Gesicht nahm sie den Stapel wieder auf, und auch Vincents angestrengtem Grinsen war zu entnehmen, dass der Faun es kaum erwarten konnte, dass die neueste Errungenschaft von Mr Marauner seine heiligen Hallen endlich verließ.

Wieder im Keller der *Taberna Libraria* angekommen, stapfte Silvana mit angehaltenem Atem die Treppe hinauf zum Laden und stieß die Tür auf.

Das Erste, auf das ihr überraschter Blick dabei fiel, war niemand anderes als Yazeem. Er war gerade mit Mr Munroe im Gespräch, während Corrie eine Seife für eine ältere Dame verpackte, deren Name Silvana nicht geläufig war.

Rasch brachte sie das stinkende Buch nach hinten ins Lager, wobei sie hoffte, keine allzu auffällige Geruchsspur hinter sich herzuziehen, und kehrte mit den restlichen drei Büchern und dem Brief zum Abholfach zurück, wo sich auch Yazeem und Corrie eingefunden hatten. Mr Munroe blätterte durch einen Roman, und hinter Corries Kundin fiel gerade die Ladentür ins Schloss.

»Konntest du es einrichten, heute zu kommen«, begrüßte Silvana ihn gedämpft und bissiger, als sie beabsichtigt hatte.

»Es tut mir wirklich leid«, sagte Yazeem und wich ihrem Blick aus. »Ich wollte eigentlich gestern schon kommen.«

»Du hättest dich wenigstens melden können«, erwiderte Silvana, ohne darauf einzugehen.

Corrie hob mahnend die Hand. Sie konnte Silvana verstehen, aber hier und jetzt war nicht der richtige Zeitpunkt, diese Diskussion zu führen. Nicht mit Kundschaft im Laden. Ihr Blick glitt kurz zu Mr Munroe. »Ich finde, wir sollten das heute Abend in Ruhe besprechen. Bei einem gemeinsamen Essen.«

Yazeem wirkte nicht besonders glücklich über den Vorschlag. »Ich weiß nicht, ob das …«

Corrie unterbrach ihn und legte ihre Hand auf seinen Arm.

»Bitte, Yazeem. Wenn du dazu nichts sagen willst, gut. Aber hör uns wenigstens zu. Es ist uns wirklich wichtig. In Ordnung?«

Yazeem atmete tief durch und nickte schließlich. »In Ordnung.«

»Ich koche uns auch etwas Schönes. Nicht bloß einfache Sandwiches.«

Hinter ihnen öffnete sich die Ladentür und ließ einen weiteren Kunden herein – einen jungen Mann, der etwas hilflos in die Runde sah. Bevor Corrie oder Silvana sich seiner annehmen konnten, hatte Yazeem bereits die Theke umrundet. Es wirkte beinahe wie eine Flucht.

Silvana zog den Brief aus der Hosentasche und hielt ihn ihrer Freundin hin, wobei sie versuchte, ihren Ärger herunterzuschlucken. »Der ist für dich – von Kushann.«

Corrie nahm ihn freudig entgegen. »Danke!« Sie warf dem Werwolf noch einen nachdenklichen Blick zu und lehnte sich dann an den Tresen, während sie den Brief in ihrer eigenen Hosentasche verschwinden ließ. »Hast du das Buch für Mr Shukar auch mitgebracht?«

Silvana zog eine Grimasse. »Nichts zu machen. Die Manufaktur ist abgebrannt, und Faing versucht jetzt irgendwie, uns auf anderem Wege eine Ausgabe zu beschaffen.«

»Oje.« Corrie schürzte die Lippen. »Dann hoffen wir einfach, dass Mr Shukar heute hier nicht mehr auftaucht. Und wenn doch, dass er nicht gleich den ganzen Laden in Brand setzt, wenn er noch ein kleines bisschen länger warten muss.«

KAPITEL 4

Tempest

Wie nicht anders zu erwarten gewesen war, hatte Shukar mitnichten Verständnis dafür, dass sein Buch noch immer nicht eingetroffen war – vollkommen egal, woran es lag oder ob man es beeinflussen konnte. Und natürlich kam er genau passend, um Corrie und Silvana den Feierabend zu verderben.

Unglücklich schielte Silvana auf die Uhr an der Kasse – noch fünf Minuten, bis sie schließen wollten. Sie bezweifelte jedoch, dass sie Shukar bis dahin aus dem Laden komplimentiert haben würden – trotz Yazeem. Er hatte sich neben Corrie aufgebaut und versuchte zusammen mit ihr, den Wolkendrachen ohne die sonst übliche Kundenfreundlichkeit abzufertigen. In Shukars Nasenlöchern hatte es bedrohlich zu glühen begonnen, und um seine Füße breitete sich nach Kaminfeuer riechender Dunst aus – er musste heute wirklich sehr ungehalten sein.

Corrie bemühte sich, dem Wolkendrachen zum wiederholten Mal klarzumachen, dass sich die Lieferung aufgrund des Feuers in der Manufaktur auf unbestimmte Zeit verzögern würde. Sie hatte mittlerweile ihre anfängliche Furcht ihm gegenüber abgelegt und begegnete ihm ebenso entschlossen wie Yazeem. Doch auch zusammen schienen sie ihm heute nicht wirklich beikommen zu können. Seit mehr als einer Viertelstunde zog sich der Disput nun schon hin. Zum Glück waren keine anderen Kunden mehr im Laden. Den meisten hätten sie den Qualm nur schwer erklären können, der sich weiter über dem Boden ausbreitete und vor dem Phil und Scrib auf eines der Regale geflüchtet waren.

»Ich werde mich jetzt nicht länger hinhalten lassen«, knurrte Shukar zum gefühlt hundertsten Mal. »Ich verlange –«

»Wie stellen Sie sich denn vor, dass wir das Buch auftreiben sollen?«, unterbrach ihn Corrie entnervt.

Shukar beugte sich drohend vor. »Wenn ich das wüsste«, zischte er, »dann könnte ich Ihren Job hier machen, oder? Aber es ist *Ihre* Aufgabe, dieses Buch zu besorgen.«

»Und wir tun, was wir können. Aber wenn es im Librovarium gebrannt hat, kann ich die Bücher nicht wieder aus der Asche auferstehen lassen. Ich bin weder ein Phönix noch eine Sandkatze. Und diese Bücher, soweit ich weiß, auch nicht.«

»Alles Ausflüchte«, schnappte Shukar und schnaubte ein paar Funken auf die Theke. »Ein Brand, pah. Ich werde Ihnen zeigen, wie ein *richtiger* Brand aussieht.«

Corrie war im ersten Moment versucht, einen Schritt zurückzuweichen, doch sie zwang sich, stehen zu bleiben.

»Wenn Sie den Laden anzünden, bekommen Sie das Buch dadurch auch nicht schneller.«

»Das vielleicht nicht«, grollte der Wolkendrache. »Aber Genugtuung.«

»Wag es nicht«, knurrte Yazeem drohend.

Doch Shukar grinste nur. Entsetzt sah Corrie, dass die Glut in seinen Nasenlöchern nun auch begann, in seiner Iris zu lodern. Nebel wallte aus seinen Ärmeln. »Ich werde euch lehren –«

»Das reicht jetzt, Mr Shukar.«

Die sanfte Stimme ließ den Wolkendrachen zusammenzucken und schlagartig verstummen. Corrie und Silvana sahen erstaunt, dass sich seine Augen weiteten und sein Blick unbehaglich über seine Schulter wanderte. Der wallende Nebel um ihn herum zog sich beinahe fluchtartig unter seinen Mantel zurück.

An der Tür stand ein Mann, dessen Eintreten keiner von ihnen bemerkt hatte. Er war groß gewachsen und schlank, mit einem glatten, unbewegten Gesicht, akkurat gekämmten, rötlichen Haaren und einem Blick, dessen Kälte Corrie innerlich frösteln ließ. Wer war das? Und was wollte er hier?

Langsam zog sich der Mann die ledernen Handschuhe aus, ohne Shukar eines weiteren Blickes zu würdigen.

Der Wolkendrache schluckte deutlich sichtbar. »Sir?«, fragte er rau.

Der Fremde nickte jedoch nur stumm zur Tür.

»Natürlich, Sir.« Hastig wandte sich Shukar zum Gehen, wobei er einen möglichst großen Bogen um den Fremden machte.

Als die Tür hinter dem Drachen zugefallen war, nickte der Fremde den beiden jungen Frauen zu. »Ich wünsche einen guten Abend«, sagte er mit so etwas wie einem Lächeln, das jedoch ebenso kühl wirkte wie seine Stimme oder seine grauen Augen. Beiläufig steckte er die Handschuhe in seine Manteltasche und richtete seinen Blick auf Yazeem. Auffordernd hob er die Braue, als erwartete er eine besondere Begrüßung. Corrie bemerkte, dass auf dem Gesicht des Werwolfs Beklommenheit und eine für ihn ungewöhnliche Unsicherheit um die Vorherrschaft kämpften, die Corrie so vorher noch nie bei ihm gesehen hatte und die sie irritierten. Und ein Stück weit ängstigten. Wer war dieser Mann?

Yazeem wich dem Blick seines Gegenübers schließlich aus und stützte die Arme auf der Theke ab.

»Charles. Seit wann bist du wieder zurück?«, fragte er leise.

»Seit gestern Morgen.« Anders als bei Yazeem zeigte sich keinerlei Regung im Gesicht des Mannes.

Ohne aufzusehen, wies der Werwolf darauf mit der Hand auf ihn. »Corrie, Silvana – das ist Charles Tempest, Oberster Botschafter des Inselreichs.«

Der Botschafter? Corrie blinzelte.

Silvana neben ihr schürzte die Lippen. »Den du ständig versucht hattest zu erreichen und nur einmal kurz sprechen konntest, als das mit Vulco gewesen ist? Und der dann gleich wieder fort war?«, fragte sie stirnrunzelnd und musterte den Mann erneut. Von ihm also hatte Yazeem immer wieder gesprochen? Der so schwer zu erreichen gewesen war und dessen Worte der Werwolf nach seiner Unterredung mit ihm nicht hatte wiedergeben wollen? Im Gegensatz zu Corrie verspürte sie ihm gegenüber keine Furcht; aber er hatte etwas an sich, das ihn ihr sofort unsympathisch machte.

Yazeem nickte und wagte es wieder, den Blick zu heben. »Ich hatte gehofft, noch einmal mit dir sprechen zu können, Charles.«

»So, wie sich die Dinge entwickelt haben, wäre das vermutlich in der Tat das Beste gewesen«, erwiderte Tempest. »Und wenn es mir möglich gewesen wäre, hätte ich auch schon sehr viel eher eingegriffen. Aber das werde ich jetzt tun. Verlass dich darauf.«

Eingreifen? Corrie wechselte einen besorgten Blick mit Silvana. Das klang nicht unbedingt nach freundlicher Hilfestellung. Ganz im Gegenteil.

Das schien auch Yazeem so zu sehen. Der Wolfsschatten, den Corrie neben ihm auf dem Boden sehen konnte, legte die Ohren an. »Was hast du vor?«

»Das, was man in solch einem Fall als Erstes tut, bevor man weitere Entscheidungen trifft. Reden. Und zwar mit euch«, erwiderte Tempest.

»Und worüber?«, fragte Silvana argwöhnisch.

Tempest hob eine geschwungene Braue. »Nun, Miss Livenbrook, ich denke, da gibt es genügend, oder nicht? Immerhin hatten Sie und Miss Vaughn in den vergangenen Monaten eine recht … turbulente Zeit. Nicht zu vergleichen mit dem, was Sie beide in London hinter sich gelassen haben.« Das herablassende Lächeln, das seine Worte begleitete, schürte Silvanas Abneigung gegen ihn und ließ sie unwillkürlich die Fäuste ballen.

»Und woher, bitte, kennen Sie uns?«, fragte sie reserviert. Tempest hob spöttisch den Mundwinkel. »Ich bitte Sie, Miss Livenbrook.

Es gehört zu meinen Pflichten, stets über alle Belange des Inselreichs unterrichtet zu sein. Und das schließt Sie beide und diesen Laden hier mit ein. Selbst wenn es nicht um die Bücher des Angwil gehen würde. Informationen sind ein kostbares und machtvolles Gut, gerade in meiner Position. Sie wären also überrascht, was ich noch alles über Sie weiß.«

»Und von wem bekommen Sie diese Informationen?«, hakte Silvana nach und warf Yazeem dabei einen kurzen

Blick zu, den der Werwolf mit einem kaum sichtbaren Schulterzucken erwiderte.

Tempest schüttelte den Kopf. »Ich bin Oberster Botschafter, Miss Livenbrook. Ich habe meine Quellen. Mehr müssen Sie und Miss Vaughn dazu nicht wissen.«

Silvana presste die Lippen zusammen und schob den Unterkiefer vor. Sie hatte schon immer ein Problem mit Leuten gehabt, die glaubten, etwas Besseres zu sein und auf andere herabblicken zu können. Und Tempest gehörte ganz offensichtlich in diese Kategorie. Ihr Blick verfinsterte sich weiter, als er beinahe demonstrativ auf seine goldene Armbanduhr blickte und dabei edelsteinbesetzte Manschettenknöpfe offenbarte.

»Da der Buchladen seit zehn Minuten geschlossen hat, sollten wir auch von keinerlei Kundschaft mehr gestört werden. Wir können also *umgehend* mit unserer kleinen Unterredung beginnen.«

Keine Frage, ob sie noch etwas vorhatten, dachte Corrie, die sich in seiner Gegenwart über alle Maßen unwohl fühlte. Es kam nicht allzu oft vor, dass die bloße Erscheinung eines anderen sie einschüchterte, doch bei Tempest war das der Fall. Seine betont gerade, selbstsichere Haltung, der kühle Blick – und wenn schon jemand wie Shukar ihm freiwillig aus dem Weg ging, ohne dass viele Worte gefallen waren … Und hatte Veron dem Wolkendrachen nicht auch mit einer Beschwerde beim Botschafter gedroht?

»Jetzt? Hier?«, fragte Yazeem konsterniert.

Tempest sah mit erhobener Braue auf. Seine weiche Stimme troff vor Spott. »Das ist im Allgemeinen die Bedeutung des Wortes ›umgehend‹, nicht wahr?«

Die Stille, die daraufhin die *Taberna Libraria* erfüllte,

schien beinahe körperlich spürbar zu sein. Niemand machte Anstalten, sich zu bewegen. Silvana und Yazeem starrten Tempest an, der die Blicke ungerührt erwiderte.

Schließlich räusperte sich Corrie unsicher. »Warum … ähm … geht ihr nicht schon nach oben, und ich werde … Tee kochen?«

Der Botschafter schenkte ihr darauf ein Lächeln, das eindeutig zu freundlich war, um echt zu sein. »Das wäre ganz wunderbar.«

Eine Viertelstunde später saßen sie zusammen im Spiegelzimmer. Oder zumindest saßen die beiden Freundinnen und der Werwolf.

Tempest, der seinen Mantel abgelegt und akkurat über den Sessel gehängt hatte, stand am Fenster neben dem verzierten Spiegel, die Hände in den Taschen seiner maßgeschneiderten grauen Anzughose, und sah hinaus in den dunklen Garten. Seit sie eingetreten waren, hatte er kein Wort gesagt, auch nicht, als Corrie mit dem Tee nachgekommen war.

Phil und Scrib hatten den Botschafter überrascht, aber über die Maßen höflich, ja fast schon ehrfürchtig begrüßt – ein Umstand, den Silvana mit Ungläubigkeit registriert hatte. Dass er die Begrüßung der beiden Ratten kühl und wie selbstverständlich hinnahm, ohne etwas darauf zu erwidern, hatte hingegen Wut in ihr aufsteigen lassen – noch mehr, als er die nervös abwartenden Tiere schließlich einfach des Raumes verwiesen hatte.

Yazeem saß im Sessel am Tischende und starrte abwartend auf seine Knie, während Corrie versuchte, die Stille zu füllen, indem sie konzentriert in jede Tasse exakt die gleiche Menge Tee einschenkte.

Der jähe Klang von Tempests Stimme ließ sie dabei so sehr zusammenzucken, dass sie mit dem Hals der Kanne klirrend auf den Rand einer Tasse schlug und sie beinahe von ihrem Teller gestoßen hätte.

»Kann eigentlich jemand«, begann er langsam, während er sich umdrehte, »in diesem Raum auch nur annähernd verstehen, was durch die Ereignisse der vergangenen Monate ausgelöst worden ist? Und ist irgendjemand der hier Anwesenden in der Lage, mir zu sagen, wie ich das wieder in geordnete Bahnen lenken soll?«

Als darauf weder Yazeem noch Corrie oder Silvana etwas sagten, schüttelte er ärgerlich den Kopf und fuhr fort: »In den vergangenen Jahren hat es Lamassar trotz seiner Verschmelzung mit Saranus nie wirklich eilig gehabt, in den Besitz des Ersten Buches von Angwil zu gelangen. Das war unser Glück. Der Krieg gegen die Schwarzflügel-Thrummer und König Leighs ausgedehnte Reise durch das Inselreich sowie seine Entdeckungsfahrten nach Silberfurth und in die Archipele der Blauen Sonne haben uns wertvolle Jahre verschafft, in denen Lamassar nicht am Hof weilte, um seine Pläne voranzutreiben, in denen seine Macht jedoch stetig gewachsen ist und er Bündnisse knüpfen konnte, die ihm nun zugutekommen. In dieser Zeit haben wir – mal mehr, mal weniger diplomatisch – versucht, gegen Lamassar vorzugehen, seine Verbindungen aufzudecken, König Leigh von der wahren Natur seines Beraters zu überzeugen, schließlich sogar, Lamassar und Saranus direkt aus dem Weg zu räumen. Leider ohne Erfolg. Aber wir hatten immer noch *Zeit*. Die Taten von Miss Vaughn und Miss Livenbrook hingegen haben alles auf den Kopf gestellt. Sie haben Lamassar gezwungen, in die Offensive zu gehen, da er die Erweckung von Angwil nun deutlich mehr fürchten muss als noch zu Beginn seiner Vereinigung mit dem Geist von Saranus. Die Furcht, dass Angwil seine Pläne endgültig durchkreuzen, ihn der Macht durch Saranus berauben und ihn wieder zu einem durchschnittlichen, aber intriganten Hofmagier machen könnte, ließ Lamassar jetzt genau das tun, was wir in all der Zeit versucht haben zu verhindern.«

»Obwohl Sie so viele Jahre Gelegenheit hatten, seine Pläne zu durchkreuzen«, warf Silvana bissig ein, »konnte er ungehindert seine Intrigen spinnen, die Portalweberinnen zurückbringen und seine Macht entfalten. Und jetzt sind wir plötzlich schuld, dass niemand auf Lamassars Offensive vorbereitet ist?«

»Genau das sage ich, Miss Livenbrook«, erwiderte Tempest kühl. »Und nur, damit wir uns richtig verstehen – ich bin durchaus beeindruckt von dem, was Sie bisher geleistet haben, sowohl hier in Woodmoore als auch in Bezug auf die Bücher. Das hätten sicherlich nicht viele geschafft. Und ich bin auch in gewissem Maße froh, nun nicht länger auf Ihren Kollegen in Newcastle angewiesen zu sein, nun, da das Portal hier wieder offen steht. Aber all das ändert nichts daran, dass es alles zunichtegemacht hat, an dem wir in den vergangenen Jahren gearbeitet haben. Allianzen, auch gegen einen wahnsinnigen Magier, werden nicht von heute auf morgen geschlossen. Verhandlungen benötigen Zeit. Eine Verteidigung aufzubauen, benötigt Zeit. Und eine richtige Strategie ebenso. Natürlich sollte auch die Suche nach den Büchern des Angwil wieder aufgenommen werden. Aber nicht, ohne dass ich davon und von allen Schritten entlang des Weges in Kenntnis gesetzt werde. Das ist nicht geschehen. Und wo stehen wir jetzt? Statt sich bedeckt zu halten bei der Suche und nur wenigen zu vertrauen, weihen Sie halb Woodmoore ein und halb Amaranthina gleich dazu. Haben Sie wirklich geglaubt, dass das das beste Vorgehen in dieser Sache ist?«

»Was hätten wir denn tun sollen, Charles?«, wandte der Werwolf müde ein, bevor Corrie oder Silvana etwas darauf sagen konnten. »Ich habe dir Nachrichten zukommen lassen, die du jedoch nicht beantwortet hast, als wir die Spur des Zweiten Buches aufgenommen haben. Also habe ich entschieden, dass es das Beste wäre, Lamassar zuvorzukommen und die Bücher vor ihm zu finden, um diese ganze Sache zu beenden. Und als ich dich dann endlich kurz sprechen konnte …«

Tempest unterbrach ihn mit einer Handbewegung und schürzte die Lippen. »Genau das bringt mich auch schon zum nächsten Punkt: Was ist mit den Absprachen, die wir getroffen haben, bevor ich vor Monaten aufgebrochen bin? Du hast mir dein Wort gegeben, Yazeem.«

»Und zu dem stehe ich auch«, erwiderte Yazeem. Seine Stimme bekam nun doch einen frostigen Klang. Offenbar wollte er sich diesen Vorwurf nicht gefallen lassen. »Ich habe jeden Auftrag ausgeführt, so wie du es wolltest. Einige davon benötigten etwas Zeit, das hast auch du vorher gewusst. Folglich war ich hin und wieder auch ein paar Tage fort. Wie hätte ich denn ahnen können, dass ausgerechnet in dieser Zeit dieses Haus wieder auf den Markt kommt und dann auch noch so rasch Käufer findet?«

»Aber du warst zurück, bevor die Verträge unterschrieben wurden«, erwiderte Tempest unzufrieden. »Und du hast den Kauf geschehen lassen.«

»Ja, das habe ich«, gab der Werwolf zurück. »Und ich habe recht behalten. Die beiden sind die Richtigen für diese Aufgabe.«

»Mit der sie gar nicht erst hätten beginnen sollen. Jedenfalls nicht ohne Rücksprache mit mir. Auch das war eines der Versprechen, die du mir gegeben hast, Yazeem. Dass der Status quo in meiner Abwesenheit nicht geändert wird. Das dachte ich jedenfalls.«

Yazeem seufzte. »Ich hatte ursprünglich angenommen, dass du nach ein paar Wochen wieder da sein würdest. Dann wäre noch gar nichts weiter geschehen gewesen. Dass ich dich nicht sprechen konnte ...«

»Hallo? Wir sind auch noch da«, unterbrach ihn Silvana verärgert und sah die beiden Männer an. »Könnte uns vielleicht auch einmal jemand sagen, was das alles bedeutet?«

Tempest erwiderte nichts, sondern machte nur eine auffordernde Handbewegung in Richtung des Werwolfs.

Yazeem wandte sich den beiden Freundinnen zu, und seine Miene ließ Silvanas Ärger schlagartig verpuffen. »Dieser Buchladen«, begann er dumpf, »wurde geschlossen, nachdem Robert Lien bei dem ersten Angriff der Feuerwölfe ums Leben gekommen ist, das wisst ihr ja bereits.«

Die beiden Freundinnen nickten.

»Die Botschaft hätte die Immobilie gekauft, aber es ist ihr weder erlaubt, Grundbesitz zu erwerben, auf dem sich ein Portal befindet, noch, einen solchen Kauf zu finanzieren. Alles, um die Unabhängigkeit der Portalwächter zu gewährleisten«, fuhr Yazeem fort. »Und die Summe, die die Bank verlangte, konnte sonst niemand von uns aufbringen. So beschränkten wir uns darauf, das Buch zu schützen und ein Auge auf mögliche Käufer zu haben, denn natürlich wollten wir nicht, dass der Laden an Leute ging, die all den Verpflichtungen nicht gewachsen sein würden. Über die Jahre habe ich viele solcher Käufer auf verschiedenste Weise davon abgehalten, hier einzuziehen. Bei euch beiden hatte ich das Gefühl, dass etwas anders ist. Und als ich die Flederspinnen in eurer Nähe gesehen habe, wusste ich, dass auch Vulco wieder nahe ist – und seine Spione etwas Besonderes bei euch gespürt hatten. Also behielt ich euch weiter im Auge, während ihr den Laden wieder hergerichtet habt. Bis zu dem Abend, an dem ich beschloss, euch persönlich aufzusuchen. Was damals geschehen ist, wisst ihr. Und danach habe ich mit Tim Taistra gesprochen – Charles' Sekretär und Stellvertreter. Da Charles nicht erreichbar war, kamen wir überein, euch erst einmal den Buchladen führen zu lassen. Als ihr dann das Zweite Buch geborgen hattet, hatte ich auch endlich wieder Gelegenheit, mich mit Charles zu besprechen – wenn auch nur via Internet, in Tims Büro. Aber wie das Gespräch gelaufen ist, hatte ich euch damals schon angedeutet. Charles hatte mich angewiesen, auf gar keinen Fall mit euch weiterzumachen, bis er wieder in Heathen Heights zurück war, und im Grunde hatte ich auch vor, euch das zu sagen. Ich nahm danach im Einverständnis mit Tim die Liste der Portale eigentlich nur mit, um Charles bei seiner Rückkehr schon einen Plan unterbreiten zu können. Verons Drängen und Kajsjas Auftritt haben das alles dann jedoch nichtig werden lassen.«

»Und den Rest der Geschichte kennt man«, schloss Tempest finster. »Und jetzt sitzen wir hier. Der Necessar der Vox Venti – tot. Einige ihrer besten Krieger – tot. Lamassar – verschwunden. Und mit ihm das königliche Flaggschiff, die Nachtfüchse und die Silberhufe von Enguria. Und mit Verrätern in unseren Reihen.« Er schüttelte den Kopf und betrachtete die beiden Freundinnen unzufrieden. »Von allen möglichen Ergebnissen haben Sie es geschafft, das denkbar schlechteste zu erreichen. Tim habe ich gestern bereits für sein Verhalten und seine Rolle in dieser ganzen Sache zurechtgewiesen. Er wusste ebenso um die Anweisungen – aber er hat die Konsequenzen ihrer Nichtbeachtung völlig falsch eingeschätzt. Ich hätte nicht gedacht, dass ausgerechnet ihm so ein Fehler unterläuft.«

»Tim war auch überarbeitet«, warf Yazeem ein und fuhr sich durch das schwarze Haar. »Du warst monatelang fort.«

»Du wiederholst dich, Yazeem«, bemerkte Tempest.

»Du dich auch«, gab der Werwolf bissig zurück. »Die ganze Zeit über machst du uns nur Vorwürfe, sagst uns, was wir alles falsch gemacht haben und wie die Dinge nicht hätten laufen sollen.«

»Weil ich will, dass ihr die Konsequenzen dieser Handlungen begreift«, erwiderte Tempest mit unbewegter Miene.

Yazeem schüttelte den Kopf. »Ich habe einen guten Freund verloren, Charles. Glaub mir, ich bin mir der Konsequenzen mehr als bewusst.«

Tempest senkte das Kinn. »Wohl kaum, wenn du ständig weitere Fehler begehst.«

»Die da wären?«, fragte Yazeem und verengte die Augen. Corrie und Silvana, die dem Disput der beiden Männer angespannt gefolgt waren, sahen, dass sich die Ohren seines Wolfsschattens anlegten. Und anders als noch unten im Laden wirkte es dieses Mal alles andere als furchtsam.

»Kurzsicht«, sagte Tempest schlicht. »Ich weiß, wo du während der vergangenen Wochen gewesen bist und was du dort getan hast. Statt nach einem Schlag gegen Lamassar auf die Sicherheit deiner beiden Freundinnen zu achten, hast du dich von den Vox Venti für ihre Rache-Mission einspannen lassen und Trost über Namars Verlust bei deinem Bruder gesucht. Du hast die beiden hier alleine gelassen. Mit der Arbeit, mit dem Buch und mit der Gefahr. Wenn es dich wirklich so wenig kümmert, dass deine Freunde so enden wie Namar, solltest du vielleicht …«

Weiter kam er nicht. Unvermittelt schnellte Yazeem aus dem Sessel hoch, packte den Botschafter am Kragen seines Jacketts und donnerte ihn mit dem Rücken gegen die Zimmerwand.

»Das tut es sehr wohl, Charles!«, fauchte der Werwolf. »Im Gegensatz zu dir. Ja, vielleicht war es ein Fehler, all das hier in Gang zu setzen, aber danach habe ich immer versucht, für meine Freunde da zu sein und die besten Entscheidungen zu treffen. Anders als du. Du warst die ganze Zeit über fort, obwohl du nach der Schließung des Portals helfen wolltest, und bisher hast du mit keinem Wort erwähnt, was so viel wichtiger gewesen ist! Denn du bist derjenige, den seine Freunde nicht kümmern! Nicht ich!«

»Yazeem!« Corrie war erschrocken aufgesprungen und wollte den Werwolf beruhigen, bevor er etwas Unüberlegtes tat, doch Silvana hielt sie zurück. »Lass ihn«, sagte sie leise und nicht ohne eine gewisse Genugtuung. »Ich finde, der Botschafter ist etwas zu weit gegangen.«

Dem konnte Corrie nicht widersprechen. Aber sie fürchtete auch, dass Yazeems Gefühle ihn über das Maß hinausschießen lassen würden. Und sie konnten jetzt nicht auch noch gebrauchen, dass er sich wegen einer Tätlichkeit gegenüber einem Diplomaten verantworten musste. Oder Schlimmerem … Besorgt sah sie, wie der Werwolf die Hände noch fester schloss, seine Knöchel dabei tief in Tempests Brust drückte und den Botschafter damit eng gegen die Wand presste. Doch sie unternahm keinen Versuch mehr, einzugreifen.

Ebenso wenig machte allerdings Tempest selbst Anstalten, sich zu befreien. Er sah den Werwolf nur abwartend an.

Yazeem hatte sich so dicht vor ihm aufgebaut, dass seine Nase fast das Kinn des größeren Botschafters berührte. »Du bist derjenige hier, der nicht da war, um all die Entscheidungen zu treffen«, zischte er ungehalten. »Lieber warst du auf irgendwelchen unsinnigen Konferenzen und hast Wein mit den anderen Diplomaten geschlürft! Du machst es dir ein bisschen zu einfach mit deinen Beschuldigungen. Wenn man weit weg gewesen ist, ist es leicht, große Töne zu schwingen, wie man hätte entscheiden müssen oder was man noch alles hätte bedenken sollen. Aber wenn du dabei gewesen wärst, mittendrin, dann …«

»Das war ich, Yazeem. Ich war euch ganz nah«, sagte Tempest ruhig. »Zumindest vor drei Monaten. Ich habe dafür gesorgt, dass Vulco in der *Magischen Schriftrolle* gestoppt wird, so wie ich es dir versprochen hatte. Und ich wollte euch auf Eltranar treffen, als ich nach unserer kleinen Videokonferenz erfahren habe, dass ihr dorthin gereist seid. Aber dazu ist es dann leider nicht mehr gekommen. Sonst wäre die Situation heute vielleicht eine andere.«

Yazeem musterte ihn irritiert und lockerte seinen Griff etwas.

»Aber … Tim hat gesagt, du wärst auf einer Konferenz. Ohne Zugang zu Drachen oder anderen Kommunikationsmöglichkeiten. In … Nordirland?«

In Tempests Mundwinkel zuckte ein dünnes Lächeln. »Natürlich hat er das gesagt. Dafür ist ein Sekretär schließlich da. Wenn er nicht gerade gegen meine Anweisungen handelt.«

Yazeem lockerte den Griff weiter. Die Ohren seines

Wolfsschattens zuckten unruhig. »Dann warst du gar nicht in Nordirland?«

»Nein.« Tempest sah vielsagend auf die Hände des Werwolfs hinunter. »Ich war im Inselreich. Wie ihr.«

Yazeem löste seinen Griff, trat zu Corries und Silvanas Verwunderung einen Schritt von dem Botschafter zurück und legte fragend den Kopf schief. »Sag mir, was passiert ist.«

Tempest, der die Schultern wieder straffte und sich Jackett und Krawatte glatt strich, ließ seine Finger dabei einen kurzen Moment lang auf der Brust verharren, wo sich Yazeems Knöchel befunden hatten. »Nein.«

»Du hast Schmerzen«, stellte Yazeem fest und nickte in Richtung Tempests Hand. »Sag mir, was vor drei Monaten geschehen ist, dass du uns nicht aufsuchen konntest.«

Doch der Botschafter schüttelte nur langsam den Kopf.

»Nein.«

Yazeem warf die Hände in die Luft. »Wieso nicht?«

»Das ist eine Geschichte für einen langen Abend, an dem man genug Zeit und einen guten Wein hat, um die Erinnerungen fortzuspülen«, erwiderte Tempest. »Und wir haben momentan weder das eine noch das andere.« Er trat an dem Werwolf und den beiden irritiert blinzelnden Freundinnen vorbei zu einem der Sessel, öffnete sein Jackett und nahm Platz, als wäre die ganze Szene gerade überhaupt nicht geschehen. »Und nur um dich daran zu erinnern, dass mich die Belange von Freunden sehr wohl kümmern …« Er nahm die Teetasse vor sich und trank einen kleinen Schluck. »Ich habe mich gestern eurer abtrünnigen Portalweberin angenommen. Immerhin fällt ihre Anwesenheit in meinen Aufgabenbereich.«

»Was soll das heißen?«, fragte Silvana alarmiert und funkelte den Botschafter drohend an.

Tempest hob das Kinn und sah sie über seine schmale Nase hinweg an. »Oh, kein Grund, mir die Augen auskratzen zu wollen, Miss Livenbrook. Wie ich schon sagte, kümmern mich die Belange von Freunden, auch wenn Yazeem das Gegenteil behauptet – ich habe Kajsja Filisian den Schutz der Botschaft zugesichert, solange sie keine Dummheiten macht. Sie muss kein Todesurteil fürchten. Anders als Veron, sofern man seiner habhaft werden sollte.«

»Aber er hat sich doch Lamassar widersetzt«, sagte Corrie entsetzt.

»Und zuvor Hochverrat am König begangen, indem er mit Lamassar paktiert hat«, erwiderte Tempest gelassen. »Ist Ihnen eigentlich bewusst, wie froh Sie sein können, dass Veron Ihnen gegenüber noch so loyal war, dass er Lamassar zwar mit Informationen versorgt und Sie beide geködert, aber nicht die Bücher von Angwil zerstört hat, obwohl er vermutlich mehrfach die Gelegenheit dazu hatte? Ich nehme an, dass Lamassar die Bücher ursprünglich selbst vernichten wollte, um den Triumph in vollen Zügen auszukosten. Doch Veron hatte mit Sicherheit den Auftrag, die Bücher im Zweifelsfall zu beseitigen. Stattdessen ist er geflohen und hat Ihnen einen rührenden Brief hinterlassen, um sich zu erklären. Aber haben Sie jemals darüber nachgedacht, dass durch Ihre Leichtsinnigkeit genauso gut schon alles vorbei sein könnte?« Er trank noch einen Schluck. »Was mich wieder zu besagter Kurzsicht in dieser ganzen Angelegenheit bringt, mit der ich jetzt ein für alle Mal aufzuräumen gedenke. Was geschehen ist, lässt sich nicht wieder ungeschehen machen, das ist auch mir klar. Als Botschafter des Inselreichs möchte ich aber Folgendes von Ihnen: Wenn Sie diesen Weg weiter verfolgen wollen, dann werden dafür zukünftig ein paar Regeln gelten. Regeln, von denen ich erwarte, dass sie eingehalten werden und die Sie bei Ihren weiteren Entscheidungen immer berücksichtigen sollten.«

Noch immer empört darüber, wie arrogant und anmaßend er sich aufführte, knurrte Silvana: »Ihr Status ist uns völlig egal – davon lassen wir uns gewiss nicht einschüchtern.«

»Das erwarte ich auch gar nicht, Miss Livenbrook«, erwiderte Tempest leidenschaftslos. »Nur, dass Sie tun, was man Ihnen sagt.«

»Und wenn nicht?«, fragte sie herausfordernd.

»Silvie«, versuchte es Corrie mahnend und rutschte unruhig auf ihrem Polster vor. »Das braucht es doch jetzt nicht.«

»Ich will es aber wissen«, gab Silvana zurück und sah den Botschafter dabei unfreundlich an.

Tempest erwiderte den Blick ungerührt. »Wenn ich feststellen sollte, dass ich mich auf Sie nicht verlassen kann, wenn meinen Anweisungen widersprochen wird oder wenn Sie anderweitig das Bedürfnis verspüren, meine Geduld auf die Probe stellen zu müssen, dann werde ich dafür sorgen, dass Sie beide schneller wieder in Ihre alten Leben in London zurückkehren werden, als Sie ›Entschuldigung‹ sagen können.« Silvana schüttelte unbeeindruckt den Kopf. »Sie können uns den Laden nicht wegnehmen. Yazeem hat eben erst gesagt, dass die Botschaft kein Portal besitzen darf. Insofern hat Ihre Drohung keine Bedeutung.«

Tempest hob eine Braue, doch sonst verzog er keine Miene. »Miss Livenbrook, wer hat gesagt, dass ich Ihnen den Laden wegnehmen werde? Die *Taberna Libraria* können Sie gerne behalten – auch wenn Sie damit in London nicht mehr wirklich viel anfangen können. Denn weder werden Sie weiter hier in Woodmoore leben und mit den Leuten verkehren, die Sie hier um sich geschart haben, noch werden Sie beide Zugang zu den Büchern des Angwil erhalten. Keine Portale, keine Ausflüge in die Welt der Zweimondreiche mehr. Nur noch die gewöhnliche Arbeit in einem gewöhnlichen Buchladen mit gewöhnlichen Kunden, wie Sie beide sie jahrelang verrichtet haben, bevor Sie herkamen.«

Corrie sah ihn fassungslos an, und selbst Silvana schluckte kurz. »Das können Sie nicht tun«, beharrte sie dennoch.

»Ich kann und ich werde, Miss Livenbrook.«

»Charles, das ist nicht dein Ernst«, begehrte nun auch Yazeem auf.

Der Botschafter schenkte ihm einen kühlen Blick. »Mir ist eine Sache selten so ernst gewesen wie diese, Yazeem.«

Corrie senkte den Kopf. »Was haben Sie gegen uns?«, fragte sie leise.

Tempest gab einen spöttischen Laut von sich. »Miss Vaughn, das hat mit persönlichen Gefühlen rein gar nichts zu tun. Ob ich Sie und Ihre Freundin leiden kann, ist für meine Entscheidung völlig irrelevant. Sie haben bewiesen, dass Sie etwas erreichen können, und das schätze ich. Aber von meinen Entscheidungen hängen Welten ab, Miss Vaughn. Ich trage die Verantwortung. Und in dieser Position ist es nicht ratsam, sich von persönlichen Präferenzen leiten zu lassen. Emotionen haben keinen Platz, wenn es um das Schicksal und den Fortbestand dieser Welt und der jenseits der Portale geht. Würden Sie mir da nicht auch zustimmen? Wie leicht hat man dann etwas entschieden, über dessen Konsequenzen man vorher genauer hätte nachdenken sollen.« Er sah Silvana an. »Aus Trotz oder Ärger …« Sein Blick wanderte weiter zu

Yazeem. »Aus Trauer oder weil man ein Versprechen gegeben hat …« Sein Blick kehrte zu ihr zurück. »Oder weil man sich vor etwas fürchtet.«

Corrie wich seinem Blick aus. Es war ihr schon etwas unheimlich, wie gut er sie alle in dieser kurzen Zeit analysiert hatte. Und er hatte nicht ganz unrecht mit seinen Worten, das musste sie ebenfalls zugeben, auch wenn sie seine Art mehr als befremdlich fand.

Tempest lehnte sich in den Sessel zurück und faltete die Hände vor dem Bauch. »Könnten wir dann also jetzt, nachdem wir über die Konsequenzen gesprochen haben, bitte wieder zurück zum eigentlichen Thema kommen – wie das weitere Vorgehen in dieser ganzen Sache in Zukunft aussehen wird?«

»Wir machen weiter«, sagte Silvana betont langsam.

»Und ich bin ab sofort wieder an ihrer Seite«, fügte Yazeem bekräftigend hinzu.

Corrie schenkte ihm ein Lächeln, das jedoch schlagartig verblasste, als Tempest herablassend die Lippen spitzte. »Das ist etwas pauschal für einen Plan, oder nicht? ›Wir machen weiter.‹« Er gab ein missbilligendes Schnauben von sich. »Können Sie auch sagen, *wie* Sie weitermachen wollen? Beispielsweise mit dem Inhalt des Dritten Buches von Angwil? Haben Sie schon eine blasse Ahnung davon, wo das Problem liegt?«

»Wo das Problem liegt?«, gab Silvana bissig zurück. »Wenn wir das wüssten, könnten wir es ja lösen, oder nicht?«

»Ist es die Zeit, die Ihnen durch den Laden fehlt, weil Ihr Helfer nicht mehr an Ihrer Seite war?«, fragte Tempest, ohne auf Silvanas Einwurf einzugehen oder Yazeems erbosten Ausdruck zu beachten. Seine Augen richteten sich auf Corrie, die seinem durchdringenden Blick erneut auswich. »Fehlt Ihnen eine Idee? Haben Sie überhaupt schon irgendetwas, mit dem sich arbeiten ließe?«

»Nicht viel«, erwiderte Corrie leise. »Am Ende des Buches steht ein Reim, der scheinbar in keinerlei Zusammenhang zum Rest steht. Aber was er bedeuten könnte, wissen wir bisher nicht.«

»Und wie lautet er?«, wollte Tempest wissen.

Corrie hatte ihn mittlerweile so häufig gelesen, dass sie ihn auswendig kannte. Sie schloss die Augen. »Der Sitz des Dämons bringt es ans Licht, sieh nur hinein, sonst erkennst du es nicht. Hast du die Augen der Nacht dann in Reihe gebracht, zur Zeit des Blutes, nun der Abgrund erwacht.« Sie öffnete die Augen wieder und warf dem Botschafter einen verstohlenen Blick zu. Tempest nickte langsam. »Gut. Vielen Dank, Miss Vaughn.«

Corrie hob die Braue. Das war alles? Mehr hatte er dazu nicht zu sagen?

Doch Tempest schlug nur das andere Bein über. »Dann möchte ich jetzt gerne drei Dinge feststellen«, sagte er ungerührt. »Erstens: Ich bin nach wie vor nicht besonders glücklich darüber, dass die Dinge so gekommen sind und dass Sie beide in die ganze Sache mit hineingezogen wurden. Aber ich bin bereit, Sie weiter an den Rätseln arbeiten zu lassen, wenn Sie beide es sich zutrauen. Zweitens: Es bleibt für Sie beide beim Lösen der Rätsel. Keine Alleingänge mehr. Unter gar keinen Umständen. Und drittens: Ich wünsche über jede neue Entwicklung informiert zu werden. Sofort und in vollem Umfang. Sollte ich wider Erwarten erneut nicht verfügbar sein, gehen alle Informationen an Timothy Taistra. Er ist entsprechend instruiert und wird sich dieses Mal genau an meine Weisungen halten. Haben Sie das verstanden?« Sein Blick wanderte zu Yazeem. »Und du auch?«

»Wir sind bisher auch ohne Ihre Vorschriften zurechtgekommen«, gab Silvana beinahe trotzig zurück.

»Silvie!«, entfuhr es Corrie entgeistert. Er hatte doch gerade erst gesagt, was er bezüglich seiner Anweisungen erwartete – und was geschah, wenn sie nicht befolgt werden würden.

Tempest musterte die junge Frau mit kühlem Spott. »Ich glaube, dazu habe ich Ihnen eben schon etwas gesagt, Miss Livenbrook. Oder war das immer noch nicht deutlich genug für Sie?«

»Doch, Charles«, warf Yazeem rasch ein und sah Silvana halb vorwurfsvoll, halb bittend an. »Das war es.«

»Das denke ich doch auch«, entgegnete Tempest. »Dann werde ich mich jetzt auf den Rückweg machen. Yazeem, würdest du mich bitte noch kurz begleiten? Auf ein Wort unter vier Augen? Und hol doch bitte die beiden Leseratten auch dazu.« Er erhob sich, nahm seinen Mantel auf und nickte den Freundinnen zu. »Ich wünsche noch einen angenehmen Abend.«

Als die Tür hinter ihm und dem Werwolf zugefallen war, zog Corrie die Knie bis zum Kinn und sah mit Hilfe suchendem Blick zu ihrer Freundin. Silvana hatte die Fäuste geballt und das Kinn vorgeschoben, die Augen wie zwei Pfeile auf die Tür gerichtet, als könne sie den Botschafter durch das Holz hindurch damit durchbohren. Nur selten hatte sich Corrie so hilflos gefühlt, so ohnmächtig angesichts dessen, womit der Botschafter ihnen gedroht hatte. »Was sollen wir denn jetzt machen?«, flüsterte sie heiser und spürte, wie ihr Tränen in die Augen stiegen. Sie versuchte, sie zurückzuhalten, doch stattdessen schluchzte sie leise auf.

Silvana fuhr zu ihr herum. Ihr Zorn wich Erschütterung, und behutsam nahm sie ihre Freundin in den Arm. Sie hatte nicht erwartet, dass Tempests Worte Corrie derart zusetzen würden, auch wenn ihr nicht entgangen war, dass er sie eingeschüchtert hatte. Corries Tränen gaben Silvanas Ärger neue Nahrung, doch für den Moment schluckte sie ihn hinunter.

»Wir schaffen das. Auch wenn er uns Steine in den Weg legt. Wir machen weiter.«

»Ich verstehe ja, dass nicht alles gut gelaufen ist und dass er eine große Verantwortung trägt ...« Corrie stockte kurz und schniefte. »Aber warum muss er dann so ... so ... gemein sein? So herablassend?«

»Hast du doch gehört«, sagte Silvana so sanft wie möglich, obwohl ihr in Wahrheit ganz anders zumute war. »Wir haben dafür gesorgt, dass seine ach so gut durchdachten Pläne durcheinandergeraten sind. Aber dass er ohne uns jetzt gar nichts gegen Lamassar in der Hand hätte, falls er, ungeachtet der Pläne des Botschafters, auch ohne den Fund der Bücher in die Offensive gegangen wäre, das scheint er großzügig zu vergessen.«

Hinter ihr öffnete sich leise die Tür, und die beiden Leseratten huschten herein.

Corrie schüttelte den Kopf und schniefte erneut. »Und statt uns zu helfen, macht er uns Vorwürfe und tritt alles mit Füßen, was wir erreicht haben.« Sie senkte den Kopf und blinzelte sich ein paar Tränen aus den Augen.

»Er meint es nicht so«, sagte Phil, der aufs Sofa sprang und ihr die Pfote auf den Oberschenkel legte.

»Er macht sich bloß Sorgen«, fügte Scrib hinzu.

Corrie sah die Leseratten mitleidvoll an. »Was hat er zu euch gesagt?«

Phil machte mit der kleinen Pfote eine wegwerfende Bewegung, die Corrie trotz der Tränen ein leichtes Lächeln entlockte. »Vermutlich etwas Ähnliches wie euch. Dass wir uns nicht korrekt verhalten haben und dass er ab jetzt erwartet, dass wir seinen Anweisungen folgen.«

»Natürlich. Alles hört auf sein Kommando«, schnaubte Silvana entrüstet und drückte Corrie beruhigend an sich. »Ich habe selten so ein arrogantes, selbstgefälliges, unsensibles Arschloch getroffen. Bei solch einem Botschafter wundere ich mich, dass das Inselreich nicht schon längst im Krieg ist. Diplomatie geht für mich anders. Nicht eine einzige Frage danach, wie es uns oder Yazeem geht nach allem, was passiert ist – nur diese boshaften Sticheleien, Vorwürfe und Drohungen. Du kannst mir ja viel erzählen, aber nicht, dass das Besorgnis suggerieren soll.«

»Ich will das hier nicht verlieren«, sagte Corrie und strich Phil über den Kopf. »Euch, den Laden … und all die anderen.«

»Das werden wir auch nicht«, erwiderte Silvana finster.

»Vielleicht glaubt er, die Macht dazu zu haben, aber ich bin sicher, die hat er nicht.« Der Blick, den die beiden Ratten ihr daraufhin zuwarfen, ließ sie jedoch innehalten. Irrte sie in dem Punkt vielleicht doch? Und wenn sie an Shukars überhastetes Verschwinden dachte, als der Boschafter ihn dazu aufgefordert hatte … Sie presste grimmig die Kiefer zusammen. Nein. Sie würden sich davon nicht einschüchtern lassen. Kein Botschafter der Welt würde sie davon abhalten, das zu tun, was sie für richtig hielten.

Lautlos öffnete sich erneut die Tür, und der Werwolf betrat den Raum. Als er Corries Tränen sah und die beiden Ratten, die zusammen mit Silvana versuchten, sie zu trösten, presste er mit finsterer Miene die Lippen zusammen. Er setzte sich zu ihnen und legte Corrie den Arm um die Schultern. »Es tut mir leid, dass ihr Charles so kennenlernen musstet«, sagte er bedauernd. »Normalerweise ist er nicht ganz so … direkt.«

Silvana sah den Werwolf entrüstet an. »Du verteidigst ihn auch noch?«

Yazeem schüttelte den Kopf. »Ich sage nur, dass ihr euch seine Worte nicht so zu Herzen nehmen solltet. Ein paar schon, aber definitiv nicht alles, was er gesagt hat. Wir machen so weiter wie bisher. Alles Weitere sehen wir dann.«

»Und wenn er trotzdem meint, uns zurückschicken zu müssen?«, fragte Corrie und wischte sich über die Augen.

»Wenn wir das alles hier verlieren?«

»Ich kenne Charles jetzt schon ziemlich lange«, erwiderte Yazeem mit einem aufmunternden Lächeln und drückte sanft Corries Unterarm. »Glaub mir, man kann mit ihm reden, und auch wenn es nicht so scheint, hat er eine unglaublich große Geduld.« Er sah kurz zu Boden. »Seine Methoden mögen etwas fragwürdig erscheinen; aber durch ihn ist mir eben auch klar geworden, wie sehr ich euch allein gelassen habe in den vergangenen Wochen.«

»Du hattest Verpflichtungen«, warf Corrie ein und atmete tief durch. »Und du hast um Namar getrauert.«

»Und das tue ich noch«, erwiderte Yazeem leise. »Aber darüber und über die Wünsche des Clans darf ich meine Freunde nicht vergessen. Die, die mich ebenso sehr brauchen – wenn nicht sogar noch mehr. Und das hat Charles mir deutlich vor Augen geführt. Ich weiß, dass wir heute Abend reden wollten, aber wenn ihr einverstanden seid, würde ich das lieber auf morgen verschieben. Dann erzähle ich euch, was in den vergangenen Wochen geschehen ist, und wir können planen, wie wir von nun an weitermachen. Einverstanden?« Er sah die beiden Freundinnen bittend an. »Ich koche uns auch etwas ganz Besonderes.«

»Ist schon in Ordnung«, erwiderte Corrie. »Ich habe heute Abend ohnehin keinen Hunger mehr. Und keine Energie.«

»Denkt nicht mehr darüber nach. Wirklich nicht«, sagte Yazeem ernst. »Versucht, das Rätsel zu lösen, und dann sehen wir weiter. Ich weiß, Charles' Auftritt ist schwer zu verdauen, aber versucht es trotzdem.« Er erhob sich. »Ich werde mich jetzt auf den Heimweg machen. Vermutlich sollte ich gleich auch noch mit Alex reden. Und Morty. Bei den beiden habe ich mich auch sehr rargemacht in letzter Zeit.«

Er beugte sich vor und drückte Corrie noch einmal beruhigend an sich. »Es wird alles gut werden. Habt nur Vertrauen. Wir schaffen das.« Er straffte die Schultern und trat an die Tür. »Bis morgen.«

Dann verließ er das Zimmer, und Corrie und Silvana blieben mit den Ratten, dem Geschirr und ihren Gedanken zurück.

Da die beiden Freundinnen nach dem Auftritt des Botschafters keine Motivation mehr verspürten, sich um die Abschlussarbeiten des Tages zu kümmern, beschlossen sie, alles Weitere auf den nächsten Tag zu verschieben. Sie räumten noch schnell das Geschirr auf, und dann zog sich jede mit ein paar Keksen in ihr Zimmer zurück.

Bevor sie zu Bett ging, wollte Corrie den Tag jedoch mit etwas Angenehmerem beschließen als mit den Gedanken an

Shukar und Botschafter Tempest. Und zum Glück gab es etwas, das ihr dabei helfen konnte. Aus ihrer Gesäßtasche zog sie den Brief von Kushann hervor, den ihr Silvana nach ihrer Rückkehr aus der *Magischen Schriftrolle* mitgebracht und den sie noch immer nicht geöffnet hatte. Es war der dritte, den sie innerhalb der vergangenen drei Monate von ihm erhalten hatte, und sie war gespannt, wovon er dieses Mal berichten würde.

Ein wenig enttäuscht stellte sie fest, dass der Brief deutlich kürzer war als die anderen – dafür war auf dem Papier eine wunderschöne, silberne Feder mit einem Klecks Siegelwachs befestigt. Als Corrie sanft darüberstrich, begann die Feder, leise zu rauschen; wie eine Muschel, wenn man sie sich an das Ohr hielt. Nur klang das Rauschen der Feder beinahe wie eine Melodie.

Mit unterkreuzten Beinen auf dem Sofa sitzend, begann Corrie zu lesen:

Liebste Corrie,
die letzten Wochen haben uns eine ruhige See und guten Wind beschert, und wir haben unser Ziel, den Hafen von Navarall im Firminsund, ohne größere Zwischenfälle erreicht (wenn man einmal von ein paar Raufereien in der Mannschaft absieht). Oliver Cloudwing und seine Leute haben uns dort schon erwartet, und gemeinsam haben wir uns in Navarall einen kleinen Streich erlaubt – die Feder des Silber-Rokhs, die ich dir sende, ist Teil davon. Sie ist kostbar, hüte sie gut. Das Schiff der Blutelfen, von dem wir sie haben, gehört uns nun übrigens auch. Selbstredend auch die übrige Ladung – bester Blutwein (der übrigens nicht grundlos so

heißt), feinste Eisfeuer und ein halber Laderaum voller weicher Baigoon-Pelze, die leider zu groß sind, um sie diesem Brief mit beizulegen. Wie es dazu gekommen ist, erzähle ich dir lieber direkt, wenn wir uns das nächste Mal sehen. Die meisten der Männer und Frauen sind jetzt auf Landgang, auf der Suche nach Zerstreuung. Früher hätte ich sie gewiss begleitet; Navarall beherbergt einige der anmutigsten und exotischsten Kurtisanen des Reiches. Jetzt aber weilen meine Gedanken bei dir, und ich werde die Zeit für ein paar Partien Pargus mit Rabas nutzen, wenn er zurück ist. Ich sende dir Küsse und Kraft. Glaub immer an dich, trotz aller Zweifel, die dich befallen mögen. Wir sehen uns bald wieder. Kushann.

Corrie ließ den Brief sinken, strich noch einmal über die Feder und lauschte dem Rauschen.

Wie gerne hätte sie den Freibeuter wiedergesehen. Etwas Zeit mit ihm verbracht. Seinen Rat gehört, was es mit dem Dritten Buch von Angwil auf sich haben konnte. Aber sie würde sich noch eine ganze Weile gedulden müssen, bis die Schiffe von Blutschattens Verband wieder in Port Dogalaan einliefen. Weitere Wochen oder Monate, in denen ihr nur Briefe blieben. In dieser Welt war das fast unvorstellbar. Hier konnte man jemanden einfach anrufen, wenn man seine Stimme hören wollte, egal wie weit entfernt sich derjenige befand. Wollte man ihn sehen, gab es das Internet. Wochen und Monate auszuharren, ohne zu wissen, wie es dem anderen ging oder was er gerade machte, wurde ungleich schwerer, wenn man es anders gewohnt war. Aber vielleicht würde sich ja doch noch zumindest ein Tag finden, an dem Kajsja sie zu ihm bringen konnte. Corrie wusste nur nicht, ob ihr das die Sache leichter machen oder ob ihr der Abschied nur noch schwerer fallen würde. Auf der anderen Seite würde es immer so sein, wenn sie mit Kushann zusammen sein wollte. Er würde immer jenseits des Portals bei seinem Kapitän und der Mannschaft bleiben. Einen Seemann rief immer das Meer.

Und auf einem Schiff in dieser Welt konnte sie sich den Mammalikus nicht vorstellen. Das wäre kein Leben für ihn. Und für sie wäre es keins an Bord eines Schiffes.

Vorsichtig löste sie die Feder vom Papier, erhob sich und ging hinüber zu ihrem Schreibtisch. Aus der rechten Schublade zog sie das Kästchen hervor, das sie auf dem Basar von Port Dogalaan erstanden hatte und das unter anderem die Lösung zu dem Rätsel im Ersten Buch von Angwil bereitgehalten hatte. Jetzt lagen zwar immer noch die Linse und die Beinnadel in seinem Inneren, dazu jedoch noch die Dinge, die Kushann Corrie in seinen Briefen mitgeschickt hatte, um ihr ein Gefühl für das zu geben, worüber er schrieb: ein Splitter von einem Kamikurit, ein sattblauer Halbedelstein; eine kleine Mondmuschel; ein Beutel Salz-Tee. Sie legte die Feder dazu und schloss die Schublade wieder. Als sie sich umdrehte, saß hinter ihr vor dem Bett das Buch von Bergolin und breitete seine Buchdeckel auf dem Boden aus. Corrie verzog die Lippen zu einem Lächeln. »Ja, du hast recht. Zeit, ins Bett zu gehen. Der Tag heute war alles andere als angenehm. Hoffentlich wird wenigstens die Nacht besser.«

KAPITEL 5
Wellington

Müde schlurfte Corrie am nächsten Morgen mit einem dampfenden Becher Kaffee in der Hand zur Eingangstür, um zu öffnen. Der Wunsch nach Erholung hatte sich nicht erfüllt; sie hatte eine grauenvolle Nacht hinter sich, in der sie immer wieder aus Albträumen hochgeschreckt war – von Tempest, von Lamassar und seinem verbrannten Hasen, von Logris' abgeschlagenem Kopf, der ihr nachgejagt war, und schließlich vom Labyrinth, das sie und Silvana verschlungen und in dieselben Statuen verwandelt hatte, denen sie vor Monaten dort begegnet waren. »Damit hätte ich den Preis für den besten Horrorfilm des Jahres gewonnen«, murmelte sie in ihren Becher, während sie den Schlüssel hervorzog. Zum Glück war heute Morgen noch niemand vor dem Laden zu sehen. Mrs Blessing oder auch Ranish hätte sie, sosehr sie die beiden auch mochte, im Moment nicht ertragen können.

»Du siehst heute aber gar nicht gut aus«, wurde sie von Phil begrüßt, der neben ihr auf dem Lesepult erschienen war und sie besorgt musterte.

»Wie Schneewittchen«, stellte Scrib fest, der im Regal unter dem Pult saß. »Nur dass sich das mit dem Ebenholz nicht unbedingt auf die Ringe unter den Augen bezogen hat.«

Corrie unterdrückte ein Gähnen und zog stattdessen eine Grimasse. »So etwas sagt man einer Dame aber nicht ins Gesicht. Schon gar nicht so früh am Morgen.«

»Ist es wegen dem Botschafter?«, fragte Phil. »Hast du deshalb so schlecht geschlafen?«

»Wie kommst du denn darauf?«, fragte Corrie mit erhobener Braue und drehte das Schild von *Geschlossen* auf *Geöffnet*.

»Weil wir wissen, was für einen ersten Eindruck Charles bei den meisten Leuten hinterlässt«, erwiderte Scrib und fuhr sich gemächlich über die langen Barthaare. »Vor allem, wenn sein Besuch nicht aus reiner Höflichkeit stattfindet.«

»Ehrlich gesagt, kann ich mir beim besten Willen nicht vorstellen, dass er auch noch anders sein kann«, gestand Corrie kopfschüttelnd. »Oder dass es jemanden gibt, der gerne für ihn arbeitet.«

»Du wärst vermutlich überrascht«, sagte Phil lächelnd. Corrie seufzte. »Ja. Vermutlich.«

»Du wirst schon sehen«, fügte Scrib hinzu. »Wenn du ihn erst einmal besser kennengelernt hast, wirst du deine Meinung über ihn bestimmt ändern.«

»Besser kennenlernen?« Corrie sah die Ratte konsterniert an. Den Botschafter »besser kennenzulernen« war ganz gewiss eines der letzten Dinge, die sie erstrebenswert fand.

»Das Wichtigste ist, dass du dich nicht einschüchtern lässt. Vertraue auf dich und vertraue ihm«, zwinkerte Scrib und sprang zusammen mit Phil davon, um sich vor den Blicken etwaiger Kundschaft zu verbergen. Vergangene Woche erst waren er und Phil aus Versehen einer älteren Dame aufgefallen. Sie hatte sich daraufhin lautstark beschwert, dass es hier Ungeziefer gab. Nur mit Mühe und einem Gutschein hatten Corrie und Silvana sie davon überzeugen können, dass es sich bei den beiden Ratten um Corries entwischte Haustiere handelte. Bei ihrem nächsten Besuch zwei Tage später hatte Miss Pauly, wie die Dame hieß, den beiden dennoch demonstrativ zu dem peinlich genau abgezählten Geld die Visitenkarte eines Schädlingsbekämpfers dazugelegt.

Corrie trank einen Schluck Kaffee, ließ den Blick durch den Laden wandern und seufzte noch einmal. Es musste dringend weitere Dekoration aufgebaut werden – auch wenn die beiden Tannen neben der Theke bereits recht ansprechend aussahen, ebenso wie der Tisch, den Vincent hergerichtet hatte und von dem sie bereits ein paar Geschenkartikel verkauft hatten. Die Lieferungen vom Vortag lagen zum Teil noch in ihren Kartons und mussten ausgepackt werden. Und es mussten Vorbereitungen für die kommenden Lesungen getroffen werden. Es lag noch viel Arbeit vor ihnen, auch ohne die fieberhafte Suche nach den Büchern Angwils und der Bedrohung durch Lamassar, die sie beständig wie ein Schatten begleitete. Und schließlich kamen noch all die ungewöhnlichen Kunden und ihre noch ungewöhnlicheren Buchwünsche hinzu, mit denen Silvana und sie niemals gerechnet hätten, als sie hierhergezogen waren. Wer konnte schon behaupten, dass er Drachen, Faune, Elfen, Feen und Zwerge zu seinen Kunden zählte? Oder Vampire, Werwölfe und Nymphen? Magier? Alchimisten? Nein, sie bereute nicht, sich mit Silvana all diesen Aufgaben gestellt zu haben, egal wie schlecht der Botschafter es auch reden wollte. Sie nippte noch einmal gedankenverloren an ihrem Kaffee und warf einen Blick hinaus in die graue Dämmerung, wo der pfeifende Wind den Regen vor sich her über die Straße trieb, doch von Yazeem war noch nichts zu sehen. Dabei hatte er ihnen doch erst am Vorabend versprochen, dass er sie nicht wieder versetzen würde. Sie betrachtete noch einen Moment lang die Regentropfen, die an der Scheibe hinabliefen, und schlurfte dann zurück zum Tresen, um mit den Bestellungen zu beginnen. Wenn der Werwolf nicht auftauchte, mussten wohl erneut Silvana oder sie in die *Magische Schriftrolle* gehen, und das würde Cryas' scharfen Augen nicht verborgen bleiben.

Sie wollte gerade anfangen, als sie Silvana aus dem kleinen Lagerraum rufen hörte, wo sie sich um die online eingehenden Bestellungen kümmerte, die jetzt, da es langsam auf Weihnachten zuging, stetig mehr wurden. »Könntest du bitte mal kommen? Ich brauche Hilfe!«

»Moment!« Corrie warf noch einen raschen Blick zur Tür, doch da immer noch kein Kunde zu sehen war, eilte sie nach hinten zu ihrer Freundin und steckte den Kopf ins Lager. Angewidert verzog sie das Gesicht, als ihr der Gestank des Buches entgegenschlug, das Silvana am gestrigen Tag mitgebracht und hier deponiert hatte. Es roch schlimmer als saure Milch und verfaulter Kohl zusammen. »Wie wäre es mit einem Duftbäumchen hier hinten?«, schlug sie vor. »Oder einem Aroma-Stecker?«

»Wird hoffentlich nicht mehr nötig sein«, näselte Silvana, ohne sich umzudrehen. »Ich hoffe, dass es heute abgeholt wird. Wenn nicht, können wir immer noch darüber nachdenken.«

»Auf jeden Fall sollten wir gut durchlüften«, erwiderte Corrie und beäugte das Buch, das ihren Blick träge erwiderte, bevor es sein ledernes Lid wieder schloss. »Warum um alles in der Welt stinkt das überhaupt so?«

»Liegt am Leder, hat Vincent gesagt«, antwortete Silvana und klickte ungeduldig mit der Maus. »Sumpfassel.«

»Aha«, machte Corrie gedehnt und beschloss, den Eintrag über diese Tiere in ihrem Buch über die Fauna der Reiche jenseits des Portals nachzulesen, das sie sich mittlerweile besorgt hatte. »Ich frage mich, was wohl Flora Marauner dazu sagt, wenn ihr Mann schon wieder so ein übel riechendes

Werk anschleppt. Erinnerst du dich noch an das Buch in dem Eimer, was so penetrant gestunken hat? Oder vor ein paar Wochen das Heft, das wir unter die Fliegenschutzhaube legen mussten? Wo lagert er die nur bei sich?«

»Ich rufe nachher bei Mr Marauner an«, versprach Silvana. »Und übrigens, Cryas hat gesagt, dass er tatsächlich ein Bestiar ist.«

»Dann hatten wir also recht?«, fragte Corrie mit triumphierendem Grinsen. »Bei dem, was er bestellt und zu Hause hält, konnte das gar nichts anderes sein.«

»Aber löchere ihn jetzt nicht jedes Mal mit Fragen zur Fauna des Inselreichs, wenn er vorbeikommt«, mahnte Silvana. »Und könntest du dir jetzt das hier vielleicht einmal anschauen?«

»Was gibt es denn?« Corrie schob sich an ihrer Freundin vorbei und öffnete das Fenster. Der Gestank im Lager war wirklich nicht auszuhalten.

»Die Bestellungen lassen sich nicht drucken.«

»Aber gestern ging es doch noch ohne Probleme.«

Silvana nickte und schob die Maus von sich. »Deswegen habe ich dich ja gerufen.«

»Kein Problem. Dann geh du nach vorne. Ich sehe mal, ob ich den Fehler finde.«

Silvana erhob sich. »Viel Glück. Und erstick mir nicht.« Als sie zurück in den Laden trat und ihr der Duft der Seifen, Kerzen und Grußkarten entgegenschlug, atmete sie tief durch. Noch nie war ihr das Aroma von Zimt, Vanille, Rose und Tanne so herrlich vorgekommen. Beim Auspacken hatte sie die Gerüche noch eher als künstlich und penetrant empfunden. Aber verglichen mit dem, was durch das Lager waberte … Keine Frage, das Buch musste weg. So schnell wie möglich. Es waren noch immer keine Kunden im Laden, und so griff Silvana zum Telefon und wählte die Nummer der Marauners, die sie sich aus der Kundenkartei im Computer heraussuchte.

Es meldete sich jedoch nur der Anrufbeantworter mit einer für die Marauners ungewöhnlich gewöhnlichen Ansage. Ganz leise war im Hintergrund ein Blöken zu hören, das man auch für ein normales Schaf hätte halten können, wenn man nicht wie Silvana wusste, dass es sich dabei um ein Barometz handelte. Silvana hinterließ eine Nachricht mit der Bitte, das Buch rasch abholen zu kommen. Dann wandte sie sich dem Kästchen mit den Bestellungen für Vincent zu, das sie durch Tempests Besuch am Vorabend nicht mehr zu ihm hatten bringen können. Wer auch immer von ihnen später in die *Magische Schriftrolle* gehen würde, um nach neuen Lieferungen zu sehen, würde die Bestellungen mitnehmen. Und obwohl sie gerne hinüberging, hoffte sie, dass Yazeem heute auftauchte. Sie wollte von Cryas nicht noch einmal darauf angesprochen werden.

Langsam ging sie die zum großen Teil handschriftlichen Zettel und Pergamente durch. Es waren nicht allzu viele, aber die Titel waren wieder einmal äußerst spannend zu lesen. Besonders der, den Corrie ganz obenauf gelegt hatte: *Die Saga von den Dunkelwächtern und den Fluchbrechern vom Purpurkrähengipfel.* Sie fragte sich, ob es sich dabei wohl um einen Roman handelte oder um ein Sachbuch. Wenn es ein Roman sein sollte, würde sie ein paar Seiten darin lesen und ihn ebenfalls bestellen, wenn er ihr gefiel. In den vergangenen Monaten hatte sie bereits das ein oder andere gute Buch von jenseits des Portals für sich entdeckt. Die Einblicke, die sie in die Welt der Zweimondreiche gewährt hatten, waren höchst interessant gewesen – ebenso wie der Blick auf ihre eigene Welt. Ganz im Gegensatz zu dem *Faun mit den Purpuraugen*. Silvana schauderte bei dem Gedanken daran. Nachdem sie die ersten beiden Kapitel gelesen hatte (wie auch immer sie das hatte durchhalten können), konnte sie Flora Marauners Empörung über die nicht enden wollenden Nachauflagen dieses Buches nachempfinden. Es war wirklich schlecht. Es hatte auch hier bei ihnen eine Zeit lang ausgelegen, wenn auch eher zum Scherz. Wobei es »hatte« genau traf – sie musste tatsächlich wieder Exemplare bei Vincent nachbestellen. Am Vortag hatten sie das letzte verkauft. Wieder einmal. Und jetzt gab es auch noch eine Fortsetzung davon! Am besten, sie kauften davon auch gleich noch welche ein, sofern dazu nicht der direkte Kontakt mit dem Zentauren-Vertreter nötig war. Diesem selbst ernannten *Prince Pretty Pony* musste sie nun wirklich nicht noch einmal über den Weg laufen.

Sie war so in Gedanken versunken, dass sie hochschreckte, als Corrie wieder neben ihr erschien und sie stirnrunzelnd musterte. »Der Drucker läuft wieder und spuckt gerade sämtliche Bestellungen aus.«

»Wäre das nicht ein Grund für ein etwas anderes Gesicht?«, fragte Silvana irritiert.

Corrie griff zu ihrer Tasse, die noch immer neben dem Computer stand, und trank einen Schluck. Dass der Kaffee nur noch lauwarm war, störte sie nicht. »Das liegt an dem Grund, warum der Drucker nicht laufen wollte.«

Silvana schürzte die Lippen. »Und der wäre?«

»Die Tastatur war verstellt, und die Kabel waren gelockert. Drucker, Scanner, externe Festplatte … alles.«

»Verstellt? Gelockert?«, wiederholte Silvana erstaunt.

»Einfach so? Von gestern auf heute? Wer erlaubt sich denn solche Scherze?«

Corrie sah ihre Freundin stumm an.

Silvana hob die rechte Braue. »Du denkst doch wohl nicht, dass ich das war?« Sie schüttelte den Kopf. »Da würden mir aber ganz andere Sachen einfallen, wenn ich dir einen Streich spielen wollte.«

Corrie hob die Schultern. »Ich habe tatsächlich zuerst an dich gedacht, ja. Und dann an Phil und Scrib.«

»Wir würden so etwas auch niemals tun«, erklang Scribs empörte Stimme aus einer Ecke hinter dem Abholfach.

Corrie atmete durch. »Das habe ich mir dann auch gedacht. Ich habe da nämlich noch etwas gesehen, das …«

Doch bevor sie Silvana berichten konnte, was genau es war, das sie gesehen hatte, betrat mit einem Schwall eiskalter, nasser Morgenluft der erste Kunde den Laden. Mit dem abgetragenen, sandfarbenen Paletot-Mantel und dem mehrfach um den Hals geschlungenen, bunten Strickschal erkannten ihn die beiden Freundinnen bereits an der Tür.

»Mr Wellington!«, begrüßte ihn Corrie lächelnd und ließ hastig ihren halb vollen Kaffeebecher unter dem Tresen verschwinden. »Schön, dass Sie auch einmal wieder reinschauen. Sie waren lange nicht mehr hier.«

»Ich fühle mich geschmeichelt, dass Ihnen das aufgefallen ist, Miss Vaughn«, erwiderte der junge Bestattungsunternehmer mit der markanten Adlernase und den sanften, auffällig gefärbten Augen – das rechte war grün, das linke braun. Er nickte erst ihr, dann Silvana schmunzelnd zu, bevor er zu dem Becher deutete. »Und wegen mir brauchen Sie ihn nicht zu verstecken. Ich kann gut nachvollziehen, dass man das morgens braucht. Mein Tee wartet auch im Wagen auf mich.«

»Danke, das versteht nicht jeder«, sagte Corrie und förderte den Kaffeebecher wieder zutage. Aus den Augenwinkeln glaubte sie dabei eine Bewegung am unteren Fach des Abholregals zu sehen. Sie hielt einen kurzen Moment inne und blinzelte, bevor sie ihre Aufmerksamkeit wieder dem Bestatter widmete. Offenbar war sie noch immer nicht richtig wach. Gut, dass in der Küche noch eine halbe Kanne Kaffee stand …

»Und was können wir heute für Sie tun?«

»Es ist wieder an der Zeit für ein neues Buch«, sagte Wellington mit einem Zwinkern und zog aus der Manteltasche sein abgegriffenes Notizbuch mit dem dunkelgrünen Ledereinband hervor, das Corrie schon kannte.

Während er es durchblätterte, öffnete sich hinter ihm erneut die Eingangstür und ließ eine Kundin herein, bei der Silvana und Corrie innerlich aufstöhnten. Miss Pauly. Und ihrem Gesichtsausdruck nach zu urteilen, war sie hier, um das Buch, das unter ihrem Arm klemmte, zu reklamieren. Nun gut, auch dafür waren sie schließlich da. Silvana setzte ihr freundlichstes Lächeln auf – oder versuchte es zumindest.

»Guten Morgen, Miss Pauly. Was kann ich für Sie tun?«

Miss Pauly, die in ihrem hochgeschlossenen Tweedkostüm den Charme und die Wärme eines unbehauenen Marmorblocks versprühte, sah Silvana über das dicke Glas ihrer eckigen Brille hinweg an, als hätte sie sie mit ihrer Frage beleidigt. »Ich denke, das ist offensichtlich, Miss Livenbrook«, erwiderte sie spitz und knallte das Buch auf die Theke. Ihr ungnädiger Blick fiel dabei zuerst auf den Kaffeebecher neben Corrie, der bei dem Aufprall protestierend geklirrt hatte, dann auf die junge Frau selbst, und die missbilligend zusammengekniffenen Lippen ließen Corrie langsam die

Hand nach der Tasse ausstrecken. Auf eine ausufernde Diskussion über Benimm und Etikette mit der ehemaligen Lehrerin hatte sie um diese Zeit noch keine Lust. Wellington, der die Reaktion bemerkte, schüttelte jedoch kaum merklich den Kopf und legte seinen Arm als demonstrative Barriere zwischen sich und Miss Pauly, während er Corrie aufmunternd zulächelte.

»Nehmen Sie doch noch einen Schluck Kaffee, Miss Vaughn. Sonst wird er kalt«, sagte er lauter, als es nötig gewesen wäre. Mit der anderen Hand schob er ihr das aufgeschlagene Notizbuch zu. »Und dieses Buch hier würde ich gern bestellen.«

Corrie, die mit einer Mischung aus Genugtuung und Belustigung den angesäuerten Blick bemerkte, den Miss Pauly Wellington darauf zuschoss und den der junge Bestattungsunternehmer mit einem spitzbübischen Grinsen erwiderte, zog das Buch zu sich heran, um den Eintrag zu lesen. Wellingtons feine Handschrift machte es ihr leicht. »Die Küchen-Fee«, las sie halblaut und spitzte nachdenklich die Lippen. Der Titel sagte ihr nichts. Aber das war nicht ungewöhnlich bei der Vielzahl der jährlichen Neuerscheinungen – und den noch zahlloseren Titeln der vergangenen Jahre, die an den Verlagen vorbei veröffentlicht worden waren. »Das haben wir leider nicht vorrätig. Ich schaue aber gerne einmal nach, ob ich es für Sie bestellen kann.« Sie wollte sich dem Computer zuwenden, um das Buch zu suchen, doch Wellingtons Reaktion ließ sie innehalten. Er fuhr sich über seinen kurzen, rotblonden Bart und ließ mit einem amüsierten Schmunzeln das Notizbuch wieder in der Manteltasche verschwinden. »Ich fürchte, das werden Sie dort nicht finden«, hörte sie ihn leise sagen.

Im ersten Moment runzelte Corrie verwirrt die Stirn, doch als er den Blick wieder hob, »Versuchen Sie das *Liber*« murmelte und ihr zuzwinkerte, begriff sie. Auch in Wellington hatte sie offenbar keinen gewöhnlichen Menschen vor sich, wie sie das bis zu diesem Zeitpunkt immer gedacht hatte.

Neben ihr stieß Silvana einen überraschten Laut aus, jedoch nicht wegen des Bestatters, sondern wegen der Seite mit den Danksagungen, die Miss Pauly aufgeschlagen hatte und die der Grund für ihren Unmut war.

Was Silvana durchaus verstehen konnte. Die Seite sah … merkwürdig aus. Als hätten Vögel darauf herumgepickt und einzelne Buchstaben herausgefressen. Überall waren Lücken im Text, und zum Ende hin fehlten sogar so viele Buchstaben, dass man die ursprünglichen Wörter nicht einmal mehr erahnen konnte. »So einen merkwürdigen Fehldruck habe ich noch nie gesehen«, gestand Silvana verwundert.

»Wirklich eigenartig«, fügte Corrie mit einem raschen Blick hinzu, bevor sie in Richtung Lager eilte, um im *Liber Panscriptum* nach dem Buch für Mr Wellington zu forschen. Miss Paulys Miene verfinsterte sich weiter. »Fein, dass Sie noch etwas lernen konnten. Ich verlange trotzdem ein neues Buch.«

Silvana zwang sich, weiterhin freundlich zu bleiben. »Aber selbstverständlich, Miss Pauly. Ich bestelle es Ihnen gleich noch einmal. Natürlich vollkommen kostenlos.«

»Wie lange wird das dauern?«

»Ich mache die Bestellung dringend«, versprach Silvana.

»Zwei oder drei Tage. Dann haben Sie ein einwandfreies Exemplar.« Sie klappte den Buchdeckel wieder zu. Dabei fiel ihr auf, dass Wellington den zerlöcherten Text offenbar aufmerksam betrachtet hatte. Seine Miene wirkte nachdenklich.

Miss Pauly reckte das Kinn. »Nun gut. Dann komme ich in drei Tagen wieder.« Sie drehte sich um und rauschte mit wehendem Aufschlag hinaus, gerade als Corrie wieder um die Ecke kam. Sie sah noch, wie sich Miss Pauly auf den Stufen grob an Mrs Phenom vorbeizwängte, die ihr dennoch einen liebenswürdigen Gruß zurief, auf den sie allerdings keine Antwort erhielt.

Ihrer guten Laune tat das indes keinen Abbruch – mit ihrem Weidenkorb über dem Arm kam sie fröhlich auf die Theke zugestapft. »Guten Morgen zusammen!«, grüßte sie trällernd und schenkte den beiden Freundinnen und dem Bestatter ein breites Lächeln.

Wellington neigte freundlich den Kopf. »Guten Morgen.«

»Hallo, Mrs Phenom«, sagte Silvana und machte nach Miss Paulys Auftritt wieder ein erfreutes Gesicht. Sie drehte sich zum Abholfach um und griff nach dem Stapel Hörbücher, der vor einigen Tagen angekommen war. Wie immer eine bunte Mischung – Krimis, Liebesromane, ein Reisebericht. Mrs Phenom konnte sich für nahezu alles begeistern.

Unterdessen stellte die Inhaberin des *Woody's Inn* ihren Korb auf den Tresen, in dem sich, wie Corrie jetzt erkennen konnte, Dutzende Sockenpaare befanden. Offenbar war Mrs Phenoms Schlaflosigkeit noch immer nicht abgeklungen. Schwungvoll förderte die rüstige Dame zwei Pärchen zutage und schob sie lächelnd Silvana hin. »Für Sie, Miss Livenbrook.« Weitere zwei Paare landeten vor Corrie auf der Theke.

»Und für Sie, Miss Vaughn. Extra dick für den kalten Winter hier in dieser Gegend. Ist mal etwas anderes als sonst.«

Corrie nahm die Socken mit einem belustigten Grinsen entgegen. »Die sind toll, Mrs Phenom, vielen Dank!« Sie sah zu Wellington, der am Tresen lehnte und amüsiert die schwarz-weiß geringelten Kniestrümpfe mit dem Pandabären-Gesicht und die flauschigen Tatzen-Socken betrachtete.

»Finden Sie nicht?«

Der Bestatter krauste kurz die Nase. »Doch. Nur nicht ganz mein Stil.«

Mrs Phenom, die ihn nachdenklich gemustert hatte, kramte bereits wieder in ihrem Korb. »Aber diese hier, junger Mann. Passend zu Ihrem Schal. Nehmen Sie.« Sie drückte dem überraschten Wellington ein Paar bunte Wollsocken in die Hand. Und noch bevor er etwas sagen konnte, hatte ihm Mrs Phenom noch ein zweites Paar dazugesteckt, in dem sich Grün- und Brauntöne abwechselten. »Und diese hier passen zu Ihren Augen.« Fasziniert betrachtete sie seine Pupillen. »Wirklich bezaubernd.«

Während Corrie und Silvana grinsten, wich Wellington ihrem Blick beinahe schüchtern aus und hob die Hand mit den Socken. »Vielen Dank.«

Die Inhaberin des *Woody's Inn* winkte ab. »Gerne. So kommen sie wenigstens in gute Hände.«

»Vielen Dank, Mrs Phenom«, sagte auch Silvana und legte ihr die Hörbücher zu den restlichen Socken in den Korb. »Bezahlt war ja schon. Viel Spaß damit. Können wir sonst noch etwas für Sie tun?«

»Ich danke Ihnen, Miss Livenbrook, aber heute nicht.« Mrs Phenom nahm den Korb wieder auf und wandte sich zum Gehen. »Dann werde ich jetzt als Nächstes bei Mrs Blessing vorbeischauen – und Mr Ranish. Er meinte, er hätte etwas, das mir vielleicht helfen könnte, endlich durchzuschlafen. Sonst wird sich *Maisie's Wollstübchen* auf eine neue Großbestellung von mir einrichten müssen.«

»Einen schönen Tag noch, Mrs Phenom!«, rief Corrie und winkte ihr zum Abschied.

Während die Tür hinter ihr zufiel, betrachtete Wellington seine Socken noch immer ein wenig irritiert. »Eine nette Dame«, bemerkte er.

Corrie, die überlegte, welches der beiden Paare sie zuerst anziehen würde, nickte abwesend. »Ja. Im Gegensatz zu Miss Pauly, dieser verwitterten Schreckschraube.« Kaum waren ihr die Worte über die Lippen gekommen, schlug sie sich erschrocken eine Hand vor den Mund. »Entschuldigung.« Vor Kunden über andere Kunden herzuziehen, egal wie sie sich benommen hatten, hinterließ einen denkbar schlechten Eindruck.

Wellington jedoch lachte leise. »Ist sie immer so?«

»Miss Pauly?«, fragte Silvana. »Heute war sie eigentlich noch recht harmlos.«

»Sie haben wirklich mein Mitgefühl«, sagte Wellington, und der Blick seiner Augen unterstrich seine Worte. »Ich hoffe, ich gehöre nicht auch irgendwann zu dieser Sorte Kunde.«

»Bis jetzt würde ich mir da an Ihrer Stelle keine Sorgen machen«, versicherte Corrie. *Ganz im Gegenteil.* Bei dem Bestatter hatten sie bisher noch nie ein schlechtes Gefühl gehabt, wenn er den Laden betreten hatte. Und so, wie er ihr eben gegen Miss Pauly beigestanden hatte …

»Dann bin ich ja beruhigt.« Wellington ließ seine Socken mit einem Zwinkern in seiner Manteltasche verschwinden und neigte leicht den Kopf. »Und, haben Sie etwas finden können?«

»Ich kann es Ihnen gerne bestellen«, sagte Corrie. »Es dauert allerdings eine Weile, bis es hier sein wird.«

Wellington schürzte die Lippen. »Von welchem Zeitraum sprechen wir?«

»Das kommt darauf an, auf welchem Weg wir es liefern lassen sollen. Ob per Dra…« Sie unterbrach sich bei dem Wort, das sie im Beisein gewöhnlicher Kunden nicht aussprechen durfte.

Der Bestatter lächelte wissend. »Was kostet denn die Lieferung per Drachenpost?«

Silvana hob erstaunt die Braue. Sie hatte durch Miss Paulys Beschwerde verpasst, dass Wellington seine Herkunft offenbart hatte.

»15 Pfund«, erwiderte Corrie. »Und das Buch wäre in einer guten Woche hier. Anstatt in ungefähr acht.«

»Es soll ein Weihnachtsgeschenk werden«, sagte Wellington und wippte langsam auf seiner Ferse vor und zurück. »Also dann bitte per Drachenpost.«

»Sehr gerne.« Corrie zog einen Zettel hervor und machte sich eine entsprechende Notiz. »Sollen wir uns dann melden?«

Wellington winkte ab. »Ich fahre jeden Morgen von Raven's Cawe aus durch Woodmoore. In einer Woche schaue ich einfach wieder bei Ihnen vorbei.« Er nickte den beiden Freundinnen freundlich zu. »Ich wünsche Ihnen beiden dann noch einen angenehmen Tag – ohne anstrengende Kundschaft.«

Als die Tür auch hinter ihm zugefallen war, wechselten die beiden Freundinnen vielsagende Blicke.

»Er stammt auch von jenseits des Portals?«, fragte Silvana erstaunt.

»Und wir haben nichts geahnt«, sagte Corrie mit einem schiefen Grinsen. »Ich wüsste zu gerne, was er ist.«

»Hast du auf seinen Schatten geachtet?«, fragte Silvana.

»Nein«, antwortete Corrie. »Denkst du, er könnte auch ein Werwolf sein?«

»Faun, Zwerg, Elf und Drache dürften ausscheiden«, überlegte Silvana. »Genau wie Naga, Lynix, Greif und Zentaur. Werwolf wäre also durchaus möglich.«

Und als wäre es sein Stichwort gewesen, öffnete sich direkt nach dem letzten Satz die Ladentür und ließ ihren eigenen Werwolf hinein.

Yazeem schüttelte sich den Regen aus den Haaren und vom Mantel. »Entschuldigt bitte die Verspätung«, begrüßte er die beiden jungen Frauen. »Alex konnte mich nicht mitnehmen. Ich musste laufen.«

»Warum hast du nicht kurz angerufen?«, fragte Corrie. »Es hätte dich doch jemand abholen können.«

Yazeem zog sein Mobiltelefon hervor und hielt es mit entschuldigender Miene hoch. »Nicht aufgeladen.«

Silvana schielte zu ihrer Freundin. »Ich kenne da noch so jemanden, dem das des Öfteren passiert.«

Corrie hob ihre Tasse an die Lippen. »Das eine Mal.«

»Pro Woche«, fügte Silvana hinzu, was ihr einen konsternierten Blick seitens ihrer Freundin einbrachte und ein Schmunzeln des Werwolfs. Allerdings wirkte es eher traurig als amüsiert. »Ihr hattet sicher schon befürchtet, dass ich euch wieder versetze.«

Damit hatte er nicht ganz unrecht. Umso erleichterter waren sie, dass er nun vor ihnen stand.

Als keine von ihnen etwas sagte, verschwand das Schmunzeln gänzlich aus Yazeems Gesicht. »Ich kann es euch nicht verdenken …«

»Ach was. So war das nicht gemeint«, beendete Corrie das Thema, bevor Yazeem weitersprechen konnte.

Und Silvana, die stirnrunzelnd dabei zusah, wie das Wasser aus seinem Mantel sich auf dem Boden sammelte, fügte hinzu: »Zieh dir erst mal den nassen Mantel aus und mach dir einen Tee zum Aufwärmen. Oder einen Kaffee.«

Corrie stellte ihre Tasse ab und wandte sich zur Treppe. »Ich hole dir ein Handtuch.« Beim Hinaufgehen seufzte sie erleichtert. Das versprach bisher ein besserer Tag zu werden als die beiden, die sie hinter sich hatten.

»Bei Deja!!«

Corrie war bei Yazeems Ausruf zusammengezuckt und sah entgeistert zu ihrer Freundin, die nicht minder erschrocken schien. »Was hat er denn?«

Silvana zuckte mit den Achseln. »Keine Ahnung, er wollte nur etwas aus dem La…« Sie unterbrach sich, als die Erkenntnis sie traf. In diesem Augenblick erschien auch der Werwolf wieder im Verkaufsraum, allerdings mit einer merklich blasseren Gesichtsfarbe. »Ihr hättet mich ruhig vorwarnen können«, näselte er vorwurfsvoll. Da begriff auch Corrie und biss sich auf die Lippe, um ein Lachen zu unterdrücken. Silvana hingegen gab sich keine sonderliche Mühe und grinste Yazeem an. »Uns hat auch keiner gewarnt. Und wir mussten dahinten schon mehrmals rein, seitdem es dort rumstinkt.«

»Für Hanten?«, fragte der Werwolf, während er noch immer den Handrücken an die Nase presste.

»Wie hast du das bloß erraten?«

»Intuition«, keuchte Yazeem und eilte an die Eingangstür. Als er sie öffnete, stand er unvermittelt einer weiteren Kundin gegenüber, die gerade die Stufen hinaufkam. »Einen wunderschönen guten Morgen, Miss Parkin«, begrüßte er sie.

»Das nenne ich einen Service«, bemerkte die rundliche Friseurin lächelnd, bevor sie in den Laden trat und sich Corrie und Silvana zuwandte. Corrie bemerkte mit einem Schmunzeln, wie Yazeem die Tür etwas länger als nötig aufhielt und mehrmals tief die kalte Luft einatmete. Es war offenbar nicht immer von Vorteil, einen ausgeprägten Geruchssinn zu haben.

Der weitere Vormittag verging ohne weitere Ereignisse, bis auf Sabian Cochard, der ein Buch im Wert von unfassbaren 1000 Pfund bestellte, und Mr Marauner, der kurz durchrief, um ihnen mit von einer schweren Erkältung gezeichneten Stimme eine weitere Bestellung durchzugeben und anzukündigen, dass jemand seine Bücher in den nächsten Tagen abholen würde. Weder Silvana noch Corrie waren davon sonderlich begeistert, und Yazeem überlegte, ob es nicht sinnvoll wäre, den Raum vorerst nur mit einer mentholhaltigen Salbe unter der Nase zu betreten.

Sie saßen gerade während der Mittagspause in der Küche zusammen, als Corries Mobiltelefon auf dem Buffetschrank zu summen begann.

Corrie ließ die Tasse sinken. »Hoffentlich nicht Mum wegen Weihnachten«, seufzte sie, während sie sich erhob, um den Anruf anzunehmen. Doch zu ihrem Erstaunen zeigte das Display keine Nummer an. »Corrie Vaughn?«

»Wie schön, dass ich doch jemanden erreiche«, vernahm sie eine sanfte, aber unverkennbar frostige Stimme vom anderen Ende.

Sie spürte, wie ihr Herz unwillkürlich schneller schlug. Botschafter Tempest. Wieso rief er ausgerechnet sie auf ihrem Handy an?

»Ich würde gerne mit Yazeem sprechen«, fuhr Tempest fort. »Ich nehme doch zu Recht an, dass er sich gerade in Ihrer Nähe befindet, Miss Vaughn?«

Corrie schluckte. Hatte Tempest über Nacht Überwachungskameras in ihrem Laden anbringen lassen? »Ja«, erwiderte sie etwas krächzend und räusperte sich. »Das tut er.«

»Wundervoll.«

Corrie konnte Tempests falsches Lächeln förmlich vor ihrem inneren Auge sehen.

»Dann reichen Sie ihm doch bitte das Telefon, ja? Vielen Dank.«

Wie ein Erwachsener zu einem Kleinkind. Mit zusammengepressten Lippen drehte Corrie sich um und streckte dem Werwolf das Telefon hin. »Für dich.« Als Yazeem sie fragend ansah, fügte sie hinzu: »Der Botschafter.«

Silvana hob entgeistert die Brauen und formte mit den Lippen stumm das Wort »Warum«, doch Corrie konnte nur mit den Schultern zucken.

Yazeem atmete tief durch, bevor er das Telefon von Corrie entgegennahm und aufstand. »Hallo, Charles. Ja … tut mir leid. Ja, ist nicht aufgeladen … Ich weiß …« Er hob die Hand zu den beiden Freundinnen und verließ mit gesenktem Kopf die Küche. »Natürlich« war das letzte Wort, das Corrie und Silvana verstanden, bevor die Tür hinter ihm zufiel.

Verständnislos sahen sie einander an.

»Er war doch erst gestern Abend hier«, sagte Silvana, und ihre Miene verfinsterte sich dabei deutlich. »Warum muss er denn jetzt schon wieder anrufen? Hat er noch nicht genug Unruhe gestiftet?«

»Und woher hat er meine Nummer?«, fügte Corrie hinzu.

Silvana verzog das Gesicht. »Vielleicht von Yazeem?«

»Das würde ich ihm übel nehmen«, stellte Corrie fest. »Und ich glaube es auch nicht. Er würde nicht einfach so meine Nummer weitergeben.«

»Aber es ist doch Botschafter Tempest«, erwiderte Silvana, wobei sie das Wort »Botschafter« besonders bissig betonte.

»Das ist schließlich etwas ganz anderes. Es ist doch wichtig, dass er alles weiß.«

»Alles will ich nicht hoffen«, erwiderte Corrie mit einem schiefen Grinsen und erhob sich, um ihren Teller und die Tasse in die Spüle zu stellen. Den von Yazeem ließ sie noch stehen. »Ansonsten müsste ich mir Sorgen machen, dass bald die ganze Botschaft von meinen Killerkaninchen-Pantoffeln weiß.«

»Oder deiner Wildschwein-Mütze«, sagte Silvana.

Corrie verdrehte die Augen. »Bloß nicht.« Sie deutete zu Silvanas Teller und dem angebissenen Sandwich. »Ich gehe schon wieder in den Laden. Bleibst du noch sitzen?«

»Ich komme gleich nach«, versprach ihre Freundin.

»Gut. Dann bis gleich.«

Nachdem Corrie gegangen war, saß Silvana am Tisch, trank einen Schluck kalten Tee und starrte auf das Brot. Wirklichen Appetit hatte sie keinen. Stattdessen wanderten ihre Gedanken zu dem Abend bei Talisienn.

Wenn sie ihm helfen und herausfinden wollten, wo sich Donn herumtrieb, wenn er nicht nach Hause kam, brauchten sie jemanden, der ihm unauffällig folgen konnte. Zuerst dachte sie an Phil und Scrib. Die beiden waren klein genug, um sich in Donns Wagen zu verstecken, und kannten ihn gut genug, um ihm aus dem Weg gehen zu können, damit er sie nicht bemerkte. Allerdings musste sie die beiden dafür erst einmal unbemerkt zu den McCaers bringen, wo sie sich so lange verborgen halten mussten, bis Donn mit dem Auto losfuhr. Und unter Umständen fuhr er die meiste Zeit zu seinen

Kunden, um ihnen neue Entwürfe zu präsentieren. Der Gedanke, die Ratten zu bitten, gefiel Silvana nicht. Es musste noch eine bessere Möglichkeit geben. Wer wäre ganz und gar unsichtbar für den Vampir? Nachdenklich knetete sie ihre Unterlippe. Wer hatte seine Augen und Ohren überall und … Fast hätte sie sich mit der flachen Hand vor die Stirn geschlagen. Natürlich! Warum war sie nicht schon viel früher darauf gekommen? Damit konnten sie es versuchen.

Nachdem sie ihren Teller in die Spüle geräumt hatte, kehrte auch Silvana in den Laden zurück. Yazeem war nirgends zu sehen, und Corrie kam gerade mit zwei Büchern in der Hand aus der Kinderabteilung.

»Ist Yazeem draußen?«, fragte Silvana.

Corrie nickte. »Läuft hin und her und gestikuliert wild. Scheint kein besonders angenehmes Gespräch zu sein.«

»Er spricht ja auch mit dem Botschafter«, erwiderte Silvana grimmig. In ihren Augen war das ein und dasselbe. Als ihr Blick auf einige Ausdrucke fiel, die neben dem Computer auf der Theke lagen, fiel ihr plötzlich etwas ein. »Was wolltest du mir eigentlich heute Morgen noch wegen des Druckers sagen?«, fragte sie.

Corrie winkte ab. »Ach, nichts. Ich dachte, ich hätte etwas gesehen. Aber ich habe mich wohl getäuscht.«

»Und die Kabel?«

Corrie hob die Schultern. »Keine Ahnung. Vielleicht doch Phil und Scrib? Oder Yazeem? Schauen wir mal, ob es sich wiederholt. Aber wenn ich den erwische, der hier ständig die Bücher in den Regalen vertauscht.« Sie hob ärgerlich die beiden Romane in der Hand hoch. »Den *Monatsmörder* habe ich vor zwei Tagen für Miss Prym gesucht und ihr dann bestellen müssen. Und jetzt finde ich ihn zwischen den Kochbüchern. Und *Piratenliebe* in der Kinderabteilung.« Sie schüttelte den Kopf.

»Ich suche auch noch zwei Bildbände«, sagte Silvana. »*Wildes England* und *Low Budget Country Style*. Die stehen auch nicht mehr, wo sie hingehören. Aber Hauptsache, sie sind nicht gestohlen.«

Corrie verzog das Gesicht. »Ich sag dir Bescheid, wenn ich sie finde.«

»Ich habe übrigens eine Idee wegen Donn«, sagte Silvana mit gesenkter Stimme.

Corrie sah ihre Freundin fragend an. »Du meinst …«

»Wie wir herausfinden könnten, wo er hingeht, wenn er Talisienn alleine lässt.«

Corrie legte die Bücher zur Seite und verschränkte die Arme. »Beinhaltet es Magie?«

»Ja«, bestätigte Silvana verdutzt.

»Dann kann ich es mir denken«, sagte Corrie lächelnd. »Du hast nicht zufällig die Gargoyles im Kopf, oder?«

Silvana schürzte enttäuscht die Lippen. »War das so offensichtlich?«

»Naheliegend«, erwiderte Corrie belustigt. »Vor allem, nachdem du deine Gabe akzeptiert hast und so viel mit unseren redest. Und weil es bei Talisienn und Donn ebenfalls einen gibt.« Sie erinnerte sich noch gut an den Sonntag vor vier Wochen, als Silvana erzählt hatte, wie der mürrische Wasserspeier an der Terrasse versucht hatte, Small Talk mit ihr zu halten. Silvana hatte zwar von seiner Existenz gewusst, doch bisher hatte er sie immer ignoriert. Jetzt hatte Gregoire, der etwas Ähnlichkeit mit einem gehörnten Lama besaß, seine Meinung jedoch offenbar geändert.

»Und wenn dort, wo Donn hinfährt, keine Gargoyles

sind?«, gab Corrie zu bedenken. »Dann sind wir auch nicht schlauer.«

»Stimmt nicht ganz«, widersprach Silvana. »Wir haben dann zumindest eine Spur. Eine Richtung, in der wir weitersuchen können. Momentan wissen wir ja nicht einmal, ob Donn in Woodmoore bleibt oder nach Heathen Heights, Everfields, Barnsleybrick, Raven's Cawe oder sonst wo hinfährt.«

Corrie kratzte sich nachdenklich an der Nase. Damit hatte ihre Freundin nicht ganz unrecht. Auf diese Weise würde sich niemand Donnald gegenüber verdächtig machen. Und wenn sie Glück hatten, klärte sich sogar, wohin der Vampir verschwand. »Sprichst du jetzt gleich mit ihnen?«

»Hatte ich vor«, erwiderte Silvana. »Wenn du einverstanden bist.«

»Je eher wir starten, desto eher haben wir Gewissheit.«

»In Ordnung. Sobald Yazeem wieder zurück ist.«

Silvana wandte sich dem Abholfach zu, während Corrie ihre Bücher wieder aufnahm und sie in die richtigen Regale räumte. Kurz darauf kam auch der Werwolf zurück in den Laden, das Handy noch in der gesenkten Hand. Sein Blick wirkte entgeistert, fand Corrie. Irgendwie … fassungslos.

»Stimmt etwas nicht?«, fragte sie vorsichtig.

Der Werwolf deutete auf das Telefon. »Charles hat einen Auftrag für uns.«

Silvanas Blick verfinsterte sich. »Hat er gestern nicht schon für genug Ärger gesorgt? Was will er denn noch?«

Yazeem zögerte. Als er schließlich antwortete, klang seine Stimme, als würde sie jeden Moment brechen. »Er will, dass wir heute Abend noch einmal nach Pamunar zurückgehen. Ins Labyrinth. Er glaubt, wir haben dort etwas übersehen.«

KAPITEL 6

Rückkehr nach Lamunar

Die Sonne stand schon tief über der Insel. Trotzdem flimmerte die trockene Luft vor Hitze, als die beiden Freundinnen mit Yazeem und Kajsja aus dem Portalstrudel stolperten. Silvana landete unsanft auf den Knien und hatte das Gefühl, buchstäblich im selben Moment schweißgebadet zu sein.

Sie kam wieder auf die Füße und sah sich um, während sie sich die Hände an der Jeans abwischte.

Drei Monate war es her, seit sie von hier entkommen waren, und weder sie noch Corrie oder Kajsja hatten seitdem wieder einen Fuß auf den staubigen Boden gesetzt. Fast erwartete Silvana, dass sie wieder das Flüstern derjenigen in ihrem Kopf hören würde, die sich das Labyrinth auf seiner ruhelosen Wanderung einverleibt hatte. Doch der magische Bann war gebrochen. Die Toten blieben stumm. Die Toten … Erschüttert ließ sie den Blick umherwandern. Der Innenhof war übersät mit dem, was von den Gefallenen aus Lamassars Streitmacht übrig geblieben war. Im Gegensatz zu den Vox Venti waren ihre Körper nicht begraben worden, und Tiere und Wetter hatten nicht viel mehr als Knochen übrig gelassen. Silvana sah die Rüstungen der Silberhufe und die metallenen Krallen der Nachtfüchse – es waren erschreckend viele, die von den Vox Venti, den Freibeutern, Yazeem und später Donn und Talisienn niedergestreckt worden waren. Wie sehr wünschte sie sich, es hätte nicht auch die Verluste auf ihrer Seite gegeben. Sie sah zu Yazeem, der in die Hocke gegangen war, Sand durch seine Finger rinnen ließ und gedankenverloren ins Leere starrte. Er hatte sie gebeten, ihm einen Moment Zeit zu geben, und sie hatten zugesehen, wie er langsam über den Platz gegangen war, an verschiedenen Orten kurz stehen blieb, von denen Silvana annahm, dass dort die Vox Venti gefallen waren, bis er schließlich niedergekniet war, wo er jetzt schon eine Weile saß. Offenbar war es für ihn an diesem Ort noch immer schwer, seiner Gefühle, seiner ganzen Trauer über Namars Verlust Herr zu werden, auch wenn er im Gegensatz zu ihnen heute nicht das erste Mal wieder hier war.

Corries Stimme riss sie aus ihren Gedanken. Ihre Freundin hatte sich ein Stück entfernt und stand in der Mitte des Platzes. »Ist nicht Kor'Alden hier gestorben?«

»Ja, schon möglich. Warum?«

»Seine Überreste sind nicht hier.«

Silvana hob die Schultern. »Vielleicht hat ein Drache oder ein Rokh seine Leiche fortgetragen, um sie woanders zu fressen? Oder irgendein anderes Tier, das sich von Aas ernährt?«

Bei dem Gedanken verzog Corrie das Gesicht. Natürlich war das die plausibelste Erklärung, aber es traf sie mehr, als wenn sie seine Knochen hier gesehen hätte. Als Tierfutter zu enden … in ihren Augen hatte er so ein Ende nicht verdient. Sie dachte kurz zurück an den Abend, als er mit ihnen zusammengesessen und geredet hatte. Sie war überzeugt, dass er kein schlechter Mensch gewesen war. Ein Söldner, ein Dämonenreiter, ja, und sicherlich hatte er etliche Leben genommen, aber er war ihr trotz allem deutlich sanfter erschienen als die Männer, die er befehligte. Sanfter und nachdenklicher. Vielleicht hätten sie ihn sogar überreden können, sich von Lamassar loszusagen und auf ihrer Seite zu kämpfen. Sie schob den Anflug von Traurigkeit beiseite und deutete zum Brunnen. »Gehen wir dann los?«

Den Abstieg durch den Brunnen und den Weg zu der kleinen Kammer brachten sie schweigend hinter sich, jeder in seine Erinnerungen vertieft. Insbesondere Corrie versuchte, den Moment, in dem der abgetrennte Kopf durch den Brunnen gefallen war, zu verdrängen. Sie hatte damals für eine Sekunde geglaubt, es könne der von … Sie schüttelte den Kopf. Nein! Diesen Gedanken musste sie so schnell wie möglich aus ihrem Kopf verbannen. Sie atmete tief durch und konzentrierte sich auf das Hier und Jetzt.

Ein wenig hatte sie erwartet, dass der Illusionszauber des Novizen gebrochen sei und sie nur noch eine leere, dunkle Höhle vorfinden würden, doch dem war nicht so. Am Ende des kurzen Ganges fanden sie sich in demselben gelb gestrichenen Raum wieder wie drei Monate zuvor – mit denselben Teppichen, denselben kunstvollen Glashalterungen, in denen nach wie vor Kerzen brannten, und dem Loch in der Wand, dem sie das Buch entnommen hatten. An was sie sich jedoch nicht erinnern konnte, war die Verwüstung, die im Zimmer herrschte. Der Tisch und die Stühle waren umgestoßen worden, Teller und Trinkpokale lagen auf dem Boden verstreut. Die sterblichen Überreste des Novizen waren zertrümmert, und sein Schädel lag in einer Ecke neben dem Schrank, in dem sie ihn gefunden hatten.

»War das Lamassar?«, fragte Kajsja und sah sich um.

»Er wird nicht gerade glücklich gewesen sein, dass du uns mit dem Buch fortgebracht hast«, erwiderte Silvana. »Irgendwo musste er ja seine Wut über den erneuten Fehlschlag auslassen.«

Kajsja schluckte. »Ich bin froh, dass wir das nicht miterleben mussten.«

Corrie trat stirnrunzelnd an die Wand, an der mehrere

Spiegel in verschiedenen Formen und Größen hingen. »Diese hier hat er in Ruhe gelassen.«

Silvana trat zu ihr und betrachtete die Spiegel ebenfalls verwundert. Als sie die Hand ausstrecken wollte, um sie genauer zu untersuchen, ließ Yazeems Stimme sie innehalten. »Spiegel sind mächtige magische Gegenstände. Sie lassen sich hervorragend für Verzauberungen aller Art nutzen.«

»Und weil bei ihnen die Realität besonders dünn ist, kann man sie auch für Portalmagie nutzen«, fügte Kajsja hinzu.

»Soll das heißen«, fragte Corrie alarmiert und trat einen Schritt zurück, »dass auch durch unseren Standspiegel oder andere Spiegel in der *Taberna* Angreifer hindurchkommen könnten?«

»Zum Glück nicht«, erwiderte Yazeem beschwichtigend. »Zum einen ist euer Standspiegel so verzaubert, dass er als Aufbewahrungsort dient. Man kann von eurer Seite aus hindurchgreifen, aber es kann nichts von der anderen Seite aus hindurchgelangen. Und zum anderen kannst du mir glauben, dass Alexander auch Spiegel in seinen Schutzzauber eingeschlossen hat. Er als Magier weiß um die Besonderheit dieser Gegenstände.« Corrie ließ den Blick unbehaglich über die vielen großen und kleinen Spiegel gleiten. »Könnte Lamassar jetzt gleich durch einen dieser Spiegel auftauchen?«

»Dazu müsste er Portalmagie beherrschen«, sagte Kajsja.

»Aber er hat dafür doch die Weberinnen«, warf Corrie ein und spürte, wie ihr flau im Magen wurde.

Kajsja schüttelte jedoch den Kopf. »Schon, aber dazu müsste er erst einmal wissen, dass wir uns gerade hier befinden.«

»Kann er nicht einfach einen der Spiegel verzaubern, sodass er uns gezeigt bekommt?«, fragte Silvana.

Yazeem lächelte humorlos. »Das funktioniert nur in Märchen. Ein Spiegel hat immer eine direkte Verbindung zu einem anderen Ort und zeigt auch nur das, was sich dort befindet. Glaub mir, sonst wären solche magischen Überwachungsspiegel der letzte Schrei bei Magiern und müssten verboten werden, weil sich sonst niemand mehr vor ihnen sicher fühlen würde.«

Das klang für die beiden Freundinnen einleuchtend. »Wäre es denkbar, dass der Novize sich deshalb im Schrank versteckt hat?«, fragte Corrie. »Weil jemand oder etwas durch den Spiegel gekommen ist?«

Silvana hob eine Braue. »Und du meinst, aus Angst ist er nicht mehr herausgekommen und schließlich im Schrank gestorben?«

Corrie musste unwillkürlich an die erste Schreck-Szene aus »The Ring« denken und nickte. »Keine schöne Vorstellung, ich weiß. Aber wäre es denn denkbar?«

Kajsja nickte. »Wenn er eine Verbindung hergestellt hat, die er besser nicht hätte beschwören sollen …«

»Dann hoffen wir mal, dass sie nicht noch immer aktiv ist«, bemerkte Corrie und betrachtete die Spiegel erneut argwöhnisch. Doch in keinem von ihnen sah sie etwas anderes als ihr Spiegelbild. Völlig normal. Ohne Verzerrungen.

»Fangen wir an zu suchen«, schlug Silvana vor. »Umso schneller können wir hier wieder verschwinden.«

Corrie nickte und begann, das Durcheinander auf dem Boden zu durchsuchen. Zwischen bunten Glassplittern in einer getrockneten Lache aus dunkler Flüssigkeit entdeckte sie eine Pergamentseite und hob sie mit spitzen Fingern hoch. Nur der untere Teil war noch erkennbar, der Rest wurde von den getrockneten Flecken der Flüssigkeit unleserlich gemacht: »… in meinem Herzen trage ich die Hoffnung, dass meine Zweifel und Befürchtungen nicht der Wahrheit entsprechen. Ich wüsste nicht, was wir sonst …« Corrie runzelte die Stirn, als der Satz einfach aufhörte. War das der Zeitpunkt gewesen, als es mit dem Faun im Schrank zu Ende gegangen war?

Ein Aufschrei und Gepolter ließen sie herumfahren. Kajsja war vor einem der Spiegel zurückgewichen und hatte dabei einige Bücher vom Tisch gerissen. Sie starrte aus großen Augen auf den wabernden, weißen Nebel, der sich im Glas ausbreitete und ihre Spiegelbilder langsam verschluckte.

»Was ist das?«, fragte Corrie.

Zusammen starrten sie auf den Spiegel, in dem sich aus der weißen Oberfläche nach und nach eine Landschaft herauszubilden schien – Hügel mit sanft wogendem, gelbem Gras unter einem blauen Himmel. In der Ferne waren Gebäude und ein paar Straßen zu erkennen.

Kajsja stieß erleichtert die angehaltene Luft aus. »Ich weiß, was das ist.«

»Und was?«, fragte Silvana.

»Ein Reisespiegel. Einer von denen, die diesen Ort mit einem anderen verbinden. Meine Portalmagie muss ihn aktiviert haben. Ich sagte ja, dass man sie dazu beherrschen muss.«

»Und wo ist das?«, fragte Corrie und wagte es, etwas näher an den Spiegel heranzutreten. »Ist das dort ein Schloss?«

Silvana trat neben sie. »Sind das Regenbogen auf den Fahnen?«

Kajsja nickte gebannt. »Wundervoll, oder?«

»Sieht ansprechend aus«, stellte Corrie fest. »Wenn wir wissen, wo es liegt, und es dort wirklich so friedlich ist, können wir es ja irgendwann mal besuchen.«

Yazeem legte lächelnd den Kopf zur Seite. »Ich kann euch sagen, wo das ist. Ich erkenne das Schloss. Ich war zwar selbst noch nie dort, aber ich habe schon viel darüber gehört. Das ist Elilar Ismion, das Regenbogenschloss am Rande des Inselreiches. Dort sitzt der jüngere Bruder von König Leigh, Prinz Carabal.«

»Ist der auch so strikt, was das Betreten seiner Insel angeht, wie Leigh mit Enguria?«, fragte Corrie. Sie wollte sich noch weiter vorbeugen, in der Hoffnung, noch einen genaueren Blick auf die Regenbogen-Banner an den Türmen werfen zu können, doch in dem Moment vibrierte das Bild des Spiegels wie unter einer Erschütterung, und Corrie zuckte zurück.

»Was war das?«

»Ein Erdbeben?«, fragte Silvana.

»Von so etwas habe ich im Inselreich noch nie gehört«, erwiderte Yazeem kopfschüttelnd. »Es muss etwas anderes sein.«

»Ein Drache?«, schlug Kajsja vor.

»Gibt es dort auch nicht«, sagte Yazeem.

Corrie biss sich auf die Unterlippe. »Aber was kann es dann sein?«

Zu viert starrten sie weiter auf das Bild vor ihnen. Die Erschütterungen nahmen weiter zu und erfassten nun auch den realen Spiegel vor ihnen. Nach einem besonders heftigen Beben kippte das Bild plötzlich zur Seite – der Spiegel auf der anderen Seite musste umgekippt sein.

Yazeem fasste Corrie und Silvana an den Schultern und zog sie ruckartig mit sich zurück.

Die Freundinnen hielten die Luft an. »Das ist …«, begann Corrie und verstummte wieder.

Der Spiegel auf der anderen Seite war so gefallen, dass er ihnen den Grund für die Erschütterungen zeigte: Offenbar befand er sich auf einer kleinen Anhöhe unweit des Schlosses, zu dessen Füßen ein Hafen lag. Ein Hafen, der lichterloh brannte, in dem Leute in Panik umherrannten und der noch immer unter schwerem Beschuss stand. Am Rand war eine kleine Flotte Schiffe zu erkennen, deren Segel sie noch allzu gut in Erinnerung hatten, vor allem die des Flaggschiffs – es hatte das letzte Mal unweit von ihnen vor Pamunar geankert. Das Flaggschiff des Königs. Unter dem Befehl von Lamassar.

Eine weitere heftige Erschütterung ließ den Spiegel so stark vibrieren, dass das Glas mit einem Knall zu einem Geflecht aus Rissen barst, worauf der Spiegel augenblicklich schwarz wurde.

KAPITEL 7

Spiegelschrift

»Von der anderen Seite aus zerstört«, stellte Yazeem fest.

Corrie sah den Werwolf fassungslos an. »Hast du die Schiffe gesehen? Hast du sie erkannt?«

»Habe ich«, erwiderte Yazeem. »Und sobald wir zurück sind, werde ich Charles darüber unterrichten, dass Lamassar mit seinem Angriff beginnt. Offenbar hat er die letzten Monate genutzt, um weiterhin fleißig Intrigen zu spinnen und Bündnisse zu schließen.«

»Und wir können ihn nur mit Angwils Hilfe stoppen«, sagte Silvana finster.

Corrie starrte zu Boden. »Wir müssen, so schnell es geht, die Bücher finden.« Sie stutzte kurz und kniete sich hin. »Was ist das denn?« Eines der Bücher, die Kajsja vom Tisch gerissen hatte, war aufgeschlagen vor einem der Spiegel liegen geblieben – und seine Spiegelung sah anders aus als die Seiten, die Corrie direkt vor sich liegen sah. Vorsichtig berührte sie es und betrachtete dabei ihr Spiegelbild, das ebenfalls die Buchseiten berührte. Kein Zweifel: Sie sah die Spiegelung des Buches vor sich. Sie blickte zu den anderen auf. »Ich glaube, ich habe etwas gefunden.«

Silvana hob einige Schriftrollen auf den Tisch und kam zu ihr herüber. »Ein weiteres Buch?«

Ihre Freundin klang ein wenig enttäuscht, während sich in Corrie Aufregung breitmachte. »Das ist noch nicht alles«, versprach sie. »Schau dir mal diese Seite im Spiegel an.«

Silvana folgte ihrer Aufforderung, während auch der Werwolf zu ihnen trat. Kajsja spähte vorsichtig hinter Yazeem hervor. Offenbar traute sie sich nicht mehr, den Spiegeln zu nahe zu kommen.

»Im Spiegel sieht man neben der Zeichnung ja noch Text«, bemerkte Silvana verblüfft. Tatsächlich konnte man im Spiegelbild Randnotizen und Symbole erkennen, die neben einer Zeichnung von einem Turm standen. Zeichen, die auf der tatsächlichen Seite gänzlich fehlten.

Corrie blätterte weiter und wurde bereits zwei Seiten weiter erneut fündig. Neben einem gemalten Fluss war eine Zeichnung zu erkennen, die wie eine kleine Landkarte aussah und außerhalb des Spiegelbilds unsichtbar war.

»Dieser Novize scheint tatsächlich ein größerer Meister der Illusionen gewesen zu sein, als wir bisher angenommen hatten.« Yazeem strich sich nachdenklich über den Bart. »Er scheint auch die Spiegelmagie auf eine ganz neue Ebene gehoben zu haben.«

Kajsja wühlte hinter ihnen in den Trümmern und kam mit einem weiteren Buch zurück. »Sehen wir doch nach, ob es bei dem auch so ist.«

Silvana nahm es ihr aus der Hand und begann, darin zu blättern. Auf einer Seite, die bis auf ein unlesbares Gekritzel am oberen Rand leer schien, zeigte der Spiegel eine akribisch genaue Zeichnung eines fliegenden Schiffes. Als sie aufsah, blickte sie in Corries aufgeregtes Gesicht. »Denkst du das Gleiche wie ich?«

Silvana ließ sich von dem Grinsen ihrer Freundin anstecken. »›Blick nur hinein, sonst erkennst du es nicht‹«, zitierte sie den Teil des Rätselspruchs. »Vielleicht steht noch mehr auf den Seiten unseres Buches, als wir bisher angenommen haben.«

Corrie nickte eifrig und deutete auf den Spiegel. »Die Frage ist nur, ob wir auch genau diesen Spiegel brauchen, um unsere Theorie zu überprüfen.«

»Vermutlich nicht«, bemerkte Kajsja. »Der Schlüssel sind die Seiten. Der Novize scheint einen Weg gefunden zu haben, die Schrift auf dem Papier –«, die Portalweberin suchte angestrengt nach der richtigen Formulierung – »in der Spiegelebene zu verankern. Damit müsste sie in jedem Spiegel sichtbar sein.«

Silvana runzelte die Stirn. »Spiegelebene?«

»Es ist nicht direkt wie eine andere Welt, es ist einfach nur eine andere Wahrnehmungs- und Existenzebene. Wenn man in einen Spiegel geht, der nicht mit einem anderen Spiegel verbunden ist, läuft man sogar Gefahr, sich in dieser Ebene zu verlieren.« Sie hob entschuldigend die Schultern.

»Einfacher kann ich es nicht ausdrücken. So habe ich es gelernt.«

Corrie bekam ein flaues Gefühl in der Magengrube, als ihr klar wurde, dass sie jedes Mal ihre Hand in diese Ebene streckte, wenn sie die Bücher hervorholte. Und noch etwas fiel ihr ein. »Warum hat der Novize die Spiegel eigentlich als ›Sitz des Dämons‹ bezeichnet, der die Magie ans Licht bringen sollte? Heißt das, dass in diesen Spiegeln auch Dämonen hausen?«

Kajsja zog eine Grimasse. »Die Frage solltest du einem Magier stellen. Ich bin nur zwei oder drei Mal durch Spiegel gereist, und dabei ist mir nie einer begegnet.«

»Also hatte Charles recht damit, dass wir hier etwas Wesentliches übersehen haben«, sagte Yazeem.

Silvana quittierte seine Bemerkung mit einem widerstrebenden Nicken. Ausgerechnet. Bei ihrem nächsten Treffen erwartete dieser aufgeblasene Schnösel jetzt vermutlich, dass sie ihm die Füße küssten, weil er sie noch einmal hierhergeschickt hatte.

Neben ihr sah sich Yazeem unbehaglich in der Kammer um. Silvana fiel auf, dass die Ohren seines Schattens nervös zuckten. »Dann sollten wir diesen Ort nun besser endgültig verlassen.«

»Kümmert euch um das Buch«, sagte Yazeem, als sie wieder in der *Taberna Libraria* standen. »Schaut, ob ihr das Rätsel jetzt lösen könnt. Ich werde Charles über den Angriff informieren.« Er sah Kajsja an. »Und du begleitest mich. Charles hat auch noch etwas mit dir zu besprechen.«

Kajsja verzog das Gesicht. »Schon wieder? Albian braucht mich doch im Café.«

»Wir versuchen, es abzukürzen«, versprach Yazeem.

Kajsja nickte ergeben. »Es hat ja ohnehin keinen Sinn, ihm zu widersprechen. Dafür stehe ich schließlich unter seinem Schutz.«

»Richtig«, stimmte der Werwolf zu. »Dann kümmere ich mich mal darum, dass uns jemand abholt.«

Als die beiden fort waren, begaben sich Silvana und Corrie in das Spiegelzimmer, wo Phil und Scrib auf dem Sessel dösten. Sobald Corrie jedoch die Tür geschlossen hatte, hoben sie ihre Köpfe. »Ihr seht aus, als hättet ihr etwas herausgefunden«, stellte Scrib fest.

»Habt ihr das Rätsel gelöst?«, fragte Phil aufgeregt.

»Vielleicht«, erwiderte Corrie und zwinkerte den Ratten zu.

Sofort waren beide auf den Pfoten und sprangen zu ihnen auf den Boden. »Schaut ihr nach?«, wollte Scrib wissen und fuhr sich über die Nase.

»Natürlich.« Silvana zog das Tuch von dem großen Standspiegel und ließ sich auf die Knie sinken. Vorsichtig streckte sie die Hand durch das Glas. »Gut, dass nicht alle gleich groß sind«, sagte sie, als sie bis fast zur Schulter im Spiegel steckend nach dem richtigen Buch tastete. »So kann man sie im Spiegel wenigstens unterscheiden.« Sie zog unter den wachsamen Blicken von Corrie und den Leseratten das *Siebensilberblatt* aus dem Spiegel heraus und rieb sich den Arm. Es war schrecklich kalt auf der anderen Seite. Oder auf der anderen Ebene. Was auch immer jetzt zutraf. »Dann schauen wir mal, ob es hier auch funktioniert.« Sie legte das Buch auf den Fußboden vor den Spiegel und sah ihre Freundin an. »Willst du es öffnen?«

Corrie grinste erwartungsvoll. Sollte das tatsächlich die Lösung sein, waren sie wieder einen großen Schritt weiter.

»Nun mach schon.«

Behutsam schlug Silvana den Buchdeckel zurück und betrachtete die erste silbrige Seite im Spiegel. »Nichts Ungewöhnliches.«

»Wonach sucht ihr denn?« Phils Schwanzspitze zitterte ruhelos.

»Dann blättere weiter«, forderte Corrie ihre Freundin auf, ohne der Ratte zu antworten. »Gleich ein Treffer auf der ersten Seite wäre wohl auch zu viel verlangt.«

Also ließ Silvana die nächsten Seiten durch ihre Finger gleiten, immer auf der Suche nach einer Abweichung zwischen dem realen Buch vor ihnen und seinem Spiegelbild.

Ihre Freundin und die beiden Ratten sahen ihr konzentriert zu. Auf einmal stieß Corrie einen überraschten Laut aus. »Da! Da war etwas!«

Silvana blätterte rasch zurück. Auf einer der Seiten war im Spiegelbild ein feines Linienmuster zu erkennen, das sich unter der Schrift abzeichnete. Rasch überprüfte sie auch den Rest des Buches. Am Ende gab es 25 Seiten, die auf Vorder- und Rückseite markiert waren. Alle wirkten für den ahnungslosen Betrachter wie ganz normale Buchseiten, doch im Spiegel offenbarten sie ihr Geheimnis.

»Und wie soll es jetzt weitergehen?«, fragte Silvana und blätterte zwischen den verschiedenen Seiten hin und her.

»Für irgendetwas müssen diese Markierungen ja gut sein.«

»Steht irgendetwas Besonderes auf den Seiten?«, fragte Scrib.

Silvana blätterte wieder und überflog den Text, schüttelte dann jedoch den Kopf. »Nichts, was irgendwie zusammenpassen oder einen Sinn ergeben würde.«

»Hauptsache, wir benötigen nicht doch wieder irgendwelche Hilfsmittel wie beim ersten Buch«, dachte Corrie laut und erinnerte sich dabei an die Beinnadel und die Linse, die sie in dem Kästchen vom Basar gefunden hatte.

Silvana zog eine Grimasse. »Das hoffe ich auch nicht.«

»Darf ich mal?« Corrie griff nach dem Buch und zog es zu sich heran.

»Hast du eine Idee?«, fragte Phil.

Corrie schürzte die Lippen. »Eigentlich nicht. Ich wollte mir nur die Muster noch einmal genauer ansehen.« Sie schlug die erste der mit Linien bedeckten Seiten auf. Doch als sie die Seite mit sanftem Zug aufrichtete, um weiterzublättern, hielt sie das Blatt plötzlich in der Hand. Erschrocken sah sie auf. »Silvie?«

Phil und Scrib waren zurückgezuckt und starrten die Seite aus großen Augen an.

»Toll«, stöhnte Silvana. »Jetzt hast du es kaputt gemacht.«

»Sie ging ganz leicht raus«, erwiderte Corrie entschuldigend.

»Das Buch ist ja auch schon alt«, sagte Silvana. »Da löst sich ab und zu die Bindung.«

»Aber es ist doch gar nicht geleimt«, hielt Corrie dagegen. Prüfend zog sie an einer der Seiten ohne Linien. Sie gab kein Stück nach. Auch nicht, als Corrie das Buch ein Stück vom Boden anhob. Rasch blätterte sie zu einer weiteren gemusterten Seite und zog auch an ihr. Ohne größere Probleme gab das Papier nach, und Corrie hielt die zweite Seite in der Hand.

»Das kann doch kein Zufall sein.«

Silvana nagte an ihrer Unterlippe. »Vielleicht. Ich hoffe nur, dass Angwil nicht hinterher die Ohren, Finger oder sonst was fehlen, wenn wir jetzt einfach die Seiten aus diesem Buch entfernen.«

Corrie krauste die Nase. »Ach was.« Sie zog wieder an einer Seite mit Linien und legte sie sorgfältig zu den anderen – bis sie alle 25 Seiten neben sich liegen hatte. Dann schob sie das Buch zur Seite und breitete die Blätter vor dem Spiegel aus. Grübelnd ließ sie ihren Blick darüber wandern.

Die beiden Leseratten hatten sich wieder herangeschoben und taten es ihr gleich.

Silvana streckte plötzlich die Hand nach zwei Seiten aus. »Sieh mal!« Sie legte die beiden Blätter aneinander, und tatsächlich passten die Linien im Spiegelbild genau aneinander.

»Ein Puzzle!«, rief Corrie aufgeregt.

»Das nur in einem Spiegelbild sichtbar wird«, fügte Silvana hinzu. »Verrückt. Wie soll man da bloß draufkommen?«

»Einfach sollen die Rätsel ja auch nicht zu lösen sein«, sagte Corrie und suchte im Spiegelbild nach der nächsten passenden Seite. »Allerdings denke ich mittlerweile wirklich, dass es von Vorteil ist, wenn man von jenseits des Portals stammt und mit Magie und den Gepflogenheiten des Inselreichs vertraut ist. Überleg mal, mit was wir bisher konfrontiert worden sind.« Sie legte eine weitere Seite aus.

Silvana zupfte ihr ebenfalls ein Blatt aus dem Arm, um es anzulegen – zuerst verkehrt herum, dann jedoch passten die Muster. »Eine schwarze Perle, ein Werwolf, der Algenzupfer, das Törtchen, der Kompasskäfer, das Siebensilberblatt, Tarot- Karten und jetzt Spiegelmagie«, zählte sie auf.

»Und wer weiß, was noch kommt«, sagte Corrie mit einem schiefen Lächeln. »Am Ende werden wir noch zu wahren Magie-Experten.«

Gemeinsam legten sie die übrigen Seiten aus, manche zuerst verkehrt herum oder an falschen Stellen, doch schließlich hatte auch die letzte Seite ihren Platz gefunden.

Die Linien, die sich über die Seiten erstreckten, bildeten nun vier ineinanderliegende Kreise, zwischen denen sich einzelne Punkte befanden. Als Corrie das letzte Blatt anlegte und dadurch die Linien des letzten Kreises schloss, gleißten sie plötzlich silbrig auf. Wie in Zeitlupe erhoben sie sich als Ringe aus dem Papier, und auch die Punkte auf ihnen waren nun erhaben. Eine Weile sahen Corrie und Silvana wie gebannt auf das Gebilde, doch nichts weiter geschah. Schließlich beugten sie sich weiter vor, um einen genaueren Blick auf die Punkte zu werfen.

»Sieht ein bisschen aus wie Sternbilder«, stellte Silvana fest und ließ ihren Blick über die Muster wandern. »Und das würde auch zu dem Spruch passen.« Sie deutete auf die Mitte des Puzzles, wo die Buchseite mit dem Spruch lag, den Corrie für Tempest zitiert hatte. *Der Sitz des Dämons bringt es ans Licht, sieh nur hinein, sonst erkennst du es nicht. Hast du die Augen der Nacht dann in Reihe gebracht, zur Zeit des Blutes, nun der Abgrund erwacht.*

»Die Augen der Nacht«, sagte Corrie und nickte. »Ja, damit könnten Sterne gemeint sein.«

»Dann wäre nur noch zu klären, was es bedeutet, sie in Reihe zu bringen.«

Corrie sah nachdenklich auf die sanft schimmernden Ringe. »Hat ein bisschen was von diesen Bilderrätseln, findest du nicht?«, meinte sie und ließ sich auf die Knie nieder.

»Was hast du vor?«, fragte Silvana alarmiert. So viel also zu der Vorsicht, die ihre Freundin bisher hatte walten lassen.

»Ich will nur etwas ausprobieren«, entgegnete Corrie knapp, und bevor Silvana sie aufhalten konnte, hatte sie bereits den Finger auf einen der Ringe gelegt und strich über das Papier. Zu ihrer aller Erstaunen drehte er sich – und mit ihm die Punkte darauf, als wäre er nicht einfach nur ein Gebilde aus gezeichneten Linien auf ein paar Blättern Papier, sondern ein wirklicher Mechanismus. Und nicht nur der Ring, den sie berührte, drehte sich. Mit ihm drehten sich auch die anderen, wenn auch entweder langsamer oder in entgegengesetzter Richtung. Als Corrie die Finger zurückzog, blieb der Ring stehen. Mit einem triumphierenden Grinsen ließ sie sich auf die Hacken sinken. »Es *ist* ein Rotationsrätsel!«

Silvana war hin- und hergerissen. Auf der einen Seite machte es sie geradezu rasend, dass ihre Freundin einmal mehr sämtliche Vorsicht vergaß und einfach mit magischen Dingen herumexperimentierte. Auf der anderen Seite war sie von der Entdeckung ebenso begeistert wie Corrie. Daher schluckte sie die scharfe Zurechtweisung, die ihr auf der Zunge lag, hinunter.

»Das müssen wir unbedingt Yazeem zeigen!«, sagte Corrie mit leuchtenden Augen.

»Aber erst morgen«, erwiderte Silvana und unterdrückte ein Gähnen. »Und dann sehen wir weiter.«

KAPITEL 8

Das Rätsel in den Sternen

Doch am nächsten Tag gab es keinen Yazeem, dem sie die seltsamen Zeichen hätten zeigen können. Das Einzige, was sie von ihm sahen, war eine Nachricht, die er Corrie geschickt hatte: *Bin für Charles unterwegs. Weiß nicht, wann ich zurück bin. Macht euch keine Sorgen. Bittet ihn oder Donn um Hilfe, falls ihr welche braucht.*

Silvana sah von Corries Smartphone auf und verdrehte die Augen. »Ausgerechnet die beiden.«

Dem konnte Corrie nur zustimmen. Tempest würde sie selbst dann nicht um etwas bitten wollen, wenn ihr Leben davon abhinge, und Donn war ja die meiste Zeit über ebenso verschwunden wie Yazeem selbst. »Uns bleibt immer noch Alexander«, sagte Corrie. »Oder Albian.« Auch wenn Alexander in letzter Zeit nur noch selten Gast im Buchladen gewesen war und Albian mit dem Café und seiner neuen Rolle als Vater genug zu tun hatte, würde sie die beiden deutlich lieber um Hilfe bitten als die von Yazeem vorgeschlagenen Männer.

»Oder Talisienn«, fügte Silvana hinzu. »Wenn es ihm wieder gut genug geht.«

Corrie nickte stumm. Mit Yazeem hier bei ihnen wäre ihr deutlich wohler gewesen, aber vielleicht kam er ja auch schneller als gedacht wieder zurück. Und in der Zwischenzeit … »Wir sollten erst einmal überlegen, ob es noch jemanden gibt, der uns mit dem Rotationsrätsel weiterhelfen kann.«

Silvana nickte. »Ich glaube nach wie vor, dass es sich dabei um einen Hinweis auf Gestirne handelt.«

»Und damit vermutlich um Gestirne jenseits des Portals«, stimmte Corrie zu.

»Dann sollten wir jemanden aufsuchen, der sich mit so etwas auskennt.«

»Ich wette, es gibt in der *Magischen Schriftrolle* jemanden, auf den das zutrifft.«

»Aber das ist ein Risiko«, gab Silvana zu bedenken. »Falls du mit Marica recht hast.«

»Falls ich recht habe, müssen wir nur aufpassen, nichts in ihrer Nähe zu besprechen«, erwiderte Corrie. »Drüben stehen unsere Chancen auf jeden Fall deutlich besser als hier, dass uns jemand weiterhilft.«

»Dann werden wir nachher Cryas fragen«, beschloss Silvana.

Corrie lächelte. »Aber zuerst müssen wir unsere Kunden mit Büchern versorgen.«

Silvana zog eine leidvolle Grimasse. »Ich hoffe, dass das heute auch endlich auf das *Cantoraxium* zutrifft.«

»Ja, das wäre tatsächlich eine Erleichterung.« Corrie trank ihren letzten Schluck Kaffee, erhob sich und schob das Frühstücksgeschirr zusammen.

Eine knappe Stunde später blies sich Silvana eine Haarsträhne aus dem Gesicht und legte eine neue Klebebandrolle ein, bevor sie einen prüfenden Blick auf ihren Geschenkpapiervorrat unter der Theke warf.

»Auf Wiedersehen, Mrs Bennet«, verabschiedete Corrie ihre Kundin, bevor sie sich zu ihrer Freundin herunterbeugte. »Und, wie sieht es aus? Schaffen wir es noch bis morgen mit dem Rest?«

Silvana schürzte nachdenklich die Lippen. »Sollten wir. Wenn nicht sämtliche Ehemänner Woodmoores auf den Gedanken kommen, heute ihre Weihnachtseinkäufe bei uns zu tätigen.«

Corrie schmunzelte vergnügt und zwinkerte ihrer Freundin zu. »Sind ja noch ein paar Wochen bis Weihnachten, und wir wissen ja, dass die Herren sich gerne bis kurz vor knapp mit so was Zeit lassen.«

Silvana grinste. Bereits in ihrem ersten Jahr im Londoner Buchladen hatte sie Zeuge des Phänomens werden können, wie in den letzten Tagen vor Weihnachten unzählige Ehemänner in den Buchladen hetzten, um noch Geschenke für die Liebsten zu ergattern – und einpacken zu lassen.

»Trotzdem hoffe ich, dass die Geschenkpapierlieferung morgen kommt«, bemerkte Silvana. Plötzlich runzelte sie die Stirn, ging wieder in die Hocke und wühlte in dem Fach mit den Papierrollen herum.

Corrie sah ihr verständnislos zu. »Was ist los?«

»Ich habe hier heute Morgen noch zwei Rollen Geschenkband hingelegt. Eine rote und eine blaue. Und jetzt ist nur noch die rote da.« Sie hielt die angebrochene rote Rolle hoch, von der sich träge das Geschenkband ein paar Zentimeter abrollte, wie um ihre Worte zu unterstreichen.

»Hast du die blaue schon aufgebraucht? Ich habe heute nur die rote gesehen und dachte, es wäre die letzte.«

Silvana erhob sich wieder und stemmte die Hände in die Hüften. Bevor sie jedoch noch etwas sagen konnte, betrat die nächste Kundin die *Taberna Libraria*. Erstaunt sahen die beiden Freundinnen der Frau entgegen, die etwas unsicher mit einer Kühltasche am Arm auf sie zukam.

»Mrs Marauner!« Corrie ging um die Theke herum auf die schüchtern lächelnde Nymphe zu. »Das ist aber eine schöne Überraschung!«

»Einen schönen guten Tag«, erwiderte Mrs Marauner und schenkte auch Silvana ein Lächeln, während sie ihre Handschuhe auszog und dadurch ihre grünen Daumen zum Vorschein brachte. Silvana freute sich aufrichtig, sie zu sehen. Seit sich die Baumnymphe auf ihren Vorschlag hin der floristischen Gestaltung der Kapelle angenommen hatte, traute sie sich offenbar häufiger vor die Tür. Und mehr noch, sie schämte sich nicht mehr wegen ihrer grünen Haare und Daumen oder hatte Angst, darauf angesprochen zu werden.

»Wie schön, Sie hier zu sehen. Wollen Sie die Bücher abholen, die Ihr Mann bestellt hat?« Silvana drehte sich bereits halb zum Abholfach.

Flora Marauner strich sich eine grüne Haarsträhne hinter das Ohr. »Ja. Und ich wollte unbedingt einmal Ihren Laden besuchen, von dem mir Hanten immer so viel erzählt hat.«

Corrie lächelte fröhlich. »Sehr gerne. Sehen Sie sich ruhig um. Oder suchen Sie etwas Bestimmtes?«

Die Nymphe schüttelte den Kopf. »Ich würde gerne einfach ein bisschen stöbern.« Sie sah in die Runde und schien in Erinnerungen zu schwelgen. »Es ist schon so lange her, dass ich in einem Buchladen war.«

»Lassen Sie sich Zeit und zögern Sie nicht, uns anzusprechen, wenn Sie eine Frage haben.«

»Danke.«

Corrie ging wieder zur Theke, während Silvana beobachtete, wie ihre Kundin vorsichtig zwischen den Regalen verschwand, als würde sie eine unbekannte Welt betreten.

»Da hast du wirklich eine gute Tat vollbracht«, zwinkerte Corrie Silvana zu, während sie sich an die Theke lehnte.

»Das klingt ja beinahe so, als wäre das eine Ausnahme«, bemerkte Silvana mit gespielter Empörung.

Corrie lachte auf und winkte ab. »Ach was, ich weiß doch, dass du ein Herz aus Gold hast.«

Ihre Freundin hob skeptisch die Augenbraue, aber Corrie war mit ihren Gedanken schon wieder woanders. »Sag mal, Silvie, hast du schon eine Ahnung, wie wir Weihnachten verbringen wollen?«

Silvana rieb sich über die Stirn. »Das habe ich mich auch schon gefragt. Eigentlich ist es hier doch ganz schön, oder? Wir könnten vielleicht Yazeem und Talisienn einladen.«

»Und Donn«, ergänzte Corrie.

Silvana verzog das Gesicht. »Wenn es sein muss.«

»Du kannst nicht Talisienn einladen und seinen Bruder nicht«, erwiderte Corrie kopfschüttelnd.

»Dann sollte er sich besser benehmen«, stellte Silvana fest.

»Und nicht uns und Talisienn das Fest verderben.«

»Falls die beiden überhaupt Weihnachten feiern«, gab Corrie zu bedenken.

»Dann fragen wir sie doch einfach«, sagte Silvana. »Aber du hast noch etwas anderes im Sinn, oder? Deine Eltern?«

Corrie seufzte. »Ich fürchte, Mum und Dad erwarten, dass wir sie entweder einladen oder zu ihnen fahren. Und wenn wir sie einladen und dazu noch unsere Freunde, wird es in der *Taberna* etwas eng. Mehr als fünf Leute passen nicht ins Spiegelzimmer. Ganz zu schweigen davon, dass ich mir nicht vorstellen möchte, welche Gespräche meine Eltern mit einem Werwolf und zwei Vampiren führen würden.«

Silvana schmunzelte. »Ich wüsste nicht, wen ich mehr bemitleiden sollte. Und was den Platz angeht – wir könnten einen großen Tisch hier unten im Laden aufbauen. Stühle haben wir genügend. Und inmitten unserer Bücher zu essen und zu feiern, klingt für mich eigentlich ganz reizvoll. Ein richtiges Buchhändler-Weihnachten.«

Corrie wiegte nachdenklich den Kopf. »Keine schlechte Idee. Ich lasse mir das noch mal durch den Kopf gehen. Aber das könnte man meinen Eltern vielleicht tatsächlich vorschlagen.«

Sie hörten, wie sich jemand hinter ihnen zaghaft räusperte.

Mrs Marauner hielt eine blaue Geschenkbandrolle hoch. »Die lag zwischen den Hörbüchern. Ich glaube, die gehört dort nicht hin, oder?«

»Die habe ich schon vermisst«, entfuhr es Silvana überrascht. Sie nahm der Nymphe die Rolle ab und betrachtete sie stirnrunzelnd. Wie kam sie ausgerechnet ins Hörbuchregal? Hatten Phil und Scrib damit gespielt? Aber sie dann dort einfach liegen zu lassen, sah den sonst so korrekten Leseratten gar nicht ähnlich. Davon abgesehen, konnte sich Silvana nicht vorstellen, dass die beiden tatsächlich Zerstreuung darin fanden, mit einer Rolle Geschenkband durch den Laden zu laufen.

»Haben Sie denn sonst noch etwas für sich finden können?«, wollte Corrie wissen.

»Eine ganze Menge«, lächelte Mrs Marauner. »Ich denke, Hanten wird für eine lange Zeit um kein Geschenk mehr verlegen sein müssen. Aber für heute nehme ich nur die beiden Bücher für ihn mit, damit er etwas zum Lesen hat, falls ihn seine Monster nicht genügend auf Trab halten. Und Sie beide sind dann endlich das *Cantoraxium* los. Ich soll Ihnen von Hanten übrigens seine Entschuldigung ausrichten.«

»Ist schon in Ordnung«, erwiderte Corrie. »Das gestaltet die Arbeit interessant.« Sie zwinkerte der Nymphe zu und machte sich auf den Weg zum Lager.

»Ich hoffe, Sie müssen unterwegs nicht leiden, wenn Sie Ihrem Mann das Buch bringen«, bemerkte Silvana und nahm das andere Buch aus dem Abholfach, das Mr Marauner per Telefon geordert hatte. Es war ein erstaunlich kleines Büchlein mit einem weichen, glänzenden Pelzeinband, das sie behutsam vor der Nymphe auf den Tresen legte.

Mrs Marauners Lächeln wurde etwas breiter. »Keine Sorge, Miss Livenbrook.« Sie hob vielsagend die faltbare Kühltasche mit Reißverschluss. »Kalt gelagert riecht man fast gar nichts davon. Zu Hause hat Hanten extra einen alten Kühlschrank nur für diese Sorte Bücher in seinem Arbeitszimmer. Sonst würde man es dort drinnen nicht aushalten.« Sie beugte sich vertraulich vor und senkte die Stimme. »Auch, wenn Sie es vielleicht nicht glauben, das *Cantoraxium* ist längst nicht so schlimm, wenn Sie ein paar andere Bücher aus seiner Kollektion gerochen haben. Bei Ihrem Vorgänger Mr Lien hatte er einmal eines bestellt, das draußen im Schuppen gelagert werden musste. Und sämtliche Katzen der Nachbarschaft saßen davor.«

Silvana verzog unwillkürlich das Gesicht. Hanten Marauner konnte sich wahrlich glücklich schätzen, mit einer so geduldigen und nachsichtigen Frau verheiratet zu sein.

Hinter ihr erschien Corrie mit angehaltenem Atem und reichte der Nymphe das träge blinzelnde Buch, das diese rasch in der Kühltasche verstaute. Danach wickelte sie das kleine Buch mit dem Felleinband vorsichtig in ein Wolltuch, bevor sie es in ihre Tasche gleiten ließ. Dem fragenden Blick der beiden Freundinnen begegnete sie mit einem Lächeln. »Hanten machte sehr deutlich, dass die *Hege und Pflege der Sommerfellschnarksen* sehr kälteempfindlich ist, gerade die jungen Exemplare.«

»Oh«, machte Corrie entschuldigend. »Das wussten wir nicht.«

Die Nymphe schüttelte beschwichtigend den Kopf. »Keine Sorge. Ich bin sicher, dass es ihm gut geht.«

Wie zur Bestätigung raschelte das kleine Buch zufrieden und grub sich tiefer in das Tuch. »Was macht das?«

»Genau 45 Pfund«, erwiderte Corrie und nahm mit dankendem Nicken die 50 Pfund von der Nymphe entgegen.

»Dann wünschen Sie Ihrem Mann bitte gute Besserung von uns«, sagte sie, während sie das Wechselgeld herausgab.

»Vielen Dank, das werde ich«, sagte Mrs Marauner. »Ich hoffe nur, dass es ihm wieder gut geht, wenn wir in den Urlaub fahren.«

»Sie fahren in den Urlaub? Wie schön!« Silvana lächelte breit. »Wo soll es denn hingehen?«

»Nach Loch Ness. Bis kurz vor Weihnachten.«

»Das Ungeheuer besuchen?«, fragte Silvana und hatte die Frage eigentlich eher als Scherz gemeint.

Doch Flora Marauner nickte und seufzte. »Ja, es ist eine Ewigkeit her, seit er es beobachtet hat, und genauso lange redet er davon, es wieder zu besuchen.«

Silvana versuchte, sich ihre Verblüffung nicht allzu sehr anmerken zu lassen. »Und wer kümmert sich um die ganzen Tiere und Pflanzen, wenn Sie beide fort sind?«

»Freunde«, erwiderte Mrs Marauner. »Die sich damit auskennen. Fnaff nehmen wir natürlich mit. Er wäre sonst furchtbar beleidigt. Also dann – angenehme Zeit Ihnen beiden.« Behutsam nahm sie die Kühltasche auf und wandte sich zum Gehen. Beinahe wäre sie dabei an der Eingangstür mit den nächsten Besuchern zusammengestoßen, die gerade lachend die *Taberna Libraria* betreten wollten. Sabian Cochard machte geistesgegenwärtig einen Schritt zur Seite und hielt Mrs Marauner schmunzelnd die Tür auf, während seine Begleiter, ein Mann und eine Frau, von den Stufen zurücksprangen und der Nymphe höflich zunickten. Mrs Marauner murmelte schüchtern etwas, das Corrie und Silvana nicht verstehen konnten, das Cochard und die anderen beiden jedoch freundlich lachen ließ.

Neugierig sahen Corrie und Silvana dem Fee und seinen beiden Begleitern entgegen – bisher war er stets alleine im Laden erschienen.

Die Frau wirkte dem Fee wie aus dem Gesicht geschnitten: dieselben weichen, ebenmäßigen Züge, dasselbe dunkle Haar und derselbe porzellanfarbene Teint wie bei Sabian selbst. Und genau wie er war sie ganz in Schwarz gekleidet – ein modisch kurzer Parka, darunter ein Minikleid und schwarze Stiefel. Vermutlich seine Schwester, dachte Silvana. Ihr Begleiter hingegen war das komplette Gegenteil zu den beiden. Er war zwar ebenso schlank gebaut und besaß dieselben großen Feen-Augen, doch sein kurzes Haar war weizenblond, und sein Gesicht mit dem gepflegten Dreitagebart hatte eher markante Züge. Bei seinem Anblick musste Corrie ein Grinsen unterdrücken – unter seinem geöffneten schwarzen Wollmantel trug er einen hellgrauen, leicht zerknitterten Anzug und dazu rot-grün karierte Stoffturnschuhe.

»Hallo, Mr Cochard!«, begrüßte ihn Corrie. »Sie sind ja heute einmal in Begleitung hier.«

»Meine Schwester Eliza«, stellte Sabian die Frau neben sich vor und deutete dann auf den anderen Mann. »Und das ist mein Bruder Feelix.«

Bruder? Corrie und Silvana wechselten einen erstaunten Blick, den Sabian mit einem belustigten Zucken im Mundwinkel quittierte. »Ja, ich weiß, was Sie beide denken. Aber er kommt mehr nach unserem Vater.«

Feelix neigte mit einem verhaltenen, aber freundlichen Lächeln den Kopf. Seine sanften, braunen Augen waren voller Wärme. Offenbar war er solche Reaktionen wie die der beiden Freundinnen gewohnt und nahm sie ihnen nicht weiter übel.

»Es freut mich sehr«, sagte er und reichte ihnen über die Theke hinweg die Hand.

»Ein hübscher Laden«, stellte Eliza fest und ließ den Blick neugierig umherschweifen. »So geräumig. Von außen meint man das gar nicht.«

»Ja, man kann hier eine Menge finden«, stimmte ihr Sabian zu. »Und was es nicht gibt«, dabei wanderte sein Blick wieder zu den beiden Freundinnen, »wird bestellt.«

Silvana nickte. »Ich hole es. Einen kleinen Moment.« Und damit verschwand sie in Richtung Lager.

Corrie hoffte nur, dass das teure Buch nicht doch den Geruch des *Cantoraxium* trug, den sie seit dem Vortag mit Duftbäumen zu mildern versucht hatten.

»Dann sehen wir uns noch ein bisschen um«, beschloss Eliza fröhlich und schmiegte sich an den Arm ihres blonden Bruders, bevor sie ihn mit sich zog. »Vielleicht finde ich ja noch eine Kleinigkeit für dich.«

Im Gehen bemerkte Corrie, dass bei Feelix eine lange Narbe über den rechten Unterkiefer verlief. »Sie scheinen sich ja alle wirklich gut zu verstehen«, sagte sie zu Sabian, während sich die beiden in Richtung der Geschenke entfernten.

Sabian lächelte. »Ja, wir haben ein wirklich gutes Verhältnis. Es ist immer wieder schön, wenn wir alle zusammenkommen, um gemeinsam das *Sansearát* zu begehen.«

»Das kenne ich gar nicht«, gestand Corrie und schüttelte den Kopf. »Tut mir leid.«

»Das muss Ihnen nicht leidtun«, beruhigte sie der Fee. »Sie können ja nicht um die Feste jedes einzelnen Volks wissen. Sansearát gedenkt der Abwesenheit des Sommers. Wir Feen sind sehr naturverbunden, und mit diesem Fest ehren wir die Schönheit des Winters und erinnern uns daran, dass es nur ein paar Monate sind, bis das Leben wieder in die Natur zurückkehrt.«

»Das klingt wundervoll«, sagte Corrie, während Silvana mit dem Buch in der Hand an die Theke trat und es behutsam vor dem Fee ablegte. Die Juwelen auf seinem Einband funkelten im Licht.

»Sehr schön«, stellte Sabian fest und strich zufrieden mit den Händen über den Buchdeckel, bevor er zu seinen beiden Geschwistern sah.

Eliza steckte Feelix gerade einen der Pins mit den Mistelzweigen und der roten Schleife ans Revers seines Jacketts und trat lächelnd einen Schritt zurück. »Der passt perfekt zu seinen Turnschuhen«, sagte sie, als sie den Blick ihres Bruders und der Buchhändlerinnen bemerkte.

Feelix sah auf den Anstecker und zog eine Grimasse, die deutlich machte, dass er ihn eher als albern empfand denn als schick. »Tut er?«

Corrie musterte die karierten Sneakers und grinste. »Ja, das tut er. Und deshalb lassen Sie ihn ruhig angesteckt. Ist ein Geschenk.« Sie sah Sabian und Eliza an. »Das gilt auch für Sie.«

Sabian hob abwehrend die Hand. »Für mich nicht.« Und auch Eliza schüttelte lächelnd den Kopf.

Feelix sah seine beiden Geschwister vorwurfsvoll an. »Natürlich kneift ihr beiden wieder.«

Eliza hakte sich bei ihm unter. »Wir wollen nur, dass du unser einzigartiger, kleiner *Piuc* bleibst. Und dazu gehört auch ein einzigartiger Pin.« Sie strich behutsam über die Anstecknadel und die Brust ihres Bruders.

Feelix gab sich darauf mit einem gutmütigen Lächeln geschlagen und kam mit ihr zurück zur Theke. Bewundernd betrachtete er das Buch, das Sabian soeben bezahlte.

»Ganz außergewöhnlich«, bemerkte er, und Eliza nickte bekräftigend. »Vielleicht sollten wir den Besuch bei Ranish und Neill verschieben und es stattdessen gleich nach Hause bringen.«

Corrie, die Sabian gerade seine Karte zurückgab, sah den Fee überrascht an, wagte jedoch nicht, nach der Natur des Besuchs bei dem Elf zu fragen.

»Ranishs Geschäft ist zwar in der Nähe«, erwiderte Sabian, »aber den Besuch können wir tatsächlich auf morgen verschieben.« Er nahm das Buch und schob es in eine Hülle, die er offenbar eigens dafür mitgebracht hatte. »Dürfte ich dann noch etwas bestellen?«

Corrie grinste belustigt. »Dürfen Sie.«

Nachdem sie die *Taberna* etliche Kunden später am frühen Abend geschlossen hatten, traten Corrie und Silvana durch das Portal, grüßten Vincent, der über seinen Listen saß, und nahmen den üblichen Weg nach oben in den Laden. Heute war es nicht allzu voll, und Cryas, der sich mit Pearly Ambertail unterhalten hatte, bemerkte sie sofort. »Gibt es wieder ein paar wundersame Bestellungen?«, begrüßte er sie.

Corrie kramte den Zettel hervor, den ihr ein neuer Kunde in die Hand gedrückt hatte – und einen, den sie am Morgen wie damals kurz vor der Eröffnung draußen neben der Eingangstür hängend gefunden hatte.

Cryas warf einen Blick darauf. Bei dem einen nickte er, bei dem anderen lachte er krächzend. »Oh, da bin ich gespannt, wer das bei euch abholt!«

»Warum denn?«, fragte Corrie. Sie hatte keinen der beiden Titel als ungewöhnlich empfunden.

Aber sie war schließlich auch noch nicht mit allen besonderen Büchern dieser Welt vertraut. Und bei der Menge würde sie das vermutlich auch nie.

Die Augen des Greifs blitzten noch immer vergnügt, als er ihnen mit gesenkter Stimme antwortete. »Bei *Naralies Nacht* handelt es sich um ein Buch der Liebesgöttin der Feen mit recht detailgetreuen Illustrationen. Ich glaube, es wäre vergleichbar mit dem Kamasutra in eurer Welt.«

»Oh«, murmelte Corrie und spürte, wie ihr das Blut in die Wangen schoss.

Silvana stand mit ungläubig erhobenen Augenbrauen neben ihr. »Dann kann ich mir vorstellen, warum er oder sie die Bestellung nicht persönlich aufgegeben hat.«

Cryas nickte verstehend. »Ja, eure Welt ist diesen Dingen gegenüber ziemlich verschlossen. Wir gehen hier etwas offener mit so etwas um, aber dieses Werk ist tatsächlich recht explizit und würde so manchen mehr als nur erröten lassen.« Er zwinkerte ihnen zu.

»Zumindest sind wir jetzt vorgewarnt«, bemerkte Silvana trocken.

Der Besitzer der *Magischen Schriftrolle* lachte noch einmal auf. »Berichtet mir davon.«

Er neigte den Kopf. »Habt ihr noch einen weiteren Wunsch?«

»Wer kennt sich besonders gut mit den Sternbildern dieser Welt aus?«, wollte Corrie wissen.

»Daresh«, erwiderte Cryas. »Warum?«

»Wegen des Rätsels«, murmelte Silvana.

Cryas versteifte sich. »Ganz oben«, erwiderte er gedämpft. »Ihr kennt den Weg ja.« Er hielt die Zettel in seiner Tatze hoch. »Pearly wird sie euch heraussuchen. Wenn ihr geht, könnt ihr sie mitnehmen.«

Damit wandte er sich wieder der jungen Zentaurin zu, und Corrie und Silvana machten sich daran, die Rampen emporzusteigen, über die sie bis in die oberste Etage direkt unter der Glaskuppel gelangten. Sie durchquerten dabei etliche Abteilungen – Kunst, Geografie, Zauberei, Poesie, Sonderfälle –, bis sie schließlich Dareshs Reich betraten, das sich mit den eher dunkleren, wenn auch nicht gänzlich verbotenen Büchern befasste. Und, wie sie heute zum ersten Mal wahrnahmen, mit den Sternen.

Mit ihm selbst hatten Corrie und Silvana in den vergangenen Monaten nur sehr selten zu tun gehabt. Er war ihnen stets unheimlich erschienen, auch wenn er im Grunde genommen nicht wirklich unfreundlich war. Aber den kräftigen Elf mit den fast schwarzen Augen und den vielen Tätowierungen umwehte beständig eine Aura, die Corrie einmal auf dem Weg zurück als »unheilvoll« bezeichnet hatte. Und vielleicht zog er es auch deshalb vor, sein Refugium hier oben am Ende der Plattform nur selten zu verlassen. Jedenfalls hatten sie ihn noch nie weiter unten oder gar im weitläufigen Verkaufsraum selbst gesehen.

Als sie auf ihn zukamen, ging Faing gerade mit ein paar zappelnden Büchern im Griff an ihm vorbei, und Silvana bemerkte, dass seine Rechte dabei wie beiläufig den Arm des dunkelhaarigen Elfs berührte. Sie schielte zu Corrie, doch ihrer Freundin schien nichts aufgefallen zu sein.

Als er sie sah, nickte der Volar ihnen kurz zu und schwang sich über das Geländer – für ihn war dies der kürzeste Weg nach unten, statt die endlos erscheinenden Rampen hinabzulaufen. Silvana beneidete ihn ein wenig dafür – sie hatte das Gefühl, gerade die Treppen eines Hochhauses hinaufgelaufen zu sein, und war immer noch außer Atem.

Corrie lächelte den Elf freundlich an. »Guten Abend.«

Dareshs dunkle Augen verengten sich misstrauisch. »Was wollt ihr ausgerechnet hier oben?«

»Wir stehen vor einem Rätsel und brauchen Hilfe«, antwortete Silvana.

Der Elf hob eine Braue. »Etwa von mir?«

»Wir denken, es könnte etwas mit Sternenkonstellationen zu tun haben, weil von ›Augen der Nacht‹ die Rede ist. Und Cryas sagt, dass du dich von allen hier am besten mit den Gestirnen dieser Welt auskennst.«

Falls Daresh dieses Kompliment seines Arbeitgebers erfreute, so zeigte er es mit keiner Miene. »Ich höre.«

»Wir würden sie dir gerne zeigen.«

Daresh breitete ergeben die Arme aus. »Bitte.«

Sie hätten gerne Fotos gemacht, hatten aber bereits früher schon festgestellt, dass Mobiltelefone jenseits des Portals nicht funktionierten. Also hatte Silvana eine Skizze der Blätter angefertigt und den Spruch dazu notiert. Das Buch und die Seiten selbst waren wieder sicher im Standspiegel verstaut. Silvana griff in ihre Umhängetasche und breitete die Papiere unter den aufmerksamen Augen des Elfs aus. Daresh betrachtete sie einen Moment lang gedankenversunken, las, wie es schien, einige Male den Text dazu, dann nickte er langsam. »Ihr habt recht mit der Annahme, dass es sich dabei um Sterne dieser Welt handelt. Insofern trifft die Bezeichnung ›Augen der Nacht‹ zu.«

»Und was ist mit dem Rest?«, fragte Corrie.

Daresh schürzte die Lippen und tippte mit dem Zeigefinger dagegen. »Mein erster Gedanke erscheint mir eigentlich zu offensichtlich, als dass er zur Lösung gereichen würde.«

»Wir würden ihn trotzdem gerne hören«, sagte Silvana.

»Für jemanden, der sich auskennt, muss es nicht schwer sein.«

Sie dachte dabei vor allem an Albian und das Marderische Festtagstörtchen. Wie lange hatten sie versucht, das Rätsel zu lösen, welcher Gegenstand das letzte Schloss an der Tür im Keller öffnen würde. Und Albian hatte bloß einen Blick auf die Seite geworfen und die Beschreibung sofort dem hoch komplizierten Backwerk zuordnen können – und sogar noch seine Herstellung übernommen.

Wenn sich Daresh also mit den Gestirnen auskannte, warum sollte er dann nicht sofort hinter die Bedeutung der Worte kommen?

»Die Zeit des Blutes«, sagte der Elf und deutete auf den entsprechenden Satz. »Dazu würden mir genau zwei Konstellationen einfallen.«

»Und welche?«, hakte Corrie nach, als der Elf wieder schwieg.

Daresh war dazu übergegangen, seine Unterlippe zu kneten. »Zum einen die drei Tage der Nevesia, wenn ihr zu Ehren überall in den Tempeln Tier- und Personenopfer dargebracht werden.«

»Personenopfer?«, entfuhr es Silvana entgeistert. »Hier gibt es Menschenopfer?«

Daresh sah sie fragend an. »Wieso findest du das ungewöhnlich? Es werden ja nur ohnehin zum Tode Verurteilte geopfert. Mörder. Diebe. Vergewaltiger.«

Auch Corrie musste schlucken. Sie wussten bereits, dass es die Todesstrafe in dieser Welt gab. Ebenso wie die Sklaverei. Aber dass hier sogar Menschen geopfert wurden … Sie würden es sich sicherlich mehrfach überlegen, aus ihrer Welt in diese Gesellschaft überzusiedeln.

»Für die Verurteilten macht es in aller Regel keinen Unterschied, ob ihnen der Kopf auf dem Schafott oder einem Altar abgetrennt wird«, entgegnete Daresh ungerührt. »So nimmt sich ihrer wenigstens die Göttin selbst an statt des Moross, der sie mit ewigen Qualen für ihre Vergehen bestrafen würde. Auch wenn ihr es euch nicht vorstellen könnt – viele bitten sogar darum, dass ihre Hinrichtung in eine Opferung umgewandelt wird.« Er hob die Schultern. »Aber das muss euch nicht kümmern. Es ist ja nicht eure Welt.« Er deutete wieder zu den Blättern. »Die andere Möglichkeit für die Wortwahl wäre das Erscheinen der Blutmonde.«

Silvana schauderte zwar noch immer, aber sie hatte sich wieder so weit gefasst, um sich auf ihr eigentliches Anliegen konzentrieren zu können. »Und wie stehen die Sterne zu diesen beiden Zeiten?«

»Das müsste ich nachschlagen«, erwiderte Daresh.

»Und wäre das jetzt möglich?«, fragte Corrie vorsichtig. Daresh sah nicht sehr begeistert aus, und sein Blick wanderte vielsagend zu den Bücherstapeln, die sich auf dem Boden vor den Regalen türmten und offenbar eingeräumt werden mussten. Doch von einem leisen Seufzen begleitet, nickte er. »Gebt mir ein wenig Zeit. Vielleicht habt ihr ja noch etwas zu erledigen.«

Das hatten die beiden Freundinnen zwar nicht direkt, aber sie sahen auch ein, dass es keinen Sinn machte, dem Elf bei der Arbeit zuzusehen. Also bedankten sie sich noch einmal bei Daresh und machten sich dann an den Abstieg ins Erdgeschoss der *Magischen Schriftrolle*.

»Können wir wirklich unbesorgt hinausgehen?«, fragte Corrie vorsichtig und schielte auf der Hälfte des Weges über die Brüstung hinunter in Richtung der Ladentüren. »Ich würde so gerne noch mal hinunter zum Hafen. Und vielleicht einen Quaker essen.«

Silvana hob die Schultern. »Ich wüsste nicht, was dagegensprechen sollte. Lamassar ist verschwunden, und Vulco wurde verurteilt. Ich glaube nicht, dass wir uns momentan große Sorgen machen müssen. Jedenfalls nicht in Bezug auf die Feuerwölfe.«

»Ich würde mich nur ungerne wieder verkleiden müssen«, sagte Corrie. »Auch wenn Maricas Künste unübertroffen sind.« *Aber wir trauen ihr nicht mehr.*

Silvana schien ihre Gedanken lesen zu können. Sie nickte.

»Warten wir ab, ob es in dieser Hinsicht bald etwas Neues gibt. Vielleicht ist dann ja alles ganz rasch vorüber.«

Sie stutzte, als im selben Moment eine Gruppe Leute durch die Eingangstüren der *Magischen Schriftrolle* kam. Sie packte Corrie am Arm. »Wer ist das denn?«

Corrie folgte dem Blick ihrer Freundin. »Keine Ahnung.« Sie bekam große Augen. »Aber … sind das … Alex? Und Kajsja?«

Tatsächlich befanden sich unter der Gruppe, die gerade den Laden betreten hatte und auf die Cryas bereits mit großen Schritten zusteuerte, Alexander Trindall und Kajsja. Auch Mortimer war an ihrer Seite. Den Rest der Gruppe kannten die beiden Freundinnen nicht. Der Vorderste, dem Cryas die große Pranke zur Begrüßung anbot, war ein Mann mit untersetzter Figur, graublondem Haar und Ziegenbärtchen. Über seinem weinroten Hemd trug er ein dunkles Schulterhalfter, in dem mehrere Messer steckten. Er wurde von zwei weiteren Männern flankiert, bei denen sich die Freundinnen nicht sicher waren, welchen von beiden sie unheimlicher finden sollten – den ganz in Schwarz gekleideten, bärtigen Hünen mit der bleichen Haut oder den Hageren mit der großen Nase und den Tätowierungen an Hals und Händen. Hinter ihnen standen Alexander Trindall, der dem Greif kurz zunickte, und eine zierliche Frau mit türkisblauen Haaren, die der Kleidung nach ohne Weiteres Maricas Tochter hätte sein können. Und ganz hinten, beinahe im Schatten der anderen verschwunden, stand Kajsja. Ihrem unruhigen Blick war anzumerken, dass sie sich alles andere als wohlfühlte.

»Was sind das für Leute? Und warum ist Kajsja bei ihnen?«, flüsterte Silvana, die sich mit Corrie hinter ein Regal voller bemooster Bücher zurückgezogen hatte, die nach feuchtem Waldboden rochen. Aus irgendeinem Grund, den sie selbst nicht ganz benennen konnte, wollte sie nicht von Trindall oder Mortimer gesehen werden. Oder von der jungen Weberin.

Corrie spähte an ihr vorbei und verscheuchte dabei mit der Hand ein paar winzige Fliegen, die um die Kanten der Bücher sirrten. Cryas hob gerade kopfschüttelnd beide Pfoten, worauf der Mann mit dem Ziegenbart nickte, sich umdrehte, ein paar Worte an die anderen richtete und sich dann mit ihnen in Richtung Ausgang in Bewegung setzte. Kajsja folgte ihnen.

»Ich schätze, Kajsja hat sie mittels der Portalmagie hierhergebracht. Aber warum, würde ich auch gern wissen«, erwiderte sie. »Und was Alexander und Mortimer bei ihnen tun. Meinst du, wir sollten Cryas danach fragen?«

Silvana zog eine zweifelnde Grimasse. »Interessieren würde es mich schon.«

»Aber?«

»Das sah nicht gerade wie ein Freundschaftsbesuch aus.«

»Genau deswegen ja«, hielt Corrie dagegen. Sie machte ein paar Schritte auf die nächste Rampe zu und drehte sich dann um. »Ich finde, alleine deshalb sollten wir schon erfahren dürfen, was sie hier wollen.«

»Dann bin ich ja mal gespannt, ob Cryas das auch so sieht«, murmelte Silvana und folgte ihrer Freundin nach unten ins Erdgeschoss.

Der Greif schien ganz in Gedanken versunken zu sein, als Corrie und Silvana neben ihm auftauchten. Corrie glaubte sogar, Tränen in seinen großen, roten Augen glitzern zu sehen. Auf der einen Seite bestärkte das ihre Neugierde, zu erfahren, was es mit dem Besuch der seltsamen Gruppe auf sich hatte, gleichzeitig schämte sie sich aber auch, dass sie nach etwas fragen wollte, was ihn ganz offenbar belastete. Am Ende siegte jedoch ihre Neugierde. »Cryas?«

Der Greif zuckte sichtlich zusammen und wandte den Kopf. »Ah, ihr beiden. Hattet ihr Erfolg bei Daresh? Oder soll ich mit ihm sprechen?«

»Alles in Ordnung«, erwiderte Silvana. »Er sucht gerade die Informationen heraus. Wir sollen gleich noch einmal wiederkommen.«

»Freut mich«, sagte Cryas, doch seine zurückgelegten Ohren und der bittere Zug um seinen Schnabel straften seine Worte Lügen.

Corrie fasste sich ein Herz. »Cryas, wer waren die Leute eben? Und warum waren Kajsja, Alexander Trindall und Mortimer bei ihnen?«

Cryas ließ den Kopf sinken. »Dann habt ihr sie also gesehen.«

»Gesehen ja«, bestätigte Corrie. »Aber einen Reim darauf machen können wir uns nicht.«

Cryas sah einen Moment lang nachdenklich zu Boden, dann nickte er zu sich selbst. »Ich kann eure Neugierde verstehen. Aber ich kann euch eure Fragen im Moment nicht beantworten. Es tut mir leid. Ich kann euch lediglich sagen, dass es sich um Sucher handelt und sie von Charles Tempest geschickt worden sind, um mit Marica zu sprechen. Und dass Kajsja sie in seinem Auftrag hierhergebracht hat. Ausgerechnet jetzt, wo Marica ihre freien Tage hat.« Sein Brustgefieder hob sich unter einem schweren Seufzen. »Und jetzt entschuldigt mich bitte. Ich muss über einige Dinge nachdenken.« Mit diesen Worten ließ er die beiden Freundinnen stehen und verschwand in seinem Büro.

Stumm sahen ihm die beiden jungen Frauen nach.

»Willst du jetzt noch einen Quaker essen gehen?«, fragte Silvana verhalten, nachdem sich die Tür hinter Cryas geschlossen hatte.

Corrie schüttelte den Kopf. »Mir ist der Appetit vergangen.«

»Wegen Marica?«

Corrie nickte. »Ein Aufzug wie bei der Inquisition. Und ich bin schuld.«

»Das kannst du doch nicht vergleichen«, widersprach Silvana.

»Ach nein?«, fragte Corrie zurück. »Und was ist, wenn

Marica wegen mir etwas geschieht, obwohl sie unschuldig ist? Du hast doch das Aufgebot gerade gesehen! Hätte ich bloß nichts gesagt.«

»Falls Marica unschuldig ist, dann hat sie von diesen … Suchern sicherlich nichts zu befürchten. Und falls sie doch die Verräterin ist, nach der wir die ganze Zeit über suchen, dann sind wir danach wenigstens vor ihr sicher. Stell dir doch mal vor, welchen Schaden sie noch anrichten könnte, wenn du deinen Verdacht nicht geäußert hättest und er richtig ist!«

»Ich fühle mich trotzdem nicht gut dabei. Als ich es dir gesagt habe … und Talisienn … da hätte ich nicht damit gerechnet, dass Talisienn es gleich an die Botschaft weitergibt.«

Silvana sah sie erstaunt an. »Was hätte er denn sonst machen sollen? Der Sache selbst nachgehen?«

»Natürlich nicht«, gab Corrie zu. »Aber ich … ach, ich weiß auch nicht, was ich gedacht habe. Jedenfalls nicht, dass gleich ein ganzes Kommando hier auftaucht. Vielleicht dass er Yazeem etwas sagt und der diesen Verdacht dann überprüft. Mit Alexander zusammen. Aber das hier …«

»Das ist vermutlich nur eine Vorsichtsmaßnahme. Falls Marica wirklich die Gesuchte ist.« Sie fasste Corrie sanft am Arm und zog sie weiter. »Und jetzt komm. Wir gehen einmal zum Pier und zurück. Das dauert höchstens eine halbe Stunde und bringt uns vielleicht auf andere Gedanken.«

Widerstrebend ließ sich Corrie mitziehen und machte sich mit Silvana auf den Weg zum Hafen. Kurz vor dem Basar bogen sie ab und stellten sich an eines der Brückengeländer, um hinaus aufs Meer zu blicken. Auch hier auf Amaranthina war mittlerweile der fast ewig erscheinende Sommer vorbei und der Wind, der von der See her wehte, frisch und rauchig. Die Blätter der Bäume hatten ihr Grün und Blau gegen Violett, verblichenes Gelb und Fuchsia getauscht, und wo sonst zahlreiche Gäste vor den Schenken in der Sonne gesessen hatten, fanden sich nur noch hier und da spärlich besetzte Bänke unter den bunten Baldachinen.

Im Licht der langsam sinkenden Sonne betrachteten sie einen kleinen Verband aus weißen, sechsmastigen Elfenseglern, die auf Reede vor dem Hafen ankerten, bis wieder ein Platz für sie frei war.

»Wo ist Kushann eigentlich gerade?«, fragte Silvana. »Hat er das in seinem Brief geschrieben?«

Corrie nickte und legte das Kinn auf ihre Unterarme, die auf dem Handlauf ruhten. »Ich habe den Namen von dem Hafen vergessen. Irgendetwas mit N, glaube ich. Aber der vergangene Beutezug war wohl ziemlich erfolgreich. Er hat mir eine Feder geschickt, die rauscht, wenn man darüberstreicht. Er hat geschrieben, sie sei von einem Silber-Rokh.«

»Klingt schön«, sagte Silvana. Sie sah, dass sich Corries Mundwinkel leicht hoben.

»Ja, das ist sie.«

»Weißt du, woran ich gerade denken muss?« Corrie hob den Kopf. »Woran?«

»Erinnerst du dich noch an den ersten Abend im *Woody's Inn,* als wir gerade den Laden besichtigt hatten?«

Corrie musste grinsen. »Du meinst das Gespräch über Ex-Freunde und unsere Chancen, ausgerechnet in einem so verschlafenen, abgelegenen Nest jemanden zu finden, wie wir ihn uns immer gewünscht haben?«

Silvana grinste zurück. »Und jetzt hast du einen Piraten.« Sie sah wieder hinaus zu den Schiffen, bei denen die Segel eingeholt wurden. »Und ich treffe mich mit einem Vampir.«

»Im Leben passieren die verrücktesten Sachen«, sagte Corrie. »Und zwar dann, wenn man sie am wenigsten erwartet. Meistens sogar, wenn man sie überhaupt nicht mehr erwartet.«

»Aber dann wird es auch umso besser«, fügte Silvana hinzu und legte Corrie den Arm um die Schulter, wie sie es schon eine ganze Weile nicht mehr getan hatte. »Und ich bin wirklich froh, dass ich diese ganzen unerwarteten Sachen mit dir erlebe.«

Corrie lehnte sich an ihre Freundin. »Geht mir genauso. Und auch, wenn ich deutlich häufiger Zweifel hege, seit wir auf Pamunar so knapp davongekommen sind – ich bin immer noch der Meinung, dass wir es schaffen können. Und werden.«

Für eine Weile sahen die beiden zu, wie die Schiffe für die Nacht vorbereitet wurden. Schließlich reckte sich Silvana und atmete noch einmal tief die Seeluft ein. »Wollen wir zurückgehen? Daresh könnte fertig sein.«

»Einen Moment noch.« Corrie zeigte mit der Hand in Richtung der Piers. Von dort schoben sich gerade etliche Schiffe in ihr Sichtfeld – Zwei- und Dreimaster aus dunklem Holz und mit dem ihnen mittlerweile gut bekannten Königsbanner von Enguria. Corrie zählte die geschlossenen Stückpforten und krauste die Nase. Sogar die kleineren wiesen auf jeder Seite zwischen fünfzehn und zwanzig Kanonen auf. Die großen Segler waren entsprechend stärker armiert. »Das sind König Leighs Kriegsschiffe. Ich wusste gar nicht, dass hier so viele liegen.«

»Gelegen haben«, korrigierte sie Silvana, die ebenfalls mit einer gewissen Irritation das Aufgebot der auslaufenden Flotte betrachtete. »Cryas hat davon gar nichts gesagt.«

»Ich frage mich, wohin sie ausgerechnet jetzt aufbrechen, statt die Nacht über im Hafen zu bleiben.«

»Vielleicht zu König Leighs Bruder?« Silvana zählte stumm noch einmal durch. Zwölf Schiffe schoben sich aufs offene Meer hinaus.

»Dann segeln sie hoffentlich schnell«, sagte Corrie und wandte sich vom Geländer ab.

Silvana nickte. »Wenn sie es schaffen, Lamassar zurückzuschlagen, verschafft uns das vielleicht auch etwas mehr Zeit.«

Corrie senkte die Brauen. »Dann hoffe ich, dass sie das Flaggschiff dabei in Stücke schießen.« Sie warf noch einen letzten Blick auf die Schiffe, dann schritt sie an Silvana vorbei die Stufen zum Brückenweg hinauf. »Gehen wir?«

Als die beiden Freundinnen wieder die oberste Plattform betraten, die mittlerweile genau wie der Rest der *Magischen Schriftrolle* von allerlei Kerzen und Gluhschwanzkugeln erleuchtet wurde, fanden sie Daresh über einen dicken Atlas gebeugt vor, während er sich mit einer schlanken, schlichten Schreibfeder Notizen machte. Die gepiercten Brauen hatte er nachdenklich zusammengezogen und sah auch nur flüchtig auf, als er die beiden herankommen hörte.

Hinter ihm war Faing dabei, einige Bücher zurück in die Regale zu räumen, bevor er die Glastüren zuschloss.

»Sind wir zu früh?«, fragte Silvana behutsam.

Daresh schüttelte den Kopf und richtete sich auf. »Es ist fertig. Ihr könnt es euch ansehen. In der Zeit der Blutmonde stehen die Gestirne so.« Er schlug ein paar Seiten um und deutete auf verschiedene, farbenprächtige Zeichnungen des Nachthimmels. »Der Rokh im Norden, das Einhorn im Westen, die Forke der Irdra im Osten und im Süden der Pamirat – der fünfköpfige Hund. Dazwischen stehen die kleineren Gestirne deiner Zeichnung. Von Norden nach Westen geordnet der Peryton, das Segel der Nacht, die tanzende Flamme und die Schale Dejas. Ich habe es euch aufgeschrieben.«

»Und während der Feierlichkeiten?«, wagte Silvana zu fragen.

»Hat sich die Stellung der Gestirne so weit verändert, dass der Rokh im Süden steht und alle anderen nachfolgend geordnet werden müssen. Steht auch auf dem Zettel.« Er klappte geräuschvoll das Buch zu. »Und jetzt entschuldigt mich, ich muss mich jetzt wieder um die Bücher hier oben kümmern.«

KAPITEL 9

Die Sterne stehen richtig

Nachdem Corrie und Silvana wieder in die *Taberna Libraria* zurückgekehrt waren, ohne dass sie Cryas noch einmal gesehen hatten, wollte Corrie unbedingt sofort die Notizen des Elfs überprüfen und sprang die Treppe zum Spiegelzimmer empor, gefolgt von Phil und Scrib, die die beiden schon erwartet hatten.

Silvana, die lieber noch jemanden dabeigehabt hätte, der sich mit Magie auskannte, folgte ihr kopfschüttelnd. »Du weißt hoffentlich noch, was beim letzten Mal passiert ist, als wir uns geirrt haben«, warnte sie. »Zuerst die Welle, dann das Heulen der Sirenen …«

»Ja, ich weiß«, wehrte Corrie ab. »Aber dieses Mal ist die Chance, dass wir richtigliegen, ungleich höher. Daresh hat die Gestirne erkannt, und es gibt eine bestimmte Anordnung. Na ja, zwei Anordnungen. Das macht immer noch eine Chance von 50 Prozent, dass wir beim ersten Mal die richtige Anordnung erwischen. Wir passen schon auf.«

»Wenn sich Daresh nicht auch geirrt hat«, warf Silvana ein. »Denn dann sehen wir uns dem gegenüber, was der Novize eingebaut hat, um den Hinweis auf das nächste Buch zu schützen.«

»Hast du eine bessere Idee?«, fragte Corrie herausfordernd. Silvana zog eine Grimasse. »Ach, fang schon an.«

Corrie kniete sich vor den Spiegel, zog langsam die Seiten daraus hervor und legte sie wie schon am Vorabend zu dem bekannten Muster aus. Schließlich betrachtete sie nachdenklich die Ringe. Wenn sie einen Ring drehte, drehten sich die anderen Ringe mit, wenn auch zum Teil weniger oder mehr Felder, oder in die entgegengesetzte Richtung. Solche Rätsel kannte sie, aber noch nie war es ihr gelungen, sie anders zu lösen als durch bloßes Ausprobieren. Und sie war sich nicht sicher, ob sie unendlich viele Versuche hatte, ohne etwas Unangenehmes auszulösen. Ihr fiel jedoch auch nichts anderes ein, um die von Daresh niedergeschriebenen Anordnungen zu erreichen. Also legte sie die Hand auf den inneren Ring und drehte ihn vor. Sofort verschoben sich auch die Sternbilder auf dem äußeren Ring mit.

Silvana lehnte an der Wand und sah ihr nervös zu. Sie wurde das Gefühl nicht los, dass gleich etwas passieren würde.

Phil und Scrib auf ihrer Schulter reckten die Hälse so weit, dass sie drohten herunterzufallen. Ihre Barthaare zuckten unruhig.

Ring für Ring näherte sich Corrie der von Daresh angegebenen ersten Anordnungsmöglichkeit. Sie hatte die Ringe allerdings auch schon weit über zwanzig Mal gedreht.

Plötzlich erklang ein vernehmliches Klicken, und Corrie machte einen hastigen Sprung zurück. Die Ringe leuchteten rötlich auf und begannen, wild rückwärts zu rotieren, bis sie mit einem weiteren Klicken wieder einrasteten.

»Das war wohl zu oft gedreht, ohne das Ergebnis zu treffen«, kommentierte Silvana.

Corrie schüttelte langsam den Kopf. »Immerhin wissen wir jetzt, dass nichts Schlimmes passiert, wenn ich zu lange brauche.« Sie runzelte die Stirn. »Aber auch, dass wir nur eine begrenzte Anzahl an Zügen haben. Das macht es nicht einfacher.«

»Und dass sich die Ringe nicht wieder auf ihren Ursprungszustand zurücksetzen, sondern neu mischen«, fügte Silvana hinzu. »Jetzt stehen sie anders als zu Beginn.«

Corrie stöhnte unterdrückt auf, als sie erkannte, dass ihre Freundin recht hatte. »Wie soll man denn da die richtige Lösung finden, wenn man jedes Mal wieder bei null anfängt?« Sie betrachtete die Ringe ungnädig und schnaubte. »Also gut, noch einmal.« Doch auch der nächste Versuch misslang. Genau wie der dritte und vierte.

»Warte kurz«, wandte Scrib nachdenklich ein, als Corrie den fünften Versuch starten wollte. »Wenn du den inneren Ring drehst, bewegt sich der äußere Ring immer drei Felder weit. Wenn du den zweiten Ring drehst, bewegt sich der äußere Ring mit ihm und der dritte Ring ein Feld in entgegengesetzter Richtung. Drehst du den äußersten Ring, bewegt sich der innere Ring gegen ihn und der zweite Ring zwei Felder mit ihm. Der dritte Ring ist frei – drehst du ihn, bewegen sich keine anderen Ringe mit. Darauf solltest du achten.«

Corrie sah die Ratte überrascht an. »Das konntest du dir alles merken?«

Scrib hob beinahe entschuldigend die Schultern. »Von hier oben hat man einen guten Überblick. Ich bin mir nur nicht sicher, ob ich dir wirklich sagen kann, in welcher Reihenfolge du die Ringe drehen musst – und in welche Richtung. Dass man im Spiegel alles verkehrt herum sieht, macht es nicht gerade einfacher.«

»Das können wir ja ausprobieren«, sagte Silvana nachdenklich. »Wir brauchen nur Papier, einen Stift und eine Schere.«

Corries Miene hellte sich auf. »Eine Miniversion der Ringe! Natürlich! Silvie, du bist genial.« Hastig rannte sie in ihr Zimmer, schnappte sich ein Blatt Papier, eine Schere und einen schwarzen Filzstift aus der Schublade und rannte zurück. Sie malte die Kreise mit den jeweiligen Sternbildern auf, so gut sie es im Spiegel sehen konnte. Dann schnitt sie die Ringe aus und legte sie auf den Boden neben die Blätter, ein weiteres leeres Blatt dazu und notierte Nummern von eins bis zwanzig, um dahinter die Züge festzuhalten, die sie hoffentlich zum gewünschten Ergebnis bringen würden. Im Spiegel prüfte sie noch einmal, ob ihre Anordnung mit der momentan sichtbaren übereinstimmte.

»Dann los.« Sie sah auf die Ringe hinab. »Welchen zuerst?«

»Den zweiten«, erwiderte Silvana, die konzentriert auf die Kreise starrte.

Trotz Scribs Beobachtung benötigten die vier jedoch noch weitere elf Versuche auf dem Papier, bis die Sternbilder endlich so standen, wie Daresh sie notiert hatte. Corrie ließ den Stift sinken. »Das war jetzt ein hartes Stück Arbeit.«

Silvana nickte. »Aber so sollte es jetzt klappen.«

»Probier es aus!«, forderte Phil aufgeregt, der den Ausführungen bisher schweigend zugesehen hatte. »Dann finden wir hoffentlich endlich heraus, wie das Buch heißt, das ihr vom *Liber* anzeigen lassen müsst!«

Corrie betrachtete die Ringe im Spiegel, straffte die Schultern und musste ein Gähnen unterdrücken. Ein Blick auf die Uhr zeigte ihr, dass es bereits kurz vor zehn war. »Also gut. Dann schauen wir mal, ob wir wirklich alles richtig gemacht haben.« Vorsichtig streckte sie die Hand nach den Ringen aus und drehte sie so wie auf dem Blatt notiert.

»Sieht gut aus«, bemerkte Scrib zwischendurch, der sich auf Silvanas Schulter wieder so weit nach vorne lehnte, dass Silvana die Hand ausstreckte, um ihn im Zweifel auffangen zu können. Phil hingegen hatte seinen Schwanz gepackt und trippelte auf Silvanas anderer Schulter nervös auf der Stelle.

Schließlich blieb Corrie nur noch der dritte Ring – alle anderen waren bereits in Position. »Geschafft«, sagte sie erleichtert lächelnd, während sie ihn ein letztes Mal drehte.

Dieses Mal wurde das Klicken von einem hohen Ton begleitet, ungefähr so, als wenn jemand einen Triangel geschlagen hätte. Die Muster gleißten golden auf, und im innersten Ring bildete sich eine kleine Öffnung, aus der ein warmes, magisch glitzerndes Leuchten drang.

»Unglaublich«, staunte Corrie.

»Ist da etwas drin?«, fragte Silvana und trat vorsichtig näher.

Corrie beugte sich vor. »Ja, ich kann etwas sehen. Scheint ein Stück Pergament zu sein.«

»Kommst du dran?«

Corrie zog eine Grimasse. »Wenn ich meine Hand reinstecke.«

»Hauptsache, es passiert nicht wieder so etwas wie mit dem Kompasskäfer«, gab Scrib zu bedenken.

Silvana hob die Schultern. »Ich kann es auch machen.« Corrie schüttelte den Kopf. »Schon gut. Ich denke nicht, dass jetzt noch etwas passiert, wo wir das Rätsel ja offenbar gelöst haben. Das wäre schon sehr …«

»Gemein«, ergänzte Phil.

»Genau.« Corrie konnte ein kurzes Schmunzeln nicht unterdrücken. Dann jedoch wurde sie wieder ernst. »Also dann …« Sie schob die Hand in die Öffnung. »Kitzelt ein bisschen«, stellte sie fest. »Aber … ich habe es!« Triumphierend hielt sie eine kleine Pergamentrolle empor, die mit einem winzigen Klecks dunkelgrünem Wachs versiegelt war. »Da ist es.«

»Mach sie auf!«, forderte Phil, krabbelte an Silvana herunter und an Corrie wieder hoch.

»Aber vorsichtig«, warf Silvana ein.

»Immer doch«, erwiderte Corrie mit einem schiefen Grinsen, atmete einmal tief durch und brach dann das Siegel. Vorsichtig rollte sie das Pergament auseinander. »Der schwarze Novize«, las sie vor und hob den Kopf. »Da hat sich Angwil ja ein tolles Buch ausgesucht, um darin die Zeiten zu überdauern.«

»Das wusste er ja vorher nicht«, erwiderte Scrib. »Soweit ich mich erinnere, hat er sich in leere Bücher transferiert und es seinen Schülern überlassen, sie mit Inhalten zu füllen.«

Silvana runzelte die Stirn. »Hat dieser hier dann eine Biografie verfasst?«

Corrie hob die Schultern. »Das werden wir herausfinden. Lass uns das *Liber Panscriptum* besuchen. Ich möchte unbedingt wissen, wo das nächste Buch versteckt ist.«

Keine fünf Minuten später standen sie mit Phil und Scrib

im Lagerraum, in dem es noch immer nach einer Mischung aus Duftbäumchen und *Cantoraxium* roch. Silvana schlug das *Liber Panscriptum* auf. »Der schwarze Novize«, sagte sie laut und deutlich.

Gebannt sah sie mit Corrie und den beiden Leseratten zu, wie das *Liber* selbst die Seiten umschlug und die glühende Schrift auf ihnen hinabrann wie Wassertropfen an einer Scheibe. Schließlich stoppte der Zeichenfluss abrupt, und ein Eintrag erschien deutlich sichtbar auf der Seite. »Der schwarze Novize«, las Silvana vor. »Exemplare: zwei.«

Corrie krauste irritiert die Nase. »Wieso zwei?«

Silvana winkte ab und las weiter. »Verfasst von Lozarapantan dem 25.; verbrannt beim Großen Feuer im Jahr der zwölfhundert Heere von Fyx.«

»Das war deutlich vor Angwils Zeit«, stellte Phil fest. Silvana las weiter. »Verfasst von Deriv; momentaner Standort: Highwater Street 11.« Sie stockte kurz und sah auf. »In Heathen Heights.«

Corrie hob die Brauen. »Das zweite Buch war hier bei uns versteckt, und das vierte befindet sich nur einen Ort weiter? Ist das nicht dumm von den Novizen gewesen? Sie so nahe beieinander zu belassen?«

»Vielleicht wussten sie es nicht«, warf Silvana ein. »Oder sie hielten gerade das für eine besonders gute Idee. Aber das verschafft uns jetzt natürlich einen deutlichen Vorteil gegenüber Lamassar. So nah, wie es ist, sind wir schnell da, um es zu holen.«

»Das klingt ja fast so, als würdest du gleich loswollen«, stellte Corrie fest.

Silvana neigte den Kopf zur Seite. »Warum nicht?«

»Weil wir zwei Stunden hin und wieder zurück benötigen würden. Weil es schon spät ist und wir morgen wieder Kundschaft haben. Und weil Botschafter Tempest uns gewarnt hat, keine Alleingänge zu machen«, wandte Corrie ein. »Willst du es darauf ankommen lassen? Wirklich?«

Silvana machte eine wegwerfende Handbewegung. »Als wenn es mich kümmern würde, was Tempest will und was nicht.«

»Das sollte es aber«, erwiderte Scrib ernst. »So etwas sagt er nicht umsonst.«

Silvana fixierte die Ratte mit finsterem Blick. »Dank ihm ist Yazeem nicht hier, um uns zu begleiten. Und auf Pamunar haben wir gesehen, dass Lamassar bereits mit den ersten Angriffen begonnen hat. Die Flotte des Königs ist ausgelaufen. Und *uns* läuft die Zeit davon. Wir können nicht warten, ganz egal, ob irgendein Diplomat das gerade besser finden würde.«

»Er ist nicht irgendein Diplomat«, wandte Phil ein und klang dabei etwas verschnupft.

Doch Silvana ignorierte ihn. Stattdessen sah sie Corrie eindringlich an. »Gut, nicht mehr heute, das sehe ich ein. Dann aber morgen. Wir haben die Aare, die auf uns aufpassen. Lass es uns zumindest versuchen.«

»Und wenn das Buch auch wieder mit irgendwelchen Zaubern oder Aufgaben gesichert ist?«, überlegte Corrie, der das Zögern deutlich anzumerken war. Wollten sie nicht eigentlich etwas vorsichtiger sein? Das Rätsel zu lösen, war eine Sache, aber ganz alleine loszufahren, um das Buch zu holen, eine ganz andere. Hätte sie anders reagiert, wenn sie nicht Tempests Auftritt im Hinterkopf gehabt hätte? Und wäre Silvana besonnener, wenn sie nicht gegen den Botschafter rebellieren wollen würde? Auf der anderen Seite sah Corrie ein, dass ihre Freundin recht hatte: Ihnen lief die Zeit davon, wenn Lamassar seine Offensive gestartet hatte.

Silvanas Stimme holte sie zurück in die Realität. »Dann kennen wir die Rätsel aber wenigstens schon und können nach einer Lösung suchen. Ich will einfach nicht, dass Lamassar noch mehr Zeit bekommt. Wir haben jetzt die Möglichkeit, einen großen Schritt voranzukommen und vielleicht sogar das vierte Buch zu bergen. Willst du wirklich warten, bis es Botschafter Tempest in den Terminkalender passt, uns jemanden zur Seite zu stellen? Oder bis er das Buch von jemand anderem holen lässt und uns übergeht?«

»Nein«, erwiderte Corrie und seufzte. »Natürlich nicht.« Sie fuhr sich mit der Hand über das Gesicht. »Also gut. Fahren wir morgen Abend nach Heathen Heights und sehen nach, was uns dort erwartet. Danach können wir immer noch überlegen, wie es weitergehen soll.«

KAPITEL 10

Das Haus in Heathen Heights

Am nächsten Abend machten sich die beiden Freundinnen in Corries HY auf den Weg, das Vierte Buch von Angwil zu bergen. Sie hatten weder den Botschafter darüber informiert noch Talisienn oder Donn. Yazeem hätten sie mitgenommen, doch der Werwolf war offenbar noch immer für den Botschafter unterwegs.

Das Haus in Heathen Heights lag, wie nicht anders zu erwarten, etwas abseits am Ortsrand und verfügte, wie auch die umliegenden Wohnsitze, über einen großen Garten. Sie hatten schon unterwegs darüber nachgedacht, ob es wohl unbewohnt war oder ob sie dort auf jemanden treffen würden. Doch als Corrie den Wagen abstellte und sie das Haus sahen, wussten sie, dass hier schon lange niemand mehr ein und aus gegangen war.

Das hohe Eisentor zur Einfahrt war verschlossen und von einer Mischung aus Rost und Flechten überzogen, die sich über die Zeit an ihm festgesetzt hatten und Zeuge seiner Vernachlässigung waren – eine niedrige Stelle an der von Efeu überwucherten Mauer erlaubte es den beiden Freundinnen jedoch, halbwegs problemlos auf das Grundstück zu gelangen.

Langsam traten sie auf den schmalen Weg, der sich in gerader Linie vom Tor bis zum Platz vor dem Haus zog.

»Sieht noch ziemlich gut aus«, stellte Silvana überrascht fest. »Im Gegensatz zum Garten.«

Dem konnte Corrie nur zustimmen. Obwohl es bereits dämmerte, konnte sie deutlich erkennen, dass das Grundstück ziemlich verwildert war, das Haus hingegen sehr gepflegt wirkte. Die Fenster schienen geputzt, und das Dach war intakt. Nachdenklich blieb sie stehen und betrachtete das Gebäude. »Magie?«, fragte sie.

Silvana neben ihr nickte. »Wenn hier der Novize gelebt hat, kann man wohl davon ausgehen.«

»Irgendwie habe ich ein seltsames Gefühl«, sagte Corrie und ließ suchend den Blick über das Grundstück gleiten. Es war nicht das Gefühl, etwas Verbotenes zu tun, weder das Betreten von Privatbesitz noch dass sie gegen die Anweisung des Botschafters hier waren. Es war etwas anderes. Unbehaglich betrachtete sie ihren Atem, der in der eisigen Abendluft vor ihrem Gesicht kondensierte, als erwartete sie, darin plötzlich etwas zu sehen. Hier gab es irgendetwas, das sie nicht greifen konnte. Wie ein Schatten in der Finsternis. Unsichtbar. Irgendetwas, das ihr Angst machte.

Silvana stieß sie leicht an. »Gehen wir erst einmal weiter.«

Corrie nickte und versuchte, das Gefühl zur Seite zu schieben. Trotzdem schien es bei jedem Schritt weiter zuzunehmen. Hatte sie von der Straße aus an dem hellbraunen Haus mit dem dunklen Dach und dem Efeu neben der Eingangstür noch nichts Besonderes gefunden, so schien es ihr jetzt die Ursache ihres unguten Gefühls zu sein – es kam ihr vor wie ein lauerndes Wesen. Ihre Blicke suchten die Fenster unwillkürlich nach Bewegungen ab – Schatten, Spiegelungen, irgendetwas Ungewöhnlichem, was nicht dorthin gehörte. Doch sie konnte nichts erkennen. Keiner der Vorhänge bewegte sich, nirgendwo huschte etwas entlang. Und trotzdem schien sich diese eigenartige Atmosphäre weiter um sie herum auszubreiten. »Silvie …?«, begann sie schließlich und verlangsamte ihre Schritte. Ihr Herz klopfte.

Ihre Freundin sah kurz über die Schulter. »Was denn?«

»Ich habe kein gutes Gefühl«, erwiderte Corrie. Täuschte sie sich, oder kondensierte ihr Atem jetzt dichter vor ihrem Mund? »Hörst du etwas?«

Silvana schüttelte den Kopf. »Es ist alles still.«

Corrie blinzelte. Sie war sich sicher, dass Silvanas Atemwolke ebenfalls deutlicher sichtbar war als zuvor.

Konnte es so rasch kälter geworden sein?

Sie sah wieder zu Silvana. In einem der Horrorthriller, die sie so gerne sah, wäre jetzt der Moment gewesen, bei dem sie jeder Gruppe unvorsichtiger Teenager zugebrüllt hätte, nicht so dumm zu sein, weiterzugehen und die offensichtlichen Zeichen zu ignorieren. Und tatsächlich verspürte sie den deutlich wachsenden Drang, sich von diesem Haus zu entfernen, statt sich ihm weiter zu nähern – Neugierde hin oder her. Auf der anderen Seite befand sich hier das Vierte Buch von Angwil. Um es in die Sicherheit der *Taberna Libraria* und des Spiegels zu bringen, musste sie ihre Ängste bezwingen. Sie versuchte, sich einzureden, dass es keine Geister gab und solche Dinge stets auf natürliche Weise erklärt werden konnten – doch dasselbe hatte sie bis vor Kurzem auch über Zauberei, Fabelwesen und belebte Gegenstände gedacht.

Silvana schien ihre Gedanken lesen zu können. »Das ist bestimmt alles die Magie. Wie im Labyrinth.«

»Merkst du denn gar nichts?«, fragte Corrie vorsichtig.

Silvana zog eine Grimasse. »Doch. Aber ich versuche, es zu ignorieren.«

»Das kann ich nicht«, brummte Corrie und zog fröstelnd die Schultern hoch.

Silvana legte den Arm um ihre Freundin. »Wir schaffen das. Und außerdem kann uns hier nichts passieren.« Sie deutete auf einen Baum neben dem Weg, wo sich zwei Tauben niedergelassen hatten und aufmerksam die Köpfe reckten.

Corrie nickte beklommen. Natürlich waren die Aare ein guter Schutz … aber gegen Geister konnten sie vermutlich auch nichts ausrichten. Dennoch folgte sie ihrer Freundin weiter den Weg entlang Richtung Haustür, wobei sie den Aufschlag ihres Mantels gegen den eisigen Wind zuhielt. Als sie davorstanden, betrachtete sie einen kurzen Moment lang die kunstvollen Schnitzereien im beinahe makellosen, grün lackierten Holz. Fein geschmiedete Intarsien zierten die Ecken der vier Kassetten, und im Gegensatz zu dem Eisentor war kein bisschen Rost auf ihnen zu sehen. »Wollen wir nicht vorsichtshalber klopfen? Vielleicht wohnt ja doch jemand hier … ein Hausmeister oder so«, sagte Corrie zögerlich, während sie weiter die Schnitzereien betrachtete. Je länger sie sie ansah, desto mehr hatte sie das Gefühl, als würden sie sich bewegen. Eine Tatsache, die das mulmige Gefühl weiter verstärkte.

Sie war so in die Betrachtung versunken, dass sie zusammenzuckte, als Silvana gegen die Tür pochte. In der kalten Abendluft hatte es unnatürlich laut geklungen und schien im Inneren des Hauses widerzuhallen.

Silvana sah ihre Freundin mit hochgezogenen Augenbrauen an. »Du wolltest doch, dass ich klopfe.«

»Ja, schon …« Corrie schluckte nervös, als sie sah, dass der Türknauf sich langsam drehte. Dann hörte sie das Klicken des Schlosses – und von einem hohen Quietschen begleitet, schwang die Eingangstür nach innen auf. Sie blickten in einen dunklen Flur, den das Dämmerlicht von draußen gerade weit genug erhellte, um Umrisse erkennen zu können. Doch es stand niemand dort. Kein alter Butler, der sie mit heiserer Stimme nach ihrem Begehr fragte. Kein grimmiger Hausmeister, der sie fortscheuchte. Absolut niemand. Und doch hatten die Freundinnen das Gefühl, nicht alleine zu sein.

Unschlüssig standen sie auf der Schwelle und spähten ins Innere. »Können wir eintreten, ohne in unsere Einzelteile zerlegt zu werden?«, fragte Corrie.

»Ich denke schon«, erwiderte Silvana, holte tief Luft und machte zögernd den ersten Schritt in den Flur hinein.

Corrie hielt die Luft an in der Erwartung, dass etwas passieren würde, doch es geschah nichts. Keine Fallbeile, keine

Feuerwalzen oder Riesenmotten, die sie angriffen. Silvana wandte den Kopf zu ihr um. »Kommst du mit?«

Corrie biss sich auf die Unterlippe. Natürlich war sie neugierig, was sie hier vorfinden würden, und aufgeregt, weil sie sich dem Buch näherten, aber dieses Unbehagen, das noch immer in ihr rumorte, ließ sie zögern. Schließlich trat sie dennoch mit einem vorsichtigen Schritt über die Schwelle. Das Gefühl, das sie dabei verspürte, erinnerte sie entfernt an die magische Barriere im *Blackwood Lakeview*. Spätestens jetzt wusste sie mit Sicherheit, dass Magie im Spiel war. Unvermittelt stieß sie einen erschrockenen Laut aus, als Silvana abrupt zurücksprang und dabei rücklings gegen sie prallte – im Flur flammten die Gaslampen an den Wänden auf, von unsichtbarer Hand entzündet. Ihr Licht war tiefrot und warf bizarre Schatten an die vertäfelten Wände und die Bilder, die dort hingen.

»Auch Magie?«, flüsterte Corrie heiser und schob sich enger an Silvana, die ihren Blick durch den Raum wandern ließ.

»Muss ja«, erwiderte diese. Das war schließlich das Naheliegendste, wo sie sich doch im Reich eines Novizen befanden, oder etwa nicht?

Dennoch bewegten sich die beiden Freundinnen mit äußerster Vorsicht weiter, wobei sie weder die Lampen noch die Bilder aus den Augen ließen.

Corrie konnte nicht sagen, woran es lag, aber die Schatten hier wirkten auf sie irgendwie seltsam, fast so, als würden sie nicht dem Licht der Gaslampen folgen, während sie sich über die Wände schoben und über die Bilder glitten, die in ihren schweren, dunklen Rahmen beinahe lebendig – Corrie erstarrte. Mit trockenem Mund starrte sie die beiden gerahmten Ölgemälde zwischen den Lampen an, die sie gerade passierten. Das bildete sie sich nun wirklich nicht ein.

»Siehst du das auch, Silvie?«, flüsterte sie.

Silvana, die ebenfalls stehen geblieben war, nickte. Die Bilder bewegten sich tatsächlich. Über den Himmel der finsteren Landschaften zogen schwarze Wolken hinweg, Wind zerrte an den Ästen der Bäume. Auf dem einen Bild brach ein Rudel Schattenrehe mit leuchtend gelben Augen durch das Unterholz. Auf dem anderen Bild kreiste eine Schar Krähen um eine Vogelscheuche, die auf einem abgemähten Feld Wache hielt. Corrie fragte sich beklommen, ob die Wesen auch aus ihren Bildern herauskommen konnten. Wenn es eine Spiegelebene gab, dann gab es vielleicht auch so etwas wie eine Bilderebene? Wenn sie sich vorstellte, wie die Vogelscheuche aus ihrem Rahmen kroch …

»Lass uns weitergehen«, sagte Silvana und berührte sie sanft am Arm. »Auch wenn sie unheimlich wirken, finde ich magisch bewegte Bilder im Haus eines Magiers nicht wirklich ungewöhnlich. Denk nur an Cryas' Teppich.«

Corrie nickte langsam. Natürlich. So gesehen, waren die Bilder tatsächlich nicht ungewöhnlich, auch wenn ihr die düsteren Darstellungen Gänsehaut bescherten. Die Szenarien auf dem Teppich im Büro des Greifs waren da doch deutlich angenehmer anzusehen gewesen.

Entsprechend kostete es Corrie etwas Überwindung, sich von den Bildern loszureißen und nicht mehr sehen zu können, was sie in ihrem Rücken taten. Aber Silvana hatte natürlich recht. Sie mussten weiter nach dem Buch suchen, und hier in den Bildern würden sie es garantiert nicht finden.

Also trat sie zu ihrer Freundin, die am Ende des Flurs vor der Tür neben der Treppe zum Obergeschoss stehen geblieben war und vergeblich den Knauf drehte. »Verschlossen«, stellte sie etwas unzufrieden fest. »Aber hier steht noch etwas.« Sie deutete auf das Holz, in das Worte eingebrannt worden waren.

Corrie warf noch einen letzten Blick zurück auf die Vogelscheuche und wandte dann ihre Aufmerksamkeit den Worten zu. »Bringt vor den Tauxitiar. Von seinem Blute wird es offenbar«, las sie halblaut vor und krauste die Nase. »Was ist denn ein Tauxitiar?«

Silvana hob hilflos die Schultern. »Keine Ahnung. Aber ich würde vermuten, dass es mit dem Buch zu tun hat. Wahrscheinlich befindet es sich irgendwo hinter dieser Tür, und wir müssen herausfinden, wie man sie öffnet, wenn wir es haben wollen.«

Corrie seufzte ergeben. Ein weiteres Rätsel. Natürlich. Hatten sie wirklich geglaubt, das vierte Buch würde hier einfach auf einem Tisch herumliegen und darauf warten, von ihnen eingesammelt zu werden? Sie holte ihr Handy hervor und machte ein Foto von dem Spruch auf der Tür. »Dann sollten wir versuchen, es möglichst schnell herauszufinden.«

Silvana fuhr sich durch die langen Haare und kratzte sich am Hinterkopf. »Was ein Tauxitiar ist.«

»Und mit dem dann zurückkommen«, fügte Corrie hinzu und ließ das Handy irritiert wieder sinken. Sie hatte plötzlich das Gefühl, dass sich etwas um sie herum verändert hatte. Und nicht zum Besseren.

Silvana sah ihre Freundin beunruhigt an. »Was ist denn?«

Corrie neigte lauschend den Kopf zur Seite. »Hast du das auch gerade gehört?«, fragte sie nervös. Flüchtig sah sie erneut zu den sich bewegenden Bildern. War die Vogelscheuche näher an den Rand gerückt?

Silvana wollte die Frage gerade verneinen, als sie plötzlich ein Knarren oben an der Treppe vernahm.

Die Freundinnen zuckten zusammen und machten ein paar vorsichtige Schritte zurück, um die Stufen hinaufsehen zu können. Außer ein paar Staubflocken, die in dem rötlichen Licht der Lampen entlang der Wand tanzten, war jedoch nichts zu erkennen. Und doch wurden sie das Gefühl nicht los, dass dort etwas war. Sie wagten kaum zu atmen, während sie weiter ins Obergeschoss hinaufstarrten. Die Schatten des Treppengeländers, die in dem flackernden Licht über den Teppich zuckten, ließen sie dabei mehr als einmal glauben, etwas vorbeihuschen zu sehen. Silvana spürte, wie Corrie nach ihrem Arm griff, wagte jedoch nicht, ihren wachsamen Blick von der Treppe zu nehmen.

»Raus hier«, flüsterte Corrie leise.

»Wegen des knarrenden Geräusches?«, fragte Silvana, woraufhin Corrie sie verständnislos ansah.

»Was?«

Silvana runzelte die Stirn. »Hattest du nicht gerade gesagt, wir sollten hier raus?«

Corrie schüttelte langsam den Kopf. In ihren Augen erkannte Silvana die gleiche Angst, die in ihr selbst zu wachsen begann. Ihr Blick glitt an ihrem Arm hinunter und von dort zu Corrie, die ihre Hände um das Handy geklammert hielt. Wenn es nicht Corrie gewesen war, die nach ihr gegriffen hatte, wer …? Hastig rieb sie über ihren Arm, als könnte sie das, was auch immer sie gespürt hatte, damit wegwischen. Verlor sie jetzt den Verstand? Ein weiteres Knarren ließ sie beide erneut zusammenzucken und wieder nach oben starren. Doch noch immer sahen sie nichts außer Staubflocken. Es dauerte einige Sekunden, bis Silvana erkannte, was sie an dem

Staub irritierte. Er schwebte nicht mehr zu Boden, sondern verharrte in der Luft, als würde er auf etwas warten. Noch während sie wie gebannt das Phänomen betrachtete, gab Corrie einen erstickten Laut von sich. Silvana sah erst in das entsetzte Gesicht ihrer Freundin und folgte dann dem Blick ihrer schreckgeweiteten Augen zu der Wand mit den Bildern. Zunächst dachte sie, Corrie würde diese meinen, doch sie zeigten nur die gleichen Szenarien wie zuvor. Erst dann bemerkte sie das Blut. Es quoll aus der Holzvertäfelung hervor und floss träge zu Boden, wo es zwischen den Fasern des Teppichs verschwand. Und auch vom Türrahmen aus ergoss es sich über den Schriftzug, den sie eben noch betrachtet hatten.

Aber das war nicht das Einzige.

Dort, wo das Blut sich seinen Weg suchte, begann sich etwas in den Wänden und im Boden zu regen. Entsetzt sahen Corrie und Silvana, wie sich die Umrisse von Gesichtern und Händen bildeten, die von innen gegen die Wand zu drücken schienen, als wollten sie hindurchkommen. Mäuler bildeten sich in den Gesichtern, zu stummen Schreien aufgerissen, in denen sich das Blut sammelte. Um sie herum erklang ein Flüstern, das von einem klagenden Stöhnen durchzogen wurde, doch Worte waren keine zu verstehen.

»Was ist das, Silvie?«, rief Corrie panisch und klammerte sich an den Arm ihrer Freundin.

Silvana zog den Fuß hoch, als direkt neben ihr ein Maul im Teppich erschien. »Ich habe keine Ahnung«, stieß sie hervor und machte einen Schritt zurück, als ein weiteres Maul im Boden auftauchte. Es erinnerte sie an die Illusionen des Dschinns, der sie nach der Bergung des Zweiten Buches von Angwil angegriffen hatte. Doch das hier war keine Illusion. Ganz sicher nicht.

Plötzlich sah Corrie, wie sich die Rehe aus dem Bild kaskadenartig in den blutigen Fußboden stürzten. Im selben Moment stob auch der Schwarm Krähen aus seinem Bild heraus und flog mit eisigem Hauch über ihre Köpfe in Richtung Treppe. Entsetzt erkannte Corrie, dass sie dort jedoch nur wendeten und nach einer scharfen Kehre direkt auf sie zuhielten!

Das war genug.

Es wurde höchste Zeit, dass sie hier verschwanden!

Silvana schien zu demselben Entschluss gekommen zu sein. Beinahe gleichzeitig warfen sich die beiden Freundinnen herum, rannten hinaus ins Freie und den dunklen Weg entlang zurück zur Mauer. Erst als beide unter der Laterne neben dem HY standen, wagten sie es, wieder Luft zu holen und zurück zum Haus jenseits des Zauns zu blicken.

»Verdammt, was war das?«, fragte Corrie entgeistert. Sie glaubte für einen Moment, Schatten hinter den Fenstern im Erdgeschoss vorbeihuschen zu sehen, bevor das rötliche Licht schlagartig erlosch. Sie spürte, wie ihr eine Gänsehaut den Rücken hinablief. War es doch Spuk gewesen? Geister? Sie hob den Blick zum Himmel, wo die beiden Tauben ihre Kreise drehten wie Raben über einem Schlachtfeld.

Oder die Krähen über der Vogelscheuche.

Neben ihr lehnte sich Silvana keuchend an den Wagen und fuhr sich mit der Hand durchs Gesicht. »Das ist das absolut Gruseligste gewesen, das ich je erlebt habe. Mit Abstand.«

Corrie schluckte. »Ich glaube nicht, dass wir das Buch dort alleine herausbekommen«, stellte sie fest und biss sich auf die Unterlippe. Immerhin bedeutete das aber auch, dass Lamassar, sofern er wieder versuchen würde, ihnen zuvorzukommen, mit denselben Problemen würde kämpfen müssen.

»Und was tun wir jetzt?«

»Hast du das Bild von der Tür?«

Corrie sah hinunter auf ihr Handy, das sie noch immer fest umklammert hielt wie einen Schutz bringenden Talisman. Mit zitterndem Finger strich sie über den Bildschirm. Insgeheim rechnete sie mit einem verschwommenen Geisterbild oder etwas Ähnlichem, doch die Aufnahme zeigte deutlich lesbar den Spruch. Sie nickte erleichtert. »Ja.«

»Ich gebe es nur ungern zu«, schnaufte Silvana grimmig. »Aber ich fürchte, wir müssen Yazeems Rat befolgen und uns Hilfe holen, wenn er immer noch nicht zurück sein sollte.«

»Und an wen hast du konkret gedacht?«

Silvana wiegte abschätzend den Kopf. »Ich dachte an Talisienn.«

»Wenn er es sich zutraut.«

Silvana nickte. »Das werden wir dann sehen. Fahren wir zurück nach Woodmoore. Ich rufe ihn von unterwegs aus an.«

Sie waren jedoch gerade erst eingestiegen, als Corries eigenes Handy klingelte. Es wurde keine Nummer angezeigt, und aus irgendeinem Grund wusste Corrie, wer am anderen Ende war, noch bevor sie den Anruf angenommen hatte.

»Meine Worte scheinen auf Sie und Ihre Freundin ja keinen besonders großen Eindruck zu machen, wenn Sie beide so schnell wieder alleine losziehen«, hörte sie Tempest sagen. Seine Stimme klang ruhig – und eindeutig zu freundlich. Corrie schluckte. Woher wusste er, was sie gerade gemacht hatten? Außer ihnen hatten doch nur die beiden Leseratten … Corrie seufzte innerlich. Hatte der Botschafter nicht auch mit Phil und Scrib gesprochen, als er sie vor ein paar Tagen im Spiegelzimmer allein gelassen hatte?

Tempest sprach ungerührt weiter. »Ich würde es deshalb

sehr begrüßen, wenn Sie und Miss Livenbrook mich morgen in der Botschaft besuchen würden. Die Adresse lasse ich Ihnen zukommen. Dann können wir darüber sprechen, wie ich weiter mit Ihnen beiden verfahren werde. Und über das, was Sie mir zur Highwater Street 11 erzählen möchten. Fünf Uhr. Und ich schätze Pünktlichkeit.« Ohne eine Erwiderung abzuwarten, legte er auf.

Corrie ließ das Handy langsam sinken und sah ihre Freundin an. Einen kurzen Moment überlegte sie, ob sie nicht lieber wieder in das Haus zurückgehen würde, als den Botschafter aufzusuchen.

»Wer war das?«, wollte Silvana wissen.

»Ich schätze, wir haben ein Problem«, erwiderte Corrie leidvoll. »Und einen Termin bei Botschafter Tempest. Morgen. Um fünf.«

KAPITEL 11

Eine Audienz beim Botschafter

Um Viertel vor fünf parkte Corrie den HY vor der Adresse, die Tempest ihr geschickt hatte. Silvana und sie hatten noch nach ihrer Rückkehr aus Heathen Heights die beiden Leseratten zur Rede gestellt, doch sowohl Phil als auch Scrib hatten die Vorwürfe vehement zurückgewiesen. Der Botschafter hatte sie zwar gebeten, in Yazeems Abwesenheit ein besonders gutes Auge auf die beiden zu haben, doch das hatte nicht die Weitergabe von Informationen eingeschlossen. Während der Fahrt grübelten Corrie und Silvana daher weiter darüber nach, wie der Botschafter von ihrem Ausflug nach Heathen Heights erfahren und genau in dem Moment angerufen hatte, als sie das Grundstück in heller Panik verlassen hatten. Doch sie kamen zu keinem wirklichen Schluss – außer, dass er irgendeinen Zauber benutzte, um sie auszuhorchen. Das trauten sie ihm beide ohne Weiteres zu.

Nachdem sie ausgestiegen waren, blieben sie für einen Moment auf dem Gehweg stehen und betrachteten das Gebäude. Wider Erwarten war die Botschaft nicht außerhalb der Stadt angesiedelt, sondern recht zentral gelegen und unterschied sich von außen nicht von den übrigen mehrstöckigen Bürogebäuden. Neben dem ebenerdigen Eingang befanden sich weder Klingeln noch Schilder, und für einen Moment zögerten die beiden, doch Silvana griff schließlich nach dem schlichten Silberknauf und drückte leicht gegen die Tür. Sie war nicht verschlossen.

Langsam traten die beiden ein, wobei sie für einen kurzen Moment das Prickeln einer magischen Barriere auf der Haut spürten, und sahen sich um.

Sie standen in einem Foyer mit hellem Steinfußboden und oliv-beige gestreiften Tapeten über einer dunkelbraun vertäfelten Wand. An einer Rezeption zu ihrer Linken saß eine ältere Frau mit streng nach hinten gebundenen, schwarzen Haaren, die die beiden Freundinnen aus stechenden dunklen Augen über den Rand ihrer Brille hinweg ansah.

»Bitte?« Ihre Stimme klang wie das Knarren eines alten Schaukelstuhls.

»Silvana Livenbrook und Corrie Vaughn«, stellte Silvana sich und Corrie freundlich vor. »Wir haben einen Termin bei Botschafter Tempest.«

Obwohl aus ihrem Blick zu lesen war, dass sie Silvanas

Aussage bezweifelte, tippte sie auf der Tastatur ihres Rechners herum und beugte sich vor. »Tatsächlich, hier haben wir es.« Sie wies mit einem langen, gekrümmten Fingernagel zu dem Raum direkt gegenüber, in dem ein paar Sessel standen.

»Setzen Sie sich. Ich sage Bescheid, dass man Sie holen kommt.«

Corrie presste beunruhigt die Lippen zusammen. Auch wenn sie es vermutlich nicht so gemeint hatte, klangen die Worte eher nach einer Drohung als nach einer harmlosen Aufforderung. Sie nickten der Empfangsdame noch einmal zu, was diese jedoch geflissentlich ignorierte, und betraten den Warteraum. Dicker Teppich mit einem seltsamen, goldfarbenen Kettenmuster schluckte ihre Schritte, und direkt vor ihnen nahm ein Bild von der Karte des Inselreichs die gesamte hintere Wand ein. Beeindruckt blieben die beiden Freundinnen davor stehen und betrachteten die einzelnen Inseln und die Wogen der Meere dazwischen, die sich zu bewegen schienen. Tatsächlich tauchte plötzlich ein riesiger Fisch vor einem der Eilande auf, und weiter oben sahen die beiden Freundinnen ein paar Wolken dahinziehen.

»Ein ganz schöner Drachen, oder?«, raunte Corrie Silvana schließlich mit verstohlenem Blick auf die Empfangsdame zu.

»Ganz unrecht haben Sie damit nicht«, antwortete eine Stimme hinter ihnen.

Als Corrie und Silvana herumfuhren, sahen sie im Rahmen einer kleinen Seitentür, die ihnen beim Eintreten gar nicht aufgefallen war, einen schlanken, eher klein gewachsenen Mann stehen, der mit seinen wilden roten Haaren und der lila getönten Rundbrille perfekt nach Woodstock gepasst hätte – wären nicht die Anzughose, das tadellose weiße

Hemd mit der akkuraten Krawatte und die funkelnden Manschettenknöpfe gewesen. Sein Grinsen erinnerte Corrie an einen vorwitzigen Kobold. »Miss McKeegan ist tatsächlich ein Drache – ein Umbradrache, um genau zu sein.« Er kam näher und warf der Frau am Empfang ein charmantes Lächeln zu, bevor er sich wieder den beiden Frauen zuwandte. »Und ich bin Timothy Taistra, Botschafter Tempests Chefsekretär. Aber Sie können gerne Tim sagen.« Er gab ihnen die Hand, und der Griff seiner feinen Finger war erstaunlich fest. »Ich soll Sie beide nach oben geleiten. Der Botschafter erwartet Sie bereits. Bitte.« Er wies mit der Hand auf die geöffnete Tür, durch die er gekommen war. Sie folgten der Einladung und fanden sich kurz darauf in einem mehr als außergewöhnlichen Treppenhaus wieder. Taistra, der ihr Staunen bemerkte, grinste breit. »Ein wenig sollen sich die Reisenden aus den anderen Reichen noch an zu Hause erinnert fühlen, wenn sie hier ankommen«, erklärte er, während er mit der Hand über das Geländer strich, das aussah, als habe man einen ganzen Baum samt Ästen und Laub in die Länge gezogen und auf die knorrigen Streben gelegt, die ihn trugen. Die Stufen der Treppen wechselten auf jedem Absatz Material und Farbe – von eher schlichtem, grauem Stein über rosafarbenen Quarz, helles Holz, etwas, das sie an den Sand in Sahades Haus in Port Dogalaan erinnerte, bis hin zu einem Farbspiel wie das eines Labradorits. Unterwegs ließ Taistra sie außerdem einen Blick aus dem Fenster hinaus in den beleuchteten, parkähnlichen Hof werfen, wo die Mitarbeiter der Botschaft und der verschiedenen Ämter ihre Pausen verbringen konnten – und je nach Arbeitsaufkommen auch ihre spärliche Freizeit, vor neugierigen Blicken gut geschützt durch einen magischen Baldachin, der unbeteiligten Bürgern mit einem einfachen Illusionszauber lediglich einen leeren, verfallenen Hinterhof vorgaukelte. »Flora würde es hier gefallen«, bemerkte Silvana und betrachtete das trotz der späten Jahreszeit noch dichte Laub der zahlreichen Pflanzen. »Mrs Marauner haben wir diesen herrlichen Ort zu verdanken«, erwiderte Taistra lächelnd. »Leider besucht sie uns nur noch selten. Aber ihre Magie wirkt weiter.«

Auf dem obersten Absatz angekommen, öffnete der Chefsekretär die Tür vor ihnen und führte sie in einen Flur, durch dessen gläserne Decke man den dunklen Himmel sehen konnte. Einige Blätter wirbelten vorbei wie eine Schar quirliger Spatzen, und erste Tropfen fielen auf das Glas.

Die Türen zu beiden Seiten des Korridors waren geschlossen, doch dahinter hörten die beiden Freundinnen die Stimmen der Mitarbeiter – Corrie hätte gerne gewusst, ob auch ganz normale Menschen darunter waren, und fragte sich gleichzeitig, was Taistra wohl sein mochte. Sie kam jedoch nicht mehr dazu, eine entsprechende Frage zu stellen. Vor ihnen öffnete sich der Gang zu einem Wartebereich mit Ledersesseln, seltsamen, blau belaubten Pflanzen und einem leise blökenden Barometz auf einem niedrigen Tisch zwischen den Sesseln, dessen Topf den beiden Freundinnen irgendwoher bekannt vorkam.

Zwei Türen lagen vor ihnen – die linke, vor der ein Aktenwagen stand, war geöffnet und gewährte ihnen einen Blick in ein hell erleuchtetes Büro, in dem sich weitere Akten auf zwei großen Schreibtischen türmten. Der Geruch von Papier, Druckertoner und schwarzem Tee hing in der Luft.

Taistra klopfte an der rechten, geschlossenen Tür, und als von drinnen ein knappes »Ja« erklang, ließ er die beiden Freundinnen an ihm vorbei eintreten.

Etwas unbehaglich sahen sich Corrie und Silvana um. Das Büro war nicht so groß, wie sie es sich vorgestellt hatten, und enthielt auch weitaus weniger Schränke als erwartet. Abgesehen von einem einzelnen Aktenschrank verteilten sich an den Wänden nur drei nicht besonders breite Regale, in denen Dinge lagen, die sie an diejenigen in Cryas' Büro erinnerten – seltsame Pflanzen in schmalen oder bauchigen Gläsern, eigenartig geformte Wurzeln, zwei bunt bemalte Statuen, eine Räucherschale und ein Schaukasten mit einem tropfenförmigen Amulett, das auf einer dunklen Holztafel ruhte. Nach dem ersten Eindruck, den sie vom Botschafter gewonnen hatten, hätten sie nichts davon hier erwartet. Zu ihrer Linken stand ein Sofa aus einem Leder, das keine der beiden Freundinnen zuordnen konnte. Es wirkte wie Velours, nur gröber und war geädert wie ein Blatt unter dem Mikroskop.

Auch hier hing der Geruch nach schwarzem Tee in der Luft und dazu von einem Aftershave, das Corrie sofort erkannte. Einer der Kollegen ihres Vaters benutzte es, und sie hatte es stets gerne gerochen – so gerne, dass sie es ihrem Vater zu Weihnachten hatte schenken wollen. Sie erinnerte sich, wie sie die Flasche in der Hand gehalten und das Preisschild betrachtet hatte. Es war weit mehr gewesen, als sie aufbringen konnte, und so hatte sie schweren Herzens etwas Günstigeres gekauft.

Der Botschafter selbst saß in einem Sessel hinter einem breiten Schreibtisch, ein Bein übergeschlagen und die Hände vor dem Bauch gefaltet. Seine Miene war in etwa so dunkel wie sein Anzug, an dem ein pflaumenfarbenes Einstecktuch für den einzigen Farbtupfer sorgte.

Doch er war nicht allein.

Auf der Schreibtischkante saß zu ihrer Überraschung Yazeem. Er nickte Corrie und Silvana mit einem aufmunternden Lächeln zu und schien sich in Gegenwart des Botschafters deutlich wohler zu fühlen als noch bei dessen erstem Auftritt im Laden.

»Dann sind wir ja fast vollständig«, sagte Tempest kühl anstelle einer Begrüßung und beugte sich in seinem Sessel vor.

Fast? Silvana runzelte die Stirn, fragte jedoch nicht nach. Ebenso wenig wie Corrie, die ihren Blick weiter durch den Raum wandern ließ, um Tempest nicht ansehen zu müssen.

Yazeem wandte sich zu dem Botschafter um. »Sie werden sicherlich gleich zurück sein.«

»Davon gehe ich aus.«

Corrie und Silvana, die noch immer unschlüssig mitten im Büro standen, sahen einander fragend an. Wer sollte zurück sein? Gab es noch jemanden, dem sie Rede und Antwort stehen mussten? Draußen vor der Tür polterte und schepperte es mit einem Mal vernehmlich.

»Angekommen«, bemerkte Yazeem und erhob sich. »Da fehlt immer noch eine Menge Übung.« Er trat an Corrie und Silvana vorbei und öffnete die Tür. Der Aktenwagen war zur Seite gekippt, und alles, was in ihm gehangen hatte, lag weiträumig auf dem Boden verteilt.

Timothy Taistra stand vollkommen fassungslos daneben, die Hände über dem Kopf zusammengeschlagen, während das Barometz noch immer erschrocken blökte und versuchte, sich zwischen den Blättern zu verstecken, die es umgaben. »Das dauert Stunden, das wieder zu sortieren!«, stöhnte er.

Corrie und Silvana starrten an Yazeem und ihm vorbei zu

den beiden Gestalten, die inmitten der Papierflut auf dem Boden saßen.

»Tut mir leid«, murmelte Kajsja betreten. »Ich helfe auch beim Aufräumen.«

Taistra schüttelte abwehrend den Kopf. »Bitte nicht.« Er nahm seine getönte Brille ab und massierte sich die Nasenwurzel.

»Kajsja?«, fragte Silvana erstaunt und sah von der jungen Portalweberin zu dem Mann neben ihr. Offenbar war er derjenige gewesen, der beim Weg aus dem Portal den Aktenwagen mitgerissen hatte, denn er rappelte sich gerade mit schmerzverzerrtem Gesicht auf und hielt sich die Rippen. Es war der Mann mit dem Ziegenbart, den Corrie und Silvana mit Alexander, Mortimer, Kajsja und den anderen zusammen in der *Magischen Schriftrolle* gesehen hatten.

Auch Corrie war überrascht. »Wo kommst du denn her?«

»Aus Pryx«, erwiderte Kajsja und erhob sich vorsichtig, um keines der Blätter unter ihr zu verknittern. Sie sah entschuldigend zu dem Mann herüber. »Tut mir leid, Thomas. Tut es sehr weh?«

Der Angesprochene hob kurz die Hand und schüttelte den Kopf. »Geht schon«, stieß er heiser hervor. »Der Tritt eines Bucentauren ist schlimmer.«

»Trotzdem«, erklang die frostige Stimme von Tempest hinter ihnen, »bedeutet Schutz vor Strafverfolgung als Weberin nicht, dass ich eine mutwillige Zerlegung meiner besten Sucher gutheiße.«

Kajsja zog den Kopf ein und senkte den Blick. »Ja, Sir. Tut mir leid, Sir.« Sie sah verstohlen zu Taistra. »Und noch mal Entschuldigung für das Chaos. Hätte ich geahnt, dass der Wagen ausgerechnet hier steht …«

Taistra zog eine leidende Miene, nickte jedoch. »Schon gut. Ich habe mich ohnehin auf einen langen Tag eingestellt.« Er ging in die Knie und begann, die ersten Seiten aufzusammeln.

Der Sucher richtete sich unterdessen weiter auf und atmete vorsichtig durch. »Du solltest wirklich an deiner Konzentration arbeiten, junge Dame«, bemerkte er. »Ich kenne jemanden, der dir dabei helfen kann. Am besten statten wir ihm auf dem Rückweg zu den Blackwoods gleich noch einen kurzen Besuch ab.«

Silvana sah fragend zwischen ihr und dem Sucher hin und her. »Wo wart ihr gerade? Pryx?«

»Richtig«, erwiderte der Ziegenbärtige.

»Und wo liegt das? Gibt es dort etwas Besonderes?«

»Pryx ist ein Nachbarort von Port Dogalaan«, schaltete sich Yazeem ein. »Berühmt für seine heißen Quellen.«

»Nur, dass wir nicht aus dem Grund dort waren«, warf der Sucher ein. Seine Hand zuckte wieder zu seinem Rippenbogen. »Wobei ich dem momentan nicht gänzlich abgeneigt wäre.«

»Das muss leider warten«, stellte Tempest mit kühler Stimme fest. »Wenn wir dann jetzt beginnen könnten? Ich habe heute noch weitere Termine.« Er sah verstimmt auf Kajsja hinab. »Sie warten draußen.«

Die junge Weberin nickte gehorsam. »Ja, Sir.«

Silvana ballte wütend die Fäuste. Wie konnte jemand seinen Mitmenschen gegenüber nur so auftreten?

Sie wollte etwas sagen, doch der warnende Blick der Weberin hielt sie davon ab. So trat Silvana also stumm, aber mit wachsender Wut im Bauch mit Corrie und dem Sucher zurück in Tempests Büro, wo sie sich neben dem Werwolf und ihrer Freundin auf dem Ledersofa niederließ.

Hinter ihnen schloss der Ziegenbärtige die Tür und lehnte sich dagegen. Corrie hatte den Eindruck, dass er noch immer unter Schmerzen litt, sich jedoch Tempest gegenüber nichts anmerken lassen wollte.

Der Botschafter trat unterdessen vor seinen Schreibtisch, von wo aus er auf die Anwesenden hinuntersah.

Typisch, dachte Silvana. So machte er auch optisch deutlich, wer in diesem Raum das Sagen hatte.

»Wie schön, dass wir jetzt endlich alle beisammen sind«, bemerkte er mit unbewegter Miene. »Miss Vaughn, Miss Livenbrook, ich möchte Ihnen als Erstes Thomas Keweloh vorstellen, Traumgänger und Erster Sucher der Botschaft. Er ist in meinem Auftrag Ihrem Verdacht gegenüber Cryas Capralias Mitarbeiterin, der Hexe Marica, nachgegangen.«

Keweloh neigte den Kopf und verzog den rechten Mundwinkel zu einem schiefen, schmerzerfüllten Lächeln. »Nur Thomas, bitte. Sehr erfreut.«

»Bevor wir also besprechen, weswegen ich Sie eigentlich hergebeten habe, würde ich Mr Keweloh bitten, uns mitzuteilen, ob es schon Neuigkeiten bezüglich dieses Verdachts gibt.« Neben Corrie straffte der Werwolf unwillkürlich die Schultern und sah sie fragend an. Ihr fiel ein, dass Yazeem ja von alldem bisher gar nichts mitbekommen hatte. Sie selbst spürte, wie ihr Herz schneller zu schlagen begann.

Keweloh räusperte sich. »Heute Morgen war es uns endlich möglich, mit Marica zu sprechen, und ich kann hiermit versichern, dass sie nicht mit Lamassar im Bunde ist.«

»Das ist ganz sicher?«, hakte Tempest nach.

»Ganz sicher«, bestätigte der Sucher. »Der Verdacht war aufgrund der vorliegenden Hinweise zwar durchaus begründet, jedoch nach Überprüfung nicht korrekt. Sie ist nicht die Verräterin, nach der wir suchen.«

Corrie war erleichtert, dass sie sich geirrt hatte und sie der Hexe weiterhin vertrauen konnten. Auf der anderen Seite bedeutete das aber auch, dass sie weiterhin einen Verräter unter sich hatten – und vorsichtig mit dem sein mussten, was sie wem erzählten. Sie fragte sich, wie die Sucher wohl vorgegangen waren, um sich von Maricas Unschuld zu überzeugen. Sie hoffte, nicht auf allzu unangenehme Weise für die Hexe.

»Die Suche geht also weiter«, stellte Tempest nüchtern fest und reckte das Kinn.

»Tut sie«, bestätigte Keweloh. »Genau wie nach den restlichen Portalweberinnen. Der ich mich jetzt auch mit Kajsja wieder widmen werde, wenn sonst nichts mehr ist.«

»Nein«, erwiderte Tempest. »Danke.«

Keweloh sah noch einmal in die Runde. »Dann also einen angenehmen Abend noch. Yazeem, Miss Vaughn, Miss Livenbrook. Man sieht sich, nehme ich an.« Damit verließ er das Büro.

Als die Tür hinter ihm zugefallen war, breitete sich unbehagliches Schweigen im Raum aus.

Schließlich atmete Tempest tief durch und hob den Blick zur Decke.

»Nachdem wir das geklärt hätten, kommen wir nun zu dem Teil, der Sie beide betrifft und über den ich vorhin schon mit Yazeem gesprochen habe. Und für den ich gerne eine Erklärung von Ihnen beiden hätte!« Bei den letzten Worten mischte sich unverhohlene Schärfe in seine Worte. »Eigentlich hatte ich gedacht, dass meine Worte klar und deutlich gewesen sind. In dem Moment, in dem Sie beide wussten, wo sich das Buch befindet, wäre ich *umgehend* zu informieren gewesen!« Er stieß sich von der Schreibtischkante ab und ließ sich wieder in seinen Sessel gleiten, von wo aus er die Freundinnen auffordernd über seine zusammengelegten Zeigefinger hinweg ansah. »Was haben Sie sich bloß dabei gedacht, dass Sie entgegen meiner Anordnung alleine losgezogen sind? Ich wollte wissen, ob ich mich auf Sie verlassen kann – und mit Ihrer allerersten Tat beweisen Sie mir das Gegenteil. Die Konsequenzen haben entsprechend Sie beide selbst zu verantworten.«

Yazeem neigte den Kopf. »Charles, bitte …«

»Du hast genauso gehört, was ich gesagt habe, Yazeem. Ich habe ihnen nicht verboten, weiter an den Rätseln zu arbeiten. Aber ich habe zwei Bedingungen gestellt, damit ich diese ganze Sache nicht sofort beende. Zwei Bedingungen. Und beide sind an einem einzigen Abend gebrochen worden. Es steht hier zu viel auf dem Spiel. Ich darf mich nicht auch noch damit herumschlagen müssen, auf wen ich mich verlassen kann und auf wen nicht. Deine beiden jungen Freundinnen haben bewiesen, dass ich diese Sache besser an Leute übergebe, bei denen ich mir zu hundert Prozent sicher bin, dass sie sich an das halten, was ich sage – und die keine Gefahr für sich und andere darstellen!«

Silvana ballte empört die Fäuste. »Das tun wir auch nicht!«, platzte es aus ihr heraus. »Außerdem haben Sie uns bisher noch keinen Grund gegeben, Ihnen zu vertrauen! Woher sollen wir wissen, dass Sie uns tatsächlich mit jemandem zusammen zu dem Haus hätten gehen lassen und sich das Buch nicht alleine geholt hätten?«

»Ich bin der Botschafter, Miss Livenbrook«, erklärte Tempest ruhig. »Das alleine sollte genügen, mir zu vertrauen. Und was Ihre Frage angeht – Sie hätten es immerhin versuchen können, oder nicht? Außer Yazeem gibt es noch genügend andere Leute, die ich zu Ihrem Schutz abstellen könnte. Ein simpler Anruf hätte genügt. Wie schon gesagt, habe ich nicht vor, Sie daran zu hindern, mit der Suche nach den Büchern weiterzumachen, wenn das Ihr ausdrücklicher Wunsch ist. Aber ich kann auch nicht zulassen, dass Sie Ihr Leben oder den Erfolg dieser Unternehmung aufs Spiel setzen. Und das ist eine Sache, die alleine ich zu entscheiden habe. Wie auch darüber, Sie beide so rasch wie möglich zurückzuschicken.«

Corrie schloss die Augen. Wie sie befürchtet hatte.

»Gib ihnen doch noch eine Chance, Charles«, bat Yazeem.

»Nach dem Verrat von Veron und dem noch immer nicht gefundenen anderen Verräter ist es doch verständlich, wenn die beiden so schnell wie möglich vorankommen wollen. Und sich nur auf sich selbst verlassen – und auf die, die sie schon länger kennen.«

»Zu denen auch Veron gehört hat«, erinnerte ihn Tempest mit unwillig gesenkten Mundwinkeln.

»Eben«, erwiderte Yazeem nickend. »Charles, sie haben es schon so weit geschafft. Sie wollten nur zeigen, dass sie in der Lage sind, weiterzumachen. Das hat nichts damit zu tun, dass sie deine Anweisungen nicht respektieren.«

Silvana konnte gerade noch ein Schnauben zurückhalten. Und ob es damit zu tun hatte. Der Botschafter war für sie keine Respektsperson. Aber das laut zu sagen, war im Moment vermutlich nicht die beste Idee.

Corrie, die unglücklich auf ihre Schuhe sah, wagte es kurz, den Blick zu heben. »Es tut uns leid«, murmelte sie. »Wirklich. Es war falsch, nichts zu sagen.«

Tempest musterte sie daraufhin mit einem nicht zu deutenden Gesichtsausdruck, bevor er sich in seinem Sessel vorbeugte. »Also gut. Ich werde dieses eine Mal noch Milde walten lassen. Aber ein weiterer Alleingang wird genau die Konsequenzen nach sich ziehen, die ich Ihnen bereits erläutert habe. Wäre dann eine der Damen so freundlich zu erzählen, was genau in dem Haus in Heathen Heights vorgefallen ist und warum Sie das Buch nicht geholt haben, wie Sie es doch ursprünglich vorgehabt haben?«

Silvana warf ihm einen finsteren Blick zu. Weder Corrie noch sie verspürten große Lust, ihm von den gestrigen Ereignissen zu erzählen und sich etwaige bissige Kommentare anhören zu müssen. Aber irgendeiner musste etwas sagen.

Also begann sie zu erzählen – von dem Haus, den Bildern, den Stimmen, der Schrift an der Tür und den geisterhaften Erscheinungen, vor denen sie schließlich die Flucht ergriffen hatten. Zu ihrem Erstaunen unterbrach sie der Botschafter kein einziges Mal, und auch Yazeem lauschte stumm ihren Ausführungen.

Nachdem sie geendet hatte, ließ Tempest sich in seinen Sessel zurücksinken und schlug erneut ein Bein über. »Blutmagie«, stellte er unzufrieden fest.

»Klingt danach«, stimmte Yazeem zu.

»Haben Sie ein Bild von der Tür gemacht?«, fragte Tempest an Silvana gewandt.

Corrie neben ihr nickte zögernd. »Etwas unscharf, aber man kann es lesen.«

»Zeigen Sie es mir.«

Mit gesenktem Kopf holte Corrie ihr Handy aus der Tasche, öffnete das Bild und hielt dann inne.

Sie konnte es einfach nicht über sich bringen, aufzustehen und dem Botschafter ihr Telefon zu geben.

Yazeem bemerkte es, nahm es ihr aus der Hand und legte es vor Tempest auf den Schreibtisch, der es wortlos näher zog und das Bild vergrößerte.

Einen Moment lang betrachtete er es stumm, während Yazeem, Silvana und Corrie ihn abwartend musterten. Dann schob er es zur Seite und legte seine rechte Hand flach auf die Schreibtischunterlage. Ohne einen der Anwesenden anzusehen, hob er den kleinen Finger etwas an. An ihm sahen Corrie und Silvana einen goldenen Ring, der ihnen bisher nicht aufgefallen war. Ein hellgrüner Stein war in seine Oberseite gefasst, in dessen Tiefen ein feines Leuchten zu pulsieren schien.

»Wissen Sie beide, was das ist?«, fragte der Botschafter.

»Ihr kleiner Finger«, erwiderte Silvana bissig.

Corrie schüttelte ungläubig den Kopf. Wieso konnte ihre Freundin es nicht lassen, ihn weiter zu reizen?

Auch Yazeem hatte ihr einen mahnenden Blick zugeworfen.

Tempest überging die Bemerkung jedoch einfach. »Das ist der Siegelring dieser Botschaft. Er ist einzigartig, so wie es jeder andere Ring eines Botschafters der Zweimondreiche ist. Die Botschafter wurden deshalb in alten Zeiten auch nach dem Stein betitelt, den sie trugen. Azuranitiar nach dem Azuranit. Jamanderiar nach dem Jamander. Und dieser Stein hier in meinem Ring ist ein Tauxit.« Er hob den Blick und sah die beiden Freundinnen schweigend an.

Corries Augen wurden groß, als sie die Bedeutung der Worte verstand. »Soll das heißen, dass Sie …?« Sie stockte.

Tempest nickte langsam. »Dass Sie gefunden haben, wonach Sie gesucht haben, Miss Vaughn. Ganz recht. Der Tauxitiar bin ich.«

Eine Weile lang sagte niemand etwas. Tempest sah weiter stumm auf den Ring hinunter, während Corrie und Silvana verstohlene Blicke wechselten. Da hatten sie gehofft, so wenig wie möglich mit Tempest zu tun zu haben, und jetzt sah es so aus, als würden sie sogar noch enger mit ihm zusammenarbeiten müssen, um an das nächste Buch zu kommen. Keine erfreulichen Aussichten.

Schließlich ergriff Yazeem das Wort. »Und wie soll es jetzt weitergehen?«

»Wir werden wohl noch einmal zu besagtem Haus gehen müssen«, erwiderte Tempest mit unbewegtem Gesicht.

»Wir?«, hakte Silvana nach.

Tempest schenkte ihr ein freudloses Lächeln. »Ganz richtig, Miss Livenbrook. Wir. Ich werde mir sicherlich nicht von Ihnen vorwerfen lassen, dass ich mein Versprechen breche, Sie weiter einzubinden, und deshalb ihr Vertrauen nicht verdiene. Aber wir werden nicht alleine gehen. Aufgrund der Blutmagie, die diesem Haus ganz ohne Zweifel innewohnt, werden wir einen Hexer benötigen, der Sie notfalls binden kann, damit sie keine Gefahr mehr für uns darstellt.«

»Das wird Donn nicht gefallen«, warf Yazeem ein.

Donn? Silvana sah den Werwolf bestürzt an. Sollte das heißen, dass Tempest Talisienn mitnehmen wollte?

Der Botschafter schürzte die Lippen. »Damit wird er leben müssen«, erwiderte er kühl. »Ich werde mit Talisienn sprechen. Miss Livenbrook, Miss Vaughn, Sie werden von mir hören. Und vorher will ich keine weiteren Alleingänge sehen. Wenn Sie sich noch einmal in Gefahr begeben, wird mich nichts und niemand mehr davon abhalten, Sie zurück nach London zu schicken. Ich hoffe, das war jetzt endlich klar für Sie?«

Silvana hatte noch immer das Verlangen, ihn mit seiner Krawatte zu erwürgen, dennoch erkannte sie, dass es an dieser Stelle besser war, zu schweigen und keine weitere Eskalation heraufzubeschwören. Immerhin hatten sie ja erreicht, was sie wollten. Sie durften weitermachen. Also nickte sie, ebenso wie Corrie, die den Blick im Gegensatz zu Silvana weiterhin gesenkt hielt. Auch Tempest nickte. »Gut. Dann können Sie jetzt gehen. Yazeem, mit dir würde ich gerne noch kurz alleine sprechen.«

KAPITEL 12

Was genau sind Sucher?

Corrie und Silvana hatten dem Werwolf versprochen, auf ihn zu warten, um ihn wieder mit zurück nach Woodmoore zu nehmen. Und nachdem sie sich im Hinausgehen noch einen unfreundlichen Blick der Umbradrachin eingefangen hatten, saßen sie nun im Wagen und warteten. Silvana, froh, endlich den Räumlichkeiten des Botschafters entronnen zu sein, konnte nicht mehr länger an sich halten. »Ich wünschte wirklich, er wäre geblieben, wo er bisher gewesen ist«, erboste sie sich und rutschte tiefer in den Sitz. »Wir sind bisher auch gut ohne ihn zurechtgekommen. Warum kann er uns nicht einfach in Ruhe lassen?«

»Das hast du doch gehört«, seufzte Corrie und ließ den Kopf in den Nacken sinken. »Weil er der Botschafter ist, der über alles informiert sein muss. Und leider jetzt auch noch der Tauxitiar, ohne den wir nicht weiterkommen.«

»Und ein arroganter, herablassender, egozentrischer Diplomat, der für die Erfüllung seiner eigenen Machtbedürfnisse das Leben anderer mit Füßen tritt«, knurrte Silvana.

»Und der sich darüber hinaus sehr um eure beiden Leben sorgt«, fügte Yazeem hinzu. Er hatte die Tür geöffnet und stieg neben Silvana ein, die zur Mitte durchrutschte. »Ebenso wie ich übrigens.« Er legte Corries Handy auf die Ablage. »Hier, das hast du oben liegen lassen.«

Corrie zog eine Grimasse. Sie hatte nicht gewagt, es sich wieder zu nehmen, nachdem Tempest sie mit seinen letzten Worten ja quasi vor die Tür gesetzt hatte. »Danke«, sagte sie und startete den HY.

»Du nimmst ihn ja schon wieder in Schutz!«, begehrte Silvana auf, während Corrie auf die Fahrbahn abbog. »Du hast doch selbst gesehen, wie er sich aufgeführt hat!«

»Wie ich schon sagte«, erwiderte Yazeem beschwichtigend, »ist Charles nicht gerade der einfachste Charakter. Aber wir kennen uns schon viele Jahre, und ich denke, ich kann beurteilen, wann er etwas wie meint.« Er sah die beiden Freundinnen ernst an. »Ich hatte zwar gesagt, dass ihr so weitermachen sollt wie bisher, aber damit habe ich nicht gemeint, dass ihr alleine zu einem fremden Haus fahren sollt, in dem sich das Vierte Buch von Angwil befindet«, sagte er. »Euer Mut und Corries Neugierde in allen Ehren, aber das war schon ein bisschen gedankenlos – gerade nach dem, was Charles im Laden gesagt hatte.«

»Es war nicht Corries Schuld. Ich habe sie überredet«, gab Silvana zu. »Ich dachte, wir würden schneller vorankommen, wenn wir nicht warten.«

»Und Charles damit eins auswischen«, sagte Yazeem. »Ich weiß ja, dass du ihn nicht magst, Silvana, aber glaub mir, er ist nicht euer Feind. Außer, ihr wollt ihn unbedingt dazu machen. Aber das würde ich euch wirklich nicht raten.«

»Wie wusste er überhaupt, dass wir beim Haus waren?«, fragte Silvana. »Wir haben außer Phil und Scrib niemandem davon erzählt. Und die beiden haben geschworen, dass sie ihm nichts gesagt haben.«

Yazeem hob die Schultern. »Charles weiß eine Menge Dinge, die er eigentlich unmöglich wissen kann. Ich habe keine Ahnung, woher er seine Informationen erhält.«

Diese Antwort trug nicht unbedingt dazu bei, dass sich die beiden Freundinnen wohler fühlten. Sie würden in Zukunft wohl noch mehr darauf achten müssen, wem sie etwas sagten oder was sie taten. Und nicht mehr nur wegen dem Verräter, der sich sonst wo aufhalten konnte, um seinen nächsten Schlag gegen sie vorzubereiten.

»Danke übrigens, dass ihr noch auf mich gewartet habt«, sagte Yazeem und ließ sich in den Sitz sinken. Sein Gesicht schien nachdenklich, trotz seiner freundlichen Worte.

»Dafür doch nicht«, erwiderte Corrie. »Was gab es denn noch zu besprechen?«

Sie hatte nicht erwartet, dass Yazeem ihr von einem vertraulichen Gespräch mit dem Botschafter erzählen würde, und wie erwartet schüttelte der Werwolf den Kopf. »Das kann ich euch nicht sagen. Nur, dass es noch immer um Lamassar und seine Verbündeten geht.« Er senkte den Kopf. »Und dass ich euch noch einmal verlassen muss.«

»Du musst schon wieder fort?« Ärger schwang in Silvanas Stimme mit, der sich jedoch nicht gegen den Werwolf richtete. »Du bist doch gerade erst wiedergekommen. Wo warst du überhaupt?«

»Ich habe im Namen der Botschaft bei einem Clan um Hilfe für das Regenbogenschloss gebeten«, erwiderte Yazeem. »Und offenbar hat auch König Leigh einen Teil der in Port Dogalaan stationierten Flotte losgeschickt.«

»Haben wir gesehen«, bestätigte Corrie. »Werden Sie noch rechtzeitig kommen?«

»Ich hoffe es«, sagte Yazeem, doch sein Gesicht blieb betrübt. »Ich befürchte jedoch, dass der Weg zu weit ist. Die Schlacht wird geschlagen sein. Vielleicht können sie noch zurückerobern, was übrig ist, aber der Angriff kam zu überraschend.«

Corrie nickte stumm. Die Schiffe konnten nicht einfach ein Portal benutzen, sondern würden selbst bei gutem Wind eine Weile unterwegs sein, bis sie die Insel erreichten. Vielleicht konnte der Clan, von dem Yazeem gesprochen hatte, wenigstens so lange bei der Verteidigung helfen, bis die Flotte des Königs eintraf.

Silvana starrte noch immer unzufrieden geradeaus. Auch wenn ihr das Schicksal des Schlosses nicht egal war, beschäftigte sie etwas anderes im Moment weitaus mehr. »Trotzdem: Erst wirft Tempest dir vor, dass du dich nicht genug um uns gekümmert hast in den vergangenen Wochen, und dann schickt er dich fort, sodass wir weiter alleine sind?«

»Es tut mir leid«, erwiderte Yazeem bekümmert. »Ich hoffe, es wird nicht länger als ein oder zwei Tage dauern. Ich muss nur mit jemandem sprechen und einen Gefallen einfordern, den Charles noch bei ihm offen hat. Es wird euch mehr Zeit verschaffen, dieses und das letzte Buch zu bergen, bevor Lamassar mit voller Kraft losschlagen kann.«

»Ist ja nicht deine Schuld«, brummte Silvana und verschränkte die Arme. »Verstehen tue ich es trotzdem nicht. Warum er sonst niemanden schicken kann, meine ich. Außer dir.«

»Er vertraut mir«, erwiderte Yazeem sanft. »Außerdem ist Charles davon ausgegangen, dass ihr euch an seine Worte halten und in meiner Abwesenheit nichts tun würdet, was euch in Gefahr bringt. Deshalb war er auch so verstimmt. Es hätte euch wirklich etwas passieren können in dem Haus. Die Aare sind mächtig, aber sie können auch nicht allen Schaden von euch fernhalten. Also, seid bitte vorsichtig. Und falls ihr trotzdem etwas unternehmen wollt und ich nicht da bin, dann bittet andere um Hilfe.«

»Wen hat Botschafter Tempest eigentlich damit gemeint, als er gesagt hat, er könnte uns noch anderen Schutz zur Seite stellen?«, fragte Corrie und bog auf die Straße nach Woodmoore ab.

»Zum Beispiel die Sucher«, erwiderte Yazeem. »Thomas Keweloh habt ihr ja bereits kennengelernt. Und Alexander gehört auch zu ihnen.«

»Wissen wir schon«, nickte Corrie. »Wir haben ihn und die anderen in der *Magischen Schriftrolle* gesehen.«

»Tatsächlich?«, fragte Yazeem überrascht.

»Ja«, bestätigte Silvana. »Als sie wegen Marica dort waren.«

»Das ist auch noch so etwas, das ihr mir erklären müsst«, sagte Yazeem. »Da bin ich einmal nicht da, und schon löst ihr nicht nur das Rätsel, wo sich das Vierte Buch von Angwil verbirgt, sondern setzt gleich auch noch die Sucher der Botschaft auf den möglichen Verräter an. Habt ihr noch etwas vor, von dem ich wissen sollte?«

»Das mit den Suchern war gar nicht so geplant«, wehrte Corrie ab.

»Sondern?«

»Der Gedanke kam mir, als wir neulich bei Talisienn gewesen sind. Wir haben darüber gesprochen, wer sich bisher noch nie den Aaren genähert hat, so wie es Veron ja auch vermieden hat. Und Marica kann ihre Gestalt verändern.«

»Verstehe«, erwiderte Yazeem. »Ja, unter den Umständen hätte ich sie vermutlich auch verdächtig gefunden.«

»Ich habe es Talisienn gesagt«, fuhr Corrie fort. »Ich konnte ja nicht ahnen …«

»Dass er es Tempest erzählt, sobald dieser wieder zurück ist?« Yazeem zog eine Grimasse. »Ja, ich hätte vielleicht eher schon einmal erwähnen sollen, dass die McCaers und ihn eine recht lange Freundschaft verbindet.«

»Ernsthaft jetzt?«, fragte Silvana konsterniert. Das wurde ja immer besser. Erst wurden sie gezwungen, enger mit dem Botschafter zusammenzuarbeiten, und jetzt war er auch noch ein Freund von Talisienn und Donn. Sie konnte sich keinen von beiden in einem guten Verhältnis zu dem anmaßenden Botschafter vorstellen. Nicht einmal Donn.

»Was sind die Sucher eigentlich genau?«, lenkte Corrie das Thema wieder zurück zu der Frage, die sie bereits seit dem Auftauchen der Gruppe bei Cryas beschäftigt hatte. Der Greif hatte ihnen keine Antwort geben wollen, und den Botschafter danach zu fragen, war vollkommen ausgeschlossen. Aber vielleicht wusste Yazeem ja mehr.

»Charles' Idee«, antwortete der Werwolf. »Ein Zwischenfall mit einem abtrünnigen Magier des Aruti vor gut zehn Jahren hat deutlich gemacht, dass leider nicht nur ehrliche

Leute zwischen unseren Welten wandern. Natürlich kann man bei so etwas keine normale Polizeistreife rufen.«

Corrie runzelte die Stirn. »Und was hat man stattdessen gemacht?«

»Eine Zeit lang hat man von der anderen Seite der Portale Hilfe angefordert. Meistens war es dann jedoch zu spät, um noch etwas tun zu können. Um schneller und reibungsloser kompetente Kräfte vor Ort zu haben, rief Tempest also die Sucher ins Leben. Eine Einheit von Individuen, die sich in beiden Welten gut genug auskennen, um unauffällig agieren zu können, und die sowohl mit einem Waffenschmuggler aus dieser Welt fertigwerden als auch mit einem Nekromanten aus dem Inselreich. Ihr Erfolg sorgte schließlich dafür, dass mittlerweile in beinahe jeder Botschaft ein oder gar mehrere Teams beschäftigt sind.«

»Unauffällig?«, kommentierte Silvana mit erhobenen Brauen. »Die Einzigen, die halbwegs unauffällig ausgesehen haben, waren Alex und dieser Keweloh.«

Dem konnte Corrie nur zustimmen. Wenn sie an die anderen dachte … »Und wer sind die Sucher aus Alexanders Gruppe?«, wollte sie deshalb wissen.

»Zuerst einmal ist es nicht Alexanders Gruppe, sondern die von Thomas Keweloh«, erwiderte Yazeem lächelnd. »Dass Thomas einer der letzten Traumgänger Europas ist, hat Charles ja schon gesagt, nicht wahr?«

Die beiden Freundinnen nickten.

»Es gibt viele Gründe dafür, dass er einer der Letzten Europas, wenn nicht sogar der ganzen Welt ist«, fuhr der Werwolf fort. »Traumgänger haben eine Menge Feinde, hauptsächlich aus der Welt der Albträume. Trotzdem ist Thomas' Fähigkeit, sich in den Träumen anderer zu bewegen, überaus wichtig für das Team. Er kann Verdächtige im Traum befragen und, wenn nötig, auch manipulieren. Ich schätze, so hat er auch Maricas Unschuld festgestellt. Im Traum kann niemand lügen. Außer er ist selbst Traumgänger.«

»Das klingt faszinierend«, bemerkte Corrie. »Und beängstigend.« Wenn sie sich vorstellte, dass jemand einfach in ihre Träume hereinspazieren konnte und sie für seine Zwecke manipulierte …

»Ja«, erwiderte Yazeem, als er ihren Gesichtsausdruck sah. »Wegen dieser Fähigkeit wurden und werden die Traumgänger verfolgt. Sowohl von den Menschen als auch von den Albtraumwesen, die sie gleichermaßen fürchten. Aber du hast gesagt, ihr hättet die anderen Sucher bereits gesehen?«

»Wenn es fünf sind?«, entgegnete Silvana.

»Mit Mortimer sechs«, bestätigte Yazeem. »Dann ist euch sicherlich ein großer, bleicher Mann mit schwarzen Haaren und Bart aufgefallen?«

Corrie schauderte bei dem Gedanken an ihn. »Er ist kein normaler Mensch, oder?«

Yazeem schüttelte den Kopf. »Crannough Balfour ist einer der wenigen bekannten männlichen Banshees.«

»Ein männlicher Banshee?«, wiederholte Silvana erstaunt. »Ich dachte, Banshees sind immer weiblich.«

»Das hat man lange Zeit geglaubt, weil die Männer eben so selten sind«, sagte Yazeem. »Und weil Banshees in strengen Matriarchaten organisiert sind. Männer haben leider nicht allzu viel zu sagen.«

»Danach sah er gar nicht aus«, bemerkte Corrie.

»Dabei ist er eine wirklich sanfte Seele«, schmunzelte Yazeem. »Das sind sie eigentlich alle. Sogar Armin Dar'Baris, auch wenn er ebenfalls nicht so wirkt.«

»Ist das der mit den vielen Tätowierungen?«, fragte Silvana.

»Daran könnt ihr stets die Priester des Auryll erkennen«, erklärte Yazeem. »Und an den Mustern erkennt ihr den Tempel, zu dem sie gehören.«

»Ein Priester?« Nun war es an Corrie, ihr Erstaunen zu äußern.

»Wanderpriester«, berichtigte sie Yazeem. »Auryll fördert das Ansammeln von Wissen, neuen Erfahrungen und weite Reisen. Ihnen ist es erlaubt, unterwegs Schiedssprüche zu fällen und deren Urteil zu vollstrecken, auch wenn es sich um eine Hinrichtung handelt. In manchen Tempeln geht es sogar ausgesprochen blutig zu. Armin hat sich deshalb von seinem eigenen Tempel abgewandt, soweit ich weiß.« Er zwinkerte. »Und er dürfte Corrie in Bezug auf die Neugierde mindestens ebenbürtig sein. Ich habe selten einen größeren Bücherwurm getroffen. Ich bin sicher, irgendwann wird ihm Alex keine Bücher mehr von euch mitbringen, sondern ihn selbst zu euch schicken.«

»Bleibt noch die junge Frau«, stellte Corrie fest und gab etwas mehr Gas.

»Lillianne Cavus«, sagte Yazeem. »Sie ist noch nicht lange bei den Suchern. Eine Rauchhexe. Spezialisiert auf magisches Fährtenlesen. Aber ich weiß sonst kaum etwas über sie. Alex sagt, sie sei noch sehr schüchtern, besonders bei Fremden. Vielleicht kann er euch mehr über sie sagen. Fragt ihn doch mal.«

»Dann ist Alex also auch schon länger bei den Suchern?«, wollte Silvana wissen.

»Von Beginn an«, erwiderte Yazeem. »Ebenso wie Thomas. Über die Jahre hat es schon viele Wechsel gegeben.

Manche im Guten, andere durch Todesfälle. Die Arbeit ist nicht immer ganz ungefährlich. Auch die beiden haben schon das ein oder andere einstecken müssen.«

»Ist Alex deshalb stumm?«, fragte Corrie.

»Nein«, erwiderte Yazeem kopfschüttelnd. »Der Grund dafür liegt deutlich weiter zurück.«

Im selben Moment summte Corries Telefon auf der Ablage.

»Könnte einer von euch rangehen?«, fragte sie und schielte von der Straße zum Display. Die Nummer des Anrufs wurde unterdrückt.

»Sicher«, gab Yazeem zurück und nahm den Anruf entgegen. Er kam jedoch nicht einmal dazu, sich zu melden. Stattdessen nickte er zweimal, brummte einmal und verabschiedete sich dann mit einem »In Ordnung«. Als er das Handy sinken ließ, sah Silvana ihn verdrossen an. »Der Botschafter, nehme ich an?«

»Warum ruft er immer ausgerechnet bei mir an?«, stöhnte Corrie kopfschüttelnd.

»Er hat gerade mit Talisienn gesprochen«, sagte Yazeem. »Ihr sollt ihn morgen Abend abholen und euch dann um sechs mit ihm und Charles am Haus treffen.« Er zog eine Grimasse. »Und Charles bittet um Pünktlichkeit.«

KAPITEL 13

Der schwarze Novize

Als Corrie und Silvana nach einem arbeitsreichen Tag am folgenden Abend mit Talisienn in der Highwater Street ankamen, waren die feinen Schneeflocken dichter geworden, die seit dem Morgen fielen, doch sie hinterließen weiterhin nichts als Nässe. Tempest erwartete sie bereits, mit überkreuzten Beinen an seinen schwarzen Bentley Continental gelehnt, den Mantelkragen gegen den Wind aufgestellt, in der einen Hand sein Smartphone, in der anderen eine halb aufgerauchte Zigarette.

Als Corrie den HY hinter ihm parkte, sah Tempest kurz vom Display auf, bedachte den himmelblauen Lack mit einer erhobenen Braue und nahm noch einen Zug. Dann ließ er das Smartphone in der Manteltasche verschwinden, bevor er sich von der Beifahrertür abstieß und die Schultern straffte. Silvanas Gesicht verfinsterte sich, als Tempest das Handgelenk hob und demonstrativ auf seine Armbanduhr blickte. »Wir sind keine zehn Minuten zu spät«, knurrte sie.

Talisienn neben ihr lächelte mild. »Deiner Stimme entnehme ich, dass Charles bereits da ist?«

Silvana presste die Lippen aufeinander. »Unverkennbar.«

Corrie schwieg. Sie fühlte sich unter Tempests strengem Blick unwohler als damals in der Schule, wenn sie zu spät gekommen war. Außerdem musste sie wieder an das denken, was Silvana und sie in diesem Haus schon erlebt hatten.

Am liebsten wäre sie im Auto sitzen geblieben, aber das

war keine Option. Also beeilte sie sich auszusteigen, während Silvana dem Hexer aus dem Wagen half. Tempest zog unterdessen ein Döschen hervor, ließ es aufschnappen, drückte die Zigarette darin aus und steckte es dann samt Stummel wieder ein.

Corrie sah ihn das Kinn heben und erwartete bereits eine frostige Zurechtweisung als Begrüßung, doch es kam nichts. Mit unbewegter Miene sah er über sie hinweg zu Talisienn, der wie erstarrt neben Silvana stand und aus blinden Augen das Haus jenseits des Zauns fixierte. Corrie bemerkte, wie er seine Finger um den Knauf seines Gehstocks krallte. »Und ich hatte gehofft, dass ich so etwas hier niemals vorfinden würde«, sagte er leise.

Bei den Worten des Vampirs lief Silvana ein Schauer über den Rücken.

»Das haben wir beide gehofft«, sagte Tempest. »Blutmagie in dieser Welt ist äußerst … unerfreulich.«

»In diesem Fall ist unerfreulich eine absolute Untertreibung«, erwiderte Talisienn. »Die Magie ist überall auf dem Grundstück. Ich kann sie sehen. Hier muss unglaublich viel Blut geflossen sein.« Er stand noch immer wie erstarrt und schien auf etwas zu lauschen, das kein anderer von ihnen wahrnahm.

Silvana sah ihn sorgenvoll an. »Wir können auch wieder zurückfahren.« Sie sah, dass Tempest die Brauen senkte, doch das kümmerte sie herzlich wenig.

Talisienn schüttelte den Kopf. »Das können wir nicht.«

»Aber wenn du es dir nicht zutraust, wenn die Magie zu stark ist …«

»Ich traue es mir zu«, unterbrach der Vampir sie. »Es überrascht mich nur, einer bislang unentdeckten Quelle wilder Blutmagie gegenüberzustehen. Auf so etwas muss ich mich erst einstellen.«

Corrie zuckte unwillkürlich zusammen, als Tempest neben ihr abfällig schnaubte. »So viel also zum Wort meines Vaters, es gäbe in England keine ungesicherten Quellen mehr.«

»Was direkt vor einem liegt, ist manchmal das, was man am wenigsten sieht«, erwiderte Talisienn mit einem milden Lächeln.

»So etwas darf trotzdem nicht passieren«, beharrte Tempest.

»Es ist aber nun nicht mehr zu ändern.« Talisienns Lächeln wich einem entschlossenen Gesichtsausdruck. »Sehen wir uns also an, was diese Magieströme alles für uns bereithalten. Und wie wir ihnen am besten beikommen, damit sie das Buch freigeben, wegen dem wir hier sind.«

Gemeinsam durchschritten sie das Tor, das der Vampir mit einer simplen Handbewegung aufschwingen ließ, und gingen auf das Haus zu – Tempest mit seiner betont aufrechten Statur voraus, danach Talisienn an der Seite von Silvana, und schließlich Corrie, die sich trotz der Präsenz des Blutmagiers immer wieder unwohl umsah. Je näher sie dem Haus kamen, desto stärker wurde erneut das Ziehen in ihrer Magengrube. Was würde sie dieses Mal erwarten? Wieder die blutigen Mäuler? Das Flüstern und Stöhnen? Oder sogar etwas noch Schlimmeres? Und was befand sich hinter der Tür, die sie öffnen wollten?

Ähnliches ging auch Silvana durch den Kopf. Obwohl sie versuchte, sich nichts anmerken zu lassen, spürte sie die Angst in sich aufsteigen – wie eine Welle, die sich immer höher türmte. Eher unbewusst klammerte sie sich an den

Arm des Vampirs, der ihr daraufhin beruhigend über die Hand streichelte. Silvana biss sich auf die Unterlippe. Es war zwar überaus tröstlich, Talisienn hier in der Nähe zu haben und zu wissen, dass er sich mit dem auskannte, was in dem Haus auf sie wartete – andererseits machte sich Silvana Sorgen, dass Talisienn sich übernahm, wie Donnald es ihm immer vorwarf. Silvana würde es sich niemals verzeihen, wenn Talisienn etwas zustieß. In diesem Punkt begann sie, Donn gerade tatsächlich zu verstehen.

»Du brauchst dich um mich nicht zu sorgen, Silvana«, hörte sie den Vampir unvermittelt sagen. »Es wird schon alles gut gehen.«

»Ich hoffe, dass du recht behältst«, murmelte sie, ohne das Haus aus den Augen zu lassen.

Als sie die Haustür erreicht hatten, hob Tempest die Hand, um sie zu öffnen. Doch genau wie beim ersten Mal schwang die Tür auf, noch bevor er den Knauf berührt hatte. Für einen kurzen Moment hielt er mit nachdenklich geschürzten Lippen inne, dann hob er den Kopf und trat entschlossen über die Schwelle. Mit einem leisen Zischen flammten die Gaslampen an den Wänden des Flurs auf.

»Talisienn?«, fragte der Botschafter, ohne sich umzudrehen. Sein Blick galt den unruhig zuckenden Schatten und den Bildern an den Wänden, die sich zu Corries und Silvanas Verwunderung verhielten wie ganz normale Bilder. Nichts bewegte sich. Weder die Rehe noch die Krähen.

»Die Stärke der Magie erstaunt mich noch immer«, erwiderte der Vampir gedämpft und machte an Silvanas Arm einen tastenden Schritt in den Flur hinein. »Aber sie ist sehr dumpf. Die Ströme werden von irgendetwas zurückgehalten.«

»Ist das gut oder schlecht?«, wollte Corrie wissen, die zwischen dem Botschafter und ihrer Freundin stand und abwechselnd die Bilder und den Fußboden betrachtete, wo bei ihrem letzten Besuch die geisterhaften Fratzen erschienen waren.

»Es bedeutet im Moment zumindest keine größere Bedrohung«, antwortete Talisienn beruhigend. Er wollte weitersprechen, zuckte jedoch im selben Moment zusammen. Seine Hand fuhr zu seiner Brust. »Aber ihre Bewegung wird stärker.«

»Alles in Ordnung?«, fragte Silvana besorgt und strich über seine Schulter. »Sollten wir besser wieder gehen?«

»Das steht nicht zur Debatte, Miss Livenbrook«, wandte Tempest nüchtern ein, während er nach wie vor die Bilder betrachtete.

Silvana warf Tempests Hinterkopf einen ärgerlichen Blick zu.

»Aber wenn es Talisienn nicht gut geht?«

»Kein Grund zur Sorge«, wandte der Vampir sanft ein. »Wie ich schon sagte, habe ich einfach nicht mit einer derartigen Kraft gerechnet. Aber wenn es notwendig ist, werde ich sie kontrollieren können. Es ist nicht das erste Mal, dass ich so etwas erlebe, glaub mir.«

Trotz seiner Worte erfüllte es Silvana mit Unbehagen, als er mit der Rechten seine silberne Kette aus der Tasche hervorzog und fest umschloss. Er rechnete offenbar tatsächlich damit, eingreifen zu müssen.

Unvermittelt begannen die Flammen der Lampen, unruhig zu zucken, und mit unhörbarem Flügelschlag erhoben sich die Krähen von dem abgemähten Feld in ihrem Bild. Ihr Flug führte sie über den stürmischen Himmel in das Bild der flüchtenden Schattenrehe, die sich mit glühenden Augen aus ihrem Rahmen herausstürzten und verschwanden. Ein Wispern erfüllte die Luft, die plötzlich wie aufgeladen zu knistern schien. *Tauxitiar … der Tauxitiar ist hier …*

Corrie zog sich ängstlich hinter Silvana zurück, die sich fester an Talisienns Arm klammerte, und hielt nach den Fratzen Ausschau. Es begann also schon wieder.

Tempest schien hingegen weder besonders beeindruckt noch sonderlich von Furcht erfüllt zu sein. Sein Augenmerk richtete sich auf die Schrift an der Tür am Ende des Flurs. Die eingebrannten Worte hatten begonnen, schwach zu glühen.

»Weiter«, sagte er schlicht und setzte sich wieder in Bewegung. »Dafür sind wir schließlich hergekommen.«

»Meinst du, es ist sicher?«, wisperte Corrie hinter Talisienn.

Der Hexer, dessen blinde Augen ebenfalls zur Tür sahen, nickte langsam. »Bleibt nur dicht bei mir«, murmelte er, dann folgte er mit den beiden Freundinnen dem Botschafter.

»Da vorne«, hauchte Corrie plötzlich angsterfüllt und wies neben den Türrahmen. Ein Gesicht begann, sich aus der Tapete zu schälen, und gleich darüber ein weiteres. Ihre Münder bewegten sich, als würden sie vergeblich versuchen, nach Luft zu schnappen.

»Sie können euch nichts tun«, sagte Talisienn ruhig. »Ihre Macht ist sehr begrenzt. Sie sind an ihrem Fleck gefangen. Die wirklich starken Ströme laufen durch die Tür hindurch. Wofür die Magie gebündelt wurde, liegt jenseits dieses Raumes.«

Tempest, der im Gegensatz zu Corrie und Silvana die Fratzen an der Wand ebenso ignorierte wie die Gesichter, die nun auch aus dem Teppich zu seinen Füßen auftauchten, streckte die Hand nach der Schrift aus, die heller zu strahlen begann.

Silvana sah, dass auch der Stein in seinem Ring von einem deutlich pulsierenden Licht erfüllt war, als würde er mit der Schrift an der Tür interagieren.

Tauxitiar, wisperten die Stimmen um sie herum. *Er ist hier … Bringt den Tauxitiar … Lasst ihn ein …*

Mit einem leisen Knarren schwang die Tür auf und gab den Weg in den dahinter liegenden Raum frei.

Auch hier flammten die Lampen an den Wänden auf und warfen ihr düsteres, zuckendes Licht auf einen mächtigen, dunklen Esstisch mit acht weinrot gepolsterten Thronsesseln. Eine groß gemusterte, kostbar schimmernde Stofftapete zog sich über die Wände, an denen ähnlich finstere Ölgemälde hingen wie im Flur. Über dem Kamin, in dem sich das Feuer selbst entzündet hatte, hing der riesige, ausgestopfte Kopf eines weißen Pferdes mit weit aufgerissenem Maul, dessen ausladendes Geweih nach Corries Schätzung fast zwei Meter breit war und seltsam glitzerte. Fast wie Marmor. Aus ihren Büchern wusste sie, dass es ein Ki'lin sein musste.

Was ihre Aufmerksamkeit jedoch noch mehr fesselte, befand sich auf dem dunklen Steinfußboden zu ihren Füßen. Direkt vor dem massiven Tisch war ein Mosaik in Form eines Pentagramms eingelassen, an dessen Spitzen jeweils eine kreisrunde, offenbar beinerne Scheibe im Boden verankert war. In seiner Mitte, aus unzähligen kleinen, graubraunen Steinchen gesetzt, war ein Buch abgebildet.

Talisienn kniete langsam davor nieder und streckte die Finger aus. »So etwas habe ich schon seit fast 200 Jahren nicht mehr gesehen«, stellte er kopfschüttelnd fest.

»Und was genau ist das?«, fragte Corrie vorsichtig und wagte es, sich über seine Schulter zu beugen.

»Ein Pentagramm der Zeit.«

Corrie furchte die Stirn. »Und was beschwört man mit ihm?«

»Nichts«, erwiderte Talisienn.

»Aber«, wandte Corrie ein, »beschwört man in einem Pentagramm nicht immer irgendetwas?«

Talisienn ließ seine Finger über die äußeren Linien gleiten.

»Mit einem solchen Pentagramm schützt man Dinge vor unerlaubten Zugriffen.« Er wies zu dem Buch. »Das ist, wonach ihr gesucht habt. Das Vierte Buch von Angwil.«

»Nur das Bild davon«, sagte Silvana. »Es ist nur ein Mosaik.«

»Noch«, bestätigte Talisienn. »Aber wenn man das Ritual erneut durchführt, mit dem es verwandelt wurde, stellt man seinen Ursprungszustand wieder her.«

»Du meinst, dass das hier das echte Buch von Angwil ist?«, fragte Corrie verblüfft.

»Auch wenn es momentan nicht danach aussieht«, bestätigte der Hexer.

»Also müssen wir dieses Ritual wohl oder übel durchführen«, sagte Silvana und sah Talisienn fragend an. »Weißt du, wie das geht?«

»Man braucht Gezeitenessenz«, erklärte der Vampir und erhob sich, auf Silvana gestützt, wieder. »Und die ist nicht einfach herzustellen. Wenn ich noch mein Augenlicht besitzen würde, wäre ich dazu in der Lage, aber so brauchen wir einen fähigen Alchimisten.«

»Da kennen wir nur einen.«

»Leider«, grollte Tempest unzufrieden.

»Und wir benötigen das Blut, das beim Ritual benutzt wurde«, fuhr Talisienn fort. »Für jede der Spitzen des Sterns ein anderes.«

»Fünf verschiedene Arten von Blut?«, wiederholte Corrie entgeistert. »Wie soll das gehen? Und woher sollen wir wissen, welches?«

»Das sollte uns das Pentagramm selbst sagen, sobald es aktiviert worden ist.«

»Auch mit Blut?«, wagte Silvana zu fragen.

»Deswegen heißt es Blutmagie«, erwiderte Talisienn mit einem Nicken.

»Aber woher sollen wir wissen, welches Blut wir brauchen, um die Aktivierung in Gang zu setzen?«, fragte Corrie.

»Das«, sagte der Vampir langsam, »hat uns bereits das Haus verraten.« Er sah vielsagend zu Tempest.

Der Botschafter erwiderte den Blick abweisend, nickte jedoch. »Den Tauxitiar nur zum Öffnen einer Tür hierherzubestellen, wäre wohl etwas übertrieben.«

»Dein Blut sollte die Fesseln der Magie lösen und die Kraft des Pentagramms wiederherstellen.« Talisienn sah hinab auf das Mosaik, und Silvana war sich sicher, dass er die Flüsse der Blutmagie genau betrachtete, die er trotz seiner Erblindung noch immer wahrnehmen konnte. »Und bevor du fragst: Wie viel Blut nötig ist, ist von Zauber zu Zauber unterschiedlich. Ich kann es dir also nicht sagen.«

»Wundervoll.« Tempest folgte Talisienns Blick zu dem Pentagramm und schob finster den Unterkiefer vor. »Fangen wir also an«, sagte er dann entschlossen, knöpfte seinen Mantel auf und hängte ihn zusammen mit seinem Jackett über einen der Stühle. Dann krempelte er den linken Ärmel seines Hemdes hoch.

»Sollten wir nicht noch einmal überlegen, ob es auch anders geht?«, wandte Corrie zaghaft ein. Es behagte ihr nicht, Zeuge eines Blutrituals zu werden, bei dem nicht einmal klar war, wie es ablaufen würde – von seinem Ausgang ganz zu schweigen.

Der Botschafter musterte sie mit spöttisch geschürzten Lippen. »Sie und Miss Livenbrook hatten es doch so eilig, das Buch zu bergen, oder nicht? Sollen wir also noch mehr Zeit vergeuden, indem wir ein weiteres Mal unverrichteter Dinge wieder fahren? Möchten Sie vielleicht erst das Ritual googeln, bevor wir uns daran begeben können, es durchzuführen? Oder sollen wir warten, bis ich das nächste Mal bei der Blutspende war und eine Konserve mitbringe? Ich nehme allerdings an, dass das so nicht funktionieren wird. In der Regel benötigt man für ein Blutritual frisches, warmes Blut. Nicht wahr, Talisienn?«

Der Vampir neigte den Kopf. »Ich werde die Ströme im Auge behalten. Sollte die Situation für dich oder uns bedrohlich werden, werde ich eingreifen.«

»Vielleicht ist es ja auch gar nicht so dramatisch«, warf Silvana ein.

Tempest lächelte kühl. »Vielleicht.« Er griff in die Tasche seines Mantels und zog zur Überraschung der beiden Freundinnen einen schlichten, fein gemaserten Griff aus rot schimmerndem Holz hervor, aus dem er eine elegant geschwungene, spitze Damaszener-Klinge ausklappte. Mit dem Messer in der Rechten ging er neben dem Pentagramm auf die Knie.

»Bereit?«, fragte Talisienn.

Tempest nickte. »Natürlich.« Ohne zu zögern, setzte er die Klinge auf seinen Unterarm.

Corrie schloss die Augen. Es war eine Sache, solche Szenen in Filmen zu sehen, wo sie genau wusste, dass es sich um Special Effects handelte. Aber das hier war etwas ganz anderes. Kurz linste sie unter den Lidern hervor, doch als sie das dunkle Blut sah, das in mehreren dünnen Strömen aus dem Schnitt quoll und Tempests Arm hinabrann, bevor es zu Boden tropfte, wandte sie den Blick wieder ab.

Silvana, die nicht erwartet hatte, dass der Botschafter es tatsächlich tat, presste die Lippen ebenso zusammen wie der Botschafter selbst. Sie wusste nicht, ob sie selbst diese Courage hätte aufbringen können, und war sich sicher, dass es genügend andere seines Standes gab, die sich zu so einer Tat nicht herabgelassen hätten, egal was auf dem Spiel stand. Nur schien es nichts zu bewirken. Die Blutstropfen füllten die Rillen zwischen den Steinen, ohne eine Reaktion im Pentagramm auszulösen.

Neben ihr schüttelte Talisienn den Kopf. »Die Magie wird stärker, aber es reicht noch nicht.«

Tempest fasste das Messer daraufhin fester und drang mit der Klinge noch tiefer in die Wunde. Das Blut quoll in einem breiten Strom hervor, während der Botschafter die Kiefer zusammenpresste und die Knöchel seiner Rechten, mit der er den Griff umschloss, deutlich hervortraten. Aber weder sagte er etwas, noch gab er durch sonst eine Lautäußerung zu verstehen, dass er Schmerzen hatte.

Silvana spürte, dass Talisienn den Griff an ihrem Arm unwillkürlich verstärkte. »Es beginnt«, flüsterte er.

Und jetzt sah sie es auch, ebenso wie Corrie, die die Augen wieder geöffnet hatte.

Die Linien des Pentagramm-Mosaiks begannen, in einem feinen, purpurnen Schein zu leuchten. Das Blut versickerte zwischen den Steinchen, schneller, als es aus der Wunde am

Arm des Botschafters nachströmen konnte. Gleichzeitig schoben sich die fünf beinernen Scheiben ein wenig aus dem Boden heraus, begleitet von einem plötzlich einsetzenden Wind, der sich mit leisem Wehklagen um sie herum erhob. Die Freundinnen erkannten, dass es sich bei den Scheiben in Wahrheit um eine Art schmale Zylinder handelte.

Der Boden unter ihren Füßen begann deutlich spürbar zu beben.

»Tal?«, fragte Silvana beunruhigt und klammerte sich fester an ihn.

»Keine Sorge«, erwiderte der Vampir, ohne den blinden Blick vom Pentagramm zu nehmen. »Das ist die Magie, die ihre Ketten abwirft.«

Dennoch drückte sich Silvana noch näher an den Hexer und Corrie an ihre Freundin, während der Wind an Stärke zunahm und die Zylinder vor ihren Augen aus den Vertiefungen hob. Für einen Moment glaubte Corrie, in den Verwirbelungen Gestalten erkennen zu können – Hände, Gesichter, klagend geöffnete Münder. Doch es blieb alles verschwommen, wie feiner Rauch, der sich im Nichts auflöste.

So abrupt, wie er begonnen hatte, hörte der Wind plötzlich wieder auf, woraufhin die Zylinder mit leisem Klappern zu Boden fielen.

In der plötzlichen Stille erklang ein Klatschen hinter ihnen.

»Großartig. Ich dachte schon, all die Anstrengungen, die ich auf mich genommen hatte, wären umsonst gewesen.«

Erschrocken fuhren der Vampir, Corrie und Silvana herum, während sich Tempest langsam wieder aufrichtete.

In dem Hochlehner am oberen Ende des Tisches, die

schweren Stiefel auf der Tischplatte abgelegt, saß ein Mann und sah zu ihnen herüber. Er war ohne Zweifel eine der merkwürdigsten Erscheinungen, die Corrie und Silvana je gesehen hatten. Der Schein des Feuers neben ihm schimmerte durch seinen muskulösen, mit Textzeilen bedeckten Oberkörper hindurch und auch durch seinen geöffneten, mit schwarzweißem Pelz gefütterten Mantel, den er darüber trug. Sein Gesicht wurde von einem schwarzen Vollbart und dunklen Augen bestimmt, und seine platinblonden Haare, die über den ausrasierten Seiten auf seinem Kopf zu zwei zotteligen Zöpfen gebunden waren, verliehen ihm in Corries Augen ein wenig das Aussehen eines Felsenpinguins.

»Wer sind Sie?«, entfuhr es Silvana »Und wo sind Sie hergekommen?«

Der Mann lachte. »Oh, ich war schon die ganze Zeit über hier und habe euch zugesehen – nachdem mich die Ankunft des Tauxitiars geweckt hat.«

Geweckt? Silvana furchte die Stirn. Als der Mann plötzlich verschwand und gleich darauf dicht vor ihr wieder auftauchte, machte sie unwillkürlich einen Satz zurück. Über seine Hakennase musterte er sie abschätzend. »Mein Name ist Deriv. Ich bin einer der Novizen Angwils.«

»Oder was von ihm übrig ist«, stellte Talisienn fest. »Du bist ein Geist.«

»Das Buch zu bewahren, hat seinen Preis, Hexer«, zischte Deriv darauf ungehalten, als hätten die Worte des Vampirs einen wunden Punkt getroffen. »Lange habe ich nach einem Weg gesucht, das mir anvertraute Buch wirksam zu schützen.«

»Und hast dich für die Blutmagie entschieden«, erwiderte der Vampir. »Was wohl Angwil dazu sagen würde, dass einer seiner Novizen ein *schwarzer* Novize geworden ist? Und zu all dem Tod und dem Leiden, das du gebracht hast?«

»Zu einem guten Zweck«, entgegnete Deriv lächelnd. Dass Talisienn ihn als schwarzen Novizen bezeichnete, schien ihn deutlich weniger zu stören als die Erwähnung seines Ablebens. Im Gegenteil – seine Augen schienen sogar stolz zu glühen.

Corrie schauderte leicht. Dieser Novizen-Geist war ihr unheimlich. Hätten sie es nicht wieder mit einem der ätherischen Bücher zu tun haben können, die ihnen bisher begegnet waren?

Noch immer lächelnd, glitt Deriv an ihr vorüber auf Tempest zu, der sich in dem vergeblichen Versuch, die Blutung zu stoppen, die Hand auf den Unterarm drückte. Mit unbewegtem Gesicht sah der Botschafter dem Novizen entgegen.

»Tauxitiar«, sagte Deriv leise. Er musterte den Botschafter von Kopf bis Fuß. »Ich gratuliere zum ersten Schritt auf eurem Weg zu dem Buch, das ihr begehrt. Nun müsst ihr nur noch die restlichen fünf Rätsel lösen, die dem Buch und mir den Körper zurückgeben werden.« Er lächelte breiter, und Corrie hatte das Gefühl, dass er das Blut des Botschafters mit einer Mischung aus Faszination, Gier und Erregung betrachtete. Sie schluckte angewidert und machte einen vorsichtigen Schritt zurück – näher an Talisienn und Silvana heran.

Tempest schob das Kinn vor. »Ganz ohne Frage.«

Die Erwiderung ließ Deriv lachen. »Denkt nicht, dass ich es euch einfach mache.« Er bewegte die Hand, woraufhin sich die Knochenzylinder vom Boden erhoben. »Seht sie euch gut an. Sie sind eure Schlüssel. Bringt einen jeden davon mit dem Blut hierher zurück, das er verlangt.« Er bewegte die Finger, und während sich die Zylinder dabei langsam zu drehen begannen, sahen Corrie und Silvana, wie sich dunkle Linien in den Knochen fraßen und verschiedene Muster bildeten. »Ich wünsche euch Glück«, sagte der Novize grinsend. »Wir werden uns wiedersehen.« Damit breitete er die Arme aus und war einen Moment später verschwunden. Ein weiteres Mal fielen die Zylinder zu Boden, wo sie Corrie vor die Füße rollten. »Kann ich sie aufheben?«, fragte sie unsicher.

»Kannst du«, erwiderte Talisienn und atmete tief durch. Seine Nasenflügel bewegten sich leicht. »Geht es dir gut, Charles? Ich kann immer noch dein Blut riechen.«

»Es geht«, gab der Botschafter knapp zurück und wandte sich seinem Jackett zu. Während Corrie die Zylinder aufsammelte und in ihrer Manteltasche verschwinden ließ, zog Tempest das Einstecktuch aus seinem Jackett und band es sich um den Unterarm.

Trotz ihrer Abneigung ihm gegenüber beschloss Silvana, sich einen Ruck zu geben. »Soll ich Ihnen helfen, Botschafter? Es sollte möglichst fest sitzen, damit die Blutung aufhört.«

Der Blick, den Tempest ihr daraufhin zuwarf, ließ ihre guten Absichten jedoch ebenso schnell verpuffen, wie Deriv verschwunden war. »Unnötig, Miss Livenbrook. Ich riskiere lieber keine Schleife wie auf den Geschenken, die Sie sonst einpacken.«

Silvana knirschte mit den Zähnen. Was für ein ganz und gar unmöglicher Widerling! Das würde ihr eine Lehre sein. Sie würde ihm nie wieder Hilfe anbieten. Nie. Wieder.

Corrie legte ihrer Freundin beschwichtigend die Hand auf den Arm und schüttelte den Kopf. Sie konnte ebenso wenig verstehen, warum Tempest so herablassend reagierte. Doch er schien in dieser Hinsicht wirklich unverbesserlich – und sie hatten jetzt andere Dinge, auf die sie sich konzentrieren mussten. Fünf, um ganz genau zu sein. Aber nur, wenn der Botschafter sie auch lassen würde, was nach dem, was er ihnen im Büro zu verstehen gegeben hatte, noch immer nicht abschließend gesichert war.

»Haben Sie alle eingesammelt, Miss Vaughn?«, fragte der Botschafter. Er hatte sich sein Jackett wieder übergezogen und schlüpfte gerade etwas umständlich in den Ärmel seines Mantels.

»Alle fünf«, bestätigte Corrie verhalten.

Tempest nickte. »Dann sollten wir uns zurückziehen und unser weiteres Vorgehen besprechen«, stellte er fest und hob das Kinn. »Hat noch jemand das Verlangen nach einem starken, heißen Tee?«

KAPITEL 14

Kriegsrat

Zuerst ein Marderisches Festtagstörtchen und jetzt auch noch Gezeitenessenz«, seufzte Albian Blackwood kopfschüttelnd. Er saß zusammen mit Corrie, Silvana, Tempest und Talisienn im leeren Obergeschoss des *Blackwood Lakeview* an einem der hintersten Tische direkt neben dem angenehm prasselnden Kaminfeuer, das gerade dabei war, seine Farbe von Violett zu Rot zu wechseln.

»Wir würden dich nicht darum bitten, wenn du nicht der Einzige wärst, dem wir es zutrauen«, sagte Talisienn und tastete nach seinem Zimtcreme-Tee.

»Ihr versteht es wirklich, einen Alchimisten zu fordern«, erwiderte Albian, während er konzentriert eine mit süßlich riechender Flüssigkeit getränkte Kompresse auf den Schnitt in Tempests Unterarm drückte und fixierte. »Bis morgen drauflassen«, sagte er, an den Botschafter gewandt. »Dann sollte es abgeheilt sein.«

Tempest neigte leicht das Kinn, sagte jedoch nichts.

Silvana schloss die Finger unwillkürlich fester um ihre Tasse. Kein Dank, dass sich Albian der Verletzung angenommen hatte, nachdem Tempest bei ihrem Eintreten eine feine Blutspur auf den Fliesen im Eingangsbereich hinterlassen hatte.

Der Alchimist, den diese Unhöflichkeit nicht zu stören schien, lehnte sich in die Polster der Eckbank zurück.

»Ist die Herstellung wirklich so schwierig?«, wollte Corrie wissen und nippte an ihrer heißen Buttertoffee-Latte, deren Sahnehaube sich nach jedem Schluck wieder neu aufbaute.

»Schwierig und heikel«, erwiderte Albian. »Und teuer. Viele Zutaten sind nur äußerst schwer zu beschaffen. Ich weiß nicht, was ich davon noch alles vorrätig habe.«

»Die Botschaft wird für deine Unkosten aufkommen«, sagte Tempest gelassen, während er den Ärmel seines blutigen Hemds wieder herunterrollte und etwas Zucker in seinen Tee gab.

»Stellt die Botschaft auch noch eine zusätzliche Hilfe für mein Café ein?«, fragte Albian säuerlich. »Die Herstellung ist weitaus komplexer und langwieriger als die eines Festtagstörtchens.«

»Wenn du das möchtest?«, erwiderte Tempest ungerührt und trank einen kleinen Schluck.

Corrie sah Albian mitfühlend an. Zu gerne hätte sie Tempest gebeten, nach jemand anderem zu suchen, der die Essenz herstellen konnte, doch sie wagte es nicht.

Silvana hingegen schon. »Wie wäre es, wenn Sie Ihre diplomatischen Verbindungen bemühen und einen anderen finden, der die Essenz herstellen kann?«, fragte sie spitz.

Tempests Blick war so eisig wie das Blau, das die Flammen im Kamin gerade angenommen hatten. »Das könnte ich durchaus, Miss Livenbrook. Aber es würde zu lange dauern, jemand Fähiges zu finden, dem wir genügend Vertrauen schenken können. Gute Alchimisten wachsen nicht auf Bäumen – auch nicht jenseits des Portals.«

Albian strich sich nachdenklich über die drei Finger seiner rechten Hand. »Es ist ja auch nicht so, dass ich es nicht machen will. Aber Emma hat genug damit zu tun, sich um unsere Kleine zu kümmern, und ohne Kajsja wüsste ich gar nicht mehr, was ich täte.« Er sah den Botschafter vorwurfsvoll an. »Aber sie hast du ja mittlerweile auch schon für deine Sucher eingespannt, was bedeutet, dass sie mir kaum noch zur Hand gehen kann. Und wenn ich neben dem Backen auch noch die Essenz überwachen muss, bleibt niemand mehr für die Gäste.«

»Aber du hast doch auch noch mich«, erklang eine Stimme vom Kamin.

Whitberry, Albians sprechender Feldhase, der dort in einem Korb geschlafen hatte, streckte sich gähnend und kam mit bedächtigen Sprüngen zu ihnen an den Tisch gehoppelt. Er stellte sich auf die Hinterbeine und legte dem Alchimisten die Pfote auf den Oberschenkel. »Ich kann doch auf diese Essenz aufpassen, wenn du mir sagst, worauf ich achten muss.«

Albian strich dem Hasen über die zerfransten Ohren. »Das ist wirklich lieb von dir, Whitty. Zumindest bei einem Teil der Herstellung könntest du mir wirklich eine große Hilfe sein.« Er sah Tempest an. »Was nicht heißt, dass ich nicht trotzdem noch jemanden gebrauchen könnte.«

»Ich kümmere mich darum«, erwiderte Tempest und tippte, ohne aufzusehen, etwas in sein Smartphone, das, wie Silvana feststellte, ein Blackberry war. »Und du lässt mich wissen, wenn dir noch Zutaten fehlen sollten.«

»Sobald ich die Lagerliste inspiziert habe«, sagte Albian. »Heute Abend, wenn ich mit …«

»Kann ich damit nicht schon anfangen?«, unterbrach ihn Whitberry eifrig. Corrie und Silvana kamen nicht umhin, über die fast schon kindliche Begeisterung des Hasen zu schmunzeln. Er erinnerte sie deutlich an Phil und Scrib, und Corrie fragte sich, ob wohl alle sprechenden Tiere diesen Charakterzug besaßen.

Albian lächelte. »Du kannst mit deinen Pfoten doch gar keinen Computer bedienen.«

Whitberry senkte betrübt den Kopf. »Stimmt.«

»Wir schauen nachher zusammen«, versprach Albian.

»Du kannst schon nach dem Buch suchen, in dem das Rezept steht. Es heißt Tempux Cantix. Es ist sehr schmal und klein. Ich glaube, der Einband ist violett. Ich weiß nicht mehr, in welchem Regal ich es zuletzt gesehen habe. Ich habe vor mehr als 10 Jahren zuletzt ein Rezept daraus benötigt.«

»Das mache ich!«, ereiferte sich der Hase, stieß sich von Albians Oberschenkel ab und rannte in Richtung Treppe davon.

Albians Lächeln, mit dem er Whitberry nachsah, verblasste, als er den Blick wieder auf die beiden Freundinnen und Tempest richtete. »Also gut. Ich stelle euch die Essenz unter folgender Bedingung her: Kajsja hilft mir wieder Vollzeit hier im Café, oder ich bekomme wenigstens …«

Er unterbrach sich, als er von der Treppe Emmas Stimme hörte: »Vorsicht, Whitty! Du wirst dir noch etwas brechen!«

Im gleichen Moment kam Jasper, Albians Bulldogge, mit freudigem Hecheln die Stufen herauf und stürmte zwischen den Tischen hindurch auf sie zu. Fiepend sprang er zuerst an Talisienn, dann an Silvana und schließlich an Corries Beinen empor, bevor er vor Tempest stutzte und den Botschafter mit einem zweifelnden Blick bedachte. Unsicher machte er zwei Schritte zurück, leckte sich das Maul und trottete dann zu dem Korb, wo er sich auf Whitberrys freiem Platz zusammenrollte.

»Hier oben habt ihr euch also alle versammelt«, stellte Emma fest, die hinter der Bulldogge die Treppe hinaufkam, eine Platte mit Waffeln in den Händen und ein Babyfon am Gürtel.

Corrie und Silvana, die Albians Frau schon eine Weile nicht mehr gesehen hatten, erschraken etwas über ihren Anblick. Emma hatte deutlich abgenommen, war blass und hatte dunkle Ringe unter den Augen. Ihr rotes Haar war offenbar hastig hochgesteckt worden, und ihr Lächeln zwar so herzlich wie immer, aber auch unübersehbar müde.

»Schläft Styra?«, fragte Albian und streckte einladend den Arm nach seiner Frau aus.

Emma stellte die Waffeln in die Tischmitte, bevor sie sich seufzend auf seinen Oberschenkel setzte und sich an seine Schulter schmiegte. »Endlich, ja«, sagte sie und strich dem Alchimisten zärtlich über das lange Haar. »Und, worüber habt ihr gesprochen? Geht es wieder um Lamassar?« Sie sah

Corrie und Silvana freundlich an. »Kommt ihr gut voran mit den Büchern?«

»Tun wir«, erwiderte Corrie mit einem, wie sie hoffte, zuversichtlichen Lächeln.

»Wir benötigen nur leider wieder Albians Hilfe«, fügte Talisienn hinzu.

Emma ließ ihre Hand auf die ihres Mannes sinken. »Das habe ich mir schon gedacht. Ist es gefährlich?«

»Gar nicht«, erwiderte der Alchimist darauf beinahe hastig. »Nur sehr zeitaufwendig.«

»Wie bei dem Törtchen?«

Albian schüttelte den Kopf. »Deutlich mehr.«

Emma schürzte die Lippen. »Hm. Glaubst du denn, dass du es schaffen kannst?«, fragte sie nachdenklich.

»Die Essenz herzustellen?« Albian nickte. »Von der handwerklichen Seite schon.«

Emma streichelte seine Wange. »Dann tu es. Ich weiß, was du denkst. Aber wir schaffen das hier. Das habe ich dir damals gesagt, und das sage ich dir gerne immer wieder, wenn es dann für dich leichter wird. Du musst mich nicht extra fragen.« Sie sah kurz zu ihrem Babyfon, aus dem ein leises Niesen drang, dem jedoch nichts weiter folgte. »Und wo wir schon dabei sind – hast du schon gefragt?«

Albian schüttelte den Kopf. »Bisher nicht. Möchtest du?«

»Gerne.« Und zu Corries und Silvanas Überraschung wandte sich Emma daraufhin lächelnd dem Botschafter zu.

»Wir wollten dich fragen, ob du einer von Styras Taufpaten sein würdest, Charles.«

Während Corrie vergaß, ihre Waffel weiter zum Mund zu führen, spuckte Silvana ihren Kaffee zurück ins Glas, aus dem sie gerade getrunken hatte. Wie konnten die beiden, wie konnte *irgendjemand* auf die Idee kommen, dass dieser Mann für so etwas der Richtige war?

Tempest, der langsam seinen Tee umrührte, ignorierte die beiden Freundinnen, senkte lediglich das Kinn und lächelte feinsinnig. »Selbstverständlich.«

Selbstverständlich. Silvana musste sich zwingen, nicht auch noch das Gesicht zu verziehen. Und das Schlimmste dabei war, dass sie nicht einmal sagen konnte, ob aus Mitleid für Styra, einen solch arroganten Widerling als Paten zu bekommen, oder aus Neid, dass Tempest mit seinem unzweifelhaft großen Vermögen jeden Wunsch von Styra würde erfüllen können, egal ob es ein Pony war oder ein Auslandsstudium. Oder auch nur ein neues Fahrrad. Dinge, zu denen weder ihre Eltern noch ihre Paten jemals in der Lage gewesen waren.

Corrie hingegen fragte sich, ob Tempest nicht vielleicht doch mehr war als der eiskalte, selbstsichere, herablassende Diplomat. Sie konnte sich nicht vorstellen, dass Emma die Paten für ihre Tochter nur aufgrund von materiellen Werten ausgesucht hatte. Einem Paten fiel eine große Verantwortung zu. Und sie überlegte, was es über den Botschafter aussagte, wenn die Blackwoods der Meinung waren, dass er diese würde ausfüllen können – und dass er dieser Bitte auch noch, ohne zu zögern, entsprach.

Emma lächelte erst Tempest, dann Albian an. »Das ist wundervoll, Charles. Vielen Dank. Ich schicke die Termine, die wir im Auge haben, an Tim? Damit er nachsehen kann, wann es geht?« Sie sah wieder zu dem Babyfon, aus dem leises Brabbeln erklang, das unvermittelt zu einem Weinen wurde. Emma seufzte. »Immerhin eine Stunde.« Sie erhob sich vom Schoß ihres Mannes und winkte müde. »War schön, euch alle einmal wiedergesehen zu haben.«

Albian erhob sich ebenfalls. »Du gehst schlafen«, stellte er bestimmt fest. »Ich sehe nach ihr.« Und als Emma darauf mit einem dankbaren Lächeln die Stufen hinuntergegangen war, wandte sich Albian noch einmal zu Tempest um. »Nur diese eine Bedingung, damit ich die Essenz herstellen kann, Charles – Kajsja hilft mir wieder hier im Laden, oder du besorgst jemanden, der es tut, wenn du sie brauchen solltest.«

Der Botschafter neigte den Kopf. »Du hast mein Wort.«

»Wenn ihr noch etwas braucht, wird Kajsja euch helfen. Sie ist in der Küche. Den Weg kennt ihr ja.« Damit ließ er die beiden Freundinnen, den Botschafter und Talisienn allein. Jasper, der beim Weggang Albians nur einmal kurz geblinzelt hatte, kam offenbar zu der Überzeugung, dass es am Feuer behaglicher war als unten in der Wohnung. Mit einem Schnaufen drehte er sich auf den Rücken und schlief weiter.

Tempest trank noch einen Schluck Tee. »Das wäre also geklärt«, stellte er fest. »Wollen wir uns dann unserem Fund zuwenden?«

Als Corrie bemerkte, dass er sie ansah, beugte sie sich zur Seite, um aus der Jackentasche die fünf Knochenzylinder hervorzuziehen. Sie legte sie auf den Tisch neben den Teller mit den Waffeln.

Gemeinsam betrachteten sie die eingebrannten Bilder. Tempest nahm einen davon in die Hand und besah ihn sich von allen Seiten, bevor er prüfend an der flachen Oberseite drehte. Sie ließ sich zu Corries und Silvanas Verwunderung abschrauben. »Wie ich erwartet hatte«, bemerkte Tempest.

»Phiolen, nicht wahr?«, fragte Talisienn, der lauschend den Kopf geneigt hatte.

Silvana war sich sicher, dass er die Zylinder sehen konnte –

wenn auch vermutlich nicht die Symbole darauf. »Und in jede davon müssen wir das Blut füllen, das zu dem Bild auf der Oberseite passt?«

»So ist es«, stimmte Talisienn zu.

»Und wenn wir das geschafft haben, können wir das Buch wieder in diese Welt zurückholen?«

Talisienn nickte langsam. »So ungefähr. Das Blut jeder Phiole wird Deriv während des Rituals ein Stück aus seiner Geistergestalt zurück ins Leben holen. Am Ende obliegt es dann ihm, das Buch mit seinem eigenen Blut wieder aus dem Bann zu lösen.«

»Wir erwecken damit Deriv wieder zum Leben?«, entfuhr es Silvana entgeistert.

Auch Corrie hatte große Augen bekommen. Um an das Buch zu gelangen, würden sie einen Massenmörder wieder zurück ins Leben holen müssen?

»Das Ritual kann nur mit dem Blut, das bereits beim ersten Mal Verwendung fand, wieder rückgängig gemacht werden«, erklärte Talisienn. »Und nur von dem beendet werden, der es begonnen hat. Dabei wird er sein Leben jedoch endgültig verlieren.«

Dieser Satz ließ Silvana noch perplexer zurück. »Das heißt, Deriv hat beim ersten Mal sein Leben gegeben, um das Buch in den jetzigen Zustand zu versetzen, und dann wird er wiedererweckt, um es für den Preis seines Lebens wieder freizugeben?«

»Blutrituale sind selten schön«, erwiderte Talisienn mit einem Seufzen. »Aber gerade dieses eignete sich für seine Zwecke natürlich sehr gut, das kann ich in gewisser Weise nachvollziehen.«

Corrie schüttelte den Kopf. »Unfassbar. Und für all das

müssen wir jetzt also herausfinden, welche Arten von Blut er verwendet hat.« Sie zog die Unterlippe zwischen die Zähne und krauste nachdenklich die sommersprossige Nase, während sie eine der Phiolen in die Finger nahm. »Noch mehr Rätsel.«

Der Vampir lächelte. »Ich bin überzeugt, dass ihr sie entschlüsseln werdet.«

»Sofern wir dürfen«, sagte Silvana gedehnt und sah Tempest dabei finster an.

Der Botschafter schenkte ihr sein falsches Lächeln. »Wie ich schon sagte, Miss Livenbrook, habe ich nichts dagegen, wenn Sie und Miss Vaughn sich weiter einbringen. Was ich nicht von Ihnen sehen möchte, sind weitere Alleingänge.«

Silvana verdrehte die Augen wie ein Teenager bei der Strafpredigt seiner Eltern. Und genau wie bei einem Teenager war Corrie sich sicher, dass der erneute Hinweis auf das Ignorieren seiner Anweisungen bei Silvana auf taube Ohren stieß.

»Also«, versuchte Talisienn, das Gespräch zurückzulenken, »würdet ihr mir beschreiben, was auf den Phiolen zu sehen ist?«

»Ein schwarzes Einhorn«, sagte Tempest und legte die entsprechende Phiole vor sich auf den Tisch.

»Für solche Wesen braucht es einen Schattenpfeil«, sagte Talisienn. »Richtig?«

Tempest nickte. »Nur wenige Schmiede können ihn anfertigen. Ich werde einen in Auftrag geben, aber es wird eine Weile dauern, ehe er fertiggestellt ist.«

»Und dann muss noch eines gefunden werden«, warf der Vampir ein.

»Das ist kein Problem«, erwiderte Tempest knapp. »Es

gibt mehrere Gebiete, in denen sie vorkommen. Allerdings ist die Jagd auf sie gefährlich und das Gelände, in dem sie zu finden sind, unwegsam. Darüber werden wir uns Gedanken machen, wenn der Schmied seine Arbeit getan hat.«

Talisienn nickte zustimmend. »Bleiben noch vier.«

»Auf dem einen ist ein Reiter«, sagte Corrie, die sich den entsprechenden Zylinder genommen hatte und ihn eingehend betrachtete. »Denke ich zumindest. Und das darunter sieht aus wie Wellen. Und drei Sterne über ihm.« Sie schürzte die Lippen und drehte den Zylinder so, dass Silvana und Tempest ihn sehen konnten. »Könnte ein Wappen sein.«

»Oder ein Hinweis auf ein neues Rätsel«, erwiderte Silvana. »Vielleicht brauchen wir das Blut eines Hippocampus? So hießen die doch, oder?«

»Aber warum ist es dann nicht einfach abgebildet? Wie das Einhorn?«, fragte Corrie.

»Vielleicht soll das Einhorn ja gar nicht wirklich auf ein Einhorn hindeuten?«, antwortete Silvana mit einem Seitenblick auf Tempest.

»So viel Spielraum für Interpretation lässt das Bild nicht, im Gegensatz zu dem Reiter, Miss Livenbrook«, gab der Botschafter darauf ungerührt zurück. Er nahm einen anderen Zylinder auf und hielt ihn ihr hin. »Das hier ist schon eher als Rätsel zu deuten – die Zahl 104 und darüber etwas, das ich als Peryton bezeichnen würde.«

Corrie starrte das Bild an und konnte dem Botschafter nur beipflichten. Auch wenn die eingebrannte Figur nicht sehr groß war, konnte man doch deutlich einen geflügelten Hirsch mit einem menschlichen Schatten erkennen. Aber was hatte es mit der Zahl auf sich?

»Ein Reiter mit Wellen und Sternen, ein Peryton mit der

104 und ein schwarzes Einhorn«, wiederholte Talisienn mit nachdenklich gesenktem Kopf. »Eine seltsame Zusammenstellung, das muss man Deriv lassen. Und auf den letzten beiden? Was ist dort abgebildet?«

Silvana hatte einen weiteren Zylinder zu sich herangezogen. »Drei Bäume. Zwei kleine und ein großer in der Mitte. Darüber eine Sonne. Und darunter ein Hase mit Krone und … Flammen?«

»Ein Flamminchen«, sagte Talisienn.

»Noch ein Wappen?«, fragte Corrie. Silvana schürzte die Lippen. »Möglich.«

»Oder ein Hinweis auf bestimmte Familien, die es aufzusuchen gilt?«, überlegte Talisienn. »Allerdings kenne ich keine Familie, die ein Flamminchen im Wappen führt. Nicht in dieser Welt und auch nicht jenseits des Portals.«

»Das werden wir herausfinden«, stellte Tempest fest und nahm den verbliebenen Zylinder zwischen seine schlanken Finger. »Bleibt noch der letzte.«

»Und was ist darauf zu sehen?«, fragte Talisienn und tastete nach einer der Waffeln, die Emma gebracht hatte.

»Ein Pilz«, sagte der Botschafter knapp.

»Ein Pilz?«, wiederholte der Vampir erstaunt.

»Mit komischen Zacken am Hut«, ergänzte Corrie.

»Welcher Pilz hat denn etwas mit Blut zu tun?«, fragte Silvana stirnrunzelnd.

Talisienn fuhr sich nachdenklich über seinen Kinnbart.

»Ich weiß, dass ihr von mir als Blutmagier vermutlich jetzt eine Antwort darauf erwartet, aber ich fürchte, da muss ich euch enttäuschen. Mit dieser Art Blut habe ich mich in all den Jahrhunderten nie beschäftigt.« Er neigte den Kopf leicht in Tempests Richtung. »Charles?«

Der Botschafter schüttelte den Kopf. »Ich habe keine Ahnung, was es für einer sein könnte. Mykologie ist nicht gerade mein Fachgebiet.«

»Und wer kennt sich dann damit aus?«, fragte Corrie.

»Flora«, erwiderte Silvana, ohne aufzusehen.

»Auf gar keinen Fall werden Sie noch einmal die Marauners in dieser Sache aufsuchen«, versetzte Tempest, und die Heftigkeit in seinen Worten ließ dieses Mal sogar Silvana irritiert den Blick heben.

Der Botschafter hatte die Lippen zusammengepresst und finster die Brauen gesenkt, doch unter dem Blick der beiden Freundinnen versteinerte seine Miene beinahe sofort wieder. Seine Stimme war kalt. »Keine weiteren Außenstehenden. Denken Sie an den Verräter.«

Sowohl Corrie als auch Silvana waren sich sicher, dass diese Worte nur dazu dienten, seinen kurzen emotionalen Ausbruch zu kaschieren, und er nicht wirklich darum besorgt war, dass einer der beiden der Verräter war.

»Ich werde sehen, wer sich in der Botschaft mit einer solchen Materie auskennt. Und auch mit Heraldik, was das Bild des Reiters angeht.«

»Und das sind dann keine Außenstehenden?«, bemerkte Silvana bissig.

Tempest neigte mit abfälliger Miene den Kopf. »Selbstverständlich hindere ich weder Sie noch Miss Vaughn daran, sich selbst mit entsprechender Literatur zu beschäftigen.«

Talisienn nickte. »Ein guter Gedanke. Vielleicht meldet sich ja Corries Gabe?«

»Vielleicht«, stimmte Corrie zu und sah hinunter auf ihre Sahnehaube, die gerade wieder auf dem Rest ihres Lattes emporwuchs. Irgendetwas rumorte in ihrem Hinterkopf. Ein ferner Gedanke. Konnte das wirklich sein? Sie nahm wieder die Phiole mit dem Peryton zur Hand und drehte sie langsam. Die Geräusche der anderen begannen, um sie herum zu verschwimmen, während sie die Augen schloss und versuchte, den Gedanken festzuhalten, der durch ihren Kopf spukte. Der Abend, die Straße, das Haus ... War es das? Hatte sich ihre Gabe womöglich schon längst gemeldet? »Weiß jemand, welche Nummer das Haus von Sabian Cochard hat?«, entfuhr es ihr lauter als beabsichtigt.

Tempest, dem sie in den Satz gefallen war, sah sie missbilligend an. »Wieso?«

Corrie deutete zögernd auf die Phiole und schluckte nervös. »Weil auf dem Dachfirst von Mr Cochard ein Peryton sitzt.«

»Wie vermutlich auf Hunderten anderer Häuser in dieser Welt und den Zweimondreichen«, erwiderte Tempest spöttisch. »Wieso ausgerechnet das von Mr Cochard?«

»Wir waren vor einiger Zeit bei ihm, weil er den Hausrat seiner verstorbenen Nachbarin verkauft hat«, antwortete Silvana kühl, bevor Corrie etwas sagen konnte. »Dort hing ein Bild von seinem Haus mit dem Peryton darauf.«

»Und da hat sich das Kribbeln gemeldet?«, fragte Talisienn und beugte sich vor.

Corrie nickte stumm.

»Wir wollten das Bild erst kaufen«, fuhr Silvana fort. »Aber Mr Cochard sagte, dass er es ungern hergeben würde, weil sein Bruder es gemalt hat. Also haben wir es dagelassen.«

Talisienn sah Tempest so eindringlich an, wie es ihm mit seinen blinden Augen möglich war. »Sieh nach, Charles. Bitte.«

Tempest schien noch immer nicht vollends überzeugt zu sein, dennoch zog er sein Blackberry hervor, tippte etwas darauf herum und schob dann mit raschen Bewegungen eine Liste über den Bildschirm.

»Sind da etwa alle Adressen von Woodmoore drin?«, fragte Silvana.

»Seien Sie nicht albern«, erwiderte der Botschafter, ohne aufzusehen. »Was sollte ich denn damit? Aber ich kann von hier die Adressen sämtlicher Bürger abrufen, die jemals von den Botschaften oder Konsulaten in ganz Großbritannien registriert worden sind.«

»Wie bitte?«, entfuhr es Silvana ungläubig.

Tempest lächelte liebenswürdig. »Das schließt übrigens Ihre mit ein.« Er sah wieder auf das Display, und das Lächeln erlosch. Stattdessen schürzte er die Lippen und hielt sein Blackberry so, dass sie alle lesen konnten, was auf dem Display stand.

Corrie erkannte den Namen von Sabian Cochard, seine Adresse – und die Hausnummer 104.

»Corrie hat recht, nicht wahr, Charles?«, fragte Talisienn, der die allgemeine Anspannung am Tisch zu spüren schien.

»Aber wie sollen wir denn Blut aus einem Stein bekommen?« Silvana schüttelte den Kopf. »Der Peryton ist doch …«

»Vermutlich ein Gargoyle«, beendete der Vampir den Satz. »Und möglicherweise einer von jenen, die des Nachts zum Leben erwachen und nicht einfach nur sprechen können wie eure vier oder unser eigener zu Hause.«

»Aber Sabian hat gesagt, dass er in all den Jahren nicht einmal gesehen hat, wie sich der Peryton bewegt«, erinnerte sich Corrie.

Der Vampir lehnte sich zurück. »Das muss nicht unbedingt etwas heißen. Einen Versuch ist es auf jeden Fall wert, würde ich sagen.«

»Worauf warten wir dann noch?«, fragte Silvana.

»Ich habe bedauerlicherweise einen recht vollen Terminkalender«, sagte Tempest, und auch wenn seine Miene unbewegt blieb, so schwang doch deutliche Unzufriedenheit in seiner Stimme mit. »Das gilt leider auch für den heutigen Abend. Es widerstrebt mir zwar noch immer, aber da Sie beide ja unbedingt weitermachen wollen, lasse ich Sie zu Mr Cochard gehen. Allerdings auch nicht mehr heute. Morgen ist Yazeem wieder zurück. Ich werde Sie bei Mr Cochard für acht Uhr ankündigen und Yazeem direkt zum Haus bestellen. So sind Sie beide nicht alleine. Wir wollen ja schließlich kein Risiko eingehen, nicht wahr?« Er schenkte ihnen eines seiner aufgesetzten Lächeln.

Silvana bedachte den Botschafter mit einem schiefen Blick.

»Wir haben die Aare. Wir können auch jetzt gleich gehen – immerhin sind Lamassars Verbündete auf dem Vormarsch. Wir haben keine Zeit zu verlieren.«

»Und ich habe keine Lust, dass Sie und Miss Vaughn deshalb Ihre Köpfe verlieren«, erwiderte Tempest ungerührt.

»Einmal habe ich Ihnen Ihre Sturheit jetzt durchgehen lassen, ohne meine angekündigten Konsequenzen zu ziehen. Ein weiteres Mal werde ich nicht mehr so nachsichtig sein. Das können Sie mir glauben. Außerdem weiß ich zufällig, dass sich die Cochards heute Abend ohnehin auf einem Fest befinden.« Er stellte seine leere Tasse auf den Tisch und sah auf seine Armbanduhr. »Und ich sollte jetzt Tim abholen, damit ich mit ihm pünktlich auf *unserem* heutigen Empfang erscheinen kann. Seien Sie so gut und bringen Sie Mr McCaer nach Hause zurück.« Er erhob sich und blickte mit freudlosem Lächeln auf die beiden Freundinnen hinab. »Ich hoffe nicht, dass Sie danach noch Hausfriedensbruch bei den Cochards begehen. Ich würde davon erfahren.« Er neigte das Kinn. »Ich wünsche einen angenehmen Abend.«

KAPITEL 15

Der Fall des Peryton

Wie ist deine Mutter bloß auf so eine Idee verfallen?«, fragte Silvana kopfschüttelnd, während sie neben Corrie im HY die Straße zu Sabian Cochards Haus entlangfuhren, wo sie sich mit Yazeem treffen sollten.

Corrie fasste das Lenkrad fester. »Ich habe keine Ahnung«, knurrte sie. In ihr brodelte es noch immer vor Wut über ihre Mutter. Da hatte sie sich aus den heimischen Gefilden hierhergeflüchtet, um zu beweisen, dass sie auf eigenen Beinen stehen konnte – und dann das. Um sicherzugehen, dass bei ihrem Weihnachtsbesuch, zu dem sie sich und Corries Vater am Morgen angekündigt hatte, auch alles so ordentlich war, wie sie das erwartete, hatte sie offenbar eine Putzfrau engagiert, die es tatsächlich geschafft hatte, den Weg nach Woodmoore zu finden. Insgeheim ärgerte sich Corrie aber hauptsächlich über sich selbst. Sie war viel zu perplex gewesen, zu sprachlos über die Ungeheuerlichkeit, die ihre Mutter sich erlaubt hatte, als dass sie die Putzfrau einfach wieder hatte wegschicken können. Und so hatten sie die freundliche ältere Dame ihrer Arbeit nachgehen lassen, während sie sich um die am heutigen Tag zahlreich erscheinenden Kunden gekümmert hatten. Einzig das Spiegelzimmer und ihre beiden eigenen Zimmer hatten sie ihr nicht erlaubt zu betreten.

Neben Mrs Blessings neuesten Vorweihnachts-Kreationen in Form von erstaunlich guten Cranberry-Keksen und absolut grauenvollen Törtchen mit kandierten Früchten, Timmy mit seiner Mutter, ihrer Nachbarin mit ihren Corgis, die wie immer versuchten, die Witterung von Phil und Scrib aufzunehmen, und anderen Vertretern ihrer großen und kleinen Kundschaft war die Zeit rascher vergangen als gedacht, und als die Putzfrau sich von ihnen verabschiedete, deren Namen Corrie ebenso schnell wieder vergessen hatte wie ihre Mutter früher die Verstecke der Ostereier, stellten die beiden Freundinnen beinahe erschrocken fest, dass sie den Laden bereits schließen konnten, um sich etwas später auf den Weg zu dem Fee zu machen. Und dem Peryton. Was er wohl davon halten mochte, wenn sie ihn um etwas Blut baten? Oder wenn er gar nicht da war? Was dann? Oder wenn sich Talisienns Vermutung als falsch erwies, dass es sich um einen Gargoyle handelte, und sie irgendwie versuchen mussten, das Blut aus einer Steinfigur herauszubekommen?

Der Gedanke an das, was sie vorhatten, verdrängte Corries Wut etwas, aber sie war nach wie vor versucht, ihrer Mutter eine Absage für das gemeinsame Weihnachtsfest zu erteilen. Trotz allem hing sie dafür aber zu sehr an ihrer Familie, insbesondere an ihrem Vater und dem fetten, aber liebenswerten Mops Heathcliff. Ihre Mutter schickte ihr ab und zu Fotos von ihm, um Corrie ihre neuesten Halsband-

Kreationen zu zeigen. Oder die Winterkollektion mit gefütterten Stiefelchen, Pullovern und mit Glöckchen besetzten Mützchen für alle modebewussten Vierbeiner. Corrie schnaubte unvermittelt, und Silvana warf ihr einen mitfühlenden Blick zu. Sie mochte Corries Eltern, die so ganz anders waren als ihre eigenen und die sie aufgenommen hatten wie eine eigene Tochter – mit derselben Herzlichkeit, Fürsorge und Konsequenz. Aber genau deshalb wusste Silvana auch, wie anstrengend die beiden sein konnten. »Vielleicht solltest du dich mit einer kleinen Aufmerksamkeit revanchieren?«, schlug sie vor und lächelte vielsagend. »Einer ganz besonderen?«

Corrie zog eine Grimasse. »Ich habe da schon ein sehr spezielles Weihnachtsgeschenk im Kopf, keine Sorge.« Sie atmete tief durch und stellte das Radio lauter, als *Wishmaster* von Nightwish begann.

Silvana rotierte nachdenklich den Knochenzylinder zwischen den Fingern. »Ob wir irgendwie erkennen können, ob das Blut wirklich das richtige ist?«, fragte sie schließlich.

Corrie drehte die Musik einen winzigen Hauch leiser, um nicht allzu sehr schreien zu müssen. »Denkst du, ich liege falsch?«

Silvana schob die Unterlippe vor. »Nicht bei diesem vielleicht. Aber wir haben auch noch vier andere.«

»Von denen wir bisher noch rein gar nichts wissen«, stimmte ihr Corrie zu. »Da wäre irgendein Zeichen natürlich schon hilfreich. Aber …«

»Aber so funktioniert Magie für gewöhnlich nicht«, schloss Silvana und seufzte. »Schon verstanden.«

Corrie warf ihr einen aufmunternden Blick zu. »Vielleicht haben wir ja Glück.«

»Wenn wir das nicht schon seit dem Labyrinth aufgebraucht haben«, brummte Silvana und ließ den Zylinder in ihrer Jackentasche verschwinden.

»Wirst du jetzt wieder pessimistisch?«, fragte Corrie mit einem Anflug von Belustigung. »Ich dachte, wir hätten die Rollen getauscht, und du schaust ab sofort für uns beide nach vorne. Außerdem – fehlendes Glück bedeutet ja noch lange kein Pech.«

»Sagst du.«

»Stimmt doch.« Corrie wackelte mit den Brauen. »Außerdem ist das ja ohnehin alles keine Frage des Glücks.« Sie grinste. »Sondern von schicksalhaften Zufällen.«

»Apropos«, sagte Silvana langsam und deutete nach vorn. Corries Grinsen verblasste. »Was ist denn da los?«

Durch die Bäume hindurch erkannten sie Blaulicht und die Scheinwerfer mehrerer Wagen.

Corrie fasste das Steuer fester. »Ist das bei Sabian?«

Silvana nickte und schluckte unruhig. Ihre Hand tastete nach dem Türgriff, um sich daran festzuhalten. »Ich fürchte schon.«

»Warum hat sich Yazeem dann noch nicht bei dir gemeldet?« Corrie bremste ab und setzte den Blinker.

»Warum denn bei mir?«

»Weil mein Akku leer ist«, gestand Corrie und zog eine Grimasse.

»Schon wieder?«

»Absichtlich«, gab Corrie zurück. »Also – hat er irgendetwas geschrieben?«

Silvana, die sich denken konnte, warum ihre Freundin den Akku nicht wieder aufladen wollte, warf ihr dennoch einen tadelnden Blick zu, bevor sie ihr Telefon hervorzog und einschaltete. Es wurden tatsächlich drei verpasste Anrufe des Werwolfs angezeigt – und eine Nachricht, die Silvana öffnete. Sie stutzte. »›Kommt nicht her‹«, las sie vor und sah Corrie entgeistert an.

Ihre Freundin krauste die Nase. »Zu spät, würde ich sagen.« Und schon rumpelte der HY die Einfahrt hinab, zu der das Schild mit der Hausnummer am Straßenrand gewiesen hatte.

»Grundgütiger«, hauchte Silvana, als Corrie schließlich anhielt.

Vor dem hell erleuchteten Haus des Fees parkten drei Geländewagen, ein Krankenwagen und … ein Leichenwagen.

»Oh Gott, bitte nicht«, murmelte Corrie, während sie mit Silvana ausstieg. Aber natürlich wusste sie, dass man einen Leichenwagen niemals grundlos bestellte. *Wellington, Svensson & Svenson* las sie auf der Tür. Dabei musste es sich um das Institut handeln, für das Neill Wellington arbeitete, doch zu sehen war er nicht. Stattdessen hoben gerade eine breitschultrige Frau, noch kleiner als sie selbst, und ein schlanker Mann mit dunklem Teint und gezwirbeltem Musketierbart einen Sarg in den Kofferraum. Erschüttert sahen sie, dass dort bereits ein weiterer stand.

Unsicher blieben sie stehen, und Corrie tastete nach dem Arm ihrer Freundin. »Silvie?«, flüsterte sie erstickt.

Silvana konnte jedoch nur hilflos ihre Hand auf die von Corrie legen, die sich in ihren Jackenstoff gekrallt hatte. Sie war sich nicht sicher, ob sie wirklich begriff, was sich da gerade vor ihnen abspielte.

Als sich rasche Schritte auf dem Kies näherten, wandte sie den Kopf und sah Yazeem auf sie zulaufen. Hinter ihm bei den Geländewagen stand – die Hände in den Taschen seiner

Lederjacke vergraben und mit gesenktem Kopf – Thomas Keweloh.

»Was tut ihr hier?«, rief der Werwolf entgeistert. »Ich habe euch doch geschrieben, dass ihr nicht herkommen sollt!«

»Wir haben es zu spät gelesen«, erwiderte Silvana und wandte kurz den Kopf, als der Bärtige den Leichenwagen schloss. »Was ist hier passiert, Yazeem? Sind das …?« Sie sprach nicht weiter.

Yazeem senkte den Blick. »Sabian und Eliza Cochard«, sagte er leise.

»Nein.« Corrie starrte ihn erschüttert an. Natürlich hatte sie es bereits befürchtet, doch es ausgesprochen zu hören, machte es erst real. Furchtbar real. Sabian … seine Schwester … tot? »Bitte sag, dass das nicht wahr ist.«

»Ich wünschte, das könnte ich.«

Corrie schüttelte den Kopf. »Aber … wie? Warum?«

Yazeem sah sie hilflos an und schien verzweifelt nach Worten zu suchen. Doch ein plötzlicher Schrei aus dem Inneren des Hauses enthob ihn einer Antwort. »Ich habe ihn!«

In Thomas und die Sanitäter, die abwartend neben dem Krankenwagen gelehnt hatten, kam augenblicklich Bewegung. Im selben Moment sahen Corrie und Silvana im Licht der Scheinwerfer und der Laternen auf der Veranda den schwarzbärtigen Banshee aus dem Hauseingang taumeln – einen schlaffen, blutüberströmten Körper in seinen Armen, den die beiden Freundinnen trotz der Entfernung sofort an seinen karierten Stoffturnschuhen erkannten.

Balfour ließ Feelix Cochard in den Kies der Einfahrt sinken und zerriss mit einem kraftvollen Ruck das Hemd des

Fees, um die Verletzungen freizulegen. Dann waren bereits die Sanitäter heran und bemühten sich um ihn.

Yazeem drängte Corrie und Silvana zurück. »Schaut nicht hin«, sagte er und breitete seine Arme um sie wie um zwei kleine Kinder, während er sie mit sich zog. Das Letzte, was die beiden sahen, war die junge Frau mit den blauen Haaren, die ebenfalls aus dem Haus gerannt kam und entsetzt die Hände vor den Mund schlug.

Erst hinter einem der Geländewagen ließ Yazeem sie wieder los.

»Das … war Feelix«, hauchte Corrie und schluckte schwer.

»Ihr kennt ihn?«, fragte Yazeem betroffen.

»Nur flüchtig«, erwiderte Silvana und senkte den Kopf.

»Er war im Laden«, stellte Yazeem fest.

»Zusammen mit Sabian und Eliza. Vor ein paar Tagen.« Silvana warf einen kurzen Blick in Richtung des Leichenwagens, der noch vor dem Haus des Fees stand. »Was ist hier geschehen, Yazeem?«

Der Werwolf schüttelte den Kopf. »Genau kann ich euch das auch nicht sagen«, gestand er und legte Corrie, die mit den Tränen kämpfte, tröstend den Arm um die Schulter. »Als ich angekommen bin, war Thomas mit seinen Leuten schon hier. Offenbar wurden die Cochards angegriffen, als sie gerade zurückgekommen sind. Feelix hat noch den Notruf wählen können, und die Sucher waren rasch hier, aber für Sabian und seine Schwester kam jede Hilfe zu spät.«

»Eliza«, sagte Silvana tonlos und lehnte sich gegen den Wagen. »Großer Gott.«

»Sie waren so fröhlich, als sie zusammen bei uns waren«, murmelte Corrie. Sie hatte die Augen geschlossen und presste ihr Gesicht in Yazeems Mantel, als könne sie so das Gesehene vergessen machen. »Warum ausgerechnet sie? Wer tut so etwas?«

Yazeem hob die Hände, doch bevor er etwas sagen konnte, trat Thomas Keweloh hinter sie.

Der Traumgänger lehnte sich ebenfalls an den Wagen und sah die beiden Freundinnen teilnahmsvoll an. »Es tut mir leid, dass ihr das eben sehen musstet. Geht es euch gut?«

Corrie und Silvana nickten zögernd, und Corrie fügte hinzu: »Was ist mit Feelix?«

»Dann kennt ihr ihn?« Keweloh fuhr sich über den kurzen Kinnbart. »Er ist sehr schwer verletzt, aber er lebt noch. Alles Weitere liegt bei den Ärzten. Und bei ihm selbst.« Sie sahen gemeinsam dem Rettungswagen nach, der gerade mit Blaulicht und Sirene den Weg hinauf zur Straße raste und Richtung Heathen Heights abbog. Ihm folgte in gemächlicherem Tempo der Leichenwagen.

»Wohin bringen sie ihn?«, fragte Silvana rau.

»Das St. Mary Hospital hat einen Trakt, der nur für Nicht-Menschen bestimmt ist«, erwiderte Keweloh. »Er ist dort in guten Händen. Und ich weiß, wovon ich spreche, glaubt mir.«

»Wisst ihr schon, wer die Angreifer waren?«, wollte Silvana mit belegter Stimme wissen.

Keweloh nickte langsam. »So wie es aussieht, waren es Wendigos. Zumindest deuten die Spuren darauf hin.«

»Wendigos? Hier?«, Corrie löste sich von dem Werwolf und starrte den Ziegenbärtigen entgeistert an.

»Dem entnehme ich, dass ihr wisst, was Wendigos sind«, stellte Keweloh fest.

»So ungefähr«, bestätigte sie. »Aber die laufen doch für gewöhnlich nicht hier herum, oder?«

»Sie sind nicht häufig, aber es gibt sie in diesen Teilen des Landes durchaus«, antwortete der Traumgänger. »Und wenn sie leichte Beute wittern, schrecken sie auch vor direkten Angriffen nicht zurück. Wir haben in den vergangenen Tagen wieder mehr Sichtungen gehabt. Aber wir haben nicht damit gerechnet, dass sie sich nun auch so nah an Häuser heranwagen. Ich wünschte, wir wären schneller hier gewesen.« Er senkte den Kopf. »Aber wir sind leider zu spät gekommen. Für sie und für den Wächter.«

»Den Wächter?«, wiederholte Silvana irritiert.

Der Traumgänger nickte. »Die Cochards waren nicht die einzigen Opfer.«

»Du meinst …«, begann Corrie.

»Euer Peryton«, bestätigte Keweloh. »Yazeem sagte, dass ihr euch wegen ihm hier treffen wolltet.«

»Richtig«, Silvana hob den Blick zu dem First des Hauses und stellte fest, dass er in der Tat leer war. Sie spürte, wie ihr Mut sank und sich Niedergeschlagenheit in ihr ausbreitete. Was sollten sie jetzt tun?

»Können wir trotzdem zu ihm?« Corrie sah den Sucher bittend an.

»Ich habe schon geahnt, dass diese Frage kommen würde«, erwiderte Keweloh nickend. »Ich rufe euch Armin her. Er wird euch zu ihm bringen. Aber ich warne euch: Es ist kein schöner Anblick.« Er wandte sich zur Seite und sprach etwas in sein In-Ear-Headset.

Silvana hob unterdessen den Kopf. Auch wenn der Sucher gesagt hatte, dass ein Wendigo-Angriff selbst hier in England nicht ungewöhnlich war, wurde sie einen Gedanken nicht wieder los. »Und was, wenn das alles hier mit uns zu tun hat? Mit unserem Besuch hier? Mit dem … Buch?«

Corrie hob abrupt den Kopf und starrte ihre Freundin entsetzt an. Der Gedanke war ihr noch gar nicht gekommen, aber jetzt, da Silvana ihn aussprach, erschien es ihr nicht ganz abwegig. Sie richtete ihren Blick auf Yazeem.

»Könnte das sein?«

Der Werwolf schüttelte jedoch bedächtig den Kopf und strich ihr über den Rücken. »Das kann ich mir nicht vorstellen. Charles hat mich persönlich von den gestrigen Entwicklungen ins Bild gesetzt. Es war sonst keiner da, der es hätte hören können. Und im Café wart ihr doch auch unter euch. Und selbst wenn doch noch jemand von der Absicht eures heutigen Besuchs gewusst hat, welchen Sinn hätte der Angriff dann gehabt?«

»Braucht Lamassar einen Sinn?«, fragte Silvana bitter zurück. »Der Peryton auf dem Dach ist für uns ein Schritt voran und damit eine Gefahr für ihn. Die Cochards waren vielleicht noch nicht einmal das Ziel. Und jetzt sind sie tot!«

Sie sah, dass der Werwolf kurz die Stirn runzelte, dann jedoch wieder den Kopf schüttelte. »Wenn es wirklich um das Buch gegangen wäre, hätten die Wendigos uns hier erwartet. Diese Chance hätten sich Lamassar und Saranus gewiss nicht entgehen lassen. Trotz der Aare.«

Keweloh, der sich wieder zu ihnen umgewandt hatte, furchte die Stirn. »Geht es um den Verräter?«

Yazeem kratzte sich nachdenklich an der Stirn. »Die beiden glauben, die Wendigos könnten von Lamassar geschickt worden sein.«

Corrie bewegte unsicher die Schultern. »Immerhin ist es eine Tatsache, dass wir im *Blackwood Lakeview* darüber gesprochen haben, wegen dem vierten Buch hierherkommen zu wollen. Und kurz bevor wir hier sind …«

»So kurz nun auch wieder nicht«, warf Yazeem sanft ein.

»Und wenn ich an Lamassars Stelle wüsste, dass ihr hierherkommt …« Er hob vielsagend die Brauen.

»Es sieht wirklich nach einem typischen Wendigo-Angriff aus«, fügte Keweloh hinzu. »Nicht immer ist gleich der Teufel höchstpersönlich schuld.« Doch in seinen Worten schwang mit, dass er es auch nicht völlig ausschloss. Was auch seine nächste Frage bestätigte. »Wer genau wusste alles davon, dass ihr heute hierherkommen wolltet?«

Corrie sah entschuldigend auf. »Yazeem.«

Der Werwolf lächelte beschwichtigend.

Keweloh presste kurz die Lippen zusammen. »Offensichtlich. Und wer noch?«

Silvana sah nachdenklich zum Haus der Cochards hinüber.

»Alle, die im *Blackwood Lakeview* dabei waren. Und Phil und Scrib.«

»Und alle wurden bereits durch uns überprüft«, stellte Keweloh fest und straffte die Schultern. »Aber wir werden noch einmal alles durchgehen. Seid bis dahin wachsam, wenn ihr im Wald unterwegs seid. Egal ob von Lamassar geschickt oder nicht, Wendigos sind immer äußerst gefährlich.« Er seufzte und massierte sich die Nasenwurzel. »So grauenvoll diese Tode auch sind – wenigstens müssen wir uns keine Sorgen machen, dass sich Sabian und Eliza auch in solche Scheusale verwandeln, wie es vermutlich mit einigen der Vermissten der letzten Tage geschehen ist. Feen sind dank ihrer zwei Herzen gegen den Blutfluch der Wendigos immun.«

Vermisste? Corrie, die darüber gar nichts in der Zeitung gelesen hatte, wollte bereits zu einer entsprechenden Frage ansetzen, als im selben Moment mit einer starken Taschenlampe in der einen Hand und einem kurzen Schwert in der anderen der tätowierte Priester zu ihnen trat und grüßend nickte.

»Armin Dar'Baris«, stellte Keweloh ihn vor, was sie dank Yazeem jedoch bereits wussten. »Er bringt euch zum Peryton. Ich werde noch einmal mit Charles telefonieren.« Er zog sein Smartphone hervor und wandte sich zum Gehen. »Bis später.«

Stumm folgten Corrie und Silvana darauf Armin Dar'Baris, der den gepflasterten Weg entlang hinter das Haus ging. Yazeem bildete den Schluss der Reihe, aufmerksam um sich blickend, eine Hand am Griff des Falchions in seinem Mantel.

Von den Bäumen und Büschen, die sich außerhalb des Kegels der Taschenlampe nur schemenhaft aus dem Dunkel schälten, drangen leises Rascheln und vereinzeltes, fernes Knacken zu ihnen, dem Dar'Baris jedoch keine große Beachtung schenkte. Im Gegensatz zu Corrie und Silvana, die jedes Mal deutlich zusammenzuckten und sich alarmiert umsahen.

»Das ist nur der Wind«, beruhigte sie der Priester, ohne seine weiten Schritte zu verlangsamen.

Kurz darauf tauchte vor ihnen aus der Finsternis der Umriss eines weiteren Hauses auf, jedoch kleiner als das Wohnhaus des Fees. Vermutlich ein Gästehaus, in dem früher einmal ein Gärtner oder ein Knecht gewohnt hatte. Der Weg endete auf einem Platz davor, und je näher sie kamen, desto stärker wurde der seltsame Gestank, den die beiden Freundinnen bereits seit ihrer Ankunft in der Nase hatten, jetzt allerdings erst richtig wahrnahmen.

Dar'Baris führte sie noch ein kleines Stück weiter, um die Ecke des Gebäudes herum, bevor er zur Seite trat.

Sie befanden sich jetzt im rückwärtigen Teil des Grundstücks, an das wie bei den McCaers der Wald grenzte, der sich über weite Teile zwischen Woodmoore und Heathen Heights bis fast hinunter zum Meer erstreckte.

Auf dem feuchten Boden kniete Alexander Trindall, seine Dogge Mortimer neben sich. Über den beiden schwebten die Whisp Mickey und eine sanft leuchtende Kugel, deren Licht auf eine grausige Szenerie fiel. Halb auf dem feuchten Rasen, halb auf dem Waldboden dahinter lag ein mächtiger, grauer Hirsch mit zerfetzten Vogelschwingen inmitten der Trümmer eines massiven Holzzauns. Blutige Federn hingen in den abgeknickten Ästen um ihn herum, und seine toten Augen starrten weit aufgerissen ins Nichts. In seinem Fell klafften tiefe Wunden.

Der Anblick erschütterte die beiden Freundinnen fast ebenso sehr wie der des blutüberströmten Fees zuvor.

»Corrie, Silvana«, sagte die Dogge und erhob sich, genau wie Alexander Trindall, der die beiden Freundinnen unglücklich musterte. »Dass ihr so herausfindet, dass wir als Sucher für die Botschaft arbeiten, hatten wir nicht geplant. Ich hoffe, dieses Wissen bereitet euch nicht allzu großes Unbehagen.« Die Dogge stieß einen tiefen Seufzer aus und nickte zu dem geflügelten Hirsch. »Thomas hat gesagt, dass ihr wegen ihm hier seid.«

»Ja«, bestätigte Corrie. »Waren das auch die Wendigos?«

»Es sieht ganz danach aus«, bestätigte Dar'Baris hinter ihr.

»Armes Ding«, sagte Silvana leise.

»Er hat wohl versucht, die Cochards zu schützen, als die Wendigos aus dem Wald aufgetaucht sind«, vermutete

Dar'Baris. »Sabian und seine Geschwister hatten offenbar gerade hier draußen am Gästehaus zu tun, als sie angegriffen wurden.«

»Aber es gibt nur wenige Dinge, die einem Wendigo wirklich Schaden zufügen können«, ergänzte Mortimer. »Sie können es sogar mit den mächtigsten Geistern aufnehmen und sie zerstören. Ein Rudel Wendigos kann nur durch Feuer aufgehalten werden. Das ist ihr einziger wirklicher Schwachpunkt.«

»Dann sollten wir das wohl besser im Hinterkopf behalten«, stellte Silvana unbehaglich fest. »Nur für alle Fälle.«

»Wir werden tun, was wir können, um die Wendigos möglichst rasch zur Strecke zu bringen, bevor sie noch mehr Leute töten«, versicherte ihr die Dogge, und Alexander Trindall nickte bekräftigend. Sogar Mickey hüpfte leicht auf und ab.

»Thomas hat gesagt, es gäbe Vermisstenfälle, die damit in Zusammenhang stehen könnten?«, fragte Corrie.

»Das prüfen wir als Nächstes«, sagte Dar'Baris. »Das Haus Cochard dürfte rasch Antworten verlangen.«

Haus Cochard? Corrie runzelte fragend die Stirn. »Ich glaube, das verstehe ich nicht. Wer verlangt Antworten?«

»Dann wisst ihr nicht, dass die Cochards adliger Herkunft sind?« Der Priester des Auryll stützte sich auf den Knauf seines Schwerts.

Corrie und Silvana sahen ihn überrascht an. »Nein.«

»Wohlhabend, ja«, fügte Silvana hinzu. »Aber adlig?«

»Die Kinder des Königs von Grauhand«, erklärte Mortimer und stieß einen weiteren tiefen Hundeseufzer aus. »Ein diplomatischer Albtraum für Charles. Es wundert mich, dass er bisher nur mit Thomas telefoniert hat und noch nicht selbst hergekommen ist.«

Silvana verzog das Gesicht. Tempest hätte ihnen hier gerade noch gefehlt.

»Einen Moment«, sagte Dar'Baris unvermittelt und wandte den Kopf zur Seite, zwei Finger an dem In-Ear-Headset, das offenbar alle Sucher trugen – auch wenn es Alexander nur zum Hören des Funks benutzen konnte. »Verstanden.« Er drehte sich wieder zu ihnen. »Bitte entschuldigt.«

»Die Cochards haben einen großen Handel für kostbare Steine aller Art und daraus gefertigten Artefakten, die aus dem Königreich ihres Vaters stammen«, erklärte Yazeem den beiden Freundinnen.

»Von seltenen Steinen für Schmuck über Waffen bis hin zu Amuletten aller Art führen die Cochards nahezu alles«, fügte Mortimer hinzu. »Und was die Minen ihres Reiches nicht hergeben, können sie besorgen. Legal oder weniger legal, aber stets zu den besten Preisen. Oder vielmehr – konnten.«

»Das klingt, als hättet ihr sie gut gekannt«, bemerkte Corrie und sah die Dogge fragend an.

»Wir haben ihre Dienste häufiger in Anspruch genommen, ja«, stimmte Mortimer zu. »Gerade, wenn es um Ausrüstung ging. Aber Neill Wellington kannte sie noch weitaus besser.« Er legte die Ohren an. »Es ist wirklich grausam, dass ausgerechnet er sie nun auch zu Grabe tragen muss.«

»Furchtbar«, flüsterte Corrie betroffen und senkte den Blick zu Boden, wo das Gras von den Spuren des Kampfes zertreten war. Sie konnte sich nur wenig vorstellen, was schlimmer war, als Freunde beerdigen zu müssen. Und wie sehr so etwas jemanden mitnahm, hatten sie ja gerade erst selbst bei Yazeem erlebt.

Dar'Baris, der sich wieder zu ihnen umgedreht hatte,

räusperte sich leise. »Also«, sagte er, »was auch immer ihr von dem Peryton wolltet, es ist wohl leider zu spät dafür.«

»Vielleicht«, erwiderte Silvana zögernd und starrte auf das Blut. Einen Versuch war es wert.

Der Sucher kratzte sich an seiner großen, dünnen Nase.

»Aber er ist tot.«

Silvana zog den Knochenzylinder aus der Tasche, wog ihn einen Moment unschlüssig in ihrer Hand und sah dann zu Yazeem. »Würdest du …?«

Der Werwolf lächelte beruhigend. »Sicher.« Er nahm vorsichtig den Zylinder und schraubte den Deckel ab. »Wir brauchen nur etwas von seinem Blut«, sagte er an die Sucher gewandt, die ihn fragend musterten. »Vermuten wir zumindest.«

Angespannt beobachteten Corrie und Silvana, wie der Werwolf sich neben den toten Peryton kniete und nach kurzem Überlegen den Zylinder in eine der tieferen Wunden an der Flanke des Tiers senkte. Würde es ausreichen? Oder war das fließende Blut eines lebenden Wesens nötig? Wenn ja – wäre dann mit dem Tod des Perytons ihre einzige Chance, das Buch aus seiner jetzigen Form zurückzuholen, dahin? Und damit auch die einzige Möglichkeit, Angwil zu erwecken, um Lamassar und Saranus aufzuhalten? War das Schicksal tatsächlich so grausam, all ihre Mühen gleich am ersten Abend scheitern zu lassen, an dem sie sich wieder auf die Jagd nach dem vierten Buch begeben hatten?

Sie merkten nicht, wie sie den Atem anhielten. Als Yazeem jedoch den von feuchtem Blut bedeckten Knochenzylinder wieder zurückzog, begann dieser plötzlich, sanft zu glühen. Das Muster im Deckel, den der Werwolf mit spitzen Fingern wieder aufschraubte, leuchtete kurz in einem grünen

Schimmer auf. Dann wurde es wieder dunkel, und auch das Blut, in das der Zylinder getränkt war, verschwand, als würde der Knochen selbst es aufsaugen. Corrie spürte eine Gänsehaut in ihrem Nacken.

»Faszinierend«, stellte Mortimer fest, und Alexander nickte bestätigend.

»Scheint tatsächlich funktioniert zu haben«, fügte Dar'Baris hinzu.

»Ich denke auch«, nickte Yazeem und hielt Silvana den Zylinder mit der sauberen Hand hin, während er mit der anderen ein Taschentuch von Alexander entgegennahm, um sie sich daran abzuwischen.

Silvana nahm das knöcherne Behältnis mit einem etwas mulmigen Gefühl wieder an sich und war überrascht, als sie die Wärme spürte, die von ihm ausging. Sie ließ es zurück in ihre Tasche gleiten und schloss den Knopf, doch noch während des ganzen Weges zurück zur Veranda konnte sie es durch den Stoff hindurch spüren.

Das Haus war nach wie vor hell erleuchtet, und sie hörten leise die Stimmen der übrigen Sucher, ohne jedoch einen der drei zu sehen.

Auf dem Weg zu ihrem HY blieb Corrie plötzlich stehen. Etwas lag im Kies, nach dem sie sich bückte und es aufhob. Als sie sah, was es war, spürte sie einen Kloß im Hals: Zwischen ihren Fingern hielt sie die Anstecknadel, die Eliza im Laden an Feelix' Mantel geheftet hatte. Die Stoffblätter waren von dunklen Blutspritzern bedeckt.

»Was ist das?«, wollte Yazeem wissen.

»Den hatten wir Feelix geschenkt, als er mit Sabian und Eliza im Laden war«, erwiderte Silvana bekümmert.

»Verstehe.« Yazeem nahm Corrie den Anstecker behutsam aus der Hand und wickelte ihn in das Taschentuch, das er wieder aus seiner Hosentasche hervorzog. »Ich werde ihn ins Krankenhaus zu ihm bringen lassen.« Er legte den beiden Freundinnen sanft die Arme um die Schultern und zog sie weiter mit sich. »Und jetzt kommt. Fahren wir zurück. Ich bleibe heute Nacht bei euch, wenn ihr möchtet.«

Corrie nickte dankbar. Sie hätte nach den Ereignissen und Bildern dieses Abends vermutlich nicht besonders ruhig schlafen können, aber der Gedanke an die Anwesenheit des Werwolfs gab ihr wieder etwas Sicherheit.

An Schlaf war in dieser Nacht jedoch trotzdem nicht zu denken, auch wenn es die beiden Freundinnen versuchten. Die Bilder waren noch zu präsent, die Worte zu frisch, die Gedanken zu rastlos in ihren Köpfen, sobald sie das Licht gelöscht hatten.

Als Silvana gegen Mitternacht zurück in die Küche schlurfte, um sich einen Tee zu kochen, fand sie dort zu ihrer Überraschung Corrie vor, die dem Werwolf und sich einen Whisky einschenkte. Auf dem Tisch zwischen ihnen stand ein Spielbrett, auf dem sich weiße Häuser mit blauen Kuppeln erhoben.

»Habt ihr noch Platz für einen Mitspieler?«, fragte sie und ließ sich auf dem Stuhl am Kopfende nieder. »Und ein drittes Glas?«

»Ich habe mich schon gefragt, wann du wohl zu uns stößt«, bemerkte Corrie mit einer mitfühlenden Grimasse, holte ein weiteres Glas und goss auch Silvana etwas von dem Single Malt ein, bevor sie sich zurück an den Tisch setzte und an jeden eine der großen farbigen Karten verteilte.

Während eine Partie nach der anderen verging, stellten Corrie und Silvana fest, dass Yazeem offenbar wieder fast der

Alte war – ein Umstand, der sie mit Freude und Erleichterung erfüllte. Er hörte ihnen aufmerksam zu, während sie von ihren Sorgen und Ängsten der vergangenen Monate und des zurückliegenden Abends erzählten, versuchte, sie zu beruhigen und diese Sorgen zu zerstreuen, so gut er konnte. Und wo er es nicht konnte, versprach er ihnen, dass sie sich gemeinsam darum kümmern würden und dass er wieder ganz für sie da war. Gegen drei Uhr morgens schließlich taumelten Silvana und Corrie zurück in ihre Zimmer und fielen müde in ihre Betten. Das Letzte, was Corrie spürte, bevor sie einschlief, war die Hand des Werwolfs, mit der er ihre Bettdecke höher zog und das Licht löschte.

Im Traum fand sich Corrie in einem langen, bedrohlich dunklen Gang wieder, der sie an den Flur im Haus des schwarzen Novizen erinnerte und der grotesk zu schwanken begann, während blutende Schattenrehe mit verzerrten Mäulern aus den Wänden auf sie zusprangen. Angsterfüllt wollte sie fliehen und warf sich herum, ohne einen Ausweg zu finden. Immer enger wurde der Korridor, immer näher kamen die Rehe. Eines davon verwandelte sich in einen blutüberströmten Peryton, der wild mit den roten Kristallaugen rollte und einen markerschütternden, menschlichen Schrei ausstieß. Panisch wirbelte sie auf der Suche nach einem Ausgang herum – und fand sich unvermittelt von schützenden Armen umschlossen. Als sie aufblickte, sah sie in das freundliche Gesicht von Thomas Keweloh. »Das war zu erwarten«, stellte er fest und wischte die Rehe, den Peryton und den Gang mit einer Handbewegung fort. »Nun lass uns schauen, ob sich für dich und deine Freundin nicht ein angenehmerer Traum finden lässt.« Vor ihnen erschien wie aus dem Nichts eine gelbe Tür. »Hast du einen besonderen Wunsch?«

KAPITEL 16

Die drei Eichen

Als Corrie an diesem Morgen nach nur gut vier Stunden unruhigen Schlafs hinunter in die Küche schlurfte, wusste sie noch nicht, wie sie verhindern sollte, hinter einem der Regale im Stehen einzuschlafen. Wortlos nahm sie einen Becher mit heißem Kaffee von Yazeem entgegen, der gerade Eier und Speck zum Frühstück briet. Einen Moment lang zögerte sie, nicht sicher, ob ihr von dem Geruch schlecht wurde oder ob sich doch ihr Hunger meldete, dann setzte sie sich an den Tisch und starrte in ihre Tasse. Ihr Kopf dröhnte, ihre Augen fühlten sich trocken und verquollen zugleich an, und am liebsten wäre sie wieder zurück unter die Decke gekrochen. Es dauerte einen Moment, bevor sie bemerkte, dass Yazeem sie sorgenvoll aus seinen bernsteinfarbenen Augen musterte.

»Mir geht es gut«, sagte Corrie mit einer matten Handbewegung.

»Das würde mich nach gestern Abend ehrlich wundern«, erwiderte der Werwolf und verschränkte die Arme. »Was ihr beide gesehen habt … und dann der Whisky … Du musst dich nicht vor mir verstellen.« Er löste die Arme, um die Eier in der Pfanne zu wenden. »Soll ich dir ein Aspirin holen?«

Corrie nickte langsam und stützte den Kopf in die Hände. »Das wäre toll.«

»Dafür bin ich da«, erwiderte Yazeem lächelnd, drehte die Herdplatte herunter und wollte sich gerade der Tür zuwenden, als sie von der anderen Seite geöffnet wurde. Zusammen mit den beiden Leseratten an ihrer Seite kam Silvana herein, zwei Gläser mit Wasser in der Hand, in denen sich sprudelnd weiße Tabletten auflösten.

»Da hatte wohl jemand denselben Gedanken«, bemerkte der Werwolf trocken.

Silvana, die langen Haare ungekämmt und das Gesicht blasser als gewöhnlich, wirkte nicht minder müde und verkatert als ihre Freundin. Sie brauchte nur einen kurzen Blick auf Corrie zu werfen, um zu erkennen, dass sie richtig vermutet hatte.

»Hier«, murmelte sie und schob ihr das Glas hin.

Ohne sie anzusehen, zog Corrie es zu sich und trank einen tiefen Schluck.

»Oje«, hörte sie Phil neben sich und schielte am Rand des Glases vorbei zu der Leseratte, die sie aus ihren blauen Augen mitfühlend musterte. »Du siehst ja wieder genauso aus wie nach dem Besuch von Charles. Nur noch schlimmer.«

Corrie runzelte die Stirn. »Wann habt ihr eigentlich gelernt, so furchtbar charmant zu sein?«

Scrib erschien auf dem Tisch neben seinem Freund und zwickte ihn mahnend ins Fell. »Tut mir leid«, entschuldigte er sich, während sich Phil empört die Flanke rieb. »Aber ihr seht wirklich nicht besonders frisch aus.«

Yazeem verteilte die Eier auf drei Teller. »Kein Wunder nach dem, was gestern passiert ist. Ihr habt es doch auch gehört.«

»Ja, die Cochards werden uns fehlen«, nickte Scrib und senkte den Kopf. »Sie waren immer gute Kunden. Nett, unkompliziert …«

»Wie Mr Wellington«, sagte Corrie leise. »Und er muss sie jetzt begraben.«

Yazeem nickte. »Das ist leider seine Aufgabe als einziger

Bestatter, der sich um die *unüblichen* Verstorbenen dieser Gegenden kümmert.«

»Dann weißt du, dass er von jenseits des Portals stammt?«, fragte Silvana. »Ist er ein Mensch oder etwas anderes?«

»Das kann ich euch nicht sagen«, entgegnete der Werwolf und stellte die Teller auf den Tisch, zusammen mit einer Tasse Kaffee für Silvana. »Nur, dass sein Bestattungsinstitut direkt neben der Botschaft in Heathen Heights liegt. Ich bin Mr Wellington ein paarmal im Treppenhaus begegnet, wenn ich dort war. Aber mehr weiß ich nicht.«

Für einen kurzen Augenblick fragte Corrie sich, ob der Werwolf ihnen in der Hinsicht etwas verschwieg, aber ihr bleiernes Hirn weigerte sich, über etwas anderes nachzudenken als Aspirin und Kaffee. In genau der Reihenfolge. Also griff sie wieder nach dem Glas und leerte es vollständig.

»Habt ihr überhaupt geschlafen?«, fragte Yazeem sanft.
Corrie stellte das Glas ab und umklammerte sofort wieder ihren Kaffeebecher. »Immer nur kurz, bis der nächste Albtraum kam. Aber irgendwann ging es dann, nachdem« – sie furchte die Stirn – »ich Thomas gesehen habe.«

»Du hast auch von Thomas geträumt?«, fragte Silvana ungläubig und hörte auf, ihren Kaffee umzurühren. »Und von …«

»Unserem ersten gemeinsamen Urlaub bei meiner Großmutter in Deutschland«, beendete Corrie den Satz.

Silvana hob überrascht die Brauen. »Genau.«

Der Werwolf lächelte. »Ich habe Thomas vergangene Nacht noch darum gebeten, nach euch zu sehen und euch in einen angenehmen Traum zu entführen, falls das nötig sein sollte. Offenbar war es das.«

»Das kann ein Traumgänger also tatsächlich steuern?«,

fragte Corrie mit einer Mischung aus Ungläubigkeit und Unbehagen.

»Wenn ich euch damit zu nahe getreten bin, tut es mir leid.«

Corrie erwiderte den unsicheren Blick des Werwolfs mit einem beschwichtigenden Lächeln. »Nein, ist schon gut. Der Traum vom Urlaub war mir hundertmal lieber, als von dämonischen Rehen und blutenden Wänden verfolgt zu werden.«

»Mir auch. Definitiv. Aber so oder so war die Nacht viel zu kurz«, fügte Silvana hinzu.

»Dann schont ihr euch beide heute einfach und lasst mir den Großteil der Arbeit?«, fragte Yazeem.

In diesem Moment fühlten sowohl Corrie als auch Silvana wieder die alte Verbundenheit und die Freundschaft zwischen ihnen, die in den vergangenen Wochen verloren gegangen zu sein schien.

Dankbar erhob sich Corrie und umarmte den Werwolf. »Das wissen wir wirklich zu schätzen.«

Yazeem grinste. »Meinethalben könntet ihr auch gerne noch eine Runde schlafen gehen, wenn ich aus der *Magischen Schriftrolle* zurück bin. Ihr seht beide aus, als könntet ihr es brauchen.«

»Vielleicht«, erwiderte Silvana lächelnd, ebenfalls froh darüber, den Werwolf wieder an ihrer Seite zu wissen. »Aber ich für meinen Teil hätte Bedenken, dass die Ereignisse von gestern doch wieder den Weg in meine Träume finden. Und ich möchte lieber, dass Thomas versucht, herauszufinden, woher die Wendigos stammen, als weiter bei uns im Traum Händchen zu halten.« Sie sah ihre Freundin fragend an.

Corrie nickte. »Ablenkung kann nicht schaden. Und

wenn es gar nicht geht, dann bleiben wir nach der Mittagspause oben.«

Yazeem neigte den Kopf. »Wie ihr möchtet. Aber ich habe ein Auge auf euch. Falls euch die Bücher auf die Füße zu fallen drohen, schicke ich euch ins Bett. Es gibt auch noch andere Möglichkeiten für ruhigen Schlaf und gute Träume, als einen Traumgänger zu bemühen.«

Welche das jedoch waren, ließ er offen. Und weder Corrie noch Silvana waren sich sicher, ob sie es herausfinden wollten. Aus irgendeinem Grund waren sie davon überzeugt, dass Ranish dabei seine Finger im Spiel haben würde.

Während Yazeem also durch das Portal hinüber in die *Magische Schriftrolle* ging, um bei Vincent nach neuen Lieferungen zu sehen und Cryas die mageren zwei Bestellungen des Vortags zu überbringen, widmeten sich Corrie und Silvana nach Ladenöffnung zuerst den Regalen. Wieder gab es drei Bücher, die sie an falschen Plätzen fanden, und Silvana war außer sich, als sie darunter auch den Jagdband fand, den sie vor zwei Tagen hätte verkaufen können – wenn sie ihn hätte präsentieren können.

Corrie, die sich danach dem Abholfach widmete, hielt unvermittelt inne, als sie auf das Buch stieß, das Sabian bei seinem letzten Besuch bestellt hatte. Unschlüssig hielt sie es in den Händen und betrachtete den vergoldeten Einband, der noch mit dem ungebrochenen Siegel der Manufaktur verschlossen war. Sollte sie es zurückschicken? Oder aufbewahren, falls Feelix … Sie biss sich auf die Lippe und kämpfte gegen die erneut aufwallende Bitterkeit an. Schließlich brachte sie das Buch ins Lager. Dort würde sie es nicht jeden Tag sehen und an den gewaltsamen Tod des Fees und seiner Schwester erinnert werden.

Der Rest des Tages brachte wenig Kunden und entsprechend wenig Arbeit, aber statt zu schlafen, beschlossen Corrie und Silvana, das Innere des Ladens weiter auszuschmücken, Bücher neu zu präsentieren, die Geschenke neu zu ordnen und ein paar kleine Lichterketten zu ziehen, während Yazeem beriet, kassierte und Geschenke verpackte. Am Nachmittag schaute Mr Watson herein, den sie schon seit einer ganzen Weile nicht mehr zu Gesicht bekommen hatten, und berichtete ihnen von einer Reise durch Nordeuropa, die er in den vergangenen Wochen unternommen hatte. Erst als er wieder gegangen war, fiel Corrie ein, dass sie ihn auf seine Katze Meggie hatte ansprechen wollen – auch wenn sie immer noch nicht genau wusste, wie sie ein solches Gespräch hätte beginnen sollen. Jemandem zu erzählen, dass es sich bei seinem Haustier um eine magische Sandkatze handelte, die dazu neigte, in Gefahrenlagen zu explodieren, war nicht unbedingt ein alltägliches Gesprächsthema für jemanden außerhalb des Inselreichs.

Sie beratschlagten gerade zusammen mit dem Werwolf, wie sie die geplante vorweihnachtliche Leserunde mit Buchempfehlungen für ihre Stammkunden auf die Beine stellen wollten, als Yazeems Telefon klingelte. »Das war Charles«, erklärte er, als er kurz darauf aus der Küche zurückkam, in die er sich für die Dauer des Gesprächs zurückgezogen hatte.

»Wegen gestern Abend?«, fragte Silvana.

»Auch«, nickte Yazeem.

»Feelix?«, fragte Corrie angespannt.

»Er lebt. Aber sein Zustand ist weiterhin kritisch.« Yazeem senkte den Blick. »Das Regenbogenschloss ist zerstört worden. Der Bruder des Königs ist gefallen, und das Flaggschiff ist wieder verschwunden.« Er atmete tief durch.

»Charles hat mich außerdem gebeten, ihn in einer anderen Sache heute noch aufzusuchen. Ich muss also leider los. Kommt ihr alleine zurecht?«

Silvana, die sich bei der Nachricht vom Schloss betroffen auf die Unterlippe gebissen hatte, seufzte. »Müssen wir ja.«

Yazeem sah die beiden Freundinnen ernst an. »Charles hat mich noch einmal ausdrücklich darauf hingewiesen, dass ihr nichts weiter unternehmen sollt, bis die genauen Umstände des Angriffs auf die Cochards geklärt sind. Und diesem Wunsch kann ich nur zustimmen. Also bitte, keine Alleingänge, solange ich unterwegs bin. Versprochen?«

»Wir müssen nur kurz einkaufen«, erwiderte Corrie. Yazeem wandte sich der Tür zu. »Seid trotzdem vorsichtig. Und achtet auf die Aare.« Er drehte sich mit der Hand auf der Klinke noch einmal um und sah Corrie an. »Charles bittet übrigens auch noch darum, dass du dein Handy wieder auflädst. Es gefällt ihm nicht, dass er dich nicht erreichen kann.«

Eine halbe Stunde später, nachdem Corrie sich ausgiebig über Tempests Bitte bezüglich ihres Handys aufgeregt und sich dann ins Spiegelzimmer zurückgezogen hatte, wollte Silvana sich auf den Weg zum Supermarkt machen, um einzukaufen. Bevor sie jedoch in Corries HY steigen konnte, vernahm sie die Stimmen der Gargoyles in ihrem Kopf, die laut ihren Namen riefen. Also ging sie durch das Tor nach vorne zur Straße. Rasch vergewisserte sie sich, dass niemand sonst unterwegs war, der sie im Gespräch mit den Steinfiguren beobachten konnte, doch abgesehen von einer Katze, die mit weiten Sprüngen über den feuchten Asphalt setzte, war niemand zu sehen.

»Was gibt es denn so Dringendes?«, fragte sie und sah die Grotesken der Reihe nach an. »Habt ihr etwas Neues wegen Donn herausgefunden?«

»Das kann man wohl sagen«, erwiderte Claw aufgeregt.

»Wir wissen, wo er heute Abend hingefahren ist«, quietschte Tutter.

Silvana runzelte die Stirn und zog ihren Mantel enger um die Schultern. »Hoffentlich nicht bloß zu einem Kunden. Seine Geschäfte als Grafiker interessieren uns nicht – sofern sie nicht sein merkwürdiges Verhalten erklären sollten.«

»Auf gar keinen Fall«, sagte Snick in ihrem Kopf. *»Glaub mir – da, wo er hingefahren ist, sitzt kein Kunde. Und wenn, dann ein wirklich sehr spezieller.«*

»Und wo genau ist dieses ›da‹?«

»Im Three Oaks. An der Küstenstraße. Ein kurzes Stück hinter Raven's Cawe.«

»Ein Gasthaus?«, fragte Silvana erstaunt.

»Früher einmal«, erwiderte Toby. *»Jetzt wissen die Gargoyles dort nur, dass es alle paar Wochen hoch hergeht. Reiche Leute, teure Autos. Aber sie haben keine Ahnung, was im Inneren des Hauses passiert.«*

Reiche Leute? Teure Autos? Silvana verzog angewidert das Gesicht. Das klang weder nach einem Ort, an dem sie sich gerne wusste, noch nach einem, den Donn aufsuchen würde. Wobei ... Sie erinnerte sich wieder an den Maybach zurück, der bei ihrer Rückkehr vom Flohmarkt in der Einfahrt der McCaers an ihnen vorbeigerollt war. Und aus dem Donn Geld gereicht worden war. Vielleicht gab es da einen Zusammenhang? Sie ballte entschlossen die Fäuste. »Das werden wir schon selbst herausfinden. Ihr habt gesagt, er ist dort heute Abend hingefahren?«

»Ein Gargoyle auf der Mauer hat seinen Wagen vor einer halben Stunde durch das Tor kommen sehen«, bestätigte Claw.

Silvana nickte langsam. »Dann sollten wir uns besser auf den Weg machen.« Sie lächelte den Grotesken zu. »Das habt ihr wirklich großartig gemacht. Vielen Dank.«

»Hoffentlich lohnt es sich«, sagte Snick.

»Das hoffe ich auch«, seufzte Silvana. »Und ich hoffe auch, dass wir nicht auf etwas stoßen, das wir im Interesse aller besser hätten ruhen lassen.« Sie drehte sich um und ging zurück zur Hintertür. Der Einkauf musste warten. Jetzt war es wichtiger, dass Corrie und sie sich dieser Sache widmeten – und sie nach Möglichkeit zufriedenstellend abschlossen.

Ihre Freundin war gerade dabei, das Spiel auszupacken, das der Paketfahrer am Morgen bei ihnen abgegeben hatte. Phil und Scrib sahen ihr neugierig dabei zu. Karten, Marker und Würfel lagen ausgebreitet vor ihr auf dem Tisch. Freudig hielt sie beim Eintreten ihrer Freundin den großen, reich illustrierten Spielplan hoch. »Genau, wie ich mir das vorgestellt hatte.« Dann fügte sie erstaunt hinzu: »Das war aber ein schneller Einkauf. Bist du nicht gerade erst losgefahren?«

»Ich *wollte* losfahren«, präzisierte Silvana. »Aber dann haben mich die Gargoyles gerufen.«

»Gibt es etwas Neues von Donn?«, fragte Scrib neugierig.

»Snick hat gesagt, dass Donn zum *Three Oaks* gefahren ist«, erwiderte Silvana.

Corrie ließ das Spielbrett sinken. »Und wo soll das sein?«

»Es liegt angeblich nicht weit von hier. An der Küstenstraße kurz hinter Raven's Cawe. Gute zwanzig Minuten Fahrt, würde ich schätzen.«

»Haben sie auch gesagt, was er da tut?«, wollte Corrie wissen und legte die Karten zurück in die Schachtel.

»Nein. Nur, dass das *Three Oaks* ein altes Gasthaus ist, in dem es alle paar Wochen ›hoch hergeht‹. Reiche Leute angeblich. Teure Autos.«

»Ein Gasthaus«, wiederholte Corrie nachdenklich, ohne auf Silvanas abfälligen Tonfall einzugehen. »Das klingt ja vielleicht doch nach einer heimlichen Bekanntschaft.« Sie schob das Spiel von sich. »Und Donn ist jetzt gerade dort?«

Silvana hob die Schultern. »Das behaupten jedenfalls die Gargoyles auf der Mauer am *Three Oaks*. Er ist angeblich vor einer halben Stunde dort angekommen.«

Corrie erhob sich. »Dann lass uns nachsehen, mit wem sich unser Vampir dort ein Stelldichein gibt, von dem er seinem Bruder nichts erzählen will.« Sie hielt kurz inne und zog nachdenklich die Unterlippe zwischen die Zähne. »Sag mal, sind auf einer der Phiolen nicht auch drei Bäume abgebildet?«

Silvana sah ihre Freundin mit skeptisch gekrauster Nase an. »Findest du das jetzt nicht etwas sehr weit hergeholt?«

Corrie hob die Schultern. »Vermutlich. Aber ich denke, ich werde sie trotzdem einpacken. Nur für alle Fälle.«

Keine fünf Minuten später saßen die beiden Freundinnen im HY und fuhren in Richtung des alten Teils von Woodmoore, der näher an der Küste lag als der neuere, in dem sich die *Taberna* befand. Es hatte weiter aufgeklart, und als Corrie auf die Küstenstraße abbog, konnte Silvana die Sterne über der Bucht funkeln sehen.

»Was glaubst du, was uns erwarten wird?«, fragte Corrie und drehte die Musik leiser, gerade als der Chor von Manowars *Crown and Ring* einsetzte.

Silvana schürzte die Lippen. »Ich weiß nicht recht, ob ich ihn mir wirklich in einer Beziehung vorstellen kann, die er vor Talisienn geheim halten muss.«

»Vielleicht hat er Bedenken, dass Talisienn es nicht gutheißen würde?«, schlug Corrie vor. »Oder dass er seine Partnerin nicht mögen würde.« Sie machte eine kurze Pause und runzelte die Stirn. »Oder seinen *Partner.*«

Silvana sah sie entgeistert an. »Ich finde es schon seltsam, ihn mir mit einer Frau vorzustellen – aber mit einem Mann?« Sie schüttelte den Kopf. »Niemals.«

»Vielleicht will er auch nicht, dass zu früh herauskommt, mit wem er sich trifft, damit nicht alles aufs Geld geschoben wird? Du hast doch gesagt, die Gargoyles hätten von reichen Leuten und teuren Autos gesprochen.«

»Du hast manchmal einen unfassbar naiv-verklärten Blick auf solche Dinge«, erwiderte Silvana mürrisch. »Erinnerst du dich noch an den Maybach? Und das Geld, das Donn an dem Tag erhalten hat?«

»Natürlich«, erwiderte Corrie und versuchte, von der Erwiderung ihrer Freundin nicht allzu angesäuert zu sein. »Immerhin war das der Auslöser für den Gedanken, er könne von Lamassar bestochen worden sein.«

»Und wer sagt, dass er nicht doch bestochen wird?«, fragte Silvana. »Nur eben nicht von Lamassar?«

»Wer sollte denn bitte einen Vampir bestechen? Donn verdient gutes Geld, wenn es dir noch nicht aufgefallen ist«, gab Corrie zurück.

»Und wenn es gar nicht um das Geld alleine geht?«, fragte

Silvana. »Die beiden sind 300 Jahre alt. Weißt du, was in ihrer Vergangenheit alles passiert ist?«

»Natürlich nicht.«

»Könnten wir uns dann darauf einigen, dass Donns Verhalten auch andere Gründe haben könnte als irgendeine Romanze? Oder hast du zu viel *Der Faun mit den Purpuraugen* gelesen?«

»Ist ja schon gut«, schnauzte Corrie. »Entschuldige bitte, dass ich versuche, auch das Gute in den Leuten zu sehen.« Als sie die Ortseinfahrt von Raven's Cawe passierten, nahm sie den Fuß vom Gas, auch wenn sie es momentan lieber noch etwas weiter durchgetreten hätte.

»Es steckt nun mal nicht in jedem ein guter Kern. Auch wenn du das gerne hättest«, sagte Silvana und verschränkte die Arme vor der Brust.

»In Lamassar bestimmt nicht«, erwiderte Corrie verstimmt. »Oder in Vulco. Und bei denen würde ich auch nie auf die Idee kommen. Oder bei Sahade.«

»Oder Shukar«, fügte Silvana hinzu.

»Immerhin hat der bisher nur einmal *gedroht*, den Laden anzuzünden«, brummte Corrie. »Da könnte noch Hoffnung bestehen.«

»Ja, klar«, entgegnete Silvana spöttisch. »Bei einem Wolkendrachen.« *Der sich für schwarze Magie interessiert.* »Dann glaubst du wohl auch an das Gute in Botschafter Tempest?«

»Und wennschon«, gab Corrie unbestimmt zurück.

»Ach ja«, schnaubte Silvana und verschränkte die Arme. »Ausgerechnet bei ihm. Klar. Dann kann ich verstehen, dass du auch in Donn nur das Gute sehen willst.«

»Sag mal, war ich die vergangenen Monate alleine im

Laden und bei unseren Abenteuern? Hat Donn uns etwa nicht geholfen? Gegen den Dschinn? Oder auf Pamunar? Ist er bis auf das eine Mal nicht immer für seinen Bruder da gewesen? Er sorgt sich um Talisienn, auch wenn er dabei andere vor den Kopf stößt. Er mag keine besonders guten Umgangsformen haben, aber das macht noch keinen schlechten Menschen aus ihm. Auch keinen schlechten Vampir.«

»Trotzdem gleich an eine Romanze zu denken, wenn er genauso gut wer weiß was machen könnte!«, murrte Silvana. »Wenn alles immer so schön und heiter wäre im Leben.«

»Wir werden ja sehen«, gab Corrie bissig zurück und starrte auf die Straße, die sich weiter durch Raven's Cawe schlängelte. Eine ganze Weile lang sagte keine der beiden Freundinnen etwas. Haus um Haus zog an ihnen vorbei, vereinzelte Koppeln, dann wieder Häuser.

»Eigentlich hätten wir Mr Wellingtons Buch mitnehmen können«, begann Corrie nach einer Weile in dem Versuch, das Thema zu wechseln. »Wenn wir schon durch Raven's Cawe fahren.«

»Wenn es uns nicht zu viel Zeit gekostet hätte«, brummte Silvana.

»Denkst du wirklich, eine halbe Stunde mehr hätte einen großen Unterschied gemacht? Talisienn hat doch gesagt, dass Donn meistens erst am nächsten Tag wiederkommt.«

Silvana rutschte etwas tiefer in den Sitz und sah hinaus zu den Häuserfronten, an denen sie vorüberfuhren. »Vermutlich nicht.«

»Ich hätte ja schon gerne gesehen, wo er wohnt. Und mit wem.«

»Mit wem?«, fragte Silvana stirnrunzelnd.

»Er ist verheiratet«, erwiderte Corrie. »Ist dir noch nie der Ring aufgefallen?«

»Worauf du immer achtest«, erwiderte ihre Freundin kopfschüttelnd.

»Auf *schöne* Dinge«, betonte Corrie noch einmal. »Und die brauchen wir jetzt mehr denn je, damit wir nicht den Blick dafür verlieren, was wir tun. Wenn wir nur noch schwarzsehen, hat Lamassar wieder Boden gegen uns gutgemacht. Und das darf er nicht. Ja, ich zweifle oft genug in letzter Zeit, und ja, ich habe auch Angst davor, wie alles enden könnte – aber das darf uns nicht aufhalten.«

»Tut es ja auch nicht«, erwiderte Silvana. »Wir werden tun, was getan werden muss, bis wir den vierten Band haben. Und dann den fünften. Aber vielleicht läuft dabei nicht alles so ab, wie du es dir wünschst. Ich versuche, dich vor Enttäuschungen zu bewahren, Corrie. Vor unüberlegten Entscheidungen. Vor dem guten Glauben, der nicht immer der richtige Weg ist.«

»Das weiß ich doch«, seufzte Corrie. »Aber so, wie ich mich an die guten Dinge klammere, klammerst du dich oft an die schlechten. Ich mag den Blick für das Risiko einer Sache gerne verlieren, aber du musst auch einmal den Gedanken loslassen, dass wir nur noch von schlechten Dingen umgeben sind. Nicht jeder will uns schaden, und nicht überall lauert Lamassar oder einer seiner Diener. Und nicht jeder führt Böses im Schilde, wenn er ohne das Wissen seines Bruders zu einem Gasthof fährt.« Sie warf ihrer Freundin einen Seitenblick zu.

»Wenn ich recht habe und Donn sich dort tatsächlich mit jemandem trifft, der nichts mit Lamassar zu tun hat, gibst du einen Wein aus.«

»Bitte was soll ich?« Silvana richtete sich auf und starrte ihre Freundin ungläubig an.

»Genau das«, lächelte Corrie zufrieden. »Und bei diesem Wein werden wir dann darüber sinnieren, dass die Welt doch nicht so schwarz ist. Ich glaube, wir sind da.« Sie verlangsamte den HY, als der Wald zu ihrer Linken von einer hohen Steinmauer abgelöst wurde und ein windschiefes Holzschild das *Three Oaks* ankündigte. Ein Wagen war vor ihnen aufgetaucht, dessen Schriftzug ihn im Scheinwerferlicht des HY als einen Dodge Demon auswies – ein tief liegendes, rotes Muscle Car, das normalerweise vermutlich um einiges schneller unterwegs war als im Moment. Corrie musste noch mehr bremsen, um es nicht anzuschieben.

»Sieht aus, als würde er etwas suchen«, bemerkte Silvana.

»Glaubst du, dasselbe wie wir?«, fragte Corrie.

Silvana rümpfte kurz die Nase. »Sonst gibt es hier ja nicht so viele Häuser, zu denen er wollen könnte. Oder wo sich gerade teure Wagen ein Stelldichein geben.«

Nur ein kurzes Stück weiter sahen die beiden Freundinnen zu beiden Seiten der ohnehin nicht sonderlich breiten Straße eine Reihe von Autos parken. Und noch ein Stück weiter wurde klar, dass der Dodge Demon tatsächlich dasselbe Ziel hatte wie sie.

Neben einem breiten, offen stehenden Tor zwischen zwei massiven Pfeilern, auf deren Simsen große Steinfiguren thronten, war im hellen Licht eines Strahlers ein dunkles Holzschild mit der Aufschrift Three Oaks angebracht.

»Das hier soll wirklich das *Three Oaks* sein?«, fragte Corrie irritiert.

Silvana folgte dem Blick ihrer Freundin zu dem alten Gebäude, zu dem offenbar auch Stallungen gehörten. »Scheint so. Sieht aber nicht unbedingt nach einem Ort für ein romantisches Dinner aus«, ergänzte sie trocken mit einem Seitenblick auf Corrie.

Ihre Freundin schürzte die Lippen. »Da muss ich dir leider recht geben.«

Sie betrachteten die bulligen, unfreundlich wirkenden Gestalten, die im Scheinwerferlicht des abbiegenden Dodge Demons auftauchten. Beide waren groß – Corrie schätzte sie auf gute zwei Meter –, und auf jeder ihrer Schultern hätte sie bequem Platz gefunden. Trolle? Oder vielleicht Oger?

»Denkst du, dass das Menschen sind?«, fragte Silvana und sprach damit Corries Gedanken laut aus.

Ihre Freundin schüttelte den Kopf, während sie zusahen, wie einer der Männer an den Dodge herantrat, hineinsah und ihn dann durch das Tor winkte. »Da ich langsam ernsthaft glaube, in Woodmoore und Umgebung auf mehr Nicht-Menschen als umgekehrt zu treffen, würde ich mit dir wetten, dass die beiden da vorne Eltern mit großen Hauern oder grauer Haut gehabt haben.« Sie machte eine kurze Pause. »Und damit meine ich keine Elefanten.«

»Das war mir schon klar«, erwiderte Silvana mit einem schiefen Grinsen, das erstarb, als einer der beiden Männer vor ihnen auf die Straße trat und die Hand hob. »Oje. Wir haben uns wohl zu verdächtig benommen.«

»Und jetzt?«

Silvana zuckte nervös mit den Schultern. »Du kannst ihn nicht einfach umfahren.«

Corrie atmete tief durch. »Dann sehen wir mal, was er von uns will.« Langsam ließ sie den HY ausrollen und stoppte vor dem breitschultrigen Riesen, der ihr bedeutete, das Fenster zu öffnen.

Corrie gehorchte und versuchte, möglichst unbeteiligt zu wirken. »Entschuldigung, ist das hier die Straße nach Greensbow?« Den Ort hatte sie vorhin kurz am Rand ihres Navigationsgeräts aufleuchten sehen, das sich anders als zu Beginn des Jahres, als sie das erste Mal hierhergekommen waren, nicht mehr weigerte, die Straßen der Umgebung anzuzeigen.

Als ihr Gegenüber sich vorbeugte, um sie und das Innere des Wagens genauer in Augenschein zu nehmen, umwehte Corrie ein Gestank nach altem Kompost und noch älteren Eiern. »Sie hätten früher abbiegen müssen«, grunzte er dann, nachdem er offenbar zu dem Schluss gekommen war, dass zwei junge Frauen in einem alten Lieferwagen keine große Gefahr darstellten.

»Oh«, machte Corrie. »Also die Straße direkt hinter Raven's Cawe?«

»Genau die«, erwiderte ihr Gegenüber und atmete eine stinkende Wolke ins Innere des Wagens, die Corries Magen rebellieren ließ. »Vielen Dank«, lächelte sie krampfhaft.

»Dann müssen wir wohl wenden.« Sie betrachtete die schmale Straße und die parkenden Autos. »Hätten Sie etwas dagegen, wenn ich ein Stück in die Einfahrt einbiege, damit ich drehen kann?« Sie versuchte, noch breiter zu lächeln, und Silvana, die ebenfalls die Luft anhielt, tat es ihr gleich.

Der Hüne überlegte einen kurzen Moment, dann nickte er.

»Ein kleines Stück. Bis zum Tor. Weiter kann ich Sie nicht lassen. Private Veranstaltung.«

»Natürlich«, erwiderte Corrie. »Das verstehen wir. Vielen Dank für Ihre Hilfe.« Unter den wachsamen Augen des Hünen brachte sie den Wagen wieder zum Rollen, ließ das

Fenster aber offen. Auch wenn die kalte Abendluft unangenehm über ihr Gesicht streifte, brauchte sie dringend frische Luft.

»Was um Himmels willen war denn das?«, sagte Silvana, die ziemlich blass geworden war. »Ich glaube, den Geruch bekomme ich nie mehr aus der Nase.«

»Ich habe keine Ahnung«, gab Corrie zu. »Aber ich bin mir auch nicht sicher, ob ich es wirklich wissen will. Zumindest können wir uns wohl einig sein, dass es keine Menschen sind.« Corrie war bis zum Tor herangefahren, legte den Rückwärtsgang ein und warf noch einen Blick auf den voll besetzten Parkplatz, der aussah, als würde er zu einem Limousinenverleih gehören. Als sie den Wagen gewendet hatte, lächelte sie dem Riesen noch einmal zu und fuhr vorsichtig an ihm vorbei.

»Hast du die ganzen Wagen gesehen?«, fragte sie, als sie wieder auf der Straße zurück nach Raven's Cawe waren.

Ihre Freundin nickte finster. »Und ob. Die Gargoyles haben nicht übertrieben.«

Dem konnte Corrie nur zustimmen. Die Autos befanden sich eindeutig jenseits jeglicher Gehaltsklassen, die sie in ihrem Leben jemals erreichen würden. In dieser Art von Gesellschaft würden sie sofort auffallen, und das nicht nur durch ihr Auto. Corrie runzelte die Stirn, als ihnen mitten auf der Straße ein BMW X5 entgegenkam und keine Anstalten machte, auf seine Spur zu wechseln. Als sie nicht mehr weiter nach links ausweichen konnte, musste sie anhalten, um nicht mit dem anderen Wagen zu kollidieren. Die Freundinnen wechselten einen vielsagenden Blick.

»Vielleicht ist es ja ein Treffen von irgendeinem elitären Verein«, überlegte Corrie laut, während sie den Wagen wieder in Gang setzte. »Donn wird durch seine Arbeit sicherlich genügend Leute in solchen Kreisen kennen.«

Silvana schüttelte den Kopf. »Warum würde er dann Talisienn nichts davon erzählen? Und davon abgesehen, habe ich auch noch nie gehört, dass solche Veranstaltungen an derart abgelegenen Orten stattfinden und das ganze Wochenende dauern.«

»Stimmt schon. Und wie geht es jetzt weiter?«, fragte Corrie.

»Ich glaube, ein Stück weiter hinter der Kurve habe ich einen Weg in den Wald gesehen. Vielleicht können wir da erst mal anhalten.«

»In Ordnung«, stimmte Corrie zu.

Kurz darauf erspähte sie den schmalen Waldweg und bog vorsichtig in ihn ein. Durch das noch immer geöffnete Fenster konnte sie das Knirschen der trockenen Blätter unter den Reifen hören.

Einige Meter weiter stellte Corrie den Motor ab und lehnte sich in den Sitz zurück. »Also«, begann sie und wandte den Kopf zu Silvana. »Was sollen wir jetzt tun?«

Silvana schürzte die Lippen. »Was haben wir denn für Optionen?«

»Wir könnten zurückfahren«, erwiderte Corrie. »Und Talisienn erzählen, was wir gesehen haben.«

»Dann wissen wir aber immer noch nicht, was Donn dort eigentlich macht. Danach müsste ihn dann Talisienn fragen.«

»Und würde vermutlich wieder keine Antwort bekommen«, fügte Corrie hinzu und nickte. »Womit wir nicht viel weiter wären als vorher.« Sie deutete zu dem Mobiltelefon. »Wir könnten auch jemandem Bescheid geben. Yazeem zum Beispiel.«

»Und dann?«, fragte Silvana mit erhobener Braue. »Dann müssten wir zuerst einmal erklären, warum wir Donn nachspionieren. Außerdem glaube ich nicht, dass Yazeem bei Donn weiterkäme als Talisienn. Ganz zu schweigen davon, dass Yazeem wohl auch keine Chance hätte, an den Torstehern vorbeizukommen, um Donn aus dieser ›Privatveranstaltung‹ herauszuholen. Und vergiss nicht, wo Yazeem heute Abend hinwollte. Wenn er gerade beim Botschafter ist, wenn wir ihn anrufen, und er mitbekommen sollte, was los ist …«

Corrie nickte langsam. Was ihre Freundin gesagt hatte, war nicht von der Hand zu weisen. Selbst wenn Yazeem ihnen helfen konnte, wollte sie auf gar keinen Fall riskieren, dass Tempest von dieser Geschichte Wind bekam. »Dann bleibt uns wohl nur eine Möglichkeit«, stellte sie fest und atmete tief durch.

»Wir sehen selbst nach, was das für eine Veranstaltung ist und was Donn dort macht«, sagte Silvana.

»Darauf läuft es hinaus, wenn wir Tal wirklich helfen wollen.« Noch vor ein paar Monaten hätte Corrie den Plan, sich in ein gut besuchtes Gebäude zu schleichen, als spannend und aufregend empfunden … nun jedoch war ihr eher mulmig zumute. Vorbei war die Zeit, in der sie sich kopfüber in ein neues Abenteuer stürzte, um etwas zu erleben. Die vergangenen Monate hatten sie ein Stück weit umdenken lassen. Nichtsdestotrotz verspürte sie ein Kribbeln in der Magengrube. Sie wollte wissen, was hier vor sich ging – auch wenn sie mittlerweile davon überzeugt war, die Wette um den Wein zu verlieren. Sie würden wohl kaum einen verliebten Vampir bei einem Candle-Light-Dinner vorfinden. Im Gegenteil. Sie beschlich das ungute Gefühl, dass sie etwas ganz anderes erwartete. Und dass es gefährlich werden würde.

Silvana stieß sie leicht an und weckte sie damit aus ihren Gedanken. »Na komm, immerhin wird uns die Bewegung etwas aufwärmen.«

Corrie zog den Schlüssel aus dem Schloss. Sie versuchte, sich auf die Stimme ihrer Neugier zu konzentrieren und Angst vor dem, was vielleicht geschehen würde, zurückzudrängen. Das Lächeln, das sie Silvana schenkte, wirkte entsprechend auch einigermaßen angestrengt, als sie nickte und die Tür öffnete. »Dann mal los.«

Das Knistern des gefrorenen Laubes unter ihren Schuhen klang unnatürlich laut in Corries Ohren, als sie kurz darauf durch den Wald stapften – in die Richtung, in der sie das *Three Oaks* vermuteten. In der Dunkelheit war eine Orientierung nicht ganz einfach, aber keine der beiden Freundinnen wagte es, mit ihrem Handy Licht zu machen.

»Wir sollten versuchen, uns so weit von der Straße entfernt zu halten, dass wir an der seitlichen Mauer herauskommen, die um das *Three Oaks* herumführt«, bemerkte Silvana. »Dann laufen wir an der Mauer entlang und versuchen, einen Weg auf die andere Seite zu finden.«

»Gut«, stimmte Corrie zu, und so schlichen sie vorsichtig voran. Die einzigen Geräusche, die sie dabei hörten, waren das ferne Brummen vereinzelter Motoren und die Brandung, die gegen den Fuß der Klippen unterhalb der Küstenstraße schlug. Ein kalter Wind wehte vom Meer herauf, und Corrie bereute, weder Schal noch Handschuhe mitgenommen zu haben.

Während sie in den finsteren Wald vor sich starrte, musste sie plötzlich an die Wendigos denken. Was, wenn diese Bestien jetzt gleich hier auftauchen würden? Sie versuchte schnell, ihre Gedanken auf die vor ihnen liegende Aufgabe zu lenken, aber das ungute Gefühl, das ihre Gedanken heraufbeschworen hatten, blieb. Keweloh hatte sie extra ermahnt, im Wald vorsichtig zu sein. Und sie waren ausgerechnet in dieser Finsternis unterwegs!

Endlich tauchte die dunkle Mauer vor ihnen auf, die den Wald vom Grundstück trennte. Sie betrachteten sie stirnrunzelnd. So hoch hatte sie aus dem Auto gar nicht gewirkt.

»Von hier kommen wir auf gar keinen Fall rein«, raunte Corrie.

»Vielleicht finden wir ja weiter hinten eine Möglichkeit. Einen Baum, der nah genug an der Mauer steht, dass wir über ihn auf die andere Seite klettern können oder so«, schlug Silvana leise vor.

Corrie nickte zögernd. »Vielleicht gibt es ja auch irgendwo eine Stelle, die niedriger ist. Oder einen Spalt, durch den wir passen«, flüsterte sie.

»Schauen wir nach«, stimmte Silvana zu und wollte gerade weitergehen, als sie plötzlich eine raue Stimme in ihrem Kopf hörte.

»Endlich passiert auch mal was auf dieser Seite der Mauer.«

Silvana blieb wie angewurzelt stehen. Damit hatte sie nicht gerechnet. Mit raschem Blick suchte sie den oberen Rand der Mauer ab. Und tatsächlich erspähte sie einige Meter zu ihrer Linken einen Gargoyle, der dort kauerte.

»Silvie?« Corrie sah fragend ihre Freundin an. Als sie ahnte, was gerade passierte, folgte sie ihrem Blick zu der Groteske. »Was hat er gesagt?«

Statt die Frage ihrer Freundin zu beantworten, wandte sich Silvana an die Steinfigur. »Guten Abend.«

»Oh, guten Abend«, kam die perplexe Antwort. *»Heute*

muss mein Glückstag sein! Ich bekomme auch noch einen anderen Gesprächspartner als Arty, der mir immer nur von seiner tollen Aussicht vorschwärmt.«

»Ich heiße Silvana, und das ist meine Freundin Corrie. Und du?«

»Ich bin Baldus. Freut mich, euch kennenzulernen. Ich glaube, ich habe Arty von euch sprechen hören. Wohnt ihr nicht bei Tutter? Jetzt, wo Noah und die anderen an der Kapelle wieder mit uns sprechen, bekommen wir wieder viel mehr von den Neuigkeiten mit.«

»Stimmt genau«, erwiderte Silvana lächelnd. »Wir freuen uns auch, dich kennenzulernen, Baldus.«

»Hallo.« Corrie winkte der Figur zu, wobei sie sich ein bisschen albern vorkam. Auch wenn sie durch Silvana wusste, dass diese Figuren ein Bewusstsein hatten, war es für sie immer noch seltsam, einem Stein zuzuwinken oder ihn anzusprechen.

»Ist die Aussicht von Arty denn wirklich so viel besser?«, fragte Silvana. »Siehst du hier nicht auch tolle Sachen?«

Baldus seufzte frustriert. *»Arty kann direkt in den Hof sehen, wo die ganzen feinen Herrschaften mit ihren tollen Autos vorfahren. Das Aufregendste, was ich sehe, ist die Futtersuche von einem Eichhörnchen im Sommer. Und jetzt im Winter ist es hier noch langweiliger.«*

Silvanas Lächeln wurde breiter; das konnte sich durchaus zu ihren Gunsten auswirken, auch wenn ihr Baldus leidtat. »Wo ist Arty denn?«

»Unten an der Straße. Da, wo die Mauer zusammengefallen ist.«

Silvana blinzelte irritiert. So viel Glück konnten sie doch unmöglich haben. »Die Mauer ist eingefallen?«

»Ja, letzten Monat ist ein betrunkener Börsenmakler mit seinem Royce in die Wand gekracht.« Sie hörte Baldus in ihrem Kopf lachen. *»Da hat Arty echt Angst gehabt, dass sein Hintern mit abbröckelt.«*

»Vielen Dank«, sagte Silvana freundlich und berührte ihre Freundin am Arm. »Komm«, flüsterte sie, »ich weiß, wo wir eine Chance hätten.« Sie machte einen Schritt in Richtung Straße, als Baldus aufgeregt fragte: *»Ihr wollt schon gehen?«* Enttäuschung mischte sich in seine Stimme. *»Jaja, ich weiß … er hat viel interessantere Geschichten zu erzählen als ich. Eichhörnchen und Waldmäuse sind nicht so spannend wie teure Autos.«*

»Es tut mir leid, aber wir müssen ganz dringend da rein, um einem Freund zu helfen. Ohne dass uns jemand bemerkt.« Silvana hatte das Gefühl, als würde der Gargoyle ihr in die Augen starren, um den Wahrheitsgehalt ihrer Worte zu überprüfen. Sie kam sich albern vor, aber obwohl sie seine Augen nicht sehen konnte, spürte sie seinen Blick doch ganz deutlich.

»Kommt ihr wieder?« Die Stimme in ihrem Kopf war kaum mehr als ein zaghaftes, hoffnungsvolles Flüstern. Silvana lächelte sanft. »Ja, ich komme wieder, ich kann dir nur nicht sagen, wann.« Und das meinte sie ernst. Die Zeit würde sie sich nehmen. Und je nachdem, wie fest die Groteske auf der Mauer verankert war, würde sie vielleicht sogar einen anderen Platz für sie suchen. Aber im Moment hatten sie wahrlich andere Sorgen.

»Das macht nichts, ich habe Zeit«, antwortete Baldus nun wieder fröhlich. *»Arty«*, hörte ihn Silvana rufen, *»du bekommst gleich Besuch! Jemand braucht deine Hilfe! Die beiden müssen in den Hof, ohne dass sie jemand sieht!«*

»Wohin willst du denn?«, wisperte Corrie neben ihr und stolperte fast über einen Stumpf, den sie nicht gesehen hatte.

»Weiter unten ist die Mauer eingestürzt, hat Baldus gesagt«, erklärte Silvana leise. »Vielleicht kommen wir da hindurch.«

»Aber jetzt sind wir doch schon fast an der Straße. Da kann man uns sehen«, wandte Corrie ein. »Wenn ein Auto kommt ...«

»Eine bessere Möglichkeit finden wir aber vielleicht nicht«, hielt Silvana dagegen. »Oder willst du den Rest des Abends an der Mauer entlangstolpern und Gefahr laufen, dass man uns dabei aufgreift? Ich möchte nicht im Griff von diesem Troll hängen, oder was auch immer er gewesen ist.«

»Ich ja auch nicht«, gab Corrie zurück und zog eine Grimasse. »Na gut. Gehen wir.«

Als sie nur noch wenige Meter von der Straße entfernt waren, hielt Silvana neben ihr abrupt inne.

»Also habt ihr meine Botschaft bekommen?« Die Stimme in ihrem Kopf klang geschmeidig und dick wie Portwein.

»Arty?«, fragte Silvana.

Corrie sah sie verdutzt an, bevor ihr einfiel, dass Silvana vermutlich gerade den zweiten Gargoyle ansprach, nach dem sie Baldus eben gefragt hatte.

»Arthur der Aufmerksame. Zu euren Diensten. Nur noch ein kleines Stück, dann seid ihr beim Loch in der Mauer. Von hier aus kommt ihr rein.«

Und tatsächlich erkannte Silvana kurz darauf, dass ein Teil der Mauer in sich zusammengefallen war, und gegen die Lichter der Autos und Fenster des *Three Oaks* dahinter den Umriss eines Gargoyles, der etwas schief direkt danebensaß. Sie wollte ihm schon danken und einen Fuß auf die Steine setzen, doch die plötzliche Warnung von Arty hielt sie davon ab.

»Duckt euch.«

Sofort gingen die beiden Freundinnen in Deckung und pressten sich an die Mauer – auch wenn Silvana Corrie am Arm mit sich ziehen musste, da sie den Gargoyle ja nicht hatte hören können. Von der anderen Seite aus näherten sich schwere Schritte. Der zitternde Strahl einer Taschenlampe glitt heran und tastete sich seinen Weg über Laub und Mauerwerk, begleitet von einer Wolke aus Kompost und faulem Ei. Unwillkürlich hielten die beiden die Luft an und versuchten, kein Geräusch zu verursachen, das den Lichtstrahl bewogen hätte, auch die Seiten jenseits der Mauer auszuleuchten. Silvana hoffte, dass auch ihr bis zum Hals klopfendes Herz nicht zu hören war. Ihr selbst dröhnte jeder Schlag in den Ohren, als würde sie direkt neben einem riesigen Gong stehen. Sie wollte sehen, wie es Corrie erging, doch sie wagte nicht, den Kopf zu wenden. Noch immer wanderte das Licht der Lampe langsam über das Laub zwischen ihnen, dann hörten sie unvermittelt grunzende Laute, gefolgt von einer tiefen Stimme, die es offenbar nicht gewohnt war, Worte zu formulieren. »Nuffts.« Der Lichtstrahl verschwand wieder, und die Schritte setzten ihren Weg fort. Weg von der Mauer.

Silvana ließ langsam die Luft entweichen, die sie angehalten hatte, wagte jedoch erst, sich zu bewegen, als sie den Gargoyle vernahm.

»Er ist weg. Ihr könnt rüberklettern. Aber beeilt euch. Seine Runde ist nicht groß.«

»Vielen Dank«, wisperte Silvana und ergriff Corries Hand.

»Komm, wir müssen uns beeilen.«

Gemeinsam schoben sie sich wieder näher an das Loch und spähten hindurch. Von hier aus konnten sie rechts am Stallgebäude vorbei zum Tor und einem Teil des Innenhofs sehen, wo sich weitere Wächter befanden, die ihnen jedoch gerade alle den Rücken zugewandt hatten.

Hastig schlüpfte Silvana durch den Durchlass und überquerte das kurze Stück Rasen vor ihr.

In ihrem Kopf konnte sie noch einmal die Stimme von Arty hören: *»Wir danken dir für das, was du für Noah und die anderen getan hast.«*

Corrie, die ihrer Freundin wortlos folgte, hielt kurz inne, als sie an den Stallungen zwischen etlichen geparkten Autos den Wagen von Donn erkannte. Dann, nachdem sie sich mit raschem Blick vergewissert hatte, dass niemand in ihre Richtung sah, rannte sie weiter.

Gemeinsam schoben sie sich an der Rückwand der Stallungen entlang auf das Hauptgebäude des *Three Oaks* zu, wobei sie immer wieder anhielten und nach den tanzenden Lichtern der Taschenlampen Ausschau hielten, die ihnen die Position der patrouillierenden Wachen verrieten.

Beide waren froh, dass sie an diesem Abend ausschließlich schwarze Kleidung trugen, auch wenn Silvana befürchtete, dass ihre roten Haare bei etwas mehr Licht verräterisch wirken könnten. Da hatte es Corrie mit ihrem schwarzen Bob deutlich besser. Vorerst waren sie jedoch im Dunkel der Mauern nahezu unsichtbar und mögliche Lichtquellen weit genug entfernt.

»Linksherum?«, wisperte Corrie und wies in Richtung Hauptgebäude.

»Klar«, hauchte Silvana zurück. In dieser Richtung war keine Taschenlampe zu sehen, und es gab einige Büsche, hinter denen sie sich verbergen konnten, falls sich doch jemand nähern sollte.

Also schlichen sie so lautlos wie möglich an der Rückseite des Gebäudes entlang auf ihr Ziel zu. Einmal noch mussten sie sich verstecken, als der Kompost-Wächter auf seiner Runde an ihnen vorbeikam, doch der Strahl seiner Lampe wanderte nicht in ihre Richtung, sodass sie schließlich ungesehen die Rückseite des *Three Oaks* erreichten. Ab hier wurde ein Vorankommen deutlich schwieriger. Die Dunkelheit wurde nahezu vollständig von den erleuchteten, aber mit Milchglas versehenen Fenstern zurückgedrängt, und der Rasen, der sich noch rund um die Stallungen erstreckt hatte, war einem schlammigen und mit Bauschutt übersäten Boden gewichen. Zwei Türen befanden sich hier hinten; eine führte zum Keller hinunter und eine über ein paar Stufen nach oben, doch beide waren verschlossen und gaben kein Inch nach.

Bis hierher hatten Corrie und Silvana kein Wort gesprochen, aus Angst, sich damit zu verraten. Aber im ausladenden Schatten eines nicht näher bestimmbaren Baumes, der an der Ecke des Gasthauses wuchs und an den jemand einen übervollen Aschenbecher genagelt hatte, zog Corrie Silvana am Ärmel.

»Was denn?«, flüsterte Silvana und drehte sich fragend um.

»Was hast du denn jetzt vor?«, flüsterte Corrie zurück.

»Weiter versuchen, irgendwie reinzukommen«, sagte Silvana.

»Aber wir sind doch gleich einmal komplett um das Haus rumgegangen. Da vorne kommen wir wieder zum Parkplatz, und der ist erleuchtet und streng bewacht.« Corrie reckte den Hals und spähte um die Ecke. Wie erwartet, konnte sie direkt auf den Parkplatz sehen, auf dem nach wie vor Autos ankamen. Corrie zog den Kopf wieder zurück. »Hier gibt es offenbar wirklich nur die eine Eingangstür, durch die man nach drinnen kommt«, flüsterte sie gepresst. Noch während die Worte ihre Lippen verließen, sah sie, wie sich auf Silvanas Gesicht ein Grinsen breitmachte. Eines, das sie nur zu gut kannte. Corrie legte den Kopf schief. »Das ist jetzt nicht dein Ernst, oder?«

»Das ist vermutlich unsere einzige Möglichkeit«, wisperte Silvana. »Das, oder zurück zum Auto schleichen und nie erfahren, was Donn hier treibt.«

»Du willst dich wirklich als Gast ausgeben und einfach an den Wachen vorbeispazieren, als würden wir hierhergehören? Auf die Gefahr hin, dass sie ihre Gäste alle kennen? Wirklich?«

»Etwas Besseres fällt mir nicht ein. Dir?«

Corrie seufzte und fragte sich, warum ausgerechnet ihre sonst so vernünftige und vorsichtige Freundin darauf drängte. Sie konnte nur vermuten, nein, eigentlich war sie sich sogar recht sicher, dass es mit ihrer Zuneigung zu Talisienn zu tun hatte. Und mit ihrem Misstrauen gegenüber Donn.

Sie wusste, dass sie Silvana kaum davon würde abhalten können, und alleine lassen würde sie ihre Freundin auf gar keinen Fall. Also nickte sie widerstrebend. »Na schön. Wie machen wir es genau?«

»Ich denke nicht, dass Sie beide noch irgendetwas machen werden.«

Die Stimme in ihrem Rücken ließ die beiden Freundinnen zusammenzucken. Verdammt, sie waren nicht aufmerksam genug gewesen.

Und jetzt hatte man sie entdeckt!

Sie wirbelten herum und starrten in das Licht einer Taschenlampe, die genau auf ihre Gesichter gerichtet war.

Silvana spürte, wie sich eine Hand wie eine Zange um ihren Arm schloss und sie zusammen mit Corrie in Richtung Parkplatz gezerrt wurde.

Hier, wo es heller war, ließ die Hand sie wieder los.

Erschrocken sahen die Freundinnen hinauf in die Augen eines Minotaurus, der der Größe der beiden Wachen am Tor in nichts nachstand. Sein weißes Fell bildete einen auffälligen Kontrast zu dem dunkeln Anzug, der sich über seinem muskulösen Körper spannte. Der Brillant in seinem goldenen Nasenring glitzerte im Licht der Fenster neben ihnen.

Jetzt noch ihren Plan umzusetzen und sich als Gäste auszugeben, würden sie wohl kaum noch schaffen. Corries Gedanken rasten auf der Suche nach einer anderen Lösung, während der Tiermensch sie finster musterte. »Ich glaube nicht, dass die Damen sich hier auf dem Gelände aufzuhalten haben.« Auch wenn seine Formulierung höflich war, machte der eisige Tonfall deutlich, was er von den beiden Eindringlingen hielt. Corrie lief es bei der tiefen Stimme kalt den Rücken runter, und ihr Mund war furchtbar trocken. Was sollten sie jetzt machen? Irgendeine Geschichte erfinden? Aus den Augenwinkeln sah sie zu ihrer Freundin, die offenbar ebenso krampfhaft nach passenden Worten suchte. Der Minotaurus nickte mehr zu sich selbst, und seine Hand zuckte zu dem lächerlich klein wirkenden Headset.

»Wir haben eine Einladung«, sagte Silvana jedoch unvermittelt und zog entschlossen die Schultern zurück. »Wir sind nur für etwas frische Luft herausgekommen. Ist das verboten?«

Der Minotaurus sah leidenschaftslos auf sie hinab. »Wenn Sie tatsächlich eine Einladung hätten, wüsste ich das.«

Verdammt. Corrie biss sich auf die Lippe. Damit hatte sich der Versuch, doch an ihrem Plan festzuhalten, wohl endgültig zerschlagen. Welche andere Option gab es jetzt noch? Hals über Kopf die Flucht ergreifen, solange der Stiermensch noch alleine mit ihnen war? Aber würden sie bis zum HY kommen, ihn starten und davonfahren können, bevor ihnen die halbe Security auf den Fersen war?

»Hören Sie«, begann Silvana, doch der Minotaurus schüttelte nur seinen mächtigen Kopf. »Chaz«, sagte er in Richtung seines Headsets. »Ungeladene Gäste. Was? Ja. Ja, mache ich. Gut.« Er ließ die Hand sinken und sah die beiden jungen Frauen finster an. »Gehört noch jemand zu Ihnen, oder sind Sie alleine hier eingedrungen?«

»Wir sind nicht eingedrungen«, versuchte es Silvana noch einmal. So einfach wollte sie sich nicht geschlagen geben, denn genau wie ihre Freundin ahnte sie, dass es für sie nicht allzu gut ausgehen würde, wenn sie den Stiermenschen nicht überzeugen konnte. Auf eine simple Anzeige bei der Polizei schien das Ganze jedenfalls nicht hinauszulaufen. »Wir sind eingeladen worden und heute Abend das erste Mal hier.«

»Natürlich«, schnaubte der Minotaurus höhnisch. »Und mit wem sollte jemand wie Sie hierhergekommen sein? In solch einem Aufzug?«

»Die Damen gehören zu mir.«

Der Minotaurus und die beiden Freundinnen wandten die Köpfe, der Stiermensch nicht minder erstaunt als Corrie und Silvana selbst. Wobei Corrie sich nicht sicher war, ob Erstaunen ihr Gefühl passend beschrieb. Im Grunde genommen war es eher völliges Erstarren. Sie hatte das Gefühl, ihr eben noch wild klopfendes Herz würde aussetzen.

In einem maßgeschneiderten Anzug, einem offenen Wollmantel und von einer Wolke Aftershave umgeben, kam Tempest langsamen Schrittes auf sie zu. Sein Lächeln besaß die Liebenswürdigkeit einer Muräne.

Der Minotaurus neigte unterwürfig den Kopf. »Natürlich, Herr Botschafter. Bitte verzeihen Sie. Wenn eine der beiden Damen das erwähnt hätte ...« Er warf Corrie und Silvana einen unzufriedenen Blick zu.

»Natürlich«, erwiderte Tempest knapp und sah mit kühlem Blick auf die beiden Freundinnen hinab. »Wollen wir dann wieder?« Er wies mit der Hand in Richtung Eingang.

Auf der Veranda vor der Eingangstür packte Tempest sie jedoch unvermittelt fest an den Armen und schob sie, ohne eine Miene zu verziehen, an den beiden Türstehern und den erleuchteten Fenstern vorbei in Richtung der alten Stallungen.

»Was soll das jetzt wieder werden?«, zischte Silvana ungehalten und wollte stehen bleiben.

»Erregen Sie kein Aufsehen und gehen Sie weiter«, flüsterte Tempest frostig und marschierte zielstrebig voran. »Die Wachen haben ein Auge auf jeden, der sich seltsam benimmt. Und dann kann ich Ihnen auch nicht mehr helfen.«

Widerstrebend ließ sich Silvana also von dem Botschafter bis zum Ende der Veranda ziehen, wo die Mauer der alten Stallungen begann.

Hier im Halbdunkel blieb Tempest schließlich stehen und ließ ihre Arme los. »Offenbar kann man Sie wirklich nicht einen Moment aus den Augen lassen, ohne dass Sie sich wieder in die nächstbeste Gefahr stürzen«, flüsterte er ärgerlich. »Einfach hier einzudringen …«

»Und was tun Sie dann hier, wenn es so gefährlich ist?«, zischte Silvana. »Braucht Ihr Schreibtisch Sie nicht dringender?«

»Gefahr schreckt mich nicht, Miss Livenbrook«, erwiderte Tempest leise und leidenschaftslos. »Aber ich bin aus einem guten Grund hier und mir des Risikos bewusst gewesen, bevor ich hergekommen bin.«

»Und welcher gute Grund könnte das sein?«, fragte Silvana spitz.

Corrie stand schweigend daneben und wusste nicht, was sie tun sollte. Von allen Leuten, die sie kannte, begegneten sie ausgerechnet dem Botschafter – demjenigen, der am allerwenigsten von dieser ganzen Sache hatte erfahren sollen.

»Ich bin aus demselben Grund hier wie Sie beide.«

Tempests scharfes Flüstern ließ Corrie ungläubig den Blick heben. »Wegen Donn?«, platzte es aus ihr heraus. Sie sah, dass der Botschafter kurz unwillig die Nasenflügel blähte, und starrte hastig wieder zu Boden.

»Ganz genau«, erwiderte Tempest gedämpft, und seine Stimme klang seltsamerweise fast mild. »Aber mit Ihnen habe ich hier nicht gerechnet. Und jetzt kommen Sie. Ich schätze, es gibt noch jemanden, der ein paar Worte mit Ihnen wechseln will, bevor ich entscheide, wie es weitergeht.«

KAPITEL 17

Blut und Spiele

Noch immer sprachlos, folgten Corrie und Silvana Tempest über den Parkplatz zu seinem Wagen. Die Eröffnung, dass er ebenfalls wegen Donn hier war, hatte beide Freundinnen völlig kalt erwischt, ebenso dass er gewusst hatte, dass sie auch aus diesem Grund hier waren.

Als sie sich dem Auto näherten, öffnete sich die Beifahrertür, und Yazeem stieg aus. Natürlich. Er hatte ihnen ja gesagt, zu wem er an diesem Abend gerufen worden war. Und genau wie Tempest schien er nicht wirklich erstaunt, sie zu sehen. »Hatten wir nicht ausgemacht, dass ihr nichts unternehmt, solange ich weg bin?«, fragte er tadelnd.

»Wie schön, dass die beiden nicht nur meine Anordnungen ignorieren«, warf Tempest säuerlich ein. »Sonst könnte ich das langsam persönlich nehmen.«

»Tut uns leid«, sagte Corrie. »Das war nicht so geplant. Wir haben nicht damit gerechnet, *so etwas* hier vorzufinden.«

»Das will ich auch hoffen. Andernfalls hätte ich mich wirklich von euch hintergangen gefühlt«, erwiderte der Werwolf ernst. »Ich nehme an, Charles hat euch schon erzählt, weshalb wir hier sind?«

»Hat er«, bestätigte Corrie.

»Und gefragt, was ihr hier wollt?«

»Auch«, erwiderte Corrie und senkte den Kopf.

»Und ich hatte recht«, bemerkte der Botschafter, der mit verschränkten Armen an seinem Wagen lehnte. Ihm hätten nur noch die Flügel gefehlt, um ihn wie den sprichwörtlichen Racheengel wirken zu lassen. »Was übrigens nicht besonders schwer war, wenn man das Verhältnis zwischen Ihnen und den McCaers kennt«, fügte er hinzu.

»Ach ja?«, blaffte Silvana.

»Da Sie beide niemand anderen der Anwesenden kennen dürften, kann ich wohl davon ausgehen, dass Sie der Bitte Talisienns nachgegeben haben und überprüfen wollen, ob seine Sorgen bezüglich seines Bruders berechtigt sind.«

Corrie und Silvana sahen den Botschafter konsterniert an.

Tempest neigte den Kopf. »Damit dürfte ich richtigliegen, nicht wahr?«

»Wenn Sie wissen, dass Talisienn sich Sorgen um Donn macht, warum haben Sie ihm dann nicht einfach gesagt, wo sein Bruder ist?«, knurrte Silvana.

»Das ist eine lange Geschichte«, erwiderte Tempest kühl. »Und komplizierter, als Sie glauben.«

»Wie habt ihr eigentlich erfahren, dass Donn heute Abend hier ist?«, wollte Yazeem wissen.

»Die Gargoyles haben es uns gesagt«, seufzte Corrie. »Sie haben ihn für uns beobachten lassen. Von anderen Gargoyles.«

»Eine clevere Idee.« Er zog eine halb tadelnde, halb anerkennende Grimasse – wobei Silvana den Eindruck hatte, dass der Stolz dabei eindeutig überwog. »Nur euch dann einfach hier hereinzuschleichen, nachdem man euch nicht durchgelassen hat, das war nicht unbedingt die klügste Entscheidung.« Er schüttelte den Kopf. »Aber ich habe Charles gleich gesagt, dass ihr es irgendwie schafft, wenn ihr wirklich wollt.«

»Du hast … was?«, fragte Corrie verwirrt.

»Ich habe deinen HY gesehen, als du gewendet hast«, erwiderte Yazeem mit einem Zwinkern. »So viele himmelblaue HYs mit umgebautem Rechtslenker fahren in England nicht herum.«

Corrie zog die Unterlippe zwischen die Zähne. Natürlich.

»Und in genau diesen himmelblauen HY wirst du die beiden jungen Damen jetzt auch bitte wieder setzen, Yazeem«, sagte Tempest. »Hier ist es viel zu gefährlich für sie. Und um Donn kümmere ich mich selbst, wie wir es besprochen haben.«

Silvana, deren Blick noch einmal zurück zum Gasthaus gewandert war, bekam mit einem Mal kugelrunde Augen. Das konnte nicht wirklich wahr sein! Kopfschüttelnd deutete sie auf die Eingangstür. »Das wird nicht gehen. Wir müssen da trotzdem rein.«

Tempest senkte ärgerlich die Brauen. »Das müssen Sie ganz gewiss nicht«, widersprach er. »Sie haben mit Donnald nichts mehr zu schaffen. Das wäre ein viel zu großes Risiko. Falls Sie es noch nicht bemerkt haben – im *Three Oaks* findet heute Abend kein harmloses Benefiz-Dinner statt.«

»Vielleicht haben wir nichts mehr mit Donn zu schaffen«, erwiderte Silvana und sah wieder zurück zum Gasthaus. »Aber mit dem *Three Oaks* selbst offenbar schon. Corrie, du hattest recht.«

»Wieso?«, fragte Corrie und folgte dem Blick ihrer Freundin. Im selben Moment sah auch sie, was Silvana entdeckt hatte. »Du meine Güte«, murmelte sie und spürte, wie sich ein flaues Gefühl in ihrem Magen ausbreitete. »Das gibt es doch gar nicht. Wir müssen da tatsächlich rein.«

»Ich habe keine Zeit für ein solches Theater«, sagte der Botschafter scharf. »Yazeem, würdest du bitte …«

»Das erleuchtete Fenster!«, unterbrach ihn Silvana. »Das Wappen im Glas. Es ist dasselbe wie auf dem Knochenzylinder.«

Jetzt endlich sah auch Tempest wieder zum Gasthaus, wo sich auf dem bunten Glasfenster im Obergeschoss eindeutig dasselbe Bild abzeichnete wie auf der Oberseite der Phiole: eine Sonne und drei Bäume. Nach einer Weile sagte er schließlich: »Das könnte tatsächlich dem Wappen entsprechen. Aber selbst wenn – ohne die Phiole ist dieses Wissen heute Abend nutzlos.« Er presste unzufrieden die Lippen zusammen. »Und jenseits solcher Treffen wie heute dürfte es nahezu unmöglich sein, dieses Gelände noch einmal zu betreten.«

»Nun«, begann Corrie mit gesenktem Kopf, »was die Phiole angeht, könnte ich helfen.« Sie klopfte vorsichtig auf ihre Manteltasche. »Ich habe sie mitgenommen. War so ein Gefühl.«

»So ein Gefühl«, wiederholte Tempest und sah sie schief an. »Natürlich.«

»Und was machen wir jetzt, Charles?«, wollte der Werwolf wissen.

Der Botschafter schloss für einen Moment die Augen.

»Ich denke, wir werden unseren Plan etwas abändern müssen. Ich kann nicht auch noch nach dem Blut suchen, selbst mit dir als Begleitung. Wir werden den Damen also eine Möglichkeit verschaffen müssen, ungestört danach Ausschau zu halten, während wir uns um den eigentlichen Grund unseres Kommens kümmern.«

»Das klingt … kompliziert«, bemerkte Yazeem stirnrunzelnd.

»Ich habe schon eine Idee«, erwiderte Tempest schlicht

und hob die Lider wieder. »Aber ich muss mich voll und ganz auf dich verlassen können, Yazeem. Egal, was dort drinnen heute Abend passiert.«

Der Werwolf straffte seine Schultern. »Natürlich, Charles. Ohne Frage.«

Der Blick des Botschafters glitt zu Silvana und Corrie.

»Dasselbe gilt für Sie beide. Ich halte Ihnen den Rücken frei, damit Sie nach dem Blut suchen können. Aber dafür verlange ich, dass Sie mir vertrauen und nichts von dem infrage stellen, was ich dort drinnen tun werde. Kann ich mich darauf verlassen?«

Corrie nickte sofort, doch Silvana zögerte. Konnten sie ihm wirklich vertrauen? Was würden sie im Inneren des Gasthauses vorfinden? Was war das Risiko, von dem er gesprochen hatte? Sie würden es nur herausfinden, wenn sie ihn gewähren ließen. Immerhin ging es nicht nur um Donn, sondern auch um das Blut, das sie für das Ritual benötigten. Sie nickte.

»Das können Sie.« Und nach einem weiteren kurzen Zögern fügte sie hinzu: »Versprochen.«

»Gut.« Tempest atmete tief durch und wies in Richtung des Eingangs. »Dann sollten wir jetzt keine Zeit mehr verlieren. Wir haben viel zu tun.«

Mit dem Botschafter vor und Yazeem hinter ihnen traten die beiden Freundinnen wenig später an zwei weiteren Wachen vorbei über die Schwelle des *Three Oaks,* ohne dass man versuchte, sie aufzuhalten. Sie gelangten in einen erleuchteten Vorraum, in dem sie ein gut gekleideter Türsteher mit einer Verbeugung begrüßte. Der Schatten auf der Wand hinter ihm verriet ihn als Werwolf, und seine gelben Augen verengten sich kurz, als sein Blick auf Yazeem fiel. Der Schatten legte die Ohren zurück, doch das Lächeln auf dem Gesicht des Mannes blieb, während er ihnen eine Seite der hölzernen Doppeltür öffnete.

In dem Raum dahinter herrschte ein ungeheurer Lärm. Musik, lautes Stimmengewirr, metallisches Scheppern und das klatschende Geräusch von Schlägen brandete zu ihnen in den Vorraum. Mit sanftem Nachdruck von Yazeem traten die Freundinnen ein – und erstarrten. Sie hatten mit vielem gerechnet, aber damit nicht.

Das Untergeschoss des *Three Oaks* bestand aus einem einzigen, in gedämpftes Licht getauchten großen Raum mit einer langen Holztheke zu ihrer Rechten und einer schmalen Treppe zum Obergeschoss in der hinteren linken Ecke. In der Mitte standen unzählige voll besetzte Tische – und ein Stahlkäfig, den Silvana auf gute vier Meter Höhe schätzte.

In diesem Käfig waren gerade zwei Männer dabei, sich gegenseitig zu verprügeln, während das Publikum aus maskierten, festlich gekleideten Männern und Frauen die Gläser hob und sie johlend anfeuerte. Einer der Kämpfer war ein hochgewachsener, massiger Satyr mit stahlgrauem, filzigem Fell, der seinen Gegner gerade mit einer Serie von Schlägen eindeckte, ihn dann packte und gegen das Gitter des Käfigs warf.

Während Corrie und Silvana entgeistert den Kampf verfolgten, trat Tempest näher und musterte mit zusammengepressten Lippen den Gegner des Ziegenmenschen, der sich aufzurichten versuchte und Blut ausspuckte, während sich der Satyr mit prahlend erhobenen Fäusten von der Menge feiern ließ. »Guten Abend, Donnald.«

Der Vampir, der sich gerade das Blut vom Kinn wischen

wollte, erstarrte mitten in der Bewegung und fixierte den Botschafter entsetzt. Dann bemerkte er auch die beiden Freundinnen und den Werwolf. Bevor er jedoch etwas sagen konnte, baute sich der Satyr wieder vor ihm auf und riss ihn hoch. Mit einem kraftvollen Wurf beförderte er den Vampir auf die andere Seite des Käfigs, wo dieser durch die Wucht des Aufpralls erneut zu Boden ging.

Corrie sah bestürzt von Tempest zu Yazeem. Während der Botschafter den Schlägen des Satyrs leidenschaftslos zusah, hatte der Werwolf finster die Arme vor der Brust verschränkt. Doch auch er machte keine Anstalten, einzugreifen. »Wir müssen ihm helfen!«, sagte sie.

Tempest hob die rechte Braue. »Ist das so?«

»Wozu sind wir denn sonst hier?«, fragte Silvana scharf. Dass sie Donn nicht leiden konnte, war eine Sache. Aber einfach tatenlos zuzusehen, wie jemand zusammengeschlagen wurde, konnte nicht ernsthaft im Interesse des Botschafters sein. Oder war Tempest tatsächlich noch viel kälter, als sie es ihm bisher zugetraut hatte?

»Um ihn vor weiteren Dummheiten zu bewahren«, antwortete der Botschafter, ohne sie anzusehen. »Aber diese Eselei darf er noch selbst ausbaden.«

Corrie sah verzweifelt zu dem Werwolf. »Yazeem?«

»Er hat recht, Corrie«, erwiderte Yazeem ruhig. »Sieh dich um. Selbst wenn wir den Käfig aufbrechen und Donn herauszerren würden, kämen wir nicht allzu weit. Diesen Kampf muss er alleine durchstehen. Wir können erst danach etwas tun.«

»Aber was ist, wenn er …« Sie brach ab und sprang erschrocken zurück, als der Satyr mit einem lauten Scheppern gegen das Gitter krachte. Aus großen Augen beobachtete sie, wie der Vampir mit wütend gebleckten Fängen nachsetzte, den Satyr vom Boden hochriss und in den Würgegriff nahm.

»Wird er nicht«, erwiderte Tempest ungerührt. »Seien Sie unbesorgt, Miss Vaughn. Und denken Sie an Ihr Versprechen, mein Verhalten nicht infrage zu stellen.«

Damit starrte er wieder in den Käfig zu Donn, der nun buchstäblich begann, mit dem Satyr den Boden zu fegen.

Corrie wusste nicht, was sie von alldem halten sollte. Wozu war Tempest überhaupt hier, wenn er gar nichts unternehmen wollte? Wenn diese Kämpfe illegal waren – wovon sie aufgrund der vielen Wachen und der Masken der Anwesenden ausging –, warum hatte Tempest dann keine Verstärkung dabei, um sie zu beenden? Vorausgesetzt natürlich, er wollte es überhaupt. Ihre Gedanken wurden unterbrochen, als sich ein dunkelhäutiger Nachtelf in einem geschmackvollen Anzug durch die Menge zu ihnen schob und an Tempests Seite stehen blieb.

»Miss Davreau wünscht, Sie und Ihre Begleitung zu sehen«, näselte er mit einer förmlichen Verbeugung.

»Das ging schnell«, kommentierte Tempest mit spöttisch gekräuselten Lippen und hob das Kinn. »Gehen Sie voraus. Wir folgen Ihnen.«

Der Elf verbeugte sich erneut. »Wie Sie wünschen, Botschafter. Hier entlang, bitte.« Er ging am Käfig vorbei, in dem sich Donnald und der Satyr noch immer ein wildes Hin und Her lieferten, und die Stufen der Holztreppe zum Obergeschoss hinauf.

Silvana schürzte skeptisch die Lippen. Tempests Erwiderung ließ schließen, dass das alles hier für ihn nichts Unbekanntes war. Was hatte das zu bedeuten? Woher kannte er solch zwielichtige Kreise? Und warum verkehrte Donn in ihnen? Sie ging davon aus, dass Talisienn nicht einmal ansatzweise ahnte, was hinter den langen Abwesenheiten seines Bruders steckte, und sie fragte sich, wie sie es dem sensiblen Hexer beibringen sollten, dass Donn an Käfigkämpfen teilnahm. Jetzt ergaben auch die kleineren Verletzungen, die ihr bei Donn in den vergangenen Wochen immer wieder aufgefallen waren, einen Sinn. Keine Schranktür oder der Kaminsims, wie er ihr hatte glauben machen wollen, wenn sie ihn danach gefragt hatte. Während sie an Corries Seite die Treppen hinaufstieg, wünschte sie sich insgeheim, dass ihre Freundin doch recht gehabt hätte und sie lediglich einem heimlich verliebten Donn hinterhergejagt wären. Talisienn von illegalen Kämpfen zu erzählen würde ungleich schwerer werden als von einem Date.

Der Nachtelf öffnete die Tür am oberen Ende der Treppe und bat sie in einen breiten, kahlen Flur.

Als die Tür hinter ihnen zufiel, erstarb der Lärm aus dem Saal abrupt. Sie hörten nur noch ihren Atem und ihre Schritte auf dem ausgetretenen blauen Teppich.

Und das Knarren einer weiteren Tür, die der Nachtelf gerade öffnete und sie mit einer Verbeugung aufforderte, einzutreten.

Trotz der Gegenwart des Werwolfs verspürten Corrie und Silvana wachsende Nervosität und Unbehagen. Beide wurden das Gefühl nicht los, dass sich gleich entscheiden würde, wie der weitere Verlauf des Abends aussah – würden sie tatsächlich nach dem Blut suchen können, oder würden sie an der Seite des Werwolfs und des Botschafters versuchen müssen, sich einen Weg durch den Mob aus Gästen und muskelbepackten Türstehern nach draußen zu kämpfen?

Auf der gegenüberliegenden Seite des kleinen Zimmers

stand ein einzelner Sessel mit elegant geschwungener, hoher Lehne, der dem Fenster zugewandt war und von zwei Männern flankiert wurde. In ihren Nasenhöhlen gewahrte Corrie dasselbe Glühen wie bei Shukar. Offenbar waren Drachen in Menschengestalt bei Weitem nicht so selten, wie sie bisher angenommen hatte. Die beiden musterten Tempest, Yazeem, Silvana und sie abwartend, aber auch unverhohlen drohend, ja keine falsche Bewegung zu machen.

Das erneute Knarren, mit dem der Elf die Tür hinter ihnen schloss, klang unnatürlich laut in der Stille des Raumes. Unbehaglich sah sich Corrie nach den anderen um. Silvana war eine ähnliche Anspannung anzusehen wie ihr, während Yazeem starr den Augenkontakt der beiden Drachen erwiderte und demonstrativ die Fäuste ballte, wobei seine Knöchel leise knackten.

Die Drachen reagierten darauf lediglich mit einem müden, verächtlichen Grinsen und ließen feinen Rauch aus ihren Nüstern strömen.

Schließlich straffte Tempest die Schultern. »Hast du uns nur herbringen lassen, damit wir deinen Sessel bewundern, Reeka? In diesem Fall möchte ich sagen, dass mir noch nie ein so hässliches Exemplar barocker Nachahmungskunst begegnet ist. Ich hoffe, er war nicht allzu teuer.«

Auf seine Worte folgte zunächst keine Erwiderung, doch dann hörten sie ein leises, dunkles Lachen, das von der anderen Seite der Lehne zu ihnen drang. Eine Hand erschien über dem Polster, von blasser, grauer Färbung und mit langen, goldlackierten Nägeln. Die dünnen Finger, an denen Ringe mit großkarätigen Edelsteinen funkelten, hielten ein Weinglas umschlossen, dessen Inhalt von einem solch tiefen Dunkelrot war, dass er beinahe schwarz wirkte.

Die Hand reckte sich noch etwas weiter empor, wie zu einem Toast. »Es freut mich, dass du hier bist, Charles. Willkommen auf meiner kleinen Party. Es ist eine Weile her, seit ich dich das letzte Mal begrüßen durfte.« Das Glas wurde auf einem Tisch neben dem Sessel abgestellt, auf dem mehrere Kerzenleuchter standen. Dann erhob sich eine Gestalt aus dem Sessel, geschmeidig wie eine Schlange. Ihre Augen waren dunkel und kalt in einem, wie Silvana neidlos anerkennen musste, makellosen Gesicht. Auch ihr Körper unter dem großmaschigen, weißen Minikleid wäre der Traum eines jeden Models gewesen – von den goldlackierten Hufen und den kurzen, gedrehten Hörnern einmal abgesehen, die zwischen ihrem wallenden schwarzen Haar hervorstanden.

Corrie schluckte. Ein Sukkubus. Ohne jeden Zweifel.

Und ebenso ohne jeden Zweifel schien die Dämonin nicht mit anderen Besuchern als dem Botschafter gerechnet zu haben. Während sie jedoch Yazeem noch mit einem durchaus wohlwollenden Blick maß, machte der Ausdruck, mit dem sie die beiden Freundinnen maß, mehr als deutlich, dass sie über die Anwesenheit von zwei jungen Frauen alles andere als erfreut war. Hoffentlich, so dachte Corrie, kam sie nicht auf die Idee, sie einfach des *Three Oaks* zu verweisen – dann wären sofort alle ihre Pläne zunichtegemacht.

Doch zum Glück schien der Sukkubus trotz seiner offenen Abneigung keinen derartigen Gedanken zu hegen. »Ich nehme an, du bist aus dem gleichen Grund hier wie letztes Mal? Auch wenn deine *Begleitung* heute vielzähliger ist?«, wandte er sich an den Botschafter. Die kalten Dämonen-Augen streiften Corrie und Silvana dabei noch einmal abschätzig.

»In der Tat«, bestätigte Tempest. »Manche Dinge neigen dazu, sich zu wiederholen.«

Wie letztes Mal? Corrie krauste die Nase. Sollte das heißen, dass die beiden sich wegen Donn nicht zum ersten Mal gegenüberstanden?

Die Worte der gehörnten Frau schienen diese Annahme zu bestätigen. »Donn ist freiwillig zu mir gekommen, um zu kämpfen, Charles«, sagte der Sukkubus mit unschuldigem Augenaufschlag und trat auf Tempest zu. Dicht vor dem Botschafter blieb er stehen. »Ich habe ihn nicht gezwungen.«

»Das weiß ich, Reeka«, erwiderte Tempest und faltete die Hände auf dem Rücken. »Dennoch möchte ich dich bitten, seinen Vertrag aufzulösen. Es war nicht eine seiner besten Ideen, dich in dieser Sache aufzusuchen.«

Silvana blinzelte irritiert. Er *bat* den Sukkubus? Bei seinem bisherigen Auftreten hatte sie erwartet, dass er irgendein Druckmittel hatte, wenn er ihn nicht mit seiner bloßen Art einschüchtern konnte wie so manch anderen.

Das schien der Sukkubus ähnlich zu sehen. Er lächelte, als würde er an Tempests Verstand zweifeln, und legte die Rechte auf seinen Mantelaufschlag. »Und wieso sollte ich das tun, Charles? Meinen besten Kämpfer freigeben? Meine größte Einnahmequelle? Dem es darüber hinaus auch noch *Spaß* macht, sich zu verausgaben und seinen Frust an anderen abzuarbeiten? Warum sollte ich ihm das wegnehmen?« Er sah zur Tür, die im selben Moment aufschwang und den etwas lädierten, leicht humpelnden Donn hineinließ. »Wo wir gerade von ihm sprechen.« Er lächelte ihm aufreizend zu. »Dein Einsatz hat sich wie immer gelohnt, mein Goldstück.«

Donn wirkte nun nicht mehr überrascht, sie zu sehen, sondern unsicher und schuldbewusst. Wie ein kleines Kind, das bei etwas Verbotenem erwischt worden war und nun die Strafe dafür erwartete. Zusätzlich schien ihn die Anwesenheit von Corrie und Silvana, die ihn wütend musterte, zu irritieren.

»Ich nehme an, du weißt, warum Charles hier ist?«, wollte der Sukkubus von Donn wissen und sah zu dem Botschafter auf, der den Blick ohne Regung erwiderte.

Der Vampir senkte den Kopf und nickte. »Tue ich.«

»Und was sagst du dazu? Soll ich tatsächlich deinen Vertrag auflösen? Hältst du auch nichts mehr von deiner Idee, mich wieder mit deiner Anwesenheit zu beglücken?«

Nach ihren Worten herrschte Stille im Raum. Donn starrte zu Boden und schwieg, während Corrie und Silvana zwischen ihm und Tempests unbewegtem Gesicht hin- und hersahen.

»Nun?«, fragte der Sukkubus schließlich. »Ist die Antwort nicht eigentlich ganz einfach?«

»Ich …«, begann Donn, sprach jedoch nicht weiter. Corrie tat er beinahe leid, auch wenn er das alles hier offenbar selbst zu verantworten hatte. Trotzdem glaubte sie, dass mehr hinter Donns Motivation steckte als die bloße Lust am Prügeln. Der Sukkubus hatte seinen Wunsch zu kämpfen mit Spaß und Frust begründet. Sie glaubte nicht daran, dass Donn hierbei Spaß empfand – er war aufbrausend, aber nicht blutrünstig. Und sie begann zu ahnen, woher sein Frust stammte. Zum ersten Mal fragte sie sich, ob sie Donns übertrieben wirkende Sorge um seinen Bruder nicht zu leichtfertig abgetan hatten. Sie hatten nie wirklich hinterfragt, warum er so handelte. Sie hatten immer nur das Gefühl gehabt, dass er Talisienn bevormunden und einsperren wollte. Aber war das tatsächlich der Fall?

»Willst du wirklich aufhören?«, hakte die Dämonin nach. »Oder soll ich Charles fortschicken? Du hast die Wahl.« Ihre Augen funkelten den Botschafter triumphierend an. Offenbar war sie sich Donns Antwort sehr sicher.

»Ich habe schon länger bereut, wieder hierhergekommen zu sein«, sagte Donn und ballte entschlossen die Fäuste. »Es war falsch, den Vertrag mit dir zu machen. Also ja. Lass mich gehen.«

Reeka blinzelte irritiert. Damit hatte die Dämonin ganz offensichtlich nicht gerechnet. Sie bedachte das verhaltene Grinsen der beiden Freundinnen mit einem giftigen Blick, dessen Kälte noch den des Botschafters übertraf. Vermutlich, dachte Corrie, hätte sie nichts lieber getan, als ihnen ihre beiden Drachen auf den Hals zu hetzen, doch ein Blick zu Yazeem, der demonstrativ seine Finger dehnte, schien sie eines Besseren zu belehren. Sie fing sich wieder und setzte ein falsches Lächeln auf.

Corrie wich dem Blick der schwarzen Augen dennoch aus und sah stattdessen in den Kamin, in dem die Reste eines Feuers vor sich hin glommen.

Sie blinzelte. Unmöglich …

»Nun«, stellte Reeka fest und zwirbelte eine Haarsträhne zwischen ihren Fingern. »So einfach ist das hier aber nicht. Vertrag ist Vertrag. Und weder möchte ich auf das Geld verzichten, das mir deine Kämpfe einbringen, noch auf deinen Anblick. Ich sehe also absolut keinen Grund, etwas zu beenden, was mir nur Vorteile bringt.«

Donn erwiderte ihren Blick mit Bitterkeit und starrte zähneknirschend auf seine Füße hinunter.

»Vielleicht kann ich dir einen Handel vorschlagen«, sagte Tempest ruhig. »Einen, der profitabel für uns beide ist. Für dich vermutlich mehr als für mich.« Er hob kurz die Braue. »Nein. Eigentlich nur für dich. Wenn du es richtig anstellst.«

Der Sukkubus, der sich an Donns Reaktion ergötzt hatte, wandte sich wieder dem Botschafter zu. »Tatsächlich, Charles? Ich bin ganz Ohr«, schnurrte er. »Was für ein Handel sollte das sein?« Seine Rechte fuhr langsam an Tempests Arm hinauf.

»Wenn du Donn gehen lässt, werde ich dir ein Schauspiel bieten, das sowohl deiner Fantasie als auch deinem Wunsch nach Geld gerecht werden dürfte.«

»Ist das so?«, hauchte der Sukkubus. Seine Lippen berührten beinahe Tempests Kinn, was den Botschafter jedoch kein bisschen aus seiner Fassung zu bringen schien. So wenig Silvana ihn mochte, dafür zollte sie ihm Respekt. »Da bin ich aber gespannt. Was schwebt dir vor, um meine Wünsche zu *befriedigen?*«

Tempest lächelte liebenswürdig. »Donn wird noch einen letzten Kampf für dich bestreiten. Heute Abend. Gemeinsam mit mir. Gegen zwei deiner Kämpfer, die du auswählst. Egal wen.«

»Charles, das …«, begehrte Donn auf. Corrie und Silvana wechselten einen ungläubigen Blick mit Yazeem.

»Du, Charles? In meinem Käfig?« Reeka lächelte anzüglich und ging ein paar Mal vor dem Botschafter auf und ab, wobei sie sich den Anschein gab, nachdenken zu müssen. In ihren gierig funkelnden Augen sah Corrie jedoch, dass sie sich schon längst entschieden hatte und lediglich Theater spielte. »Ich muss sagen, der Gedanke gefällt mir.« Sie blieb vor Tempest stehen, legte ihm einen Finger an die Lippen und fuhr dann langsam über seinen Hals bis hinunter zu seiner Brust. »Ich stimme zu. Unter einer Bedingung.«

Tempest, der unter der Berührung noch immer keine Miene verzog, neigte kaum merklich den Kopf. »Und was sollte das sein?«

»Wenn du verlierst«, sagte Reeka und fuhr sich mit der schwarzen Zunge über die Lippen, »begibst du dich für eine Nacht in meine Hände – und die meiner Brüder.«

Ihre Worte riefen bei Tempest keine Reaktion hervor, allerdings glaubte Corrie, bemerkt zu haben, wie es in seinem Augenwinkel kurz gezuckt hatte. Sie selbst schluckte bei der Bemerkung. Sie wusste zwar nicht, was sich hinter den Worten des Sukkubus genau verbarg, sie hegte jedoch keinen Zweifel daran, dass es sich um keine angenehme Nacht für den Botschafter handeln würde. Und sie ging davon aus, dass er den Kampf verlieren würde. Gab es keine andere Möglichkeit?

Auch Donn versuchte es noch einmal. Offenbar sah auch er die Gefahr, in die Tempest sich begab, als zu hoch an. »Dafür nicht, Charles. Dann bleibe ich. Lass den Vertrag bestehen.«

Tempest hingegen nickte. »Wie du willst, Reeka«, sagte er kühl. »Aber Donn wird aus allen Verträgen entbunden, und wir können diesen Ort nach dem Kampf ungehindert verlassen, egal ob wir gewinnen oder verlieren.«

Corrie schauderte, als der Sukkubus mit seiner Zunge kurz über Tempests Hals fuhr, während sein Finger langsam über den flachen Bauch zur Gürtelschnalle des Botschafters glitt. »Du forderst eine Menge«, hörte Corrie ihn flüstern und sah angewidert zu, wie er Tempests Krawattennadel abnahm, sie ihm in die Tasche seiner Weste steckte, ihm dann die Krawatte selbst löste und in einer geschmeidigen Bewegung vom Hals zog.

Tempests Gesicht blieb so unbewegt wie das einer Statue. »Aber dafür bekommst du auch eine Menge. Geld. Blut. Mal es dir aus. So einen Handel biete ich dir sicher kein zweites Mal an.«

Das schien dem Sukkubus ebenfalls klar zu sein. Er seufzte affektiert. »Also gut. Einverstanden.« Seine Hand fuhr von Tempests Gürtelschnalle noch etwas tiefer. In seinen Augen funkelte Verlangen. »Ich kann es kaum erwarten, dich ohne deinen Anzug zu sehen, mein lieber Charles. Zu schade, dass du nichts für weibliche Reize übrighast«, flüsterte er gerade so laut, dass es die anderen im Raum hören konnten. Corrie runzelte die Stirn. Wollte der Sukkubus etwa andeuten, dass Tempest dem anderen Geschlecht zugeneigt war?

Reeka trat von ihm zurück. »Macht euch fertig. Ihr beginnt in fünfzehn Minuten.« Sie grinste. »Das wird ein Spaß. Und die Nacht erst. Du weißt ja, ich habe *vier* Brüder. Und einen Botschafter hatte noch keiner von ihnen.« Damit verließ sie hüftschwingend das Zimmer, in der Hand noch immer Tempests Krawatte, gefolgt von einem der beiden Drachen.

Der andere wartete, bis auch Corrie, Silvana, Tempest, Yazeem und Donn herausgetreten waren, bevor er hinter ihnen abschloss und seiner Herrin folgte.

Als die Tür zum Saal hinter ihm zugefallen war, konnte Donn nicht länger an sich halten. »Bist du vollkommen wahnsinnig geworden, Charles?«, schnappte er. »So eine Vereinbarung mit ihr zu treffen? Wieso hast du mich nicht einfach hiergelassen?«

Tempest sah ihn kühl an. »Das hättest du dir überlegen sollen, bevor du wieder hiermit angefangen hast. Aber falls es dich tröstet: Von Reekas Inkubus-Brüdern vergewaltigt zu werden, steht auf meiner Wunschliste ziemlich weit unten. Und jetzt sollten wir uns vorbereiten. Wo hast du deinen Raum?«

Das Zimmer, in das der Vampir sie führte, war winzig und enthielt neben einer schmalen Bank nur einen ebenso schmalen Schrank. Donn holte einige Bandagen daraus hervor und stellte sie neben den Botschafter, der auf der Bank Platz genommen hatte. Yazeem, Corrie und Silvana drückten sich in die Ecke neben dem kaum vorhandenen Fenster und dem kleinsten Waschbecken, das sie je gesehen hatten.

»Du bist vollkommen sicher, dass du das tun willst, Charles?«, fragte Yazeem.

»Ich glaube, das habe ich vorhin bereits deutlich gemacht, oder?«, erwiderte Tempest schlicht, streifte Mantel und Jackett ab, öffnete dann seine Weste und zog sie ebenfalls aus.

»Hast du keine Angst, dass Reeka diese ganze Aktion gegen dich verwenden wird?«

Tempest schüttelte langsam den Kopf. »Tim wird die Pressestelle der Botschaft entsprechend instruieren. Sie wird absolut nichts gegen mich in der Hand haben, egal wie der Kampf ausgehen wird.« Er sah kurz zu Donn. »Wird dein Knie durchhalten?«

Der Vampir, der das angesprochene Bein nicht voll belastete, nickte. »Wird es müssen, oder?« Er holte tief Luft. »Hör zu, Charles. Ich weiß, dass ich Mist gebaut habe, und ich bin dir wirklich dankbar, dass du hergekommen bist, um den Vertrag aufzulösen, aber was du vorhast …«

»Du hast gesagt, du bereust, dass du wieder hierhergekommen bist. Stimmt das wirklich?«, unterbrach ihn Tempest.

Donn senkte den Kopf. »Ja, das tue ich. Es war falsch. Aber ich konnte nicht einfach aufhören. Du hast Reeka ja selbst gehört. Und was hätte ich ihr schon für einen Handel anbieten können, an dem sie interessiert gewesen wäre?«

»Über deine Gegenleistung sprechen wir später«, sagte Tempest kühl, während er aus Schuhen und Socken schlüpfte. »Im Moment ist es weitaus wichtiger, dass die beiden Damen weiter daran arbeiten können, das Vierte Buch von Angwil auszulösen, wovon dir dein Bruder sicherlich schon berichtet haben dürfte. Ich erwarte deshalb, dass du alles Nötige tust, damit ich das hier nicht umsonst auf mich nehme. Verstanden?«

Eine bizarre Mischung aus Wut und Enttäuschung blitzte in den Augen des Vampirs auf. »Soll das heißen, dass ihr eigentlich nur wegen dem Buch hier seid? Und dass ich eure Ablenkung bin?«

Tempest schnaubte abfällig. »Wir haben jetzt keine Zeit für Details, aber ich kann dir versichern, dass wir ursprünglich nur wegen dir hierhergekommen sind. Wir *alle,* um genau zu sein.«

»Aber was soll dann das Gerede vom Buch von Angwil?« Der Vampir runzelte verwirrt die Stirn und sah die beiden Freundinnen an.

»Das hat sich erst hier vor Ort ergeben«, erklärte Corrie. »Eigentlich wollten wir nach dir suchen.«

Tempest stellte sorgfältig seine Schuhe auf die Bank und begann, sein Hemd aufzuknöpfen. »Wie bereits erwähnt, drängt die Zeit. Fakt ist, dass die Umstände uns nun tatsächlich zu einer Ablenkung gemacht haben. Zu der besten, die wir den beiden bieten können.«

Yazeem schüttelte den Kopf. »Ich halte das immer noch

für keine gute Idee. Reeka wird ihre besten Kämpfer schicken.«

Tempest schmunzelte freudlos. »Das hoffe ich doch.«

Donn sah ihn beinahe entsetzt an. »Das sind keine Anfänger, Charles.«

»Ihr scheint beide vergessen zu haben, woher ich komme«, stellte Tempest mit einem beinahe süffisanten Lächeln fest und zog sein Hemd aus.

Der Körper, den er offenbarte, war überraschend durchtrainiert. Weder Corrie noch Silvana hatten damit gerechnet – und noch weniger mit der Tätowierung auf seinem linken Oberarm, die ein kompliziertes Muster aus Tierschädeln und Ketten zeigte. Außerdem besaß er deutlich mehr Narben, als sie das bei einem Diplomaten seines Ranges erwartet hätten – allein sein rechter Arm wies mehr auf, als Corrie auf die Schnelle zu zählen vermochte, und die handlange Narbe auf seinem Brustbein konnte noch nicht alt sein. Und sie musste es auch gewesen sein, die Tempest im Spiegelzimmer nach Yazeems Übergriff Schmerzen bereitet hatte. Was mochte sie verursacht haben … oder wer? Tempest, der ihren Blick bemerkte, senkte sein Kinn, während er das Hemd akkurat zusammenfaltete und seine Armbanduhr darauf ablegte. »Ich kann Ihnen versichern, Miss Vaughn, dass die nicht vom Sturz von einem Bürostuhl stammen.«

Peinlich berührt, beim Starren erwischt worden zu sein, senkte Corrie den Blick.

Doch Tempest ging nicht weiter darauf ein, sondern wandte sich an den Werwolf, während er zum Tape griff.

»Yazeem, ich möchte, dass du hinunter zu Reeka gehst und ihr Gesellschaft leistest. Lass dich von ihr umgarnen, beschäftige sie. Zusammen mit dem Kampf wird sie hoffentlich so abgelenkt sein, dass es ihr nicht auffällt, wenn Miss Vaughn und Miss Livenbrook nicht unten im Saal sind. So sollten sie genügend Zeit haben, nach dem Blut zu suchen.«

Yazeem, der die frische Narbe ebenso wie Corrie gemustert hatte, nickte. »In Ordnung.« Er wandte sich zur Tür.

»Yazeem?«, sagte Tempest noch einmal.

»Was denn, Charles?«

Tempest schürzte kurz die Lippen. »Lass dich nicht zu sehr von ihr vereinnahmen. Mir reicht der Versuch, einen Vertrag zu lösen.«

Der Werwolf hob die Brauen, und Silvana glaubte, ihn leise glucksen zu hören. »Keine Sorge. Aus Sukkubi habe ich mir noch nie etwas gemacht. Egal, welche Magie sie einzusetzen versuchen.« Damit verließ er den Raum.

Tempest drehte sich wieder zu den beiden Freundinnen um. »Sie haben nur diese eine Chance, das Blut zu bergen. Wir werden versuchen, Ihnen so viel Zeit wie möglich zu verschaffen, aber ich würde es vorziehen, wenn wir nicht mehr Schläge als nötig einstecken müssten. Also behalten Sie bei Ihrer Suche bitte die Zeit etwas im Auge.«

»Wir müssen gar nicht mehr suchen«, sagte Corrie, wagte es jedoch nicht, den Botschafter länger als einen Herzschlag lang anzusehen.

»So?«, fragte Tempest mit erhobener Braue.

»In dem Zimmer, in dem uns Reeka empfangen hat, habe ich dasselbe Flamminchen-Symbol entdeckt wie auf dem Knochen«, erwiderte Corrie. »Ich bin mir sicher, dass wir dort suchen müssen.«

Der Botschafter nickte langsam und sah zu Donn. »Die Leute brauchen eine Show. Eine gute und nicht zu kurze Show. Das sollte den beiden die Zeit geben, die sie brauchen.«

Donn atmete heftig aus. »Verstanden.«

»Hoffentlich«, sagte Tempest, während er das letzte Tape festzog. Seine Stimme klang beinahe sanft. »Und über alles andere reden wir, wenn wir das hier hinter uns haben.« Er straffte die Schultern und trat zur Tür. Bevor er hindurchging, nickte er den beiden Freundinnen noch einmal zu. »Viel Glück.« Und mit säuerlichem Lächeln fügte er hinzu: »Uns allen.«

KAPITEL 18

Das eiserne Flamminchen

Leise schloss Silvana die Tür hinter ihnen, die sie wie damals den Käfig auf Eltranar mit ihrer Haarnadel geöffnet hatte, und sah sich um. Alles war noch genau wie zuvor – sogar Reekas süßlich bitterer Geruch hing noch in der Luft.

Corrie deutete auf die gusseiserne Platte in der Rückwand des Kamins. »Siehst du?«

Ihre Freundin nickte, als sie das Kaninchen mit der Krone auf dem Haupt und den Flammen an den Läufen betrachtete. »Sieht wirklich genauso aus. Also, was schlägst du jetzt vor?«

»Irgendwo hier muss das Blut versteckt sein«, erwiderte Corrie und kniete sich vor den Kamin. Sie spürte die Wärme der Asche auf ihrem Gesicht und beugte sich weiter vor, um das Innere des Kamins zu untersuchen. Sie hatte schon öfters in Filmen oder Videospielen gesehen, dass es versteckte Hebel oder Zugmechanismen gab, doch auf den ersten Blick konnte sie nichts Derartiges erkennen. Sie tastete über die warmen Backsteine, näherte sich der Platte und ließ ihre Finger über das Relief des Hasen gleiten, nachdem sie sichergestellt hatte, sich nicht daran zu verbrennen.

»Und?«, fragte Silvana hinter ihr. Corrie schüttelte den Kopf. »Nichts.«

»Wie wäre es mit etwas Licht?« Silvana hielt ihrer Freundin einen der schweren Kerzenleuchter hin, die auf dem Tisch standen.

Corrie ließ das flackernde Licht über das Mauerwerk gleiten.

»Kannst du jetzt etwas erkennen?«

»Leider immer noch nicht.« Corrie sah auf die Asche hinunter. Dort vielleicht? Aber um sie mit den bloßen Händen zu durchsieben, war sie noch zu warm. »Siehst du irgendwo einen Schürhaken?«

»Hier.« Silvana nahm ihn von seinem Platz an der Wand neben dem Kamin und reichte ihn Corrie, die damit behutsam die Asche und die noch sanft glühenden Kohlenreste auseinanderschob, doch auch darunter fand sich nichts. Kein Mechanismus, kein weiteres Bild, nur der schlichte, harte Boden des Kamins.

Corrie ließ sich auf den Hintern fallen und betrachtete mit geschürzten Lippen die Rückwand. »Ich habe keine Ahnung«, gestand sie.

Silvana, die an die Tür getreten war und auf Geräusche auf dem Flur lauschte, zog eine Grimasse. »Wenn es denn wirklich hier ist.«

»Aber das Bild passt«, hielt Corrie dagegen.

Silvana hob die Schultern. »Schon. Aber woher wissen wir denn, dass nicht jeder Kamin in diesem Haus dieselbe Rückwand hat?«

»Du meinst …«, begann Corrie und verzog das Gesicht. Wenn dem tatsächlich so war, dann hatten sie noch sehr viel Arbeit vor sich. Und sie mussten schnell sein, damit Donn und Tempest nicht mehr einstecken mussten als unbedingt nötig.

»Es wäre zumindest möglich, oder?«, fragte Silvana.

Corrie sprang auf die Füße. »Dann lass uns nachsehen.«

Zusammen linsten sie durch den Türspalt, und als sie niemanden sahen oder hörten, schlüpften sie aus Reekas Zimmer zurück in den Flur.

»Wo entlang?«, flüsterte Silvana.

Corrie sah sich rasch um, doch zu der Seite, an der sich der Kamin befand, gab es keine weitere Tür auf dieser Ebene. Also mussten sie nach oben. »Komm.« Sie zog ihre Freundin mit sich in Richtung der Treppen, die sie zuvor mit Donn hinaufgestiegen waren. Ihnen gegenüber führten weitere Stufen zu den Räumen oberhalb von Reekas Zimmer. Vorsichtig huschten sie um die Ecke und blieben am oberen Absatz lauschend stehen. Corrie sah Silvana fragend an, die jedoch den Kopf schüttelte. Nein, sie hörte nichts. Also schob sich Corrie ganz langsam vor und warf einen Blick in den Flur. Er war leer. Wortlos schlichen die beiden Freundinnen darauf weiter.

»Die hier müsste es sein«, flüsterte Corrie schließlich und blieb stehen.

Silvana gab ein zustimmendes Brummen von sich und streckte die Hand aus, um probeweise den Knauf der Tür zu drehen. Sie hatte erwartet, sie ebenso verschlossen vorzufinden wie die von Reeka, und sah Corrie erstaunt an, als sich der Knauf bewegte und die Tür mit einem leisen Knarren vor ihnen aufschwang.

Von drinnen schlug ihnen übler Geruch entgegen – eine Mischung aus Alkohol, Schweiß und scheußlich süßem Aftershave. Und als sie den Hals reckten, um hineinzuspähen, schluckten sie unwillkürlich und hielten den Atem an.

Das Zimmer war nur matt erhellt – zum einen von zwei Nachttischlampen, die ein massives, barockes Bett unter dem Fenster beleuchteten, zum anderen von einem großen Aquarium, das sich an der Wand direkt neben der Tür befand und in dem träge ein seltsames Wesen dahinglitt, das wie eine missglückte Kreuzung aus Molch und Schwein mit deutlich zu vielen Zähnen aussah.

»Scheiße«, wisperte Corrie, und Silvana nickte stumm.

Beide starrten sie auf das Bett, das von diverser Kleidung und leeren Flaschen umgeben war. Zwei Männer lagen dort geräuschvoll schnarchend ausgestreckt, der eine bäuchlings, der andere auf dem Rücken – beide waren durchtrainiert, stark tätowiert und mehrfach gepierct. Und beide waren vollkommen nackt. Im ersten Moment vermuteten die beiden Freundinnen, dass es sich bei ihnen um Gespielen des Sukkubus handelte, doch die gespaltenen Hufe und die Hörner zwischen ihrem dunklen Haar ließen sie annehmen, dass sie gerade Reekas Brüdern gegenüberstanden. Zumindest zweien davon.

Silvana sah ihre Freundin an »Und jetzt?«, formte sie lautlos mit den Lippen.

Corrie runzelte kurz die Stirn, doch dann hob sie die Schultern und tappte auf Zehenspitzen in den Raum hinein.

Silvana verdrehte die Augen. Das konnte unmöglich ihr Ernst sein! Und Corrie hatte sich über den Plan beschwert, sich als Gäste auszugeben, um hier hineinzugelangen … Sie sah wieder zu den beiden schlafenden Inkubi. Wenn sie auch nur die Hälfte der herumliegenden Weinflaschen alleine geleert hatten, würden sie vermutlich nicht so schnell aufwachen. Auf der anderen Seite wusste Silvana nicht, wie diese Wesen auf Alkohol reagierten – vielleicht machte ihnen diese Menge überhaupt nicht viel aus und sie lagen nur in einem leichten Schlaf? Kurz machte sie einen Schritt nach hinten und sah wieder hinaus auf den Flur, in dem jedoch nach wie vor niemand zu sehen oder zu hören war.

Corrie hatte sich mittlerweile so weit an den Kamin herangeschlichen, dass sie die gusseiserne Platte an der Rückseite erkennen konnte – und war gleichzeitig so nahe am Bett, dass sie mit ihrer ausgestreckten Hand das lange Haar des bäuchlings über der Bettkante hängenden Inkubus hätte berühren können. Hier vorne war der Gestank nach Alkohol noch viel deutlicher, und Corrie hielt die Luft an, während sie sich auf die Knie sinken ließ, um die Platte zu betrachten. Im matten Licht der Nachttischlampen konnte sie nicht genau erkennen, was dort abgebildet war. Es schien eine Art Mensch zu sein, aber der Kopf ähnelte eher dem eines Pferdes … vermutlich ein Kelpie. Auf gar keinen Fall jedoch dasselbe Motiv wie unter ihnen. Womit für sie klar war, dass ihre erste Vermutung, das Blut müsse sich irgendwo in Reekas Zimmer befinden, die richtige gewesen war.

Lautlos erhob sie sich wieder und schlich zurück zu Silvana, die sich einen Anstarr-Wettbewerb mit dem Wesen im Aquarium lieferte. Die beiden Inkubi schnarchten noch immer ungestört vor sich hin.

»Und?«, wisperte Silvana.

»Kein Hase«, wisperte Corrie zurück.

»Also wieder nach unten?«

Corrie nickte und tappte leise hinaus auf den Flur.

Silvana folgte ihr. Die Tür ließ sie dabei angelehnt. »Was für ein komisches Vieh«, murmelte sie, während sie gemeinsam die Treppe hinunterstiegen.

Corrie, die wieder am unteren Absatz gestoppt hatte und um die Ecke linste, warf ihrer Freundin einen kurzen Blick über die Schulter zu. »Das im Aquarium? Ich schaue zu Hause mal nach, ob es in einem meiner Bücher steht. So etwas habe ich auch noch nie gesehen.« Sie schob sich um die Mauer und lief mit Silvana dicht in ihrem Rücken zurück zu Reekas Zimmer. Die Tür war noch immer offen, der Raum dahinter noch immer leer, und auch der Kerzenleuchter stand noch unberührt auf dem Boden. Als Silvana die Tür hinter sich und Corrie schloss, atmete sie tief durch. »Was für ein Abend.«

»Ja, damit hat keiner von uns gerechnet«, stimmte Corrie zu, die sich bereits wieder auf die Knie ließ und mit dem Schürhaken bewaffnet erneut begann, den Kamin zu untersuchen. »Was denkst du, wie lange haben wir bis jetzt gebraucht?«

Silvana wiegte den Kopf. »Fünfzehn Minuten? Oder vielleicht zwanzig? Ich weiß es nicht.«

Eine entsprechende Antwort hatte Corrie befürchtet. Viel länger konnten sie Donn und Tempest nicht mehr dort unten im Käfig lassen. Sie mussten sich beeilen. »Schau doch bitte mal, ob du etwas findest«, forderte sie ihre Freundin auf und rutschte zur Seite.

Silvana nahm den Kerzenleuchter von ihr entgegen und schob sich in den Feuerraum des Kamins. Wie schon Corrie zuvor ließ sie das Licht der Kerzen über die Steine gleiten, leuchtete hinauf in den Schacht, der fast breit genug war, um hinaufzuklettern, und schob sich dann ganz dicht an die Eisenplatte mit dem Relief des Flamminchens heran.

Sie neigte den Kopf erst zur einen, dann zur anderen Seite. Plötzlich bemerkte sie ein schwaches Glitzern. Rasch beugte sie sich weiter vor, bis ihre Nasenspitze fast die Rückwand berührte.

»Hast du etwas gefunden?«, fragte Corrie, die nun anstelle ihrer Freundin zur Tür blickte und auf Schritte von draußen lauschte.

»Ich bin mir nicht ganz sicher«, erwiderte Silvana und schob die Kerzen noch etwas näher an den Kopf des Hasenbildes heran. Als sie dabei erneut ganz leicht den Winkel änderte, wiederholte sich das Glitzern. Es kam von der winzigen Pupille des Wesens. Silvana sah jetzt, dass sich das Relief an dieser Stelle nach innen wölbte und ein kleines Loch bildete, das weder ihr noch Corrie bisher aufgefallen war. Sie fuhr mit den Fingern darüber und übte leichten Druck aus, doch sie löste nichts damit aus. Einen kurzen Moment hielt sie inne und überlegte, dann erschien ein triumphierendes Lächeln auf ihren Lippen, und sie zog die Haarnadel hervor, mit der sie das Schloss der Tür geknackt hatte. Behutsam setzte sie die Spitze in die Vertiefung der Pupille und drückte erneut. Zuerst spürte sie den Widerstand, der zu erwarten gewesen war, doch als sie den Druck weiter verstärkte, gab das Innere des Flamminchenauges unvermittelt nach.

Ebenso unvermittelt zuckte Silvana zurück, wobei sie einen Aufschrei gerade noch unterdrücken konnte.

Aus dem Auge des Tieres quoll eine dunkle Flüssigkeit hervor.

»Grundgütiger …«, flüsterte Silvana, während sie und

Corrie dabei zusahen, wie ein dünner Strom an der Platte hinunter in den Kamin lief.

»Das ist es!«, entfuhr es Corrie aufgeregt und lauter, als sie beabsichtigt hatte. »Wie hast du das gemacht?«

Silvana hielt die Haarnadel zwischen den Fingern. »Allzweckwaffe.«

»Ab heute ist dein zweiter Nachname MacGyver«, stellte Corrie fest und zog den Knochenzylinder aus der Tasche hervor. Rasch schraubte sie den Deckel ab und hielt den Behälter an das Rinnsal, das noch immer an der Eisenplatte hinabrann. Kaum damit in Berührung gekommen, leuchteten die Einkerbungen auf, und die Phiole begann, eine ähnliche Wärme auszustrahlen wie die bei den Cochards.

Es hatte funktioniert.

Corrie ließ die Phiole in die Innentasche ihres Mantels gleiten und erhob sich. »Fertig. Verschwinden wir.«

»Nichts lieber als das.«

Silvana hatte jedoch gerade erst den Schürhaken zurückgestellt, als plötzlich die Tür zum Flur aufgestoßen wurde und ein zotteliger, in einen hellgrauen Anzug gezwängter Minotaurus mit angriffslustig gesenktem Kopf hereinplatzte.

»Was tun Sie beide hier drin?«, donnerte er.

Corrie zog erschrocken den Kopf ein, doch Silvana versuchte, so unbeteiligt wie möglich zu lächeln. »Wir waren vorhin zu einem Gespräch mit Miss Reeka hier, und dabei habe ich offenbar meinen Kettenanhänger verloren.« Sie legte sich vielsagend die flache Hand auf die Brust. »Wir sind hier, um ihn zu suchen.«

»Diese Tür ist stets verschlossen!«, knurrte der Stiermensch.

»So?«, fragte Silvana erstaunt. »Bei uns nicht. Aber dann

gehen wir wieder hinunter in den Saal. Wissen Sie, wie es steht?«

»Reekas Kämpfer gewinnen«, grollte der Minotaurus. »Was sonst.«

Während Corrie krampfhaft versuchte, sich ihre Erschütterung nicht anmerken zu lassen, gab Silvana ein kullerndes Lachen von sich. »Natürlich! Wie sollte ein Botschafter auch kämpfen können! Dann verliere ich wenigstens kein Geld. Komm, Liebes, das möchte ich sehen.« Sie zog die verdatterte Corrie an dem Minotaurus vorbei und hinaus auf den Flur. »Falls Sie ein kleines silbernes Herz mit einem Amethyst finden, würden Sie es mir dann bitte bringen lassen? Mir liegt wirklich viel daran. Vielen Dank.« Ohne auf die Antwort des Stiermenschen zu warten, lief sie mit Corrie an der Seite durch den Flur zur Tür, die hinunter in den Saal führte.

Als Silvana sie öffnete, brandete ihnen eine Flut aus Lärm entgegen. Rufe, Johlen, Pfiffe, Schreie …

»O nein.«

Im Käfig kniete Tempest auf allen vieren und spuckte Blut auf den Boden, während sein Gegner, ein pechschwarzer Satyr, dessen Hörner mit Stacheldraht umwickelt waren, über ihm stand und zu einem wuchtigen Schlag ausholte. Donn wurde derweil von einem bulligen, mehr als zwei Meter großen Wolf gegen das Gitter gepresst, der seinen harten Griff um den Hals des Vampirs geschlossen hatte. Donns Füße strampelten in der Luft.

Entsetzt sprinteten die beiden Freundinnen die Treppe hinunter und stürzten zum Käfig.

Tempest ging unter den nächsten Schlägen vollends zu Boden, und der Satyr ließ einen Moment von ihm ab, um an das Gitter zu treten, durch das ihm der elfische Diener von Reeka eine massive Kette reichte.

Die Menge grölte begeistert, als der Ziegenmensch sie prüfend in den Fäusten wog und dann wieder den Botschafter fixierte, der, noch immer nach Luft ringend, auf den Holzplanken lag.

»Mr Tempest!«, rief Corrie verzweifelt.

Mühsam, wie es schien, wandte der Botschafter beim Klang ihrer Stimme den Kopf, und für einen Moment glaubte sie, dass bei ihrem Anblick so etwas wie ein zufriedenes Grinsen über sein Gesicht huschte. Seine Augen glitten kurz von ihr zu Silvana, die bestätigend nickte.

Der Satyr stand bereits wieder über ihm und holte mit der Kette aus.

Corrie wandte den Blick ab.

Doch als habe er nur darauf gewartet, die beiden Freundinnen zu sehen, wich Tempest dem Schlag aus, der Späne aus den Brettern fetzte, und kam taumelnd zurück auf die Füße. Donn schien das ebenfalls als Signal zu nehmen und rammte dem Werwolf die Knie dahin, wo es selbst einem Wolf besonders wehtut. Jaulend ließ ihn sein Gegner los, und der Vampir setzte mit Schlägen durch seine Deckung hinterher. Corrie und Silvana sahen erstaunt, wie Tempest währenddessen den nächsten Angriff des Satyrs unterlief, den nicht minder überraschten Ziegenmenschen mit einem satten Schulterwurf zu Boden schickte, ihm dann mit einem raschen Griff die Kette entwand, sie ihm um den Hals schlang und mit einem kraftvollen Ruck zuzog. Das hätten sie ihm niemals zugetraut. Hinter ihm packte Donn den Wolf, der vor ihm zu Boden gegangen war, stemmte ihn über seinen Kopf und donnerte ihn mit einem Wurf gegen das Gitter.

Der Aufprall ließ die Gäste direkt dahinter erschrocken zurückspringen.

Und auch Reeka hatte sich erhoben. Vergessen war Yazeem, in dessen Armen sie bis dahin gelegen hatte. Ihr Gesicht spiegelte eine Mischung aus Wut und Enttäuschung wider; ihre goldenen Fingernägel bohrten sich in die Haut ihrer geballten Fäuste.

Tempest zog unterdessen die Kette erbarmungslos weiter zu, jedes Muskelbündel unter seiner Haut deutlich sichtbar angespannt, die Zähne verbissen zusammengepresst. Der Satyr, dem er ein Knie in den Rücken drückte, versuchte, von ihm loszukommen, und schlug wild um sich, bis seine Sinne begannen zu schwinden. Unter dem Aufheulen der Menge sackte er zusammen, und Tempest ließ die Enden der Kette endlich wieder los. Mühsam nach Luft ringend, richtete er sich auf, wischte sich mit dem Handrücken das Blut aus dem Mundwinkel und sah zu Donn, der den Kopf seines Gegners gerade zum vierten Mal gegen das Gitter hämmerte. Als er den Griff schließlich löste, brach auch der Werwolf auf den Planken zusammen und blieb reglos liegen.

Während sich um sie herum nun eine Mischung aus infernalischem Beifall und Unmuts-Rufen erhob, atmeten Corrie und Silvana erleichtert auf. Der Kampf war gewonnen. Und wenn sie, so wie der Botschafter ihnen versichert hatte, auf das Wort des Sukkubus zählen konnten, war damit auch das erreicht, weshalb sie hierhergekommen waren. Keine weiteren Kämpfe mehr für den Vampir. Und das Blut des Flamminchens in ihrem Besitz.

Sie sahen noch einmal von den reglosen Gestalten des Satyrs und des Werwolfs zu Donn, der derweil zu Tempest gehumpelt war. Der Botschafter stand am Gitter und sah Reeka mit zufriedenem, beinahe süffisantem Lächeln an. »Ich hoffe, du hast richtig gewettet«, bemerkte er liebenswürdig und klopfte Dreck von seiner Nadelstreifenhose. »Sonst hat dich dieser letzte Kampf von Donn mehr gekostet, als er dir noch einbringen sollte.«

Reeka erwiderte den Blick mordlustig, ohne etwas zu sagen, und wies ihren Diener nur stumm an, Tempest und Donn aus dem Käfig herauszulassen. Dann drehte sie sich abrupt um und verließ den Saal, wobei sie Yazeem mit einer Handbewegung zu folgen befahl.

Gemeinsam mit dem Botschafter und dem Vampir bahnten sich Corrie und Silvana unterdessen ihren Weg an den wild diskutierenden Gästen vorbei zurück ins Obergeschoss und in Donns kleinen Umkleideraum, wo sich Tempest über dem Waschbecken kurz den Mund ausspülte, bevor er sich schwer auf die Bank fallen ließ und begann, die Bandagen von seinen Fingern zu lösen. »Dann haben Sie also das Blut finden können«, stellte er mit ruhiger Stimme fest, ohne auf Donn zu achten, der sich auf die Kante neben ihn setzte und mit einem verhaltenen Stöhnen das lädierte Knie durchstreckte.

»Haben wir«, bestätigte Silvana, die noch immer erstaunt war über die Härte, mit der Tempest gegen den Satyr vorgegangen war. Und über sein kämpferisches Können. Sie war sich sicher, dass er die Beinahe-Niederlage von Donn und sich genau geplant hatte, um das Publikum und vor allem Reeka lange genug zu fesseln, dass niemand nach Corrie und ihr suchte.

»Wunderbar.« Er sagte das, als hätte Silvana ihm gerade einen Friseurtermin bestätigt.

Sie musterte ihn finster. Hatte sie tatsächlich etwas anderes von ihm erwartet? Ein Lob vielleicht? Sicher nicht. Aber Tempest tat gerade so, als wäre dieser Abend einer wie jeder andere auch. Als hätten sie nicht gerade einen weiteren großen Schritt zur Rettung zweier Reiche beigetragen. Ein kleines Wort der Anerkennung hätte sie von einem Diplomaten doch wenigstens erwarten können, oder? Aber so bestätigte er erneut den ersten Eindruck, den sie von ihm gehabt hatte. Und ihre Abneigung ihm gegenüber, vollkommen egal, was er gerade dort unten im Käfig getan hatte.

Hinter ihnen trat Yazeem ins Zimmer. In der Hand hielt er ein Blatt Papier. »Ich soll dir ausrichten, dass Miss Davreau sehr mit dem Kampf und ihren Einnahmen zufrieden ist, wenn auch nicht mit dessen Ausgang. Sie hätte dich lieber im Bett ihrer Brüder gesehen, geht allerdings davon aus, dass ihr dieses Vergnügen ein anderes Mal noch zuteilwerden wird. Als Geschäftsfrau hält sie sich aber natürlich an die Absprache.« Er hob den Zettel. »Hier ist Donns Vertrag. Ungültig gemacht. Er muss ab sofort nicht mehr für sie kämpfen.«

Silvana furchte die Stirn. »Ist das auch wirklich keine Falle?«

Tempest verzog kurz das Gesicht, während er sein Hemd überzog und die Knöpfe schloss. Dann schüttelte er den Kopf. »Wie sie schon sagte, ist sie Geschäftsfrau. Sie muss sich an Absprachen halten, wenn sie will, dass ihr Wort auch in Zukunft bei ihren Partnern Gewicht hat. Sie wird uns gehen lassen. Dieses Mal.« Er zog seine Weste über und schlüpfte in sein Jackett, bevor er zu seinem Mantel griff. Corrie sah, wie er dabei erneut zusammenzuckte. Kein Wunder bei den Schlägen, die er eingesteckt hatte. Für sie und Silvana … und Donn.

»Gehen wir«, wandte sich Tempest an den Vampir. »Dein Bruder wird eine Menge mit dir zu besprechen haben.«

Donn, der gerade seine Jacke nahm, schüttelte beinahe entsetzt den Kopf. »Bitte sag ihm nichts hiervon, Charles. Er wird mich umbringen!«

»Das halte ich für etwas sehr dramatisch ausgedrückt«, erwiderte Tempest trocken. »Davon abgesehen, ist es meiner Meinung nach wirklich an der Zeit für eine Aussprache zwischen euch. Es muss sich etwas ändern, damit du nicht noch einmal hier landest. Denn dann wird dich Reeka nicht mehr gehen lassen – außer für eine Gegenleistung, die ich wirklich nur sehr ungern erbringen würde.«

Corrie sah ihn überrascht an. Die er nur sehr ungern erbringen würde, hatte er gesagt – nicht, dass er sie *gar nicht* erbringen würde. Und welche das sein würde, war ihnen nach heute Abend allen bewusst. Es stimmte Corrie nachdenklich, dass er dazu bereit war. Auch Yazeem hatte seine Arme aus der Verschränkung gelöst und blinzelte verdutzt. »Charles?«

Doch Tempest ignorierte die Reaktionen, die seine Worte ausgelöst hatten, und ließ seinen Blick unverwandt auf dem Vampir ruhen.

»Ich kenne deine Motive, Donn«, sagte er langsam. »Und die anderen sollten sie ebenfalls erfahren. Also bitte, gehen wir. Bevor es sich unser Sukkubus doch noch einmal anders überlegt.«

Kurz darauf hatten sie das *Three Oaks* tatsächlich ungehindert verlassen. Der Minotaurus und einige andere seiner Kollegen standen zwar noch immer auf dem Parkplatz, doch auch sie kamen ihnen nicht zu nahe, während sie zu den Autos gingen.

Donn, der mit seinem verletzten Knie nicht selbst fahren konnte, hatte Tempest unter Protest seine Autoschlüssel überlassen, und Yazeem fuhr die beiden Freundinnen mit dem Wagen des Botschafters zu ihrem HY zurück. Nachdem Corrie den Motor gestartet hatte und der himmelblaue Citroën langsam vorwärtsrollte, zog Silvana die Füße auf den Sitz und legte mit einem tiefen Seufzen das Kinn auf die Knie. »Was für ein Abend.« Sie sah zu Corrie. »Und wer weiß, was noch kommt.«

KAPITEL 19

Bruderliebe

Sonst noch jemand Wein?«, fragte Tempest und ließ sich mit der Flasche und drei Gläsern in der Hand auf dem Sofa der McCaers nieder. Donn, der im Sessel am Kaminfeuer saß und sich das Knie mit einem Gelkissen aus dem Eisfach kühlte, schüttelte den Kopf. Auch Yazeem, der neben ihm stand, und Silvana, die zwischen Corrie und Talisienn dem Botschafter gegenübersaß, lehnten ab. Der Hexer hingegen nickte seufzend. »Ich nehme einen. Ich habe das Gefühl, dass ich ihn brauchen könnte.«

»Durchaus möglich.« Tempest schenkte ihm ein und füllte auch die anderen beiden Gläser. Eines nahm er selbst, das andere schob er Corrie hin. »Miss Vaughn sieht auch so aus, als könnte sie einen Schluck vertragen. Und sei es nur, um meine Gegenwart besser zu ertragen.« Er lehnte sich zurück.

»Jetzt wäre der richtige Zeitpunkt für jemanden, den anderen ebenfalls *reinen Wein einzuschenken.*« Er sah Donn herausfordernd an.

Der Vampir schwieg jedoch und starrte mit angespanntem Kiefer in die zuckenden Flammen, eine Hand mit den aufgeschürften Knöcheln zur Faust geballt, die andere auf den kühlen Umschlag gepresst.

Sein Bruder beugte sich vor. »Donn? Bitte. Sprich mit mir. Seit Wochen versuche ich schon, etwas aus dir rauszubekommen, aber du weichst mir immer aus. Was ist los?«

Silvana wartete ebenfalls gespannt, was der Vampir als Erklärung vorzubringen hatte. Wie würde er es rechtfertigen, dass er seinen Bruder nach dem Streit der beiden einfach sich selbst überlassen hatte?

Doch Donn schwieg beharrlich.

Eine Weile lang herrschte vollkommene Stille. Nur das Knistern der Scheite im Kamin war zu hören.

Corrie musterte Donn nachdenklich. Sie war noch immer der Meinung, dass Reeka seine Motive falsch eingeschätzt hatte und dass Donn weitaus mehr dazu bewogen hatte, an den Kämpfen teilzunehmen, als die bloße Lust, sich zu prügeln. Tempest schien das zu wissen, weswegen er alles darangesetzt hatte, Donn aus dieser Lage wieder herauszuhelfen. Corrie konnte sich nicht vorstellen, dass Tempest so weit gegangen wäre, wenn Donn es nicht verdient hätte, dass man ihm half. Und vielleicht brachte dieser Abend ja etwas mehr ans Licht. Aber sie konnte auch verstehen, dass es ihm nicht leichtfiel, entsprechende Worte zu finden. Besonders in Anbetracht der Tatsache, dass er vor allen Anwesenden aussprechen musste, was er bisher nicht einmal unter vier Augen vor seinem Bruder geschafft hatte.

Tempest schüttelte den Kopf. »Also gut. Wenn du nicht von dir aus anfängst, gebe ich dir ein bisschen Starthilfe.«

»Charles, bitte …«, versuchte es der Vampir leise, doch der Botschafter ließ sich nicht beirren. »Donn hat etwas sehr Dummes getan, und der Grund, der ihn dazu veranlasst hat, bist du, Talisienn.«

Corrie und Silvana warfen sich irritierte Blicke zu. Das war nicht die Art von Starthilfe, mit der sie gerechnet hatten.

Und Donn offenbar auch nicht, denn er sah ungläubig zum Botschafter.

Tempest trank seelenruhig einen Schluck Wein und wies mit dem Glas in Richtung des Vampirs. »Bitte sehr. Gern geschehen.«

Silvana, die ihre erste Verwunderung überwunden hatte, funkelte ihn jedoch aufgebracht an. »Jetzt soll Talisienn plötzlich an alldem schuld sein? Das ist ja wohl …«

»Silvana, bitte«, unterbrach der Hexer sie und legte ihr sanft die Hand auf den Oberschenkel. Verständnislos sah er in Richtung des Botschafters. »Wieso sagst du so etwas, Charles?«

»Das wüsste ich auch gerne«, murrte Silvana und verschränkte die Arme vor der Brust.

»Lass sie doch erst mal«, mahnte Corrie leise und nahm nun auch ihr Weinglas auf.

»Weil es der Tatsache entspricht«, erwiderte Tempest ungerührt. »Dass Donn etwas Unüberlegtes getan hat, steht außer Frage. Aber die Motivation dahinter …« Er ließ den Satz offen und sah wieder in Donns Richtung.

Doch der Vampir schwieg noch immer.

Dafür schnaubte Silvana leise. »Der Botschafter war in den vergangenen Monaten ja auch die ganze Zeit vor Ort und kann das *hervorragend* beurteilen.«

»Dazu brauche ich die vergangenen Monate nicht, Miss Livenbrook«, erwiderte Tempest kühl und führte das Glas an seine Lippen. »Es ist schließlich nicht das erste Mal. Aber damit es hoffentlich das *letzte* Mal ist, bedarf es endlich klarer Worte.« Er sah zurück zu Talisienn und seufzte beinahe theatralisch. »Nun, wie mir scheint, muss ich wohl noch etwas deutlicher werden. Auch wenn du es vermutlich nicht wahrhaben willst, hast du deinen Bruder mit deinem Verhalten dorthin gebracht, wo ich ihn heute Abend wieder herausgeholt habe.«

Talisienn verengte die blinden Augen. »Und das wäre?« Er neigte leicht den Kopf. »Donn? Wovon sprechen wir hier? Was hast du getan, dass es einen Botschafter auf den Plan ruft?« Er wandte den Kopf in Yazeems Richtung. »Und einen Werwolf? Wo hast du dich herumgetrieben?«

Nun endlich gab Donn die erste Regung von sich. Und sie bestand in einem verächtlichen Laut. »Herumgetrieben? Etwas anderes fällt dir nicht ein? Hast du deshalb auch noch Corrie und Silvana auf mich angesetzt? Weil du wissen wolltest, wo ich mich herumtreibe? Ob ich von Kneipe zu Kneipe ziehe, wenn ich nicht zu Hause bin? Oder nachts heimlich in den Wäldern Rehe aussauge? Oder von einem Bordell ins nächste falle?«

Darauf schüttelte der Hexer vehement den Kopf. Seine Miene hatte bei Donns Ton einen abweisenden Ausdruck angenommen. »Ich habe sie um Hilfe gebeten, weil ich mir Sorgen um dich gemacht habe. Immerhin bist du mein Bruder. Habe ich etwa kein Recht dazu?«

Donn schnaubte ungehalten. In seinem Gesicht spiegelte sich eine Mischung aus Bitterkeit und Spott. »Tatsächlich? *Plötzlich* machst du dir Sorgen um mich? Weil ich mich einmal nicht um dich gekümmert habe? Weil ich nicht sofort zur Stelle war, als es dir schlecht ging, obwohl du dafür doch mittlerweile deine Freundin hast? Wenn ich nicht so funktioniere, wie du es gern hättest, machst du dir Sorgen? Aber sonst schubst du mich herum und behandelst mich wie eine Witzfigur, solange es dir gut dabei geht!«

Talisienn blinzelte irritiert. »Was redest du denn da für einen Unsinn, Donn?«

»Du meinst also, das sei Unsinn, ja?«, schnappte sein Bruder. »Weil es dir den Spiegel vorhält? Weil es dir nicht passt? Alles, was dich kritisiert, stimmt einfach nicht, oder wie?«

»Nein«, erwiderte Talisienn. »Aber es ist nicht so, wie du es darstellst.«

Donn senkte wütend die Brauen. »O doch, das ist es. Ich bin nichts weiter als ein Statist. Jemand, den man zum Schweigen bringt, wenn er etwas anspricht, das man nicht hören will. Jemand, der sich all deinen Wünschen widerspruchslos zu beugen hat. Ich halte meinen Kopf für dich hin, und ich tue es gern, das habe ich immer, und das weißt du – aber du verlangst von mir, dass ich dasselbe auch für andere tue, die mir nicht so nahestehen. Wir haben nie darüber gesprochen, ob wir Corrie und Silvana helfen wollen. Du hast es einfach entschieden. Und wozu sollten wir das auch besprechen? Du weißt ja auch so, dass ich dich nie im Stich lassen würde, wenn du einen Weg einmal eingeschlagen hast. Dafür bin ich ja schließlich da.«

»Dann hättest du die beiden wirklich alleine gelassen mit der ganzen Sache?«, fragte Talisienn fassungslos.

»Das habe ich nicht gesagt!« Donn sprang auf und feuerte wütend das Gelkissen zu Boden. »Wir hätten gemeinsam einen Weg finden können, ohne dass du dich Hals über Kopf in Gefahr begibst! Wir hätten etwas planen können, so wie früher. Aber du hörst mir überhaupt nicht mehr zu. Meine Worte sind Luft für dich. Und als wenn das noch nicht reichen würde, führst du mich bei jeder Gelegenheit vor.«

Talisienn runzelte die Stirn. »Und wann soll ich das jetzt bitte wieder gemacht haben?«

Donn blinzelte ungläubig. »Es fällt dir wirklich nicht auf, oder? Du möchtest konkrete Beispiele? In Ordnung. Als Corrie und Silvana das erste Mal hier waren, da hast du Silvana gesagt, dass sie mich gar nicht beachten soll. Und das, obwohl ich direkt danebenstand! Oder als du mich während unserer Besprechung aus der Küche komplimentiert hast …«

»Dein Verhalten war aber auch wirklich unmöglich«, unterbrach ihn Talisienn.

»Ja, gut möglich«, erwiderte Donn. »Aber hast du dich auch mal gefragt, warum? Nein. Du hast mich einfach vor die Tür geschickt wie ein ungezogenes Kind. Und was war bei Cryas? Als mich der Schutzzauber erwischt hat und ich mich nicht mehr bewegen konnte? Das kam dir doch mehr als gelegen. Dass man mich einfach abstellen konnte. Dass ich nichts tun konnte, als du die Aare beschworen hast. Hat es irgendjemanden interessiert, was in mir vorgegangen ist? Nein, ich bin ja immer nur der übervorsichtige Griesgram, der niemandem etwas gönnt. Das Ekel, das dich zu Hause eingesperrt hält.«

»Du hast mich ja auch eingeengt!«, begehrte Talisienn auf. »Du hast mir in den vergangenen Jahren jede Luft zum Atmen genommen und mich behandelt wie einen Gefangenen! Wir sind spazieren gegangen, wir haben das ein oder andere unternommen, aber ich war nie allein. Immer hast du auf mich aufgepasst. Du hast mir überhaupt nichts mehr zugetraut.«

»Weil ich Angst hatte, dass dir wieder etwas zustößt«, hielt Donn dagegen. »Ich habe schon einmal versagt, und ich werde jeden einzelnen verdammten Tag daran erinnert! Versuch doch, dich in meine Lage zu versetzen, als Corrie und Silvana aufgetaucht sind. Als du ihnen, ohne zu zögern, Hilfe zugesagt hast. Hilfe, die dich wieder in Gefahr gebracht hat. Die deine Kräfte überstiegen hat.«

»Es war eine Möglichkeit für mich, endlich wieder etwas tun zu können, Donn. Zu helfen. Das Gefühl zu haben, etwas bewirken zu können. Und …« Er sah zu Silvana und senkte den Kopf.

Donn lachte bitter auf. »Ja, sie hast du sofort auf deine Seite ziehen können, sie ist ja auch ungleich charmanter und engt dich nicht ein. Ich kann verstehen, dass du lieber mit ihr zusammen bist als mit mir. Aber keine Sorge, ich hole dir deine Rezepte gerne auch weiterhin bei Ranish ab.«

Silvana schloss kurz die Augen. Sosehr es ihr auch widerstreben mochte, sie musste zugeben, dass Donn nicht ganz unrecht hatte mit dem, was er Talisienn vorwarf. Und es war ebenso nicht von der Hand zu weisen, dass Corrie und sie, so wie die Dinge standen, einen großen Teil dazu beigetragen hatten, dass sich dieser Konflikt bis hierhin zugespitzt hatte. Deswegen hatte Tempest also darauf bestanden, dass sie heute mit hierhergekommen waren. Sie hatten Donn von Anfang an ebenso vor den Kopf gestoßen, wie Talisienn es getan hatte. Dabei war sein ganzes Verhalten nur aus der Angst geboren, Talisienn zu verlieren. An eine Gefahr, in die er sich begab. Und an sie.

»Weißt du, wie frustrierend das alles für mich gewesen ist? Kannst du dir auch nur im Entferntesten vorstellen, wie ich mich in den vergangenen drei Jahren gefühlt habe? Ich habe versucht, stark zu sein, für dich da zu sein, irgendwie wieder in eine Normalität zu finden – und als Corrie und Silvana aufgetaucht sind, fällt all das schlagartig wieder in sich zusammen. Plötzlich habe ich keine Stimme mehr bei dir. Ich werde ignoriert. Bin immer nur der Böse. Derjenige, der nichts beurteilen kann, dem man nicht zuhören muss, der nur negativ ist und alles kaputt machen will.« Donn fuhr sich mit dem Unterarm über das Gesicht. »Ja, ich habe etwas Dummes getan, da hat Charles recht. Und ich habe es nicht das erste Mal getan. Weil ich mich vor drei Jahren genauso gefühlt habe wie jetzt. Nutzlos. Als Versager. Ich werde dir sagen, wo ich war: Ich war bei einem Sukkubus. Ich habe mich für Geld geprügelt. Illegal. In Käfigkämpfen.« Er sah seinem Bruder in die blinden Augen. »Jetzt weißt du es. Mach damit, was du willst.«

Doch auch wenn die Augen des Hexers geblendet waren, konnte Silvana deutlich in ihnen erkennen, dass er zu verstehen begann. Und mit dieser Erkenntnis schlich sich Bestürzung in seine Züge.

Allerdings nicht nur in seine.

Auch Silvana hatte betreten den Blick zu Boden gewandt. Sie sah immer deutlicher, wie unrecht sie Donn mit all ihren Vorwürfen und ihrer Missbilligung getan hatte. Dass Corries Zweifel an seiner Motivation berechtigt gewesen waren. Dass sie den Vampir zu schnell verurteilt hatte, trotz der Dinge, die er für sie getan hatte …

»Donn, ich …«, begann Talisienn, brach dann ab und senkte den Kopf.

Sein Bruder bückte sich, um das Gelkissen aufzuheben. »Ist schon gut, Tal. Du brauchst nichts zu sagen.«

»Doch, Donn«, erwiderte Talisienn leise. »Es tut mir leid. Wirklich. Ich war wahrhaftig blind. Ich habe nicht gemerkt, was ich dir mit meinem Verhalten antue.«

Donnald schien von den Worten seines Bruders überrascht. Doch dann senkte er den Kopf und schloss die Augen. »Ich wollte doch nur, dass du sicher bist, Tal. Dass du dich weiter erholen kannst. Bis vielleicht …«

»Ich weiß, Donn«, sagte Talisienn sanft.

»Ich war zu besorgt, um zu erkennen, dass ich damit alles nur noch schlimmer mache.«

»Wir hätten beide mehr reden sollen.« Talisienn fuhr sich mit der Hand müde über das Gesicht.

»Darin war ich noch nie besonders gut«, murmelte Donn.

»Trotzdem konnten wir früher immer über alles reden. Und ich scheine es verlernt zu haben seit … damals«, seufzte sein Bruder. »Aber vielleicht … wenn wir es versuchen …« Er sprach nicht weiter.

Eine Weile lang sagte niemand etwas.

Weder die beiden Vampire noch Yazeem, der in die Flammen des Kamins starrte, oder Silvana, die das Weinglas von ihrer Freundin genommen hatte, um selbst einen Schluck zu trinken.

»Nun, das lief doch prächtig, nicht wahr?«, bemerkte Tempest schließlich und stellte sein leeres Glas zurück auf den Tisch. »Nun möchte ich mit den beiden Herren auch noch kurz etwas besprechen. Allein.« Er sah auffordernd in Richtung Yazeem.

Der Werwolf starrte noch immer nur in die Glut, doch an seinem Gesicht sah Corrie, wie sehr auch ihn Donns Worte getroffen hatten – und wie sehr er über seine eigene Rolle in der ganzen Sache nachdachte.

So wie sie selbst.

Sie hatte Donn zwar nie die Feindseligkeit entgegengebracht wie Silvana, aber sie hatte sich auch nicht bemüht, etwas zu ändern oder mit ihm zu sprechen, egal wie gering ihre Chancen auf Erfolg auch gewesen wären. Sie hätte es zumindest versuchen können. Doch das hatte sie nicht.

»Yazeem?«

Erst als Tempest seinen Namen nannte, sah der Werwolf auf. »Was?«

Tempest wies auf Corrie und Silvana und schenkte sich noch etwas Wein nach. »Würdest du die beiden bitte nach Hause begleiten?«

Yazeem fuhr sich hastig über das Haar. »O ja, natürlich.« Er sah Corrie und Silvana auffordernd an. »Kommt. Fahren wir.«

»Einfach so?«, fragte Silvana mit einem Anflug von Ärger in der Stimme. »Erst sollen wir mit hierherkommen, und dann werfen Sie uns einfach wieder raus?«

»Ich wollte, dass Sie ein paar Dinge verstehen«, erwiderte Tempest. »Ebenso wie alle anderen hier. Das erschien mir durchaus an der Zeit.«

»Und das war richtig, Charles«, stimmte Talisienn zu. Er wandte seine blinden Augen Silvana zu und lächelte besänftigend. »Es ist schon gut, Silvana. Wir reden später über alles. Aber ich muss jetzt erst über ein paar Dinge nachdenken.«

Silvana zögerte noch einmal kurz, dann nickte sie jedoch. Natürlich musste sie ihm Zeit für sich lassen. Und für Donn.

Und immerhin gab es ja nun auch einiges, worüber sie selbst nachdenken musste. Sie drückte noch einmal sanft seine Finger, dann erhob sie sich, um ihren Mantel anzuziehen.

Corrie versuchte, den beiden Vampiren ein aufmunterndes Lächeln zuzuwerfen, während auch sie sich den Mantel überzog, doch wirklich gelingen wollte es ihr nicht.

Yazeem war bereits in Richtung Tür gegangen, drehte sich jedoch noch einmal zu den beiden Brüdern und dem Botschafter um. Corrie sah, dass sein Werwolfschatten an der Wand unruhig die Ohren bewegte. »Mir tut es auch leid, Donn. Ich war in letzter Zeit weder für Corrie und Silvana da noch für dich. Ich muss wirklich mehr auf die achten, die mir etwas bedeuten.« Er warf erst ihm, dann den beiden Freundinnen einen traurigen Blick zu. »Damit ich sie nicht auch noch verliere.«

KAPITEL 20

Tee und Gargoyles

Silvana lehnte sich müde an die Küchenzeile, während sie darauf wartete, dass ihr Tee fertig zog, und sah kurz zur Uhr. Gerade erst früher Nachmittag. Es waren noch Stunden bis zum Feierabend. Sie hatte in der vergangenen Nacht, nachdem sie von den McCaers zurückgekommen waren, noch lange keinen Schlaf gefunden. Corrie war zwar ein wenig ausgeruhter, aber immer noch verschlafen genug, um Salz statt Zucker in ihren Morgenkaffee zu rühren, und Yazeem hatte, als er schließlich auftauchte, genauso dunkle Ringe unter den Augen wie sie selbst. Auch er hatte offenbar noch lange wach gelegen und nachgedacht und noch beim Mittagessen in der *Taberna Libraria* beteuert, dass ihn eine größere Schuld an allem traf als Silvana und Corrie, weil er es besser hätte wissen müssen. Im Gegensatz zu ihnen kannte er die Vampire schon mehrere Jahre und hatte sie zu anderen, besseren Zeiten erlebt. Für die beiden musste es ein Stück weit normal gewirkt haben, wie Talisienn mit Donn umging, schließlich hatten es alle anderen genauso gemacht – er selbst, Cryas, selbst Alexander und Mortimer. Alle hatten irgendwann in Donn nur noch den verbitterten Wächter seines Bruders gesehen, der ihm unter allen Umständen ein freies Leben verwehren wollte.

Niemand hatte seine wahren Ängste erkannt.

Und in Donn war der Frust gewachsen.

Ziel für sie alle war es also, es nicht mehr so weit kommen zu lassen. In Zukunft würden sie Donn mehr zuhören und Talisienn nicht immer alles durchgehen lassen. Das hatte sich besonders Silvana auf die Fahnen geschrieben. Auch wenn der Hexer gesagt hatte, dass sie später alle in Ruhe miteinander sprechen würden, hatte Silvana doch den Drang verspürt, Donn jetzt schon anzurufen, um sich zu entschuldigen. Für ihre Worte. Und ihr Verhalten. Es war ein längeres Gespräch daraus geworden, das sie erst vor wenigen Minuten beendet hatten. Während sie den Teebeutel aus der Tasse fischte, glitt ihr Blick zum Küchentisch. Ganz allein wollte sie hier mit der Tasse auch nicht sitzen, deswegen beschloss sie, vor die Tür zu gehen, frische Luft zu schnappen und Ausschau nach Yazeem zu halten. Der Werwolf wollte heute Abend endlich etwas Besonderes für sie kochen und war losgefahren, um noch ein paar Zutaten zu kaufen.

Sie nahm das Telefon, das sie neben sich abgelegt hatte,

griff nach der Tasse und ging zurück zu Corrie, die noch ein paar Bestellungen eintippte.

»Ich gehe ein bisschen raus vor die Tür«, sagte sie zu ihr, schnappte sich den Mantel vom Haken neben dem Abholfach und legte ihr das Telefon auf die Theke. »Hier. Du solltest noch deine Mutter zurückrufen.«

Corrie sah auf und machte ein Gesicht, als wenn ihr Silvana ein Glas Lebertran hingestellt hätte. »Ach ja«, erwiderte sie gedehnt, als würde sie sich gerade erst wieder daran erinnern. Aber Silvana wusste, dass sie es ganz bestimmt nicht vergessen hatte.

Vor der Tür atmete Silvana die kühle Abendluft ein und ließ, die Hände um die wärmende Tasse geschlossen, den Blick durch die Straße wandern. Um diese Zeit waren nicht mehr allzu viele Leute unterwegs, und auch der Verkehr hatte deutlich nachgelassen. Kurz winkte sie Mrs Puddle zu, die gerade mit ihren beiden Corgis Humphrey und Balthasar zu ihrer abendlichen Runde aufbrach, und sah einer Katze hinterher, die von den beiden Hunden aufgeregt verbellt wurde. Von den Aaren war nichts zu sehen, aber Silvana vermutete sie wie immer in einem der Bäume auf der gegenüberliegenden Straßenseite.

»Hallo, Silvana. Schön, dass du bei uns hier draußen bist«, begrüßte sie Toby.

»Wir haben gehört, dass ihr gestern im Three Oaks den Botschafter getroffen habt«, fügte Claw neben ihm hinzu.

»Und Yazeem«, rief Snick.

»Habt ihr herausgefunden, warum Donn da war?«, wollte Tutter wissen.

»Und Yazeem«, warf Snick erneut ein. *»Und der Botschafter!«*

»Ihr lasst sie ja gar nicht zu Wort kommen, ihr Klatschmäuler«, ermahnte Toby seine Freunde.

»Ihr seid aber aufgeregt«, schmunzelte Silvana und nippte an ihrem noch zu heißen Tee. Darauf kehrte zwar Ruhe in ihrem Kopf ein, aber sie glaubte, besonders Snicks Augen erwartungsvoll auf sich gerichtet zu spüren. »Ja, die beiden waren auch dort. Und zwar aus demselben Grund wie Corrie und ich.« Sie setzte sich auf die oberste Stufe der Treppe, und obwohl ihr Mantel lang genug war, sodass sie nicht direkt auf dem Stein saß, spürte sie die Kälte noch durch den dicken Stoff hindurch. Es konnte nicht mehr lange dauern, bis der Schnee dichter fallen würde als die vereinzelten Flocken der vergangenen Tage.

»Er hat auch nach Donn gesucht?« Natürlich war es wieder Snick, der nicht abwarten konnte, dass sie weitererzählte.

Sie warf ihm einen tadelnden Blick zu.

»Entschuldige.«

»Nein, er hat nicht nach Donn gesucht. Er wusste bereits, dass Donn dort war.«

»Wie kann er so etwas wissen?«, ereiferte sich nun Claw. *»Wir haben es doch gerade erst erfahren.«*

»Er ist eben der Botschafter«, erwiderte Toby schlicht.

»Bestimmt hat er auch einen Gargoyle irgendwo«, stellte Tutter mit Bestimmtheit fest. *»Einen, der alles hört, aber nie etwas sagt.«*

»Anders als Art und Baldy. Die erzählen echt viel.«

Bei der Erwähnung eines möglichen Gargoyle-Spions bei Tempest hatte Silvana aufgehorcht. Das wäre tatsächlich eine Erklärung für so manches Wissen, das er eigentlich unmöglich besitzen konnte. Wie ihr Ausflug zu dem Haus in Heathen Heights.

»Und was hat Donn dort gemacht?«, fragte Snick ungeduldig.

Silvana wollte es ihnen schon erzählen, doch dann erschien es ihr nicht richtig, dass die Gargoyles über solche Informationen verfügten. Besonders wenn man betrachtete, welchen Hintergrund die Sache hatte. »Wir haben durch ihn eine weitere Phiole Blut finden können«, log sie deshalb.

»Donn hat für euch nach dem Blut gesucht, ohne etwas zu sagen?«, fragte Claw erstaunt.

»Ihr kennt ihn doch«, erwiderte Toby. *»Er hilft immer ohne viele Worte.«*

Ja, dachte Silvana. Das tat er tatsächlich. Und das hatte sie nun endlich auch erkannt.

»Und Yazeem und der Botschafter?«, fragte Tutter.

»Sie haben uns geholfen, es zu holen«, antwortete Silvana.

»Wie das?«, quietschte Claw.

»Nun«, sagte Silvana, der so schnell keine andere Geschichte einfallen wollte. »In dem Gasthaus hat ein Sukkubus Käfigkämpfe veranstaltet. Yazeem hat den Sukkubus abgelenkt, während der Botschafter und Donn sich mit zwei seiner Kämpfer geprügelt haben. Dadurch hatten wir genug Zeit, das Blut zu holen.«

»Wow«, hauchte Snick. *»Ich wusste zwar, dass der Botschafter nicht zu unterschätzen ist, aber dass er tatsächlich in so einen Käfig steigt, hätte ich ihm nicht zugetraut.«*

»Ja«, bestätigte Silvana. »Corrie und ich auch nicht.«

»Was ist mit mir?«, fragte ihre Freundin, während sie ebenfalls vor die Tür trat.

Silvana sah lächelnd auf. »Das war aber kein besonders langes Telefonat«, bemerkte sie und nahm noch einen Schluck von ihrem Tee.

Corrie blies sich eine Haarsträhne aus der Stirn und setzte sich neben ihre Freundin. »Du kennst doch Mum«, feixte sie.

»Ebendeshalb ja.«

»Ich habe sie abgewürgt, als sie anfing, über ihre neue Frühlingskollektion zu reden.«

»Und wie seid ihr verblieben?«

»Sie kommen Weihnachten her.«

»Nur wir vier? Hier im Laden?«

Corrie schürzte die Lippen. »Ich hatte eigentlich gedacht, dass wir Yazeem noch einladen.«

»Klar, er gehört ja schließlich dazu«, stimmte Silvana zu. Corrie nickte. »Und Donn und Talisienn.«

Silvana blinzelte. »Dein Ernst?«

Corrie hob die Schultern. »Warum denn nicht? Apropos, wie war eigentlich dein Telefonat mit Donn?«

»Ganz gut, denke ich«, erwiderte Silvana. »Ich habe ihm versprochen, dass ab jetzt alles anders werden wird.« Natürlich war das nicht alles, aber im Beisein der Gargoyles wollte sie nicht allzu viel von dieser Angelegenheit erzählen, damit es am Ende nicht doch noch an Ohren gelangte, für die es nicht bestimmt war.

»Das wird es«, sagte Corrie zuversichtlich. Sie nahm ihrer Freundin den Becher aus der Hand und trank ebenfalls einen Schluck Tee. »Setzen wir uns noch mal zusammen, um über alles zu reden?«

»Ja. Sobald wir das vierte Buch geborgen haben«, sagte Silvana und sah hinauf in den Nachthimmel.

»Und bis dahin?«

»Versuchen wir alle, einander, so gut es geht, zu unterstützen, würde ich sagen.«

»Das klingt doch wie ein richtig guter Plan.«

»Immerhin brauchen wir keine Angst mehr zu haben, dass wir auf uns allein gestellt sind«, stimmte Silvana zu. Sie wandte den Kopf, als am Ende der Straße das charakteristische Geräusch von Corries HY ertönte, mit dem Yazeem um die Kurve bog. Sie lächelte. Nein, das brauchten sie wirklich nicht. Sie waren nicht allein.

KAPITEL 21

Die Schädelfelder von Ossa

»Ausgerechnet heute«, murrte Silvana am nächsten Morgen unzufrieden. »Kann das nicht noch ein paar Stunden warten? Dann könnten wir mitkommen. Und überhaupt – wie sicher ist sich Tempest, dass das wirklich der richtige Pilz ist?«

»Absolut sicher, sonst hätte er nicht angerufen«, erwiderte Yazeem mit einem Zwinkern und schlüpfte in seinen Staubmantel. »Und es sollte auch nicht lange dauern, ihn zu finden. So viel Wald gibt es auf Ossa nicht mehr. Kajsja springt mit mir dorthin, ich hole das Blut von dem Pilz und komme mit ihr wieder hierher zurück.« Er sah zu Kajsja, die vor einer Viertelstunde angekommen und dabei zum ersten Mal nicht kopfüber im Blumenbeet oder den Büschen im Hof gelandet war.

Corrie sah zweifelnd von ihr zu Yazeem. »Glaubst du wirklich, dass es so einfach wird?«

Der Werwolf lächelte. »Glaub mir, ihr verpasst nichts auf Ossa. Der Abbau der magischen Gebeine ist zwar nicht ganz einfach, aber auch nicht wirklich spannend. Seid lieber froh, dass ihr hier im warmen Laden bleiben könnt. Ich habe gehört, dass es in weiten Teilen der Insel ziemlich unwirtlich ist. Und außerdem müsst ihr ja auch noch die Veranstaltung heute Abend vorbereiten. Wie weit seid ihr damit eigentlich?«

»Ich weiß immer noch nicht, was ich den Krimi-Freunden vom Baskerville-Club empfehlen soll«, stellte Silvana mit einem Seufzen fest und betrachtete noch einmal den Stapel, der vor ihr auf dem Tresen lag. Schon vor Monaten hatten die beiden Freundinnen zu einer vorweihnachtlichen Bücherschau nach Ladenschluss eingeladen, bei der sie interessierten Kunden in gemütlicher Runde besondere Neuheiten vorstellen wollten – und die Resonanz war groß gewesen. Doch die Ereignisse der vergangenen Tage hatten die Vorbereitungen ziemlich ins Hintertreffen geraten lassen. Um genau zu sein, hätten sie den heutigen Abend beinahe vergessen. Silvana hielt die Bücher ihrer Wahl nacheinander hoch. »*Redfern Glenn, Sieben Tote Geißlein, Das Aschekleid, Exit Libris* oder *Vater Marcus und der Messwein-Mörder?*«

»Klingt immer noch besser als meine Ausbeute«, erwiderte Corrie mit schiefem Grinsen. »Ich habe leider keine wirklichen Perlen gefunden. Nur *Der Schneekiefer-Zweig*. Und *Winterrösser*. Die waren wirklich wunderschön. Definitiv etwas für Miss Woods, Mrs Blessing und Mrs Singh. Und vielleicht Miss Hollander.«

Kajsja hatte sich *Winterrösser* aus dem Stapel hervorgezogen und überflog Corries Karteikarte mit den Notizen, die zwischen den Seiten gesteckt hatte. »Das würde ich auch gern lesen.«

»Ich heb dir eins auf«, versprach Corrie, ein wenig überrascht, dass sich die junge Weberin für eine Romanze zwischen einem Gestütsbesitzer und einer deutlich jüngeren Bäckerin interessierte. Das Thema war im Großen und Ganzen nicht neu, und sie war ohne große Erwartungen an die Geschichte gegangen, doch etliche unerwartete Wendungen und eine erstaunlich tiefe Charakterentwicklung hatten das Buch zu ihrem diesjährigen Favoriten werden lassen. Vielleicht auch, weil es sie an der ein oder anderen Stelle ein bisschen an sie und Kushann erinnert hatte.

»Also dann«, sagte Yazeem und ließ den Knochenzylinder in seiner Tasche verschwinden. »Ihr verkauft jetzt richtig viele Bücher und bereitet euch weiter auf die Buchvorstellung vor. Bis zum Mittag bin ich wieder zurück und kümmere mich dann um Kekse und Tee für heute Abend.«

»Sei vorsichtig«, sagte Silvana, und Corrie nickte zustimmend. »Wir brauchen dich noch.«

»Das werde ich auch so schnell nicht wieder vergessen«, antwortete der Werwolf beschwichtigend. »Versprochen.« Er sah Kajsja an. »Fertig?«

Die Weberin legte das Buch zurück. »Fertig.«

»Dann los.«

Sie zogen sich in den hinteren Teil des Ladens fern der Schaufenster zurück und waren kurz darauf in dem grünen Portalstrudel verschwunden. Corrie und Silvana blieben allein hinter der Theke zurück.

»Hoffentlich geht das gut«, stellte Silvana fest und zog den Stapel mit ihren Krimis zu sich heran. »Gehst du gleich zu Cryas, oder soll ich?«

»Was wäre dir denn lieber?«, entgegnete Corrie und schob die Stapel mit ihren Büchern in die Fächer ganz unten im Abholfach.

Silvana spähte vorsichtig nach draußen, doch außer Mr

Bell, der gerade seine aufgerauchte Zigarette austrat, stand momentan niemand vor der Tür. Vor allem nicht Miss Pauly …

»Geh du ruhig«, rief sie deshalb über die Schulter und lächelte dann dem freundlichen älteren Besitzer des kleinen Juwelierladens entgegen, der sie ebenso herzlich, aber wie immer viel zu laut begrüßte – es wurde wirklich Zeit, dass ihn jemand von einem Hörgerät überzeugte. Nach ihm kamen nicht mehr allzu viele Kunden vorbei, und während Corrie in Port Dogalaan nach Bestellungen sah, hatte Silvana genug Zeit, die ebenfalls nur mäßigen Online-Bestellungen abzurufen, die Lieferungen auszupacken und die zu verschickenden Bücher in ihre Umschläge zu schieben. Einige von ihnen würde sie nachher noch zum Postamt bringen. Während sie auf die Rückkehr ihrer Freundin und des Werwolfs wartete, nutzte sie außerdem die Gelegenheit, um noch einmal durch die Bücher zu blättern, die sie am Abend vorstellen wollte. Am Ende entschied sie sich für den blinden Ermittler Vater Marcus und seinen Hund Poppy, außerdem *Das Aschekleid,* bei dem ein Mörder in einem rasanten Katz-und-Maus-Spiel versuchte, einen Nachahmungstäter zu stoppen, und das klassisch konstruierte *Redfern Glenn,* das sich auf dem namengebenden Landsitz abspielte und bei dem Silvana vor allem die lebhaften Beschreibungen und die vielen, völlig unterschiedlichen Verdächtigen begeistert hatten. Die Entlarvung des Täters hatte sie zwar kalt erwischt, war jedoch, wenn man bei nochmaligem Lesen auf die kleinen, geschickt gestreuten Hinweise achtete, absolut plausibel.

Als Corrie schließlich nach fast einer Stunde endlich wiederkehrte, brachte sie zu Silvanas Freude auch das Buch mit, nach dem Shukar so vehement verlangte. Der Volar hatte nun definitiv etwas gut bei ihr. Noch einmal würde Tempest vermutlich nicht zur Stelle sein, um zu verhindern, dass der Wolkendrache die *Taberna Libraria* in Flammen aufgehen ließ. Sie betrachtete nachdenklich das dünne Bändchen. Was wollte er mit den Ritualen der Skreile? Sie blätterte durch die Seiten und rümpfte die Nase. Das Buch mochte frei erhältlich sein, doch wenn sie sah, worum es in einigen der Riten ging und was dazu benötigt wurde, war sie nahe daran, es dem Drachen nicht auszuhändigen.

Eine weitere Stunde später sah Corrie besorgt um die Ecke des Regals, in dem sie gerade Bücher ordnete. »Sollte Yazeem nicht schon längst wieder hier sein? Er ist schon fast zwei Stunden weg.«

»Er hat gesagt, dass er zum Mittag wieder zurück ist«, erwiderte Silvana beruhigend. Sie begann zwar ebenfalls, eine gewisse Sorge zu spüren, doch die wollte sie Corrie gegenüber noch nicht zeigen. In einer halben Stunde würden sie schließen. So lange wollte sie sich noch geben, bevor sie anfing, sich ernste Gedanken um den Verbleib von Yazeem und Kajsja zu machen. »Er kommt bestimmt gleich zurück. Wer weiß, wie selten diese Pilze sind. Oder wie weit entfernt von einem Kajsja sich und ihn abgesetzt hat.«

Corrie nickte. »Du hast ja recht. Aber nach dem, was in letzter Zeit alles passiert ist …« Sie sprach nicht weiter, sondern sah für einen Moment stumm zu Boden. Dann atmete sie tief durch und gab sich einen Ruck. Das Lächeln, das sie dazu versuchte, geriet allerdings etwas schief. »Es liegt sicherlich nur am Pilz. Wahrscheinlich gibt es ihn nur an einem einzigen Punkt auf der Insel, und bei Kajsjas Glück sind sie an genau dem entgegengesetzten Ende herausgekommen.«

Sie krauste die Stirn. »Hat Yazeem eigentlich schon mal irgendwann erwähnt, wie groß Ossa ist?«

Silvana schürzte nachdenklich die Lippen, doch sie konnte sich an keine entsprechende Äußerung erinnern. »Ich glaube nicht.«

»Hoffentlich brauchen sie dann nicht Tage.«

Silvana schüttelte den Kopf. »Wenn das der Fall wäre, hätte Kajsja Yazeem wieder hierhergebracht, und sie hätten einen neuen Versuch unternommen. Aber vermutlich nimmt Yazeem lieber ein paar Meilen mehr in Kauf, als mit Kajsja hin und her zu springen und sonst wo zu landen – mit dem Kopf voran in einem Haufen voller Knochen oder so etwas.«

Corrie verzog bei dem Gedanken das Gesicht. »Ja, vermutlich.«

Also warteten sie weiter.

Doch auch in der Mittagspause, während der sie die Reste des Auflaufs löffelten, den der Werwolf am Abend vorher für sie gekocht hatte, erschienen weder er noch die Weberin.

Phil und Scrib, die ihnen in der Küche Gesellschaft leisteten, teilten die nun wachsende Unruhe. Sie sahen immer wieder zur Tür und lauschten auf jedes ungewöhnliche Geräusch, mit dem sich Kajsjas Landung bemerkbar machen würde. Doch es tat sich nichts.

Corrie schöpfte ein Stück weichen Porree aus ihrer Schüssel und ließ es wieder zurückplumpsen. »Langsam fällt es mir schwer, mir keine Sorgen zu machen«, gestand sie.

»Geht mir genauso«, stimmte Silvana zu. »Aber wirklich etwas tun können wir auch nicht.«

»Na ja«, erwiderte Corrie nachdenklich. »Wir könnten den Botschafter anrufen. Er hat mir seine Nummer per SMS geschickt. Habe ich heute Morgen erst gesehen, als ich mein Handy eingeschaltet habe.«

Silvanas erster Impuls war ein abfälliges Schnauben, doch angesichts der Umstände war es vermutlich wirklich ihre einzige Option. »Und was sollte er tun können?«, fragte sie dennoch und bissiger als beabsichtigt.

Scrib rieb sich die Nase. »Du wärst überrascht, wie weit sein Einfluss reicht. Und den wird er geltend machen, falls Yazeem und Kajsja in Gefahr sein sollten. Und wenn es seiner Meinung nach keinen Grund zur Sorge gibt, werdet ihr das ebenfalls von ihm erfahren.«

»Wenn du das sagst«, erwiderte Silvana unbestimmt.

Corrie ließ ihren Löffel in die Schüssel sinken und erhob sich, um ihr Handy vom Schrank zu holen. Sie wollte Gewissheit haben. Sie konnte nicht länger herumsitzen und abwarten. Allerdings … »Würdest du ihn anrufen?«

Silvana zog eine Grimasse. »Er kann dir nichts tun. Schon gar nicht durchs Telefon.«

»Weiß ich«, brummte Corrie unbehaglich. »Es ist bloß … seine ganze Art … Genau wie Dad, wenn er schlechte Laune hat. Nur schlimmer.«

»Wir können auch mit ihm sprechen, wenn es euch unangenehm ist«, schlug Phil vor und sah seinen Freund auffordernd an.

Scrib nickte. »Ihr müsst nur wählen.«

Corrie sah auf ihr Handy und dann zu den beiden Ratten. Sie vorzuschieben, war schon etwas kindisch, und immerhin ging es hierbei um Yazeem. Er war ihr deutlich mehr wert als ihre Furcht vor diesem einen Anruf. Und wie Silvana schon richtig angemerkt hatte – Tempest konnte ihr nichts tun. Im schlimmsten Fall würde sie einfach auflegen.

Sie hatte ihr Telefon gerade auf den Tisch gelegt und die Anruftaste gedrückt, als vor der Tür plötzlich ein lauter Knall und ein entsetzliches Poltern ertönten. Alarmiert sprangen die Freundinnen auf und stürmten in den Laden. Dort wären sie beinahe über Kajsja gestolpert, die mitten in einem Berg von Büchern saß, den sie vom Tisch hinter ihr abgeräumt hatte. Von dem Werwolf war nichts zu sehen, und am Gesicht der jungen Weberin war deutlich abzulesen, dass etwas nicht stimmte. Panik glomm in ihren feuchten Augen, und blutige Schrammen verunzierten ihr Gesicht. Hastig rappelte sie sich auf, als sie die beiden Freundinnen und die Ratten auf sich zukommen sah. »Ihr müsst sofort mit mir zurück nach Ossa kommen«, rief sie atemlos.

»Wieso? Wo ist Yazeem?«, fragte Silvana.

»Er ist gefangen genommen worden.«

Corrie erstarrte. »Von wem?« Hatte Yazeem nicht gesagt, dass es auf Ossa nichts Besonderes gab? Wer sollte dann so etwas tun?

Kajsja schüttelte den Kopf und zupfte unruhig an ihrem Rock. »Ich weiß es nicht. Aber sie waren plötzlich überall im Wald um uns herum. Als wären sie einfach aus dem Boden gewachsen. Wie lebende Bäume. Mit Rinde und Blättern und …«

»Ents?«, warf Corrie ein.

»Kleiner«, erwiderte Kajsja. »Und die meisten mit nur einem Auge. Aber einem glühenden!«

»Klingt nach Leshys.« Corrie fuhr sich durch die Haare. Wenn es sich wirklich um diese Waldgeister handelte, dann standen die Chancen für den Werwolf – nach allem, was sie gelesen hatte – denkbar schlecht.

»Ihr dürft keine Zeit verlieren«, drängte Scrib.

»Tun wir nicht«, erwiderte Silvana, drehte sich um und eilte die Treppe hoch.

Corrie wandte irritiert den Kopf. »Wo willst du denn hin?«

»Ich hole unsere Mäntel – und die Dolche.«

Nur wenige Minuten später war sie mit den besagten Gegenständen zurück, und Kajsja begann umgehend, das Portal nach Ossa zu weben.

Das Telefon auf dem Küchentisch beachtete niemand mehr, auch nicht die beiden Leseratten, die alleine zwischen den herumliegenden Büchern zurückblieben.

Die Landung hatte Silvana sich zwar anders erhofft, aber da sie bereits mit dem Schlimmsten gerechnet hatte, war sie nicht wirklich überrascht, als sie wie von einem Katapult abgefeuert aus dem Strudel schoss. Zu ihrem Leidwesen gab es jedoch auch nichts, was ihre Geschwindigkeit hätte bremsen können, und so stürzte sie laut schreiend mit dem Kopf voran einen Abhang hinunter.

Ihre Hände griffen ins Leere, es gab nichts, woran sie Halt fand. Sie rollte weiter, überschlug sich und prallte gegen etwas Hartes, was sie erneut aufschreien ließ, ohne sie jedoch zu stoppen. Ihr wurde schlecht, und Sterne begannen, vor ihren Augen zu tanzen, als sie endlich am Fuße des Abhangs angelangt war.

Hustend und stöhnend schloss sie kurz die Augen und wartete, bis das furchtbare Kreiseln aufgehört hatte. Dann setzte sie sich vorsichtig auf, eine Hand auf die Rippen gepresst, und sah sich blinzelnd um. Ein ersticktes Keuchen entrang sich ihrer Kehle, als sie erkannte, dass sie vor einem Berg aus Gebeinen hockte, der meterweit über ihr aufragte.

Einzelne Knochen und Schädel, lose Unterkiefer, alte Rüstungsteile, Armschienen und Schulterplatten befanden sich noch immer in Bewegung und rollten und sprangen zu ihr hinunter.

Ein besonders großer Helm, in den nur ein einzelnes Loch für ein großes Auge eingelassen war, schoss dabei genau auf sie zu, und nur eine hastige Rolle zur Seite bewahrte sie vor einem schmerzhaften Zusammenprall. Eilig kam Silvana auf die Füße und stolperte rückwärts, den Blick auf den oberen Rand des Knochenbergs gerichtet.

Dort wieder hinaufklettern zu wollen, war ganz und gar unmöglich. Im schlimmsten Fall löste sie damit eine Lawine aus, die sie unter sich begraben konnte. Sie ließ den Blick weiter umherschweifen. Sie schien sich in einer Art Graben zu befinden. Vor ihr wand sich ein schmaler Weg zwischen dunkelbraunen, von Knochenadern durchzogenen Wänden, die sicherlich zehn oder zwanzig Meter in den stahlgrauen Himmel emporragten, aus dem vereinzelte Flocken fielen. Es war jedoch kein Schnee – sie schmolzen nicht und fühlten sich auch nicht kalt auf der Haut an, als Silvana die Hand ausstreckte. Vielmehr schien es sich um Asche zu handeln.

Von den anderen war nichts zu sehen.

»Corrie?«, rief sie. »Kajsja?« Doch sie erhielt keine Antwort. Mit dem Gefühl aufkeimender Angst drehte sie sich im Kreis. »Corrie?«, rief sie noch einmal. »Kajsja?«

Doch noch immer blieb alles still. Es war kein anderes Geräusch zu hören als das des Windes, der über die Knochen strich.

Silvana schloss die Augen und konzentrierte sich darauf, die Angst zu versenken. Tief in ihr Inneres, wo sie ihr nichts anhaben konnte. So wie früher, wenn sie in ihrem dunklen

Zimmer eingesperrt worden war, lange bevor sie herausgefunden hatte, wie man das Türschloss knacken konnte. Langsam beruhigte sich ihr Herzschlag wieder, und sie hob die Lider. »Kajsja muss wirklich an ihrer Konzentration arbeiten«, murmelte sie und betrachtete seufzend ihre aufgeschürften Hände. Vermutlich konnte sie sich noch glücklich schätzen, dass sie bei der Landung nicht von dem Dolch in ihrer Innentasche aufgespießt worden war, trotz des Holsters, in dem er steckte.

Anhand der Knochen konnte sie zumindest sicher sein, dass sie sich bereits auf Ossa befand und nicht irgendwo anders aus dem Strudel gefallen war. Und mit etwas Glück waren die Weberin und ihre Freundin gar nicht weit von ihr entfernt. Die Frage war nur, ob sie sich ebenfalls hier unten befanden oder es geschafft hatten, oben am Rand des Grabens zu bleiben. Vermutlich war es das Beste, wenn sie versuchte, sich erst einmal einen Überblick zu verschaffen. Vorsichtig setzte sich Silvana in Bewegung. Bei den ersten Schritten durchzuckte sie dabei noch ein leichter Schmerz in den Knien, der sich jedoch nach und nach legte, je forscher sie auftrat. Sie stellte schon bald fest, dass sie sich nicht bloß in einem Graben befand, sondern in einem ganzen Geflecht aus Gräben. Der Pfad, dem sie folgte, teilte sich schon nach wenigen Metern und verzweigte sich in weitere Gänge, alle so lang, wie das Auge reichte – und allesamt leer. Keine Arbeiter, keine Tiere, keine Pflanzen. Nur Stein, Erde und Knochen.

Sie blieb stehen, als sie in einem der Gänge etwas aufragen sah, das sie so bisher noch nicht gesehen hatte – an einer der Wände war ein Gerüst errichtet worden. Und es reichte bis hinauf an den Rand! Silvana beschleunigte ihre Schritte wieder und stand kurz darauf vor dem Konstrukt. Es bestand im Grunde genommen nur aus Plattformen und Leitern und wirkte nicht besonders stabil, aber Silvana zögerte trotzdem nicht. Es war ihre bisher beste Möglichkeit, wieder zurück an die Oberfläche zu kommen, wo sie hoffentlich mehr sehen und vielleicht sogar auf jemanden stoßen würde, der ihr helfen konnte, Corrie und Kajsja wiederzufinden. Vielleicht ja sogar auf die beiden selbst. Sie begann, die ungesicherten Sprossen eine nach der anderen emporzuklettern. Das Gebilde erwies sich dabei tatsächlich als recht instabil, und ein ums andere Mal musste sich Silvana mit klopfendem Herzen auf einer der Plattformen neu ausbalancieren, bevor sie weiterklettern konnte. Als sie sich schließlich über den Rand zog, fauchte ihr ein eisiger, nach Rauch und Schwefel stinkender Wind ins Gesicht, der ihr sofort Tränen in die Augen schießen ließ. Blinzelnd stolperte sie von der letzten Plattform auf festen Boden.

Erschüttert ließ sie danach ihren halb verschwommenen Blick über die Ebene vor ihr schweifen. Vor ihr erstreckte sich eine schier endlose, trostlose, leere Landschaft, die von weiteren Gräben durchzogen war.

Silvana presste die Lippen zusammen. Wie sollte sie inmitten dieser Wüste Corrie und Kajsja finden? Schließlich konnte sie nicht einfach ihr Handy zücken und nachfragen, wo die anderen steckten. Wobei das in dieser Gegend kaum geholfen hätte. Wenn Corrie und Kajsja irgendwo dort unten durch die Gänge irrten, würde Silvana sie in dem sich ewig windenden Labyrinth gleich aussehender Knochenflöze trotzdem nicht finden, auch wenn sie einander irgendwie hätten kontaktieren können. *Corrie? Ja, beim Minotaurenschädel rechts halten, bei der durchlöcherten Brustplatte links und dann geradeaus auf die zwanzig Hufknochen zu …* Sie zog die Schultern hoch, um sich gegen den Wind zu schützen, und fragte sich, warum Kajsja mit Corrie nicht noch einmal zurückgesprungen war, um dann hier bei ihr zu erscheinen. Reichte Kajsjas Kraft vielleicht nicht? War sie heute schon zu oft gesprungen? Oder war Corrie und ihr bei der Landung weitaus mehr zugestoßen als ihr, sodass die junge Weberin gar nicht mehr in der Lage war, ein neues Portal zu erschaffen?

Der Gedanke ließ neue Furcht in ihr aufkeimen, die sie mit aller Macht versuchte, in die Tiefen ihres Bewusstseins zurückzudrängen. Sie musste rational bleiben. Was sollte sie jetzt tun? Sie fühlte, wie der Wind ihre Glieder taub werden ließ; ihr Gesicht spürte sie schon kaum noch, und sie musste sich zum wiederholten Mal über die Augen wischen, um überhaupt noch etwas erkennen zu können. So glaubte sie, in weiter Ferne dunkle Rauchschwaden aufsteigen zu sehen, die mal einen bläulichen, mal einen grünlichen Schimmer annahmen. Doch über die Gräben dorthin zu gelangen, erschien ihr absolut unmöglich.

Sie drehte sich um in der Hoffnung, in der anderen Richtung vielleicht einen besseren Weg zu finden – und blieb wie erstarrt stehen.

Auf der anderen Seite des Grabens, an dessen Rand sie stand, wuchs ein Wald. Und ein Stück zu ihrer Rechten erblickte sie einen Steg, der über den Graben führte! Wieso hatte sie das bis jetzt nicht bemerkt? Und hatte Kajsja nicht gesagt, sie wäre mit Yazeem in einem Wald gewesen, um den Pilz zu holen? Vielleicht waren Corrie und die junge Weberin ja doch nicht allzu weit entfernt, und sie war bloß etwas zu früh aus dem Strudel gefallen. Der Gedanke, die beiden in dem Wald zu finden, gab Silvana neue Kraft. Außerdem boten ihr die Bäume und Sträucher bestimmt Schutz gegen den eisigen Wind. Alles war besser, als weiter hier oben auszuharren. Mit raschen Schritten setzte sie über die kahle Erde, balancierte über den schwankenden Steg und stand kurz darauf in dem hohen, blaugrauen Gras, das den Rand des Waldstücks säumte. Hier waren die Büsche jedoch zu dicht, als dass sie sich hätte hindurchzwängen können. Die meisten besaßen darüber hinaus auch ziemlich lange Dornen, mit denen Silvana lieber nicht in Berührung kommen wollte. So suchte sie nach einem Durchlass, durch den sie tiefer zwischen die Bäume gelangen würde.

Und plötzlich, und als hätte eine unsichtbare Kraft ihre Bemühungen, Schutz zu finden, bemerkt, frischte der Wind jaulend auf und bog das Geäst vor ihr so weit auseinander, dass sie hindurchschlüpfen konnte, ohne sich zu stechen oder hängen zu bleiben. Kaum war sie an den Sträuchern vorbei, als Wind und Kälte schlagartig aufhörten.

Verwundert blieb Silvana stehen und sah sich um. Es war, als hätte sie eine unsichtbare Grenze in eine andere Welt überschritten. Die Luft war mild und stand unbewegt zwischen den dicht belaubten Ästen der hohen Bäume, durch die kein Stück des grauen Himmels zu sehen war. Licht spendeten zahllose, in den unterschiedlichsten Farben fluoreszierende Blüten und sanft glühende Pilze, die nahezu so groß waren wie Silvana selbst. Sogar die Blätter der Bäume schienen in einem sanften Licht zu schimmern, das sich in einem kleinen, leise rauschenden Bachlauf brach, der zwischen ihnen dahinfloss.

Einem ersten Impuls folgend, wollte sie nach Corrie und Kajsja rufen, doch gerade noch rechtzeitig schluckte sie den

Ruf wieder hinunter. Die Leshys konnten sie schließlich ebenso hören.

Die Leshys.

Wie hatte Kajsja es beschrieben? Sie waren einfach so erschienen – wie aus dem Boden geschossen. Misstrauisch ließ Silvana ihren Blick umherwandern, doch die Bäume schienen ihr nichts weiter als Bäume zu sein und keine Wesen, die sich im nächsten Moment auf sie stürzen würden. Dennoch war sie auf der Hut.

Da noch immer keine Spur ihrer Freundinnen oder Yazeem zu sehen war, wagte sie sich Schritt für Schritt tiefer in den Wald, peinlich darauf bedacht, kein lautes Geräusch zu verursachen. Sie würde dem Werwolf keine große Hilfe sein, wenn auch sie gefangen genommen wurde – oder Schlimmeres.

Weiter vor sich hörte sie plötzlich ein Knacken. Sie hielt mit pochendem Herzen inne und wartete ab, ob sich das Geräusch wiederholen würde, blinzelte dabei nervös in das Zwielicht zwischen den Stämmen. Erneut raschelte es, und sie wich erschrocken einen Schritt zurück, als etwas aus dem Busch vor ihr geschossen kam. Sie konnte das Tier nicht genau erkennen, aber es war irgendetwas mit Fell … und ziemlich vielen Beinen. Es verschwand hinter einem Baum, dessen Borke und Äste von dickem, pinkfarbenem Moos überwuchert waren. Als sich das Rascheln entfernte, atmete sie auf.

»Silvana?«, flüsterte es plötzlich hinter ihr.

Bei dem Klang von Corries Stimme wirbelte Silvana herum. Ihre Freundin lugte zwischen den dünnen Zweigen eines Buschs hervor.

Erleichtert eilte Silvana zu ihr und fand auch Kajsja neben

ihr. »Wo habt ihr gesteckt?«, flüsterte sie, während sie Corrie umarmte.

»Tut mir leid«, murmelte die junge Weberin und sah betreten zu Boden. »Ich habe erst gemerkt, dass ich dich verloren habe, als wir im Wald angekommen sind. Meine Konzentration ist offenbar nicht besonders stressbeständig.«

»Offenbar«, stimmte Silvana zu. Es klang bissiger als beabsichtigt.

»Hast du dir etwas getan?«, fragte Corrie und betrachtete besorgt Silvanas zerrissene Jeans und ihre aufgeschürften Hände.

Silvana schüttelte den Kopf. »Nein, das ist nur oberflächlich. Ich bin auf einem Knochenberg gelandet und hatte eine nicht gerade angenehme Talfahrt.«

Corrie schien zwar nicht überzeugt zu sein, ließ es jedoch auf sich beruhen und blickte sich unbehaglich um. »Dann suchen wir jetzt Yazeem?«

Silvana wandte sich mit einer etwas versöhnlicheren Stimme an die Portalweberin. »Weißt du, wo wir die Leshys finden?«

Kajsja hob die Schultern. »Ich habe keine Ahnung. Es sieht alles gleich aus.«

Diese Antwort hatte Silvana befürchtet. Auch wenn sie jetzt ungefähr dort waren, wo Yazeem von den Leshys überwältigt worden war, hieß das noch lange nicht, dass sie sich noch in der Nähe befanden.

»Dann versuchen wir, ihn zu finden«, sagte Corrie entschlossen.

Silvana sah sich um. Im Grunde genommen hatte ihre Freundin ja recht, aber … »Und wo sollen wir anfangen?«

»Wir folgen einfach dem …« Weiter kam Corrie nicht,

denn sie sah sich unvermittelt einem tiefblau leuchtenden, einzelnen Auge gegenüber. Es gehörte zu einem mit Rinde und Moos bedeckten Wesen, das völlig unbemerkt zwischen den Bäumen aufgetaucht war.

Mit einem erschrockenen Aufschrei taumelte Corrie zurück. Sie hörte, wie Silvana ebenfalls aufschrie, und warf einen panischen Blick über ihre Schulter. Kajsja hatte bereits begonnen, mit kreidebleichem Gesicht das rettende Portal zu weben, als ihre Hände plötzlich von hinten ergriffen wurden. Nun schrie auch sie und trat blindlings nach dem Angreifer.

»Aua! Hey, alles gut.«

Irritiert starrten Silvana und Corrie die Gestalt hinter Kajsja an.

»Yazeem?«

»Ja. Bitte beruhigt euch, er wird euch nichts tun.« Er deutete in Richtung des Leshys, der den Tumult vor sich etwas verständnislos zu verfolgen schien.

Als Kajsja aufhörte, sich in seinem Griff zu winden, ließ Yazeem ihre Hände wieder los.

Corrie musterte den Werwolf verblüfft. »Kajsja hat gesagt, du wärst von ihnen gefangen genommen worden«, sagte sie und sah die Weberin dabei fragend an.

»Kajsja war auch ziemlich schnell wieder verschwunden«, erwiderte Yazeem und warf ihr einen säuerlichen Blick zu.

»Zugegeben, unsere Freunde sind ziemlich plötzlich aufgetaucht, und es mag etwas beängstigend gewirkt haben, aber wie ich schon im Laden sagte – es gibt nichts Gefährliches auf Ossa.« Er deutete auf den Leshy. »Und jetzt haben sie mir geholfen, euch hier zu finden.« Er lächelte den Leshy an, der daraufhin knarzend den Kopf schief legte. »Nach diesen dreien habe ich gesucht.«

Der Waldgeist hob darauf einen knorrigen Arm und war nur wenige Sekunden später wieder verschwunden, als hätte der Wald ihn einfach verschluckt.

»Dann ist gar nichts passiert?«, vergewisserte sich Corrie und musterte den Werwolf noch einmal ausgiebig von oben bis unten. Aber er schien tatsächlich unverletzt zu sein.

Yazeem schüttelte den Kopf. »Sie sind friedlich. Sie hatten nichts dagegen, dass ich die Phiole mit dem Blut von einem der Pilze fülle.«

»Aber wieso wart ihr dann so lange fort?«, fragte Silvana.

»Weil Kajsja uns erst zu einem anderen Waldstück gebracht hat, in dem es den Pilz leider nicht gab«, erwiderte Yazeem. »Was wir aber erst nach längerer Suche festgestellt haben. Daraufhin sind wir über eine der Brücken zu diesem Wald weitergewandert. Und hier hatte ich endlich Glück.« Er hielt die Phiole hoch, deren eingebrannte Zeichen noch in einem sanften Orange glühten.

»Dann können wir schon zurück?«, fragte Corrie verdutzt.

Yazeem hob die Schultern. »Wenn es nach mir geht, schon. Es sei denn, ihr möchtet euch noch ein wenig auf Ossa umsehen.« Er ließ die Phiole in seiner Manteltasche verschwinden. »Aber ich glaube, ihr habt noch eine Lesung vorzubereiten, nicht wahr?«

Als die vier kurz darauf unsanft aus dem Portalstrudel in die *Taberna Libraria* zurückgespült wurden, erwartete sie bereits die nächste Überraschung – allerdings eine, auf die zumindest Silvana und Corrie hätten verzichten können. In einem Sessel bei den Hörbüchern, unweit des noch immer in einem Berg aus durcheinandergefallenen Büchern stehenden

Tisches, saß der Botschafter, ein Bein übergeschlagen, eine Tasse auf der Lehne neben sich und einen der *Redfern Glenn*-Romane aufgeschlagen in seinem Schoß. Bei seinem Anblick fühlte sich Corrie, als habe sie etwas furchtbar Schlimmes verbrochen, ohne zu wissen, was es überhaupt war. Sie schielte zur Uhr und unterdrückte ein Stöhnen. Fast eine Stunde waren sie fort gewesen. Ihnen blieben nur noch knappe drei Stunden bis zu der Buchvorstellung. Und nun war auch noch Tempest hier. Für einen kurzen Moment überlegte sie, Kajsja zu bitten, sie nach Eltranar oder sonst wohin zu teleportieren.

»Um die offensichtlichste Frage vorwegzunehmen: Phil und Scrib haben mich hereingelassen«, bemerkte Tempest ungerührt, noch bevor jemand etwas sagen konnte. Er legte den Ersatzschlüssel, den die beiden Freundinnen unter der Theke aufbewahrten, auf den Tisch. »Ich war so frei.« Er nickte zu der Tasse mit Tee und dem Buch. »Dass die alte Gutsherrin die Mörderin ist, kann man sich schon nach den ersten fünf Kapiteln denken.« Er klappte den Roman zu und musterte die vier. »Und falls jemand wissen möchte, warum ich passenderweise genau jetzt hier bin – bitte sehr.« Er zog Corries Handy aus der Hosentasche und hielt es ihr hin. »Ich war gerade bei Mr Ranish, als es geklingelt hat.«

»Oh«, machte Corrie. Sie erinnerte sich wieder, es einfach auf dem Küchentisch liegen gelassen zu haben, als sie überhastet mit Kajsja aufgebrochen waren. Und dass sie bereits die Nummer des Botschafters gewählt hatte. »Tut mir leid«, murmelte sie und nahm das Telefon von Tempest entgegen. Das war ja wieder großartig gelaufen.

Tempest verzog kurz das Gesicht. »Ich bin ja dankbar, dass Sie sich meine Worte zu Herzen genommen haben, mich zu kontaktieren, wenn es Probleme gibt. Aber ich hatte damit nicht nur das Wählen meiner Nummer gemeint, sondern tatsächlich verbale Kommunikation.«

»Wir hatten keine Zeit für große Reden«, versetzte Silvana unfreundlich. »Wir dachten, Yazeem wäre in Gefahr. Wir konnten nicht auf irgendwelche klugen Ratschläge warten oder eine Einsatzbesprechung abhalten.«

»Und wer sagt Ihnen, Miss Livenbrook«, erwiderte Tempest so übertrieben freundlich, dass Corrie ein Schauer über den Rücken lief, »dass es so gewesen wäre?«

»Hat mir ein Gargoyle gezwitschert«, erwiderte Silvana trotzig.

Tempest überging ihren Kommentar und sah stattdessen den Werwolf an. »Es hat also Probleme gegeben?«

Yazeem schüttelte beschwichtigend den Kopf. »Ich habe das Blut. Die drei haben nur geglaubt, ich wäre in Gefahr, weil die Leshys so abrupt aufgetaucht sind.«

»Und ich geflüchtet bin, um Hilfe zu holen«, fügte Kajsja kleinlaut hinzu.

»Anstatt sich zu vergewissern, dass das wirklich nötig ist«, stellte Tempest unzufrieden fest.

»Sie hatte Angst«, warf Silvana erbost ein. »Und immerhin hat sie uns das letzte Mal mit einer solchen Aktion das Leben gerettet. Da stand nämlich Lamassar vor uns.«

»Das ist mir durchaus bekannt«, erwiderte Tempest. »Aber wenn zumindest Corrie und Sie einen Moment länger gewartet hätten, hätte ich Ihnen mitteilen können, dass von den Leshys keinerlei Gefahr droht. Die Geschichten, die sich um sie ranken, sind allesamt frei erfunden, um einen Grund zu haben, sie zu jagen. Auch auf Ossa sind sie aufgrund des Knochenabbaus, der die Wälder zerstört, in ihren Rückzugsorten bedroht. Man sollte sich nicht immer vom äußeren Eindruck leiten lassen.« Er erhob sich und straffte die Schultern. »Ich würde ja gern die Hoffnung hegen, dass Ihnen diese Episode eine Lehre gewesen ist, aber ich habe da so meine Zweifel. Entsprechend lasse ich mich überraschen, wann ich das nächste Mal von Ihnen höre.« Er musterte Kajsja. »Ich fahre Sie jetzt zurück zu den Blackwoods. Es liegt auf dem Weg.«

»Ja, Sir«, murmelte die Weberin bedrückt. Ihr war deutlich anzusehen, dass sie eine Unterhaltung mit dem Botschafter fürchtete.

»Musst du wirklich zurück?«, fragte Silvana in dem Versuch, ihr zu Hilfe zu kommen. »Wir könnten bei der Lesung nachher noch Hilfe gebrauchen.«

»Leider ja«, erwiderte Kajsja. »Albian braucht mich dringend. Ich war heute schon viel zu lange fort. Tim Taistra hat sicherlich noch andere Dinge zu tun, als mich bei den Gästen zu vertreten.«

Corrie und Silvana wechselten einen ungläubigen Blick. Der Sekretär des Botschafters als Aushilfe im Cafè? Ernsthaft?

Tempest machte eine Handbewegung in Richtung Tür. »Können wir dann?«

Kajsja winkte zum Abschied, und Tempest nickte den Freundinnen und Yazeem noch einmal kurz zu. Dann verließen die beiden den Buchladen.

»Tut uns leid«, sagte Corrie zerknirscht, als die Tür hinter ihnen zugefallen war. »Da waren wir wohl zu eifrig.«

Yazeem legte ihr tröstend die Hand auf die Schulter. »Es ehrt euch, dass ihr euch so sehr um mich sorgt. Aber ich hätte es mir nie verziehen, wenn ihr wegen so etwas wirklich in

Gefahr geraten wärt. Deshalb bitte ich euch: Macht so etwas nicht noch einmal, ja? Das nächste Mal sprecht ihr erst mit Tempest, bevor ihr loszieht. In Ordnung?«

Silvana nickte, ebenso wie Corrie. »In Ordnung.«

»Sehr gut.« Yazeem lächelte. »Und jetzt rauf mit euch ins Badezimmer. Wascht euch und verarztet eure Blessuren. Ich kümmere mich um den Laden.« Er sah die beiden Leseratten auffordernd an. »Und ihr beiden helft mir nachher beim Backen. Schließlich soll der Abend für Corrie und Silvana ein voller Erfolg werden.«

KAPITEL 22

Eine gut gemeinte Warnung

Die Temperaturen waren noch einmal deutlich gefallen.

Dicke Flocken gingen über Woodmoore nieder, die auf den Wiesen bereits liegen blieben. In den vergangenen drei Tagen seit ihrer Rückkehr aus Ossa hatten sich Corrie und Silvana hauptsächlich um das verbliebene Rätsel und ihre Kundschaft gekümmert. Um Letztere dabei deutlich erfolgreicher, was nicht zuletzt dem Bericht in der *Woodmoore's Week* zu verdanken war, in dem die vergangene Bücherschau in schillernden Farben beschrieben und in den höchsten Tönen gelobt worden war. Entsprechend gut hatten sich bisher auch die ausgewählten Werke verkauft – und ganz besonders das von Botschafter Tempest so abfällig bewertete *Redfern Glenn*.

Silvana schnaubte kurz bei dem Gedanken daran, während sie einige Exemplare des Buches auf dem Tisch mit den Empfehlungen platzierte, direkt neben einem frischen Stapel *Winterrösser*. Dieser Mann konnte kaum als Maßstab für gute Literatur genommen werden – höchstens dafür, wie schnell einem jemand den Tag vermiesen konnte. Heute allerdings brauchte es dazu nicht einmal den Botschafter. Aus irgendeinem Grund schienen sich vor dem Wochenende noch einmal alle unerfreulichen Kunden auf den Weg zu ihnen gemacht zu haben – seit dem Mittag gab einer dem anderen die Klinke in die Hand. Auch wenn sie wusste, dass sie das alles nicht persönlich nehmen durfte, waren ihre Nerven nach den vergangenen Tagen ziemlich dünn, und ihre Laune hätte Silvana im Moment irgendwo zwischen Zahnschmerzen und drei Tagen ohne Heizung angesiedelt.

»Hast du die Rolle mit dem weißen Band gesehen?«, rief Corrie von der Theke, wo sie jetzt, da gerade kein Kunde im Laden war, etwas Ordnung schaffen wollte.

»Keine Ahnung«, rief Silvana zurück. »Eigentlich sollte sie im Fach unter der Tastatur sein.«

Ihre Freundin schob noch einmal die Hand hinein, so weit sie konnte. »Hier ist nichts. Nur grünes.« Stirnrunzelnd sah sie zu den beiden Rollen Geschenkpapier neben dem Drucker. Da fehlte doch auch … »Und das Körbchen mit den Feder-Klipsen für die Geschenke?«

»In der Schublade unter dem Drucker!«, erwiderte Silvana, ohne aufzusehen. Konzentriert richtete sie den Stapel in der Mitte des Tisches aus, doch wirklich zufrieden war sie mit ihrem Ergebnis nicht. Was sicherlich zu einem nicht unerheblichen Teil an ihrer Stimmung lag. Es war vermutlich keine gute Idee, damit weiterzumachen. Also wandte sie sich von den Büchern ab und ging zu Corrie an die Theke, um ihr beim Suchen zu helfen.

»Da ist nichts«, wiederholte Corrie, als Silvana sich ebenfalls zu ihr herunterbeugte.

»Das ist seltsam. Ich habe sie doch erst heute Morgen dort liegen sehen.«

»Die letzte Rolle hat Mrs Marauner bei den Hörbüchern gefunden«, erinnerte sie Corrie. »Vielleicht sollte ich dort noch einmal suchen.«

Silvana runzelte die Stirn. »Du kannst sagen, was du willst, aber ich glaube nach wie vor, dass Phil und Scrib damit spielen.«

»Warum sollten sie so etwas tun?«, fragte Corrie skeptisch.

»Sie sind doch sonst so ordentlich und räumen immer alles auf.«

Silvana hob die Schultern. »Vielleicht haben sie es nur vergessen.«

»Mehr als einmal? Ich weiß nicht.«

Silvana wollte noch etwas erwidern, aber die sich öffnende Ladentür unterbrach sie. Neill Wellington schob sich mit der Schulter voran in den Laden und balancierte dabei vier Becher in den Händen, die er vor Corrie und Silvana auf der Theke abstellte. »Ich dachte mir, das könnten Sie und Mr Al Rahman gebrauchen in dieser Zeit«, sagte er augenzwinkernd, während er sich die Schneeflocken aus den Haaren schüttelte. »Mr Blackwood war so freundlich, mir zu verraten, was Sie drei gerne trinken.« Er drehte suchend die Becher hin und her und schob Corrie den ganz rechten hin. »Einmal Buttertoffee-Latte.« Er stellte den linken zu Silvana. »Einmal Kürbis-Latte Macchiato. Und wo ist Ihr Werwolf?«

»Noch in Port Dogalaan«, erwiderte Corrie, die verdutzt auf die Becher starrte.

»Schade. Dann bekommt er ihn eben später. Hoffentlich wird er bis dahin nicht kalt.« Wellington zog den vierten Becher zu sich und lächelte die beiden Freundinnen verschmitzt an.

»Das ist …«, begann Silvana ungläubig.

»Großartig, Mr Wellington«, beendete Corrie den Satz. »Damit retten Sie uns den Tag!«

Die Lachfältchen in Wellingtons Augenwinkeln wurden tiefer, als sein Grinsen breiter und eine Spur verlegener wurde. »Gern geschehen.«

Corrie nahm einen Schluck und schloss die Augen. »Tut das gut. Sie sind wirklich ein Schatz.« Sie blinzelte den Bestatter errötend an. »Verzeihung.«

Doch Wellington schmunzelte nur und trank selbst einen tiefen Schluck.

Um einer peinlichen Stille zuvorzukommen, wandte sich Silvana dem Abholfach zu und zog ein in feines, mintgrünes Leder gebundenes Buch hervor. »Hier ist Ihre Bestellung.« Sie legte es vorsichtig vor Wellington auf den Tresen.

Der Bestatter strich mit einem sanften, beinahe versonnenen Lächeln darüber. »Da wird jemand Augen machen. Würden Sie es mir als Geschenk einpacken?«

»Aber natürlich«, erwiderte Silvana und kniete sich auf den Boden, um einen Bogen Papier von der Rolle abzureißen.

Wellington sah Corrie derweil fragend an. »Was bin ich Ihnen schuldig?«

Corrie zögerte. Sie hatte den Preis bereits kalkuliert und in der Liste eingetragen, aber nach der freundlichen Geste des Bestatters widerstrebte es ihr, das Buch und den Transport voll zu berechnen. »25 Pfund.«

Wellington, der bereits seine Geldbörse hervorzog, stutzte.

»Sind Sie sich da sicher?«

»Bin ich«, erwiderte Corrie lächelnd.

»Der Latte war nicht als Bestechung gedacht«, sagte Wellington. »Sie müssen sich nicht mit einem Preisnachlass revanchieren.« Er zog 30 Pfund hervor und schob sie Corrie zu.

»Das dürfte wohl eher den Kosten entsprechen«, stellte er mit einem Zwinkern fest.

»Schon«, gab Corrie zu. »Aber …«

»Nichts da«, unterbrach sie Wellington mit einem mahnenden Lächeln. »Der Kaffee war ein Geschenk. Und was ich bei Ihnen kaufe, bezahle ich. Schließlich leben Sie beide von dem Geld, das Sie einnehmen.«

Natürlich wusste Corrie, dass er recht hatte und sie nicht jedem freundlichen Kunden einen Nachlass geben konnte. Sonst würden sie irgendwann nicht mehr genug verdienen. Also nahm sie sich vor, ihm irgendwann einmal auf andere Art etwas Gutes zu tun, und gab sich geschlagen. »Vielen Dank, Mr Wellington. Für beides.« Sie wollte gerade noch einen weiteren Schluck trinken, doch im gleichen Moment wurde die Ladentür aufgerissen, und Shukar walzte herein wie ein wütender Elefantenbulle. Die Ketten um seinen Hals klirrten bei jedem seiner schweren Schritte, und schon von der Tür aus konnte Silvana, die vor Schreck ein Ende des gekräuselten Geschenkbands abgerissen hatte, sehen, dass es in seinen Nasenlöchern unheilvoll glühte.

Wellington machte mit seinem Becher in der Hand einen

hastigen Schritt zur Seite, bevor er Gefahr lief, von dem Wolkendrachen einfach beiseitegestoßen zu werden.

»Guten Abend, Mr Shukar«, begrüßte Corrie den Drachen so freundlich, wie es ihr möglich war, auch wenn sie wusste, dass es an ihm ebenso wirkungslos abprallen würde wie eine Wattekugel von einer Mauer.

»Ist es endlich da?«, fauchte er ohne Einleitung.

»Ja, Ihr Buch ist angekommen«, erwiderte sie mit einem angestrengten Lächeln und nahm es aus dem Regal. »Bitte sehr.«

Shukar riss es an sich, kaum dass Corrie es auf den Tresen gelegt hatte. Seine Augen funkelten. »Endlich«, flüsterte er, bevor er die beiden Buchhändlerinnen drohend fixierte. »So etwas kommt in Zukunft hoffentlich nicht mehr vor.«

Corrie holte tief Luft. »Es ist nicht unsere Schuld, dass die Manufaktur abgebrannt …«

»Ausflüchte«, unterbrach Shukar sie grollend. »Um von Ihrer Unfähigkeit abzulenken. Aber wenn Sie glauben, dass ich mir so eine Unverschämtheit noch einmal bieten lasse –«

»Unverschämt sind hier nur Sie«, erklang unvermittelt Wellingtons Stimme.

Corrie und Silvana warfen ihm einen alarmierten Blick zu. Er hatte nicht ernsthaft vor, sich mit Shukar anzulegen, oder? Miss Pauly in die Schranken zu weisen, war eine Sache. Der Wolkendrache aus der Kriegerkaste hingegen eine völlig andere …

Mit leicht zur Seite geneigtem Kopf musterte Wellington den Drachen abwartend.

Wie nicht anders zu erwarten, wirbelte Shukar ungehalten zu ihm herum und fixierte den Bestatter wütend. »Was war das?«

»Sie haben jetzt, was Sie wollten. Warum gehen Sie nicht einfach, anstatt den beiden Damen den Abend zu verderben?«

»Ist schon gut, Mr Wellington«, versuchte Corrie, einer Antwort des Wolkendrachen zuvorzukommen. Doch dafür war es bereits zu spät.

Shukar senkte schnaubend den Kopf und baute sich mit klirrenden Ketten vor dem deutlich kleineren Bestatter auf. »Ich wüsste nicht, was dich das angeht!«

»Hören Sie auf, den beiden Damen zu drohen«, erwiderte Wellington ungerührt.

»Glaubst du wirklich, du könntest mir etwas vorschreiben?«, entgegnete der Wolkendrache lachend. »Was glaubst du eigentlich, wer du bist?«

»Eine interessante Frage«, erwiderte Wellington und trank noch einen Schluck, bevor er den Becher neben sich auf dem Büchertisch abstellte.

Corrie warf Silvana einen Hilfe suchenden Blick zu. Was ging hier vor?

Silvana zuckte jedoch nur mit den Schultern und starrte die beiden Männer beunruhigt an. Wusste Wellington, was er da tat? Shukar würde wohl kaum einfach so gehen wie beim Auftritt des Botschafters. Im Gegenteil.

Und sie sollte recht behalten.

Übergangslos packte Shukar Wellington am Spitzrevers seines Paletots und hob ihn daran empor, bis Wellington nur noch mit den Fußspitzen den Boden berührte. »Du bist nichts«, zischte ihm Shukar ins Gesicht, während Nebel unter seinem Mantel zu wallen begann und seine Nüstern immer heller glühten.

»Mr Shukar«, versuchte es Silvana nun doch und kam um den Tresen herum. »Hören Sie …«

Doch der Wolkendrache beachtete sie nicht, sondern starrte weiterhin Wellington an. Der Bestatter starrte zurück, ohne eine Miene zu verziehen. Seine Hände hatten sich um Shukars Handgelenke geschlossen, und seine Kiefermuskeln waren angespannt.

Corrie spürte plötzlich eine heiße Brise, als hätte jemand die Klappe eines Kaminofens geöffnet. Vor Shukars wütend bebenden Nasenlöchern flimmerte die Luft, und der Nebel unter seinem Mantel schien sich aufzulösen. Corrie glaubte außerdem zu erkennen, dass sich rund um Wellingtons Finger feiner Rauch zu bilden begann. Sie sah erneut zu Silvana, die es ebenfalls zu bemerken schien. Genau wie den Dampf, der plötzlich aus ihren Trinkbechern aufstieg.

»Mr Shukar, bitte …«

Just in diesem Moment öffnete sich die Ladentür ein weiteres Mal.

»Glückseligkeit!«

Corrie widerstand der Versuchung, ihren Kopf auf die Tischplatte zu legen und ihn unter ihren Armen zu begraben. Ausgerechnet Ranish. Einen schlechteren Zeitpunkt hätte sich der notorisch gut gelaunte Elf wahrlich nicht aussuchen können.

Das schien auch er selbst zu bemerken.

Im ersten Moment blieb er angesichts der Szenerie vor ihm wie angewurzelt stehen. Sein fröhliches Lächeln verblasste.

Doch dann breitete er zu Corries und Silvanas Erstaunen einladend die Arme aus. »Shukar! Was für eine Freude, dich hier zu sehen!«

Und mit noch größerem Erstaunen nahmen die beiden Freundinnen zur Kenntnis, dass der Wolkendrache den Bestatter augenblicklich losließ und den Elf mit einer Miene fixierte, die man nur mit Panik beschreiben konnte.

Der Elf ließ sich davon jedoch nicht beirren. »Du bist letzte Woche überhaupt nicht zu deinem Termin erschienen!«

Termin? Corrie runzelte die Stirn. Was für ein Termin? Was hatten ausgerechnet Ranish und Shukar miteinander zu schaffen?

Für einen kurzen Moment wandte der Elf seine Aufmerksamkeit von dem unbehaglich mit den Füßen scharrenden Wolkendrachen ab und lächelte erst den beiden Freundinnen und dann Wellington zu, der sich grinsend über den Bart fuhr und seinen Kaffeebecher wieder in die Hand nahm. »Schön, dich zu sehen, Neill. Was macht das Rheuma?«

»Bei dem Wetter könnte es sich gerne etwas mehr zurückhalten«, erwiderte der Bestatter zwinkernd.

Corrie ließ verwundert ihren eigenen Becher sinken. Rheuma?

»Das bekommen wir auch wieder in den Griff, ganz sicher«, erwiderte Ranish, bevor Corrie eine entsprechende Frage stellen konnte, und machte eine wegwerfende Handbewegung. Dann griff er in seine Jackentasche und warf dem Bestatter ein kleines Döschen zu, das dieser geschickt aus der Luft fing. »Hier, das ist, wonach du mich gefragt hast.« Er wandte sich wieder Shukar zu, der bereits Anstalten gemacht hatte, sich an dem Elf vorbei nach draußen zu schleichen. »Wir sollten unbedingt einen neuen Termin vereinbaren, Shukar! Wir müssen weiter an deinem Manipura arbeiten! Du weißt doch, es darf nicht auch noch dein Anahata aus dem Gleichgewicht bringen!«

Der Wolkendrache räusperte sich. »Ähm, nun ja … vielleicht …«

»Wie wäre es denn mit jetzt gleich? Ich habe noch etwas Zeit vor dem Reinigungsritus.« Er strahlte den Wolkendrachen auffordernd an.

»Meinetwegen«, murmelte Shukar.

»Wundervoll!« Ranish klatschte begeistert in die Hände und wies auf die Ladentür. »Dann lass uns gleich gehen.« Er nickte den übrigen Anwesenden freundlich zu. »Bis zum nächsten Mal!«

»Wiedersehen«, brummte der Wolkendrache, was Corrie und Silvana irritiert zur Kenntnis nahmen. Dann verließ er den Laden, mit dem Elf direkt auf den Fersen.

Als die Tür hinter den beiden ins Schloss gefallen war, lehnte sich Wellington gegen die Theke. »Erstaunlich, nicht wahr?«, kommentierte er, wobei Corrie den Eindruck hatte, dass er ein Lachen unterdrücken musste. »Wie manche Dinge doch miteinander verknüpft sind.« Er grinste in seinen Becher und nahm noch einen Schluck.

»Sie können unmöglich geahnt haben, dass Shukar heute Abend hier auftaucht. Sonst würde ich Ihnen glatt unterstellen, dass Sie Mr Ranish absichtlich hierherbestellt haben«, bemerkte Corrie, die noch immer nicht glauben konnte, was sie gerade gesehen hatte. Sie hätte nicht gedacht, dass es noch jemanden außer dem Botschafter gab, der den Wolkendrachen so dermaßen aus dem Konzept bringen konnte. Und keinem hätte sie es weniger zugetraut als dem esoterischen Elf.

»Oh, ich *habe* Mr Ranish absichtlich hierherbestellt«, erwiderte der Bestatter ernst und schürzte die Lippen. »Aber ich hatte keine Ahnung, dass sich sein Kommen als *so* günstig erweisen würde. Eigentlich hatte ich ihn nur gebeten, mir das hier vorbeizubringen, wenn ich das Buch abhole.« Er stellte das Döschen auf die Theke, das der Elf ihm zugeworfen hatte. »Das ist für Sie.«

»Noch ein Geschenk?«, fragte Corrie und hob die Braue.

»Gewissermaßen«, bestätigte Wellington mit einem Lächeln.

»Und was genau ist das?«, fragte Silvana.

»Anti-Balg«, erwiderte der Bestatter.

»Anti-Balg?«, wiederholte Corrie verständnislos. »Und wofür soll das gut sein?«

»Nicht *wofür,* sondern *wogegen*«, korrigierte sie Wellington. »Lassen Sie mich eine Gegenfrage stellen: Haben Sie hier im Buchladen in letzter Zeit seltsame Dinge bemerkt? Und ich meine damit nicht Ihre Kundschaft.«

»Inwiefern genau?«, fragte Silvana vorsichtig.

»Zum Beispiel Bücher, die ihren Platz wechseln. Dinge, die verschwinden und woanders wiederauftauchen.«

Corrie, die ihre Überraschung ebenso wenig verhehlen konnte wie ihre Freundin, nickte. »Wir haben es für einen Scherz gehalten.«

Wellington nickte langsam. »Verstehe. Und wie sieht es mit Fußspuren aus? Winzig kleine? Im Staub zum Beispiel?«

Silvana bekam noch größere Augen. »Und ich dachte, ich hätte mir das nur eingebildet!«

»Du hast sie also auch gesehen?«, fragte Corrie überrascht.

»Das erste Mal unten im Schreibkeller«, gestand Silvana. »Und neulich habe ich auf der Empore noch mal welche gefunden, aber da dachte ich, sie wären von Phil und Scrib.«

Corrie schüttelte den Kopf. »Als ich die Kabel wieder richtig gesteckt habe, habe ich hinter dem Drucker auch welche gesehen. Ich wollte es dir sagen, aber dann ist so viel anderes passiert, dass ich es total vergessen habe. Und dann erschien es mir nicht mehr so wichtig.«

Wellington strich sich langsam über den kurzen Bart. »Das bestätigt meine Vermutung. Sie haben ein Wechselbalg-Problem.« Er schob das Döschen vielsagend mit dem Zeigefinger in die Mitte der Theke.

»Wechselbalg?«, fragte Silvana konsterniert. »Sind das nicht eigentlich von Trollen geraubte Kinder?«

»In dieser Welt schon«, stimmte Wellington ihr zu. »Aber jenseits der Portale nennt man so eine Art Kobold, der sich von Buchstaben ernährt und gerne von Schreibern als Tintenlöscher für Schreibfehler verwendet wird. Da Sie, wie ich gerade gehört habe, einen Schreibkeller besitzen, liegt die Vermutung nahe, dass es von dort gekommen ist.«

»Ein Kobold, der sich von Buchstaben ernährt?«, hakte Silvana nach. »Soll das etwa heißen …«

»Dass er für den Lochfraß in Miss Paulys Buch verantwortlich ist?« Wellington hob die Brauen. »Ja, das ist ziemlich sicher der Fall. Und in den vertauschten Büchern wird es ähnlich aussehen, fürchte ich. Wilde Wechselbälger, die nicht regelmäßig mit Korrekturtexten gefüttert werden, ändern gerne den Standort ihrer Nahrung, damit der Fraß nicht sofort auffällt.«

»Woher kennen Sie sich so gut damit aus?«, wollte Corrie wissen und betrachtete nachdenklich die kleine Dose.

»Ich bin während meiner Lehrzeit mit einigen dieser Wesen konfrontiert worden. Sie sind in dieser Welt leider nicht so selten, wie man meint. Und es gibt nichts Ärgerlicheres, als wenn man auf der Hälfte seiner Facharbeiten bemerkt, dass sowohl in der Referenzliteratur Löcher klaffen als auch in den eigenen, mühsam erarbeiteten Texten.« Er zog eine leidende Grimasse. »Sagen Sie, lagert in Ihrem Keller zufällig noch Papier?«

Corrie nickte. »Bergeweise. Aber nur leeres.«

»Also Futtermangel«, stellte Wellington fest. »Deshalb ist Ihnen das Balg vermutlich irgendwann hier herauf gefolgt.«

»Und hat ein Schlaraffenland vorgefunden«, seufzte Silvana. »Das hat uns gerade noch gefehlt.« Sie deutete auf das Döschen. »Das hilft uns wirklich, dieses Balg wieder loszuwerden?«

»Ganz sicher«, versprach Wellington. »Sie müssen das Pulver einfach nur –«

Lautes Poltern und Krachen aus der oberen Etage unterbrach ihn und ließ die beiden Freundinnen herumfahren.

»Haltet es!«

»Nicht schon wieder«, stöhnte Corrie, als sie das Buch von Bergolin in ihre Richtung rasen sah. Sie konnte es bei dem Tempo nicht genau erkennen, aber es schien etwas Pelziges, Blaues zwischen den Seiten hängen zu haben. Sie blinzelte. War das ein Fuß? Und ein … Schwanz?

Ebenso perplex wie sie starrte auch Wellington auf das wild gewordene Buch, auf Silvana, die versuchte, sich ihm in den Weg zu stellen, und auf die beiden Leseratten, die ihm nacheilten.

Phil sprang auf die Theke und stürzte sich von dort aus auf das Buch des Bergolin hinab, landete auf seinem Rücken und versuchte, es umzureißen. Die Szene hatte etwas von einem Rodeoritt auf einem wild bockenden Bullen. Wie die meisten Cowboys ereilte aber auch die Ratte das Schicksal eines reichlich raschen und schwungvollen Abgangs – genau in Richtung der künstlichen Tanne neben dem Tresen.

Corrie versuchte geistesgegenwärtig, den Baum festzuhalten, doch es war bereits zu spät. Wie in Zeitlupe sah sie die Leseratte wie von einem Katapult abgeschossen zwischen den Zweigen verschwinden, sah den sich lösenden Schmuck und den zusammenklappenden Baum, der seine Dekoration wie eine Fontäne in die Luft spie, bevor er umfiel – genau in ihre Arme. Was wiederum dazu führte, dass sie das Gleichgewicht verlor und mitsamt der Tanne auf dem Fußboden landete. Mit leisem Klirren regneten die Kugeln auf sie herab und verteilten sich um sie herum.

Silvana hatte den Moment der Ablenkung genutzt und beherzt zugegriffen. Leise knurrend, aber ansonsten weitestgehend friedlich, hing das Buch von Bergolin in ihrem Griff. Mit gerümpfter Nase betrachtete sie das, was zwischen seinen Seiten heraushing: ein pelziger blauer Fuß mit spitzen Krallen sowie das Ende eines dünnen Schwanzes mit blauer Fellquaste auf der einen Seite, und eine schmale, pelzig blaue Hand auf der anderen.

Wellington, der am Tresen lehnte und die Szenerie mit einem amüsierten Schmunzeln beobachtet hatte, warf das Döschen in die Luft und fing es wieder auf. »Wenn ich geahnt hätte, dass Sie ein Buch von Bergolin hier haben, hätte ich mir das Pulver sparen können.« Er ging zu Corrie, um ihr aus der Tanne aufzuhelfen. In diesem Moment fiel etwas aus den Seiten von Bergolins Buch, das langsam und genüsslich die Reste des Balgs zwischen seine Seiten zog wie eine Schlange eine Maus. Es rollte dem Bestatter vor die Füße, der sich danach bückte und es aufhob. Stirnrunzelnd betrachtete er den eingekerbten Knochenzylinder und das eingebrannte Symbol auf seiner Oberseite. »Was ist denn das?«

Silvana hob möglichst unbeteiligt die Schultern. »Keine Ahnung. Muss das Ding von oben haben. Vielleicht vom Dachboden. Warum?«

»Ich dachte, ich würde das Bild kennen«, sagte er und reichte Silvana den Zylinder zurück.

»Ach, wirklich?«, fragte sie. »Woher?«

Wellington neigte den Kopf. »Es sieht genauso aus wie das Wappen an einer Gruft, die ich kenne.«

»An einer Gruft?«, wiederholte Corrie. »Hier in Woodmoore?«

Ein Schatten legte sich auf Wellingtons Gesicht. »Keiner, zu deren Besuch ich Ihnen raten würde.«

»Wieso nicht?«, hakte Corrie nach, deren Interesse geweckt war.

Das schien auch Wellington zu bemerken und schüttelte langsam den Kopf. »Das kann ich Ihnen nicht sagen«, erwiderte er. »Aber glauben Sie mir, als Bestatter weiß ich nur zu gut, wovon ich rede. Ich schätze Sie beide sehr. Also bitte, fragen Sie nicht weiter.« Er sah die beiden Freundinnen noch einmal eindringlich an, dann nahm er sein eingepacktes Buch und verließ mit einem gemurmelten »Guten Abend« raschen Schrittes den Laden.

Die beiden Freundinnen musterten einander fragend, während Phil von Scrib aus der Tanne gezogen wurde und das Buch von Bergolin langsam die Fellquaste einsaugte.

Eine Weile lang sagte keiner etwas.

»Wie seltsam«, bemerkte Corrie schließlich. »Und dabei haben wir nicht einmal den Laden verlassen.«

»Du ziehst Zufälle wirklich magisch an«, erwiderte Silvana kopfschüttelnd.

Corrie krauste halb nachdenklich, halb missbilligend die

Nase. »Glaubst du, er könnte recht haben? Mit dem Wappen?«

»Er ist Bestatter. Wenn es wirklich von einer Gruft stammt, dann sollte er es erkennen, oder nicht?«

»Also müssen wir herausfinden, auf welchem Friedhof sie sich befindet?«

»Sieht ganz danach aus.«

»Trotz der Warnung?«

»Es hilft ja nichts.«

Hinter ihnen öffnete sich mit leisem Quietschen die Kellertür und ließ Yazeem herein. »Hallo, ihr beiden, wie war …«, begann er gut gelaunt, bevor er stockte und irritiert das Chaos betrachtete. »Beim Pantheon, was ist denn hier passiert?«

»Nicht viel«, seufzte Silvana. »Bloß Shukar, Ranish, ein Wechselbalg, das vom Buch von Bergolin verspeist worden ist, und ein Besuch von Mr Wellington mit Kaffee für alle.«

»Deiner steht noch hinter dem Tresen«, sagte Corrie müde.

»Und außerdem …«

»Wissen wir jetzt, wo wir das noch fehlende Blut finden«, beendete Silvana den Satz und sah auf den Knochen in ihrer Hand. »Jedenfalls so ungefähr.«

KAPITEL 23

Das Angebot des Botschafters

»Ausgerechnet Wicked Cross«, sagte Tempest am nächsten Mittag und verschränkte die Arme vor der Brust. Er lehnte an seinem Schreibtisch, während Corrie und Silvana auf dem Sofa zu seiner Rechten saßen. Tee dampfte in den Tassen vor ihnen, die der Botschafter dieses Mal von Tim Taistra hatte bringen lassen, ebenso wie ein mächtiges Buch über die Familien der Gegend, das nun aufgeschlagen vor ihnen lag.

»Und nur, damit wir uns richtig verstehen – ich weiß, wer Ihre Quelle hierfür ist, Miss Vaughn. Ich dachte, wir hatten darüber gesprochen, dass niemand mehr in diese Sache hineingezogen werden sollte.«

Corrie sah unbehaglich auf ihre Knie. »Es war wirklich keine Absicht. Einfach nur Zufall. Wir haben nicht einmal direkt gefragt …«

Sie hob kurz den Blick und sah, dass Tempest spöttisch die Brauen gehoben hatte. »Den Begriff *Zufall* sollte man in Ihrer Gegenwart mit Vorsicht genießen. Aber jetzt ist es nun einmal geschehen – und Mr Wellington hat das Bild durchaus richtig erkannt. Was bei seinem Beruf auch nicht wirklich verwunderlich ist. Ärgerlicher ist es, dass ich es selbst auch hätte erkennen müssen. Nicht erst nach dem Hinweis, dass es sich an einer Gruft befindet. Schließlich ist es nicht einfach irgendeine Gruft.« Er drehte das Buch auf dem Couchtisch so, dass die beiden Freundinnen die aufgeschlagene Seite betrachten konnten. »Aber ich denke, nach dem Blick in diese Chronik können wir alle zustimmen, dass es sich bei dem

Wappen in der Tat um das der *Little*-Familie handelt. Unerfreulich, um es euphemistisch auszudrücken.«

Corrie und Silvana nickten und sahen noch einmal auf die Doppelseite vor ihnen. Dort war die entsprechende Wappenplatte abgebildet – aber auch eine Zeichnung der Gruft, bei der das Wappen wie bei der Phiole um einige Dinge ergänzt worden war.

»Sie haben gesagt, dass die Gruft auf dem Friedhof von Wicked Cross liegt«, bemerkte Silvana.

Tempest stieß sich von der Tischplatte ab und trat an das Tablett, auf dem sein Tee stand. »Das ist richtig. Haben Sie schon einmal vom Wicked Cross gehört? Oder von seiner Geschichte?«

»Nein«, erwiderte Corrie zögernd. Sie wusste nicht, was ihr weniger gefiel: die Art, wie der Botschafter die Frage stellte, oder der Blick, mit dem er dabei sie und Silvana musterte.

»Natürlich nicht«, stellte Tempest säuerlich fest. »Miss Livenbrook vielleicht?«

Wie ein Lehrer in der Schule … Silvana sah den Botschafter kühl an. »Bisher nicht.«

»Aber Mr Wellington hat gesagt, dass man dort besser nicht hingehen sollte«, warf Corrie zaghaft ein.

Tempest presste kurz die Lippen zusammen. »Tagsüber können Sie es wagen. Aber sobald die Dunkelheit hereinbricht, tun Sie gut daran, wieder auf der anderen Seite des Tors zu stehen. Oder noch besser – möglichst weit entfernt von diesem Tor.«

Silvana verengte die Augen. Täuschte sie sich, oder schwang tatsächlich so etwas wie Unbehagen in der Stimme des Botschafters mit?

»Die Geschichte des Friedhofs reicht weit zurück – bis ins frühe Mittelalter«, fuhr Tempest fort. »Dort wird zum ersten Mal von einem Ort tief in den Wäldern berichtet, an dem jene vergraben werden, vor deren verdammten Seelen die Lebenden zu beschützen seien. Ein Ort, an dem der Fluss der Elemente die Macht besitzt, gebannt zu halten, was mit einem Bann belegt wurde.« Er goss etwas Sahne in seinen Tee und rührte langsam mit dem kleinen Silberlöffel um. »Es ist viele Jahre her, seit ich das letzte Mal dort war. Dort sein *musste*. Und es endete alles andere als erfreulich. Aber da ich offenbar der Einzige in diesem Raum bin, der um die Gefahr des Friedhofs weiß, wird es das Beste sein, wenn ich selbst dorthin gehe.«

Auch wenn Corrie nach seiner Ausführung nicht wirklich den Wunsch verspürte, diesen Ort aufzusuchen, hatten sie und Silvana doch eigentlich nicht vor, diese Sache aus der Hand zu geben. Und schon gar nicht an Tempest. Doch ihr fiel nichts ein, was sie als Einwand vorbringen konnte, ohne unter Tempests Blick im Boden zu versinken. Dafür jedoch Silvana. »Ich wüsste nicht, warum das nötig sein sollte«, erwiderte sie unfreundlich. »Es war ausgemacht, dass wir weitermachen, solange wir es uns zutrauen. Wir sind bis hierher gekommen. Und meiner Meinung nach können wir zum Friedhof genauso gut selbst hingehen, solange es hell ist.«

»Ihre Meinung, Miss Livenbrook«, erwiderte Tempest sanft, »steht hier aber nicht zur Debatte.«

Bevor Silvana ihrer Empörung über diese Worte Luft machen konnte, hob Tempest bereits die Hand, atmete tief durch und nickte langsam. »Entschuldigen Sie bitte, Miss Livenbrook. Es war nicht so gemeint.« Er drehte sich um und trat mit seinem Tee ans Fenster. »Mir gehen nur gerade einige Dinge durch den Kopf.«

Danach schwieg er.

Corrie und Silvana sahen einander stumm an, Corrie ratlos, Silvana noch immer angesäuert. Doch auch die beiden Freundinnen sagten nichts.

Momente verstrichen, in denen Tempest einmal gedankenvoll an seiner Tasse nippte, dann jedoch nur weiter hinausblickte.

Als Corrie schließlich ihr anderes Bein überschlug und Silvana missmutig auf ihrem Handy zu tippen begann, drehte sich der Botschafter endlich wieder zu ihnen um. »Ich weiß, dass Sie beide am liebsten noch heute auf den Wicked Cross fahren möchten, doch das steht bei der fortgeschrittenen Tageszeit ganz außer Frage.« Er hob die Hand, als Silvana protestieren wollte. »Und ich muss auch noch ein paar Dinge in dieser Angelegenheit klären. Deshalb biete ich Ihnen Folgendes an: Ich werde morgen gemeinsam mit Ihnen zum Wicked Cross fahren, damit Sie in die Gruft der Littles hineingelangen. Allerdings erst am frühen Nachmittag – morgen früh müssen Mr Wellington und ich erst noch die Särge der Cochard-Geschwister überführen.«

»Die Särge überführen?«, wiederholte Corrie bestürzt.

»Sie werden in der Familiengruft am Hof beigesetzt. Sie beide wissen, dass sie adliger Herkunft waren?«

»Ja«, erwiderte Corrie leise. Sie musste wieder an Feelix denken.

»Ist es mittlerweile eigentlich sicher, dass sie von Wendigos angegriffen wurden?«, wollte Silvana wissen.

Zu ihrem Erstaunen nickte der Botschafter langsam, anstatt ihre Frage abzuschmettern. »Ich habe bereits weitere

Sucher damit beauftragt, diese Bestien zu finden. Bisher leider noch ohne Ergebnis. Und da ich Ihre nächste Frage bereits ahne: Feelix Cochard befindet sich nach wie vor nicht außer Lebensgefahr. Sofern Sie beten, sollten Sie ihn also weiterhin dabei einschließen.« Er atmete tief durch. »Und um zurück zu Ihrem Anliegen bezüglich des Wicked Cross zu kommen …«

Er drehte sich zu dem Telefon auf seinem Schreibtisch und drückte einen der Knöpfe. »Tim? Würden Sie bitte zu uns kommen? Danke.«

Es erstaunte weder Corrie noch Silvana, dass der Sekretär bereits keine Minute später den Kopf zur Tür hereinstreckte.

»Botschafter?« Er schenkte den beiden Freundinnen ein freundliches Grinsen. »Noch Tee?«

»Im Moment nicht, Tim, danke«, erwiderte Tempest. »Ich wüsste gerne, welche Termine morgen neben der Beerdigung am Grauhand-Hof noch anstehen.«

Taistra öffnete die Tür etwas weiter und rückte seine getönte Brille gerade. »Um 15 Uhr beginnt das Meeting mit Daniel Vaicus' Suchern, danach wollten Sie den Brief an den isländischen Botschafter zu seinem zehnjährigen Dienstjubiläum diktieren. Um sechs ist das Abendessen mit den Vertretern der Wirtschaftsfraktion der Blaukappen, und um acht sollen wir den Feierlichkeiten zur ersten Geburt eines Froststacheldrachens seit 150 Jahren auf britischem Boden beiwohnen. Außerdem haben Charlion und Miss Stubbs um ein Wort mit Ihnen gebeten. Schon gestern.«

Silvana sah den Sekretär mit erhobenen Brauen an. Tempest, der es bemerkte, lächelte säuerlich. »Ein ganz normaler Tag. Abgesehen von der Überführung der Särge.« Er spitzte kurz die Lippen. »Tim, sagen Sie bitte alle Termine bis auf die

Feierlichkeiten ab. Bis dahin werde ich wieder zurück sein. Und sehen Sie bitte auch noch einmal nach unserem Gastgeschenk. Ich möchte nicht, dass wir uns vor der gesamten Drachenwächter-Elite blamieren.«

Taistra nickte. »Natürlich, Botschafter. Soll ich mit Mr Vaicu und den Vertretern der Blaukappen gleich neue Termine vereinbaren, so wie es zeitlich in Ihren Kalender passt?«

Tempest neigte das Kinn. »Bitte.«

Als Taistra darauf mit einem bestätigenden Nicken die Tür hinter sich geschlossen hatte, richtete Tempest seinen Blick wieder auf die beiden Freundinnen. »Bestehen dann Ihrerseits noch Fragen? Oder haben wir alles geklärt, was Sie von mir wollten?«

Silvana überlegte einen kurzen Moment, ob sie nicht doch noch einmal einen Vorstoß wagen sollte, warum sie nicht heute noch auf den Friedhof gehen konnten, aber so gesehen, hatte er sie ja nur einen Tag vertröstet und ihnen darüber hinaus zugesagt, selbst mitkommen zu dürfen – das sollte sie vielleicht nicht unbedingt verspielen. Und schließlich hatte er ja klargemacht, dass es am heutigen Tag ohnehin zu spät war und der Friedhof des Nachts besser nicht betreten werden sollte.

Also erhob sie sich.

Corrie, die erleichtert darüber war, dass Silvana sich mit dem Vorschlag des Botschafters zufriedengab, tat es ihr gleich.

Tempest ließ sich in seinen Sessel sinken und lächelte frostig. »Das heißt dann wohl, nein? Wundervoll. Dann also bis morgen. Ich melde mich bei Ihnen.«

KAPITEL 24

Des einen Freud' ...

Der nächste Tag hielt eine Überraschung für die beiden Freundinnen bereit – Donn hatte beschlossen, das gute, wenn auch eisige Wetter zu nutzen, und hatte mit Talisienn zusammen einen Spaziergang zur *Taberna Libraria* unternommen. Doch während Donn selbst sich fast sofort wieder anschickte, ein paar Einkäufe im Ort zu erledigen und dann nach Hause zurückzugehen, blieb sein Bruder sehr zu Silvanas Freude bei den beiden Buchhändlerinnen und dem Werwolf im Laden zurück. Mit einer Tasse Tee in einen der Sessel bei den Hörbüchern zurückgelehnt, lauschte er abwechselnd verschiedenen CDs, dem Treiben der an diesem Tag eher spärlich erscheinenden Kunden und den Worten von Silvana, die sich hin und wieder zu ihm setzte und ein wenig Tee mittrank.

Es ging bereits auf den frühen Nachmittag zu, als endlich das Telefon klingelte. Doch anders als der erwartete Anruf von Tempest war es Albian Blackwood, der Hilfe benötigte.

»Er kommt nicht aus dem Café heraus, um selbst die nötigen Zutaten für die Fertigstellung der Essenz zu besorgen«, erklärte Yazeem, als er wieder aufgelegt hatte. »Kajsja ist mit den Suchern unterwegs, und Emma kann nicht alleine zwischen den Kunden und Styra hin und her springen.«

»Ich dachte, für solche Fälle hätte Tempest seinen Sekretär abgestellt?«, empörte sich Silvana, die am Regal neben dem Tresen lehnte. »Was benötigt er denn genau?«

»Das ist das Problem«, sagte der Werwolf. »Es sind Dinge,

die er nur im Distrikt der Kynokephali bekommt. Normalerweise hätte auch Meister Orad diese Dinge gehabt, aber von Cryas weiß ich, dass sein Laden vor ein paar Tagen völlig verwüstet worden ist und er immer noch aufräumt und die Schäden sichtet. Es bleibt also nur dieser eine andere Laden.«

»Und warum ist das ein Problem?«, wollte Corrie wissen.

»Weil ich sie ihm dort nicht besorgen kann«, erwiderte Yazeem.

»Werwölfe sind in diesem Distrikt nicht gerne gesehen, wenn man es freundlich ausdrücken möchte. Man würde uns nicht direkt etwas tun, aber es würde uns auch niemand etwas verkaufen, solange ich dabei bin. Es müsste also jemand von euch gehen.«

Corries Blick wanderte zur Uhr an der Kasse. »Aber wir wollten uns doch mit Botschafter Tempest beim Wicked Cross treffen.«

Yazeem hob die Schultern. »Ohne die Zutaten kommt Albian nicht weiter.«

»Und die Essenz ist immens wichtig«, ergänzte Talisienn, der hinter Silvana erschienen war. »Ohne sie könnt ihr das Ritual nicht durchführen.«

Corrie verdrehte die Augen. »Und das fällt ihm ausgerechnet heute ein.«

»Er war sich sicher, alles dazuhaben«, sagte Yazeem und lehnte sich gegen die Theke. »Und ich kenne es auch nicht anders bei ihm. Seine Bestände sind immer akkurat geführt.«

»Er hatte aber in letzter Zeit auch sehr viel um die Ohren«, gab Talisienn zu bedenken.

Yazeem neigte leicht den Kopf. »Es ist jetzt ohnehin nicht zu ändern. Wir müssen die Dinge für ihn beschaffen, wenn wir das Vierte Buch von Angwil bergen wollen.«

»Welche Möglichkeiten bleiben uns denn überhaupt?«, fragte Silvana.

»Nicht allzu viele, fürchte ich«, sagte Yazeem. »Entweder, ihr lasst Charles alleine auf den Friedhof gehen und begebt euch zusammen nach Amaranthina, während ich hierbleibe. Oder eine von euch bleibt hier, während ich mit Charles zum Friedhof fahre und die andere nach Amaranthina geht. Oder ich bleibe hier, und eine von euch fährt mit Charles, während die andere die Zutaten einkauft.«

»Wobei ich nicht gerne sähe, wenn die beiden alleine den Distrikt aufsuchen«, warf Talisienn ein und legte Silvana die Hände auf die Schultern. »Ich würde in jedem Fall mitkommen.« Er lächelte vielsagend. »Außerdem kenne ich den Inhaber des Ladens. Ich denke, ich könnte den Preis für die Waren noch etwas drücken.«

Yazeem drehte die Handflächen nach oben und sah die beiden Freundinnen an. »Eure Entscheidung.«

Großartig. Corrie verzog das Gesicht. Ihr gefiel keine der Möglichkeiten wirklich. Verschieben wollte sie den Besuch auf dem Friedhof auf gar keinen Fall, denn je länger sie warteten, desto größer war die Gefahr, dass wieder irgendetwas passierte. Aber sie wollte auch nicht unbedingt alleine mit dem Botschafter an ihrer Seite diesen Friedhof betreten. Und ihm die Beinphiole auszuhändigen, stand für sie völlig außer Frage.

Sie sah zu Silvana, doch im Gesicht ihrer Freundin erkannte sie nur dieselbe Unsicherheit, die sie selbst verspürte.

Sie wollte gerade dazu ansetzen, ihre Überlegungen in Worte zu fassen, als sich hinter ihnen die Tür öffnete und die hochgewachsene Gestalt des Botschafters den Buchladen betrat. »Einen guten Tag wünsche ich«, begrüßte er die Anwesenden, ohne dabei die Miene zu verziehen.

»Hallo, Charles«, erwiderten sowohl Yazeem als auch Talisienn, während die beiden Freundinnen nur stumm nickten.

»Störe ich?« Sein Blick, mit dem er die Anwesenden musterte, schaffte es, fragend und anmaßend zugleich zu sein.

»Nur eine kleine Besprechung«, antwortete Talisienn schließlich mit einem sanften Lächeln und drückte beruhigend Silvanas Schultern. »Wir sollten gleich eine Entscheidung getroffen haben.«

Tempest warf einen Blick auf seine Armbanduhr. »Das wäre äußerst erfreulich. Wir hatten eine Verabredung, wenn ich mich nicht täusche.«

»Wolltest du nicht anrufen?«, fragte Yazeem stirnrunzelnd. Tempest verschränkte die Arme vor der Brust und hob das Kinn. »Ich hielt es für einfacher, wenn ich die beiden Damen abholen komme. Die Parkmöglichkeiten am Wicked Cross sind für einen HY eher beschränkt.« Er wies zur Tür. »Und wir sollten nicht mehr allzu lange trödeln. Die Sonne geht bereits unter.«

»Es gibt eine kleine Planänderung«, sagte der Werwolf.

Tempest gestattete sich ein Heben der Brauen. »Und die wäre?«

»Ich fahre mit dir.«

»Du?« Der Botschafter kräuselte spöttisch die Lippen. »Woher auf einmal der Sinneswandel bei den beiden jungen Damen?«

Doch noch bevor Yazeem antworten konnte, holte Corrie tief Luft. »Es gibt keinen.« Sie schenkte dem überraschten Werwolf ein Lächeln, das jedoch nur halb über die Flauheit in ihrem Magen hinwegtäuschen konnte. »Ist schon gut. Silvie wird mit Talisienn nach Amaranthina gehen und die fehlenden Zutaten für Albian besorgen. Und ich«, dabei sah sie kurz zu Tempest, »werde mit dem Botschafter zum Friedhof fahren.«

Silvana sah ihre Freundin verwundert an. »Bist du sicher?«

Corrie nickte. »So ist es am besten. Denke ich.«

»Reizend«, kommentierte Tempest, und Corrie erinnerte sein kühles Lächeln an einen Hai, dem man gerade seine hilflose Beute direkt vors Maul geworfen hatte.

Sie schluckte und fragte sich, ob sie sich wirklich richtig entschieden hatte. Doch dann straffte sie die Schultern. Sicher hatte sie das. Der Botschafter war schließlich auch nur ein Mensch. Wenn auch einer, in dessen Gegenwart sie sich höchst unwohl fühlte. »Ich hole nur noch meine Jacke«, sagte sie und verschwand dann die Treppe hinauf, wo sie in ihrem Zimmer eilig nach ausreichend warmer Kleidung kramte.

Sie entschied sich für ihren weichen schwarzen Turtleneck-Hoodie mit gefütterter Kapuze und einer verschließbaren Kängurutasche, in der sie ihren Dolch, die Kette mit dem Springer und den Knochenzylinder aus dem Spiegel verschwinden ließ.

Hastig kam sie danach die Treppe wieder hinuntergepoltert, und Tempest, der gerade in diesem Moment wie beiläufig auf seine Uhr blickte, legte die Hand auf die Klinke. »Wollen wir dann los?« Ohne eine Antwort abzuwarten, öffnete er die Tür.

»Einen Moment noch.« Corrie zog die Kette mit dem Springer aus der Tasche, den Albian ihr gegeben hatte, und reichte ihn ihrer Freundin. »Nur so ein Gefühl«, sagte sie mit einem Schulterzucken auf Silvanas fragenden Blick hin. Und mehr war es auch tatsächlich nicht. Ein Gefühl. Aber ein seltsam starkes, das sie auf einmal in ihrem Zimmer ergriffen hatte. Und Corrie hielt es nach allem, was sie bisher erlebt hatten, für ratsam, ihm nachzugeben. Dann drehte sie sich zu Tempest, der ihr noch immer die Tür aufhielt, und schob sich wortlos an ihm vorbei nach draußen.

Nachdem die Tür hinter Corrie zugefallen war, sah Silvana noch immer auf den Anhänger und fragte sich, warum es nötig werden sollte, das Dämonenpferd zu rufen, das Albian mit der Schachfigur verknüpft hatte. Jetzt, wo die Feuerwölfe um Vulco hinter Gittern waren und der König von der Verschwörung Lamassars wusste, konnte es doch nicht wirklich gefährlich sein, nach Port Dogalaan zu gehen und ein paar Zutaten für den Alchimisten einzukaufen, oder?

Talisienn wandte sich an den Werwolf. »Was genau sollen wir besorgen?«

»Habe ich aufgeschrieben.« Yazeem griff zu dem Zettel auf der Theke und hielt ihn dem Vampir hin.

Talisienn schüttelte tadelnd den Kopf. »Yazeem …«

Der Werwolf kratzte sich verlegen an der Stirn. »Entschuldige. Ich bin wohl nicht ganz bei der Sache.«

Silvana zupfte ihm das Blatt aus der Hand. »Ich nehme das schon.«

Der Vampir nickte verstehend. »Es wird schon alles gut gehen. Sowohl bei Charles und Corrie als auch bei uns. Mach dir keine Sorgen.«

Yazeem zog eine leidvolle Grimasse. »Ich will keinen von euch alleine lassen.«

»Es steht dir natürlich frei, dich zu zerreißen«, erwiderte Talisienn mit gutmütigem Spott in der Stimme. »Aber damit wäre niemandem geholfen. Und dort, wo wir hingehen, ist es für uns nicht gefährlicher als anderswo auch. Was übrigens auch für den Wicked Cross bei Tag gilt.«

»Das weiß ich ja«, seufzte Yazeem. »Mir ist nur nicht ganz wohl dabei, wenn ihr geht. Ich kann nicht einmal genau sagen, warum.«

Silvana spürte, wie sich ihre Finger bei seinen Worten unwillkürlich fester um den Anhänger in ihrer Hosentasche schlossen. Erst Corrie, und nun er …

Talisienn schüttelte langsam den Kopf. »Es gibt auch keinen Grund, Yazeem. Vulco ist in Gewahrsam, und sollte trotzdem irgendetwas passieren, sind wir nicht wirklich wehrlos. Was übrigens auch für Corrie gilt. Charles wird außerdem gut auf sie aufpassen.«

Bei diesen Worten konnte Silvana ein spöttisches Schnauben nicht unterdrücken. »Corrie hat Angst vor ihm. Er schüchtert sie ein.«

Talisienn hob die Brauen. »Ich bin mir sicher, dass sie bald erkennen wird, dass diese Angst völlig unbegründet ist. Ebenso wie dein Unmut ihm gegenüber.« Er lächelte auffordernd. »Und jetzt sollten wir uns beeilen. Gezeitenessenz ist ein fragiles Geflecht, und wenn Albian die fehlenden Zutaten nicht bald erhält, könnte das seine bisherige Arbeit zunichtemachen – und uns um Tage zurückwerfen. Wir sind in ein bis zwei Stunden wieder zurück.«

Yazeem nickte ergeben. »Also gut. Ich hole euch noch das Geld. Dann könnt ihr aufbrechen.«

KAPITEL 25
Getrennte Wege

Mit noch immer flauem Gefühl im Magen war Corrie dem mit forschen Schritten vorauseilenden Tempest hinaus gefolgt, wo zu ihrem Erstaunen keineswegs der Bentley wartete, sondern ein nachtschwarzer Jaguar. Tempest öffnete die hintere Tür und hängte seinen Mantel an die Halterung, bevor er die Beifahrertür aufzog und Corries fragendem Blick mit einem kühlen Schmunzeln begegnete.

»Mein Privatwagen.« Er wies mit der Hand auf den Sitz. »Bitte.«

Corrie stieg ein, ohne den Botschafter dabei anzusehen. Während sie sich anschnallte, ließ sie verstohlen ihren Blick über das Innere des Wagens gleiten. Natürlich war alles so sauber, als wäre der Wagen gerade erst vom Band gerollt, doch statt des Geruchs nach neuen Polstern und Plastik hing Tempests Aftershave in der Luft. Unter dem großen Touchscreen, der fast die gesamte Mittelkonsole einnahm, entdeckte Corrie jedoch etwas, das ihre Aufmerksamkeit auf sich zog. Neben einer halb vollen Wasserflasche steckten dort ein Blister mit länglichen, dunkelroten Tabletten und ein fein gravierter und mit Silber ausgekleideter Becher aus weißem Holz. Für eine nähere Betrachtung reichte es allerdings nicht. Als Tempest sich geschmeidig neben ihr auf den Fahrersitz gleiten ließ, wandte sie den Blick rasch wieder ab. Trotzdem fragte sie sich, was dieser eher ungewöhnliche Becher wohl für eine Bedeutung haben mochte. Und die Tabletten. Waren es Schmerztabletten? Oder musste er regelmäßig Medikamente einnehmen? Sie schielte noch einmal zu der Packung, doch sie konnte keine Aufschrift erkennen.

Tempest startete den Motor mit einem sanften Druck auf den Knopf neben dem Lenkrad. Mit bunten Farben erwachte nun auch das Display zum Leben, und Corrie sah, dass der Hintergrund der Benutzeroberfläche das Ölgemälde einer bunten, exotisch anmutenden Stadt zeigte.

Sie wagte es, dem Botschafter einen verstohlenen Seitenblick zuzuwerfen. Er schien darauf gewartet zu haben, denn er lächelte spöttisch und schnallte sich an. Dann legte er den Rückwärtsgang ein, bevor er den Jaguar geschmeidig auf die Straße zurücknavigierte. Weich und kontrolliert, ohne hastiges Lenken. Schweigend fuhren sie zum Ortsausgang von Woodmoore, wo Tempest das Gaspedal sanft weiter durchtrat. Aus den Augenwinkeln bemerkte Corrie, dass er nun auch die rechte Hand vom Lenkrad nahm und den Arm über seinem Schoß ruhen ließ. In seinen Mundwinkeln glaubte sie, einen Anflug von Schmerzen zucken zu sehen. Doch kurz darauf war es wieder vorbei, und Corrie wandte den Blick aus dem Fenster zu den Feldern und den vereinzelten Häusern, die hinter den niedrigen Steinwällen vorüberzogen. Sie hatte befürchtet, dass der Botschafter die Fahrt nutzen würde, um ihr Vorhaltungen zu machen, sie zu kritisieren, ihr vielleicht doch noch zu verkünden, dass sie den Laden verlieren würden. Doch die angespannte Stille wog beinahe noch schwerer. Also versuchte Corrie, sich mit Gedanken an angenehmere Dinge abzulenken. Am besten dazu geeignet war die Vorfreude auf die Brettspiele, die sie im vergangenen Jahr per Crowdfunding gefördert hatte und die noch vor Jahresende geliefert werden sollten. Neben dem Bestellen und Auspacken von neuen Büchern und dem Stöbern auf Flohmärkten liebte Corrie nichts mehr, als sich mit einem neuen Brettspiel zu beschäftigen. Der Geruch, die Illustrationen, das Durchsehen der Komponenten, all das schaffte es immer, ihre Stimmung zu heben, auch wenn sie vorher völlig geknickt gewesen war. Das Spiel, auf das sie sich am meisten freute, hatte sie Silvana zu verdanken. Dafür wollte sich Corrie an Silvanas Geburtstag im Januar bei ihrer Freundin revanchieren, indem sie ihr etwas gekauft hatte, um das sie schon lange herumschlich. Von Cryas hatte Corrie erfahren, dass Silvana geradezu sehnsüchtig die fünfzehn Bände umfassende Ausgabe der Kartografie der Zweimondreiche betrachtete, wann immer sie in der *Magischen Schriftrolle* war. Stets nahm sie eines der Bücher zur Hand, blätterte durch die Skizzen, die Grundrisse der Städte, las kurz über die Bevölkerungen und geografischen Besonderheiten, bevor sie es mit einem wehmütigen Seufzen zurückstellte, denn das Werk war alles andere als günstig. Aber Corrie fand, dass ihre Freundin es ihr wert war, und hatte mit Cryas deshalb eine Zahlung über mehrere Raten vereinbart. Jetzt stand das Werk gut geschützt bei Vincent in einer der Truhen und würde erst in ein paar Wochen hervorgeholt und verpackt werden. Wenn sie an Silvanas Gesicht dachte, wenn sie es auspackte …

Das zufriedene Lächeln auf ihrem Gesicht erstarb, als der Botschafter sie aus ihren Gedanken zurück in das Innere des dahingleitenden Jaguars holte. »Wissen Sie zufällig, wo das ist, Miss Vaughn?«

Corrie zuckte zusammen und warf dem Botschafter einen scheuen Blick zu. Als sie sah, dass er zu dem Gemälde auf dem Touchscreen deutete, schüttelte sie den Kopf und starrte wieder auf ihre Knie. Was sollte diese Frage?

»Das ist Kalawan«, fuhr Tempest fort. »Meine alte Heimat. Die Hauptstadt der Bestiare.«

Die Antwort traf Corrie so unerwartet, dass sie ihr Unbehagen ihm gegenüber völlig vergaß und ihn irritiert ansah. Hatte sie sich verhört, oder hatte er das wirklich gesagt? »Sie sind ein … *Bestiar?*«

Tempest hob kurz seinen linken Arm. »Erinnern Sie sich an die Tätowierung?«

Corrie nickte stumm.

»Das ist das Symbol der Bestiare von Sarator.«

Corrie furchte ungläubig die Stirn. Tempest – ein Bestiar? So wie Mr Marauner? Oder wie es Kushanns Wunsch gewesen war? Sie erinnerte sich noch sehr gut daran, was er ihr darüber erzählt hatte. Und sie konnte nicht leugnen, dass sie dieser Beruf, auch wenn er, wie in ihren Büchern beschrieben, nicht besonders hoch angesehen war, überaus faszinierte. Die wilden Kreaturen zu zähmen, zu trainieren, mit ihnen zu leben … So wie der Sumpfspeier bei Mr Marauner … Dass ausgerechnet Tempest diesen Beruf gelernt hatte … Darauf wäre sie niemals gekommen. Für sie gab es keine andere Rolle, die er besser hätte ausfüllen können, als die, in der sie ihn kennengelernt hatte. Er war der Botschafter. Mit jeder Faser, jedem Wort, jeder Geste, jedem Atemzug. Von dem akkurat gekämmten Haar bis zu den polierten Schuhen.

»Das kam wohl ziemlich unerwartet«, bemerkte Tempest spöttisch.

Dieses Mal wendete Corrie den Blick jedoch nicht ab – ihre Neugierde schob erneut jegliche Beklommenheit beiseite. »Dann wollten Sie eigentlich gar kein Botschafter werden?«

Tempest lächelte bitter. »Nein, Miss Vaughn. Das war nicht meine erste Wahl. Ich bin als Bestiar ausgebildet worden, und das war es auch, was ich immer sein wollte. Ich wurde Botschafter, weil es die Zeiten nun einmal so erfordert haben. So wie bei Ihnen und Ihrer Freundin.«

»Wie bei uns?«, fragte Corrie konsterniert.

»Nun, gewöhnliche Buchhändlerinnen, so wie Sie sich das ursprünglich gedacht hatten, sind Sie ja auch nicht mehr, oder?«

Damit hatte er natürlich recht. Corrie wusste nicht, was sie mehr überraschte – dass er plötzlich so offen mit ihr sprach oder dass sie sämtliche Scheu verloren zu haben schien und weiter nachfragte. »Warum erzählen Sie mir das?«

»Damit Sie ein paar Dinge verstehen. Und um Ihnen zu zeigen, dass wir gar nicht so verschieden sind, wie Sie das vielleicht glauben. Wir alle sind mit Dingen konfrontiert worden, die wir nicht kannten, die uns aus unserem bisherigen Leben herausgerissen und vor teils unmöglich erscheinende Aufgaben gestellt haben.

Ich musste nach dem Tod meines Vaters und meiner beiden Brüder als jüngster Botschafter aller Zeiten auf meinen Vater nachfolgen. Ich hatte keine Ahnung, was mich erwartete und wie man sich in dieser Position verhalten sollte. Ich kannte ja nur den Umgang mit allen möglichen Tierwesen. Um Politik oder Diplomatie hatte ich mich nie wirklich geschert. Und ich kann Ihnen versichern, dass es um einiges einfacher ist, ein Rudel herumkugelnde Sumpfspeier zu hüten als einen Konferenzsaal voller Diplomaten.«

Corrie schmunzelte. Gleichzeitig spürte sie aber auch eine gewisse Bestürzung und einen Anflug von Mitgefühl für das Schicksal des Botschafters, das er hier vor ihr ausbreitete.

Nach dem Tod seiner Familie hatte er plötzlich ein Leben führen müssen, das er nie gewollt hatte und auf das er nie vorbereitet worden war. Die Parallele zu ihr und Silvana war wirklich unverkennbar, auch wenn sie und ihre Freundin trotz aller Widrigkeiten sehr glücklich mit ihrem neuen Leben waren.

Während Tempest gefühlvoll einen gelben VW Käfer überholte, fuhr er fort: »Ich will Ihnen gar nicht im Einzelnen ausführen, was es mich in all den Jahren gekostet hat, diese Position auszufüllen. Aber bitte glauben Sie, dass ich schmerzlich lernen musste, was alles von meinen Entscheidungen abhängt. Ich treffe sie nicht leichtfertig. Wenn ich also etwas von Ihnen und Ihrer Freundin verlange, dann nicht aus Boshaftigkeit Ihnen beiden gegenüber. Sondern weil alles, was ich tagtäglich versuche, in Bahnen zu lenken, mit einer unüberlegten Handlung zunichtegemacht werden könnte. Dieses Vorgehen hat mich viele Freunde gekostet. Die wenigen, die mir geblieben sind, haben gelernt, mit diesen Entscheidungen umzugehen und zu akzeptieren, was ich ihnen und mir damit abverlange. Deshalb ist es für mich auch so immens wichtig zu wissen, auf wen ich mich verlassen kann.«

»Aber hätten Sie uns das bei Ihrem Besuch im Laden nicht einfach alles sagen können?«, wandte Corrie ein. »War es wirklich nötig, uns so unter Druck zu setzen? Und Yazeem?«

Tempest schüttelte langsam den Kopf. »Yazeem musste wachgerüttelt werden. Und bei Ihnen beiden hatte ich vermutlich gehofft, dass Ihnen der Ernst der Lage dadurch in vollem Umfang bewusst wird. Yazeem hatte mir zwar mehrfach versichert, dass ich Ihnen vertrauen kann, und normalerweise reicht mir sein Wort auch, aber nicht bei einer so weitreichenden Sache wie dieser hier. Vertrauen ist etwas, mit dem ich niemals leichtfertig umgehe. Das kann ich mir in meiner Position nicht erlauben. Und als ich Ihnen beiden zum ersten Mal gegenübersaß, hatte ich zugegebenermaßen nicht das Gefühl, dass Sie es auch verdienen würden. Wie ich damals schon sagte, haben Sie beide Dinge in Gang gesetzt, die sich meiner Kontrolle entzogen haben. Es hatte bereits Opfer gegeben, die vielleicht hätten verhindert werden können. Deshalb habe ich all die Dinge gesagt. Die Sie beide fabelhaft verstanden haben, immer wieder zu ignorieren, trotz der Androhung von Konsequenzen.«

Corrie schluckte. Würde das Gespräch nun doch in die Richtung gehen, die sie zu Beginn der Fahrt befürchtet hatte? Offenbar standen ihr ihre Befürchtungen ins Gesicht geschrieben, denn Tempest seufzte. »Miss Vaughn, glauben Sie wirklich, wir würden zusammen zum Friedhof fahren, wenn ich noch immer vorhaben würde, Sie und Miss Livenbrook nach London zurückzuschicken?«

»Nicht?«, fragte Corrie unsicher.

Tempest lächelte spöttisch. »Dazu haben Sie und Miss Livenbrook mich trotz all Ihrer Dickköpfigkeit zu sehr beeindruckt. Zugegeben, die Informationsweitergabe muss verbessert werden. Aber trotz allem haben Sie Entschlossenheit und Cleverness bewiesen und sind äußerst loyal Ihren Freunden gegenüber. Eine Eigenschaft, die ich sehr hoch bewerte.«

Ein weiteres Mal hatte Corrie das Gefühl, zu träumen. War das gerade so etwas wie ein Lob gewesen? Aus dem Mund des Botschafters? »Heißt das, Sie lassen uns weitermachen?«, vergewisserte sie sich.

»Wenn Sie es sich auch weiterhin zutrauen«, stimmte

Tempest zu. »Und wie schon C. S. Lewis treffend bemerkte, kann man die Vergangenheit zwar nicht mehr ändern, aber dafür in der Gegenwart beginnen, den Ausgang des Kommenden zu beeinflussen. Und wenn Sie und Miss Livenbrook diesen Weg gehen wollen, werde ich dafür sorgen, dass Sie alle Hilfe erhalten, die ich Ihnen geben kann. Denn diese eine Sache können Sie mir glauben«, sagte er und lenkte den Wagen in einen kleinen Waldweg. »Ich weiß, was alles auf dem Spiel steht. Und ich werde alles dafür tun, damit diese Geschichte zu einem bestmöglichen Ende kommt.« Er hielt den Wagen an und zog die Handbremse. »Und jetzt steigen Sie aus, wir sind da. Und wir haben keine Zeit zu verlieren.«

KAPITEL 26

Auf dem Weg

Silvana war es gelungen, ein rotes Dragopedix heranzuwinken, obwohl unterhalb der Promenade fast nur die deutlich unfreundlicheren, aber günstigeren gelben und grünen Drachenkutschen verkehrten. Vielleicht war es der Umstand, dass sich Talisienn auf seinen Gehstock stützte, während er sich bei Silvana eingehakt hatte, oder vielleicht mochte der Drache auch einfach ungewöhnliche Pärchen, denn er ließ zwei goldgeschmückte Lynix-Weibchen und eine Gruppe schwer mit Einkäufen bepackter Nebel-Elfen stehen, die ebenfalls heftig winkten, und hielt vor dem Vampir und seiner Begleitung.

»Zum Distrikt der Kynokephali?«, fragte Silvana den Drachen, der mit seinem scharlachroten Kamm wie ein riesengroßer, geschuppter Hahn wirkte. Mit einem freundlichen Keckern öffnete er ihnen die Tür. »Sehr gerne, die Herrschaften. Machen Sie es sich bequem.«

Das fiel ihnen bei dem reich geschmückten Inneren der Kutsche nicht schwer. Silvana und Talisienn ließen sich in die weichen Polster der Sitzbank sinken. Nachdem sich ihr Drache vergewissert hatte, dass alles zu ihrer Zufriedenheit war, setzte er sich in Bewegung.

»Wirklich unglaublich zuvorkommend«, bemerkte Silvana und rückte die Kissen in ihrem Rücken und unter ihrem Arm zurecht.

»Kein Vergleich zu den gelben oder grünen Vertretern«, stimmte ihr der Vampir zu und streckte mit einem zufriedenen Seufzen seine Beine aus, die er mühelos auf das Polster der gegenüberliegenden Sitze legen konnte. Die Kutsche war zwar luxuriös, aber trotzdem nicht besonders groß. Die Elfen, so überlegte Silvana, hätten mitsamt ihrer Einkäufe ohnehin nicht hier hineingepasst. »Wie lange werden wir unterwegs sein?«, fragte sie und sah aus dem Fenster zum Hafen hinaus.

»Ungefähr eine halbe Stunde für einen Weg«, erwiderte Talisienn und faltete seine Hände auf dem Knauf seines Gehstocks. »Genauso lange wie für eine Fahrt nach Barnsleybrick.«

Silvana wandte den Blick vom Fenster. »Barnsleybrick?«, fragte sie irritiert. Dort waren sie doch noch nie gewesen.

Der Vampir neigte den Kopf. »Ich schulde dir schließlich noch einen Einkaufsbummel, nachdem ich den letzten abgesagt habe.«

Silvana zog eine tadelnde Grimasse, obwohl sie sich insgeheim natürlich über die Aussicht freute, einen Nachmittag mit ihm zu verbringen. »Da konntest du doch nichts für.«

»Ich werde es wiedergutmachen«, fuhr der Hexer unbeirrt fort. »Und ich werde jetzt damit anfangen.«

Silvana sah den Vampir ein wenig verunsichert von der Seite an; auf das feine Lächeln, das um seine dünnen Lippen spielte. Doch sie kam nicht mehr dazu, eine Frage zu stellen.

Unvermittelt beugte sich Talisienn zu ihr herüber und küsste sie sanft auf die Lippen.

Silvanas Herz schien gleichzeitig auszusetzen und ihr bis zum Hals zu schlagen. Ihre Gedanken drehten sich so schnell, dass sie keinen zu fassen vermochte. Sie konnte nur fühlen. Seine kühle Hand, seine warmen Lippen und die Hitze, die ihr erneut in die Wangen schoss. Der Kuss konnte nur Sekunden gedauert haben, doch Silvanas Herz schlug noch immer wild in ihrer Brust, nachdem sie sich wieder voneinander gelöst hatten.

Der Vampir lächelte sie liebevoll an. »Das habe ich schon länger tun wollen. Aber ich habe nicht den Mut dazu aufgebracht.« Er strich ihr über die Wange.

Silvana schloss die Augen und schmiegte sich in seine Berührung. Es drehte sich noch immer alles, und die Gedanken zu fassen, die in ihrem Kopf herumschossen, schien noch immer unmöglich. Nur einer blieb inmitten des Chaos stehen, still und unbeweglich. Es war der Gedanke, dass sie endlich zulassen konnte, was auch sie empfand, ohne weiter Zweifel zu hegen, wie noch vor ein paar Wochen. Dass sie auf mehr hoffen konnte als auf bloße Freundschaft. Ob sie, die noch nie eine feste Beziehung gehabt hatte, dazu auch bereit war, würde sich zeigen. Und ob sie wirklich zueinanderpassten. Aber für den Moment war alles, was zählte, dass sie die Gefühle füreinander teilten.

»Du siehst glücklich aus«, bemerkte Talisienn schließlich sanft.

Silvana öffnete die Augen wieder. Wie konnte der Vampir das sehen? Es sei denn … »Meine Aura?«

Der Hexer nickte. »Sie leuchtet heller, und die kleinen Wirbel sind …«

»Meine Aura hat Wirbel?«, fragte Silvana.

»Ein paar wunderschöne«, bestätigte der Hexer.

Silvana betrachtete abschätzend ihre Finger, als könnte sie dadurch seine Aussage überprüfen. »Hat jede Aura Wirbel?«

Talisienn schüttelte den Kopf. »Du bist die Einzige, die ich kenne. Noch etwas, das dich so besonders macht.« Er beugte sich vor und hauchte ihr einen Kuss auf die Schläfe.

Jetzt war Silvana sich sicher, dass er die Hitze in ihren Wangen bemerken musste.

Und sie hatte recht.

Talisienn lachte leise. »Tut mir leid. Ich bringe dich in Verlegenheit.«

»Es gibt Schlimmeres«, erwiderte sie und versuchte ein schiefes Schmunzeln, auch wenn ihr Gesicht so sehr glühte, dass man zwischen der Farbe ihrer Haut und ihren Haaren garantiert keinen Unterschied mehr sah.

»Aber es liegt nicht in meiner Absicht«, erwiderte der Vampir und lächelte entschuldigend. »Ich möchte nicht, dass du dich in meiner Gegenwart jetzt plötzlich unwohl fühlst, weil ich dich damit überfallen habe. Ich wollte uns eigentlich noch ein bisschen mehr Zeit lassen, aber es ist so viel geschehen in den letzten Tagen. Ich musste es dir einfach jetzt sagen. Wer weiß, was noch alles passiert?«

»Keine Katastrophen mehr wäre schon einmal ein Anfang«, seufzte Silvana und strich sich ein paar Strähnen aus der Stirn.

»Das kann ich dir nicht wirklich versprechen«, entgegnete Talisienn. »Aber wir können die Zeit zwischen den Katastrophen für uns so angenehm wie möglich gestalten. Was würdest du beispielsweise davon halten, wenn wir in ein paar Wochen gemeinsam das große Blauflammenfest zu Ehren Aurylls in Port Dogalaan feiern? Die Derwisch-Tänzer der Tystra-Faune mit ihren Feuerschwertern sind spektakulär. Die musst du gesehen haben.«

»Sehr gerne«, stimmte Silvana zu und nahm Talisienns Hand in ihre. »Wirklich sehr gerne.«

Corrie blieb erneut zwei Schritte hinter dem energisch voranschreitenden Tempest zurück und sah sich unbehaglich um. Der Wald zu beiden Seiten des schmalen Pfades war dicht und dunkel, trotz der Jahreszeit. Das Sonnenlicht schien von den Bäumen geschluckt zu werden. Kein einziger Strahl drang durch das Geäst, und über den Boden kroch dichter Nebel. Am gefrorenen Gras entlang des Wegs verharrte er jedoch, genau außerhalb der Reichweite der Nachmittagssonne, als wüsste er, dass er sich in den Strahlen auflösen würde. Und auch der kalte Wind, der die Halme der Gräser bog und Corries Haut schmerzhaft prickeln ließ, beeinflusste das unstete Wabern nicht. Als wäre der Nebel lebendig. Fröstelnd zog Corrie den Pulli enger um die Schultern, blies in ihre Fäuste und bemühte sich, wieder zu Tempest aufzuschließen, der sich an dem Nebel nicht zu stören schien.

Mehrfach vernahm Corrie verräterische Geräusche aus dem Unterholz, ohne jedoch etwas erkennen zu können. Ein besonders lautes Knacken direkt hinter ihr ließ sie schließlich herumfahren. Sie erhaschte gerade noch einen Blick auf einen kleinen Schatten, der sich vom Pfad in die Schwärze des Unterholzes zurückzog. Unwillkürlich begann ihr Herz, schneller zu schlagen. Sie schluckte. Früher hatte sie es immer genossen, mit dem Hund im Wald spazieren zu gehen und dabei die Gerüche und Geräusche wahrzunehmen. Aber dieser Wald war anders. Sie wurde das Gefühl nicht los, beobachtet zu werden. Konnten es vielleicht diese Spinnen sein, die ihre Horchnetze zwischen den Bäumen spannen? Im gleichen Moment kam ihr der Gedanke jedoch furchtbar albern vor. Immerhin war sie hier in einem Wald. Warum dachte sie bei den Geräuschen zuerst an Dämonen und andere Wesen statt an Eichhörnchen und Mäuse?

»Magie«, vernahm sie unvermittelt Tempests Stimme. Er war nun ebenfalls stehen geblieben und musterte sie mit kühler Ruhe. Er schien nicht im Geringsten beunruhigt zu sein.

»Magie?«, wiederholte sie.

»Es gibt einen Grund, warum dieser Ort den Namen Wicked Cross trägt. Die dunkle Magie seiner Bewohner erhebt sich zwar erst des Nachts in ihrer Gänze, aber sie ist trotzdem immer allgegenwärtig.«

»Die Schatten?«, fragte Corrie.

Tempest nickte. »Die Schatten, der Nebel. Sie werden vom Tageslicht gebannt. Deshalb ist es auch so wichtig, dass wir vor Anbruch der Nacht wieder von hier fort sind.«

»Es ist nicht bekannt, dass dieser Wald verflucht ist, oder?«, fragte Corrie, während sie zu Tempest aufschloss, der sich wieder in Bewegung gesetzt hatte.

»Und dabei sollte man es auch belassen«, entgegnete der

Botschafter. »Die meisten Leute werden von ihrem Gefühl abgehalten, weiterzugehen, sobald sie sich diesem Ort nähern. Sie suchen ganz automatisch nach einem anderen Weg. Es sei denn, ihnen ist der Gefahreninstinkt bereits vollständig abhandengekommen.«

»Oder sie kommen vorsätzlich hierher«, stellte Corrie fest.

»So wie wir.«

»In der Tat.«

Schweigend setzten sie ihren Weg fort. Corrie wandte nur noch ab und zu den Kopf, wenn das Knacken für ihren Geschmack etwas zu nah erklang. Tempest hielt jedoch weder inne, noch verlangsamte er seine Schritte, und Corrie hielt es für das Beste, es ihm gleichzutun. Nach einer kleinen Biegung führte der Pfad direkt auf ein übermannshohes, doppelflügeliges Tor zu, das ganz aus dicken Eisenstreben bestand. Eingerahmt wurde es von einem verwitterten Steinbogen, vor dessen Pfeilern rechts und links muskulöse Gargoyles saßen, die wie eine Mischung aus Bär und Rottweiler anmuteten. Eine Steinmauer, ebenso hoch wie das Tor, zog sich zu beiden Seiten der Pfeiler in den Wald hinein, wo die Schatten der Bäume ihre Umrisse verschluckten.

»Grim und Bash«, sagte Tempest und deutete auf die beiden Gargoyles.

»Die beiden könnten bestimmt eine Menge erzählen«, sagte Corrie und betrachtete sie fasziniert.

»Wenn Miss Livenbrook gerne Schauergeschichten hört, sollte sie mit ihnen sprechen. Oder Sie, wenn Sie entgegen aller Vorsicht doch des Nachts hier sein sollten.«

»Wieso ich?«, fragte Corrie irritiert. »Ich bin doch keine Audilapia.«

Tempest hob eine Augenbraue. »Haben Sie sich noch nie gefragt, woher der Glaube kommt, dass Gargoyles nur tagsüber versteinert sind und nachts zum Leben erwachen? Auch wenn Ihre vier das nicht können? Denken Sie nur an den Peryton. Bei ihm war es schließlich genauso.«

»Laut Claw liegt das an der Magie«, erinnerte sich Corrie an Silvanas Worte, die die Gargoyles vor der *Taberna Libraria* danach gefragt hatte. »Alte Steinfiguren haben alle eine eigene, innere Magie, die sie denken und sprechen lässt, aber zur Bewegung ist eine andere Art von Magie nötig.«

»Vollkommen richtig. Grim und Bash ist diese Magie zuteilgeworden, damit sie über den Friedhof wachen können, wenn es dunkel ist, so wie der Peryton über das Haus von Sabian Cochard gewacht hat.« Tempest schob das Tor ein Stück auf. »Sollen wir dann?«

Corrie war hin- und hergerissen zwischen ihrer Neugierde und aufgekeimten Furcht. Sie spürte, wie die Magie dieses Ortes sie fortzutreiben suchte, wie all die anderen, die nicht hierherkommen sollten. Unsicher trat sie von einem Bein aufs andere. Tempest blieb auf halbem Weg durch das Tor stehen und drehte sich mit der Hand am Gitter zu ihr um. »Ich kann Ihnen nicht versprechen, dass Sie dort draußen sicher sind«, sagte er und hielt ihr die Hand hin. »Aber ich kann *dir* versprechen, dass du es bei mir bist.« Seine Stimme klang erstaunlich sanft. »Komm, Corrie. Wir haben etwas zu erledigen. Und wir haben dafür nicht den ganzen Nachmittag Zeit.«

KAPITEL 27

An finsteren Orten

Der Laden ähnelte in der Tat dem von Meister Orad in Port Dogalaan, auch wenn dieser hier deutlich kleiner war und auch deutlich finsterer wirkte, sowohl was die Beleuchtung in dem fensterlosen Raum anging als auch die Atmosphäre, die dort herrschte. Die wenige Kundschaft, die sich verdächtig in die Schatten der Regale drückte, schien fast ausnahmslos aus kuttenbehangenen Gestalten zu bestehen, deren Gesichter man unter den Kapuzen nicht erkennen konnte. Talisienn, an den sich Silvana klammerte, schien das jedoch nicht zu beunruhigen. Er schritt so zielstrebig, wie es ihm an ihrem Arm möglich war, auf die Theke zu, wo ihnen ein schrumpeliger Kobold mit großen roten Augen und durchlöcherten Ohren nervös entgegensah. Mit jedem Schritt, den der Hexer auf ihn zumachte, schien er mehr in sich zusammenzusinken, als spürte er die Aura, die Talisienn umgab. Vor der Theke nahm der Vampir die Sonnenbrille ab und beugte sich zu seinem Gegenüber herunter, was dem Gnom offenkundig großes Unbehagen bereitete. »Sei mir gegrüßt. Ich wünsche deinen Meister Isegrim zu sprechen.«

Der Gnom machte einen hastigen Diener. »Natürlich. Ich hole ihn sofort, Meister Talisienn.«

»Isegrim?«, wiederholte Silvana. »Wie der Wolf in der Fabel?«

Der Hexer lächelte. »Genau so.«

»Kennst du ihn gut?«

»Ich habe früher häufiger hier eingekauft, als ich noch

Tränke und andere Dinge herstellen konnte. Meister Orad habe ich zwar auch oft aufgesucht, aber hier konnte man Dinge finden, die in anderen Läden nicht angeboten wurden.«

»Zum Beispiel?«, fragte Silvana.

»Das Blut von Purpurkrähen. Es ist hochtoxisch und kaum sonst irgendwo erhältlich. Meister Isegrim ist einer der wenigen Händler, die es aus den Bergen um Falkenhain herum importieren.«

»Importieren dürfen«, korrigierte ihn die tiefe, volltönende Stimme eines großen, dicken Kynokephalus, der in einer weißen Robe mit goldenen Stickereien steckte. Sein Kopf ähnelte dem eines Bullmastiffs mit tief hängenden Augenfalten und schlackernden Lefzen. Das Gewicht der Ringe in seinen Ohren hätte sie normalerweise sicherlich herabhängen lassen, wenn sie nicht zu zwei kurzen Stummeln abgeschnitten gewesen wären. »Ihr wart lange nicht mehr hier, Meister Talisienn«, begrüßte er den Vampir, ließ seine ausgebreiteten Arme jedoch wieder sinken, als er den Gehstock und die blinden Augen des Hexers bemerkte. »Aus einem traurigen Grund, wie ich sehe.«

»Grämt Euch nicht, Isegrim«, erwiderte Talisienn. »Mir geht es gut.«

Der Kynokephalus stützte die erstaunlich schlanken Finger auf die polierte Platte seiner Theke und sah auffordernd von ihm zu Silvana. »Nun denn, was kann ich für Euch und Eure reizende Begleitung tun?«

Talisienn bedeutete ihm, sich ein Stück vorzubeugen. »Albian Blackwood schickt mich. Er muss Gezeitenessenz herstellen«, raunte er.

Der Kynokephalus legte schlagartig die verstümmelten

Ohren an. »Hat er den Verstand verloren?«, grunzte er entrüstet.

Silvana runzelte die Stirn. Das klang ja nicht gerade beruhigend … Hatte Albian nicht gesagt, dass es keine großen Schwierigkeiten geben würde?

»Wir wissen beide, dass er es kann«, erwiderte Talisienn gelassen. »Und auf der anderen Seite des Portals gibt es niemanden, der es verfolgt.«

Silvana stutzte. Das wurde ja immer besser. »Die Herstellung ist verboten?«, fragte sie betroffen.

»In dieser Welt schon«, erwiderte Talisienn schlicht. »Es gab in der Vergangenheit schon zu oft schlimme Unfälle im Zusammenhang damit. Deshalb sind sowohl die Herstellung als auch die Nutzung streng untersagt worden. Fast alle Reiche haben dem Verbot zugestimmt und es unter empfindliche Strafen gestellt.«

»In der Regel Tod durch Enthauptung«, fügte der Kynokephalus finster hinzu. »Es sei denn, auf das Rad binden ist gerade wieder modern. So wie vor drei Doppelmonden in Shraif.«

»Wieso habt ihr uns das nicht gesagt?« Silvana starrte den Hexer entsetzt an.

»Weil es ohnehin keinen Unterschied machen würde. Ihr braucht die Gezeitenessenz, und Albian ist dabei, sie herzustellen. Außerdem hat es der Botschafter ebenfalls gebilligt.« Er sah den Kynokephalus aus seinen blinden Augen eindringlich an. »Und wir alle wissen, dass ich die Zutaten bei Euch bekommen kann. Noch immer. Trotz der Verbote.«

»Euer Begehr bringt mich selbst aufs Schafott«, erwiderte Isegrim. »Und Euren Alchimisten auch. Das kann ich nicht tun.«

»Wir wären nicht zu Euch gekommen, wenn Ihr nicht der Einzige wärt, der uns helfen kann.«

»Ihr irrt Euch«, sagte Isegrim kopfschüttelnd. »Vor allem, was die Zutaten angeht.«

»Weil?«, fragte Talisienn.

»Ich nur noch einen Teil davon im Laden habe.« Isegrim nickte zu den Regalen hinter ihnen.

Talisienn senkte die Brauen. »Wir benötigen nur Wandelauge, die Feder eines Silber-Rokhs und Tanx-Blatt. Und eine Flasche Brannth.«

Isegrim hob entschuldigend die Schultern. »Ich habe keine Silber-Rokh-Federn mehr da. Die letzte Lieferung wurde im Firminsund von Piraten gekapert. Also werde ich auch so schnell keine neuen erhalten.«

»Das ist wirklich bedauerlich«, sagte Talisienn und warf Silvana einen nachdenklichen Blick zu. »Silber-Rokhs sind ziemlich selten. Ich wüsste nicht, wo wir sonst eine bekommen könnten.«

»Ich hoffe nur, du weißt wirklich, was du tust«, sagte Silvana und versuchte, dabei nicht ganz so unglücklich zu klingen, wie sie sich angesichts des Wissens um die Gezeitenessenz fühlte. »Und Albian auch.«

»Er hat es auch geschafft, ein Marderisches Festtagstörtchen herzustellen«, gab der Hexer zuversichtlich zurück. »Und Gezeitenessenz ist nur ein klein wenig anspruchsvoller.«

»Ein Törtchen reißt aber auch nicht gleich ein Loch in eure Welt, wenn ihr etwas falsch macht«, warf Isegrim ein.

»Bitte, was?«, entfuhr es Silvana. Ein *Loch* in die Welt?

Talisienn sah den Kynokephalus missbilligend an. »Könntet Ihr damit aufhören, meiner Begleiterin Angst zu machen?«

»Ich gebe nur zu bedenken, was geschehen könnte«, antwortete Isegrim ungerührt.

»Das wird es aber nicht«, knurrte Talisienn und zog die Lippen so weit zurück, dass Silvana und der Kynokephalus seine verlängerten Eckzähne sehen konnten, die sonst kaum auffielen.

»Ihr sturer *Morl*«, erwiderte Isegrim kopfschüttelnd. »Wenn die Geschäfte nicht so schlecht gehen würden, würde ich mich wirklich weigern, Euch die Sachen zu verkaufen. Aber wie es Deja will, bin ich darauf angewiesen.« Er seufzte. »Also gut. Ich hole das, was ich Euch anbieten kann.«

»Und eine Tasche für alles, wenn Ihr so freundlich wärt.«

»Sicher«, brummte Isegrim und schlurfte an ihnen vorbei in den vorderen Teil des Ladens, wo sie ihn einen Moment kramen und unterdrückt fluchen hörten, bevor er mit einer kleinen ledernen Umhängetasche zurückkam und sie auf die Theke stellte. Isegrim griff hinein und förderte zwei kleine Dosen und eine schmale, verkorkte Flasche zutage. »Bitte sehr. Wandelauge, Tanx-Blatt und Brannth aus der neuen Ernte.«

»Sehr gut.« Talisienn neigte zufrieden den Kopf. »Würdet Ihr mich einmal an den Pulvern riechen lassen?«

»Traut Ihr mir etwa nicht?«, fragte der Kynokephalus missmutig.

Talisienn schenkte ihm ein tadelndes Lächeln. »Wenn ich sehen könnte, hättet Ihr mich auch nicht daran gehindert, vor dem Kauf hineinzuschauen, oder?«

»Vermutlich nicht«, erwiderte Isegrim ergeben und öffnete die Dosen. Silvana nahm sie vorsichtig entgegen. Eine enthielt eine dunkelrote, fast schon ölig schimmernde Substanz, die süßlich und ein wenig nach Moschus roch, die andere war mit weißem Staub gefüllt, dessen Geruch Silvana an Pu-Erh-Tee erinnerte.

»Ist alles zu Eurer Zufriedenheit?«, wollte Isegrim wissen, während er die Zutaten zurück in die Tasche schob.

»Ist es«, bestätigte Talisienn und griff in seinen Mantel, aus dem er einen gut gefüllten Geldbeutel hervorzog und Silvana hinhielt. »Würdest du bitte bezahlen? Ich fürchte, wenn ich erst jede Austerze ertasten muss, stehen wir noch zum Haus des Aurylls hier. Und das können wir uns nicht erlauben.«

»Natürlich«, erwiderte Silvana und nahm ihm den Geldbeutel ab, bevor sie den Kynokephalus herausfordernd musterte. »Also dann, Meister Isegrim, nennt mir den Preis für das, was Ihr hier niemals verkauft habt.«

Wicked Cross war deutlich größer, als Corrie erwartet hatte. Mehrere Wege durchzogen das Gelände – einige verloren sich hinter alten Grüften, die sich unter die tief hängenden Zweige einzelner Baumgruppen schmiegten, während andere durch Torbögen zu kleineren Parzellen führten, die mit steinernen Mauern umschlossen waren. Die Gräber selbst, an denen sie mit dem Botschafter vorüberging, hätten unterschiedlicher kaum sein können. Sie sah Grabsteine und mit Moos überzogene bröckelige Kreuze, deren Inschrift man nicht mehr entziffern konnte und die schief neben neuen Grabmalen aus Marmor standen, deren goldene Lettern in der Nachmittagssonne glänzten; Figuren, deren ursprüngliche Darstellung man vielfach nur noch erahnen konnte; Gräber mit zugewandten Spiegeln darauf; kleine, an Schreine erinnernde Gebilde; Grabplatten, um die rostige Käfige gebaut waren; Wappenplatten mit echten Schwertern; und

Steine, in denen Runenzeichen glommen. Doch allen Gräbern, egal wie alt oder neu, wie schlicht oder teuer sie anmuteten, war gemein, dass auf ihnen kaum Blumen lagen. Nur hier und da erhaschte Corrie einen Blick auf einen lange verwelkten Bund, auf dem noch der Schnee der vergangenen Nacht lag. Nichts deutete darauf hin, dass dieser Ort regelmäßigen Besuch erhielt. »Kommt hier überhaupt jemand hin?«, fragte sie leise. Friedhöfe hatten ihr eigentlich noch nie Angst eingejagt. Sie hatte die Atmosphäre immer als beruhigend empfunden und hätte auch nicht gezögert, nachts über einen zu gehen. Auch nicht an Samhain. Aber dieser Friedhof benötigte weder Dunkelheit noch Samhain, um sie frösteln zu lassen. Das unbehagliche Gefühl, das sie bereits vor den Toren beschlichen hatte, wurde immer stärker. Fast erwartete Corrie, jeden Moment eine verschwommene Gestalt im Schatten der Grabsteine stehen zu sehen oder flüsternde Stimmen zu hören, wie im Haus des Novizen in Heathen Heights. Sie fühlte sich von Hunderten unsichtbaren Augen beobachtet.

Tempest, die Hände tief in den Manteltaschen vergraben, schüttelte den Kopf. »Kaum. Schwarzmagier, Hexen und Verfluchte haben in der Regel nicht allzu viele Besucher, die um sie trauern. Und wenn doch, dann kommen sie für gewöhnlich nur im Sommer, wenn die Tage lang sind und die Dunkelheit nicht zu früh hereinbricht.«

»Großartig«, bemerkte Corrie. Und sie mussten ausgerechnet im Winter hierher!

»Du brauchst keine Angst zu haben«, sagte Tempest, der ihre Unruhe bemerkte. »Noch sind die Dinge, vor denen man sich fürchten sollte, nicht erwacht. Wir haben genügend Zeit, um zur Gruft und wieder zurückzukommen.«

»In Ordnung«, erwiderte Corrie und atmete einmal tief durch, was ihren Atem in einer dichten Wolke vor ihrem Gesicht kondensieren ließ. Für einen kurzen Moment hatte sie das Gefühl, ein paar Lippen darin erkennen zu können, die einen Kuss formten, doch ein hastiges Blinzeln ließ diese Einbildung wieder verschwinden. Sie musste sich irgendwie ablenken.

»Charles?«, fragte sie. Seinen Vornamen auszusprechen, war seltsam. Es klang irgendwie … falsch.

Der Botschafter sah sie aufmerksam an. Doch Corrie verließ der Mut wieder, und sie schüttelte abwehrend den Kopf. »Schon gut.«

»Frag, was du fragen willst.«

Corrie faltete die Finger und löste sie wieder, während sie auf ihre Stiefel starrte. »Gibt es …«, begann sie und brach ab, um dann neu anzusetzen. »Hast du … ich meine … Bleibt einem Botschafter neben der Arbeit auch noch Zeit für … andere Dinge?« Sie biss sich auf die Lippe. Die Frage hatte einen viel zu persönlichen Klang bekommen, den sie so gar nicht beabsichtigt hatte. »Ich … ich meinte …«

»Wenn du eine Familie meinst oder eine Beziehung – nein. Hobbys – ein paar wenige. Wenn es die Zeit zulässt.«

»Ähm … okay.« Corrie lächelte entschuldigend. Ihre Gedanken waren nun tatsächlich mit anderen Dingen beschäftigt, insofern hatte der Teil mit der Ablenkung funktioniert. Sie warf ihm einen raschen Seitenblick zu. Welche Hobbys das wohl sein mochten? War er musikalisch? Spielte er ein Instrument? Geige hätte zu ihm gepasst, dachte sie. Oder las er viel? Vermutlich schon, wenn sie an seine abfällige Bemerkung bezüglich *Redfern Glenn* dachte.

»Tai-Chi«, sagte Tempest neben ihr und lächelte kaum

merklich. »Ab und zu ein wenig Billard. Und ich züchte Barometze.«

Corrie bekam große Augen. »Barometze? Wirklich?« Unvermittelt musste sie an das kleine Pflanzenschaf denken, das auf dem Tisch vor seinem Büro gestanden hatte. »Dann ist das in der Botschaft also deins?«

Tempest schüttelte jedoch den Kopf. »Das gehört Hanten Marauner. Es ist nur zur Pflege bei mir.«

Jetzt wusste Corrie auch, woher ihr der Topf so bekannt vorgekommen war. Und von wem Flora Marauner gesprochen hatte … »Dann sind du und Mr Marauner …« Sie hielt inne, als Tempest abrupt stehen blieb und die Hand hob.

Sein Blick war auf einen Punkt zwischen den Gräbern gerichtet. »Wir sind da«, sagte er. »Zumindest an unserer ersten Station. Ich habe mir übrigens erlaubt, noch jemanden herzubitten.«

KAPITEL 28

Von Wendigos und Eulkatzen

Corrie sah zu der Gestalt, die im langen Schatten eines mannshohen Grabkreuzes kniete, ein sanft glühendes Amulett in der Hand. Sie erkannte den Mann sofort. Der helle, abgetragene Paletot, der lange, bunte Schal …

Wellington bekreuzigte sich dreimal rasch, bevor er den Anhänger küsste und sich dann mit steifen Knien wieder aufrichtete, wozu er sich mit beiden Händen schwer auf dem Stein abstützen musste.

Corrie warf Tempest einen erschütterten Blick zu. »Mr Wellington? Warum?«

Tempest sah sie ernst an. »Weil er der Einzige ist, der das Siegel an der Gruft der Littles brechen kann. Deshalb habe ich auch gestern Abend noch mit ihm gesprochen.«

»Die Gruft ist versiegelt?«, fragte Corrie mit erhobenen Brauen.

Tempest nickte. »Das Blut, das sich im Inneren dieser Gruft befindet, ist sehr mächtig und damit auch sehr gefährlich. Deshalb muss der Zugang dazu streng gesichert werden. Neill würde für gewöhnlich niemanden hineinlassen, selbst mich nicht. Aber nachdem ich ihm erzählt habe, worum es bei dieser ganzen Sache geht, hat er zugestimmt, sie dennoch zu öffnen – trotz der körperlichen und seelischen Strapazen, die er heute Morgen bei der Beerdigung schon hinter sich gebracht hat.«

Corrie biss sich auf die Unterlippe und sah sorgenvoll wieder zu Wellingtons gebeugter Gestalt am Grabstein. »Dann hätten wir doch noch einen Tag warten können, damit er sich etwas erholen kann«, sagte sie, während sie sich gleichzeitig darüber wunderte, dass Tempest den Bestatter beim Vornamen nannte. Und dem er darüber hinaus immenses Vertrauen schenken musste, wenn er ihm alles erzählt hatte, obwohl sie noch immer nach dem Verräter suchten und er selbst ihnen befohlen hatte, sich bedeckt zu halten. »Silvana hätte das sicherlich auch verstanden.«

»Und ich wünschte, er hätte diese Erholung auch bekommen, Corrie. Nur ist dafür in dieser Sache nicht genügend Zeit. Das war auch Neills eigene Meinung«, erwiderte Tempest und unterdrückte ein Seufzen. »Er war übrigens sehr verblüfft über euer Geheimnis. Und beeindruckt von dem, was ihr bisher durchgestanden habt.« Er nickte in seine Richtung. »Komm, lassen wir ihn nicht länger warten.«

Beim Klang ihrer Schritte hob der Bestatter den Kopf und sah ihnen entgegen. Er lächelte sanft, aber Corrie fiel trotzdem auf, wie unendlich müde sein Blick, wie bleich sein Gesicht und wie schwer sein Atmen war. Es war offensichtlich, dass es Wellington alles andere als gut ging.

Und Corrie empfand Kummer darüber, dass sie ausgerechnet seine Hilfe benötigten – von jemandem, den sie liebend gerne aus dieser ganzen Sache herausgehalten hätte.

»Hallo, Neill«, begrüßte Tempest ihn, als sie heran waren.

»Hallo, Charles.« Wellington versuchte, sich etwas weiter aufzurichten. »Miss Vaughn. So schnell hatte ich nicht unbedingt mit einem Wiedersehen gerechnet. Und vor allem nicht hier.« Er hob vielsagend die Brauen.

Nein, dachte Corrie leidvoll und zog unwillkürlich die Schultern höher. Wie hätte er das auch sollen? Immerhin hatte er sie und Silvana ja erst zwei Abende zuvor davor gewarnt, die Gruft aufzusuchen. Ihnen extra den genauen Ort vorenthalten, an dem sie zu finden war.

Sie senkte den Blick und vergrub mit einem leisen Seufzen die Hände tiefer in ihrem Pulli. Aus irgendeinem Grund war ihm seine Meinung von ihnen wichtig, auch wenn er eigentlich ja nur ein Kunde war. Einer jedoch, den sie gerade in den letzten Wochen sehr zu schätzen begonnen hatte. Und auch wenn der Botschafter ihm erzählt hatte, wie alles zusammenhing, hatte sie dennoch das Gefühl, noch irgendetwas zu ihm sagen zu müssen.

Wellington kam ihrer Suche nach Worten jedoch zuvor. »Keine Sorge, Miss Vaughn«, sagte er mit einem beruhigenden Schmunzeln. »Nach dem, was mir Charles erzählt hat, weiß ich, dass Sie keine andere Wahl hatten, als hierherzukommen, trotz meiner Warnung. Und ich gebe zu, dass ich überrascht war zu hören, was es mit Ihnen und Ihrer Freundin tatsächlich auf sich hat. Dass Sie offenbar weit größere Probleme mit sich herumtragen als einen Wolkendrachen mit blockierten Chakren oder ein diebisches Balg.« Er musterte sie teilnahmsvoll. »Wenn ich das geahnt hätte, hätte ich vermutlich schon viel eher einmal mit einem Latte für Sie vorbeigeschaut.«

Corrie lächelte dankbar – und ein wenig verlegen über seine freundliche Anteilnahme, die so selbstverständlich für ihn zu sein schien. »Es hätte uns sehr gefreut.«

»Dann werde ich mir das für die Zukunft merken.« Wellington zwinkerte ihr gutmütig zu und verlagerte dabei das Gewicht auf das linke Bein, was ihn kurz schmerzerfüllt das Gesicht verziehen ließ.

Corries Lächeln erlosch. Sein Rheuma. »Sind Sie wirklich sicher, dass es gehen wird? Charles hat gesagt, dass Ihr Vormittag … anstrengend war.« Sie vermied bewusst, die Beisetzung direkt zu erwähnen.

Wellington verstand sie trotzdem. »Ist schon gut.« Er rieb sich kurz über die Knie und wich ihren grauen Augen aus. »Sorgen Sie sich nicht. Ich werde mich später ausruhen.«

»Apropos ausruhen«, warf Tempest ein und bedachte den Bestatter mit einem tadelnden Blick. »War es eigentlich das, was du noch erledigen wolltest, Neill?« Er nickte zu dem Grabkreuz. »Ich dachte, wir hätten nach heute Morgen vereinbart, dass du keine weiteren Anstrengungen mehr unternimmst, bevor wir uns hier treffen.«

Wellington lächelte matt. »Das hatten wir. Aber einige Dinge dulden nun einmal keinen Aufschub.« Er strich vielsagend mit der Hand über den glatten Steinsockel des Kreuzes. »Egal, wie groß mein eigener Schmerz auch ist. Und sei unbesorgt – für die Gruft wird meine Kraft noch reichen.«

Corries Blick war zu der Gravur im Stein gewandert, und nun spürte sie, wie ihr ein Schauer über ihren Rücken lief. Es stand kein Name dort, lediglich zwei Zahlen. Wer auch immer hier lag, war vor etwas mehr als sieben Jahren gestorben – und das im Alter von gerade einmal zehn. Was musste mit diesem Kind passiert sein, dass man es statt auf einem normalen Friedhof anonym an einem Ort wie dem Wicked Cross beisetzte?

Wellington war ihrem Blick gefolgt, und sein Lächeln wurde bitter, während er weiter sanft mit den Fingern über den Stein fuhr. »Namen können an mächtige dunkle Magie gebunden sein, Miss Vaughn. Die Warnungen vor diesem Ort existieren nicht grundlos. Wer nicht weiß, womit er sich hier einlässt, läuft auch als Lebender Gefahr, den Wicked Cross nicht wieder zu verlassen.«

»Und genau deshalb sollten wir uns jetzt auch auf den Weg machen«, bemerkte Tempest mit einem Blick zu der untergehenden Sonne, die sich langsam den dunklen Baumwipfeln entgegenneigte. »Du bist hier fertig, Neill?«

Der Bestatter nickte. »Gehen wir.«

Das Dragopedix hatte tatsächlich auf sie gewartet, wie Talisienn es mit dem Drachen beim Aussteigen vereinbart hatte. Seufzend ließ sich Silvana in das Polster zurücksinken, während sich die Kutsche mit einem kurzen Ruck wieder in Bewegung setzte. »Das hätte besser laufen können, oder?«, fragte sie Talisienn.

Der Hexer lächelte. »Es ist noch nichts verloren. Es gibt

andere Möglichkeiten. Auch wenn diese Federn nicht leicht zu beschaffen sind.«

»Und welche wären das?«, fragte Silvana zweifelnd.

»Wir werden Ranish danach fragen, wenn wir wieder zurück sind. Manchmal hat er die seltsamsten Dinge in seinem Laden. Vielleicht haben wir ja Glück.« Sanft legte er den Arm um Silvanas Schultern und zog sie behutsam an sich. »Mach dir nicht zu viele Gedanken darüber.«

Silvana legte ihren Kopf an seine Schulter. »Ist es wirklich so gefährlich, die Gezeitenessenz herzustellen, wie Meister Isegrim behauptet hat?«, fragte sie sorgenvoll.

Der Vampir lachte leise. »Auch darum solltest du dir keine Sorgen machen. Albian weiß, was er tut, glaub mir. Er ist erfahren genug. Und er kennt die Risiken.«

Silvana seufzte. Ihnen blieb ja ohnehin keine andere Wahl. Tempest hatte deutlich gemacht, dass der Alchimist ihre einzige Möglichkeit war, die Essenz in einem vernünftigen zeitlichen Rahmen zur Verfügung zu haben. Und Zeit war kostbar gegen Lamassar, vor allem weil sie nun wussten, dass er seine Kräfte bündelte und erste Angriffe führte.

Talisienn zog die kleine Flasche aus der Ledertasche und löste den Korken, der mit einem hohlen »Plopp« nachgab. Ein vanilliger Duft breitete sich im Dragopedix aus. Der Vampir roch an der Flasche. »Fantastische Qualität. Das muss man diesem Hund lassen. Hier. Probier mal.«

»Danke.« Silvana nahm den Brannth von ihm entgegen, doch sie behielt die Flasche nur geistesabwesend in der Hand und starrte auf das Etikett, ohne es wirklich zu lesen. Irgendetwas mit der Feder ließ ihr keine Ruhe. Schon im Laden hatte sie versucht, den Gedanken zu fassen zu bekommen. Hatte Corrie nicht davon erzählt, als sie auf der Promenade gestanden und den auslaufenden Schiffen des Königs nachgeschaut hatten? Ja, sie war sich sicher. Kushann hatte ihr eine geschickt! Jetzt konnte sie auch die Piraten im Firminsund einordnen, von denen Isegrim gesprochen hatte. Aufgeregt verkorkte sie den Brannth wieder und steckte ihn hastig in die Tasche, bevor sie dem Vampir die Hand auf den Arm legte. »Wir müssen Mr Ranish nicht fragen. Ich weiß, wo wir eine Rokh-Feder …«

Weiter kam sie jedoch nicht.

Unvermittelt schlug etwas mit einem lauten Knall gegen die Scheibe neben ihr und ließ sie mit einem unterdrückten Schrei hochschrecken. Ungläubig starrte sie auf das Glas, das von einem Gespinst aus feinen Rissen überzogen wurde, in das sich rote Spritzer gemischt hatten. War das Blut?

»Silvana?«, fragte Talisienn neben ihr besorgt. »Was ist los?«

»Ich … weiß es nicht«, gestand Silvana und wagte es, sich etwas weiter vorzubeugen.

Unvermittelt brach das Dragopedix zur Seite aus, und Silvana konnte gerade noch die Hand ausstrecken, um sich an der Scheibe abzustützen, bevor sie dagegenprallte. Draußen hörte sie den Drachen aufschreien, ob vor Schreck oder Schmerz, vermochte sie jedoch nicht zu sagen. Dann beschleunigte die Kutsche plötzlich.

»Silvana?« Talisienn hatte sich alarmiert aufgesetzt und ihr die Hand auf die Schulter gelegt. Sie spürte die Anspannung in seinen Fingern.

»Ich kann nichts erkennen«, erwiderte Silvana und starrte an den Rissen vorbei nach draußen, wo die Bäume nun als eine einzige bunte Wand vorbeiflogen. Was geschah hier? Wieder brach das Dragopedix von einem Schrei des Drachen begleitet aus, dieses Mal jedoch zur anderen Seite, sodass Silvana unsanft gegen den Hexer geworfen wurde, der mit dem Rücken gegen das andere Fenster prallte. Gleichzeitig sah Silvana, wie etwas rasend schnell auf die geborstene Scheibe zuschoss. Dieses Mal splitterte das Glas. Entsetzt starrte Silvana auf das Wesen, das versuchte, sich durch das scharfkantige Loch zu zwängen, während ein hohles Kreischen aus seinem wild schnappenden Hornschnabel drang. Ohne auf das Blut zu achten, das ihm über das zerschnittene, katzenartige Gesicht lief, drängte es vorwärts und kratzte mit seinen Tatzen über die glatte Oberfläche, während es draußen wild mit den Flügeln schlug. Trotz ihres Entsetzens schaffte es Silvana nicht, sich von dem Anblick loszureißen. Ein weiterer dumpfer Schlag traf das Fenster neben ihm und hinterließ ein zweites Netz aus Rissen, dann gab es hinter Talisienn einen lauten Knall.

»Das sind Eulkatzen!«, rief der Vampir. »Bei Deja!«

»Was sind Eulkatzen?«, stieß Silvana hervor und schrie erneut auf, als nun auch auf der Seite des Vampirs das Fenster splitterte.

»Alleine sind sie ungefährlich! Aber sie treten immer in Schwärmen auf!«

Silvana sah, dass Talisienn die silberne Kette aus seiner Tasche zog und grimmig die kreischenden Wesen fixierte, während er die Anhänger durch seine Finger gleiten ließ. Sie kannte diesen Blick. Genauso hatte er ausgesehen, als sie mit den Feuerwölfen in den Gassen von Port Dogalaan gekämpft hatten.

Der Drache brüllte ein weiteres Mal auf, und das Gefährt schien noch einmal an Fahrt aufzunehmen. Silvana war sich nun sicher, dass er vor Schmerz schrie. Und Angst.

»Talisienn, kannst du …«, begann sie, doch plötzlich machte die Kutsche einen Satz, der sie von den Sitzen riss. Von einem Moment auf den anderen drehte sich ihre Welt auf den Kopf, als das Dragopedix um seine eigene Achse wirbelte. Sie hörte die Schreie des Drachen und des Hexers und die einer weiteren Stimme, die sie erst im zweiten Moment als ihre eigene erkannte. Schmerz brandete durch ihren Körper, während sie im Inneren der Kutsche herumgeschleudert wurde.

Im nächsten Moment war alles schwarz.

Gemeinsam folgten Corrie, Tempest und Wellington dem Weg in den hinteren Teil des Friedhofs. Der Botschafter ging voran, während Corrie an der Seite des Bestatters, der mit seinen steifen Schritten nicht ganz so schnell vorankam, ein Stück zurückblieb.

»Darf ich Sie etwas fragen, Mr Wellington?«, wollte sie schließlich wissen.

Wellington lächelte. »Nur zu. Ich kann mir schon denken, dass Sie einige Fragen haben.«

»Wie kommt es, dass nur Sie die Gruft öffnen können? Ich meine, Sie sind Bestatter, das weiß ich, aber ist das nicht eher … ungewöhnlich?«

Wellingtons Lächeln wurde breiter. »Nun, ich schätze, ich bin kein ganz so gewöhnlicher Bestatter, wie Sie das vielleicht erwartet haben. Aber Sie sind ja auch nicht die normale Buchhändlerin, für die ich Sie gehalten habe.« Er zwinkerte.

»Ein Punkt für Sie«, stimmte Corrie zu.

»Tatsächlich ist meine Arbeit die meiste Zeit über aber recht gewöhnlich«, fuhr Wellington fort. »Wie man sich das bei einem Bestatter so vorstellt.«

Vor ihnen wandte Tempest halb den Kopf. »Außer, dass du der Einzige in dieser Gegend bist, der auch jene beisetzt, die nicht aus dieser Welt stammen«, warf er ein.

Wellington neigte den Kopf. »Stimmt. Und darüber hinaus bin ich auch der Wächter des Wicked Cross. Ich bin dafür verantwortlich, dass das, was hier zur Ruhe gebettet wurde, auch hier bleibt. Viele neue Gräber kommen zum Glück nicht mehr dazu, aber die älteren Bannzauber müssen trotzdem regelmäßig erneuert werden, damit es nicht zu … unerfreulichen Erscheinungen kommt, die dann möglicherweise auch nicht mehr nur auf den Wicked Cross beschränkt wären.«

Seine Worte ließen Corrie aufhorchen. *Bannzauber?* »Sie sind ein Magier?«

Wellington nickte. »Aber kein besonders mächtiger.«

»Mächtig genug für das hier«, bemerkte Tempest.

Dass der Bestatter darauf eine Grimasse zog, entging dem Botschafter, der bereits wieder nach vorn sah.

»Und welcher Art ist Ihre Magie?«, fragte Corrie neugierig. Wellington zog die Schultern etwas höher. »Ich bin ein Ignitus.«

»Ein Feuermagier?« Corrie hob beeindruckt die Brauen. Dann war die plötzliche Wärme am vorletzten Abend, als Shukar Wellington gepackt hatte, also von ihm ausgegangen und nicht von dem Drachen. Und jetzt war auch klar, wie es der Bestatter geschafft hatte, den Inhalt der Becher die ganze Strecke vom *Blackwood Lakeview* bis zu ihnen in die *Taberna Libraria* so heiß zu halten.

»Ich habe einmal gelesen, dass Feuermagie nach Blutmagie und Essenzmagie zu den stärksten Magieformen gehört. Viel mächtiger als die anderer Schulen.«

Wellington lächelte ergeben. »Das mag durchaus zutreffen, aber so mächtig bin ich absolut nicht. Wie der Botschafter schon gesagt hat, reicht meine Kraft für viele der nötigen Rituale bei Bestattungen oder dem Wiederauffrischen vorhandener Banne aus«, erklärte er. »Aber für einige der potenteren Glyphen und Kettensprüche benötige ich dennoch stets die Hilfe von Sabians magischen Verstärkern …« Kaum hatten die Worte seine Lippen verlassen, legte sich ein Schatten über sein Gesicht; sein Lächeln verblasste. Mit zusammengepressten Lippen blieb er stehen, und Corrie sah bestürzt, dass sich seine Augen mit Tränen füllten. Offenbar hatte Tempest nicht untertrieben, als er erwähnt hatte, wie belastend der Morgen für den jungen Bestatter gewesen war. Corrie zögerte einen Moment, dann berührte sie ihn sanft am Arm. »Tut mir leid, Mr Wellington. Wir haben gehört, dass Sie einander kannten.«

»Sie haben etliche Talismane und Amulette für meine Arbeit hergestellt, und wir sind über die Jahre Freunde geworden«, erwiderte der Bestatter leise. »Sabian war es auch, der vor einigen Jahren meine Trauringe geschmiedet hat.« Er sah hinunter zu seinem Finger. Corrie hatte das aus zweifarbigem Metall geflochtene Schmuckstück schon häufiger bewundert, wenn er im Laden gewesen war. »Wir haben viele Feste gemeinsam begangen – Feen-Feste wie menschliche. Und wenn es mein Rheuma erlaubt hätte, wäre ich auch an jenem Abend bei ihnen gewesen.«

Und jetzt vermutlich ebenfalls tot … Corrie schluckte hart. Sosehr sie der Tod der Cochards auch getroffen hatte, so viel mehr hätte es sie doch erschüttert, wenn auch Wellington unter den Toten gewesen wäre. Doch das konnte sie unmöglich aussprechen.

Wellington schob seine Rechte in den Paletot und zog das Amulett aus der Tasche, das er vorhin am Grab in Händen gehalten hatte. Er betrachtete es mit tränenverschleierten Augen. »Und das hier ist das letzte Stück, das Sabian für mich gemacht hat. Eigentlich wäre erst ein anderes an der Reihe gewesen, aber er hat dieses hier gefertigt. Als hätte er gewusst, dass ich es heute brauche.« Er schloss die Finger fest um das polierte Metall und presste die bebenden Lippen zusammen. »Ich weiß nicht, wie ich ohne seine Arbeit weiter den Wicked Cross behüten soll. Allein schaffe ich das nicht.«

Corrie sah hilflos von ihm zu Tempest, von dem sie jedoch nicht wirklich Trost für den Bestatter erwartete. Sie wurde ein weiteres Mal eines Besseren belehrt.

»Du bist nicht alleine, Neill«, sagte der Botschafter mit erstaunlich warmer Stimme. »Und du musst dir keine Sorgen machen. Ich verspreche dir, dass wir zusammen eine Lösung finden werden. Die Botschaft unterhält etliche Beziehungen zu Leuten, die dabei helfen können. Aber das muss noch etwas warten, bis das alles hier hinter uns liegt. Einverstanden?«

Darauf nickte Wellington und legte den Kopf in den Nacken. Tief durchatmend blinzelte er sich die Tränen aus den Augen und ließ das Amulett wieder in seiner Tasche verschwinden. »Tut mir leid, Miss Vaughn«, entschuldigte er sich dann mit einem verlegenen Lächeln bei Corrie.

Diese drückte noch einmal behutsam seinen Arm. »Da gibt es nichts zu entschuldigen. Jemanden zu verlieren, ist nie leicht.«

Wellington setzte sich steif wieder in Bewegung. »Sollte ich das aber nicht eigentlich besser wissen als jeder andere? Immerhin ist Trauer mein tägliches Brot.«

Schweigend gingen sie weiter. Der Weg führte sie zwischen einer Reihe dicht stehender, mit schweren Ketten gesicherter Grüfte an der hohen Außenmauer entlang, hinter der sich schwarz und bedrohlich der Wald mit seinem dichten Unterholz erhob. Corrie überlegte noch, ob sie es wagen konnte, den Bestatter zu fragen, was es mit ihnen auf sich hatte, als Tempest vor ihnen unvermittelt stehen blieb und die Hand hob.

»Was ist?«, fragte Wellington stirnrunzelnd, der mit Corrie ebenso abrupt stoppte.

Tempest neigte lauschend den Kopf. »Habt ihr das gehört?«

Corrie spürte, wie sich unwillkürlich ihre Nackenhaare aufstellten. Was sollten sie gehört haben?

Fragend sah sie zu Wellington neben ihr, der den Kopf schüttelte. »Nein.«

Dann lauschten sie alle.

Sekunden verstrichen, in denen der Wind kurz auffrischte und einen seltsamen Geruch mit sich trug, der Corrie bekannt vorkam, den sie jedoch nicht einordnen konnte.

Und dann hörte sie es auch.

Ein Hecheln wie von einem Bluthund, der eine Fährte aufnahm, unterbrochen von einem heiseren, lang gezogenen Stöhnen.

»Ist das … ein Tier?«, flüsterte Corrie angespannt und zuckte zusammen, als es im Unterholz jenseits der Mauer laut knackte, so als würde sich etwas Schweres hindurchbewegen. Mit angehaltenem Atem glitt ihr Blick zwischen Tempest und Wellington hin und her, doch keiner der beiden gab ihr eine Antwort. Sie starrten nur weiter gebannt in Richtung Wald.

Im selben Moment erklang das stöhnende Hecheln erneut, dieses Mal näher. Deutlich näher.

»Nicht hier«, flüsterte Tempest und begann, langsam zurückzuweichen.

Corrie spürte, wie ihre Kehle trocken wurde. Ihr Herz begann, wild zu klopfen. »Was ist denn?«, wisperte sie rau. Statt einer Erwiderung packte der Bestatter ihren Arm fester und zog sie von der Mauer zurück. »Was geht hier vor?«

Wellington sah sie nicht an. »Charles?«, fragte er gedämpft.

Tempest schüttelte den Kopf. »Lauft zur Gruft«, erwiderte er leise. »Lauft, so schnell ihr könnt.« Er sah sie eindringlich an. »Jetzt!«

KAPITEL 29

In Bedrängnis

Von einem unterdrückten Stöhnen begleitet, kam Silvana wieder zu sich, doch ein nicht unwesentlicher Teil von ihr wünschte sich, dass dem nicht so wäre. Es schien keinen Knochen in ihrem Körper zu geben, der nicht schmerzte. Flatternd hoben sich ihre Lider, doch ihr Blick war verschwommen. Benommen versuchte sie, sich aufzurichten, was sich jedoch als keine gute Idee herausstellte. In einem grellen Funkenregen explodierte der Schmerz hinter ihrer Stirn und ließ sie mit einem Aufschrei wieder zurücksinken. Stöhnend legte sie einen Arm über die Augen und wartete, bis das Hämmern nachließ. Als sie sich erneut aufrichtete, dieses Mal deutlich langsamer als zuvor, nahm das Pochen zwar wieder zu, doch es blieb auf einem erträglichen Niveau. Vorsichtig blickte sie sich um. Was war geschehen? Wo war sie? Nur langsam klärte sich ihr Blick so weit, dass sie etwas um sich herum erkennen konnte. Sie registrierte, dass sie im Inneren einer Kutsche lag … oder zumindest in einem Teil davon. Die gegenüberliegende Sitzbank, die Fenster, die Türen und die Rückwand waren verschwunden. Ihr Blick fiel ungehindert auf Bäume, dichtes Unterholz und altes Laub, das den Waldboden bedeckte. Nur vereinzelt drangen die Strahlen der untergehenden Sonne durch das Geäst und hoben hier und da Büsche und fliederfarbene Blütenteppiche aus dem Zwielicht.

Silvana versuchte, sich daran zu erinnern, was geschehen war, während sie sich leise stöhnend auf das Polster hinter sich zog. Wo war der Rest der Kutsche? Sie spürte, dass etwas gegen ihre Hüfte drückte, und sah eine kleine Ledertasche, die sie an einem Gurt trug. Im selben Moment durchzuckten sie die Erinnerungen wie Stromstöße, eine heftiger als die andere. Isegrim. Der Angriff. Talisienn … Mit klopfendem Herzen sprang Silvana auf. Wo war Talisienn?

Das Pochen hinter ihrer Stirn wurde wieder stärker, Schwindel ließ sie taumeln, doch sie versuchte krampfhaft, auf den Füßen zu bleiben. Sie musste Talisienn finden! Als ihre Beine nachzugeben drohten, suchte sie Halt an der Kutschenwand und griff in etwas Weiches. Unvermittelt sah sie sich dem blutüberströmten Gesicht eines Wesens gegenüber, mit dem Gesicht einer Katze, aber dem Schnabel und den orangefarbenen Augen einer Eule. Es hatte sich an den scharfen Splittern der gesprungenen Scheibe aufgespießt. Jedenfalls glaubte Silvana das.

Entsprechend erschrocken schrie sie auf, als das Wesen plötzlich ein heiseres Kreischen ausstieß und versuchte, sich mit wildem Flügelschlag aus dem Glas zu befreien. Silvana prallte zurück, stürzte dabei rücklings aus dem Wrack der Kutsche in das Laub und sah entsetzt zu, wie die Eulkatze sich noch einmal aufbäumte und mit den Krallen über das Fenster kratzte, bevor ihr Körper endgültig erschlaffte.

Keuchend starrte Silvana sie noch einen Moment lang an und wartete auf ein erneutes Zucken, doch es kam keines mehr.

Dafür vernahm sie etwas anderes. Etwas, das sie entsetzt zusammenfahren ließ.

Hinter ihr erklang mehrstimmiges Kreischen, das dem letzten Ruf der toten Eulkatze zu antworten schien. Panisch kam Silvana zurück auf die Beine. Schmerz explodierte in ihren Knien, und der Schwindel drohte sie erneut zu übermannen, doch sie presste kurz die Augen zusammen und kämpfte dagegen an. Langsam klärte sich ihr Blick wieder. Nur wenige Meter entfernt zwischen den Bäumen sah sie ein verwittertes Holzhaus, das nicht den Eindruck erweckte, bewohnt zu sein; eher unbewusst registrierte Silvana den verwilderten Garten mit den kaputten Zäunen, die schiefen Fensterläden und die zum Teil von Rissen durchzogenen, staubigen Fensterscheiben, bevor ihr hastig suchender Blick nicht weit entfernt von ihr den anderen Teil der Kutsche ausmachte. Er lag neben einem wuchtigen Baumstamm, an dem sie bei ihrem Aufprall entzweigerissen worden sein musste. Dahinter zog sich eine breite Schneise den Hang hinauf, die das Gefährt offenbar bei seinem Sturz geschlagen hatte und die mit Trümmerteilen übersät war. Darunter erkannte Silvana auch einen schwarzen Gehstock. Talisienn. Wo war er?

Ihre Augen suchten das Unterholz ab. Ein Stück entfernt inmitten eines Streifens Blumen entdeckte sie dabei den roten Drachen. Er starrte aus toten Augen zum Blätterdach empor, die Gliedmaßen verdreht, der schuppige Körper von Wunden übersät.

Und dann erblickte sie etwas, das ihr Herz für einen Moment aussetzen ließ. Am Fuß eines knorrigen, dicken Baumstamms lag ein reglos ausgestreckter Körper mit langem rotem Haar, der in einen schwarzen Mantel gehüllt war. Und an diesem Mantel zerrten drei Eulkatzen mit ihren scharfen Schnäbeln, während fünf weitere sich daneben niedergelassen hatten.

Nein, durchfuhr es Silvana. Das würde sie auf gar keinen Fall zulassen!

»Lasst ihn in Ruhe, ihr blöden Biester!« Sie ignorierte den Schmerz, der ihren Körper durchzuckte, richtete sich auf und griff zu der erstbesten Waffe, die sie zu fassen bekam – eine der gesplitterten Latten des Dragopedix. Von einem lauten Schrei begleitet, das Holz wie einen Baseballschläger haltend, stürmte sie den Eulkatzen entgegen. Für sie existierte nur noch der Gedanke, den Vampir gegen sie zu verteidigen. All ihre Angst, Wut und Verzweiflung übertrugen sich auf die Schläge, mit denen sie unter die geflügelten Wesen fuhr. Die erste Eulkatze, die bereits einen Teil des Mantels zerrissen hatte, wurde von Silvana am Kopf getroffen und meterweit ins Unterholz geschleudert. Sie hatte nicht einmal Zeit, einen Laut auszustoßen. Die anderen beiden Wesen kreischten, als Silvana sie mit einem weiteren wuchtigen Schlag zur Seite fegte, doch ihr Schrei erstarb, als sie gegen einen Baum prallten. Die fünf anderen Eulkatzen wichen zischend zurück und klapperten mit den Schnäbeln, als sich Silvana mit ihrer Waffe schützend vor den Hexer stellte. »Verschwindet!«, rief sie und schlug in Richtung der Wesen.

Doch die Eulkatzen zuckten nur kurz zurück, bevor sie einen neuen Angriff wagten. Knurrend sprang eine von ihnen vor und duckte sich unter der Latte hindurch, als Silvana sie zurücktreiben wollte. Gleichzeitig schlug eine andere einen Haken und wollte sich mit ihren Krallen auf den noch immer reglosen Vampir stürzen, doch Silvanas Schlag beförderte sie zur Seite. Beinahe hätte sie dabei das Gleichgewicht verloren, und eins der Wesen nutzte die Gelegenheit, um sich mit dem Schnabel in der Ledertasche zu verbeißen und gleichzeitig seine Krallen in ihre Hosenbeine zu treiben. Mit einem schmerzerfüllten Aufschrei packte Silvana das Wesen im Genick, riss es hoch und schleuderte es gegen die anderen beiden Eulkatzen, die sich wieder auf Talisienn stürzen wollten, als wüssten sie, dass er ihnen gefährlich werden konnte, sobald er wieder zu sich kam. Alle drei wurden durch den Aufprall zurückgeworfen, doch sie kamen fast sofort wieder zurück auf die Füße. Wieder ging Silvana mit der Holzlatte in Stellung. Knurrend legten die drei Eulkatzen die Flügel an und senkten die Köpfe. Gegen einen gemeinsamen Angriff von allen zusammen hatte Silvana kaum eine Chance, das schienen die Wesen erkannt zu haben. Vielleicht würde sie eines von ihnen erwischen, aber nicht alle. Sie hörte das Blut in ihren Schläfen hämmern und spürte das Adrenalin, das durch ihre Adern schoss. Die mittlere der drei Eulkatzen stieß einen hohen Laut aus, dann schoss sie vor. Die beiden anderen taten es ihr gleich, jedoch zu unterschiedlichen Seiten. Für den Bruchteil einer Sekunde wusste Silvana nicht, wohin sie sich wenden sollte. Doch dann wirbelte sie herum und schlug so rasch zu, wie sie konnte. Und tatsächlich traf sie damit alle Eulkatzen, die nacheinander fauchend im Laub landeten. Knurrend richteten sie sich wieder auf, schüttelten sich und fixierten Silvana erneut, die in Erwartung eines weiteren Angriffs die Muskeln spannte. Doch stattdessen krächzte eine der Eulkatzen rau, worauf alle drei sich von Silvana und dem Hexer abwandten und die Schneise hinaufsetzten. Silvana sah ihnen einen Moment lang irritiert nach, ließ schließlich die Latte sinken und fiel neben Talisienn auf die Knie. »Tal?«, fragte sie mit zitternder Stimme und berührte ihn an der Schulter. Doch sie erhielt keine Antwort. Vorsichtig strich sie die langen, roten Haare zurück und versuchte, einen Puls zu finden. Zum Glück war der Mythos, nach dem Vampire als untote Wesen weder über Herzschlag noch Atmung verfügten, nicht mehr als ebendas – ein Mythos. Nach kurzem Suchen ertastete Silvana das schwache Pochen von Talisienns Schlagader und atmete erleichtert auf. Immerhin lebte er. Behutsam drehte sie ihn auf den Rücken. Er hatte seine Sonnenbrille verloren, und blutige Schrammen verunzierten sein bleiches Gesicht, die jedoch nur oberflächlich zu sein schienen. Sonst konnte sie keine weiteren Verletzungen entdecken.

Erschöpft ließ sie sich zurücksinken und fuhr sich mit der Hand über das Gesicht. Was sollte sie jetzt tun? Hier konnte sie ihn nicht liegen lassen. Sie dachte an den Springer, den Corrie ihr gegeben hatte. Wenn sie es schaffte, den Dämon zu beschwören, konnte sie so mit Talisienn von hier fort. Jedenfalls theoretisch. Nur würde sie seinen bewusstlosen Körper weder auf den Pferderücken bekommen noch ihn unterwegs festhalten können. Sie musste also warten, bis er wieder zu sich gekommen war. Aber nicht hier draußen, wo sie ungeschützt waren. Suchend blickte sie sich um. Hinter ihr befand sich das Haus, links daneben ein kleiner Schuppen. Sonst sah sie nichts als undurchdringliches Unterholz und Baumstämme. Somit blieb ihr nur eine Möglichkeit.

Entschlossen packte sie den Vampir unter den Armen und hob seinen Oberkörper an. Trotz seiner hageren Statur war er deutlich schwerer, als sie erwartet hatte, ihr Rücken und ihre Arme protestierten unter der Belastung mit heftigen Schmerzen, doch sie hatte nicht vor, loszulassen. Meter um Meter zog sie den Vampir rückwärts auf das Haus zu, als sie über sich plötzlich ein vielstimmiges Kreischen vernahm.

Nein!

Starr vor Angst, sah sie, wie sich zwischen den Bäumen, die sich den Hang hinaufzogen, die grauen, geflügelten Körper Dutzender Eulkatzen auf sie zu ergossen wie ein gigantischer Ameisenteppich, der alles unter sich begrub. Offenbar hatten die geflüchteten Eulkatzen dem restlichen Schwarm den Weg gewiesen.

Gegen so viele hatte sie keine Chance.

Im selben Moment, in dem Tempest die Worte ausgesprochen hatte, setzten bereits zwei riesige gehörnte Schatten über die Mauer auf die Dächer der Grüfte vor ihnen, und Corrie wurde schlagartig bewusst, woher sie den Geruch kannte, der vom Wind herangeweht worden war. Sie hatte ihn an jenem Abend bei den Cochards gerochen, als sie sich um den toten Peryton versammelt hatten.

Aus glühenden Augen starrten die beiden Wendigos auf sie herab – albtraumhafte Figuren mit ausgemergelten, von verfilztem Fell bedeckten Körpern und skelettierten Hirschköpfen. Ihre Klauen endeten in gebogenen, messerscharfen Krallen. Doch sie blieben nicht alleine – von heiseren Lauten begleitet, erschienen weitere neben ihnen. Zwei, vier.

Und endlich kam wieder Bewegung in Corrie und ihre beiden Begleiter.

»Zum Ende der Reihe!«, schnappte Wellington. »Das ist die Little-Gruft!«

Corrie sah über die Schulter. Die letzte Gruft war etwa einhundert Meter entfernt. Das konnten sie schaffen. Das *mussten* sie schaffen!

Gemeinsam mit Tempest und dem jungen Bestatter warf sie sich herum und begann zu rennen.

Sie hörte Wellington neben sich unterdrückt aufstöhnen und hoffte, dass er trotz seiner Schmerzen schnell genug laufen konnte und seine Beine nicht unter der Belastung nachgaben. Denn was sollten sie dann …?

Aus dem Augenwinkel sah Corrie Schatten über die niedrigen Dächer setzen und versuchte noch einmal, ihr Tempo zu erhöhen. Ihr Körper pumpte noch mehr Adrenalin durch ihre Adern. Sie umfasste Wellingtons Arm fester.

Sie mussten es einfach schaffen. Angestrengt versuchte sie, durch ihr eigenes hektisches Atmen das Keuchen ihrer Verfolger herauszuhören. Suchte verzweifelt nach einem Anhaltspunkt, wie nah sie ihnen waren …

Zu nah.

Als die dunklen Schatten in ihren Weg sprangen, schrie Corrie panisch auf und wich mit Wellington und Tempest zur Seite aus. Dabei verlor der Bestatter das Gleichgewicht und ging strauchelnd zu Boden.

Im gleichen Moment wurde Tempest von einem anderen Wendigo von den Füßen geholt.

Für Entsetzen blieb Corrie jedoch keine Zeit. Sie spürte, wie sie von hinten gepackt und durch die Luft geschleudert wurde. Hart kam sie auf dem Boden auf und schlitterte schmerzhaft weiter, bis die Mauer einer Gruft sie abrupt bremste. Benommen und nach Luft ringend, blieb sie einige Herzschläge liegen. Das Blut rauschte in ihren Ohren, ihre Sicht war verschwommen, und in ihrem Mund schmeckte sie eine warme, metallische Flüssigkeit. Sie spuckte aus und wollte eine Hand aufstützen, um sich hochzustemmen, doch es wuchs bereits ein riesiger Schatten über ihr empor. Corrie spürte die Gefahr und wandte blinzelnd den Kopf, nur um die Gestalt eines wuchtigen Wendigos zu sehen, größer als die anderen, mit einem mächtigen, verdrehten Geweih, von dem Flechten herabhingen. Die Augenhöhlen seines bleichen Hirsch-Schädels schienen Funken zu sprühen, und eine Art zäher, schwarzer Nebel strömte aus seinem langen, filzigen Pelz wie physisch gewordener Gestank.

Instinktiv versuchte Corrie, sich herumzuwerfen, von ihm wegzukommen, doch sie hatte noch immer keine Orientierung, und ihre Glieder wollten ihr nicht gehorchen. Die Pranken des Wendigos packten sie am Hals und hoben sie wie eine Puppe empor. Corrie keuchte und versuchte verzweifelt, sich aus dem Griff zu befreien, der ihr die Kehle zudrückte, aber seine Kraft war zu groß. Sie hatte nur eine Chance. Während ihre Sinne zu schwinden begannen, tastete sie fieberhaft in ihrer Kängurutasche herum.

Sobald sie den Dolch zu fassen bekam, zog sie ihn hervor und stieß mit ihm zu, so fest sie konnte. Der Wendigo jaulte auf und tat genau das, was sie erhofft hatte – er ließ sie los. Unsanft stürzte sie auf die Stufen, wobei der Dolch ihrem Griff entglitt, doch immerhin war sie wieder frei. Hustend und stöhnend kam sie auf die Füße, obwohl sie ihre Beine kaum spürte, und stolperte zur Seite.

Aus den Augenwinkeln sah sie Wellington unweit von ihr rücklings am Boden liegen und mehrere Wendigos, die auf ihn zukamen. Sie wollte zu ihm, doch der Wendigo hinter ihr war schneller. Seine Pranke packte ihr Fußgelenk und zog sie mit einem unsanften Ruck zurück, der sie erneut auf dem gefrorenen Boden aufprallen ließ. Reflexartig trat sie nach hinten aus, versuchte strampelnd, loszukommen; der Wendigo zog sie jedoch knurrend näher zu sich und warf sie mit einem weiteren, schmerzhaften Hieb auf den Rücken.

Erstarrt sah Corrie zu der über ihr erhobenen Klaue, mit der das gehörnte Biest dazu ansetzte, sie zu zerfetzen, wie er es auch bei den Cochards getan haben musste.

Doch im Gegensatz zu den Cochards an jenem Abend war sie nicht alleine.

Bevor der Wendigo seine Krallen auf sie niedersausen lassen konnte, war Tempest heran. Er rammte dem Wesen die Schulter in die Seite und riss es mit sich. »Lauf weiter!«, brüllte er ihr zu, während er auf die Füße kam und das Schwert in seinem Griff hob, das er vermutlich von einem der Gräber entwendet hatte.

Er konnte den Gegenangriff des Wendigos dennoch nicht abfangen. Die Bestie schoss vor und packte ihn mit scharfen Fängen am Arm. Tempest schrie auf und ging in die Knie, wobei das Schwert seiner Hand entglitt.

Corrie stand wie erstarrt. Sie wollte wegrennen. Sie wollte so viel Abstand zwischen sich und diese Bestien bringen wie nur irgend möglich. Aber sie musste Tempest irgendwie helfen! Zwar wehrte er sich nach Kräften gegen den Wendigo, doch die Bestie schleuderte ihn unbeeindruckt davon zu

Boden und setzte mit ihren Pranken hinterher. Mit Mühe konnte Tempest zur Seite rollen und den scharfen Krallen ausweichen, aber als er wieder auf die Füße kam, stürmte der Wendigo erneut auf ihn ein, und gemeinsam prallten sie gegen die Mauer, Tempest mit dem Rücken voran, während er versuchte, die gierig schnappenden Fänge von seinem Hals fernzuhalten.

Jetzt endlich schaffte es Corrie, ihr Entsetzen abzuschütteln. Sie griff nach dem Schwert und rannte auf den Wendigo zu, der zu sehr mit dem Botschafter beschäftigt war, um sie zu bemerken. Von einem wilden Schrei begleitet, trieb sie die alte Klinge tief in den Hals der Bestie. Der Wendigo bäumte sich jaulend auf und wirbelte herum, wobei die Wucht Corrie von den Füßen riss. Sie landete in dem Ilex neben einer verfallenen Gruft, von wo aus sie zu der Bestie starrte, die gurgelnd versuchte, das Schwert aus ihrem Körper zu ziehen.

Neben sich hörte sie im selben Moment ein Aufjaulen und drehte erschrocken den Kopf. Wellington hatte sich halb aufgerichtet, und einer der Wendigos sprang soeben mit lohendem Fell von ihm zurück. Vier weitere setzten jedoch bereits dazu an, den Bestatter einzukreisen. Hastig suchten Corries Augen den Boden nach ihrem Dolch ab, nach irgendetwas, mit dem sie ihm helfen konnte. Ihr Blick fiel dabei wieder auf Tempest, und Panik durchzuckte sie, als sie sah, dass der Wendigo ihn ungeachtet des Schwerts erneut gepackt hatte.

Nein!

Ein Schrei löste sich von ihren Lippen.

Sie wollte bereits vorstürzen, doch unvermittelt spürte sie, wie die Luft um sie herum deutlich wärmer wurde. Der Reif auf den Blättern verschwand. Durch den Ilex hindurch sah sie Flammen in Wellingtons Augen aufgleißen. Ein Halbkreis aus Feuer schoss jäh zwischen ihm und den Wendigos aus dem Boden, und während er taumelnd zurück auf die Füße kam, richtete er seine Aufmerksamkeit bereits auf Tempest. Corrie konnte erkennen, wie er die Kiefer zusammenpresste; zwischen seinen Händen bildete sich eine lodernde Feuerkugel, die Sekunden später auf den Wendigo zuschoss, der seine Klaue zu einem weiteren Schlag erhoben hatte. Die Bestie heulte auf, als das Feuer zischend ihren Pelz in Brand setzte und sie binnen Sekunden in Flammen hüllte. Strauchelnd machte sie noch zwei Schritte, bevor sie vor den Stufen der Gruft zu Boden ging und zuckend liegen blieb.

Hastig versuchte Corrie, zurück auf die Füße zu kommen, und Tempest, der auf sie zustolperte, half ihr dabei. »Alles in Ordnung?«, keuchte er.

Corrie nickte hustend.

»Dann weiter!« Er griff den Arm von Wellington, der wieder in die Knie gegangen war, und zerrte ihn daran hoch, während er mit der anderen Hand das Schwert aus dem brennenden Wendigo zog. »Aufstehen, Neill! Das schaffst du!«

Corrie war bereits an der anderen Seite des Bestatters und versuchte, ihn zu stützen, während die Flammenwand hinter ihnen zunehmend in sich zusammensank. Mit dem stöhnenden Wellington in ihrer Mitte rannten sie weiter.

Die Gruft der Littles war nahe.

»Schneller«, rief Tempest, und Corrie konnte hören, wie Wellington neben ihr knirschend die Zähne zusammenbiss, während er versuchte, irgendwie mit ihnen mitzuhalten. Nur noch wenige Meter trennten sie von ihrem Ziel.

Noch im Lauf sah der Bestatter kurz zu den hinter ihnen

heranjagenden Wendigos, riss sich dann unvermittelt von Corrie und Tempest los, ging schlitternd zwischen ihnen auf die Knie, drehte sich dabei um und breitete seine Arme aus. Seiner Bewegung folgte eine weitere Feuerwand, deutlich höher als die erste, die vor der Gruft aus dem Boden schoss und sie vom Rest des Friedhofs trennte – und von den Wendigos, die aufheulend zurücksprangen.

Corrie starrte die gehörnten Wesen durch die dichten Flammen hindurch nach Luft ringend an, eine Hand auf ihre schmerzenden Rippen gepresst, während Tempest neben ihr das Schwert hob. Wellington, der mühsam wieder auf die Füße kam, legte seine Hand um die Klinge, und Flammen loderten auch um das Metall herum auf. »Damit hast du ihnen mehr entgegenzusetzen«, brachte er gepresst hervor, bevor er das Amulett hervorzog und sich der Tür zuwandte. Unter seinen Fingern glühten purpurne Runenzeichen auf dem Holz auf, die sich wie ein dichter Teppich über die ganze Tür erstreckten.

Hastig sah Corrie von ihm wieder zurück zu den Wendigos. Einige von ihnen kamen mit angriffslustig gesenktem Kopf näher, wichen jedoch wieder vor den Flammen zurück. Dennoch war nicht zu übersehen, dass sie nach einer Schwachstelle suchten, durch die sie hindurchkommen konnten.

Angsterfüllt fragte sich Corrie, ob es Wellington gelingen würde, diese Doppelbelastung aufrechtzuerhalten. Tatsächlich schienen die Flammen schon jetzt nicht mehr ganz so hoch zu schlagen, die Fratzen der Wendigos waren besser zu erkennen. Beinahe glaubte Corrie, ihre bleichen Hirschschädel würden siegessicher grinsen. Der Erste von ihnen hieb bereits mit seiner Pranke durch die ersterbenden Flammen.

Auch Tempest hatte es gesehen und hob das Schwert.

»Neill!«, rief er.

Wellingtons Kopf ruckte zu ihm, und begleitet von einem gequälten Aufstöhnen, hob der Bestatter den rechten Arm, während er die linke Hand weiter an der Tür behielt. Er kniff die Augen zusammen, und die Flammen loderten wieder höher.

Heulend sprangen die Wendigos zurück.

Doch es war zu sehen, dass Wellingtons Kräfte schwanden. Als zwei der Runen ihre Farbe zu einem goldenen Ton wechselten, ging er in die Knie, die Finger so fest um das Amulett gekrallt, dass seine Knöchel weiß hervortraten. Corrie sah, dass er zitterte und ihm Schweiß von der gebogenen Nase tropfte, doch es wurden zwei weitere Runen golden.

Ihr Blick huschte wieder zu Tempest, der die Feuerwand im Auge behielt, zu den Wendigos, die knurrend davor auf und ab schlichen, und wieder zurück zu Wellington, der gekrümmt vor der Tür kniete.

Sie schluckte und stemmte sich zurück auf die Füße. Jedenfalls versuchte sie es.

»Pass auf!«, rief Tempest im selben Moment und zog sie abrupt zur Seite.

Einer der Wendigos hatte offenbar die Gruft umrundet, während die anderen die Aufmerksamkeit auf sich gelenkt hatten, und war von der anderen Seite aus auf das Dach gesprungen. Von dort federte er brüllend hinunter, wo Corrie und Tempest gerade noch gestanden hatten.

Der Botschafter ging schützend mit dem Schwert vor ihr in Position und fixierte die geifernde Bestie, als zwei weitere Runen ihre Farbe veränderten. »Das waren die Letzten«, schnaufte Wellington und warf sich mit der Schulter gegen die Tür, die unter dem Stoß nachgab.

Auch Corrie und Tempest zögerten nun nicht länger. Während der zweite und dritte Wendigo neben ihnen landeten, hasteten sie hinter dem Bestatter her ins schützende Innere der Gruft.

Panisch blickte Silvana sich um. Das Haus war nicht mehr weit entfernt – sie musste es einfach schaffen! Ansonsten würden der Hexer und sie als Futter für diese Biester enden.

Mit einem Schrei versuchte Silvana, ihre letzten Kraftreserven zu mobilisieren, und beschleunigte ihre Schritte, ohne ihren Blick von den herannahenden Eulkatzen abzuwenden. Talisienn drohte ihrem Griff zu entgleiten. Sie krampfte ihre Finger zusammen und krallte sie zusätzlich in den Stoff seines Mantels. Mit letzter Kraft zog sie ihn über die Schwelle ins Haus und schlug die Tür zu, gerade als die ersten Eulkatzen heran waren. Ihre scharfen Krallen kratzten über das dicke Holz, während Silvana die beiden Metallbolzen der Schlösser zuschob, die glücklicherweise nicht allzu verrostet waren. Keuchend lehnte sie sich einen Moment an den Rahmen, als sie ein Klirren zu ihrer Linken hörte. Die Fenster! Eilig sah sie sich um. In dem Raum, offenbar eine Wohnstube mit großem Kamin, einem alten Tisch, Bänken und einigen Regalen an den Wänden, gab es insgesamt vier. Vor jedem davon versuchten die Eulkatzen, hindurchzubrechen. Doch trotz der Risse war das Glas offenbar stabiler als das der Kutsche, und zumindest das Fenster neben der Tür besaß Sprossen, die es noch einmal robuster gegen die Angriffe von draußen machten. Ewig würden aber auch diese Scheiben nicht halten, vor allem nicht, wenn sich immer mehr der Wesen dagegen warfen. Die schiefen Fensterläden draußen konnte sie nicht mehr schließen. Was blieb ihr dann noch?

Ihr Blick heftete sich auf die Regale. Sie waren leer, wirkten aber robust genug, um als Barrikade dienen zu können. Genau, was sie brauchte! Silvana stürzte zu einem der Regale und zog daran. Es war schwer, doch Angst und Verzweiflung gaben ihr zusätzlich Kraft, mit der sie es schließlich vor eines der Fenster schob. Noch drei. So schnell sie konnte, rannte Silvana zu den anderen Regalen und zog und schob sie nacheinander vor die restlichen Scheiben, in der Hoffnung, die Eulkatzen dadurch auszusperren. Und wenn das nicht funktionierte, sie zumindest so lange aufzuhalten, bis sie eine andere Möglichkeit gefunden hatte, sich gegen sie zur Wehr zu setzen. Nach Luft ringend, stützte sie sich auf die Oberschenkel, als sie es plötzlich über sich klirren und scheppern hörte. Ihr Blick fiel auf die Treppe an der gegenüberliegenden Seite, an deren oberen Ende sich eine angelehnte Tür befand. Schatten huschten durch das Licht, das auf die Stufen fiel. Stöhnend sprintete Silvana die Treppe hinauf und warf die Tür genau in dem Augenblick zu, als sich bereits die erste Tatze hindurchschob. Kreischend und fauchend zog sich die Eulkatze zurück. Silvana versuchte, den alten Schlüssel im Schloss zu drehen, doch er war festgerostet und knirschte nur vernehmlich, ohne sich zu bewegen. Verzweifelt rüttelte sie daran, als ein weiteres hohes Kreischen erklang. Diesmal jedoch von irgendwo hinter ihrem Rücken. Hastig fuhr sie herum und suchte den dämmrigen Raum ab, allerdings ohne etwas Verdächtiges erkennen zu können. Der Vampir lag noch immer regungslos vor der Tür auf dem Boden, und die Regale blockierten die Fenster gegen die Eulkatzen. Es gab keine Öffnung, durch die sie … Wieder erklang das Kreischen, und dieses Mal war sich Silvana sicher, dass sie es neben sich gehört hatte. Sie starrte die Wand an, hinter der es nun vernehmlich zu kratzen begann, und begriff. Der Kamin! Entsetzt sah sie, wie unter ihr Asche aus der Feuerstelle rieselte. Sie kamen durch den Kamin!

Doch sie konnte die Tür nicht loslassen, hinter der vermutlich gerade zig dieser Bestien dabei waren, das Zimmer zu fluten. Und waren sie erst einmal in ausreichender Zahl im Inneren und drängten mit geballter Kraft gegen das Holz, würde sie die Tür auch nicht mehr lange halten können. »Talisienn!« Tränen der Verzweiflung brannten in ihren Augen, während sie inständig hoffte, dass er endlich aufwachte.

»Tal!«, rief sie erneut, während sie verzweifelt an dem Schlüssel zu drehen versuchte. Ohne Erfolg. Das Rascheln im Kamin wurde lauter, dumpfes Krächzen erklang und hallte von den Mauern der Esse wider. Eine dichte Aschewolke stob in den Raum hinein.

»Tal! Bitte komm zu dir!«, versuchte es Silvana noch einmal.

Panikerfüllt sah sie, wie sich im selben Moment eine rußgeschwärzte Eulkatze aus dem Kamin hervorschob und suchend ihren Kopf einmal im Kreis drehte, wie es sonst nur die Dämonen im Film konnten. Und auch wenn solche Bilder sie normalerweise ebenso wenig schockierten wie Corrie, ließ der Anblick ihr dieses Mal das Blut in den Adern gefrieren.

Das Wesen unter ihr verharrte, stellte deutlich sichtbar die Nackenhaare auf und starrte sie aus großen, unbeweglichen Augen an. Es schien auf eine Reaktion zu warten, begriff dann offenbar jedoch, dass Silvana nicht von der Tür wegkonnte. Es stieß einen Schrei aus, der von weiteren Eulkatzen aus dem Schornstein beantwortet wurde.

Silvana keuchte verzweifelt, während sie sich weiter gegen das Holz drückte, hinter dem der Druck spürbar zunahm.

»Talisienn!«, rief sie noch einmal heiser.

Ein dumpfes Geräusch im Kamin kündete von einer weiteren Eulkatze. Was sollte sie bloß tun? Was konnte sie noch tun, um Talisienn und sich zu schützen? Ihre Gedanken rasten, stolperten durcheinander und bildeten ein undurchdringliches Knäuel, von dem sie keinen rettenden Faden mehr zu fassen bekam.

Die Eulkatze unter ihr stieß einen weiteren Schrei aus und sprang dann unvermittelt auf sie zu.

Silvana konnte zwar nicht von der Tür zurückweichen, aber so einfach wollte sie es der Kreatur auch nicht machen. Als sie die Treppe hinaufgesprungen kam, empfing Silvana sie mit einem gut gezielten Tritt gegen das Kinn, der die Eulkatze jaulend wieder die Stufen hinabschickte.

Dort richtete sie sich knurrend auf, schüttelte sich und zischte wütend, bevor sie einen erneuten Angriff startete. Dieses Mal sprang sie zuerst auf das Geländer und versuchte dann von dort aus, mit ihrem Schnabel nach Silvana zu hacken, doch Silvana bekam einen der wild schlagenden Flügel zu fassen und schleuderte die Kreatur daran zurück.

Damit schien sie sie allerdings erst richtig wütend gemacht zu haben. Ungeachtet der Federn, die Silvana mit ihrem Griff in den Flügel gebrochen hatte, erhob sich die Eulkatze mit einem kräftigen Stoß ihrer Hinterbeine in die Luft und raste pfeilschnell und mit ausgestreckten Klauen auf Silvana zu.

Doch bevor die scharfen Krallen ihr Gesicht erreichen konnten, wurde die Eulkatze in der Luft buchstäblich zerrissen. Ungläubig starrte Silvana auf die blutigen Federn, die langsam um sie herum niederschwebten – und auf den Vampir, der mit ausgestreckter Hand halb aufgerichtet auf dem Boden lag.

Corrie stolperte in die Gruft hinein, deren Inneres von zahlreichen Kerzen an den Wänden in schattenhaftes Licht getaucht wurde, und sank nach Luft ringend auf die Knie. Ihr Magen rebellierte, und Angst schnürte ihr die Kehle zu.

Hinter sich hörte sie, wie die Tür krachend zuschlug.

Sie sah zu Tempest, der das Schwert losließ, bevor er neben ihr zusammensackte und die Stirn gegen den kalten Steinboden presste. »Ist alles in Ordnung?«, brachte sie hervor.

»Vorerst schon«, erwiderte Tempest zwischen flachen Atemzügen.

Corrie schluckte bitter schmeckenden Speichel hinunter.

»Wirklich?«

Tempest antwortete nicht, aber Corrie konnte ihn nicken sehen. Sie rollte sich erschöpft auf die Seite und sah von dort zu Wellington, der mit geschlossenen Augen neben der massiven Holztür auf dem Boden lag. Sein hastiger Atem wurde von einem heiseren Stöhnen begleitet, und er zitterte deutlich sichtbar, doch er hatte die rechte Hand so weit ausgestreckt, dass er das Holz berühren konnte. Unter seinen Fingern glühte eine verschlungene Rune.

Als es plötzlich einen dumpfen Schlag gegen das Holz gab, dem wütendes Kratzen folgte, zuckte sie zusammen und kam hastig und trotz ihrer schmerzenden Glieder wieder auf die Füße.

»Sie können hier nicht rein«, murmelte Wellington matt,

ohne die Augen zu öffnen, und ließ die Hand auf den Steinboden sinken.

»Wirklich nicht?«, fragte Corrie zweifelnd.

»Auch ohne sämtliche Siegel ist die Tür überaus stabil«, erwiderte der Bestatter und hustete trocken, als er versuchte, tief Luft zu holen. »Sind das dort draußen eigentlich dieselben Biester, die dafür verantwortlich sind, dass ich heute Morgen zwei meiner Freunde beerdigen musste, Charles?«

»Davon können wir ausgehen, ja«, erwiderte Tempest und stemmte sich mit einer Hand auf die Knie zurück, bevor er sein Blackberry hervorzog.

»Warum sind sie ausgerechnet hier aufgetaucht?«, wollte Corrie wissen. Sie wusste nicht, warum, aber irgendetwas sagte ihr, dass es kein Zufall war. »Und warum hat uns keiner der Aare geholfen?«

An Tempests Gesichtsausdruck konnte sie sehen, dass ihn ähnliche Gedanken bewegten, doch er schüttelte nur leicht den Kopf. »Darum kümmern wir uns, wenn wir hier wieder heraus sind.«

»Und wie soll das gehen – mit denen?« Corrie nickte vielsagend zu der Tür, die unter einem erneuten Stoß erzitterte.

»Jedenfalls nicht mit der Hilfe der Sucher«, stellte Tempest fest und ließ sein Smartphone sinken. »Hier habe ich keinen Empfang.«

»Es gibt ein Portal in dieser Gruft«, sagte Wellington leise und versuchte langsam, eines seiner Knie anzuwinkeln. »Damit kommen wir hier raus.«

»Ein Portal?«, fragte Corrie irritiert. »Ich dachte, Portale gibt es nur zwischen dieser Welt und den Zweimondreichen.«

»Das gilt für natürliche Portale«, bemerkte Tempest hinter ihr. »Nicht für künstliche.« Er sah Wellington missbilligend an.

Der Bestatter gab es mit einem heiseren Stöhnen auf, seine Beine zu bewegen. »Ich dachte, du wüsstest darüber Bescheid.«

»Offenbar nicht.« Tempest senkte das Kinn. »Und wohin führt es?«

»Kannst du dir das nicht denken?«

Corrie runzelte die Stirn, als Tempest resigniert die Lider senkte. »Das alte Little-Haus.« Er rieb sich die Nasenwurzel. »Wohin sonst.«

Das alte Little-Haus? Corrie hatte schon seit dem Büro des Botschafters überlegt, woher ihr der Name so bekannt vorkam. Und jetzt, als sie Tempests Reaktion sah, fiel es ihr endlich ein. »Das alte Haus im Wald?«, fragte sie entsetzt. Sie erinnerte sich an das Schild, das sie im Sommer auf dem Weg zum Flohmarkt gesehen hatten – *Cave fons malorum.* Hüte dich vor der Quelle des Bösen. »Das, was verflucht ist?«, fragte sie.

Wellington schüttelte kaum sichtbar den Kopf. »Ist es nicht.«

»Nicht?«

»Es gibt dort Geister. Die Seelen der von den Littles Ermordeten. Aber keinen Fluch.«

Corrie verzog das Gesicht. »Ich weiß nicht, ob ich Geister so viel besser finde.«

»Die meisten bemerkt man kaum«, erklärte der Bestatter und versuchte ein weiteres Mal, sich hochzudrücken und die Knie anzuwinkeln. »Und die Übrigen halten Abstand, wenn man etwas von dem alten Blut mit sich führt. Sie wagen es nicht, seine Kraft herauszufordern.« Er deutete zu den Treppenstufen vor ihnen. »Apropos … Der Kelch dort drüben auf dem Altar ist das, weshalb Sie hier sind. Und weshalb diese Gruft normalerweise unter allen Umständen verschlossen gehalten werden muss.«

Corrie, die versuchte, ihre aufgeflammte Furcht wieder niederzukämpfen, drehte sich um und sah in die Richtung, in die er deutete. Sie hatte bisher weder den steinernen Altar noch das Gefäß darauf bemerkt, was vermutlich daran lag, dass beides halb im Schatten der Kerzen verborgen lag. Oder dem, was sie bisher für Kerzen gehalten hatte. Mit einem trockenen Schlucken stellte sie fest, dass es sich bei den Lichtquellen um sie herum mitnichten um brennende Kerzen handelte – vielmehr hingen die Flammen körperlos in der Luft. Wie winzige Feuergeister, ohne einen festen Körper. Aber immerhin blieben sie, wo sie waren, und bewegten sich nicht.

Langsam ging sie auf die drei schmalen Stufen zu. Der Altar befand sich in einer Nische darüber und war bis auf den Kelch vollkommen leer. Das Gefäß schien Corrie genau wie ihre Phiole aus Knochen gefertigt zu sein, und in seinem Inneren stand eine dunkle Flüssigkeit, von der eine selbst für das Innere der Gruft untypische Kälte ausging.

»Ist das echtes Blut?«, fragte sie zögernd, während ihre Finger in ihrer Känguru-Tasche nach dem Zylinder tasteten. Langsam zog sie ihn hervor und wollte an den Kelch herantreten, doch Wellingtons Ruf hielt sie zurück. »Nicht!«

Erschrocken drehte sie sich zu ihm um.

Der Bestatter zog sich mühsam und mit schmerzvoll verzogenem Gesicht zurück auf die Füße und humpelte zu ihr. »Der Kelch ist magisch geschützt, damit sich niemand des Blutes bemächtigen kann, selbst wenn er irgendwie in die Gruft gelangt. Ich muss erst die Zauber aufheben.«

Corrie sah ihn leidvoll an. »Schaffen Sie das noch?«

Wellington lächelte gequält. »Sie wollen unverrichteter Dinge gehen und erneut hierherkommen?« Er schüttelte den Kopf. »Jetzt sind wir hier. Es dauert auch nicht lange.«

Corrie warf einen erneuten Blick auf die Tür, wo die Stöße etwas nachgelassen zu haben schienen. Dafür kratzte es nun verdächtig über ihnen. Aber durch den massiven Stein würden sie noch weniger hindurchgelangen als durch die Tür. Oder? Sie sah zu Tempest, der den Kopf schüttelte, wagte es jedoch nicht, ihre Glieder zu entspannen.

Wellington hatte das Amulett an seine Brust gepresst und beschrieb mit seiner anderen Hand irgendwelche Muster in der Luft vor dem Kelch, wobei er mit geschlossenen Augen die Lippen bewegte. Seine Worte konnte Corrie jedoch nicht verstehen.

Dafür sah sie, dass sich unter seinen Fingern Symbole bildeten, die in der Luft hingen wie die körperlosen Flammen und zuerst wirbelnd, dann geordnet eine kreisförmige Anordnung annahmen.

»Die Phiole?«, fragte Wellington und öffnete die Augen wieder, in denen Corrie feine Funken tanzen sah.

Sie sah auf den Beinzylinder in ihren Händen hinunter. »Kann ich das nicht selbst tun?«

Wellington schmunzelte. »Ihre Hand würde nicht einmal bis zum Rand des Kelchs kommen.«

Corrie sah wieder über die Schulter zu Tempest. Sie wollte den Zylinder nicht aus der Hand geben, das hatte sie schon im Buchladen gedacht. Aber so, wie die Dinge im Moment standen, blieb ihr vermutlich keine große Wahl. Und dass Wellington sie täuschte, glaubte sie eigentlich auch nicht. Sie sah, dass Tempest ihr auffordernd zunickte. Also gab sie sich einen Ruck und drückte dem Bestatter die Phiole in die Hand.

Gebannt sah sie zu, wie Wellington sie darauf behutsam zwischen den glühenden Symbolen hindurchschob. Es erinnerte Corrie stark daran, wie sie die Bücher aus dem Spiegel ziehen mussten, um nicht mit hastigen Bewegungen dessen Schutzzauber auszulösen. Langsam tauchte er den Behälter in die dunkle Flüssigkeit, die unter der Berührung leicht in Wallung geriet. Corrie glaubte, in der Oberfläche Münder zu sehen – und Augen. Wie im Boden von Derivs Haus.

Schaudernd wich sie einen Schritt zurück.

»Sie brauchen keine Angst zu haben«, sagte Wellington leise und zog seine Hand genauso sacht wieder zurück, wie er sie durch den Schutzzauber hindurchgeschoben hatte, schüttelte ein paar Blutstropfen von der Phiole ab und schraubte dann den Deckel wieder auf, in dem nun das eingebrannte Wappenbild in einem hellen Blau aufleuchtete. »Fertig, schätze ich«, stellte er fest und reichte den Zylinder an Corrie weiter. Sie nahm ihn mit einem dankenden Nicken entgegen und spürte das sanfte Pulsieren und die Wärme, die von ihm ausging. Erleichtert ließ sie die Phiole in ihre Kängurutasche zurückgleiten und wandte sich dann wieder den beiden Männern zu.

Wellington war zu Tempest getreten, hielt ihm die Hand hin und half ihm, von einem unterdrückten Stöhnen begleitet, zurück auf die Füße. Corrie hatte für einen kurzen Moment den Eindruck, als würde der Bestatter den Botschafter dabei irritiert ansehen und dass Tempest daraufhin leicht den Kopf schüttelte, doch im Zwielicht der schwebenden Flammen konnte sie sich das auch eingebildet haben.

Als er stand, straffte der Botschafter entschlossen die Schultern. »Dann können wir jetzt also …«

Er brach ab, als hinter ihnen jäh Holz splitterte. Ein Balken der Tür war entzweigebrochen, und durch den Spalt zwängte sich die Pranke eines Wendigos.

Corrie machte zwei Schritte rückwärts. »Ich dachte, sie wäre für so etwas gebaut?«, stieß sie mit Bestürzung hervor.

Wellington schüttelte fassungslos den Kopf. »Das ist unmöglich. So mächtig dürfte ihre Magie gar nicht sein.« Corrie sah, dass in seiner Iris die Funken stärker zu tanzen begannen.

»Und was tun wir jetzt?«, stieß sie entsetzt hervor.

»Verschwinden.«

Vor ihnen krachte es erneut. Der zweite Balken war gebrochen.

Wellington zeichnete hastig ein unsichtbares Muster auf eine der Steinfiguren neben ihnen, und jäh begann eine Wand der Gruft, in einem matten blauen Licht zu leuchten. Undeutlich war dahinter ein halbdunkler Raum zu erkennen. »Unser Weg hier raus«, sagte er mit einem Nicken und griff zu dem Kelch, der noch immer von den Symbolen umgeben war. »Ich schätze, du kommst auch besser mit.«

Hinter ihnen ging ein weiterer Balken entzwei. Der erste Wendigo versuchte bereits, seinen gehörnten Kopf hindurchzuschieben. Seine Fänge schnappten hörbar.

»Zeit zu gehen.« Tempest schob Corrie hastig durch das Portal hindurch und folgte dichtauf. Unter Wellingtons Fingern begann sich ein Feuerball zu bilden. Das Letzte, was Corrie sah, war die berstende Tür, durch die ein erster Wendigo in die Gruft stürzte, und die gleißenden Flammen, die ihm entgegenschlugen.

Dann versank die Welt um sie herum in Schwärze.

Die zweite Eulkatze, die sich aus dem Kamin gewunden hatte, war beim Tod ihres Kameraden mit einem wütenden Zischen zurückgesprungen und entschied nun, nicht Silvana, sondern den Vampir zu ihrem nächsten Ziel zu machen. Fauchend schoss sie auf ihn zu.

»Pass auf, Tal!«, rief Silvana, doch der Hexer schickte der Eulkatze bereits dieselbe Magie entgegen wie der ersten. Als das purpurne Wabern sie erfasste, explodierte auch sie mit einem dumpfen »Plopp«, das nur eine Wolke aus blutigen Federn und Fell zurückließ.

Silvanas Erleichterung darüber, dass Talisienn wieder zu sich gekommen war, währte jedoch nur kurz. Während des Angriffs der ersten Eulkatze hatte sie den Druck gegen die Tür zu sehr verringert, und die Wesen dahinter witterten ihre Chance. Erneut warfen sie sich mit geballter Kraft gegen das Holz. Die Wucht ließ Silvana mit einem erschrockenen Aufschrei die Treppe hinabstürzen. Schmerz brandete durch ihren Körper, als sie mit der Stirn gegen das Geländer und mit Schulter und Becken gegen die Stufen prallte. Dann war auch schon die Welle der Eulkatzen heran und begrub sie unter sich. Silvana schrie, schlug verzweifelt um sich und versuchte, die scharfen Schnäbel und Krallen abzuwehren, die nach ihr hackten, aber sie waren überall. Auf ihr, neben ihr, unter ihren Beinen. Pelzige Leiber, raschelnde Flügel und hohes Kreischen, das in ihren Ohren dröhnte. Ein scharfer Schmerz durchzuckte sie, als ihre Hände getroffen wurden, ein weiterer, als eine Klaue ihr Schienbein fand. Sie spürte, wie die Eulkatzen auch an dem Riemen und der Tasche zerrten, in der die Zutaten für Albian waren, und versuchte, sich herumzuwälzen, um sich und den Beutel vor weiteren Hieben zu schützen. Doch es waren einfach zu viele.

Dann umgab sie unvermittelt ein Schleier aus Kälte, der nur ein paar Herzschläge lang anzudauern schien, bevor er sich wieder von ihr hob. Und mit ihm verschwanden auch die Eulkatzen. Ihr Kreischen ebbte jedoch nicht ab, sondern schwoll noch weiter an. Irritiert sah sie nach oben. An der Decke vor dem Kamin schwebten die geflügelten Wesen in einer rötlichen Wolke funkelnder Magie, krächzend, aber bewegungslos. Noch während Silvana hinaufstarrte, begann die Wolke, unheilvoll zu pulsieren, bevor sie abrupt explodierte. Und mit ihr die Eulkatzen.

Die übrigen Wesen, die der Zauber nicht erreicht hatte, stoben mit lautem Kreischen die Treppe hinauf. Silvana sprang auf und humpelte, so schnell sie konnte, hinterher. Mit einem Ruck zog sie die Tür zu und versuchte noch einmal, den Schlüssel zu drehen. Dieses Mal schnappte das Schloss mit einem leisen Klicken zu. Silvana atmete auf – jedoch nur für einen kurzen Moment.

In der Wand neben ihr kratzte es.

Die anderen kamen noch immer durch den Kamin!

Nach Luft ringend, hinkte sie die Stufen hinab und stürzte auf den Kamin zu. Unsanft ging sie vor der leeren Feuerstelle auf die Knie und tastete hastig nach der Kette für den Abzug. Als ihre Finger Metall zu fassen bekamen, zerrte sie mit einem energischen Ruck daran, der den Schmerz in ihrer Schulter explodieren ließ und ihr einen lauten Aufschrei entrang. Sie hatte gehofft, dass es dieses Mal leichter werden würde als an der Tür, doch auch die Platte schien zu klemmen. Aufgeregtes Kreischen und Flügelschlagen, das eine Wolke aus Ruß und Asche die Esse hinabschickte, verrieten ihr, dass eines der Wesen offenbar die Ursache für die Blockade war. Vermutlich steckte es direkt zwischen der Klappe und der Wand. Aber sie musste den Zugang verschließen, egal wie.

Ungeachtet ihrer pochenden Muskeln, fasste Silvana die Kette erneut und zog energisch daran. Einmal, zweimal. Das Kreischen über ihr schwoll an, doch Silvana legte ihre ganze Kraft in einen weiteren Ruck. Endlich spürte sie, wie sich der Abzug ohne weiteren Widerstand schloss und sie sich endlich dem Vampir zuwenden konnte.

Talisienn hatte sich neben dem alten, grob gehauenen Holztisch auf einen Schemel gezogen und rang nach Luft. Silvana sah noch einmal zu den Regalen, hinter denen das Kratzen und Krächzen unvermindert anhielten, dann ließ sie sich erschöpft neben den Vampir sinken. »Das war gerade noch rechtzeitig«, stieß sie zwischen zwei flachen Atemzügen hervor und berührte seine Hand. »Danke, Tal.«

Der Hexer wandte seine blinden Augen in ihre Richtung. »Was ist passiert? Wo sind wir hier?«

»In einer Hütte im Wald. Die Eulkatzen müssen das Dragopedix abgedrängt haben. Wir sind einen Abhang hinabgestürzt und hier gelandet.«

Talisienn senkte die Lider. »Der Drache?«

»Tot«, sagte Silvana bekümmert.

Der Hexer nickte stumm. Vermutlich hatte er nichts anderes erwartet. »Ich war bewusstlos, oder?«

»Bis gerade eben«, bestätigte Silvana.

»Hast du mich hierhergebracht?«

»Es war nicht ganz einfach. Aber draußen war es zu gefährlich.«

Sie wollte noch etwas hinzufügen, aber plötzlich gab es einen heftigen Schlag gegen eines der Regale. Silvana sah alarmiert, dass es deutlich zu wanken begonnen hatte.

»Wie viele sind noch draußen?«, fragte der Vampir.

Silvana schüttelte den Kopf. »Keine Ahnung. Aber es klingt nach sehr vielen.« Sie sah ihn unglücklich an. »Und wir können hier nicht raus. Wir sitzen in der Falle.«

Talisienn wandte ihr den Kopf wieder zu und hob eine Braue. »Das denken vielleicht die Eulkatzen.«

Silvana runzelte die Stirn. »Was hast du vor?«

Der Hexer stemmte sich mit einem unterdrückten Stöhnen auf die Füße. »Ich werde dafür sorgen, dass Yazeems Befürchtung sich nicht gänzlich erfüllt.« Er zog seine silberne Kette aus der Manteltasche hervor. Wie einen Rosenkranz ließ er die Glieder und Anhänger daran durch seine Finger gleiten, während er tastend in die Mitte des Raumes schritt. Ruhig griff er nun auch mit der anderen Hand die Kette und spannte sie fest zwischen seinen Fingern auf.

Silvana sah, dass sich ein feines, kupferfarbenes Leuchten darum aufzubauen begann. Talisienn senkte das Kinn.

»Schließ die Augen und halt dich irgendwo fest«, wies er sie an und begann, leise zu murmeln.

Das Leuchten wurde stärker.

Suchend sah Silvana sich um. Festhalten. Nur woran? Sie wusste ja nicht, was geschehen würde. Der Tisch sah recht stabil aus. Er war aus grobem, dunklem Holz gehauen worden, und die Keile, die durch den Mittelsteg getrieben waren, hatten die Form und Größe eines Nilpferdhauers. Silvana krabbelte darunter, klammerte sich an eines der Tischbeine und wandte den Blick ab.

Sie hörte, wie Talisienns beschwörende Worte langsam lauter wurden. Gleichzeitig schien sich die Luft um sie herum aufzuladen. Silvana spürte ein Prickeln auf ihrer Haut; ihre

Haare stellten sich auf, und selbst ihre Zunge wurde seltsam taub. Ein Schauer rann ihr über den Rücken, ohne dass es dafür einen Auslöser gegeben hätte.

Sie schloss die Augen und verstärkte den Griff um das Tischbein. Unter ihren Fingern spürte sie, wie selbst das Holz vibrierte. Was auch immer geschehen würde, es würde mächtig sein.

Vor den Fenstern hörte sie die Eulkatzen kreischen und krächzen und wie wild gegen die Regale poltern, als würden sie versuchen, hereinzukommen, bevor der Vampir seine Magie zur Wirkung bringen konnte.

Doch sie schafften es nicht mehr.

Jäh spürte Silvana eine Druckwelle über sich hinwegfegen, die ihr die Luft aus den Lungenflügeln presste. Holz krachte, Glas splitterte, und das Kreischen der Wesen vor den Fenstern hörte schlagartig auf.

Sie wartete noch einen Moment, bevor sie es wagte, die Augen wieder zu öffnen. Zu ihrer Rechten, wo zwei Regale die Fenster verschlossen hatten, lagen nur noch Trümmer. Glassplitter aus den geborstenen Fenstern bedeckten den Boden. Langsam kam Silvana unter dem Tisch hervorgekrochen. Auch von den anderen Regalen war nicht mehr viel übrig, ebenso wenig wie von den Fenstern.

Und Talisienn …

Stolpernd kam Silvana auf die Beine und stürzte auf den Vampir zu.

Er war auf die Knie gesackt und holte pfeifend Luft. Sein Kopf war in den Nacken gesunken, und Silvana sah mit Schrecken, dass ihm dunkelrotes Blut aus der Nase über die Wange rann.

»Tal«, flüsterte sie bestürzt und nahm ihn vorsichtig in

den Arm, ungeachtet des Blutes, das nun auch auf ihren Pullover tropfte. »Großer Gott, was hast du getan?«

»Sie uns vom Hals geschafft, hoffe ich«, flüsterte der Hexer matt. »Habe ich sie alle erwischt?«

»Ich habe noch nicht nachgesehen«, gestand Silvana und strich ihm über die Stirn.

»Würdest du … bitte?«

»Natürlich.« Widerstrebend löste sie sich von ihm und trat an die Tür. Noch immer war alles still. Mit zitternden Fingern öffnete sie die Verriegelung und zog an dem Griff. Durch den Spalt, der sich auftat, spähte sie nach draußen. Der Boden rund um die Hütte war weiß, mit ein paar graueren Tönen gemischt und von dunklen Spritzern durchzogen; weiche weiße Flocken schwebten darüber sanft zur Erde hinab und erinnerten sie kurz an den Himmel über Ossa. Doch es waren die Überreste der unzähligen Eulkatzen, die Talisienns Magie in der Luft zerrissen hatte.

Sie musste mehrfach schlucken, bevor sie wieder zu dem Vampir zurückging, der noch immer in der Mitte der Hütte kniete. »Es ist keine mehr übrig«, sagte sie leise und wischte ihm mit ihrem Ärmel das Blut aus dem bleichen Gesicht.

»Sehr gut«, erwiderte Talisienn und lehnte sich an ihre Schulter. »Jetzt müssen wir nur noch irgendwie zu Cryas zurückkommen.«

Silvana schürzte die Lippen. Jetzt konnten sie es wagen. Langsam zog sie die Kette hervor und betrachtete mit einem triumphierenden Lächeln die Figur des schwarzen Springers, der langsam hin und her schwang. »Danke, Corrie«, flüsterte sie. Ihr Gefühl, dass Silvana die Hilfe des Pferdedämons benötigen würde, hatte sie nicht getrogen. Mit seiner Hilfe würden sie zurückkommen. Zurück zur *Magischen Schriftrolle*.

Corrie hockte derweil mit geschlossenen Augen an der Wand. Ihr Kopf dröhnte, und ihr war schwindelig. So hatte sie sich noch nie gefühlt, wenn sie ein Portal benutzt hatte. Nicht einmal mit Kajsja. Es fühlte sich an, als hätte sie gerade einen Vollwaschgang mit Schleuderprogramm hinter sich.

»Miss Vaughn?«, vernahm sie Wellingtons weiche Stimme.

Als sie den Blick hob, sah sie den Bestatter neben ihr stehen, den Kelch aus der Gruft eng an sich gepresst. Ein Stück weiter hinter ihm lehnte Tempest am steinernen Mantel eines alten Kamins.

Corrie blinzelte und rieb sich über die Schläfen. »Geht gleich bestimmt wieder«, murmelte sie und ließ den Kopf zurücksinken.

»Ist Ihnen schlecht?«

»Ein wenig.« Sie seufzte matt und blinzelte erneut, als das Bild vor ihren Augen wieder zu verschwimmen begann. Und nicht nur das. Ihr tat alles weh. Als wäre die Waschtrommel beim Schleudern zusätzlich mit Steinen gefüllt gewesen.

»Das können solche Portale manchmal auslösen«, sagte der Bestatter, und es klang fast wie eine Entschuldigung.

»Aber durch die Portale ins Inselreich kann ich doch auch ohne Probleme gehen«, hielt Corrie dagegen. Zumindest, wenn Kajsja dabei nicht wieder ihre Konzentration verließ.

»Das ist eine andere Art der Magie«, erklärte Wellington schulterzuckend. »Bleiben Sie noch einen Moment sitzen und ruhen Sie sich aus.«

»Sind wir denn jetzt hier sicher?«, fragte Corrie zweifelnd. Immerhin befanden sie sich mitten in einem Haus voller Geister.

»Vorübergehend«, erwiderte der Bestatter beruhigend. »Aber allzu lange sollten wir uns hier drin tatsächlich nicht aufhalten. Für die Schwarze Nan reicht meine Kraft vermutlich wirklich nicht mehr.« Er sah kurz über die Schulter zu Tempest und dann wieder zu Corrie. »Ich bin gleich wieder da. Gehen Sie mit dem Botschafter ruhig schon vor, wenn Sie wieder aufstehen können. Wir treffen uns unten in der Halle. Solange Sie das Blut bei sich tragen, sollte nichts passieren. Aber halten Sie sich von den Spiegeln fern.«

Schwarze Nan? Spiegel? »Wo gehen Sie hin?«, fragte Corrie alarmiert, als sich der Bestatter umwandte.

Wellington sah vielsagend in den Kelch hinunter. »Den hier kann ich unmöglich draußen mit mir herumtragen. Aber ich weiß ein Versteck, wo er vor Wendigos und Geistern sicher ist, bis ich ihn wieder in die Gruft zurückbringen kann. Keine Sorge, Miss Vaughn.« Er schenkte ihr noch ein sanftes, aber unsagbar müdes Lächeln, dann verließ er humpelnd den Raum, und Corrie war mit dem Botschafter alleine.

Einen kurzen Moment lang blieb sie noch sitzen, doch dann rappelte sie sich mühsam auf und sah sich um. Die Fenster in dem kleinen Zimmer waren mit Brettern so weit zugenagelt worden, dass nur wenig von dem schwindenden Tageslicht hereindrang. Es reichte aus, um zu erkennen, dass dies vermutlich einmal ein Salon gewesen war. Anders als im Haus in Heathen Heights war der Teppich auf dem Boden allerdings zerschlissen, und die Tapete hatte sich in großen Stücken von den Wänden gelöst. Die wenigen Möbel waren nicht viel mehr als Überreste, die alten Vasen zu Scherben zersprungen und der große Spiegel in der Ecke neben dem Kamin blind und zerkratzt. Über allem lag eine dicke Schicht aus Staub und Verzweiflung. Den Spiegel betrachtete Corrie ein paar Herzschläge lang argwöhnisch, doch nichts regte sich darin. Also wandte sie sich Tempest zu. Der Botschafter lehnte noch immer am Kamin, schweigend und mit gesenktem Kopf. Im Halbdunkel konnte sie den Ausdruck auf seinem Gesicht nicht erkennen, aber seine Haltung wirkte auf sie irgendwie … angespannt? Verkrampft? Wobei das angesichts dessen, was hinter ihnen lag, nicht wirklich verwunderlich war.

»Ist alles in Ordnung?«, fragte sie dennoch vorsichtig.

Tempest nickte langsam, ohne sie anzusehen. »Ich denke nur gerade über ein paar Dinge nach.« Er atmete tief durch. »Und ich fürchte, wir müssen Unangenehmes besprechen, wenn wir hier wieder heraus sind.« Er stieß sich vom Kamin ab. »Komm. Gehen wir.«

Corrie nickte zustimmend, auch wenn seine Worte ein mulmiges Gefühl in ihrer Magengrube ausgelöst hatten. Was genau meinte er damit? Die Wendigos? Die Bücher? Wie es nach diesem Zwischenfall weitergehen würde? Nun, sie würde es bald erfahren. Zögernd machte sie ein paar Schritte in Richtung Tür, hielt dann jedoch inne, als sie merkte, dass der Botschafter ihr nicht folgte.

Als sie sich zu ihm umdrehte, sah sie, dass er noch immer regungslos dastand, den Kopf gesenkt, als würde er auf etwas in seinem Inneren horchen.

»Charles?«

Er gab keine Antwort.

Ein paar Sekunden verstrichen, in denen Corrie ihn fragend ansah. Und in denen sie Angst in sich aufkeimen spürte. Irgendetwas stimmte nicht. »Charles?«, wiederholte sie, dieses Mal eindringlicher.

Doch noch immer antwortete er ihr nicht. Stattdessen begann er unvermittelt zu wanken. Er versuchte, einen Fuß nach vorne zu setzen, aber die Bewegung wirkte unkontrolliert. Abgehackt. Im selben Moment gaben seine Beine nach.

»Charles!« Corrie stürzte zu ihm und versuchte, ihn zu stützen, doch sie schaffte es nicht. Gemeinsam ging sie mit ihm auf dem schmutzigen Teppich in die Knie. Tempest krümmte sich in ihrem Griff mit einem qualvollen Stöhnen weiter zusammen und presste sich den rechten Unterarm gegen seine Brust.

»Was hast du?«, fragte Corrie. Sie spürte, wie Panik in ihr aufstieg. »Mr Wellington!«, rief sie über die Schulter. »Hilfe!« Sie sah wieder zu dem Botschafter, dem alle Farbe aus dem Gesicht gewichen war. Er hatte die Augen geschlossen und die Lippen fest zusammengepresst. Sie konnte nicht einmal sagen, ob er ihre Frage überhaupt gehört hatte.

Draußen auf dem Flur erklangen polternde Schritte, und der Bestatter erschien im Türrahmen. Als er Tempest und Corrie am Boden knien sah, schloss er mit einem leidvollen Stöhnen die Augen. »Also hatte ich recht.«

Recht? Womit? Corrie sah ihn Hilfe suchend an. »Was ist mit ihm?«

»Wir müssen ihn hier rausbringen«, erwiderte Wellington, ohne auf ihre Frage einzugehen, und kniete sich an Tempests anderer Seite nieder. »Versuch aufzustehen, Charles«, sagte er, wobei er sich Tempests Arm über die Schultern legte. Er nickte Corrie auffordernd zu, und zusammen versuchten sie, den Botschafter hochzuziehen.

Doch weder Wellington noch Corrie hatten die Kraft dafür. Tempest gab einen gequälten Schmerzenslaut von sich und schüttelte den Kopf. Er murmelte etwas, was jedoch nicht zu verstehen war.

»Was hast du gesagt?«, fragte Corrie schnaufend und beugte sich weiter vor.

»Ich schaffe es nicht«, flüsterte Tempest, ohne die Lider

zu heben. »Und die Zeit läuft uns davon. Wie sicher ist es draußen für sie?«

Die Frage war an Wellington gerichtet. »Ich denke nicht, dass die Wendigos so schnell hier auftauchen«, erwiderte der Bestatter kopfschüttelnd. »Wenn überhaupt. Der Friedhof ist weit weg.«

Tempest nickte kaum merklich. »Corrie?«

»Ich bin hier.«

»Greif in meine linke Manteltasche und nimm dir mein Smartphone. Lauf nach draußen und ruf Hilfe.« Er krampfte sich wieder zusammen und stöhnte unterdrückt, bevor er mit zusammengepressten Zähnen weitersprach: »Das Passwort ist Caleb. Ruf Donn an. Und wenn du ihn nicht erreichst … Thomas Keweloh. Die Nummern sind eingespeichert.«

»Ich soll euch hier alleine lassen?«, fragte sie entgeistert.

»Das ist die einzige Möglichkeit«, sagte nun auch Wellington und sah sie ernst an. »Bitte, Miss Vaughn. Laufen Sie.«

Neben ihr krümmte sich Tempest erneut heiser stöhnend zusammen. Seine zitternden Finger tasteten nach dem Knoten seiner Krawatte, und Wellington half ihm, ihn zu lösen.

Dabei sah Corrie, dass die rechte Hand des Botschafters blutverschmiert war. Entsetzen durchzuckte sie, als sie erkannte, woher die Verletzung stammen musste.

Der Wendigo, der ihn am Arm gepackt hatte …

Tempests Stöhnen schwoll weiter an. »Bitte, Corrie«, hörte sie ihn sagen. Es klang fast wie ein Schluchzen. »Bitte … geh!«

Einer weiteren Aufforderung bedurfte es nicht mehr. Hastig griff Corrie das Mobiltelefon, sprang stolpernd auf und rannte die Treppe hinunter durch die Halle zur Tür. Sie beachtete weder die sich gespenstisch bewegenden Bilder noch die Büsten, die ihre Köpfe nach ihr umwandten.

Eilig schob sie sich zwischen den eingestürzten Balken nach draußen, wo gerade das letzte Tageslicht zu verlöschen begann. Ein eisiger Wind schlug ihr entgegen, der unangenehm über ihre heißen Wangen strich. Sie sah hinunter auf das Blackberry, doch die Empfangsbalken waren leer. Verdammt. Sie hob den Blick und ließ ihn rasch über ihre Umgebung gleiten. Sie stand auf einem kleinen Weg, der vom Haus weg in den Wald führte und zu beiden Seiten von hohen, kahlen Büschen gesäumt wurde. Dennoch zu dicht, um hindurchzukommen. Also lief sie ein Stück den Weg hinunter, bis er sich gabelte und auch etwas breiter wurde. »Jetzt aber«, flüsterte sie und sah wieder hinunter auf das Display. »Bitte.«

Doch ihr Flehen war umsonst. Noch immer kein Empfang.

Corrie stöhnte und spürte Verzweiflung in sich aufwallen. Wohin sollte sie jetzt? Sie biss sich auf die Lippe. An einem Ende des Weges lag das Haus der McCaers, nur an welchem?

Während sie noch versuchte, sich mit klopfendem Herzen zu entscheiden, ob sie nach rechts oder links gehen sollte, knackte es plötzlich mehrmals laut im Unterholz. Laub raschelte und knisterte.

Wie unter schweren Tritten.

Corrie fuhr zusammen.

Hatte Wellington nicht gesagt, dass es mehr als unwahrscheinlich war, dass die Wendigos sie hier fanden, noch dazu so rasch? Wie viele waren überhaupt noch übrig? Wie viele waren durch das Feuer des Bestatters getötet worden?

Es knackte erneut, und das Rascheln kam näher. Zu rasch, um rechtzeitig wieder zurück ins Haus zu kommen.

»O nein«, flüsterte Corrie und erbleichte. »Mr Wellington!«, rief sie und sah sich hastig nach etwas um, das ihr als Waffe nutzen konnte. Nicht weit hinter ihr erspähte sie einen dicken Ast zwischen den Ranken und hastete darauf zu. Vermutlich hatte sie damit gegen die Wendigos zwar keine große Chance, aber vielleicht konnte sie sich damit so lange verteidigen, bis ihre Rufe Wellington alarmiert hatten. Nur er konnte ihr helfen …

Die Geräusche waren jetzt ganz nah. Doch als Corrie mit dem Holz in den Fäusten herumwirbelte, blieb ihr der Schrei im Hals stecken, mit dem sie sich den Wesen hatte entgegenwerfen wollen. Stattdessen begann sie vor Erleichterung zu schluchzen, und der Ast entglitt ihren plötzlich kraftlos gewordenen Fingern. Eine Gestalt brach durch das Unterholz. Eine Gestalt, die sie sehr gut kannte.

»Donn!«, rief sie und stolperte vorwärts, Tränen in den Augen.

Der Vampir kam mit weiten Schritten auf sie zugerannt.

»Corrie, Grundgütiger! Also hat Gregoire die Gargoyles vom Friedhof doch richtig verstanden!« Er starrte sie an. »Was ist passiert?«

Aber Corrie antwortete nicht darauf. Sie hatte nur einen Gedanken. »Du musst ihnen helfen«, flehte sie und klammerte sich an seinen Pullover. »Bitte. Hilf ihnen. Hilf Charles!« Sie drückte ihr Gesicht gegen seine Brust und ließ ihren Tränen freien Lauf. »Und Mr Wellington.«

Silvana ließ Talisienn behutsam auf die Kellertreppe der *Taberna Libraria* sinken. Dann hinkte sie nach oben und streckte vorsichtig den Kopf in den Laden. »Yazeem?«, rief sie leise. Das scharfe Gehör des Werwolfs würde sie auch so wahrnehmen, und sie wollte unbedingt vermeiden, die Aufmerksamkeit von Kundschaft zu erregen. Dass der Vampir und sie dafür momentan die besten Voraussetzungen mitbrachten, hatten ihr schon Cryas, Vincent, Fneck, Marica und Pearly in der *Magischen Schriftrolle* zu verstehen gegeben.

Das Gesicht, mit dem Yazeem sie bedachte, nachdem er um die Ecke gebogen war, bestätigte es ihr noch mal. »Bei Dejas Gnade!«, entfuhr es ihm. »Wie siehst du denn aus? Warte, ich schließe den Laden.« Er eilte zur Eingangstür, drehte den Schlüssel im Schloss und das Schild auf die »Geschlossen«-Seite, bevor er zu ihr zurücklief. »Wo ist Talisienn?«

»Ich bin hier«, erklang die erschöpfte Stimme des Vampirs von unten, noch bevor Silvana etwas erwidern konnte.

Yazeem sah Silvana fragend an, aber sie winkte ab. »Hilf ihm. Ich kann so laufen.«

Während der Werwolf Talisienn aus dem Keller hinaufhalf, humpelte Silvana zu den beiden Sesseln in der Hörbuchecke, ließ sich mit einem erleichterten Seufzen in einen davon sinken und schloss kurz die Augen. Sie hatten es geschafft. Sie waren wieder hier.

Als Yazeem kurz darauf den Vampir in den Sessel neben ihr gleiten ließ, öffnete sie die Augen wieder.

Talisienn streckte vorsichtig die Beine aus und lehnte den Kopf zurück. »Das tut gut«, murmelte er.

»So wie ihr ausseht, gehört ihr zu einem Medicus«, stellte Yazeem fest, der einen Schritt zurückgetreten war und stirnrunzelnd die blutigen Gesichter der beiden betrachtete. »Warum hat euch Cryas keinen gerufen?«

»Er wollte«, erwiderte Silvana müde. »Aber wir nicht.«

»Und wieso nicht, beim Pantheon?«

»Es sieht schlimmer aus, als es ist«, antwortete Talisienn. »Die Verletzungen sind alle nur oberflächlich.«

»Das würde ich trotzdem lieber von einem Arzt beurteilen lassen«, erwiderte der Werwolf zweifelnd und schüttelte den Kopf. »Was ist denn überhaupt passiert?«

»Eulkatzen«, sagte Silvana. »Sie haben uns angegriffen und unser Dragopedix einen Abhang hinuntergestürzt. Wir sind gerade so davongekommen.«

»Ihr seid mitsamt der Kutsche einen Abhang hinuntergestürzt?«, fragte Yazeem fassungslos. »Dann hättet ihr jetzt ebenso gut tot sein können.«

»Genau darauf war der Angriff ausgelegt«, erwiderte Talisienn ernst.

Silvana zog eine leidvolle Grimasse. »Ich hoffe nur, dass bei Corrie alles in Ordnung ist. Aber sie hat ja notfalls die Aare, die sie beschützen.«

»Nun …«, begann Yazeem und zog ein unglückliches Gesicht.

Silvana starrte ihn misstrauisch an. »Stimmt etwas nicht?«

»Ich versuche schon seit einer halben Stunde, Charles zu erreichen«, gestand Yazeem. »Der Blutbann der Aare ist gebrochen worden. Sie sind fort.«

»Gebrochen?«, wiederholte Silvana mit trockenem Mund. »Wie konnte das passieren?«

»Das Blut ist entfernt worden«, sagte Yazeem matt und gestikulierte in Richtung der entsprechenden Stelle. »Timmy war vorhin da und hat aus Versehen seinen Saft verschüttet. Und als ich den Teppich danach aufgerollt und in der Küche zum Trocknen aufgehängt habe, ist mir aufgefallen, dass das Blut darunter nicht mehr da ist.«

»Dann ist vielleicht schon etwas passiert, wenn du Tempest nicht erreichen kannst!«, entfuhr es Silvana. »Wir müssen sofort zum Friedhof fahren!«

»Beruhige dich«, erwiderte Talisienn und legte ihr die Hand auf die Schulter. »Dort oben hat man nie Empfang. Die Magie des Wicked Cross blockiert alles. Ich bin sicher, es geht ihr gut. Charles passt auf sie auf.«

»Und ich versuche es weiter«, versprach Yazeem. »Am besten macht ihr beiden euch jetzt erst mal frisch. Danach kümmere ich mich um eure Verletzungen.« Er berührte Talisienn leicht am Arm. »Komm, ich helfe dir.«

»Es geht schon«, wehrte der Vampir ab. »Aber vielleicht könntest du einen Tee kochen? Ich glaube, der würde uns jetzt allen guttun.«

»Mache ich«, erwiderte der Werwolf. »Und wenn ihr Hilfe braucht, ruft einfach.« Damit verschwand er hinter der Küchentür, wo Silvana kurz die Stimmen der beiden Leseratten vernahm.

Gemeinsam mit Talisienn ging sie hinauf ins Badezimmer. Der Vampir bewältigte die Stufen tatsächlich besser, als Silvana das trotz seiner mittlerweile fast anämischen Blässe erwartet hatte – und besser, als sie es mit ihren Knien schaffte.

»Würdest du mir das Wasser anstellen?«, fragte er beim Eintreten. »Ich möchte mir als Erstes das Blut aus dem Gesicht waschen. Der Geruch ist nicht gerade angenehm.«

Silvana nickte und führte ihn an das Waschbecken. »Hier.« Sie drehte den Hebel und nahm behutsam Talisienns Hand.

»Hier ist die Seife«, sagte sie und lenkte seine Finger zu dem Spender. »Die Handtücher hängen rechts neben dir. Und ich bin sofort wieder bei dir«, versicherte sie dem Vampir, bevor sie in ihr Zimmer eilte und hektisch nach einem frischen Pullover und einer Jeans suchte. Ihre Gedanken drehten sich dabei unablässig um Corrie. Sie hoffte, dass sich ihre Sorge um sie als unnötig herausstellte, doch aus irgendeinem Grund glaubte sie nicht daran.

Als sie ins Bad zurückkehrte, trocknete sich der Vampir gerade das Gesicht ab.

»Ist es jetzt besser?«, fragte er und sah sie an.

»Bis auf die Schrammen alles wieder sauber«, bestätigte Silvana und ließ sich auf dem Hocker neben der Wanne niedersinken, um sich umzuziehen.

Den Pullover abzulegen, bereitete ihr jedoch mehr Probleme, als sie erwartet hatte. Mit einem unterdrückten Stöhnen schälte sie sich aus dem engen Stoff. Unvermittelt spürte sie dabei den Atem des Vampirs hinter sich, der mit seinen weichen Lippen flüchtig ihre Schulter berührte. »Deine Aura ist unruhig.«

Silvana seufzte, während sie umständlich in den neuen, etwas weiteren Pullover schlüpfte und die Jeans über ihre aufgeschürften Beine zog. »Was, wenn auf dem Friedhof genauso schlimme Dinge geschehen sind wie bei uns?«

»Charles ist bei Corrie«, versuchte Talisienn, sie erneut zu beruhigen.

»Aber die Aare sind weg, Tal. Der einzige Schutz, den sie hat, ist …« Sie sprach nicht weiter, aber in Gedanken fügte sie hinzu: ein arroganter Diplomat.

Talisienn nahm sie sanft bei den Schultern. »Du bist im *Three Oaks* doch Zeuge davon geworden, was er kann. Er ist nicht nur im Umgang mit Worten geschult. Er hat auch eine umfangreiche Kenntnis, was den Kampf mit Waffen oder Fäusten anbetrifft.«

»Schon«, gestand Silvana zögernd. »Aber das ist etwas anderes. Das hat nichts mit …«

In diesem Moment stürzte Yazeem mit dem Telefon in der Hand ins Badezimmer. »Donn hat gerade angerufen!«

Silvana sah, dass alle Farbe aus seinem Gesicht gewichen war, und befürchtete das Schlimmste. »Was ist los?«

Yazeem ließ das Handy sinken und sah sie betroffen an. »Charles, Mr Wellington und Corrie sind auf dem Friedhof von Wendigos angegriffen worden. Charles ist schwer verletzt.«

»Große Deja«, flüsterte Talisienn.

Silvana starrte ihn aus aufgerissenen Augen an. Sie sah wieder das Bild der Särge, von Feelix und dem vielen Blut vor ihrem inneren Auge auftauchen und fragte sich für den Bruchteil einer Sekunde, warum Neill Wellington ebenfalls gerade jetzt auf dem Wicked Cross gewesen war. Doch ein Gedanke war stärker als alle anderen, die ihr durch den Kopf schossen.

»Was ist mit Corrie?«

»Das hat Donn nicht gesagt.«

Silvana schluckte. »Wir müssen zu ihnen fahren«, sagte sie heiser. »Jetzt sofort.«

KAPITEL 30

Wir brauchen einen Fluchbrecher

Corrie wusste nicht mehr, wie sie die Strecke durch den Wald hinter sich gebracht hatte und wie sie bis zum Haus der McCaers gelangt war. Es schien alles weit entfernt zu sein, wie in einer schemenhaften Erinnerung. Donn, der die Bretter und Balken vor der Tür fortgerissen und Tempest hinausgetragen hatte, den ganzen Weg zurück zum Haus, während sie weinend an der Seite von Mr Wellington hinter ihm hergestolpert war. Wellington, dem die Knie nach der Hälfte den Dienst versagt hatten und den sie nicht davor hatte bewahren können, im kalten Schlamm neben dem Weg zu Boden zu gehen. Irgendwie hatte er sich wieder hochstemmen können, doch dann verschwamm ihre Wahrnehmung wieder … Was war seitdem geschehen? Ihre Gedanken schienen durch zähen Nebel zu waten – Donn hatte den Botschafter ins Haus getragen, irgendwohin … hatte er den durchnässten, frierenden Wellington unter die Dusche geschickt? Sie sah auf ihre Hände hinunter, in denen sie ein Glas hielt und in dem sich die Flammen des Kamins spiegelten, vor dem sie stand. Woher war es gekommen? Hatte Donn es ihr gegeben? Sie hob es an die Lippen und roch daran. Süß. Und das Aroma kam ihr bekannt vor. Glit? Sie wollte einen Schluck nehmen, doch durch den fruchtigen Duft drang ein weiterer Geruch.

Bitter. Metallisch.

Sie sah auf ihre Hände, an denen rostrote Flecken klebten.

Blut.

Für einen Moment fragte sie sich, woher es stammte, doch so, wie der Geruch des Blutes durch das Aroma des Glits hindurchdrang, so drangen auch die Erinnerungen in ihr Bewusstsein zurück. Die Wendigos, die Flucht in die Gruft, der völlig entkräftete Wellington und Tempest, der im Haus der Littles vor ihren Augen zusammensackte ... Und mit diesen Erinnerungen kam auch der Schmerz wieder. Die Prellungen, die Abschürfungen, ihre Muskeln, alles schrie, verlangte nach Linderung. Das Feuer im Kamin war ihr plötzlich viel zu heiß. Sie machte einen Schritt zurück, doch es half nichts mehr. Jäh begann ihr Magen zu rebellieren. Sie spürte, wie ihr schlecht wurde. Bittere Galle stieg ihr die Kehle empor, und sie versuchte verzweifelt, sie bei sich zu behalten. Der Kamin begann, gefährlich zu schwanken, und ihr Blick verschwamm. Hinsetzen, drang es durch ihren wirbelnden Geist. Hinsetzen, bevor du stürzt. Während Sterne vor ihren Augen explodierten, ließ sie sich in die Hocke nieder, tastete wie eine Blinde über den Boden und kauerte sich hinter dem Sofa zusammen, die Arme schützend um den Leib geschlungen. Tränen quollen unter ihren geschlossenen Lidern hervor, und einen Moment lang versuchte sie, das Schluchzen zurückzuhalten, doch der Druck in ihrer Brust wurde zu groß. Wieso? Wieso passierte das alles? Wieso waren ausgerechnet jetzt die Wendigos wieder aufgetaucht? Und warum hatten die Aare sie nicht beschützt? Sie und Wellington und ... Tempest.

Tempest.

Sie musste wissen, was mit ihm war. Mit ihm und dem Bestatter. Noch immer schluchzend, versuchte sie, sich an der Lehne wieder auf die Füße zu ziehen.

»Corrie?« Silvana, die den Kopf zur Tür hereinstreckte,

schrak zusammen, als sie sah, wie ihre Freundin sich am Sofa festklammerte. »Um Himmels willen, Corrie!« Sofort stürzte sie zu ihr.

Corrie hielt irritiert inne und versuchte, die Tränen aus ihren Augen zu blinzeln. »Wo … wo kommst du denn her?«, flüsterte sie erstickt.

»Ich bin gerade mit Yazeem und Tal angekommen. Donn hat angerufen«, erwiderte Silvana, bevor sie sich neben ihre Freundin kniete und sie behutsam in den Arm nahm. »Ich hatte solche Angst, dass dir etwas Schlimmes passiert ist.« Sie drückte ihre Wange gegen Corries Haare und streichelte ihr vorsichtig über den Rücken. Der Pulli ihrer Freundin war feucht und dreckig und verströmte einen seltsamen, muffigen Geruch, aber das war ihr egal.

Corrie schmiegte sich eng in die Umarmung. Die Erleichterung, Silvana hier zu haben, verdrängte sogar einen Teil der Schmerzen und der Übelkeit wieder. »Ich bin okay«, flüsterte sie heiser. »Aber was ist mit Charles?«

»Charles?«, fragte Silvana überrascht. Seit wann sprach Corrie den Botschafter mit Vornamen an? »Ich weiß es nicht«, gestand sie. »Komm, setz dich erst einmal.« Behutsam half sie ihrer Freundin auf das Sofa, wo sie sie sanft niederdrückte und sich neben sie setzte. »Yazeem ist mit Talisienn gleich durch zu Donn ins Gästezimmer gegangen. Ich bin sicher, er wird es uns sagen, sobald er zu uns kommt.« Sie sah Corrie mitfühlend an und reichte ihr ein Kissen, das sich ihre Freundin sofort an die Brust drückte. Einen Moment lang herrschte Stille bis auf das Knacken der Scheite im Kamin.

»Er ist gebissen worden, Silvie«, sagte Corrie dann.

»Der Botschafter?«, fragte Silvana behutsam.

Corrie nickte, ohne sie anzusehen.

»Das wird sicherlich wieder«, versuchte Silvana, ihre Freundin zu trösten. »Donn kümmert sich um ihn. Er und Tal …«

»Er hatte so schreckliche Schmerzen«, unterbrach sie Corrie und schniefte trocken.

Silvana fuhr sich mit der Hand über die Augen. Sie konnte nur versuchen, sich vorzustellen, was ihre Freundin erlebt haben musste, und wollte etwas sagen, aber in diesem Moment betrat der Werwolf den Raum.

Als er die beiden jungen Frauen auf dem Sofa sitzen sah, ließ er sich mit leidvollem Lächeln vor ihnen in die Hocke sinken und strich behutsam über Corries Knie. »Hey. Wie fühlst du dich?«

Corries Lippen bebten, und sie bewegte unbestimmt die Schultern. »Geht so. Glaube ich.«

»Dann versuch, ein bisschen zur Ruhe zu kommen.« Er erhob sich und strich ihr über das wirre Haar.

Corrie wollte protestieren, dass sie sich in dieser Situation doch nicht ausruhen konnte, aber sie brachte nur ein müdes Seufzen zustande. »Was ist mit Charles?«, fragte sie heiser.

»Du weißt, was passiert ist?«

Corrie nickte stumm und tastete mit der Rechten nach der Hand ihrer Freundin.

»So ein Biss ist immer eine ernste Sache«, erklärte Yazeem und atmete tief durch. »Aber irgendwo ist immer Hoffnung.« Dass seine Augen von seinen Worten jedoch unberührt blieben, sah nur Silvana, die bekümmert die Lippen zusammenpresste und behutsam Corries Finger drückte.

»Kann ich zu ihm?«, fragte Corrie und sah auf.

Yazeem versuchte ein beruhigendes Lächeln. »Natürlich.

Ruh dich nur noch ein wenig aus.« Als er zurücktrat, knirschte es deutlich unter seinen Schuhen, und er bückte sich nach dem zersplitterten Glas, das Corrie vorhin hatte fallen lassen. »Wo ist eigentlich N… Mr Wellington?«, fragte er.

»Unter der Dusche. Glaube ich jedenfalls«, erwiderte Corrie matt und sah zu ihm. »Tut mir leid. Ich habe gar nicht gemerkt, dass es runtergefallen ist.« Sie senkte den Kopf, und ihre Lippen begannen erneut zu beben.

»Ist schon gut«, sagte Silvana leise. »Es war nur ein Glas.«

»Darum geht es nicht«, brachte Corrie erstickt hervor und sah wieder auf ihre blutbefleckten, zerschrammten Hände. »Der Friedhof … die Wendigos … *Silvie* …«

Silvana zog ihre Freundin mit bekümmerter Miene an sich und wiegte sie beruhigend. »Es tut mir so leid, dass wir nicht zusammengeblieben sind.«

»Ihr hättet auch nichts tun können«, schluchzte Corrie. »Es waren so viele. Und sie waren so mächtig.« Vor ihrem inneren Auge erschien wieder das riesige Biest, das sich auch von dem Schwert nicht hatte beeindrucken lassen – und die splitternden Balken der Tür, die trotz des Schutzes der Runen nachgegeben hatten.

Sie sah Yazeem verzweifelt an. »Warum waren die Aare nicht da, um uns zu helfen, Yazeem?«

Der Werwolf fuhr sich mit der Hand über das Gesicht. »Weil sie nicht mehr hier sind.«

»Nicht mehr … was?«, fragte Corrie entgeistert und setzte sich kerzengerade auf. »Warum nicht? Wo sind sie hin?«

»Der Blutbann wurde gebrochen«, erwiderte der Werwolf und seufzte. »Ich habe es vorhin erst gemerkt, als ihr alle fort wart. Vermutlich die Putzfrau, von der ihr erzählt habt.«

Atmosphärisch, sprachgewaltig, fesselnd: die düstere Neuinterpretation von »Dornröschen«

BORIS KOCH

Dornenthron

ROMAN

Das Königreich Lathien, einst Teil eines mächtigen Kaiserreichs, wird von Dürre und König Tiban beherrscht, einem grausamen Tyrannen. Die Menschen hungern, Räuberbanden ziehen durch das Land, Kinder werden verstoßen und Rebellion liegt in der Luft.

Ukalion, der illegitime Bastard des Königs, möchte seinen verhassten Vater stürzen und begibt sich in die ehemalige Kaiserstadt Ycena. Einst war sie prunkvoll und voller Leben, nun stehen nur von alter Hexerei verseuchte Ruinen – und der alptraumhafte Palast, in dem noch immer die Kaisertochter schlafen soll. Den Legenden zufolge wird ihr Retter die dreizehn Königreiche wieder vereinen und Kaiser werden.

Auch Tyra, die ehemalige Duftfinderin, hat die Fährte aufgenommen. Sie jagt den rätselhaften Mann, der ihren Sohn entführt hat und allem Anschein nach ein Hexer ist – oder etwas noch Schlimmeres. Welche Pläne hat er mit dem kleinen Jungen? Und Tyras Kind ist nicht das einzige, das er in seine Gewalt bringt …

KNAUR

»Die … Putzfrau?«, wiederholte Corrie tonlos und ballte unwillkürlich die Fäuste, als ihr klar wurde, wem sie deren Besuch zu verdanken hatten.

Silvana fuhr ihrer Freundin behutsam über den Arm. »Sie konnte es nicht wissen, Corrie. Sie hat es nur gut gemeint.«

»Und hat uns damit fast umgebracht.« Corrie schüttelte den Kopf. »Weißt du, wie lange die Aare schon nicht mehr da gewesen sind? Wie oft wir schon hätten angegriffen werden können?« Sie schauderte bei dem Gedanken daran.

»Ich weiß«, sagte Silvana leise. »Aber wir können es jetzt nicht mehr ändern.«

»Ich bin sicher, dass Talisienn oder Alexander euch neue Schutzgeister beschwören werden«, sagte Yazeem und legte die Scherben auf den Sims, bevor er sich erneut vor Corrie auf den Teppich kniete und ihr beruhigend über den Oberschenkel strich. »Und bis dahin sind wir besonders wachsam. Okay?« Es schien, als wollte er noch mehr sagen, aber im selben Moment gab sein Mobiltelefon drei feine Glockenschläge von sich. Stirnrunzelnd zog er es hervor und sah auf das Display.

»Von Albian«, stellte er fest.

»Wegen der Zutaten?«, riet Silvana.

Yazeem nickte. »Er scheint sie wirklich dringend zu brauchen.« Er holte tief Luft und straffte die Schultern.

»Dann musst du sie ihm bringen«, sagte Corrie leise. »Ihr habt sie doch bekommen, oder?«

»Bis auf eine«, sagte ihre Freundin.

»Und euch alleine lassen nach allem, was heute passiert ist? Auf gar keinen Fall.« Der Werwolf schüttelte den Kopf.

»Wir sind doch nicht alleine, Yazeem«, erwiderte Silvana

sanft. »Dieses Haus wird genau wie die *Taberna* von Zaubern geschützt. Und wenn Albian die Essenz nicht herstellen kann, dann war alles, was wir bisher auf uns genommen haben, umsonst.«

»Das weiß ich doch«, seufzte der Werwolf und fuhr sich durch den Nacken. »Aber ich habe euch heute beide fast verloren, weil ich nicht da war.«

»Was passiert ist, ist doch nicht deine Schuld«, widersprach Silvana. »Und je eher du fährst, desto eher bist du auch wieder zurück bei uns.«

Yazeem zog eine Grimasse, der sein Widerstreben überdeutlich anzusehen war, doch er nickte ergeben. »Also gut. Ich beeile mich.«

»Sei aber trotzdem vorsichtig«, bat Silvana.

Der Werwolf nickte. »Das bin ich. Sind die Zutaten in der Tasche, die du mit zurückgebracht hast?«

»Alle. Bis auf die eine.«

Yazeem runzelte die Stirn. »Was fehlt?«

»Die Feder eines Silber-Rokhs.«

Corrie horchte auf und wischte sich mit dem Ärmel über die Nase. »So eine hat mir Kushann doch in seinem letzten Brief geschickt!«

»Ich weiß«, erwiderte ihre Freundin. »Daran habe ich mich auch erinnert. Würdest du sie hergeben?«

»Natürlich«, sagte Corrie bereitwillig, zögerte dann jedoch und verzog kurz das Gesicht. »Sie hängt allerdings noch am Brief.«

Yazeem lächelte verstehend. »Keine Sorge. Ich werde ihn nicht lesen. Versprochen. Wo finde ich ihn?«

»Im Schreibtisch in meinem Zimmer. In dem Kästchen aus Port Dogalaan. Rechte Schublade.«

»Kästchen. Schublade«, wiederholte Yazeem. »Verstanden. Und meldet euch bitte, falls sich etwas Neues ergibt.«

»Das werden wir«, versprach Silvana.

»Gut.«

»Yazeem?«

Beim Klang von Corries Stimme drehte sich der Werwolf noch einmal um. »Ja?«

Corrie zog aus der Tasche ihres Pullovers die Phiole hervor und hielt sie ihm hin. »Wenn du schon im Laden bist ... würdest du ...?«

»Selbstverständlich.« Yazeem nahm den Zylinder behutsam entgegen und schob ihn in seine Hosentasche. »Ich lege ihn zu den anderen.«

Und nach einem letzten aufmunternden Blick für die beiden Freundinnen verließ der Werwolf das Haus der Vampire.

Nachdem die Tür hinter ihm ins Schloss gefallen war, waren Corrie und Silvana allein im Wohnzimmer.

Silvana warf ihrer Freundin einen besorgten Blick zu. Sie sah mehr als mitgenommen aus, und die Schrammen in ihrem Gesicht bildeten wie ihre Sommersprossen einen scharfen Kontrast zu ihrer blassen Haut. Sie berührte sanft Corries Schulter. »Soll ich dir noch einen Glit holen?«

Corrie wandte Silvana den Blick zu. Es war das erste Mal an diesem Abend, dass sie ihr direkt ins Gesicht sah. »Silvie!«, entfuhr es ihr. »Was ist denn mit dir passiert?«

Silvana versuchte, ob der Erschütterung ihrer Freundin beschwichtigend zu lächeln. »Später. Es sieht schlimmer aus, als es ist.«

»Sicher.« Corrie zog ein zweifelndes Gesicht.

»Also, ein Glit?«

Corrie spielte mit der Troddel des Kissens. »Können wir erst zu Charles gehen? Ich möchte ihn sehen.«

Silvana hatte befürchtet, dass diese Frage kommen würde. Sie hatte Angst vor dem, was sie erwartete und wie sie damit umgehen sollten. Doch sie würde ihre Freundin auch nicht alleine lassen. Behutsam zog sie sie auf die Füße. »Sicher. Komm.«

Gemeinsam betraten die beiden Freundinnen kurz darauf das Gästezimmer am Ende des Flurs. Der Raum war nur schwach von zwei niedrigen Nachttischlampen erleuchtet, die zu beiden Seiten des Metallbetts standen, auf dem Tempest lag.

Talisienn lehnte daneben. Mit einer Hand stützte er sich auf einen Gehstock, die andere lag auf der Schulter seines Bruders. Donn selbst saß auf einem Hocker am Bett und hielt Tempests Linke fest in seiner, die von einem weichen, blauen Leuchten umgeben war – ganz so wie die Nadeln, die der Vampir damals in den Dschinn getrieben hatte. Er sah auf, als Corrie näher trat, und versuchte, eine aufmunternde Miene zu ziehen, doch in seinen Augen glomm Verzweiflung, und sein Lächeln geriet zu einer schmerzlichen Grimasse.

Als Corrie den Botschafter sah, wusste sie auch, warum.

Tempests Zustand hatte sich seit dem Little-Haus deutlich verschlechtert – seine Haut war noch bleicher, seine schmerzerfüllt zuckenden Lippen bläulich verfärbt, und auf seinem Gesicht und seiner Brust, die sich im Takt seiner flachen Atmung hob und senkte, perlte Schweiß. Er war jedoch bei Bewusstsein und sah sie aus müden Augen an. »Corrie«, flüsterte er und senkte für einen kurzen Moment die Lider.

Sie sah, dass er Kraft zum Sprechen zu sammeln versuchte, und schüttelte den Kopf. Tränen brannten in ihren Augen. »Es tut mir leid, Charles. Wir hätten nie zum Friedhof fahren dürfen. Nicht alleine.«

»Was redest du denn?«, brachte Tempest heiser hervor. »Das mussten wir. Niemand konnte ahnen, was passieren würde. Aber was zählt, ist, dass wir haben, was wir brauchen.« Er schloss erschöpft die Augen und schluckte mühsam.

»Und zu welchem Preis?« Corrie gab sich nicht mehr die Mühe, ihre Tränen zu verbergen. Als sie näher an das Bett trat, rückte Donn etwas zur Seite, um ihr Platz zu machen, ohne jedoch die Hand des Botschafters dabei loszulassen.

Tempest öffnete die Augen wieder, und trotz des Schmerzes konnte sie den Nachdruck in ihnen sehen. »Wichtig ist, dass ihr Lamassar dadurch aufhalten könnt.«

Corrie liefen die Tränen über die Wangen. Sie sah, dass Donn bei den Worten des Botschafters die Augen geschlossen und den Kopf gesenkt hatte. Er kannte Charles schon so viel länger als sie. Wie musste es erst in dem Vampir aussehen? Und noch mehr konnte sie nun seine Angst verstehen, dass Talisienn für seine Hilfsbereitschaft irgendwann ein ähnliches Schicksal ereilen würde, wenn er ihnen weiter zur Seite stand. »Das werden wir«, flüsterte sie erstickt und legte ihre Hand behutsam neben Donns auf Tempests Unterarm. »Wir alle zusammen.«

Die trockenen Lippen des Botschafters verzogen sich zu einem schwachen Lächeln. »Tim wird euch weiter zur Seite stehen. Ich habe Donn schon alles gesagt, was er ihm mitteilen muss. König Leigh soll ihn, so schnell es geht, in den Botschafter-Stand erheben. Ihr braucht sein Blut, um das vierte Buch auszulösen.«

»Sag so was nicht«, bat Corrie und wischte sich über die tränennassen Wangen. Sie begann zu ahnen, dass Yazeems Worte sie nur hatten beruhigen sollen. Dass es in Wirklichkeit keine Hoffnung mehr gab. Nie gegeben hatte. Aber sie wollte es nicht wahrhaben. »Wir finden eine Lösung.«

»Es ist schon gut so, Corrie.« Tempest senkte müde die Lider.

»Wir können es schaffen«, flüsterte sie heiser. »Wir …«

Unvermittelt spürte sie eine Hand auf ihrer Schulter, die sie behutsam vom Bett zurückzog. »Komm, Corrie«, hörte sie Talisienns sanfte Stimme an ihrem Ohr. »Gehen wir einen Moment hinaus. Du kannst gleich wieder zu ihm. Na komm.«

Widerstrebend ließ Corrie sich hinaus in den Flur führen, wo sie sich schluchzend an ihre Freundin klammerte. »Ich will nicht, dass er stirbt!«

Silvana, die der Anblick von Tempest trotz ihrer Antipathie ihm gegenüber ebenso getroffen hatte, strich ihr hilflos über den Kopf. »Das will ich auch nicht, Corrie.«

»Das will niemand hier«, erwiderte Talisienn bekümmert.

»Dann tut doch etwas«, versetzte Corrie und schniefte. »Irgendetwas muss es doch geben, was ihm helfen kann.«

»Leider nein.« Talisienn schüttelte langsam den Kopf.

»Aber du bist doch so mächtig.« Corrie starrte ihn flehentlich an, auch wenn sie wusste, dass er es nicht sehen konnte.

»Gibt es wirklich überhaupt keine Möglichkeit?«, fragte nun auch Silvana.

Der Hexer seufzte tief und fasste den Knauf seines Gehstocks fester. »Ein Fluchbrecher könnte ihm vielleicht noch helfen. Einer, dessen Kraft groß genug ist.«

»Ein Fluchbrecher?«, wiederholte Corrie. Sie hatte noch nie davon gehört. »Und kennt ihr einen? Oder gibt es in der Botschaft jemanden, der einen rufen könnte? Charles kennt doch sicherlich eine Menge Leute.«

»So einfach ist das leider nicht, Corrie. Fluchbrecher sind auch gleichzeitig immer Fluchbringer, die lautlos über große Entfernungen töten können. Und als diese sind sie ebenso geächtet wie Portalweberinnen. Ihnen droht dasselbe Schicksal, sollte man sie zu fassen bekommen.«

Corrie sah ihn erschüttert an. »Du meinst, sie werden …«

»Hingerichtet«, nickte der Vampir. »Deshalb wirst du keinen finden, der sich öffentlich als solcher zu erkennen gibt.«

Das konnte Corrie nachvollziehen, auch wenn es ihre Verzweiflung mit neuer Intensität zurückbrachte.

Talisienn rieb sich erschöpft mit Daumen und Zeigefinger über die Augen. »Es tut mir leid. Aber der Blutfluch der Wendigos ist nicht umsonst so gefürchtet. Einmal damit in Kontakt gekommen, gibt es für gewöhnlich keine Rettung mehr.«

»Dann ist es wirklich … hoffnungslos?«, flüsterte Corrie. Die Worte brannten auf ihrer Zunge und in ihren Augen.

Sie sah zu Silvana, doch auf dem blassen, zerschrammten Gesicht ihrer Freundin sah sie nur ein Spiegelbild ihres eigenen Kummers. Sie hatten verloren.

»Vielleicht nicht ganz«, erklang da eine Stimme hinter ihnen. Wellington brachte mit steifen Bewegungen die letzten Treppenstufen hinter sich und lehnte sich gegen das Geländer. Er hatte seinen Paletot abgelegt, den Schal jedoch wieder umgebunden, der einen seltsamen Kontrast zu seinem schmal geschnittenen schwarzen Jackett und der dunklen Jeans bildete. Er wirkte noch immer sehr erschöpft; das feuchte Haar hing ihm unordentlich in die Stirn, aber auf seinen Lippen lag wieder das sanfte, warme Lächeln.

Unter Silvanas verwundertem Blick lief Corrie, ihrem Impuls folgend, auf ihn zu und fiel ihm um den Hals. »Mr Wellington«, flüsterte sie, bevor sie einen Schritt zurück machte und betreten auf ihre Socken starrte. »Tut mir leid. Das alles.«

»Ist schon gut«, erwiderte Wellington beschwichtigend. »Was geschehen ist, ist nicht deine Schuld. Und du kannst gerne Neill zu mir sagen.« Er sah an ihr vorbei zu Silvana. »Du auch.«

»Gern«, murmelte Corrie und spielte unruhig mit ihren Ärmeln.

Silvana war zwar noch immer irritiert von der plötzlichen Vertrautheit, nickte aber zustimmend.

»Wie hast du das eben gemeint?«, fragte Corrie leise.

Der Bestatter lächelte sanft. »So wie ich es gesagt habe.« Er sprach jedoch nicht weiter, sondern sah an den beiden Freundinnen vorbei zu Talisienn. Sein Lächeln verblasste. Unsicher senkte er den Blick.

»Hallo, Neill«, sagte Talisienn leise und fasste seinen Gehstock fester.

»Tal«, erwiderte der junge Bestatter, ohne aufzusehen.

Die beiden Freundinnen wechselten irritierte Blicke.

»Ihr … kennt euch?«, fragte Silvana.

Talisienn nickte langsam. »Das tun wir. Sehr gut sogar.« Er machte einen zögernden Schritt auf den Bestatter zu, als habe er Angst, ihn mit einer zu hastigen Bewegung zu verscheuchen wie ein scheues Tier.

Wellington schien in der Tat die Muskeln anzuspannen, doch er blieb stehen, ohne den Vampir anzusehen. Corrie bemerkte betroffen, dass er unruhig zu blinzeln begonnen hatte. So wie es ihr Vater tat, wenn er unter besonders großem Stress stand.

Einen kurzen Moment schien Talisienn zu überlegen, doch dann nahm er Wellington behutsam in die Arme und drückte ihn sanft an sich.

Verblüfft wechselten die beiden Freundinnen Blicke – mit so etwas hatten sie nicht gerechnet.

Und Wellington offenbar auch nicht, der die Geste nur stockend erwiderte. Doch als Talisienn etwas flüsterte, was die beiden Freundinnen nicht verstehen konnten, wurde auch die Umarmung des jungen Bestatters inniger. »Wir haben dich vermisst, Donn und ich«, sagte Talisienn heiser. »Wir hätten mehr für dich da sein sollen.«

»Daran lässt sich jetzt nichts mehr ändern«, erwiderte Wellington mit einem Seufzen und löste sich sanft von dem Hexer. »Aber hier und jetzt können wir etwas ändern. *Ich* kann etwas ändern.«

Talisienn schüttelte den Kopf. »Das können wir nicht von dir verlangen, Neill.«

»Das tut ihr auch nicht, Tal. Es ist meine Entscheidung, und ich habe oben eine ganze Weile darüber nachgedacht. Es gibt keine andere Möglichkeit, Charles zu retten, und das weißt du auch. Ich bin der einzige Fluchbrecher in dieser Gegend. Und ich bin hier. Lass mich sehen, was ich tun kann.«

Corrie sah ihn entgeistert an. »Du bist … ein Fluchbrecher?«

Wellington erwiderte den Blick leidvoll. »Das bin ich, Corrie. Ignitus und Fluchbrecher. Zwar nicht von der Stufe, wie er für solch ein Ritual vonnöten wäre, und meine Kraft ist nahezu erschöpft. Aber ich werde es versuchen.«

»Das ist Wahnsinn, Neill«, wandte Talisienn ein. »Sosehr

ich mir auch wünsche, dass Charles von dem Fluch befreit werden kann – es ist zu gefährlich.«

Hinter ihm erschien Donn in der Tür zum Gästezimmer und sah fragend von dem Bestatter zu seinem Bruder und den beiden Freundinnen. »Was ist zu gefährlich? Geht es um Charles?«

Ihm schlug betretenes Schweigen entgegen. Ein Schweigen, das der Vampir jedoch zu lesen verstand.

»Das würdest du tun?«, flüsterte er, an Wellington gewandt.

Corrie sah, dass Hoffnung und Kummer in Donns Gesicht um die Vorherrschaft kämpften, wie es auch bei ihr der Fall war. Sie spürte, wie ihr Herz schneller schlug.

Talisienn presste die Lippen aufeinander. »Nein, das wird Neill ganz sicher nicht«, entgegnete er entschieden.

Corrie zuckte zusammen und sah den Hexer verständnislos an. Wieso sagte er das?

»Aber wieso denn nicht?«, protestierte auch Donn. »Du weißt doch auch, dass es Charles' einzige Chance ist!«

»Und es ist nicht deine Entscheidung, Tal«, fügte Wellington ruhig hinzu.

Talisienn fuhr sich durch das lange Haar. »Ich möchte genauso wenig wie jeder andere hier, dass wir Charles verlieren«, sagte er matt. »Und ich weiß, dass nur du den Fluch brechen kannst, aber ich will nicht ein Leben für ein anderes tauschen müssen.«

Bei seinen Worten wechselten die beiden Freundinnen entsetzte Blicke. »Was meinst du damit?«, fragte Corrie und umklammerte die Hand ihrer Freundin so fest, dass Silvana einen Schmerzenslaut unterdrücken musste.

»Wenn Neill es nicht schafft, dann bedeutet das sowohl Charles' Tod als auch seinen eigenen.«

Corrie sah Wellington beklommen an. »Ist das wahr?«

Wellington antwortete nicht sofort, doch als er den Kopf hob, war das krampfhafte Blinzeln noch stärker geworden. Ein schiefes Lächeln zuckte in seinem Mundwinkel. »Wie Talisienn schon sagte – der Wendigo-Fluch ist nicht umsonst so gefürchtet.«

»Wie groß ist das Risiko?«, fragte Donn.

»Die Chancen könnten besser stehen«, erwiderte Wellington leise und wippte langsam vor und zurück. Er atmete tief durch. »Aber ich will es trotzdem versuchen.«

»Wie groß?«, wiederholte Donn eindringlich.

Natürlich war das auch das, was Corrie wissen wollte, ebenso wie Silvana. Gleichzeitig fürchteten sie sich jedoch auch vor der Antwort.

»Es gibt mehrere Möglichkeiten«, sagte Wellington und fuhr sich dabei über den Bart. Sein Wippen wurde noch etwas unruhiger. »Wenn alles gut läuft, und darauf hoffe ich, überleben wir beide, und der Fluch ist gebrochen. Aber wenn weder meine Kraft ausreicht noch die von Charles, um beide Teile des Rituals durchzustehen, sterben wir in der Tat beide. Wenn es mir im ersten Teil erst gar nicht gelingt, den Fluch von ihm zu nehmen, werde ich dabei sterben, und an Charles' jetzigem Schicksal wird sich nichts mehr ändern. Und wenn es mir gelingen sollte, den Fluch zu lösen, meine Kraft jedoch nicht mehr ausreicht, ihn auch zu brechen, werde ich dabei sterben. Aber auch den Fluch mit mir nehmen. So oder so – einmal angefangen, lässt sich das Ritual nicht mehr stoppen. Es muss zu einem Abschluss gebracht werden – mit welchem Ausgang auch immer.«

»Nein, Neill«, sagte Talisienn entschieden. »Du hast selbst gerade gesagt, dass du kein Fluchbrecher bist, wie man ihn dafür benötigen würde. Die Möglichkeit, dass einem von euch etwas dabei passiert, ist einfach zu hoch.«

»Ich habe mich entschieden, Tal«, erwiderte Wellington und sah den Vampir ernst an. »Die einzige andere Option ist, Charles dabei zuzusehen, wie er sich in einen Wendigo verwandelt, bevor ihn einer von uns erlösen muss. So besteht immerhin noch die Möglichkeit, es zu verhindern.«

»Und die würde ich auch zu gerne nutzen«, gab Talisienn zurück. »Charles zu verlieren, wäre nicht nur für die Botschaft und das Inselreich ein großer Verlust. Er ist unser Freund, Neill. Aber … das bist du auch.«

Corrie ballte unterdessen verzweifelt die Fäuste. Sie war hin- und hergerissen zwischen der Hoffnung für Tempest und der Angst, den jungen Bestatter zu verlieren. Wenn sie doch nur ihre Kräfte irgendwie dazu nutzen konnte, den Ausgang dieses Vabanquespiels zum Guten zu beeinflussen. Vielleicht, wenn sie es sich ganz fest wünschte?

»Und was ist überhaupt mit Ian?«, fuhr Talisienn unterdessen kopfschüttelnd fort. »Hast du auch an ihn gedacht? Wenn du nicht mehr nach Hause kommst …«

Wellington sah zu Boden. »Das weiß ich, Tal«, sagte er leise. »Und ich habe die feste Absicht, nach dem Ritual zu ihm zurückzukehren. Aber ich habe heute Morgen schon zwei Freunde zu Grabe tragen müssen, die von den Wendigos getötet worden sind. Ich will nicht, dass es noch mehr werden, obwohl ich etwas dagegen tun könnte.« Er sah Talisienn und Donn an. »Nur werde ich eure Hilfe brauchen. Wie schon gesagt, bin ich alleine zu schwach für beide Teile des Rituals. Wenn es in Gänze Erfolg haben soll, benötige ich euch beide dazu. Ihr müsst den Fluchbruch mit mir zusammen vollziehen.«

»Und wenn du es tatsächlich schaffst?«, warf Talisienn ein. »Dann wird Charles wissen, was du bist. Und du weißt nicht, was er mit diesem Wissen machen wird.«

Wellington neigte den Kopf. »Das nehme ich in Kauf. Besser so, als durch Nichtstun seinen Tod zu verschulden.«

Seine Worte ließen Corrie zusammenzucken. Daran hatte sie überhaupt noch nicht gedacht. Als Botschafter hatte Tempest über das Schicksal von Kajsja befunden. Und das bedeutete, dass es bei Wellington ebenso sein würde. Kajsja schützte er. Dann würde er das doch gewiss auch bei jemandem tun, der ihm das Leben gerettet hatte, oder nicht? Das hoffte Corrie jedenfalls.

Wellington straffte entschlossen die Schultern, auch wenn sein nervöses Blinzeln blieb. »Zusätzlich zu eurer Hilfe werde ich einen Tee benötigen, der meine Kräfte beim Brechen des Fluchs hoffentlich unterstützen wird. Für die Zubereitung braucht es Weißen Salbei, Eisenkraut, Löwenzahnwurz, Rosmarin und Weißes Waldvöglein. Und dann dasselbe noch einmal als Räucherung. Außerdem blaues Salz und Kerzen. Hast du das noch in deinen Vorräten?«

Talisienn fuhr sich nachdenklich über den Kinnbart. »Es ist zwar schon eine Weile her, seit ich im Keller war, aber ich denke schon.«

»Ich helfe dir«, bot Silvana bereitwillig an, die bis jetzt ebenso wie ihre Freundin hilflos dem Disput gelauscht hatte. Was hätten sie auch schon beisteuern können außer ihrer Angst? Angst vor den Szenarien, welche die Worte vor ihnen ausgebreitet hatten; Angst, dass sie wieder jemanden verlieren würden; Angst vor dem, was auch immer es sein würde, was dieser Abend von ihnen allen forderte …

Der Hexer tastete nach ihrem Arm, drückte ihn leicht und

und seufzte. »Ich weiß nicht, wie wir das je wiedergutmachen können, Neill, falls du es wirklich schaffen solltest. Ich hoffe nur …«

Ein Schrei aus dem Gästezimmer ließ sie herumfahren.

Corrie hatte das Gefühl, ihr Herz würde einen Moment lang aussetzen. Die unglaubliche Qual, die darin gelegen hatte, trieb ihr erneut die Tränen in die Augen.

Und auch Silvana spürte ihren raschen Puls bis in den Hals hinauf. Egal, was sie von Tempest bisher gehalten hatte, das hatte er nicht verdient.

Während Donn zu dem Botschafter zurückhastete, sah Wellington kopfschüttelnd den Hexer und die beiden Freundinnen neben ihm an. »Beeilen wir uns«, sagte er eindringlich, wandte sich dem Wohnzimmer zu und zog dabei sein altes Mobiltelefon aus der Hosentasche. »Ich werde Ian sagen, dass ich heute Nacht nicht nach Hause komme.«

KAPITEL 31

Tee und Blut

Während Silvana und Talisienn in den Keller hinuntergestiegen waren, stand Corrie im Gästezimmer und sah abwechselnd von Tempest, der, kaum noch bei Bewusstsein, um jeden einzelnen Atemzug kämpfte, zu Donn, der noch immer die Hand des Botschafters hielt. Wellington hängte derweil seinen bunten Strickschal über den Sessel in der Zimmerecke, legte sein Jackett dazu und begann dann, sich das Hemd aufzuknöpfen.

»Kann ich auch etwas tun?«, fragte sie und spielte unsicher mit den Ärmeln ihres Pullovers. Ihre schmerzenden Glieder verlangten eigentlich eher nach dem Sofa, aber wenn es etwas gab, was sie beisteuern konnte, wollte sie das auch tun.

Wellington hielt inne und sah sie nachdenklich an. Corrie bemerkte dabei einen eingefassten, hellgrünen Stein, den er an einem dünnen Lederband um den Hals trug. »Du könntest den Tee kochen. Aber wirklich nur, wenn du dich dazu in der Lage fühlst. Nach dem, was hinter uns liegt, solltest du dich eigentlich ausruhen.«

»Du doch auch«, gab Corrie leise zurück.

Wellington verzog die Lippen zu einem ergebenen Lächeln. »Touché.«

»Ist es denn schwer, den Tee zuzubereiten?«, fragte Corrie unsicher und sah auf ihre Socken hinunter. Es waren die schwarz-weißen, die Mrs Phenom ihr geschenkt hatte, als auch Wellington im Laden gewesen war. »Kann man dabei viel falsch machen?«

»Eigentlich gar nichts«, beruhigte Wellington sie. »Er sollte nur wenigstens zehn Minuten wirklich gekocht haben, bevor er zieht. Nur so lösen sich die Wirkstoffe aus dem Weißen Waldvöglein. Und auf sie kommt es an.«

»Ich glaube, das kann ich.«

»Natürlich kannst du das«, sagte Wellington und sah kurz zu Donn, der vorsichtig über Tempests Hand strich.

Corrie folgte seinem Blick. »Ich will keinen von euch heute hier verlieren«, murmelte sie.

»Das wirst du auch nicht«, erwiderte Wellington mit warmer Stimme. »Ich hätte mich nicht so entschieden, wenn es völlig aussichtslos wäre. Wie ich schon sagte: Ich habe durchaus vor, nach Hause zurückzukehren – und dafür zu sorgen, dass Charles noch eine ganze Weile Botschafter bleibt.«

»Und Talisienn und ich werden alles tun, was wir können, um dich zu unterstützen«, fügte der Vampir ernst hinzu.

»Daran zweifele ich auch nicht, Donn.« Der Bestatter seufzte ergeben. »Und egal, wie wir damals auseinandergegangen sind – ich weiß, dass ich auf euch vertrauen kann.« Er wandte sich wieder Corrie zu, während er sich weiter das Hemd aufknöpfte. »Und auf dich, wenn du wirklich den Tee zubereiten möchtest. Versuch nur trotzdem, auch ein bisschen zu entspannen. Glaub einfach fest daran, dass alles gut wird. Denn das wird es. Okay?«

Langsam ließ sich Corrie von der Zuversicht des Bestatters anstecken und versuchte ein hoffnungsvolles Lächeln. »Okay.«

Mit einem zufriedenen Nicken drehte sich Wellington um und streifte sich das Hemd von den Schultern. Der Anblick seines hageren Körpers ließ Corries Lächeln unwillkürlich wieder ersterben. Sie wusste, dass man nicht von der äußeren Erscheinung auf die wahre Stärke einer Person schließen konnte, und Wellington hatte auf dem Friedhof gezeigt, wozu er fähig war, aber hier und jetzt wirkte er so … zerbrechlich. Corrie konnte sich nicht wirklich vorstellen, woher er die Kraft nehmen wollte, das Ritual durchzustehen, wenn es tatsächlich so peinigend war.

Sie hörte Schritte aus dem Flur und wandte den Kopf. Talisienn und Silvana erschienen in der Zimmertür. Ihre Freundin hielt einen kleinen Korb in der Hand, in dem Corrie Kerzen und eine obsidianfarbene Schale liegen sehen konnte.

»Wir haben alles«, sagte sie.

Wellington, der sein Hemd zu seinem Jackett und dem Schal geworfen hatte, drehte sich zu ihnen um. »Sehr gut«, erwiderte er lächelnd. »Würdest du bitte alles hierherstellen?« Mit der Linken, an der er an einem mehrfach um das Handgelenk geschlungenen Lederband denselben grünen Stein trug wie an seinem Hals, wies er auf die Banktruhe am Fußende des Bettes.

Silvana zögerte jedoch. Genau wie ihre Freundin starrte sie bestürzt auf das Narbengebilde, das sich in einem breiten Streifen von seiner rechten Hüfte aus über seinen Bauch bis hinauf zum unteren linken Rippenbogen zog und wie eine schlecht verheilte Verbrennung aussah. Wellington, dem die Blicke nicht verborgen blieben, schlug stumm die Augen nieder und wandte sich ab. Sein Lächeln war verschwunden.

»Entschuldige bitte«, murmelte Silvana, während sie den Korb auf der Bank abstellte und dabei Donn bemerkte, der seinerseits ebenfalls die Narben mit einem kummervollen Blick gemustert hatte, seine Aufmerksamkeit jedoch sofort wieder zurück auf Tempest lenkte, der sich mit einem verhaltenen Wimmern schwach auf seinem Lager aufbäumte.

Mit gesenktem Kopf trat sie zurück zu Talisienn, hinter den sich Corrie mit betretener Miene zurückgezogen hatte.

»Neills Narben?«, raunte der Hexer ihr ins Ohr, und Silvana nickte stumm. So etwas hatte sie bisher nur auf Bildern gesehen. Noch nie in Wirklichkeit. Wie auch immer sie zustande gekommen waren, es musste etwas Grausiges gewesen sein, da war sie sich sicher.

Vor ihnen begann Wellington, den Inhalt des Korbs auf der Bank aufzubauen. Die Steinschale mit dem Sand und dem Stück Kohle stellte er in die Mitte, zusammen mit weiteren Schälchen mit den getrockneten Kräutern und einem

Säckchen, in dem sich das Salz befand. Die Kerzen ordnete er in einem Dreieck um die Schalen herum an und entzündete sie mit einer Berührung seiner Finger. Als auch die letzte Kerze brannte, sah er halb über die Schulter. »Es ist Zeit. Wir können beginnen.«

Silvana bemerkte, dass Talisienn seine Silberkette aus der Tasche hervorgezogen hatte. Mit ruhigen Bewegungen wickelte er sie sich um die Hand.

Donn hatte sich erhoben und stand abwartend neben dem Bettpfosten. Das bläuliche Licht, das seine Finger umhüllte, war nur dumpf, doch deutlich sichtbar.

Vor ihnen stellte Wellington die Füße schulterbreit auseinander und schüttelte kurz die Arme aus, ballte dann die Hände, ließ den Kopf in den Nacken sinken und führte die Fäuste dann langsam zum Bauch. Die Pose erinnerte Corrie an die Grundhaltung im Tai-Chi, doch diese hier wirkte ungleich bedrohlicher. Zusätzlich unterstrichen wurde das Gefühl noch dadurch, dass sowohl der Stein an dem Band um seinen Hals als auch der an seinem Handgelenk sanft zu pulsieren begannen. Ruhig streckte er die linke Hand über die Kohle in der Schale, die daraufhin knisternd zu glühen begann. Während sie sich langsam von den Rändern her weiß färbte, verstreute Wellington um sich herum das blaue Salz in einem Kreis und nahm dann von allen Kräutern, die ihm Talisienn und Silvana gebracht hatten, eine kleine Menge in die Hand und gab sie auf die Kohle. Eine dichte, hellgraue Rauchsäule stieg auf und füllte das Zimmer mit einem würzig aromatischen, leicht süßlichen Geruch, den Wellington mit geschlossenen Augen tief einatmete, bevor er die Schale vorsichtig aufnahm.

Corrie biss sich unwillkürlich auf die Lippen. Sie hatte

sich früher einmal furchtbar dabei verbrannt, als sie ihre eigene Schale wegen der starken Rauchentwicklung ans Fenster hatte stellen wollen; Räucherschalen entwickelten durch die Kohle eine enorme Hitze, die sie völlig unterschätzt hatte. Wellington hingegen verzog keine Miene, als er mit dem steinernen Gefäß in seinen Händen aus dem Kreis heraustrat und unter leise gemurmelten Worten damit durch den Raum schritt; um das Bett herum, vor die beiden Vampirbrüder hin und schließlich an Tempests Seite, wo er stehen blieb und mit dem Rauch die Form eines Pentagramms über dem Körper des Botschafters nachzog. Langsam deckte er dann die Hand über die Schale, und Corrie und Silvana zuckten zusammen, als darunter plötzlich eine helle Flamme aufloderte, die einen kurzen Moment seine Finger umschloss, bevor sie verschwand. Wieder zuckte Wellington mit keinem Muskel. Zurück blieb nur die Asche der Kräuter und der Kohle, in die Wellington zwei Finger hineintauchte und dann damit ein seltsam anmutendes Symbol auf seine nackte Brust zeichnete. Dasselbe, oder jedenfalls fast dasselbe, malte er danach vorsichtig mit der Asche auch auf Tempests Brust.

Und obwohl er ihn dabei kaum berührte, bäumte sich der Körper des Botschafters krampfartig auf. Das Stöhnen, das über Tempests Lippen drang, wurde lauter und qualvoller. Flatternd hoben sich seine Lider, und er sah den Bestatter irritiert an. Seine rissigen Lippen bewegten sich schwach. »Neill … was …?«

Wellington schüttelte den Kopf und berührte Tempests Hand. »Es ist gut, Charles. Wir schaffen das. Du musst nur weiter dagegen ankämpfen.« Dann sah er über das Bett hinweg zu den beiden Freundinnen und schloss die Augen.

»Corrie, Silvana«, sagte er leise, atmete noch einmal tief durch und senkte leicht das Kinn. Als er die Lider wieder hob, konnten die beiden Freundinnen tief in seiner Iris dasselbe grüne Licht pulsieren sehen wie in den hell glühenden Steinen. »Ihr solltet jetzt besser gehen. Bereitet bitte den Tee zu. Und egal, was ihr hört, versucht auf gar keinen Fall, hereinzukommen, bevor ihr nicht gerufen werdet.«

Corrie und Silvana waren in die Küche gegangen, um sich wie gebeten um die Zubereitung des Tees zu kümmern, der Wellington im Notfall hoffentlich helfen würde, den Fluch zu brechen. Silvana, die sich anders als ihre Freundin in der Küche auskannte, hatte einen Topf und eine Tasse aus dem Schrank herausgesucht und den Herd eingeschaltet.

Jetzt lehnten die beiden jungen Buchhändlerinnen nebeneinander an der Spüle und starrten ins Leere.

»Willst du mir jetzt endlich sagen, was bei euch passiert ist?«, fragte Corrie nach einer Weile.

Silvana nickte. »Schon. Aber du zuerst. Yazeem hat von Donn nur Bruchstücke erfahren.«

Corrie fuhr sich mit den Händen, die sie im Spülbecken vom Blut gesäubert hatte, über ihr Gesicht. »Also gut.« Stockend berichtete sie ihrer Freundin dann von der Fahrt zum Friedhof und allem, was danach geschehen war.

Silvana schüttelte betroffen den Kopf. »Das muss wirklich schrecklich gewesen sein. Aber jetzt verstehe ich einige Dinge besser. Auch, warum Neill bei euch war.« Sie strich ihrer Freundin über den Kopf.

Corrie nickte kaum sichtbar. »Jetzt du«, forderte sie ihre Freundin auf.

»Die Kutschfahrt also.« Silvana ließ sich auf die lederbezogene Sitzbank fallen, stützte den Kopf in die Hände und begann, ihrer Freundin zu berichten, was sie mit Talisienn erlebt hatte. Corrie lauschte, ohne sie zu unterbrechen. Doch ihr Gesicht wurde noch etwas blasser und nahm einen erschütterten Ausdruck an.

»Dein Anhänger hat uns gerettet«, schloss Silvana und sah wieder auf. »Er hat uns zurück zu Cryas gebracht. Wenn du ihn mir nicht gegeben hättest …«

»Ich hatte das Gefühl, ich muss«, erwiderte Corrie.

»Scheinbar noch ein unentdecktes Talent«, erwiderte Silvana und lächelte kurz.

Dann schwiegen beide wieder.

Hinter Corrie fing das Wasser blubbernd an zu kochen, und sie gab die Kräuter aus der Schale hinein. Dann sah sie auf die Küchenuhr über dem Tisch. Zehn Minuten.

Silvana streckte die schmerzenden Glieder und ließ sich in die weichen Fellkissen zurücksinken. Sie schloss die Augen und lauschte auf irgendwelche Geräusche aus Richtung des Gästezimmers, doch das Einzige, was sie wahrnahm, waren das Knacken des Kühlschranks und das rhythmische Ticken der Uhr.

Und das plötzliche Knurren von Corries Magen.

Silvana hob die Lider und sah ihre Freundin forschend an. »Soll ich dir ein Sandwich machen?«

Doch Corrie schüttelte den Kopf. »Ich kann jetzt nichts essen.«

»Das glaube ich dir gern. Ich auch nicht«, erwiderte Silvana mit einem leisen Seufzen. Dann deutete sie auf Corries gefaltete Hände. »Betest du?«

Corrie nickte. »Bei Dad hat es damals geholfen. Ich hoffe, dass es das wieder tut.« Sie lehnte sich zurück und starrte zur

Decke. »Ich wünschte nur, wir könnten mehr tun, als Tee zu kochen und zu beten.«

Silvana seufzte. Sie erinnerte sich nur zu gut an den schweren Unfall, den Martin Vaughn vor ein paar Jahren auf dem Weg zu seiner Kanzlei gehabt hatte. Corrie hatte damals oft gebetet, obwohl sie Kirchen sonst nur dann besuchte, wenn sie alt und verfallen waren, weil sie von den Ruinen fasziniert gewesen war. Nicht aus Gründen des Glaubens. Aber damals hatte es ihr Trost gespendet. Und ihr Vater hatte überlebt. »Ja, das wünschte ich auch«, stimmte sie zu. »Für manche Dinge sind wir aber einfach nicht die Richtigen.« Sie machte eine kurze Pause, in der ihr durch den Kopf schoss, für was sie laut ihrer Mutter alles nicht die Richtige gewesen war, doch bevor sie weitersprechen konnte, drang plötzlich gedämpftes Poltern aus dem Gästezimmer zu ihnen, gefolgt von einem heiseren Aufschrei.

Alarmiert starrte Corrie ihre Freundin an, die sich kerzengerade auf der Bank aufgerichtet hatte. »War das Charles?«, fragte sie und hielt lauschend die Luft an.

»Schwer zu sagen«, erwiderte Silvana, den Kopf zur Tür gewandt.

Corrie biss sich auf die Unterlippe. Sie hatte noch deutlich Wellingtons Warnung im Ohr, dass sie das Gästezimmer unter keinen Umständen betreten sollten, egal was geschah. Aber was war, wenn die Männer nun Hilfe brauchten? Auf der anderen Seite, selbst wenn dem so sein sollte – was würden Silvana und sie schon groß tun können, wenn nicht einmal Talisienns Magie ausreichte? Noch immer lauschte sie. War es vorher schon schwer gewesen, einfach abzuwarten, so wurde es nun schier unerträglich. Aus dem Gästezimmer war jedoch nichts mehr zu hören. »Alles wieder still.« Sie sah ihre Freundin beklommen an. »Ist das jetzt gut oder schlecht?«

Ihre Blicke ruckten herum, als im Schloss der Haustür knackend ein Schlüssel gedreht wurde.

Mit fragendem Blick betrat Yazeem die Küche und schnupperte. »Das ist eine merkwürdige Mischung für einen Tee. Hat Talisienn euch das Rezept gegeben?«

Silvana schüttelte den Kopf. »Der ist nicht für uns. Neill braucht ihn.«

»Für sein Rheuma?«

Wieder schüttelte Silvana den Kopf.

»Er … versucht, den Fluch des Wendigos zu brechen«, erklärte Corrie leise und schaltete den Herd herunter.

Yazeem stand einen Moment wie vom Donner gerührt, die bernsteinfarbenen Augen aufgerissen. »Er tut was?«

»Er bricht den Fluch«, wiederholte Silvana.

Mit einem Stöhnen schlug der Werwolf mit der Hand gegen den Kühlschrank. »Das kann nicht sein Ernst sein.«

»Es ist die einzige Möglichkeit, Charles zu retten«, versetzte Corrie.

»Das macht es nicht besser«, schnappte Yazeem unwirsch und biss sich sofort auf die Lippe. »Entschuldige. Natürlich will ich auch nicht, dass Charles stirbt, und mit der Hoffnung, von der ich gesprochen hatte, war genau Neills Eingreifen gemeint. Aber gleichzeitig habe ich gefürchtet, dass er sich so entscheidet. Seine Kräfte …« Er brach ab und schüttelte den Kopf.

»Du kennst ihn also doch ziemlich gut«, stellte Silvana fest.

»Wieso hast du uns das nicht gesagt? Warum hast du uns angelogen, als wir danach gefragt haben?«

»Weil Neill ein Fluchbringer ist. Und weil er, auch wenn er euch als offener, aufgeräumter Charakter im Laden begegnet ist, doch eigentlich eher zurückgezogen lebt. Ich wollte ihn nur schützen.«

Silvana runzelte verärgert die Stirn. »Schützen? Vor uns? Indem du uns verschweigst, dass ihr euch kennt und dass er Magier ist? Ich hätte ja verstanden, wenn du den Teil mit dem Fluchbringer ausgelassen hättest, aber der ganze Rest?«

Yazeem lehnte sich neben Corrie an die Spüle. »Trotzdem wäre er dadurch vielleicht mehr für euch geworden als ein ganz normaler Kunde. Ihr hättet ihn mehr gefragt, hättet ihm mehr erzählt. Und wenn er dann irgendwann erfahren hätte, dass ihr gut mit den McCaers befreundet seid … Das hätte schlimme Erinnerungen in ihm geweckt.«

»Aber wieso das denn?«, fragte Silvana verständnislos. »Er kennt sie doch offenbar sehr gut.«

»Trotzdem hat Neill dieses Haus die vergangenen zwei Jahre gemieden wie der Teufel das Weihwasser.«

»Aber du wirst uns nicht erzählen, warum«, stellte Corrie fest.

Yazeem presste die Finger gegeneinander, ohne aufzusehen. »Das steht mir nicht zu.« Es war offensichtlich, dass sie dazu nichts weiter aus ihm herausbekommen würden. Jedenfalls jetzt nicht.

Also wechselte Silvana das Thema. »Hat Albian jetzt alles, was er braucht?«

Yazeem nicke. »Das hat er zumindest gesagt.«

»Und wie geht es ihm?«

»Er ist ziemlich müde, aber er ist sicher, dass er es schafft.«

Silvana musste wieder an Isegrims Worte denken. Sie hoffte, dass er tatsächlich so wach war, dass ihm kein Fehler unterlief. Sie wollte zusätzlich zu der Jagd nach den Büchern nicht auch noch ein Loch zwischen den Welten kitten müssen.

»Unterwegs haben mich übrigens sowohl Tim Taistra als auch Thomas Keweloh angerufen. Beide wollten wissen, ob ich eine Ahnung habe, wo Charles ist und warum er nicht auf Anrufe reagiert.«

Bei seinen Worten musste Corrie unwillkürlich an die vielen Termine denken, die Tempest heute noch hätte wahrnehmen sollen.

»Und was hast du ihnen gesagt?«, fragte Silvana.

Yazeem hob die Schultern. »Dass ich keine Ahnung habe.«

»Das haben sie dir abgenommen?«

»Falls nicht, werden sie über kurz oder lang hier auftauchen.«

Silvana schüttelte den Kopf. Das fehlte ihnen gerade noch – dass plötzlich die halbe Botschaft vor der Tür stand. Sie wollte noch etwas sagen, aber unvermittelt hallte Talisienns Stimme durch den Flur und ließ sie hochschrecken. »Den Tee, Corrie! Wir brauchen den Tee! Jetzt!«

Hastig schnappte sich Corrie den Kessel und goss etwas von dem heißen, schwarzen Sud in die Tasse. »Bitte lass es wirken, wie es soll«, flüsterte sie, wobei sie sich nicht wirklich sicher war, wen genau sie eigentlich damit ansprach. Dann lief sie mit dem Tee hinaus in den Flur, dicht gefolgt von Silvana und Yazeem.

Talisienn lehnte verkrampft und schwer atmend in der geöffneten Tür zum Gästezimmer; von der silbernen Kette, die eng um seine rechte Faust geschlungen war, tropfte dunkles Blut auf die Fliesen. Als sie ihn erreichten, gaben seine Beine nach, und er sank zu Boden.

»Tal!«, entfuhr es Silvana bestürzt, und sie ging neben ihm in die Knie.

Doch der Vampir schüttelte den Kopf. »Es geht mir gut, keine Sorge. Ich bin nur erschöpft … genau wie meine Kräfte.« Er wies in Richtung des Bettes. »Jetzt ist es an Donn.«

Die drei warfen einen Blick ins Innere des Zimmers und erstarrten.

Tempest lag inmitten der zerwühlten Decken, sein Gesicht noch immer bleich, doch seine Lippen hatten wieder eine gesunde Farbe angenommen, und er wirkte nahezu entspannt. Sein Atem ging ruhig und regelmäßig. Es schien funktioniert zu haben. Jedenfalls der erste Teil des Rituals.

Doch nicht der zweite. Corrie zog sich bei Wellingtons Anblick der Magen zusammen. Der junge Bestatter lag im Bannkreis am Fußende des Bettes in Donns Armen, die Augen geschlossen, und zitterte unkontrolliert. Über seine bläulichen Lippen drang ein heiseres Stöhnen, und der flache, hastige Atem kondensierte in einer dichten Wolke vor seinem schmerzverzerrten Gesicht.

Corrie spürte ihren Puls angstvoll in ihrem Hals hämmern. Hatte er sich doch zu viel zugemutet? So viel Kraft, wie er an diesem Tag schon hatte aufwenden müssen – die Beerdigung seiner Freunde, die Pflege des Grabs, die Flucht vor den Wendigos, das Öffnen der Gruft, das Brechen der Siegel des Kelchs … Wie hatte er glauben können – selbst mit der Hilfe der beiden Vampir-Brüder –, auch noch dieses Ritual zu einem guten Ende zu bringen?

»Schnell, Corrie!« Donn streckte die Hand nach dem Tee aus, den sie ihm hastig reichte. Als er die Tasse an Wellingtons Lippen setzte, schlugen die Zähne des jungen Mannes hörbar auf das Porzellan. Statt zu schlucken, rann ihm der Tee über den Bart und an seinem Hals hinab. »Komm schon, Neill«, hörten sie den Vampir eindringlich flüstern. »Trink. Lass den Fluch nicht gewinnen.«

Bitte … Corrie hatte die Fäuste geballt und starrte flehentlich auf die beiden Männer.

Donn versuchte es noch einmal, doch auch diesmal tropfte der heiße Tee aus Wellingtons Mundwinkel zu Boden. »Verdammt, Neill.« Hastig stellte Donn die Tasse auf den Boden und tätschelte die Wange des Bestatters, zuerst leicht, dann kräftiger, in der Hoffnung, ihn damit wieder etwas zur Besinnung zu bringen. Doch Wellingtons Augen blieben geschlossen.

Corrie presste die Fäuste gegen die Brust. Sie hatte das Gefühl, keine Luft mehr zu bekommen. Die Angst schnürte ihr die Kehle zu. Dieselbe Angst, die sie auch auf dem Gesicht des Vampirs sah. Einen Moment hielt Donn inne und atmete tief durch, dann setzte er seine Fingerknöchel auf Wellingtons Brustbein und rieb mit einem Ruck darüber, um den damit verbundenen Reflex auszulösen. Die Bewegung ließ den Bestatter deutlich zusammenzucken, sein Stöhnen wurde kurz lauter. Rasch setzte ihm Donn die Tasse erneut an die bläulichen Lippen, und Corrie hielt unwillkürlich den Atem an. Zuerst schien es wieder nicht zu funktionieren, doch dann zuckte Wellingtons Hand und legte sich auf Donns Arm, während er in hastigen Schlucken zu trinken begann.

Erleichtert sah sie zu Yazeem auf, dessen Finger sie unvermittelt auf ihrer Schulter spürte. Sie hatte gar nicht bemerkt, dass er neben sie getreten war, und auch nicht, dass Silvana an ihrer anderen Seite stand. Talisienn stützte sich schwer auf sie, aber auch er stand wieder.

Gemeinsam sahen sie, wie der Bestatter sich mit Donns Hilfe hustend wieder auf die Knie wuchtete. Das Zittern hatte deutlich nachgelassen, und der Schmerz in seinen Zügen war finsterer Entschlossenheit gewichen, doch seine Haltung war noch immer gekrümmt. »Ich brauche deine Hilfe, Donn«, brachte er heiser hervor und fasste Donns Hände. Seine Lippen begannen, stumme Worte zu formen.

»Seht!«, flüsterte Yazeem und deutete auf die Schatten von Donn und Wellington, die von den Kerzen und den Nachttischlampen neben dem Bett auf die gegenüberliegende Wand geworfen wurden. Von der hageren Gestalt des Bestatters begann sich eine Art feiner Rauch zu lösen, der waberte und feine Arme ausbildete wie ein unruhiger Oktopus.

Blinzelnd sahen Corrie und Silvana wieder zu Wellington, doch dort war nichts dergleichen zu erkennen. Kein Rauch, kein Nebel, keine sichtbare Manifestation.

Ihr Blick wanderte wieder zurück zu den Schatten, wo sich der wabernde Rauch ausbreitete. »Ist das … der Fluch?«, wagte Corrie zu wispern.

»Vermutlich«, erwiderte Yazeem leise.

»Dann löst er sich?«

»Tut er«, bestätigte Talisienn. »Ich kann es an Neills Aura sehen.«

Seine Worte ließen die Hoffnung in Corrie keimen. Hoffnung, dass der junge Bestatter mit seinen Worten doch recht behielt – dass heute Abend alles gut ausgehen würde.

Diese zarte Hoffnung erlosch jedoch schlagartig, als Wellington unvermittelt wieder stärker zu zittern begann. Sein Stöhnen wurde lauter, sein Atem flacher, und als die wabernden Arme an der Wand plötzlich wieder vorschossen und in seinen Schatten eintauchten, warf er mit einem Aufschrei den Kopf zurück. Sein Körper verkrampfte sich weiter, und aus dem Schrei wurde ein ersticktes Keuchen.

Corrie war zusammengefahren und fühlte, wie sich unwillkürlich Yazeems Griff um ihre Schulter verstärkte. »Nein, bitte nicht«, flüsterte sie mit trockenem Mund.

Donn fasste Wellingtons Hände noch fester; das blaue Leuchten um seine Finger intensivierte sich und trat nun auch in seine Augen, mit denen er den Bestatter verzweifelt ansah.

»Kämpf weiter, Neill«, beschwor er ihn.

Knisternd begannen die Ränder des Bannkreises zu glühen, feiner Rauch stieg von dem blauen Salz auf. Doch was immer Donn ihm auch zu geben versuchte, es schien nicht zu reichen. Wellington rang qualvoll nach Luft, unfähig, die Intonation der Formel weiter aufrechtzuerhalten, und begann schließlich krampfhaft zu husten. Entsetzt sah Corrie, dass er dabei Blut auf Donns Arme spuckte.

»Um Gottes willen, Neill!« Der Kopf des Vampirs ruckte zu ihr herum. »Noch mehr Tee, schnell!«, forderte er.

Corrie stürmte zurück in die Küche, wo sie den Schrank aufriss, eine weitere Tasse herausholte und sie bis fast zum Rand mit Tee füllte. Etwas davon schwappte unterwegs auf die Fliesen, als sie mit weiten Schritten zurücklief.

Donn riss ihr den Becher aus der Hand und setzte ihn dem Bestatter an die Lippen. Dieses Mal schaffte es Wellington sofort, einen hastigen Schluck zu trinken, bevor er sich wieder verkrampfte, dann noch einen. Der Stein an seinem Handgelenk, der nur noch schwach geflackert hatte, leuchtete wieder heller auf. »Einen Versuch noch, Donn«, keuchte er. »Einen letzten.«

Er senkte wieder den Kopf und begann erneut, lautlose Worte zu formen.

Corrie sah bestürzt zu ihrer Freundin, die den Blick mit zusammengepressten Lippen erwiderte und in deren Augen sie Tränen glitzern sah. Ein letzter Versuch. Und dann? Ohne es zu merken, faltete sie wieder ihre Hände. Donn hatte unterdessen seine Linke kurz aus Wellingtons Griff gelöst und unter dem fassungslosen Blick der beiden Freundinnen seine Zähne darin vergraben. Ähnlich wie bei Talisienn schien sein hervortretendes Blut seine Kräfte ebenfalls zu verstärken. Das Blau seiner Magie nahm noch einmal an Intensität zu. Und je heller es strahlte, desto stärker und kräftiger leuchteten auch Wellingtons Steine. Die Schattenarme peitschten wild um sich, und von Wellingtons Gesicht begann Schweiß zu tropfen, doch dieses Mal war der Sog, den seine Fluchbrecher-Magie auslöste, unwiderstehlich.

Atemlos sahen die Freundinnen und Yazeem dabei zu, wie aus dem Rauch an der Wand der Schatten einer gehörnten Gestalt erwuchs, sich aufbäumte und dann zum Schlag gegen den Schatten des Bestatters ausholte.

Corrie stieß einen Schreckenslaut aus, doch im selben Moment loderten der Bannkreis und die Kerzen plötzlich hoch auf. Wellington schrie aus vollem Leib, und mit seinem Schrei zerstob der Fluch vor ihren Augen.

Nichts blieb zurück.

Die Schatten von Donn und Wellington waren wieder die Einzigen an der Wand.

Erschöpft sackte der Bestatter im Schoß des Vampirs zusammen. »Er ist … fort«, flüsterte er gepresst.

Donn strich ihm über das Haar. »Das war unglaublich,

Neill«, sagte er leise und sah kurz hinüber zu Tempest, der noch immer ruhig atmend auf dem Bett lag. »Du hast es geschafft.«

»Mit eurer Hilfe«, erwiderte der Bestatter, ohne die Augen zu öffnen. »Und jetzt möchte ich nur noch schlafen. Am Kamin, wenn das geht.«

»Natürlich«, sagte Donn sanft, hob den hageren Bestatter zu Corries Erstaunen mühelos hoch und wandte sich Silvana zu. »Würdest du vielleicht noch ein paar Plaids von oben holen?«

»Sicher.« Mit Talisienn an ihrer Seite verließ sie das Gästezimmer, und Donn folgte ihr mit Wellington.

Corrie sah ihnen kurz nach, blieb jedoch an Tempests Bett stehen. Nach einem kurzen Zögern berührte sie leicht seine Schläfe. Sie war erleichtert, dass es ihm gut ging, dass Wellington es geschafft hatte – und dass dabei auch der Bestatter sein Leben nicht verloren hatte. Gleichzeitig spürte sie aber auch Bitterkeit und Kummer darüber, was heute geschehen war. Es hatte zwei Angriffe gegeben. Und sie war sich sicher, dass beide kein Zufall gewesen waren. Beide hatten ihr und Silvana gegolten. Und bei beiden hatte es Verletzte gegeben. Corrie senkte den Kopf und schloss die Augen. Was wäre geschehen, wenn sie und Silvana alleine in dieser Lage gewesen wären? Wenn sie keine Hilfe gehabt hätten? Und was wäre gewesen, wenn Wellington Tempest nicht hätte retten können? Wenn einer von beiden, oder schlimmer noch, wenn beide gestorben wären? Allein der Gedanke daran bereitete ihr Übelkeit. Wie sollte es jetzt weitergehen? Sie kannte die Antwort darauf nur zu gut. Und auch die Alternative dazu. Doch welche war sie eher bereit zu akzeptieren?

»Geh ruhig zu den anderen«, hörte sie Yazeems Stimme hinter sich. Überrascht zog sie die Finger von Tempests Arm zurück und drehte sich um. Sie hatte gar nicht bemerkt, dass der Werwolf im Zimmer geblieben war. »Du solltest jetzt bei ihnen sein«, fuhr er fort und lächelte mild. »Ich bleibe hier bei ihm.«

»Bist du sicher?«

Yazeems Lächeln gewann an Wärme. »Ich glaube, im Moment bin ich der Einzige hier, der weder Ruhe noch Hilfe benötigt.«

Dem konnte Corrie nicht widersprechen. Also folgte sie den Vampiren und ihrer Freundin ins Wohnzimmer.

Donn hatte Wellington auf die Liege beim Feuer gebettet und breitete gerade eine zweite Steppdecke über ihm aus, während Silvana etwas Holz im Kamin nachlegte.

Talisienn hatte sich erschöpft auf der Couch zurückgelehnt, die Beine auf dem Hocker ausgestreckt. Seine Kette lag auf dem Polster neben ihm.

»Wie wäre es mit etwas Blut?«, fragte Silvana, die sich wieder erhoben hatte.

»Ganz wundervoll«, seufzte Talisienn, und Donn nickte dankbar. »Das wäre jetzt genau das Richtige.«

»Dann hole ich es.« Ihr Blick fiel auf Talisienns Hand und die Wunden, die seine Kettenanhänger darin hinterlassen hatten. »Und etwas Verbandszeug wäre vermutlich auch sinnvoll.« Beim Hinausgehen strich sie Corrie über die Schulter, die zögernd näher trat und sich dann am Fußende der Liege bei Wellington und Donn niederließ.

»Danke für den Tee«, flüsterte der Bestatter und hustete unterdrückt.

Corrie schüttelte den Kopf. »Es war doch dein Wunsch.«

»Und du hast ihn gekocht.« Er hustete erneut, dieses Mal stärker.

»Nicht so viel reden, Neill«, tadelte ihn Donn und legte ihm behutsam die Hand auf die Brust. Corrie sah, dass um seine Fingerspitzen wieder das matte Leuchten spielte.

»Heilmagie«, sagte der Vampir, als er ihren Blick bemerkte. »Ich kann mit meinen Kräften, so gering sie im Vergleich zu Talisienns auch sein mögen, nicht nur angreifen.«

»Und du solltest sie sparen«, sagte Wellington matt. »Du hast schon genügend davon aufwenden müssen.«

»Nicht so viel wie du«, hielt Donn dagegen. »Und im Gegensatz zu dir können Talisienn und ich Blut trinken, um sie wieder zu regenerieren. Bei dir braucht es deutlich länger.«

Wie aufs Stichwort erschien Silvana hinter ihm und hielt ihm ein mit dunklem Blut gefülltes Glas hin, das er mit einem dankenden Nicken von ihr entgegennahm und es in tiefen Schlucken leerte. Sofort nahm das bläuliche Glühen unter seinen Fingern weiter zu.

Wellington schmunzelte müde. »Da hast du wohl recht.« Seine Lider begannen, sich zu senken.

Donn nahm die Hand von seiner Brust und fuhr ihm sanft durch die Haare, bevor seine Finger auf Wellingtons Stirn verharrten. »Ruh dich aus, Neill. Morgen ist ein neuer Tag.«

»Ich versuche es«, murmelte der Bestatter und rutschte tiefer in die weichen Kissen. Und tatsächlich war er gleich darauf eingeschlafen.

Donn ließ die Finger sinken und zog ihm die Decken etwas höher. »Schlaf gut«, sagte er leise.

Corrie sah ihn fragend an. »War das jetzt auch deine Magie?«

Donns Mundwinkel hob sich daraufhin vielsagend, aber ansonsten schwieg er.

Hinter ihm ließ sich Talisienn mit einem schmerzvollen Stöhnen in Silvanas Arme zurücksinken, nachdem sie ihm die Hand verbunden hatte. »Dass Neill tatsächlich wieder hier ist ... Wenn nur die Umstände andere wären.«

»Wenn es wieder so wäre wie früher«, stimmte ihm Donn zu und presste bekümmert die Lippen zusammen.

»Wie kommt es eigentlich, dass ihr euch alle so gut kennt? Ich meine ihr, Neill und Charles?«, wollte Corrie wissen.

Talisienn lächelte und trank noch einen Schluck Blut. »Ich glaube, es sind jetzt fünf Jahre vergangen, seit ich Neill kennengelernt habe. Er musste die Bannzauber für eine alte Freundin von mir sprechen, die ich auf dem Wicked Cross hatte beisetzen lassen müssen. Er war mir schon von unserem ersten Gespräch im Institut an sympathisch, und seine Arbeit, besonders seine Aufgaben auf dem Friedhof, interessierte mich. Ich besuchte ihn danach also öfters, wir freundeten uns an, und fortan war er häufig zu Gast in diesem Haus, zusammen mit Ian, seinem Mann.«

Corrie strich vorsichtig über den geflochtenen Ring an Wellingtons Finger. Jetzt wusste sie endlich, wer den anderen trug. Und sie war unglaublich froh darüber, dass der Bestatter am morgigen Tag zu ihm zurückkehren würde.

Silvana runzelte die Stirn. »Irgendwie kann ich ihn mir nicht mit einem Mann an seiner Seite vorstellen.«

Talisienn lachte leise. »Oh, ich versichere dir, die beiden passen ganz hervorragend zueinander. Wir hatten immer viel Spaß, wenn sie gemeinsam hier waren. Donn und Ian teilen die Leidenschaft fürs Kochen, und während sie am Herd standen, gingen Neill und ich meistens mit den Hunden der beiden an der Küste oder im Wald spazieren. Oder wir spielten, wenn sein Rheuma keine weiten Wege zuließ. Neill liebt Brettspiele genauso sehr wie du, Corrie.« Er lächelte etwas breiter, auch wenn er Corries verwunderten Blick nur erahnen konnte. »Etliche Male war auch Yazeem dabei und hin und wieder auch Charles, auch wenn es dann etwas förmlicher zuging. Wir verbrachten viele wirklich schöne Abende miteinander bei Wein und gutem Essen.«

Donn neigte zustimmend den Kopf, und sein Gesicht nahm einen wehmütigen Ausdruck an. »Ja, das waren wirklich schöne Zeiten.«

»Aber warum ist dann der Kontakt abgerissen, wenn ihr euch doch so gut verstanden habt?«, fragte Silvana.

Talisienn wurde wieder ernst. »Das ist eine andere Geschichte. Eine deutlich unschönere.« Er atmete tief durch und drückte Silvanas Hand fester. »Aber ich denke, es ist an der Zeit, dass ihr es erfahrt. Es wurde mittlerweile oft genug erwähnt, und ihr kennt nun alle Beteiligten.«

»Bist du dir sicher, Talisienn?«, fragte Donn verhalten.

»Das bin ich«, erwiderte der Hexer. »Es steht den beiden zu. Immerhin hat es uns zu dem gemacht, was wir heute sind.« Er machte eine kurze Pause. »Vor allem mich.«

KAPITEL 32

Talisienns Geschichte

Talisienn ließ den Kopf in die Kissen sinken. »Der Clan der McCaers gehört zu einem der einflussreichsten vampirischen Clans der Zweimondreiche. Unser Ruf als hervorragende Alchimisten reicht von den Küsten Terrovias bis zum Schneemeer und der Tiefen See, von den Diamanthügeln bis in die Urwälder Naiwors. Ein großer Teil dieses Erfolgs und des damit verbundenen Wohlstands unseres Clans beruht darauf, dass die Blutmagie in unserer Linie liegt. Jeder McCaer beherrscht sie von Natur aus, anders als der schwarze Novize, der sie sich erst mühsam aneignen musste. In den meisten fließt sie nur so schwach, dass es hauptsächlich für das Verstärken und Verbessern der Tränke reicht, die wir herstellen, so wie Albian seine Magie für die Herstellung seiner Kuchen und Getränke nutzt. Doch hin und wieder wird jemand geboren, der über mehr von dieser natürlichen Blutmagie verfügt – viel mehr. Eben ein Hexer. Und vor 300 Jahren war ich dieser Jemand. Hexer sind generell unter Vampiren und vor allem im Clan der McCaers überaus hoch angesehen, und immer, wenn ein Hexer in Erscheinung tritt, ist er dazu bestimmt, das nächste Oberhaupt des Clans zu werden, sobald das alte stirbt oder sich zurückzieht. Dieser Weg war auch für mich vorgesehen. Um mich vor Neidern und anderen Gefahren zu beschützen, wurde Donn schließlich zu meinem Wächter bestimmt. Er musste alles aufgeben, was er bis dahin hatte tun wollen – in seinem Fall war das die Herstellung von Farben, die durch die Blutmagie in ihnen eine ganz eigene Wirkung entfalteten. Er war unglaublich begabt. Aber unsere Eltern entschieden, dass er zu einem Kämpfer ausgebildet werden sollte, und durch die strengen Strukturen in den Clans beugte er sich dem.« Talisienn hob den Kopf und wandte ihn in Donns Richtung. Auf seinem blassen Gesicht lag Bedauern. »Auch für dieses Opfer habe ich dir wohl nie richtig gedankt«, sagte er leise.

Donn schüttelte den Kopf. »Das ist nicht wahr, Tal. Du hast mich später immer darin unterstützt, als ich mich wieder der Kunst zugewandt habe. Wir waren einfach noch zu jung.«

»Ja«, nickte der Hexer, »das waren wir wohl. Ich habe es damals trotzdem hingenommen. Im Grunde habe ich mich sogar gefreut, dass man Donn ausgewählt hatte anstatt einen meiner anderen Brüder. Dougall war ein Hitzkopf und dumm und Arld neidisch und narzisstisch. Donn war der Einzige, auf den ich mich damals schon immer verlassen konnte. So vergingen die Jahre im Clan. Zumindest die ersten 100. Das mag für euch viel sein, aber für uns war es lediglich unsere Schulzeit. Wir lernten, wir entwickelten uns. Wir streiften durch die Gänge unseres Familiensitzes, erkundeten das Umland und taten Dinge, die nicht immer weise waren und für die wir oft genug mehr als nur gerügt wurden. Meine Macht wuchs weiter, und Donn, der mir nie von der Seite wich, tat alles, um mich vor Unheil zu bewahren.

Und dann, eines Tages, begann der Krieg.

Einer der anderen Clans, die Vankeeve, die schon immer mit unserem Reichtum geliebäugelt hatten, schlossen sich mit dem Krieger-Clan der Oryenne zusammen, die bisher einen regen Handel mit uns betrieben und mit denen wir eigentlich einen Friedensvertrag geschlossen hatten. Um mich zu schützen, schickten unsere Eltern Donn und mich auf ein Schiff, das uns nach Port Dogalaan brachte, und von dort durchschritten wir das Portal hierher. Eine Weile lebten wir hier in Woodmoore, doch dann verließen wir England und bereisten die Welt. Wir lernten weiter, wir lebten, wir liebten, und wir verloren viele, die wir ins Herz geschlossen hatten, besonders in den großen Kriegen dieser Welt. Doch wie diese Kriege, so endete auch der zwischen den Clans. Und obwohl wir McCaers keine Krieger waren, trugen wir dank unserer Verbündeten, den Lucis Lupi, den Sieg davon. Der folgende Frieden sollte mit einer Hochzeit zwischen einer meiner Schwestern und dem ältesten Sohn der Vankeeves besiegelt werden. Anlässlich dieser Hochzeit kehrten Donn und ich wieder in die alten Hallen unserer Familie zurück. Und es war das erste Mal, dass ich Maeve kennenlernte, meine kleine Schwester. Sie war während des Krieges zur Welt gekommen und zeigte dieselbe starke Blutmagie, wie ich sie besaß. Doch da sie deutlich jünger war als ich, kam sie als Oberhaupt nicht in Betracht. Jedenfalls nicht, solange ich am Leben war.«

An dieser Stelle unterbrach sich Talisienn und atmete erschöpft durch. In seinen Mundwinkeln zuckte es schmerzerfüllt.

Silvana griff zu dem Glas mit Blut und reichte es ihm.

»Danke.« Der Hexer trank einen tiefen Schluck, bevor er den Kopf wieder zurücksinken ließ und sich kurz über die Nasenwurzel fuhr. »Maeve also.« Er seufzte tief. »Sie war in meiner Abwesenheit als Hexerin von allen geachtet und verehrt worden, sie hatte jeden Wunsch erfüllt bekommen und alles tun dürfen, wonach ihr der Sinn stand. Ihrem Wort wurde Gehör geschenkt, sie lebte im Wohlstand. Als ich nun zur Hochzeit erschien, mit meiner voll ausgereiften Blutmagie, wurde die Aufmerksamkeit, die ihr bis dahin gegolten hatte, mir zuteil. Ich wurde allen, auch den frisch Vermählten, als das zukünftige Oberhaupt vorgestellt, dem in absehbarer Zeit alle Macht und alle Reichtümer zufallen würden und dem man von da an zu gehorchen haben würde. Ich muss dazusagen, dass ich während meiner Zeit in dieser Welt, mit allem, was ich hier gesehen und erlebt hatte, mit allem, was ich mit Donn durchlitten und geteilt hatte, oft darüber nachgedacht hatte, mich dieser Verantwortung zu entziehen. Ich wollte meine Freiheit behalten, die ich jenseits des Clans kennengelernt hatte. Ich wollte nicht zurück in die Hierarchien und die starren Strukturen, die das Leben der McCaers mit sich brachte. Doch am Ende, nachdem ich viele Gespräche mit meiner Mutter und dem damaligen Clan-Oberhaupt geführt hatte, entschloss ich mich dennoch, den mir angedachten Weg zu gehen – in der Hoffnung, etwas von dieser Freiheit und vom Leben dieser Welt mit in den Clan zu bringen. Dinge zu verändern. Ich erbat mir jedoch, noch ein wenig mehr Zeit diesseits des Portals zu verbringen, da ich gerade erst Charles kennengelernt hatte und seinen Weg als jüngster Botschafter mitverfolgen wollte. 25 Jahre wurden mir vom damaligen Oberhaupt zugesagt, dann würde er zurücktreten und ich an seiner Stelle die Führung über die McCaers übernehmen müssen. Damit erklärte ich mich einverstanden. Maeve jedoch sah plötzlich all das in Gefahr, was sie bisher gekannt hatte, ihre Position, ihren Reichtum, ihr ganzes Leben im Clan. Und ihre einzige Möglichkeit, all das doch behalten zu können, war in ihren Augen, selbst das Oberhaupt zu werden. Sie verwendete also die kommenden Jahre gemeinsam mit Dougall, den man zu ihrem Wächter gemacht hatte, darauf, einen Plan zu schmieden, wie sie mich aus dem Weg räumen konnte. Sie knüpfte Kontakte und spann Intrigen, um mich auszuspionieren, auch wenn ich hier weilte und sie jenseits des Portals. Was zusehends komplizierter wurde, als erst Yazeem auftauchte – ein Verbündeter der McCaers – und dann nach dem Tod von Robert der Buchladen und damit auch das nächstgelegene Portal hier in Woodmoore geschlossen wurde. Aber sie fand andere Wege, und eines Abends war sie dann bereit, ihren Plan in die Tat umzusetzen.«

Wieder machte der Vampir eine Pause. Silvana sah, dass seine Lippen leicht zu zittern begonnen hatten. »Du musst es nicht erzählen«, sagte sie leise und streichelte seine Hand.

»Lass die Erinnerungen, wo sie sind. Wir verstehen das.«

»Ich habe begonnen, dann werde ich es auch zu Ende bringen«, erwiderte Talisienn und strich beruhigend über ihren Oberarm. »Die Erinnerungen sind ohnehin stets lebendig geblieben – an jenen Abend vor drei Jahren.« Er atmete tief durch und sprach dann weiter: »Es war Juli, und es regnete in Strömen. Ich saß mit Neill und Charles hier im Wohnzimmer zusammen bei einer Partie Pargus und einem Glas Rotwein, wobei Neill einen Tee bevorzugt hatte. Donn war mit Yazeem noch einmal losgefahren, um Ian abzuholen, dessen Wagen mit den Einkäufen für das Dinner, das er für uns hatte kochen wollen, auf dem Parkplatz des Delikatessenladens hinter Everfields liegen geblieben war. Ein Umstand, der Maeve wunderbar in die Karten spielte, hatte sie doch mit den beiden als meinem Schutz gerechnet. Oder vielmehr unserem – denn auch Charles und Neill waren Bestandteil ihres Vorhabens geworden. Charles kannte ich da schon eine lange Zeit, und Neill hatte ich ein paar Jahre zuvor kennengelernt. Nie hätte ich gedacht, dass sie in unsere Clan-Streitigkeiten hineingezogen werden könnten. Aber ich hatte mich geirrt. Sehr.

Maeve hatte eine Schar ihrer besten Kämpfer unter Dougalls Führung mit hierhergebracht, und sie wusste auch um die Schutzzauber des Hauses und die Gargoyles, die mich stets warnten, wenn etwas ungewöhnlich erschien. Für alles hatte sie Vorkehrungen getroffen. Entsprechend war der Kampf nur kurz – Charles wehrte sich noch am meisten, aber auch er war chancenlos gegen die Vampire, Dougall und Maeves Magie. Wir wurden fortgebracht. Und dann begann es.« Talisienn verstummte und schien auf seinem Platz zusammenzusinken. Deutlich war sein schweres Atmen zu sehen.

Silvana streichelte behutsam sein langes, rotes Haar. Sie war sich nicht sicher, ob sie die Geschehnisse wirklich bis zum Ende hören wollte, gerade wenn es den Vampir so sehr mitnahm – aber sie verstand auch, dass er es ihnen nicht länger verschweigen wollte. Und es war allein seine Entscheidung, wie weit er dabei gehen konnte. Und wollte.

»Soll ich für dich weitersprechen?«, bot Donn an, der seinen Bruder leidvoll musterte. »Du musst dir das nicht antun. Ich kann auch erzählen, was geschehen ist.«

Doch Talisienn schüttelte nur abwehrend den Kopf und fuhr mit leiser Stimme fort: »Was genau in den Tagen darauf geschah, möchte ich euch im Detail tatsächlich ersparen. Maeve wollte mich nicht einfach nur sterben sehen. Sie wollte, dass ich litt. Seit ich wieder auf dem Anwesen aufgetaucht war, seit ich zugestimmt hatte, den Clan zu führen, hatte man sie ihrer Aufmerksamkeit beraubt. Sie hatte nie teilen müssen, und jetzt sah sie ihren gesamten Status in Ge-

fahr. Ich hatte ihr nie etwas getan, aber ihr Neid und ihr Hass wurzelten unglaublich tief. Und Dougall, der mich noch nie wirklich hatte leiden können, hatte wohl ein gutes Stück dazu beigetragen, indem er ihr Schauermärchen erzählt hatte, dass ich sie verstoßen würde, dass ich ihr alles nehmen würde und sie ein absoluter Niemand mehr bei den McCaers wäre. Und jene, die ebenfalls nicht glücklich über meine Rückkehr waren – denn natürlich gab es auch solche –, hatten sie ebenfalls im Wahrheitsgehalt von Dougalls Worten bestärkt. Maeve sah damals also nur diesen einen Weg – mich zu beseitigen, um selbst das Clan-Oberhaupt zu werden. Und dank Dougall wählte sie dafür ein Blutritual, das ihr gleichzeitig noch eine Steigerung ihrer eigenen Kräfte bringen würde, indem sie mir die meinen entzog. Doch zuerst blendete sie mich, um mir die Orientierung zu nehmen und mich wehrlos zu machen. Später erfuhr ich, dass sie uns in eine alte Ruine weit im Osten gebracht hatten, in deren Tiefen es noch alte Zauberkreise gab, die das Ritual weiter verstärken sollten – so wie das Blut meiner Freunde, denn dafür hatte sie Charles und Neill mitgenommen. Denn das Blut von Freunden, sofern es nicht freiwillig gegeben wird, schwächt einen Hexer wie mich – und noch mehr, wenn es mit der Energie von Angst und Schmerz angereichert ist. Sie folterte die beiden. Ich konnte es nicht sehen, nur ihre Schreie hören … Und ihr Blut zwang sie meine Kehle hinunter. Ich konnte mit jedem Schluck die Qualen spüren, die sie den beiden angetan hatte.«
Bitter verzog Talisienn das Gesicht und schüttelte den Kopf.
»Ihr großer Fehler war letztendlich, dass sie das Ritual über mehrere Tage zog, anstatt es sofort zu beenden. Charles hat mir nie verraten, wie sie es genau angestellt haben – wie er es in seinem Zustand geschafft hat, von seinen Fesseln loszu-

kommen und Neill die Augenbinde herunterzureißen, damit er sehen konnte, wohin er seine Feuer-Magie zu richten hatte … aber es gelang ihnen. Neill setzte Maeves Ritual-Kodex in Brand, in der Hoffnung, sie daran zu hindern, ihr Werk an mir zu vollenden, und Charles stieß die Schalen mit dem Blut um. Natürlich hatten beide keine wirkliche Chance gegen Maeve und Dougall, und ich sage euch nur so viel, dass viele der Narben, die Charles und Neill tragen, eine direkte Konsequenz aus ihren Bemühungen sind, mich vor meiner Schwester zu bewahren.«

Er lächelte traurig und wandte den Kopf in Richtung des Bestatters. »Ich weiß nicht, was Maeve noch mit ihnen gemacht hätte, aber damals tauchten mitten im Chaos Donn, Yazeem und Thomas Keweloh mit den Suchern auf. Sie hatten fieberhaft nach unserer Fährte gesucht und sie schließlich gerade noch rechtzeitig gefunden. Speziell Crannough Balfour gilt bis heute mein großer Dank dafür, denn er hat als Banshee unsere schwindenden Leben gespürt – besonders meines. Wäre er nicht dabei gewesen, wir wären dort vermutlich umgekommen.«

»Das ist grauenvoll«, flüsterte Corrie, die sich die Hände über den Mund gelegt hatte. »Was für eine schreckliche Geschichte.«

Silvana streichelte sanft über seinen Rücken. »Das muss furchtbar für dich gewesen sein.«

Talisienn nickte langsam. »Für uns alle. Aber ja, mich hatte es am schwersten getroffen, das kann man wohl nicht leugnen. Und ich kam mit der Situation denkbar schlecht zurecht. Ich war blind und verkrüppelt, kaum noch fähig, mich zu bewegen. Die ersten Wochen wünschte ich mir, dass meine Geschwister mich wieder holen würden, um dem ein

Ende zu bereiten. Ich wollte so nicht leben. Hilflos. Immer vorsichtig, auf andere angewiesen, sich nicht zu viel zumuten dürfen … Auch in dieser Zeit war Donn wie immer an meiner Seite. Egal, in welcher Stimmung ich war oder wie ich mich aufführte – oder was ich sagte. Zu ihm, zu den Ärzten … allen, die mir beistehen wollten. Auch dafür habe ich mich nie wirklich entschuldigt – oder mich bedankt.«

Donn seufzte und starrte auf seine Schuhe. »Es war eine Ausnahmesituation. Ich wusste, dass du es alles nicht so meintest.«

Talisienn lächelte traurig. »Damals vielleicht nicht. Aber später bin ich ja auch nicht allzu freundlich zu dir gewesen. Sonst hättest du nicht die Dinge getan, die du getan hast, und Charles hätte nicht so ein ernstes Wort mit uns reden müssen.«

Donn winkte ab. »Ja, wir haben beide Fehler gemacht. Große Fehler. Aber wir werden ab jetzt daran arbeiten.«

»Richtig«, bestätigte Talisienn. »Das werden wir.« Er wandte den Kopf leicht in Richtung der beiden Freundinnen. »Aber es fehlt noch der Schluss der Geschichte. Durch meine Magie begann ich, mich nach Monaten doch wieder zu erholen. Langsam, aber stetig. Aus der kompletten Blindheit wurde die Wahrnehmung von magischen Auren, und eine Zeit lang hatte ich Hoffnung, dass alles wieder werden würde wie zuvor, dass die Besserung immer weiter voranschreiten würde.« Er atmete tief durch, und ein bitteres Lächeln erschien auf seinen Lippen. »Aber wie ihr sehen könnt, ist daraus nichts geworden. So wie jetzt wird es immer für mich bleiben. Natürlich erhielt auch unser Clan Kunde von den Ereignissen, und mein Zustand ließ den Rat beschließen, dass ich ungeeignet sei, als Oberhaupt den Clan zu führen.

Ich wurde zwar nicht wirklich verbannt, aber man legte mir nahe, in dieser Welt zu bleiben. Donn, der in ihren Augen versagt hatte, da er mich nicht vor meiner Schwester geschützt hatte, wurde ebenfalls empfohlen, sich nicht mehr auf dem Anwesen blicken zu lassen und seinen eigenen Weg zu gehen. So blieben wir also hier in Woodmoore. In gewisser Weise hat Maeve also tatsächlich erreicht, was sie wollte – wenn auch nicht mehr für sich selbst.«

»Was für ein Haufen eingebildeter Ignoranten«, empörte sich Silvana und schmiegte sich noch etwas enger an Talisienn.

»Aber ohne diese Entscheidung wärst du heute nicht hier, und die Dinge wären vielleicht für uns ganz anders gelaufen. Viel schlimmer. Ohne euch und eure Hilfe.«

Talisienn hauchte ihr einen Kuss auf das Haar. »Ja, rückblickend kann ich unser Leben in dieser Welt nicht hoch genug schätzen. Vielleicht wäre ich tatsächlich ebenso wie Maeve geworden, wenn ich nicht den Fesseln des Clans hätte entkommen können. Wenn ich nicht all das erlebt hätte, was ich erleben durfte, das Leben anderer Klassen und Rassen teilen, ihre Wünsche, Ängste und Schicksale hätte erfahren können. Es hat mich verändert. Es hat Donn verändert. Er konnte in dieser Welt wieder malen. Kreativ sein. Ohne den Zwängen des Clans unterworfen zu sein, ständig nur für mein Wohl zu sorgen.«

»Was er natürlich trotzdem gemacht hat«, warf Corrie mit einem leichten Schmunzeln ein.

Donn erwiderte es. »In den letzten Jahren wohl etwas zu sehr.« Er erhob sich. »Ich werde jetzt wieder zu Charles gehen. Braucht ihr noch etwas?«

»Ich denke nicht, Donn, danke«, erwiderte sein Bruder,

und auch die beiden Freundinnen schüttelten den Kopf, sodass der Vampir nur noch einmal etwas Holz im Kamin nachlegte, bevor er das Wohnzimmer verließ.

»Und wie ging es Neill nach alldem?«, fragte Corrie, nachdem Donn gegangen war. »Und Charles?«

Talisienn rieb sich müde über die Stirn. »Charles mag nach außen hin kühl und emotionslos erscheinen, aber das liegt nur daran, dass er sich stets bemühen muss, die Rolle des Botschafters, so gut es geht, auszufüllen. Spurlos sind die Tage jedoch auch an ihm nicht vorbeigegangen, auch wenn er versucht hat, es für alle anderen so scheinen zu lassen. Einige mag er damit auch getäuscht haben, aber wer ihn so gut kannte wie wir oder Thomas Keweloh oder Hanten Marauner, dem fiel auf, wie sehr er sich in seine Arbeit vergrub. Freizeit, die er sich sonst ohnehin schon kaum gönnte, nahm er sich gar keine mehr. Er arbeitete nur noch – um nicht an andere Dinge denken zu müssen.«

Silvana hatte kurz aufgehorcht, als der Name des rundlichen Bestiars gefallen war. Jetzt konnte sie auch Tempests heftige Reaktion im Café zuordnen, als die Sprache auf Flora gekommen war.

»So etwas hält doch niemand durch auf die Dauer«, wandte Corrie kopfschüttelnd ein. »Nicht einmal Charles.«

»Völlig richtig«, stimmte Talisienn zu. »Die Anstrengung, der Schmerz – in seinem Arm wie in seinem Geist –, all das forderte irgendwann seinen Tribut. Charles brach im Büro zusammen.« Er seufzte tief. »Der Arzt schickte ihn zu den Heiligen Quellen der Manticora, wo er sich ausruhen und neue Kraft schöpfen sollte. Es war nicht ganz einfach, ihn dorthin zu schaffen, aber am Ende blieb er drei Wochen dort. Und als er zurückkam, war er beinahe wieder ganz der Alte.

Nur seinen Arm konnte auch das magische Thermalwasser nicht wieder vollständig heilen.«

Sein Arm. Corrie musste wieder an den Weg zum Wicked Cross denken. Wie Tempest ihn auf der Fahrt geschont hatte. An die Tabletten in der Mittelkonsole … Es ergab jetzt einen Sinn. Und hatte nicht Yazeem auch schon einmal angemerkt gehabt, dass Tempest nicht mehr so belastbar war wie früher?

Talisienn neigte den Kopf in Wellingtons Richtung, und sein Gesicht nahm einen tief bekümmerten Ausdruck an, während er fortfuhr: »Neill war von uns dreien derjenige, dessen körperliche Wunden am besten wieder verheilten – gleichzeitig aber auch der mit den tiefsten seelischen Verletzungen. Neill ist ein sehr sanfter, feinfühliger Mensch, dem das Leben schon mehr als einmal unglaublich schwere Bürden auferlegt hat.« Er schüttelte den Kopf, als müsse er weitere schlimme Erinnerungen verscheuchen. »Neill versuchte ein ganzes Jahr hindurch, damit zurechtzukommen. Er bekam dabei stets Hilfe von Ranish, aber am Ende ist er hier in Woodmoore und vor allem durch mich zu sehr an die Ereignisse jenes Abends erinnert worden. Wir sprachen nicht darüber, aber mein Anblick, was man mir angetan hatte, dieses Haus … es ließ die Geschehnisse wohl immer wieder für ihn aufleben. Und schließlich beschloss er, dass es besser wäre, sich von Donn und mir zurückzuziehen und auf Abstand zu gehen. Wie ich damals von Yazeem hörte, fand er ein kleines Cottage in Raven's Cawe mit genug Platz für sich und Ian, ihre beiden Hunde und die beiden Pferde. Zweimal rief er mich nach dem Umzug noch an – immer an meinem Geburtstag. Aber in diesem Haus ist er heute das erste Mal seit damals wieder. Und ich habe Angst vor dem, was nun daraus wird. Vor allem jetzt, da Charles weiß, dass er ein Fluchbringer ist.«

Corrie schürzte die Lippen. »Du kennst Charles schon länger – glaubst du wirklich, dass er dazu fähig wäre, nach all dem, was Neill getan hat? Ihn …« Es kostete sie Überwindung, es wirklich auszusprechen. »Hinrichten zu lassen?«

»Ich weiß es nicht, Corrie«, seufzte der Hexer. »Ein Teil von mir vertraut darauf, dass Charles für seine Freunde und alle, die seine Hilfe benötigen, alles tut, was in seiner Macht steht. Aber ein anderer Teil von mir weiß auch, wie pflichtbewusst und ergeben Charles gegenüber Belangen der Botschaft ist. Es ist ein Gesetz des Inselreichs, und er ist der Vertreter dieses Reichs in dieser Welt. Er muss das Gesetz durchsetzen.«

»Aber Kajsja schützt er doch auch«, wandte Silvana ein.

Talisienn nickte. »Deshalb hoffe ich ja, dass es Neill ebenso ergeht, zumal er ihn deutlich besser kennt. Aber was das angeht, können wir nur abwarten.«

Corrie senkte bekümmert den Kopf. »Es ist alles meine Schuld«, murmelte sie.

»Wie kommst du denn darauf?«, fragte der Vampir entgeistert. Und auch Silvana musterte ihre Freundin bestürzt.

»Reperisciria«, erwiderte Corrie und hob die Schultern. »Wir brauchten jemanden, der das Rätsel löst. Und genau, als Neill da war, ist das Balg mit dem Zylinder aufgetaucht.« Sie lächelte säuerlich. »Seltsam, oder?«

»Mag sein, dass dieser Teil dir geschuldet ist«, nickte Talisienn. »Aber ihr hättet so oder so Neills Hilfe benötigt, selbst wenn ihr auf anderem Wege darauf gekommen wärt, dass es sich um die Gruft der Littles handelt. Und die Wendigos auf dem Friedhof, die zu alldem hier geführt haben, hast du sicherlich auch nicht gerufen. Wäre alles gut gegangen, hätte Neill euch die Gruft geöffnet, das Blut geholt, und ihr wärt alle wieder zurückgefahren. Charles wäre von keinem Fluch getroffen worden, und Neill hätte weiterhin keinen Fuß hierhergesetzt. Niemand hätte erfahren, was er wirklich ist. Es ist nicht deine Schuld, dass die Dinge so gekommen sind, Corrie.«

»Ich wünschte trotzdem, ich könnte diese Kraft besser kontrollieren. Bevor ich mir doch irgendwann etwas wünsche, das besser nicht in Erfüllung gehen sollte«, erwiderte Corrie kummervoll. »Die meiste Zeit denke ich ja noch nicht einmal darüber nach, dass ich sie habe. Und dann …« Sie sprach nicht weiter.

Talisienn kratzte sich nachdenklich an der Braue. »Ich werde mich erkundigen, ob es jemanden in der Nähe gibt, der dir dabei helfen kann.« Er drückte Silvanas Hand. »Aber ich denke, für heute sollten wir uns jetzt alle zur Ruhe begeben.«

»Ich bleibe bei Neill«, sagte Corrie. »Falls er aufwacht und etwas braucht.«

»Und ich bleibe bei dir«, fügte Yazeem hinzu, der im Türrahmen erschienen war. »Für alle Fälle. Falls *du* etwas brauchst.«

»Damit wären die beiden Sofas wohl belegt«, stellte Silvana fest.

»Ich brauche doch nicht das ganze Sofa alleine«, protestierte Corrie. »Es ist genügend Platz für uns beide da.«

»Oder du begleitest mich nach oben«, schlug Talisienn vor.

»Etwas Hilfe könnte ich auch gebrauchen nach allem, was wir heute hinter uns gebracht haben.«

Silvana errötete sichtbar und starrte auf ihre Knie. Bisher war sie immer wieder abends gefahren, wenn sie den Vampir besucht hatte. Nie hatte sie gewagt, über Nacht zu bleiben, selbst wenn es sehr spät geworden war – vor allem, um Donns Unmut nicht weiter zu schüren. »Ich weiß nicht so ganz«, erwiderte sie zögernd. Ihre Finger spielten unsicher mit der weißen Lilie an ihrem Armband. Seinem Geschenk.

»Wieso denn nicht?«, warf Corrie mit einem müden Lächeln ein und sah ihre Freundin aufmunternd an. »Ich finde, das ist eine sehr gute Idee. Gemeinsam lassen sich die Erinnerungen an solche Ereignisse wie heute viel besser bewältigen.«

»Sehr viel besser«, fügte Yazeem hinzu, der ebenfalls schmunzelte.

Talisienn führte ihre Hand an seine Lippen. »Ich hätte dich wirklich gerne bei mir.«

Corrie hatte das Gefühl, als wenn Silvanas Gesichtsfarbe noch eine Nuance dunkler wurde, aber ihre Freundin nickte. »In Ordnung.«

Mit einem sanften Lächeln stemmte sich der Vampir von der Couch hoch. »Dann komm. Gehen wir.« Er nickte Corrie und Yazeem noch einmal zu. »Und euch beiden wünsche ich eine geruhsame Nacht.«

Während die beiden langsam die Treppe ins Obergeschoss erklommen, lehnte Corrie ihren Kopf an die Liege. Sie hatte eigentlich vorgehabt, noch etwas nachzudenken über das, was sie heute gehört und erlebt hatte, doch wie sich Yazeem ein paar Minuten später auf dem anderen Sofa ausstreckte, bekam sie schon nicht mehr mit – und ebenso wenig, dass sie kurz darauf sanft hochgehoben und in die weichen Polster gebettet wurde.

KAPITEL 33

Eine schwere Entscheidung

Von einem unwilligen Stöhnen begleitet, schlug Corrie die Augen auf und starrte an die Decke, die ihr seltsam unbekannt vorkam. Sie brauchte einen Moment, um sich wieder zu erinnern, wo sie sich befand, doch dann ergaben die Sofalehne neben ihr und die Steppdecke, unter der sie lag, einen Sinn. Vorsichtig setzte sie sich auf und wandte den Kopf. Sie suchte den Werwolf, aber das Sofa ihr gegenüber war leer. Und als Corrie zu der Liege neben dem munter flackernden Kaminfeuer sah, wo Wellington hätte liegen sollen, bemerkte sie zu ihrem Erschrecken, dass auch von dem jungen Bestatter nichts zu sehen war. Nur die Kissen und die zerknüllte Decke lagen auf dem weichen Polster.

Er hatte doch in seinem geschwächten Zustand hoffentlich nicht das Haus verlassen, aus Angst vor einer möglichen Verhaftung? Und Yazeem war ihm nach?

Hastig schwang sie die Beine über die Sofakante, zuckte schmerzerfüllt zusammen und erhob sich dann deutlich bedächtiger. Auf leisen Sohlen tappte sie hinaus in den Flur. Die Tür zum Gästezimmer war noch immer geschlossen, aber aus Richtung der Küche, von wo ihr der Geruch von gebratenem Speck in die Nase stieg, hörte sie gedämpfte Stimmen. Nach kurzem Lauschen stellte sie erleichtert fest, dass sie Yazeem und dem Bestatter gehörten. Sie beschloss jedoch, zuerst das Badezimmer aufzusuchen. Sie vermutete es im Obergeschoss und stieg langsam die Treppe hinauf. Tatsächlich erspähte sie es durch eine halb offen stehende Tür. Jemand hatte sogar bereits frische Handtücher und Seife bereitgelegt, doch auch wenn der Drang zu duschen groß war, entschied Corrie sich nur für eine grobe Morgenwäsche, bei der sie nicht nur eine ungeahnte Vielzahl an blauen Flecken an sich fand, sondern auch erleichtert feststellte, dass ihr Piercing unversehrt geblieben war. In Ermangelung eines Kamms strich sie anschließend rasch mit den Fingern durch ihre Haare, bis sie nur noch halb so wild abstanden und man dem Look fast Absicht hätte unterstellen können. Dann kehrte sie zurück ins Erdgeschoss, wobei sie sich dieses Mal am Geländer der Treppe festhalten und bei jedem Schritt die Zähne zusammenbeißen musste. Sie versuchte vergeblich, sich zu erinnern, wo sie sich auf dem Friedhof so dermaßen das linke Knie angeschlagen hatte. Und die Hüfte. Und die Schulter.

Unten angekommen, vernahm sie unvermittelt Yazeems Stimme.

»Guten Morgen, Corrie.« Der Werwolf stand neben der Tür, einen Pfannenwender in der Hand und einen besorgten Ausdruck auf dem Gesicht. »Ist alles in Ordnung?«

»Das Knie«, erwiderte Corrie und lächelte gequält. »Und ein paar andere Sachen. Aber das wird schon wieder.«

»Möchtest du einen Tee?« Der Werwolf wies über die Schulter. »Ich mache gerade Frühstück.«

»Gerne.«

Corrie folgte ihm in die Küche, wo Neill Wellington neben dem Herd lehnte. »Guten Morgen, Corrie. Wie fühlst du dich?«, begrüßte er sie mit seinem typischen, verhaltenen Schmunzeln. Er hielt eine dampfende Tasse Tee in den Händen. Corrie konnte jedoch nur seine Fingerspitzen erkennen; der Rest verschwand in den Ärmeln des deutlich zu weiten

Troyers, den er zu seiner Jeans trug und der, so vermutete Corrie, von Donn stammte. Trotz des Lächelns wirkte er noch immer sehr erschöpft, und als er die Tasse an die Lippen hob, sah Corrie, dass seine Hände zitterten.

»Erschlagen«, gestand sie und betrachtete ihn mitfühlend. »Aber ich glaube, die Frage sollte ich eher dir stellen. Bist du sicher, dass du schon wieder aufstehen solltest?«

Wellington erwiderte ihren Blick mit einem müden, aber gütigen Lächeln. »Ist schon gut. Ein paar Schmerzmittel und Wärme, und dann bin ich wieder ganz der Alte.«

»Und ein ordentliches Frühstück«, fügte Yazeem hinzu.

»Ich habe mich noch gar nicht bei dir bedanken können«, sagte Corrie und nahm mit einem Nicken ihren Tee von Yazeem entgegen, bevor sie fortfuhr: »Was du gestern für uns getan hast, für mich und für Charles … Ich weiß gar nicht, wie wir …«

Wellington unterbrach sie und legte ihr behutsam die Hand auf den Oberarm. »Was ich getan habe, habe ich gerne getan, Corrie. Und ich bin froh, dass alles so gut ausgegangen ist. Ich freue mich über euren Dank. Aber mehr braucht es nicht. Das habe ich Yazeem auch schon gesagt.« Er drückte leicht ihren Arm, bevor er seine Hand wieder zurück an seine wärmende Tasse legte. »In Ordnung?«

Corrie zögerte einen Moment. Gerne hätte sie sich noch irgendwie anders erkenntlich gezeigt für all das, was er auf sich genommen hatte – irgendetwas, das ihm zeigte, wie viel ihr seine selbstlose Hilfe bedeutete. Und sie war sich sicher, dass ihr über kurz oder lang auch noch etwas einfallen würde. Ein einfaches Danke, auch wenn es aus tiefstem Herzen kam, erschien ihr zu wenig für den jungen Bestatter. Die Gefahr, in die er sich durch sie hatte begeben müssen, die Kraft, die er aufgewendet, und das Opfer, das er gebracht hatte … Und nach allem, was sie erfahren hatte, nicht zum ersten Mal. Der Gedanke an das, was er damals durchlitten haben musste, wie auch Talisienn und Tempest, füllte sie noch immer mit tiefem Kummer. Doch für den Moment nickte sie zustimmend. »In Ordnung.«

»So.« Yazeem schaltete den Herd aus. »Das Frühstück ist fertig.«

Als hätten die Worte des Werwolfs einen geheimen Schalter betätigt, erlosch Wellingtons Lächeln, und er senkte den Blick. »Ich denke, es ist besser, wenn ich jetzt gehe.«

Corrie blinzelte überrascht. »Wieso denn?«

»Auf gar keinen Fall«, erwiderte der Werwolf liebenswürdig, aber bestimmt. »Ich fahre dich nicht zu deinem Wagen, bevor du nicht etwas Toast und Rührei gegessen hast. Geht schon mal vor. Ich sage nur noch Donn Bescheid.« Yazeem hielt Corrie das Tablett mit dem Tee und dem Toast hin.

»Ich weiß wirklich nicht«, murmelte Wellington und drehte unruhig die Tasse zwischen den Fingern.

»Ein bisschen Rührei und Toast«, wiederholte Yazeem mahnend. »Du weißt, dass du dann die Medikamente besser verträgst. Und außerdem möchte ich nicht, dass dir während der Fahrt der Kreislauf absackt, weil du nur heißen Tee im Magen hast. Raven's Cawe ist nicht gerade an der nächsten Ecke. Und ich möchte Ian nicht Rede und Antwort stehen müssen, wenn du im Graben landest.«

»Außerdem kannst du nicht einfach gehen, ohne dich von Silvie und Talisienn zu verabschieden«, fügte Corrie hinzu und sah den Bestatter bittend an. »Und Donn. Bleib wenigstens auf die Tasse Tee.« Sie deutete auf den Becher in seinen Händen, der noch fast voll war.

»Also gut.« Wellington neigte ergeben den Kopf und folgte Corrie ins Wohnzimmer. Silvana und Talisienn kamen ebenfalls gerade die Treppe hinunter; Silvana von einem unterdrückten Stöhnen begleitet, das Corries eigenem in nichts nachstand.

Als sie den Bestatter an der Seite ihrer Freundin sah, stahl sich ein Lächeln auf ihre erschöpften Züge. »Neill! Schön, dich wieder auf den Beinen zu sehen«, begrüßte sie ihn. »Wie fühlst du dich?«

Wellington schmunzelte. »Deutlich besser, aber so schnell muss ich so ein Ritual nicht noch einmal durchführen«, gestand er und fuhr sich mit der Hand durch die Haare, bevor er Talisienn ansah, der sich gerade mit zusammengebissenen Kiefern wieder am Geländer aufrichtete. »Ohne eure Hilfe hätte das sicherlich ein ganz anderes Ende genommen.«

Talisienn neigte mit einem milden, wenn auch deutlich von Schmerzen geprägten Lächeln den Kopf in Richtung des Bestatters. »Du bist wie immer zu bescheiden, Neill. Ohne dich hätten wir nicht einmal den Versuch unternehmen können, Charles zu retten.« Er wandte den Kopf in Silvanas Richtung. »Und ist es bei dir jetzt etwas besser als vorhin nach dem Aufstehen?« Er streichelte sanft über ihre Schulter, was sie jedoch heftig zusammenzucken ließ.

Corrie, die das Tablett auf dem Tisch abgestellt hatte und im Türrahmen erschienen war, runzelte besorgt die Stirn. »Offenbar nicht.«

Silvana rieb sich über das schmerzende Gelenk. »Fühlt man sich so, wenn man von einem Truck überrollt wurde?«

»Weiß ich nicht«, gestand Corrie, während sie die Tassen verteilte. »Aber so fühlt man sich vermutlich, wenn man sich in einer Kutsche den Hang hinab überschlagen hat.«

Silvana zog eine Grimasse. »Stimmt. Jetzt, da du es erwähnst.«

»Wie bitte?«, fragte Wellington ungläubig und ließ sich auf dem Sofa nieder.

»Gestern«, nickte Silvana. »Ist eine längere Geschichte.«

»Geht es bei euch immer so gefährlich zu, wenn ihr auf der Suche nach den Büchern seid?«

»Hin und wieder«, antwortete Corrie. »Aber gestern ist es zum ersten Mal richtig heikel geworden.« Auf der Suche selber waren sie tatsächlich noch nie so massiv angegriffen worden, wenn man von dem Schatten einmal absah und ihrem Zusammentreffen mit den Feuerwölfen … oder Sahade. Bei der Bergung der Bücher hingegen war es schon immer sehr gefährlich gewesen. Und Corrie fragte sich unwillkürlich, was wohl nach dem Kampf im Labyrinth und dem Dschinn am Tor unter der *Taberna Libraria* dieses Mal auf sie warten würde – oder ob sie nach den ganzen Abenteuern das Vierte Buch von Angwil ohne größere Schwierigkeiten an sich würden nehmen können. Sie schüttelte kaum merklich den Kopf und unterdrückte ein Seufzen. Nein. So naiv war selbst sie nicht. Auch wenn sie auf ein besseres Ende hoffte.

»Aber wir haben es überstanden«, bemerkte Talisienn, der Silvana noch einmal über den Rücken strich, bevor er sich hinsetzte. »Wir alle. Glücklicherweise.« Er streckte vorsichtig die Glieder, doch dabei konnte auch er ein Aufstöhnen nicht länger unterdrücken.

Yazeem, der mit dem Rest des Frühstücks ins Wohnzimmer trat, sah stirnrunzelnd von einem zum anderen. »Das sieht nach einer Runde Schmerzmittel für alle aus«, bemerkte er und stellte das Tablett neben das andere auf den Tisch.

»Ich hole am besten gleich die ganze Packung. Und für Talisienn noch etwas Blut.« Während seine Schritte auf der Treppe verklangen, ließ sich Corrie neben Wellington nieder, der aus seiner Jeans eine Packung mit Tabletten hervorzog.

Corrie legte derweil etwas Ei, Speck und ein Viertel Toast auf einen Teller und hielt ihn Wellington hin. »Yazeem hat recht. Nach gestern solltest du etwas mehr zu dir nehmen als nur Flüssigkeit.«

»Ich bin kein wirklicher Frühstücksmensch«, erwiderte der Bestatter abwehrend, doch er stellte den Teller auf den Knien ab, spülte sein Medikament mit dem Tee hinunter und schob sich danach etwas Toast in den Mund.

»Und mein Rührei kann vermutlich auch nicht mit dem von Ian mithalten«, bemerkte Yazeem, der gerade wieder durch die Tür kam, in einer Hand eine große Packung Schmerztabletten, in der anderen ein Glas voll Blut, das er auf dem Couchtisch abstellte.

Wellington schmunzelte und füllte seine Gabel mit Ei und Speck. »Nicht wirklich, nein.«

»Dann muss ich mich ja geehrt fühlen, dass du es trotzdem isst«, stellte Yazeem fest und hielt ihm und Corrie jeweils eine Schmerztablette hin.

Während der Bestatter mit einem Kopfschütteln ablehnte, nahm Corrie sie mit einem dankenden Nicken entgegen und füllte sich eine Tasse Tee, bevor sie damit fortfuhr, auch für Silvana und Talisienn das Essen auf den Tellern zu verteilen.

»Weiß Donn eigentlich, dass es Frühstück gibt?«, fragte Silvana, während auch sie eine Tablette von dem Werwolf entgegennahm, der ihr nach einem nachdenklichen Blick noch eine zweite in die Hand drückte, ebenso wie dem Vampir neben ihr.

»Ich habe es ihm gesagt«, bestätigte Yazeem und schenkte den restlichen Tee ein.

»Und Yazeems Rührei lasse ich mir nicht entgehen«, stellte Donn fest, der hinter ihm das Wohnzimmer betrat und grüßend nickte. »Auch wenn Ians besser ist, wenn ich mich recht erinnere.«

Während Silvana ein Lachen unterdrücken musste, spitzte Corrie amüsiert die Lippen und reichte Donn einen Teller. »Klingt nach einem wirklich ganz außergewöhnlichen Rührei.«

Wellingtons Schmunzeln wurde breiter. »Vielleicht nicht das beste der Welt, aber zumindest nah dran.«

Yazeem seufzte theatralisch. »Danke. Ab sofort ist mein Rührei also nur noch zweite Klasse. Wenn überhaupt.«

Donn winkte ab. »Dafür ist deine eltranaische Küche nicht zu übertreffen.« Er blickte fragend in die Runde. »Und wie geht es euch allen heute? Konntet ihr schlafen?«

Keiner erwiderte etwas darauf, aber Yazeem hielt vielsagend die Packung hoch.

Der Vampir zog eine mitfühlende Grimasse. »Verstehe.«

»Und du selbst?«, fragte der Werwolf und musterte die dunklen Ringe unter den Augen des Vampirs.

Donn hob vage die Schultern. »Ein wenig.«

»Und wie geht es Charles?«, wollte Corrie wissen.

»Besser«, erwiderte der Vampir und schenkte sich Tee ein. »Er war heute Morgen einmal wach, hat etwas getrunken und kurz mit mir gesprochen. Jetzt schläft er wieder.« Er sah den Bestatter dankbar an. »Und dazu ist er nur wegen dir noch in der Lage.«

Wellington lächelte. »Freut mich zu hören. Aber ich glaube, ich sollte jetzt besser gehen. Ihr habt in dieser ganzen Angelegenheit sicher noch einiges zu besprechen. Außerdem habe ich Ian schon lange genug warten lassen. Er wird sich langsam Sorgen machen.« Er wollte sich erheben, doch er hatte kaum die Knie belastet, als er mit einem unterdrückten Aufschrei zusammenfuhr und auf das Sofa zurücksackte.

»Zu Recht«, bemerkte Talisienn bekümmert. Silvana sah, dass er das Glas mit Blut in seinen Händen fester als nötig umklammert hielt.

»Und das trotz Tablette«, knirschte Wellington und krallte die Finger in die Oberschenkel. »Eben war es noch nicht so schlimm.«

»Was ist denn?«, fragte Corrie bestürzt, die ebenfalls zusammengezuckt war und einen Teil ihres Tees dabei verschüttet hatte.

»Sein Rheuma«, erwiderte Donn und ließ sich vor dem Bestatter auf dem Boden nieder. »Schon gut, Neill«, sagte er leise und legte ihm behutsam die Hände auf die Knie. »Das haben wir gleich.«

Wie schon bei Tempest sahen Corrie und Silvana auch jetzt wieder, wie sich Donns heilende Magie mit einem blauen Leuchten über den Gliedmaßen des Bestatters ausbreitete. Wellington seufzte leise und entspannte sich wieder.

»Besser?«, fragte Donn.

Wellington nickte und atmete durch. »Ich hatte schon fast vergessen, wie gut sich das anfühlt. Und wie oft es mir geholfen hat.«

»Damals hatte ich auch häufiger die Gelegenheit dazu«, erwiderte Donn wehmütig. Er senkte den Blick und fuhr fort: »Ich weiß, dass die Umstände besser sein könnten. Aber es tut gut, dich wieder hier zu haben, Neill. Vielleicht …« Er brach ab und starrte auf seine Hände.

Wellington nickte kaum merklich. »Ich weiß, was du dir wünschst, Donn. Aber ich bitte dich – gib mir noch ein wenig Zeit. Auch wenn der erste Schritt gemacht ist, muss ich mich erst langsam an den Gedanken gewöhnen, dass es wieder so sein könnte wie früher.«

»Ich fürchte, so einfach wird das leider nicht.«

Ruckartig drehten sich alle Köpfe in Richtung Tür. Im Rahmen lehnte Tempest. Er war blass, und seiner verkrampften Haltung fehlte jegliche Strenge, doch der Blick seiner Augen war so klar und eindringlich wie immer. Die Hände in den Taschen des weichen, grauen Morgenmantels, den er sich übergeworfen hatte, musterte er die Anwesenden nacheinander stumm, wobei er bei Wellington etwas länger verweilte. Der Bestatter schluckte nervös und starrte auf seine Knie. Unwillkürlich rückte Corrie ein Stück näher zu ihm.

Donn erhob sich und sah den Botschafter tadelnd an. »Was tust du hier, Charles? Du gehörst noch ins Bett! Oder hast du schon wieder vergessen, dass wir dich letzte Nacht fast verloren hätten?«

»Das weiß ich, Donn«, erwiderte Tempest beschwichtigend. Und während er dichter an dem Vampir vorbeiging, als nötig gewesen wäre, fügte er hinzu: »Und ich weiß auch noch ein paar andere Dinge.«

Irritiert bemerkte Corrie, wie Donn sich darauf errötend abwandte und ans Fenster trat, wo er in beinahe krampfhaft hastigen Zügen seinen Tee trank.

Tempest ließ sich mit dem wie üblich unbewegten Gesicht und etwas steifen Bewegungen in den Sessel gleiten. Von dort aus musterte er nachdenklich den Bestatter an Corries Seite. »Eines dieser Dinge betrifft dich, Neill.«

»Er hat dir das Leben gerettet, Charles«, sagte Yazeem mahnend.

»Auch das weiß ich«, erwiderte der Botschafter schlicht. »Und dafür bin ich ihm auch dankbar. Dennoch ist er ein Fluchbringer.«

»Und Fluchbrecher«, wandte Corrie ein.

»Das eine bedingt das andere«, erwiderte Tempest und lehnte sich mit einem unterdrückten Aufstöhnen zurück.

»Man kann jemanden nicht für etwas verurteilen, mit dem er geboren wurde«, begehrte Corrie auf. »Das habe ich schon bei den Weberinnen nicht verstanden.«

Tempest sah sie mit dem Anflug seines spöttischen Lächelns an und schüttelte den Kopf. »Das habe ich auch nicht getan, Corrie. Sonst wäre Kajsja nicht mehr hier.«

»Aber bei Neill tust du es? Obwohl er sein Leben für dich riskiert hat?«

Tempest zog eine Grimasse. »Habe ich das behauptet?«

»›Dennoch ist er ein Fluchbringer‹«, wiederholte Corrie seine Worte, wobei sie besondere Betonung auf das *dennoch* legte.

»Damit habe ich noch kein Urteil ausgesprochen, oder?«

»Hauptsache, es wird auch keines daraus«, brummte Silvana finster.

Tempest atmete tief durch und sah dann wieder Wellington an, der seinem Blick krampfhaft blinzelnd auswich. Corrie bemerkte, dass er unruhig mit den Fingern rang, und legte behutsam ihre Hand auf seine.

»Eine Sache muss ich wissen, Neill«, begann Tempest ruhig. »Gehörst du einer der Gilden an?«

»Nicht freiwillig«, erwiderte Wellington niedergeschlagen. »Aber nachdem sie meine Eltern ermorden ließen, als ich mich weigerte …« Er senkte den Kopf.

Sie hatten was? Großer Gott! »Neill, das ist ja furchtbar!« Corrie schlug eine Hand vor den Mund und wechselte mit Silvana erschrockene Blicke.

Selbst in Tempests so maskenhaftem Gesicht hatte für einen Moment so etwas wie Bestürzung gezuckt.

»Wie viele Aufträge?«, fragte der Botschafter weiter.

»Drei«, flüsterte Wellington.

Corrie hob entgeistert die Brauen. Drei Verfluchungen? Auch wenn es bereits mehrmals Thema gewesen war, hatte sie ausgeblendet, dass Wellington Flüche nicht nur brechen, sondern auch auszusprechen vermochte. Bei dem Gedanken fröstelte sie unwillkürlich. Nach allem, was er getan hatte, was er bereit gewesen war zu opfern, konnte sie sich einfach nicht vorstellen, dass er imstande sein sollte, jemandem Schaden zuzufügen. Aber er hatte es gerade selbst bestätigt …

Die Gesichter der beiden Vampire und des Werwolfs hingegen wirkten eher bedrückt, während sie ins Leere starrten. Offenbar hatten sie davon gewusst und dieses Geheimnis bewahrt.

»Purpurkrähen?«, fragte Tempest.

Wellington schüttelte den Kopf. »Schwarzfänge«, erwiderte er leise.

Tempest verzog darauf unwillig das Gesicht und nickte. Silvana hatte das Gefühl, dass er in diesem Moment eine Entscheidung getroffen hatte. »Danke, Neill. Mehr muss ich nicht wissen.«

Wellington schob die Tasse von sich. »Dann kann ich gehen?«

Tempest machte eine entsprechende Geste mit der Hand. »Sicher.«

Der Bestatter erhob sich mit zusammengepressten Lippen.

Corrie berührte ihn vorsichtig am Knie. »Bist du sicher, dass es geht?«

Wellington nickte. »Ich denke schon.«

»Danke, Neill«, sagte Talisienn. »Für alles.«

Wellington lächelte kurz, doch entgegen zu sonst war es ohne Wärme. »Du kennst meine Antwort.«

Er sah zu den beiden Freundinnen. »Und ihr zwei passt gut auf euch auf.« Sein Blick glitt weiter zu dem Werwolf. »Yazeem, würdest du ...?«

»Ich fahre dich«, sagte Donn rasch und stellte seine Tasse auf dem Fenstersims ab. »Nach Hause?«

Wellington nickte. »Meinen Wagen kann ich auch später noch mit Ian holen.«

Auf der Schwelle ließ Tempests Stimme den jungen Bestatter jedoch noch einmal innehalten. »Neill?«

»Charles?«

Der Botschafter wandte halb den Kopf zu ihm. »Danke.«

Wellington nickte kurz. »Gern geschehen.« Damit verließ er mit Donn an seiner Seite das Wohnzimmer der McCaers, und Corrie und Silvana blieben mit den drei Männern allein zurück.

»Drei Aufträge«, wiederholte Corrie in Gedanken an Wellingtons Worte. »Drei Verfluchungen. Heißt das, er hat auch drei ... Menschen getötet?« Sie hatte wieder begonnen, mit den Ärmeln ihres Hoodies zu spielen.

»Ja, genau das heißt es«, bestätigte Tempest.

»Aber nicht aus freien Stücken«, wandte Yazeem energisch ein. »Sie haben nach seinen Eltern auch seinen damaligen Freund umgebracht, als er sich geweigert hat, die Aufträge durchzuführen, und sie haben gedroht, das auch mit allen seinen zukünftigen Freunden zu tun. Neill ist kein Assassine, Charles. Du weißt, wie sanft und empfindsam er ist. Wenn du an seiner Stelle vor so eine Wahl gestellt worden wärst – hättest du dich dann anders entschieden?«

Nein, dachte Corrie. Das hätte sie an seiner Stelle sicherlich nicht. Wenn sie sich vorstellte, entscheiden zu müssen, jemand Fremdes zu töten oder den Tod ihrer Eltern zu verschulden, oder den von Silvana oder Kushann, ohne einen anderen Ausweg zu haben, dann wusste sie, was sie tun würde. Und der Gedanke, was es für Wellington bedeutet haben musste, diese Wahl treffen zu müssen, schnürte ihr die Kehle zu.

Ähnliche Gedanken gingen auch Silvana durch den Kopf, während sie an ihrem Tee nippte. Natürlich spürte auch sie Unbehagen bei dem Gedanken an die Taten, die Wellington verübt hatte, auch wenn sie keine Details kannten, aber auch sie wusste, dass sie nicht anders entschieden hätte, wäre sie in dieser Situation gewesen. »Das hätte keiner von uns«, sagte sie.

»Möglich«, erwiderte Tempest, doch Corrie hatte das Gefühl, als würde ein Hauch von Spott in seiner müden Stimme mitschwingen.

Das schien auch Talisienn bemerkt zu haben. Der Vampir verengte die blinden Augen. »Du kennst Neill, Charles. Und du kennst die Gilden. Ihnen entkommt niemand, den sie haben wollen.« Er neigte den Kopf in Tempests Richtung. »Sie hätten Ian umgebracht, wenn Neill sich geweigert hätte. Oder uns, sofern wir einander schon gekannt hätten.«

»Ja, vermutlich«, stimmte der Botschafter zu. »Und glaub mir, ich weiß, was ich in Bezug auf Neill Wellington zu tun habe.« Er atmete tief durch, wobei er deutlich zusammenfuhr. Seine Hand zuckte kurz zu seinem Arm. »Und nun zu euch.« Er sah zu Silvana, und sein Blick verweilte einen Moment bei den Schrammen und bei ihrer Schulter, über die sie sich langsam strich. »Wie mir scheint, waren wir gestern nicht die Einzigen, bei denen es einen Zwischenfall gegeben hat.«

Talisienn schüttelte den Kopf. »Nein. Gestern war für keinen von uns ein guter Tag.«

»Wäre dann bitte jemand so freundlich, mich ins Bild zu setzen?«

Nachdem Yazeem ihm eine Tasse Tee eingeschenkt hatte, setzten ihm zuerst Talisienn und dann Corrie auseinander, was geschehen war – vom Angriff auf die Kutsche und die Flucht zurück in die *Magische Schriftrolle* bis zum Ritual. Und auch, dass er die beiden Freundinnen über ihre Vergangenheit informiert hatte, ließ der Vampir nicht aus – etwas, das der Botschafter mit einem halb unzufriedenen, halb resignierten Seufzen zur Kenntnis nahm, sonst jedoch nichts weiter dazu sagte.

»Das lässt die Dinge in einem völlig neuen Licht erscheinen«, bemerkte er nach einer Weile des Schweigens, bevor er sich den beiden Freundinnen zuwandte und sie nachdenklich musterte. »Vermutlich brauche ich euch das nicht extra zu sagen, aber was gestern geschehen ist, war eine ganz neue Art der Bedrohung. Wenn die Dinge anders gelaufen wären, hätten wir genauso gut fünf neue Opfer zu beklagen haben können.« Er neigte leicht den Kopf. »Ich kann allein durch meine Position nicht mehr zurück, ganz egal, wie groß die Gefahr durch Lamassar auch sein mag. Aber was ich ursprünglich als Drohung ausgesprochen habe, möchte ich jetzt als Angebot wiederholen, auch auf die Gefahr hin, dass Miss Livenbrook mir die Augen auskratzen möchte und ich in meinem momentanen Zustand noch nicht einmal viel dagegen tun könnte: Corrie. Miss Livenbrook. Wenn von jetzt an jemand anders die Suche nach den Büchern übernehmen soll, werde ich dafür sorgen, dass das noch heute geschehen wird. Nach dem, was ich gehört habe, auch besonders im Hinblick auf die Eulkatzen, können wir wohl sicher sein, dass die Wendigos bei den Cochards und auf dem Friedhof dieselben waren und dass ihr Auftauchen an keinem der Orte zufällig war. Was auch bedeutet, dass der Verräter noch viel näher ist, als wir das bisher angenommen haben. Also, wie soll es weitergehen?«

Zu Corries Überraschung brauste Silvana bei seinen Worten nicht sofort auf. Stattdessen senkte ihre Freundin den Blick und nagte einen Moment lang an ihrer Unterlippe. »Der Laden?«, fragte sie schließlich leise.

»Vorerst würde Yazeem ihn weiterführen«, erwiderte Tempest und sah kurz zu dem Werwolf, der zustimmend nickte – auch wenn seine Miene ebenso beklommen wirkte, wie Corrie sich gerade fühlte. Sie hatte ihre Gedanken von gestern noch nicht weiterverfolgen können, aber sie spürte deutlich, in welche Richtung sie sie zogen. Nur würde das auch die Richtung ihrer Freundin sein?

»Sobald wir Lamassar Einhalt gebieten konnten, steht Ihnen eine Rückkehr jederzeit frei. Sie würden so gesehen also nichts verlieren. Nur etwas pausieren.«

Einen Moment lang herrschte Schweigen. Das Knistern des Feuers und der Schneeregen an den Fenstern waren die einzigen Geräusche, die den Raum füllten.

Schließlich sah Corrie zu ihrer Freundin, die gedankenversunken ins Leere starrte.

»Silvie?«, fragte sie behutsam.

»Er hat nicht ganz unrecht, Corrie«, sagte Silvana verhalten. »In den letzten Tagen ist eine Menge passiert. *Uns* ist eine Menge passiert. Wenn wir das Angebot annehmen, denkst du, wir müssten dann nicht mehr auf jeden Schatten achten? Könnten wir wieder vor die Tür gehen, ohne ständig Angst vor einem Angriff haben zu müssen? Bis all das hier vorbei ist?«

Corrie nickte langsam bei den Worten ihrer Freundin. Ja, es stimmte. Sie waren dieses Mal nur knapp einem Unglück entronnen, und sie war sich sicher, dass sie von dem Wendigo und Tempests Verletzungen und dem getöteten Peryton und dem Gedanken an Sabian und Eliza noch lange schlechte Träume haben würde. Und dem Blut in Derivs Haus. Aber bei noch etwas war sie sich ebenso sicher. »Nein, das glaube ich nicht«, erwiderte sie energischer als beabsichtigt und nahm sich wieder ein Kissen, das sie sich gegen den Bauch presste. »Bloß weil wir beschließen, nicht mehr nach den Büchern zu suchen, wird Lamassar uns nicht einfach in Ruhe lassen. Dafür sind wir schon zu weit gegangen.«

»Wahrscheinlich«, stimmte Silvana zu. »Und ich weiß auch, dass ich in den vergangenen Wochen die treibende Kraft gewesen bin, die unbedingt weitermachen und beweisen wollte, dass wir es schaffen können. Dass wir Lamassar schlagen können. Aber ich möchte einfach niemanden mehr verlieren. Weder dich noch einen unserer Freunde. Und ich würde selbst auch gerne noch etwas länger leben.«

»Das will ich doch auch«, bemerkte Corrie und zog trotz der Schmerzen die Knie ans Kinn. »Und ich kann nicht leugnen, dass ich mehr als noch nach Pamunar Zweifel hege, ob wir uns nicht doch zu viel aufgebürdet haben. Aber ich weiß auch das: Wenn wir unsere Freunde und uns wirklich schützen wollen, können wir jetzt nicht einfach aufgeben. Das ist genau wie mit dem Roten Stier bei *Das letzte Einhorn*. Weglaufen führt nur dazu, dass irgendwann niemand mehr übrig ist. Nur wenn wir uns dem gemeinsam entgegenstellen, wenn wir den Albtraum beenden, können wir und alle anderen wieder frei sein. Und anstatt einen flammenden Stier ins Meer zu treiben, müssen wir so schnell wie möglich das fünfte Buch finden. Nur dann sind wir wieder sicher. Wie die Einhörner.«

»Wenn wir es schaffen«, warf Silvana ein und seufzte.

Aber natürlich hatte Corrie recht mit ihren Worten – insgeheim war auch Silvana nicht wirklich bereit, alles aufzugeben, was sie bereits erreicht hatten.

»Das müssen wir einfach«, sagte Corrie bestimmt, auch wenn sie sich alles andere als das fühlte. »Wir wissen beide, was geschehen wird, wenn die letzten beiden Bücher nicht gefunden werden und Angwil Lamassar und Saranus nicht aufhält. Dann wird es das Leben, das wir hier kennen- und lieben gelernt haben, nicht mehr geben. Nicht für uns und nicht für unsere Freunde. Und wir werden niemanden im Stich lassen. Wir haben es versprochen.«

»Ein solches Versprechen unter den gegebenen Umständen wieder zurückzunehmen, ist keine Schande, Corrie«, wandte Tempest ein.

»Du hast erst gestern noch zu mir gesagt, dass du uns zutraust, es zu schaffen«, erwiderte Corrie empört.

»Das war vor dem Angriff der Wendigos und der Eulkatzen«, entgegnete Tempest. »Ich traue es euch zwar zu, aber ich will auf gar keinen Fall euren Tod verantworten. Und die Wahrscheinlichkeit dafür ist mit den gestrigen Angriffen deutlich gestiegen. Lamassar macht Ernst. Er will euch aus dem Weg schaffen, weil ihr ihm zu gefährlich werdet. Und wie nah der Verräter euch ist, wenn er sowohl von Port Dogalaan als auch dem Wicked Cross wusste, brauche ich, glaube ich, nicht extra zu erwähnen.«

»Dann brauchen wir eben mehr Schutz«, gab Corrie zurück, auch wenn die Worte des Botschafters sie hatten schlucken lassen. »Und die Sucher müssen sich mehr anstrengen, Lamassars Schergen ausfindig zu machen!«

»Natürlich«, erwiderte Tempest säuerlich. »Wenn es so einfach wäre. Aber auch der beste Schutz ist kein Garant. Ihr habt mit Yazeem schon einen der fähigsten Lucis Lupi an eurer Seite und Talisienn als einen der drei mächtigsten Magier Europas. Trotzdem wäre es gestern beinahe das Ende für uns alle gewesen. Ich würde euch gerne die Möglichkeit geben, in Ruhe darüber nachzudenken, aber ich fürchte, dafür fehlt uns im Moment die Zeit. Wenn ihr aufhören wollt, werde ich euch, so gut es geht, zu schützen versuchen. Dasselbe gilt, wenn ihr weitermachen wollt. Aber die Entscheidung müsst ihr hier und jetzt treffen.«

»Ich denke wirklich, hier sind wir sicherer als in London«, sagte Corrie, verschränkte die Arme und sah zu Silvana. »Ich weiß, dass ich mich am Anfang kopfüber in dieses Abenteuer gestürzt habe, ohne nachzudenken, und dass ich in letzter Zeit häufiger an alldem gezweifelt habe, aber ich würde wirklich gerne weitermachen und diese Sache zu einem guten Ende für uns alle bringen. Mit dir an meiner Seite. Natürlich kannst du aufhören, wenn dir damit wohler ist. Aber ich werde bleiben und versuchen, meine Zweifel Lügen zu strafen.«

Silvana nickte. »Ich habe nichts anderes erwartet«, sagte sie.

»Egal, wie du dich entscheidest, wir verstehen das«, sagte Yazeem, und Talisienn lächelte aufmunternd in ihre Richtung.

Silvana sah die beiden an. Zuerst den Werwolf, dann den Vampir. Ja, hierzubleiben war ohne jede Frage gefährlich, hier standen sie direkt in der Schusslinie, aber hier waren auch ihre Freunde. Hier war Talisienn. Sie wollte ihn nicht verlassen, gerade jetzt nicht. Und genauso wenig Woodmoore und alles andere. Wer konnte außerdem schon sagen, ob ihr Fortgang nicht vielleicht alles noch schlimmer machte? Wenn niemand sonst es rechtzeitig schaffte, die fünf Bücher zusammenzubringen? Wenn sie und Corrie weitermachten, dann hatten sie zumindest die Gewissheit, alles in ihrer Macht Stehende tun zu können, um genau das zu verhindern. Silvana holte tief Luft, straffte die Schultern und sah zuerst Talisienn, Yazeem, dann Corrie und schließlich den Botschafter an. »Treiben wir den Stier ins Meer zurück.«

Corrie lächelte erleichtert, und auch die Gesichter der Übrigen entspannten sich. Nur die Miene des Botschafters blieb so unbewegt wie immer. »Also gut«, sagte er und neigte leicht das Kinn. »Wenn das die endgültige Entscheidung ist, dann bleiben wir bei dem bisherigen Plan.«

Corrie runzelte die Stirn. »Und der wäre?«

Tempest lehnte den Kopf zurück und schloss die Augen.

»Wir warten darauf, dass der Schattenpfeil fertiggestellt wird. Und dann geht es in die Sümpfe.«

KAPITEL 34

Der Kaninchenbau

Schneeflocken fielen auf den Gehweg vor der *Taberna Libraria* und bildeten einen feinen, durchscheinenden Flaum wie die ersten zarten Daunen eines frisch geschlüpften Kükens. Drei Tage waren seit den Ereignissen in Port Dogalaan und dem Wicked Cross vergangen, und Corrie und Silvana fiel es noch immer schwer, alles zu verarbeiten. Jedes Mal, wenn sie einen ihrer zahlreichen blauen Flecken im Spiegel sahen, jedes Mal, wenn eine der Dorfkatzen am Schaufenster vorbeistrich, ohne dass eine Taube auftauchte, mussten sie an das denken, was geschehen war. Talisienn hatte ihnen zwar versprochen, dass er bald wieder für neue Schutzgeister sorgen würde, doch er brauchte noch eine Weile, um sich nach dem kräftezehrenden Ritual zu erholen. Und so begleitete die beiden Freundinnen, wenn sie den Fuß vor die Tür setzten, stets ein mulmiges Gefühl – auch wenn Yazeem bei ihnen war und Corrie von ihm sogar ihren Dolch wiederbekommen hatte, den die Sucher bei ihren Nachforschungen auf dem Wicked Cross aufgelesen hatten. Bei jedem Rascheln und jedem Schatten befürchteten sie, erneut auf Wendigos zu treffen. Oder Schlimmeres. Sie hatten versucht, Wellington zu erreichen, um sich nach seinem Befinden zu erkundigen, doch unter der Nummer, die in ihrer Kundenkartei gespeichert war, meldete sich nur seine Mobilbox, und einen Rückruf erhielten sie nicht. Corrie hatte kurz überlegt, ihn im Bestattungsinstitut anzurufen, auf der anderen Seite wollte sie aber auch nicht zu aufdringlich sein. Wahrscheinlich brauchte Wellington nach den Ereignissen auch einfach Zeit für sich. Schließlich hatte sich für ihn ebenfalls einiges geändert, und auch er hatte Erholung von den Anstrengungen des Kampfes und des Rituals nötig.

Es blieb ihnen also nichts anderes übrig, als sich mit der Arbeit im Laden abzulenken, von der es glücklicherweise reichlich gab. Es war genügend zu bestellen, zu beraten und zu dekorieren, um auf andere Gedanken zu kommen. Abends kochte Yazeem Punsch, versuchte, sie mit Geschichten abzulenken, oder sie spielten gemeinsam mit Phil und Scrib eines von Corries zahlreichen Brettspielen.

Am vierten Tag waren die beiden Freundinnen gerade dabei, das Weihnachtsessen mit Corries Eltern zu planen, als Corries Handy, das sie neuerdings immer bei sich trug, eine SMS ankündigte. Die Nachricht war zwar nur kurz, ließ Corrie jedoch erleichtert aufatmen. Sie stammte von Wellington.

»Es geht ihm gut«, sagte sie und ließ das Telefon wieder in die Tasche ihres geringelten Cardigans gleiten. »Wir sollen uns keine Sorgen machen.« Dass er sich auch über die acht Nachrichten auf seiner Mailbox amüsiert hatte, erwähnte sie nicht. Silvana hatte bereits angedeutet, dass sie etwas übertreiben würde. »Also, bleiben wir bei Ente? Ich weiß, dass Dad sie gerne isst.«

»Mir ist alles recht, was du dir zutraust zu kochen. Selbst Krokodil«, erwiderte Silvana und öffnete eine Kiste, die Yazeem am Vortag aus der *Magischen Schriftrolle* mitgebracht hatte. »Das hat mir gerade noch gefehlt.« Unter Corries fragendem Blick hielt sie eines der Bücher hoch. Es war der zweite Band des *Fauns mit den Purpuraugen*.

Corrie zog eine leidende Grimasse. »Dann schaffe ich wohl besser Platz bei den Neuerscheinungen.«

Sie ließ sich von Silvana einen Stapel der in samtiges Papier gebundenen Werke geben und wollte sich damit gerade dem Tisch gegenüber dem Eingang zuwenden, als die Tür geöffnet wurde und eine hochgewachsene Gestalt in einem langen dunklen Mantel den Laden betrat. Corrie fielen beinahe die Bücher aus dem Arm. »Charles?«, fragte sie erschüttert.

Tempest war deutlich anzusehen, dass er das Bett bei den McCaers noch nicht wieder hätte verlassen sollen. Sein Gesicht war leichenblass und seine Haltung zwar aufrecht, aber merklich verkrampft.

Er nickte ihr grüßend zu, wobei sich seine hellen Augen auf den Bücherstapel hefteten. »Von diesem grässlichen Stück Schreiberei gibt es tatsächlich einen zweiten Band?«, fragte er konsterniert, und Corrie war sich nicht sicher, ob das kurze Zucken in seinem Mundwinkel den Schmerzen oder dem Anblick des Covers geschuldet war. Sein Blick wanderte wieder zu ihr. »Du scheinst überrascht, mich zu sehen.«

Corrie hob die Brauen. »Wundert dich das?«

»Ich weiß selbst, was ich für einen Eindruck erwecke, aber ich kann dir versichern, dass es mir schon weitaus schlechter ging.«

»Ich weiß. Ich war dabei. Ist noch gar nicht so lange her«, erwiderte Corrie spöttisch.

»Es gibt Dinge, die keinen Aufschub dulden«, sagte der Botschafter ungerührt und zog langsam die Handschuhe aus. »Tim hat mir mitgeteilt, dass die Gezeitenessenz fertiggstellt ist und dass er Nachricht aus Kalawan erhalten hat«, fuhr er fort. »Der Schattenpfeil ist fertig geschmiedet und erwartet nur noch die Prägung auf seinen Träger. Dann kann er zur Einhornjagd genutzt werden.«

»Prägung?« Corrie sah den Botschafter fragend an, obwohl sie bereits ahnte, was damit gemeint war. Unweigerlich hatte sie dabei den Kompasskäfer vor Augen.

Tempests Worte bestätigten ihren Gedanken. »Ein Schattenpfeil ist zu selten und zu kostbar, als dass ihn irgendein beliebiger Schütze verschießen können sollte. Daher prägen die Schmiede den Pfeil stets auf denjenigen, der mit ihm auf die Jagd geht.«

»Und wer soll das sein?«

Tempest senkte das Kinn. »Nun, unter anderen Umständen wäre ich das gewesen.«

»Du?«, entfuhr es Corrie lauter als beabsichtigt.

Tempest lächelte. »Als ausgebildeter Bestiar habe ich weitreichende Kenntnisse, was Einhörner anbelangt, gerade wenn es um die schwarzen geht. Aber auch wenn es mir widerstrebt, muss ich einsehen, dass ich euch in meinem momentanen Zustand mehr behindern als nützen würde. Ich bezweifle sogar, dass ich überhaupt in der Lage wäre, einen Bogen vernünftig zu spannen. Also muss der Pfeil auf jemand anderen geprägt werden.« Er sah an Corrie vorbei. »Und zwar auf dich, Silvana.«

Silvana, die bis jetzt schweigend dagestanden hatte, löste irritiert die Arme aus der Verschränkung. »Wie bitte?« Erst danach wurde ihr bewusst, dass der Botschafter auch sie gerade beim Vornamen genannt hatte.

Tempests Stimme war ungewohnt sanft, als er ergänzte:

»Mir wurde zugetragen, dass du sehr gut mit dem Bogen umgehen kannst. Stimmt das? So eine Fähigkeit brauchen wir jetzt nämlich dringend.«

Silvana war noch immer perplex, nickte jedoch. »Ich denke schon.«

»Gut. Ihr habt schließlich nur einen Versuch mit dem Pfeil.«

Nur einen … Silvana starrte den Botschafter bestürzt an. »Im Ernst?«

Tempest neigte das Kinn. »Ein zweiter Pfeil hätte zu viel Zeit gekostet. Glaubst du, das schaffst du? Mit deiner Schulter?«

»Die Schulter wird gehen. Aber muss ich das Einhorn direkt mit dem Pfeil treffen?«, fragte Silvana vorsichtig. Sie hatte das Bogenschießen nie mit der Absicht betrieben, tatsächlich ein lebendes Wesen zu töten.

Der Botschafter schüttelte den Kopf. »Sobald man es erlegt, versiegt sein Blut. Das macht es so überaus kostbar. Mit dem Schattenpfeil schießt du genau darauf – auf den Schatten des Einhorns. Damit wird es vollständig paralysiert, und ihr könnt etwas von seinem Blut nehmen, ohne Gefahr zu laufen, dass es euch aufspießt und frisst. Und keine Sorge – das Schmerzempfinden dieser Wesen ist nahezu nicht vorhanden. Ihr braucht also keine Hemmungen zu haben, den Dolch zu benutzen.«

Corrie nickte. Diese Details waren ihr bereits aus ihren Büchern bekannt. Und auch, dass schwarze Einhörner nichts mit ihren schneeweißen Verwandten gemein hatten. Außer dem Appetit auf Fleisch.

»Und wie kommen wir nach Kalawan?«, fragte Silvana.

»Ich bringe euch jetzt zum *Kaninchenbau,* dem Café von George Silverberg in Heathen Heights. Dort liegt das Portal nach Kalawan. Ihr holt den Schattenpfeil bei Meister Schwarzmantel ab, kommt wieder zurück und begebt euch dann mit Kajsjas Hilfe in die Sümpfe von Gor'I'lor. Sobald ihr aus Kalawan zurück seid, möchte ich informiert werden. Und sobald ihr das Blut habt, ebenfalls. Ich werde dann jeweils umgehend die nächsten Schritte in die Wege leiten.«

»Warum bringt uns nicht Kajsja auch schon nach Kalawan?«, wollte Silvana wissen.

»Das Portal ist bequem erreichbar«, erwiderte Tempest gleichmütig. »Und die Fähigkeiten eurer jungen Freundin sind noch immer nicht sehr … präzise. In Kalawan würde ein Fehler zu viel Aufsehen erregen und euch und sie im schlimmsten Fall in große Gefahr bringen. Außerdem ist sie momentan noch mit Mr Ranish unterwegs. Ich werde sie aber umgehend zum *Kaninchenbau* bringen lassen. Sie wird euch dort bei eurer Rückkehr erwarten.«

»Das heißt, wir brechen jetzt sofort auf?«, fragte Corrie, die sich noch immer irritiert fragte, was wohl Kajsja bei dem Elf machte.

Tempest musterte sie tadelnd. »Natürlich. Die Angriffe waren ein deutliches Zeichen, dass Lamassar Ernst macht. Und auch wenn ich bereits sämtliche Sucher-Gruppen der Botschaft im Einsatz habe, um sowohl die Wendigos, die Weberinnen und den Verräter zu stellen, spielt Lamassar jede weitere Minute, die wir verlieren, in die Hände. Also?«

Die beiden Freundinnen wechselten einen raschen Blick, doch dessen hätte es im Grunde genommen gar nicht bedurft. Sie wussten, dass sie beide derselben Meinung waren. »Na, dann los«, sagte Corrie, und Silvana nickte zustimmend.

»Ganz schutzlos werde ich euch natürlich nicht in die Sümpfe gehen lassen«, sagte Tempest ernst. »Wer weiß, was euch dort außer fleischfressenden Einhörnern noch erwartet. Yazeem ist vermutlich gerade in der *Magischen Schriftrolle?*«

Corrie nickte. »Er sollte bald zurück sein.«

»Darauf kann ich leider nicht warten«, erwiderte Tempest. »Silvana, du holst deinen Bogen, Corrie, du holst eure Dolche und die Phiole. Und dann wartet in meinem Wagen auf mich. Ich gehe zu Yazeem.« Damit wandte er sich um und verschwand durch die Kellertür. Als sie hinter ihm zugefallen war, standen Corrie und Silvana einen Moment wie erstarrt da, bis Silvana sich schließlich räusperte. »War das gerade wirklich Tempest?«

Corrie nickte. »Nur mit einer etwas anderen Einstellung.«

»Ich hätte nicht gedacht, dass das bei ihm möglich ist, so, wie er sich zu Beginn aufgeführt hat.«

»Das haben wir euch ja von Anfang an gesagt«, bemerkte Scrib, der aufs Lesepult gesprungen war. Phil saß am Tischbein unter ihm und nickte bekräftigend. »Man muss ihm nur etwas Zeit lassen. Wenn er denkt, dass es jemand wert ist, kämpft er auch für denjenigen. Es gibt allein hier in Woodmoore etliche Leute, die ihm unendlich viel zu verdanken haben.«

So, wie er das sagte, beschlich Corrie das Gefühl, dass das auch die beiden Leseratten mit einschloss. Sie hatte sich immer schon gefragt, wie und wann es die beiden hierher verschlagen hatte und was sie in den Jahren gemacht hatten, in denen der Laden geschlossen gewesen war, aber bisher hatten sowohl Phil als auch Scrib in dieser Hinsicht abgeblockt.

»Also gut«, sagte Silvana entschlossen. »Wenn er uns jetzt tatsächlich vertraut, dann sollten wir ihn nicht enttäuschen. Ich hole Bogen und Köcher.«

Sie kam jedoch nicht mit ihrem eigenen Bogen zurück. Yazeem hatte ihr nach der Rückkehr von Eltranar den schwarzen Bogen von Namar geschenkt, mit dem sie bereits in der Festung der Vox Venti geschossen hatte. Er hing seitdem in ihrem Zimmer bei den anderen beiden Bögen. Ihn jetzt für die Jagd auf das Einhorn zu benutzen, gab ihr das Gefühl, zumindest einen Teil des Werwolfs bei sich zu haben, sodass er den Kampf gegen Lamassar, bei dem er sein Leben verloren hatte, weiterführen konnte.

Nachdem Tempest kurz darauf mit Yazeem aus der *Magischen Schriftrolle* zurückgekehrt war, machten sie sich alle zusammen auf den Weg nach Heathen Heights.

»Das Portal endet in Kalawan bei *Sharwas Zirate*«, erklärte der Botschafter, während er etwas mehr Gas gab als erlaubt. »Von dort aus braucht ihr ungefähr eine halbe Stunde zu Fuß bis zur Schmiede. Saray, die Inhaberin der Zirat-Manufaktur, wird euch den Weg dorthin erklären. Und noch etwas: Ich habe aufgrund der jüngsten Ereignisse ein paar Vorkehrungen für euch getroffen. Ihr werdet in Kalawan nicht allein sein.« Tempest griff zu dem weißen Holzbecher unter dem Display und hielt ihn hoch, sodass auch Corrie und Silvana von der Rückbank aus das Muster der Intarsien sehen konnten. »Das hier ist euer Erkennungszeichen. Es gibt von diesem Becher nur fünf Stück, und jeder befindet sich im Besitz eines meiner alten Weggefährten aus Bestiar-Zeiten. Wann immer ihr jemanden mit einem dieser Becher sehen solltet, wisst ihr, dass er ein Auge auf euch hat und euch zur Seite steht, wenn ihr Hilfe benötigt.« Er machte eine kurze Pause. »Was hoffentlich nicht der Fall sein wird.«

»Keine Einwände«, stimmte Silvana zu, und Corrie nickte. Ihr Bedarf an Angriffen war vorerst gedeckt.

Tempest senkte das Kinn. »Und dann liegt nur noch der Weg nach Gor'I'lor vor euch.«

»Ausgerechnet?«, murmelte Yazeem und rutschte etwas tiefer in den Beifahrersitz.

Seine Frage ließ die beiden Freundinnen aufhorchen.

»Wieso?«, hakte Corrie vorsichtig nach und beugte sich zwischen die Sitze vor. »Stimmt damit etwas nicht?«

Tempest ging jedoch nicht darauf ein. »Gor'I'lor ist ein altes Elfenreich. Dort ist die Wahrscheinlichkeit, auf ein schwarzes Einhorn zu treffen, ungleich höher als in den übrigen Sümpfen auf Sarator. Die Population ist dort seit Jahrzehnten stabil.«

»Kein Wunder«, brummte der Werwolf. »Dort geht ja auch kaum jemand freiwillig hin. Wer sollte sie also jagen?«

»Da gibt es genug«, erwiderte Tempest. »Hexer, Bestiare, die Ritter des Königs ... jeder aus einem anderen Grund, aber alle mit demselben Ziel.«

»Was ist denn an Gor'I'lor so schlimm?«, fragte Corrie erneut, dieses Mal mit mehr Nachdruck.

»Geister«, erwiderte Yazeem schlicht und verschränkte die Arme vor der Brust.

Tempest kräuselte die Lippen. »Mach dich doch nicht lächerlich.«

»Geister?«, hakte Silvana nach. »So wie Deriv? Oder ein ätherisches Buch?«

»Eher wie auf dem Wicked Cross«, erwiderte der Werwolf.

Corrie spürte, wie ihr eine Gänsehaut über den Rücken kroch. Nicht schon wieder Geister! »Sollten wir dann nicht lieber noch jemanden mitnehmen? Neill zum Beispiel?«

Tempest gab ein verhaltenes Schnauben von sich. »Neill

kann zwar die Toten daran hindern, ihr Grab zu verlassen, aber ich bezweifle sehr, dass er auch in der Lage ist, Geister zurück in ihr Grab zu schicken oder in anderer Form zu bannen, wenn sie sich bereits erhoben haben. Außerdem würde er den Fußweg durch die Sümpfe kaum bewältigen können.«

»Dann ein anderer Magier«, beharrte Corrie. »Der gegen Geister ankommt.« Ihr waren die blutenden Bilder und schnappenden Mäuler in Derivs Haus noch zu präsent.

»Kajsja kann nach wie vor nicht mehr als drei Personen transportieren«, hielt Tempest dagegen. »Falls tatsächlich eine Flucht notwendig werden sollte, möchte ich nicht, dass irgendjemand zurückbleiben muss, nur weil die Weberin keine Kapazitäten mehr frei hat. Außerdem ist dieses ganze Gerede von Geistern und verdammten Seelen dort im Sumpf nichts weiter als genau das: Gerede. Aberglaube.«

»Meine Mutter hat mir oft die Geschichten von dort erzählt und vielen davon einen wahren Kern bescheinigt«, wandte Yazeem ein.

Tempest schüttelte den Kopf. »Ich war mehr als einmal in den Sümpfen von Gor'I'lor, und ich kann dir versichern, dass die schlimmsten Dinge dort schwarze Einhörner, wilde Prittchaws und das Bier der Sumpf-Elfen sind.« Er sah nach hinten zu den beiden Freundinnen. »Wisst ihr, was ein Prittchaw ist?«

»Gefräßig«, platzte Corrie heraus, die sich gut an die Beschreibung in den Büchern erinnern konnte.

»Ja, ausgewachsene Prittchaws können einen Menschen im Ganzen verschlingen«, mahnte Tempest. »Deshalb solltet ihr euch vor ihnen ganz besonders in Acht nehmen, solltet ihr auf einen treffen.« Er warf Yazeem einen kurzen Blick zu.

»Und nicht vor angeblichen Geistern, die durch den Sumpf streifen.«

»Wir werden ja sehen«, erwiderte der Werwolf.

Corrie verzog das Gesicht. Das hoffte sie nicht. Ihre Neugierde auf solche Dinge hatte sich nach den vergangenen Ereignissen erst einmal gelegt.

Mittlerweile hatten sie Heathen Heights erreicht. Tempest steuerte den Jaguar an der Botschaft vorbei in eine der Querstraßen dahinter, fuhr an einem kleinen Park und ein paar Ladenzeilen vorbei, bog erneut ab und hielt dann abrupt an.

»Da wären wir.«

Corrie und Silvana sahen aus dem Fenster. *Kaninchenbau* stand auf dem Schild, das über der knallroten Eingangstür träge an einer Kette schaukelte und das Hinterteil eines weißen Kaninchens zeigte, das in seinem Loch verschwand. Ein kleiner, mit einem winterlichen Teelicht dekorierter Tisch stand draußen auf dem Gehweg, dazu zwei Bänke, die gerade einmal Platz für vier Personen boten.

Gemessen an diesem Tisch und den beiden winzigen Fenstern neben der Tür, schien das Café nicht besonders groß zu sein. Corrie fand den Namen durchaus passend, denn er erinnerte sie an Alice im Wunderland – vor allem, wenn man wusste, dass man von hier aus ebenfalls in eine andere Welt gelangte.

Silvana rümpfte beim Anblick des Schildes hingegen die Nase, auch wenn es an sich nicht uncharmant wirkte. »Schon wieder ein Hase«, murmelte sie. Langsam fühlte sie sich von den Langohren verfolgt.

»Was hast du gesagt?«, fragte Corrie.

Silvana schüttelte den Kopf. »Nichts. Schon gut. Gehen wir.«

»Und denkt an meine Worte«, sagte Tempest. »Sobald ihr wieder zurück seid, meldet ihr euch. Ich werde dann den beiden Suchern bei Albian Bescheid geben, dass sie sich bereit machen sollen, die Essenz zum Haus zu bringen. Hier.« Er öffnete das Handschuhfach, nahm einen versiegelten Umschlag heraus und hielt ihn dem Werwolf hin. »Daran wird Meister Schwarzmantel erkennen, dass ihr zu mir gehört.«

Der Werwolf ließ den Umschlag in seine Tasche gleiten und öffnete die Beifahrertür. »Es wird alles gut gehen, Charles.«

»Das wäre zur Abwechslung wirklich ganz reizend«, erwiderte der Botschafter bissig und schenkte ihnen zum Abschied noch ein Lächeln, das jedoch eindeutig leidvoller Natur war.

»In seiner Haut möchte momentan keiner von uns stecken, schätze ich«, bemerkte Yazeem, nachdem der Jaguar davongefahren war.

»Charles braucht Ruhe«, sagte Corrie kopfschüttelnd. »Hast du gesehen, wie er die Hände um das Lenkrad gekrallt hat?«

Der Werwolf nickte. »Noch ein Grund mehr, uns zu beeilen. Je schneller wir das Buch holen, desto eher wird sich Charles etwas Erholung gönnen.« Er seufzte und wandte sich der Tür zu. »Also dann. Gehen wir. George wartet sicher schon auf uns.«

Im Halbdunkel hinter der roten Tür, das den Eindruck eines Baus weiter verstärkte, empfing sie ein freundlicher, älterer Herr, der so lang und dünn war wie eine Angelrute und dessen gezwirbelter Schnurrbart ihm von einem Segelohr zum anderen reichte. Er verlor nicht viele Worte, sondern nahm Bogen und Köcher von Silvana entgegen, die sie bei ihm zurücklassen wollte. Sie ging nicht davon aus, dass sie sie in Kalawan brauchen würde. Dann führte er die beiden Freundinnen und den Werwolf in einen Raum hinter der Theke, aktivierte dort das Portalfeld, drückte jedem von ihnen einen Keks in die Hand und schloss hinter ihnen die mit Stahlstreben verstärkte Tür. Das Letzte, das Silvana hörte, bevor sie durch das Portal trat, war das Knacken eines Schlüssels, der mehrfach im Schloss gedreht wurde. Dann wurden sie und ihr Ingwerplätzchen auch schon von dem Strudel erfasst.

KAPITEL 35

Chaos in Kalawan

Saray Sharwa, die sie auf der anderen Seite des Portals in Empfang nahm, war eine große, dunkelhäutige Satyra mit imposanten, goldverzierten Widderhörnern und mehreren juwelenbesetzten Ketten, die von dem massiven Ring in ihrer Nase bis zu ihren Ohren liefen. Während Corrie, Silvana und Yazeem ihr durch die gewundenen Korridore ihrer Manufaktur folgten, erfuhren sie, dass es sich bei Zirat um eine Art Wein handelte, den man aus Rindensaft gewann und der je nach Sorte zusammen mit Brannth und Xülp zu den teuersten alkoholischen Getränken der gesamten Zweimondreiche zählte, dass Saray mit ihrer Ehefrau und drei Ehemännern sowie ihren zwei Töchtern und vier Söhnen insgesamt vier Manufakturen betrieb und damit in diesem Teil von Sarator das Monopol auf den Handel innehatte.

»Charles hat mir gesagt, dass ihr in Eile seid«, sagte sie, während sie die Freundinnen und den Werwolf einen weiteren Korridor entlang an kostbaren Wandteppichen und goldenen Leuchtern vorbei und schließlich durch eine Tür führte, die von Statuen verschiedener Götter des Pantheons gesäumt wurde. Es war nicht zu übersehen, dass der Handel mit Zirat dem Sharwa-Clan großen Wohlstand bescherte. »Dennoch würde ich euch bitten, einen kurzen Moment zu warten. Ich habe noch etwas, das ich euch gerne für ihn mitgeben würde. Seine spärliche Zeit wird es nicht erlauben, dass er so schnell wieder ein Gast in diesem Haus ist.«

»Natürlich«, erwiderte Yazeem mit einer angedeuteten Verbeugung.

Silvana und Corrie sahen ihm jedoch an, dass ihn diese Verzögerung keineswegs freute.

»Es dauert nicht lange«, sagte die Satyra lächelnd und wies zu einer Tür, die von dunkelblauen Vorhängen verschlossen war. »Bitte, geht ruhig schon vor. Ich bin gleich wieder bei euch.« Damit eilte sie den Gang hinab und ließ die drei alleine zurück.

Yazeem sah die beiden Freundinnen mit einem verkniffenen Grinsen an. »Uns bleibt wohl keine Wahl.« Er zog den Vorhang zur Seite. »Gehen wir.«

Hinter der Tür befand sich eine von Regalen voller Flaschen gesäumte Empore, von der zwei Treppen hinunter in den mit edlen blauen Fliesen ausgelegten Verkaufsraum führten. Das gläserne Dach wurde von mehreren hohen Säulen getragen, die von Ranken umschlungenen Bäumen nachempfunden waren. Entlang der Wände zogen sich weitere, fast endlos scheinende Reihen von Regalen, in denen Flaschen unterschiedlichster Art lagerten – viele davon einzeln, andere in mit Stroh oder samtigen Stoffen ausgepolsterten Kisten. Auf prunkvollen Holztischen warteten neben kunstvoll geschliffenen Kristallgläsern auf goldenen Tabletts etliche geöffnete Zirat-Flaschen darauf, verkostet zu werden.

Zwischen den Regalen und Tischen wandelte die farbenfroh gekleidete Kundschaft. Corrie erkannte Elfen, Zwerge, hundsköpfige Kynokephali, Faune und sogar eine gesprenkelte Minotauren-Kuh. Manche von ihnen hatten ein Wesen auf der Schulter sitzen: eine vierflügelige Krähe mit purpurrotem Gefieder und gezähntem Schnabel, die sich emsig putzte; eine träge züngelnde, bunt gefiederte Kobra; ein kupferfarbener Käfer mit langen buschigen Fühlern; und eine winzige Hydra, deren drei Köpfe nie in dieselbe Richtung blickten.

Ein Mann, der direkt an der reich verzierten Theke stand, fiel ihr jedoch ganz besonders auf. Er war nicht viel größer als sie selbst, von kräftigem Wuchs und anders als die übrigen Kunden nicht in buntes Tuch, sondern in schlichtes, dunkles Leder gekleidet. Sein Alter war schwer zu schätzen, aber aufgrund des kurz geschorenen, schon recht lichten Haares, das wie sein Dreitagebart mehr grau als braun war, schätzte Corrie ihn auf Tempests Alter. Auf dem Falknerhandschuh der linken Hand hielt er ein Tier, das Corrie im ersten Moment für eine Schnee-Eule gehalten hatte. Bei näherem Hinsehen entpuppte es sich jedoch als viel faszinierender. Es hatte Ähnlichkeit mit einer großen, weißen Springmaus mit weich gefiederten, fliederfarbenen Flügeln, drehte beständig aufmerksam die Ohren und zuckte mit der dünnen Rüsselnase.

Corrie hörte den Werwolf hinter sich unwillig brummeln und drehte sich zu ihm um. Yazeem hatte die Arme vor der

Brust verschränkt und kaute auf seiner Unterlippe. »Wo bleibt sie denn? Wir haben doch keine Zeit! Wenn die Sonne erst untergegangen ist, wird es viel zu gefährlich, noch in die Sümpfe zu reisen. Dann verlieren wir einen ganzen Tag!«

»Sie kommt bestimmt gleich zurück«, erwiderte Silvana beruhigend. Allerdings konnte sie seine Unruhe gut nachvollziehen. Je länger sie brauchten, um die letzten Komponenten für das Ritual zu holen, desto mehr Zeit gaben sie Lamassars Häschern, einen weiteren Schlag gegen sie vorzubereiten. Um auf andere Gedanken zu kommen, betrachtete sie die Flaschen in den Regalen. Ihr Blick fiel auf eine bauchige Phiole.

»Weißt du, was das hier für ein Getränk ist? Sind das Edelsteine auf dem Etikett?«

Corrie warf dem Mann an der Theke einen letzten Blick zu und besah sich die Flasche ebenfalls. Sie war aus dunkelrotem Glas gefertigt, und das Etikett schien tatsächlich aus winzigen schwarzen und eisblauen Kristallen zu bestehen, die wie frisch gefallener Schnee glitzerten. Den Verschluss bildete ein silberner Baum, dessen Wurzeln sich um den schlanken Flaschenhals wanden. Fast schien es, als wüchse er aus dem Glas heraus.

Yazeem schüttelte den Kopf. »So etwas habe ich auch noch nicht gesehen. Aber ich gebe zu, dass es ziemlich faszinierend aussieht.«

»Und teuer«, fügte Silvana hinzu und beugte sich weiter vor. Von Nahem sah sie, dass weitere Kristalle in die feinen Äste des Baumes eingelassen waren.

»100 Jahre alter Skrang-Zirat«, erklang Sarays sonore Stimme hinter ihnen. Die Satyra kam mit weichem Hüftschwung auf sie zu. Die Goldreife an ihren Ziegenbeinen und die Münzen an ihrer farbenprächtigen Kleidung klirrten bei jedem Schritt. »Es gibt schätzungsweise noch sieben Flaschen in ganz Terrovia und Sarator, sofern sie noch nicht geleert wurden. Eine jede wäre des Geschenks an einen König würdig.« Sie hielt ihnen einen dicken, versiegelten Umschlag hin, der zusätzlich von zwei feinen, silbernen Ketten umschlossen wurde. Wo sie zusammenliefen, funkelte ein polierter Stein, der von derselben Beschaffenheit wie der Fußboden des Ladens zu sein schien. »Der ist für Charles«, erklärte sie, als Yazeem ihn vorsichtig an sich nahm. »Passt gut darauf auf. Es ist wichtig, dass er ihn erhält.«

»Das wird er«, versicherte ihr der Werwolf höflich, auch wenn Corrie und Silvana spürten, dass es seinen Unmut nicht besänftigte, wegen eines Umschlags so lange gewartet zu haben. Egal, wie wichtig er sein mochte.

Das schien auch Saray zu bemerken. Sie lächelte entschuldigend. »Ich beschreibe euch jetzt den schnellsten Weg zur Schmiede, damit ihr nicht noch mehr Zeit verliert. Also passt auf.«

Als die drei kurz darauf den Laden verließen und hinaus auf die Straße traten, erwartete sie ein faszinierender Anblick, der sie für die Verzögerung entschädigte. Kalawan war groß und voller Leben. Die Gehwege entlang der breiten Kopfsteinstraßen waren gesäumt von mehrstöckigen, mit Schnitzereien verzierten Holzhäusern, deren bogenförmig geschwungenen Vordächer mit Lampions und bunten Fahnen geschmückt waren. Fremdartig bemalte Holzbrücken, auf denen hier und da Gluhschwanzkugeln zum Leben erwachten, verbanden die Häuser hoch über ihren Köpfen, wo lilafarbene Wolken über den rosafarbenen Himmel zogen.

Warmes Licht von den Laternen und aus den runden Fenstern der Geschäfte und Wohnstätten beleuchtete die unterschiedlichsten Waren, und die Leute vermittelten trotz aller Geschäftigkeit einen heiteren, entspannten Eindruck.

Ein Stück voraus sahen Corrie und Silvana pagodenförmige Türme über den reet- und holzgedeckten Dächern aufragen. Lange, rotsilberne Banner hingen daran herab, die dasselbe Symbol zeigten, wie es Tempest auf dem Arm tätowiert trug.

»Kalawan, die Hauptstadt der Bestiare«, sagte Yazeem lächelnd, während er den Blick umherschweifen ließ. »Ich hätte nicht gedacht, dass ich tatsächlich einmal selbst hierherkomme. Bisher habe ich Charles stets nur davon erzählen hören.«

»Spricht er oft davon?«, fragte Corrie, die sich neugierig umsah und die Gerüche der Straße einsog – süße Nuancen von Vanille und Karamell mischten sich mit strengeren Tönen, die sie an Pferde oder Ziegen erinnerten, dazu Rauch und etwas Scharfes, wie Pfeffer oder Senfsaat, das in ihrer Nase juckte. Sie nieste. Ein winziger Drache, der gerade an ihr vorbeischwirrte, stob erschrocken davon.

»Gesundheit«, bemerkte Silvana, die ebenfalls fasziniert das bunte Treiben, die Farben und die Lichter betrachtete. Sie spürte den Zauber, der von dieser lebendigen Stadt ausging, mehr noch als in Port Dogalaan. Und auf gar keinen Fall konnte sie sich den emotionslosen, förmlichen Tempest inmitten dieser Exotik vorstellen.

»Sogar sehr oft«, erwiderte Yazeem. »Er vermisst dieses Leben wirklich. Wenn er irgendwie könnte, würde er vermutlich sofort wieder hierher zurückkehren.«

Silvana sah zu einem schlammbespritzten, lachenden Elf,

der mit einem sechsäugigen, ebenfalls schlammverkrusteten Zwergelefanten an ihnen vorüberlief.

»Ein Baku«, raunte Corrie, die Silvanas Blick bemerkt hatte, und deutete auf das Tier, bevor sie sich wieder dem Werwolf zuwandte. »Hat Charles deshalb ein Bild von Kalawan auf dem Display in seinem Wagen?« Sie beobachtete fasziniert, wie ein Kynokephalus mit dem Kopf eines schwarzen Schäferhundes auf einem fliegenden Teppich vorbeiglitt. Ein weiterer Teppich folgte, auf dem eine weißblonde Elfe mit mehreren neunschwänzigen Fuchswelpen in ihrem Schoß saß.

»Ja, genau deshalb«, antwortete Yazeem. »Es ist übrigens ein Ausschnitt von einem kalawanischen Ölgemälde, das zusammen mit einigen anderen in seinem Cottage hängt.«

Corrie verspürte unwillkürlich Mitleid mit Tempest. Das alles hier hinter sich zu lassen und es gegen ein einsames Büro, politische Intrigenspiele und die Verantwortung für die diplomatischen Beziehungen eines ganzen Reiches eintauschen zu müssen, musste furchtbar schmerzen. Aber er hatte gelernt, diesen Schmerz gut zu verbergen. Wie so ziemlich jede Emotion.

»Wo steht sein Cottage?«, fragte Corrie. »Und züchtet er wirklich Barometze?«

»Das tut er in der Tat«, erwiderte Yazeem. »Aber ich glaube nicht, dass es ihm recht wäre, wenn ich euch sagen würde, wo er wohnt.« Er sah Corrie amüsiert an. »Besonders, wenn jemand mit einem Faible für die Tiere dieser Welt auf einmal unangemeldet vor seiner Tür steht.«

»Das würde ich nie tun!«, protestierte Corrie. Andererseits konnte sie nicht leugnen, dass sie die kleinen Pflanzenschafe wirklich gerne einmal gesehen hätte.

»Dann erzähl uns zumindest etwas über die Barometze«, bat sie.

Yazeem lachte. »Später vielleicht. Jetzt sollten wir uns beeilen.«

Dennoch verlangsamten Corrie und Silvana in den nächsten Straßen mehrmals ihre Schritte angesichts der prächtigen Läden, an denen sie vorüberkamen, und der Waren, die sie anboten: duftende Früchte, kunstvolle Töpferwaren, feine Stoffe, Eier unterschiedlichster Farbe und Größe, seltsame Pflanzen, Ballen von Stroh und Heu, Säcke mit Futter, Elixiere, Tinkturen, Bilder und Kleidung. Sogar ein kleiner Buchladen schmiegte sich unter ein tief gezogenes Vordach und erfüllte die Straße mit bestialischem Gestank, der den beiden Trögen vor den runden Schaufenstern entströmte. Weder Corrie noch Silvana mussten lange überlegen, was die Ursache für den Gestank war. Sie erkannten ihn sofort. »Hier kommen die also her«, stellte Corrie zwischen flachen Atemzügen fest, während sie die ledrigen, nass glänzenden Rücken der Bücher betrachtete, die hier und da die Oberfläche des Wassers in den Trögen durchbrachen. Ein solches hatten sie Mr Marauner vor etlichen Monaten besorgt.

»Ihre Pflege könnte deutlich besser sein«, bemerkte Yazeem ärgerlich und wies zu dem schleimigen Tang, zwischen dem weitere Buchrücken sichtbar wurden. »Das Wasser ist bestimmt schon seit Tagen nicht mehr gewechselt worden.« Er schüttelte den Kopf. »Das ist unverantwortlich. Ein Funke, und diese Tröge gehen in Flammen auf.«

Silvana nickte. Das hatte ihnen Yazeem damals schon erzählt. Mit der Zeit wurde das Wasser durch die darin befindlichen Bücher wie Spiritus – und je länger man wartete, desto entzündlicher wurde die Mischung.

Unter anderen Umständen hätten sie vielleicht mit dem Inhaber des Ladens zu reden versucht, doch dazu blieb ihnen keine Zeit. Ein Geschäft in der nächsten Straße zog Corries Aufmerksamkeit jedoch abermals auf sich. Dort gab es Spiele zu kaufen, und neben einzelnen Würfeln, Holzbrettern und Karten entdeckte sie auch verschiedene Sorten des Pargus, von dem Kushann ihr bereits früh eines geschickt hatte, damit sie üben konnte, bis sie sich wiedersahen. »Hier müssen wir unbedingt noch einmal herkommen, nachdem wir das vierte Buch geholt haben«, bemerkte sie, während sie einem breitschultrigen Zwerg dabei zusah, wie er die Satteltaschen seines Riesenferkels mit dicken Büchern aus einem weiteren Buchladen neben dem Spieleladen füllte. Zwei kleinere Hefte flatterten an einer Kette über ihm, die mit einer Schlaufe an seinem Gürtel verbunden waren. Corrie wusste nicht, was sie an diesem Bild am interessantesten fand – die Auswahl der Titel, die er verstaute, die beiden Hefte, die mit ihrem blauen und purpurroten Einband und den gelben und moosgrünen Seiten wie zwei kleine Papageien wirkten, das gemütlich im Stehen dösende Riesenferkel oder den Zwerg selbst, zu dessen fast schwarzer Haut die goldblonden Haare und die hellgrünen Augen nicht so recht passen wollten.

»Unbedingt«, stimmte Silvana zu, deren Augenmerk einem Laden mit Kartenwerken aller Art auf der gegenüberliegenden Straßenseite galt. »Und dann bringen wir richtig viel Zeit zum Stöbern mit.« Fasziniert betrachtete sie die beiden Faune, die am Fuß der kleinen Holztreppe standen, eine aufgespannte Sternenkarte zwischen sich, die sie gegen den Himmel hielten. Im Abendlicht, das durch das fast transparente Pergament fiel, glitzerten die Gestirne darauf, als würde man direkt ans nächtliche Firmament blicken.

Yazeem zog sie mit einem amüsierten Lächeln zur Seite, um Platz für einen Medicus zu machen, der auf seinem fliegenden Teppich vorbeiglitt, umgeben von schwebenden Regalen, in denen Verbände, Tücher, Werkzeuge und Flaschen standen. Einige Flakons und leuchtende Kugeln umkreisten ihn dabei wie die Monde einen Planeten.

In der nächsten Straße wurden die Läden nach und nach von Tavernen, Mietställen und Häusern abgelöst, die die Dienste weiblicher und männlicher Kurtisanen anboten. Über einem der größten davon, einem dreigeschossigen, dunklen Holzhaus mit imposant geschwungenem Dach, wachte ein kristallener Drache mit ausgebreiteten Schwingen, der eine goldene Laterne in seinem Maul hielt. Ihr violettes Licht war laut Yazeem das Zeichen dafür, dass es sich hierbei um ein besonders edles und entsprechend teures Bordell handelte, bei dem die Frauen selbst bestimmten, wen sie als Kunden akzeptierten und zu welchem Preis. Wer weniger Geld besaß, suchte nach blauen, oder, wie in ihrer eigenen Welt, roten Laternen.

Zwei Männer standen auf der überdachten Veranda vor dem Gebäude und unterhielten sich. Der Linke war mittleren Alters, hochgewachsen und muskulös, mit dem gutmütigen Gesicht eines großen Jungen, aber zwei äußerst unfreundlich aussehenden Dolchen, die an seinem Oberschenkel befestigt waren – und Fäusten, die mühelos eine Tür hätten zertrümmern können.

Der andere, der entspannt an einem der Stützpfeiler lehnte, einen schwarzen Stoffschal locker um den Hals gebunden, prostete seinem Gegenüber gerade zu und trank aus einem Becher, dessen Anblick Silvana stocken ließ. Sie sah noch einmal genauer hin, doch es bestand kein Zweifel. Es handelte sich um denselben, den Tempest ihnen gezeigt hatte. Und bei dem Mann folglich um einen der Freunde des Botschafters, von denen er gesprochen hatte.

Auch Corrie war der schneeweiße Becher nicht entgangen. Unauffällig versuchte sie, den Mann, der ihn hielt, genauer zu betrachten. Er war von derselben großen, schlanken Statur wie der Botschafter, schien jedoch etwas älter zu sein. Krauses, graubraunes Haar umrahmte sein bartloses, wettergegerbtes Gesicht, in dem besonders die dünnen Lippen und die hellen Augen auffielen, in denen sich das goldene Abendlicht spiegelte. Corrie bemerkte, dass er sie aus den Augenwinkeln beobachtete. Und nachdem sie ihn passiert hatte, war sie sich sicher, dass er seinen Platz unter dem Vordach verließ, um sich ihnen in einigem Abstand anzuschließen.

»Müssten wir nicht eigentlich bald da sein?«, fragte Silvana und schielte über die Schulter zu den Passanten hinter ihr.

»Ich bin sicher, das sind wir gleich auch«, erwiderte Yazeem aufmunternd. »Du brauchst dir keine Sorgen zu machen.«

Silvana schüttelte den Kopf. »Ich weiß. Es ist nur … Hast du auch gesehen, dass uns jemand folgt?«

»Natürlich. Und beide haben den Becher dabei. Charles hält Wort.«

»Es sind zwei?«, fragte Silvana irritiert. Sie war nur von dem Mann beim Bordell ausgegangen.

Yazeem grinste schief. »Ja. Ist euch der andere nicht aufgefallen?«

»Nein«, gestand Corrie, die ebenfalls niemanden sonst gesehen hatte. »Wer denn?«

»Der Mann, den du schon im Laden beobachtet hast«, erwiderte Yazeem.

»Mit der geflügelten Maus?«, fragte Corrie überrascht.

»Genau der«, bestätigte der Werwolf.

»Aber ich habe gar keinen Becher bei ihm gesehen«, wandte Corrie ein.

»Dann hast du mehr auf ihn und seinen Begleiter geachtet als auf den Rest«, lächelte Yazeem. »Der Becher stand neben ihm auf der Theke.«

Corrie und Silvana sahen sich suchend um, konnten jedoch keinen ihrer zwei Wächter ausmachen.

»Ich hoffe, wir haben ihre Hilfe nicht nötig«, murmelte Silvana missmutig.

»Charles ist nur vorsichtig«, sagte Yazeem. »Es wird schon alles gut gehen dieses Mal. Schaut, dort vorne. Da ist schon das Tor. Wir sind gleich da.«

Tatsächlich sahen die beiden Freundinnen vor sich den Rundbogen mit den beiden Hippocampus-Statuen, den Saray ihnen beschrieben hatte. Dahinter führte eine breite Treppe hinunter zum Flussufer, das von den Ständen fahrender Händler gesäumt wurde.

»Wahnsinn«, hauchte Corrie. Gebannt betrachtete sie das Panorama, das sich vor ihnen ausbreitete. Im Licht der sinkenden Sonne glitzerten die Fluten eines breiten Stroms, aus dem einzelne Inseln aufragten; manche als schroffe Felsnadeln, andere mit Bäumen oder Büschen bewachsen, jedoch allesamt bebaut, wenn auch meist nur mit einem einzigen Gebäude. Hohe, geschwungene Brücken führten vom Ufer zu den Inseln und weiter bis zum anderen Ufer, wo sich die Stadt an den dicht bewaldeten Hängen bis zu einer riesigen Burg emporzog, die wie ein Adlerhorst an der oberen Steilwand thronte. Auch von ihren Zinnen wehten die rotsilbernen Banner der Bestiare.

Ihr Ziel, auf das der Werwolf wies, lag auf einer der Inseln zwischen zwei schmalen Holzbrücken, die mit blauen Lampions geschmückt waren.

»Sieht gar nicht wie eine Schmiede aus«, stellte Silvana fest, während sie mit Corrie und Yazeem die Stufen zur Uferpromenade hinunterging.

»Ich wünschte, es würde auf irgendeiner Waldlichtung stehen«, sagte Corrie, und Silvana sah, dass die Augen ihrer Freundin leuchteten. »Dann würde ich sofort einziehen wollen.«

Das verschachtelte Häuschen mit den vielen Türmchen, Erkern und kleinen Fenstern hätte sich tatsächlich besser inmitten eines alten Bauerngartens mit bunten Blumen, riesigen Kürbissen und Weinreben gemacht, doch stattdessen thronte es inmitten der Fluten auf einem gemauerten Fundament, das viel zu schmal wirkte, um eine Schmiede dieser Größe tragen zu können. Aus insgesamt sechs Essen stieg verschiedenfarbiger Rauch auf und wurde vom Wind über den Fluss davongetragen.

Zusammen mit dem Werwolf bahnten sich die beiden Freundinnen ihren Weg durch die Reihen der Kalawaner und etlicher Wesen, die zwischen den Ständen am Flussufer entlangschlenderten, und erklommen die Brücke. Am höchsten Punkt deutete Corrie aufgeregt zu einem anderen Gebäude, das wie die Schmiede auf einem kleinen Stück Fels aus der Mitte des Flusses aufragte und noch weniger den Eindruck machte, dorthin zu gehören. »Seht mal! Das sind Bunyips!«

»Bun-*was?*«, fragte Silvana verständnislos und versuchte

zu erkennen, was ihre Freundin so besonders fand. In den Fluten vor dem windschiefen roten Haus, dessen ausladender, gläserner Erker von mehreren Pfählen gestützt über dem Fluss schwebte, sah sie eine Herde seltsamer Tiere, die auf sie jedoch eher unspektakulär wirkten – wie pelzige Nilpferde, die träge dahindümpelten. In diesem Moment riss eines der Wesen sein riesiges Maul auf, und Silvana sog erschrocken die Luft ein, als sie die messerscharfen Zähne sah, die in mehreren Reihen hintereinandersaßen wie bei einem Hai.

»Sind die nicht toll?«, rief Corrie begeistert.

Silvana warf ihr einen entsetzten Blick zu. »Ernsthaft?«

»Die soll es angeblich nur in Australien geben«, erklärte Corrie. »Und jetzt habe ich wirklich welche gesehen!«

Silvana runzelte die Stirn. »Dann besser wohl so, als wenn du einem von ihnen im Busch begegnen würdest.«

»Ja«, nickte Corrie und zog eine Grimasse. »Da hast du vermutlich recht.«

»Zu den Bunyips könnte ich auch noch eine Geschichte meiner Mutter erzählen, wenn ihr mögt«, bemerkte Yazeem grinsend. »Aber die hebe ich mir für den Rückweg auf, wenn wir den Pfeil haben. Kommt, Meister Schwarzmantel wartet sicherlich schon, immerhin hat man ihm unser Kommen angekündigt.«

Wie sich herausstellte, war dies tatsächlich der Fall. Auch wenn Meister Schwarzmantel kein Er war, sondern eine hyperaktive, leicht übergewichtige Faunin, deren silberne Augen an keinem Punkt mehr als eine Sekunde verweilten und deren Haare und Fell so schwarz waren, dass sie alles Licht zu verschlucken schienen. Als sie den von oben bis unten mit beeindruckenden Werken höchster Schmiedekunst vollgestopften Verkaufsraum betraten, schnappte sie nach dem Brief des Botschafters wie ein Vogel einen Wurm, brach das Siegel, nahm den Inhalt mit einem beiläufigen Nicken zur Kenntnis und sprang dann durch die Reihen der Rüstungen für Zwei-, Vier- und Noch-mehr-Beiner, Fallen, Käfige, Waffen, Ketten und Laternen nach hinten in ein Nebenzimmer, von wo sie kurz darauf mit einem eisernen Pfeil zurückkehrte, dessen Spitze aus durchsichtigem Kristall bestand. »Ihr habt keinen Bogen dabei? Schade, schade, aber das macht nichts. Wir haben hier genug davon!«, trötete sie, während sie abwechselnd kleine Kreise mit ihren gespaltenen Hufen beschrieb.

Corrie sah zu Yazeem und verdrehte leicht die Augen. Sie hoffte inständig, dass sie diesen Laden rasch wieder verlassen konnten. Sie waren noch keine fünf Minuten hier, und diese Faunin ging ihr schon mehr auf die Nerven, als es fünf Ranishs gleichzeitig vermocht hätten. Noch dazu war die Schmiede von einem seltsamen Geruch erfüllt, der ihr Kopfschmerzen bereitete, und sie sehnte sich nach frischer Luft.

Meister Schwarzmantel trippelte klappernd auf der Stelle.

»Vorzüglich, vorzüglich. Ich werde euch einen passenden Bogen holen. Die Prägung ist rasch getan.«

Diese Worte ließen Corrie innerlich schon jubilieren, doch ganz so rasch, wie sie gehofft hatte, ging es dann doch nicht. Es bedurfte noch drei langer Beschwörungsformeln, vier verschiedener Pulver, von denen drei bei ihr und Yazeem heftige Niesanfälle auslösten, und einer ganzen Reihe komplizierter Handzeichen, bis die Runen entlang des Schafts endlich aufglühten, nachdem Silvana den Pfeil zum wiederholten Mal auf die Sehne gelegt hatte.

Begeistert klatschte Meister Schwarzmantel in ihre schwieligen Hände. »Geschafft! Nun ist er Euer für die

Jagd.« Sie wurde wieder ernst und klapperte mit der Spitze ihrer Hufe im Rhythmus ihrer Worte auf den Boden, als würde sie ein Gedicht mit einem bestimmten Versmaß vortragen.

»Aber lasst Euch gewarnt sein – niemand anderes kann den Pfeil führen als Ihr. Er wird es auf seine Art vergelten, wenn ihn jemand berührt, auf den er nicht geprägt ist. Ich rate Euch dringend davon ab, es auch nur im Ansatz auszuprobieren. Es würde böse enden. Wirklich böse.« Damit schob sie die drei zur Tür, indem sie immer näher vor ihnen herumhopste, und wenig später fanden sie sich auf der Brücke im böiger werdenden Wind wieder.

Verwirrt betrachtete Silvana den Pfeil in ihrer Hand und die zugefallene Tür. »Das war alles?«

»Halt ihn gut fest, ja?«, sagte Corrie und atmete befreit durch. »Endlich hat mal etwas ohne Probleme geklappt.«

»Ich habe es ja gesagt«, erwiderte Yazeem grinsend.

»Aber jetzt kommt das Einhorn«, warf Silvana ein und betrachtete den Pfeil in ihrer Hand. Der Gedanke an die bevorstehende Jagd erfüllte sie mit Unbehagen. Sie war keine schlechte Schützin, aber sie hatte nur diesen einen Pfeil.

»Das schaffen wir auch noch«, sagte Corrie zuversichtlich.

Yazeem wandte sich der Brücke zu. »Kommt, gehen wir. Und auf dem Weg erzähle ich euch die Geschichte vom Bunyip und dem Drachen am Tümpel.«

»O ja«, freute sich Corrie und blickte wieder hinüber zu den träge dahindümpelnden Wesen. Dabei machte sie am Ufer auch wieder ihren hochgewachsenen Begleiter aus. Er hatte seinen Kragen gegen den frischen Wind aufgestellt und sah zu den Schaumkronen hinaus, mit denen sich die Fluten an den felsigen Inseln brachen. Sie war sich jedoch sicher, dass er sie dabei keinen Moment aus den Augen ließ. Vergeblich versuchte sie, auch den Mann mit der geflügelten Maus inmitten der Passanten zu finden, und so wandte sie schließlich ihre Aufmerksamkeit wieder Yazeem zu, der zu erzählen begonnen hatte.

Während um sie herum das Abendlicht langsam zu schwinden begann und immer mehr Lampions und Gluhschwanzkugeln die Straßen erleuchteten, machten sie sich unbehelligt auf den Weg zurück zu Sarays Laden.

Auf Höhe des Buchladens mit den Wassertrögen begegnete ihnen ein majestätischer, in blaue Flammen gehüllter Nachtmahr mit seiner Bestiarin und zog für einen Moment ihre Aufmerksamkeit auf sich.

Und dieser eine Moment reichte aus.

Von einem der geschwungenen Vordächer sprang eine Gestalt herab, die Silvana von den Füßen riss. Ein Mädchen von vielleicht sechs oder sieben Jahren, staubig und filzig wie eine Wollmaus, entwand ihr mit einer raschen Bewegung den Pfeil. Noch bevor Corrie oder Yazeem reagieren konnten, war sie kichernd und mit affengleicher Geschwindigkeit auf das Vordach geklettert.

Silvana rappelte sich wieder auf. »Gib sofort den Pfeil wieder her!«, rief sie dem Mädchen erbost zu.

»Hol ihn dir doch!«, quiekte die Kleine und zeigte Silvana eine lange Nase, bevor sie sich anschickte, auf das Dach weiterzuklettern.

»Das wird nicht gut enden«, murmelte Corrie, die unwillkürlich wieder die Worte der Faunin im Ohr hatte.

Yazeem knurrte. »Ich hole ihn zurück. Wartet hier.«

Doch kaum hatte er seine Werwolfgestalt angenommen

und dazu angesetzt, ebenfalls das Dach zu erklimmen, als das geschah, wovor sie Meister Schwarzmantel gewarnt hatte. Der Pfeil merkte, dass ihn nicht mehr die junge Buchhändlerin in Händen hielt, sondern jemand, der dazu nicht befugt war.

Und er reagierte.

Mit geweiteten Augen beobachteten sie, wie der Pfeil anfing zu glühen. Das Mädchen hatte schon fast das Dach erreicht, als es aufschrie und den Pfeil losließ. Dabei verlor es den Halt und wäre in die Tiefe gestürzt, wenn eine Werwolfpranke sie nicht gerade noch rechtzeitig am Arm gepackt und vor diesem Schicksal bewahrt hätte.

Silvanas Augen folgten dem Pfeil, den Yazeem nicht auch noch hatte auffangen können. Weiß glühend, als käme er frisch aus dem Schmiedefeuer, fiel er nicht einfach auf die Straße, wo Silvana ihn ohne Schaden hätte aufheben können – sondern genau in einen der Tröge vor dem Buchladen. Und nun geschah genau das, wovor Yazeem gewarnt hatte. Das ölige Wasser war wie Benzin, und mit einem markerschütternden Donnern zerbarst der Trog in einem roten Flammenregen, der sich über die ganze Straße verteilte und auch den zweiten Trog entzündete, der in einer weiteren ohrenbetäubenden Explosion zersplitterte. Funken, brennende Bücher und Trümmer schossen wie Meteore durch die Luft und trafen Stände, Vordächer und die hölzernen Fassaden der umliegenden Geschäfte, die sofort Feuer fingen. Die Druckwelle riss Corrie und Silvana von den Füßen, knickte Stützpfeiler um wie Streichhölzer und ließ Kisten und Auslagen zerbersten. Schreie wurden laut, in die sich das Kreischen und Jaulen der Tiere mischte. Silvana hörte das alles wie durch Watte. Das laute Pfeifen in ihren Ohren verschluckte einen Großteil der Geräusche. Benommen stemmte sie sich wieder auf die Füße, um der sengenden Hitze zu entkommen, die sie umhüllte. Das Atmen fiel ihr schwer, und jeder neue Luftzug schien ihr Nase und Lunge zu verbrennen.

»Yazeem? Corrie?«, rief sie krächzend. Mit zitternden Knien drehte sie sich einmal im Kreis, sah jedoch nichts als Flammen um sie herum. Sie war eingeschlossen. Rauch drang ihr in die Augen, ließ sie tränen und reizte ihre Lunge. Nicht weit von ihr gaben krachend brennende Balken nach. Hustend sank sie auf die Knie und blickte sich noch einmal suchend um, sah jedoch nichts als lodernde Flammen. Sie hatte keine Chance, ihnen zu entkommen. Wo waren Yazeem und Corrie?

Sie hoffte, dass ihnen nichts zugestoßen war, dass sie nicht unter irgendwelchen Trümmern begraben lagen … und dass sie sie fanden, bevor sie hier erstickte. Sie versuchte noch einmal, nach ihrer Freundin und dem Werwolf zu rufen, aber außer einem trockenen Husten, das in dem Lärm um sie herum unterging, bekam sie keinen Ton mehr heraus. Noch mehr Rauch drang in ihre schmerzende Lunge. Um sie herum begann sich alles zu drehen. Irgendetwas berührte ihren Fuß, aber sie hatte nicht mehr die Kraft um nachzusehen, was es war. Dann spürte sie plötzlich die Straße unter ihrer Wange, obwohl sie sich gar nicht daran erinnern konnte, sich hingelegt zu haben. Sterne tanzten vor ihren Augen.

Verschwommen nahm sie eine Gestalt wahr, die durch die Flammen auf sie zugesprungen kam. Ein großer, schwarzer Schatten landete neben ihr. »Yazeem?«, fragte sie schwach.

»Ich bin da«, hörte sie den Werwolf knurren, bevor er sie

packte, fest an sich drückte und mit kraftvollen Sprüngen durch die Flammen eilte.

Silvana spürte, wie die Hitze langsam nachließ. Der Rauch lichtete sich merklich, und sie konnte Hauswände erkennen, die die Flammen noch nicht erreicht zu haben schienen. Zwar brannte noch immer jeder Atemzug in ihrer Kehle, aber sie hatte nicht mehr das Gefühl, beständig heißen Staub einzuatmen. Nachdem der Werwolf sie abgesetzt hatte, wischte sie sich über die Augen und sah sich um. Sie befanden sich in einem Hinterhof, in dem einige Kisten gestapelt waren. Hier und da lagen Strohballen, die von den Flammen sicherlich binnen Sekunden verzehrt werden würden, wenn das Feuer sie hier fand. Doch ihre Freundin suchte sie vergeblich. Sie sah zu dem Werwolf, auf dessen schwarzem Fell vereinzelt Funken glommen. In seinen Zügen erkannte sie die gleiche Sorge, die auch in ihrem Inneren tobte. »Wo ist Corrie?«, fragte sie verzweifelt.

Yazeem sah hastig zu der Gasse zurück, die der einzige Zugang zu dem Hof zu sein schien, bevor er ihr die Pranken auf die Schultern legte. »Ich werde sie finden und hierherbringen. Warte auf mich. Hier solltest du für den Moment sicher sein.« Silvana spürte, wie sehr es ihm widerstrebte, sie allein zu lassen. Aber keiner von beiden würde es sich je verzeihen, wenn er nicht nach Corrie suchte. Daher nickte Silvana knapp, und der Werwolf verschwand in der Gasse, aus der die ersten Rauchschwaden wabernd über den Boden in Richtung Hof krochen. Als Silvana den Kopf hob, sah sie mit Schrecken, dass die Flammen auch aus dem Dach des Hauses neben ihr emporzuschlagen begannen. Sie blickte sich fieberhaft um. Die Gebäude, die an den Hof grenzten, hatten meist große Tore ohne Fenster und waren vermutlich Lagerhallen.

Das Gebäude zu ihrer Linken, auf das die Flammen übergegriffen hatten, schien eine Stallung zu sein – hinter den schmalen, zweigeteilten Türen hörte sie es schnauben und stampfen. Eins war sicher: Wenn die Flammen sich noch weiter ausbreiteten, saß sie hier in der Falle.

Verzweifelt sah sie wieder Richtung Gasse, als im selben Moment eine Gestalt dort auftauchte. Der hochgewachsene Mann, den sie am Bordell gesehen hatten, kam auf sie zugelaufen – und in seinen Armen hielt er Corrie.

»Oh mein Gott, Corrie!«, rief Silvana und war mit wenigen Schritten bei ihnen.

Corrie, die sich an den Mann klammerte, wandte beim Klang der bekannten Stimme den Kopf und lächelte erleichtert. Ihr Gesicht war schwarz von Ruß, und sie hatte eine blutige Lippe, ansonsten schien sie aber nicht ernsthaft verletzt zu sein. »Silvie!«, rief sie und fiel ihrer Freundin um den Hals, kaum dass der Mann sie sanft zu Boden gelassen hatte. »Ist alles in Ordnung?«

»Jetzt ja«, erwiderte Silvana und drückte Corrie noch einmal an sich, bevor sie sie losließ.

Corrie wandte sich um. »Vielen Dank, Mr …?«

»Theroux«, erwiderte ihr Gegenüber mit rauer Stimme und hustete unterdrückt. »Für euch Karl.«

»Danke, Karl«, sagte Corrie daraufhin und lächelte angespannt. Die unmittelbare Gefahr, in den Flammen zu sterben, war zwar vorbei, aber noch waren sie nicht in Sicherheit. Im Gegenteil.

»Ist euch Yazeem begegnet?«, wollte Silvana wissen und sah erneut zu den Flammen über den Dächern und dem Rauch, den der Wind in ihre Richtung drückte.

»Er hat uns den Weg hierher gewiesen«, erwiderte Corrie,

die nun ebenfalls husten musste. »Aber er wollte noch den Pfeil holen.«

»Den Pfeil?«, wiederholte Silvana entsetzt. »Wie will er ihn denn anfassen?«

Erst durch die Frage ihrer Freundin wurde Corrie bewusst, dass der Pfeil ja auch auf ihn so reagieren würde wie auf das Mädchen. Und Yazeem würde kaum Zeit haben, in dem Durcheinander und dem dichten Rauch noch nach etwas wie einer Zange oder dergleichen zu suchen. Er konnte sich schon glücklich schätzen, wenn er den Pfeil überhaupt fand. Mit klopfendem Herzen folgte sie dem Blick ihrer Freundin zu der Gasse, dem einzigen Zugang zu dem Hof. Was Yazeem vorhatte, war Wahnsinn.

Mit flachen Atemzügen starrte sie zu der dichten Rauchwand, die sich durch die Gasse auf sie zuschob. Und aus der sich im selben Moment Umrisse herauszuschälen begannen. Mit weiten Sätzen sprang der Werwolf in den Hof und nahm wieder menschliche Gestalt an.

Corrie und Silvana waren im ersten Moment grenzenlos erleichtert, Yazeem zu sehen. Doch dieses Gefühl wich augenblicklich dem Entsetzen. Er trug den Pfeil in der Hand, der noch immer so heiß glühte, dass die Luft um ihn herum waberte.

»Yazeem!«, rief Silvana und stürzte zu ihm. »Du verbrennst dich doch!«

»Das war die einzige Möglichkeit«, erwiderte Yazeem gepresst und hielt ihr den Pfeil hin, den Silvana ihm, ohne nachzudenken, aus der Hand riss. Erst als sie ihn selbst hielt, stellte sie überrascht fest, dass er sich für sie nicht einmal warm anfühlte, sondern genauso kühl wie vor dem ganzen Chaos. Als wäre überhaupt nichts geschehen.

»Zeig mir deine Hand«, forderte Karl den Werwolf auf.

Yazeem schüttelte jedoch den Kopf. »Ist schon gut«, erwiderte er heiser und presste die Hand gegen die Brust, als wolle er sie vor allen Blicken verbergen.

Es blieb ihnen jedoch keine weitere Zeit für Diskussionen. Die Flammen über ihnen schlugen immer höher, und der Rauch wurde dichter. Plötzlich stürzte das Dach des Gebäudes vor ihnen in sich zusammen, was eine Wolke aus Hitze, Funken und schwarzem Qualm zu ihnen in den Hof jagte.

Silvana umklammerte den Pfeil und starrte hustend auf die Flammen, während sie mit Corrie, Yazeem und Karl in den hinteren Teil des Hofs zurückwich. Der Weg zur Gasse war kaum noch zu erkennen. Wie sollten sie hier bloß wieder herauskommen?

»Ich bringe euch auf eines der Dächer hinter uns«, sagte Yazeem unvermittelt. Seine Stimme klang deutlich gepresst, sein Gesicht war schmerzverzogen. »Einen nach dem anderen. Von dort oben schauen wir dann, wohin wir weiter flüchten können.«

Corrie folgte seinem Blick. »Wie willst du denn mit uns dort hochkommen?«, fragte sie entgeistert. »Du kannst dich nur mit einer Hand festhalten.«

»Das geht schon irgendwie«, erwiderte Yazeem. »Wenn wir gar nichts tun …«

Er hielt inne, als jäh etwas Weißes durch den Rauch auf sie zugeschossen kam. Zuerst war es nichts weiter als ein Schemen, eine eulengroße Silhouette, doch als es über ihnen in der Luft verharrte, erkannte Corrie das Wesen mit den großen Ohren, das auf der Hand des Bestiars in Sarays Laden gesessen hatte.

»Xian!«, rief Karl erleichtert.

Das Wesen gab ein Geräusch von sich, das nach einer Mischung aus Fiepen und Zwitschern klang, und schoss wieder durch den Rauch davon.

»Das bedeutet, dass Darius gleich hier sein wird«, bemerkte Karl und legte Yazeem die Hand auf die Schulter. »Du musst keine weitere Anstrengung auf dich nehmen.«

»Hoffentlich kommt er rechtzeitig.« Silvanas Worte wurden von einem infernalischen Krachen unterstrichen, mit dem der Dachstuhl einer weiteren Scheune nachgab.

Doch bereits wenige Herzschläge später tauchte Xian erneut über ihnen auf und zog Kreise um die kleine Gruppe. Ihm folgte ein Teppich, der eindeutig schon bessere Tage erlebt hatte und auf dem der klein gewachsene, dunkel gekleidete Bestiar kniete.

»Ifas sei Dank, dass du uns gefunden hast, Darius«, begrüßte ihn Karl.

»Bedank dich lieber bei Xian.« Darius strich dem geflügelten Wesen, das vor ihm auf dem Teppich gelandet war, sanft über den Kopf. Dann sah er die Freundinnen und den Werwolf mahnend an. »Wir sollten uns beeilen. Die Löschbrigaden sind zwar bereits auf dem Weg, aber bis dahin seid ihr hier unten erstickt.« Er hielt ihnen die Hand hin. »Ich kann Pitisi leider nicht ganz landen lassen – mit so vielen Personen könnte er sonst nicht wieder starten.«

Corrie hatte das Gefühl, auf ein Wasserbett zu steigen, als sie den Fuß auf den Teppich setzte. »Das gefällt mir nicht. Hier kann man sich ja nirgendwo festhalten«, murmelte sie und kauerte sich auf dem weichen Flor zusammen. Aber es war ihre einzige Möglichkeit, von hier fortzukommen.

Eine Hand legte sich behutsam um ihre Taille, während Yazeem Silvana auf den Teppich half und sich dann selbst hinaufschwang. »Keine Angst«, hörte sie Theroux' Stimme in ihrem Rücken. »Ich halte dich fest. Dir kann nichts passieren.«

Sie lächelte ihm dafür dankbar über die Schulter zu, stieß jedoch im selben Moment einen überraschten Aufschrei aus, als Darius ihr Gefährt mit einem Ruck in die Höhe schießen ließ, hinter Xian her, der bereits in den Himmel davongestoben war. Und obwohl Theroux Wort hielt und sie fest an sich drückte, rebellierte Corries Magen so sehr, dass sie lieber die Augen schloss. Sie wollte nicht auch noch sehen, in welcher Höhe sie über den Dächern davonglitten. Doch selbst wenn sie die Augen geöffnet gelassen hätte, hätte sie nicht sehen können, was durch den Rauch auf sie zuschoss.

Unvermittelt traf ein harter Stoß die Unterseite des Teppichs und katapultierte die beiden Freundinnen und ihre Begleiter hinunter – ins Nichts. Im Fallen konnte Silvana gerade noch erkennen, wie eine große, schwarzweiße Schlange mit gefiederten Flügeln orientierungslos über ihnen durch die verrauchte Luft schnellte, den Teppich über dem Kopf wie einen Sack. Dann schlug sie hart auf – und begann zu rutschen.

Instinktiv versuchte sie, sich festzuhalten, blinzelte, versuchte, sich zu orientieren. Sie registrierte dunkle Holzschindeln – ein Dach! Doch ihre Hände fanden auf dem glatt geschliffenen Material keinen Halt. Sie hörte, wie jemand ihren Namen rief, dann spürte sie einen harten Ruck, der den Schmerz in ihrer ohnehin noch lädierten Schulter neu aufflammen ließ und ihr einen Schrei entrang.

Aber immerhin rutschte sie nicht mehr.

»Versuch, dich nicht zu sehr zu bewegen«, vernahm sie eine gepresste Stimme über sich, und als sie langsam den

Kopf drehte, sah sie, dass Theroux sie hielt. Er lag rücklings auf dem Dach, den rechten Arm um eine Stange gehakt, an der bunte Fahnen wehten. Als sie den Blick an ihm hinabgleiten ließ, erkannte sie zu ihrem Schrecken nicht nur den Abgrund, der keine zehn Fuß vor ihr jenseits der Dachrinne gähnte, sondern auch Corrie, die sich verzweifelt an sein linkes Bein klammerte, um nicht abzustürzen.

Doch wo waren die anderen? Darius? Und Yazeem? Und wo war der Pfeil? Erleichtert bemerkte sie, dass ihre linke Hand noch immer den Schaft des Schattenpfeils umklammert hielt. Sie hatte ihn also auch während des Sturzes nicht losgelassen. Es wäre sonst wirklich alles umsonst gewesen.

»Verdammte Anoxii«, stöhnte im selben Moment eine weitere Stimme, die von noch weiter oben zu kommen schien. Und als Silvanas Blick in die entsprechende Richtung ruckte, machte sie den untersetzten Bestiar aus, der zwei Armlängen entfernt weiter oben kopfüber auf dem Dach lag und offenbar nur von den Stricken der Laternen gehalten wurde, in denen sich seine Beine bei dem Sturz auf den First verfangen hatten.

Von Yazeem war allerdings weit und breit nichts zu sehen. Silvana schloss die Augen und versuchte, gegen die Angst anzukämpfen. Wo war der Werwolf? War er noch weiter gefallen? Vom Dach hinunter in die Tiefe? In die … Flammen?

Ähnliche Gedanken schossen auch Corrie durch den Kopf, die bereits spürte, wie unter ihren Füßen das Dach endete. Und sie spürte noch etwas. Etwas Feuchtes, Warmes, das über ihre verkrampften Finger rann. Ihre Augen weiteten sich vor Entsetzen, als sie sah, dass ihre Hände von dunklem Blut bedeckt waren – Blut, das auch den groben Stoff von Theroux' Hose tränkte. »Karl?«, krächzte sie.

Doch bevor er antworten konnte, frischte der Wind auf und trug dichten, heißen Qualm mit sich, der die vier augenblicklich husten ließ. Funken tanzten und verglühten über ihren Köpfen.

»Das Feuer«, brachte Silvana zwischen zwei flachen Atemzügen hervor und hustete erneut. »Wir müssen hier weg!«

»Und wie?«, fragte Corrie rau, die sich die Tränen aus den gereizten Augen zu blinzeln versuchte. Ihre Lunge brannte, und sie spürte, wie der Griff ihrer Finger schwächer wurde.

»Wir brauchen Pitisi«, flüsterte Theroux heiser.

»Mit dem ist die Anoxii davongeflogen«, gab Darius angestrengt zurück.

»Haben wir einen Plan B?«, rief ihm Corrie zu und versuchte verzweifelt, sich stärker festzuklammern. Ihr Griff ließ Theroux schmerzerfüllt aufstöhnen, aber was sollte sie sonst tun? Sie sah entschuldigend zu ihm auf und hoffte inständig, dass er noch genügend Kraft besaß, sich weiter festzuhalten.

»Ich bin Plan B! Haltet noch ein bisschen durch!«

Ungläubig und überrascht richteten Corrie und Silvana ihre Blicke auf den First, wo ein großer, dunkler Schatten erschienen war. Yazeem hatte seine bullige Werwolfgestalt angenommen, die verletzte Hand noch immer an sich gedrückt, doch ansonsten schien er unversehrt zu sein.

»Du lebst!«, rief Corrie erleichtert und hustete, doch sie spürte, wie ihr das Auftauchen ihres Freundes neue Kraft gab.

»Ich hole euch, keine Angst!«, rief der Werwolf zurück und setzte mit geschmeidigen Sprüngen auf sie zu. Seine Klauen gruben sich dabei tief in das glatte Holz und gaben ihm den Halt, der den anderen fehlte.

Doch noch bevor er Darius oder Silvana erreicht hatte, schoss erneut die noch immer orientierungslose, gefiederte Schlange heran. Jetzt konnten sie auch sehen, dass sie den Teppich mit den Stacheln auf ihrem Kopf aufgespießt hatte, die vermutlich auch schuld an Theroux' Verletzung waren.

Von alleine würde er sich dort nicht wieder lösen können. Aber sie brauchten den Teppich, sonst würden sie auch dann noch hilflos auf dem Dach festsitzen, wenn Yazeem sie alle zum First emporgetragen hatte.

Das schien auch der Werwolf zu erkennen.

Silvana sah, wie er der Schlange mit einem gezielten Sprung auswich, dabei jedoch gleichzeitig herumwirbelte und tatsächlich den Teppich zu fassen bekam. Mit einem kraftvollen Ruck riss er ihn nach oben und von den Stacheln herunter. Der Teppich war wieder frei.

»Jetzt, Pitisi!« Darius deutete mit dem ausgestreckten Arm auf Silvana.

Pitisi gehorchte ihm augenblicklich. Pfeilschnell schwebte er auf die junge Buchhändlerin zu und brachte sich unter ihren Füßen in Position, sodass sie nicht mehr fürchten musste, vom Dach zu gleiten.

Während Karls Finger sie losließen und sie auf den weichen Flor krabbeln konnte, sah sie aus den Augenwinkeln, wie Yazeem versuchte, zu Darius zu kommen, um ihn von den Schnüren der Lampions zu befreien. Pitisi glitt unterdessen tiefer, sodass auch Corrie Theroux loslassen und neben ihrer Freundin niedersinken konnte.

Die Schlange schien sich derweil mit ihrer wiedergewonnenen Freiheit nicht ganz zufriedenzugeben. Ob aus Beuteinstinkt oder weil Rauch und Feuer sie in Panik versetzten – wild zischend stürzte sie wieder vom Himmel auf die

Gruppe herab und genau auf Darius zu. Doch noch bevor sie ihn erreichen konnte, raste ein kleiner weißer Blitz heran. Xian. Er stürzte sich direkt auf die empfindliche Nase des gefiederten Reptils, das mit ärgerlichem Zischen nach ihm schnappte.

Diesen Moment nutzte Yazeem, um sich von hinten auf sie zu stürzen. Fauchend fuhr die Schlange zu ihm herum, schlug heftig mit den Flügeln und versuchte, den Werwolf abzuschütteln.

»Wir müssen Darius holen«, stöhnte Theroux, dem die beiden Freundinnen gerade auf Pitisi halfen. Sobald er schwer atmend neben Corrie auf dem Rücken lag, schnellte der Teppich jedoch auch schon auf den Bestiar zu, während Yazeem noch immer mit der riesigen, unkontrolliert peitschenden Schlange rang. Der Werwolf versuchte, ihren Kopf auf das Dach zu drücken, doch trotz seiner Kraft wollte es ihm nicht gelingen.

Pitisi hatte sich unterdessen so weit unter den Bestiar geschoben, dass Darius sich aufsetzen und in seinen Stiefel greifen konnte. Er zog ein dünnes Messer hervor, mit dem er rasch die Seile durchtrennte, in denen seine Fußgelenke gefangen waren. Erst jetzt bemerkten die beiden Freundinnen, dass er aus einer Platzwunde an der Schläfe blutete, die jedoch bei Weitem nicht so schlimm aussah wie die Verletzung von Theroux.

»Das blutet ganz schön heftig«, stellte auch Silvana mit verkniffener Miene fest, während sie ihm das Tuch vom Hals zog und mit raschen Griffen fest um seinen Oberschenkel band.

Darius nickte knapp. »Hältst du durch, Karl?«, fragte er, nachdem er die Seile abgeworfen hatte.

»Geht schon«, keuchte Theroux. »Jetzt nur noch den Werwolf und dann nichts wie weg hier!«

In diesem Moment ließ ein lauter Schrei die Freundinnen herumfahren.

»Yazeem!«, entfuhr es Silvana entsetzt, und Corrie klammerte sich mit weit aufgerissenen Augen an ihren Arm.

Die Schlange, die es geschafft hatte, den Werwolf abzuschütteln, hatte ihre Fänge tief in seiner Schulter versenkt und setzte dazu an, ihn mit ihrem Körper zu umwickeln.

»So nicht«, hörte Corrie Darius knurren und sah, wie der Bestiar in seine Gürteltasche griff. Er zog einen gläsernen Flakon von unbestimmter Farbe hervor, den er rasch entkorkte. »Ihr habt Glück heute«, sagte er lauter und lächelte den beiden Freundinnen humorlos zu. »Das ist mein letzter.« Und damit warf er das Fläschchen in Richtung der Schlange.

Feines Pulver, das selbst im dichter werdenden Qualm glitzerte wie ein Diamantenregen, wirbelte heraus und hüllte das geflügelte Reptil ein, das darauf wie von Pfeilen getroffen aufbrüllte. Zuckend und windend löste es den gefiederten Körper von dem Werwolf, stieß noch einmal ein wütendes Zischen aus und erhob sich dann mit kräftigen Flügelschlägen in den Himmel, wo es bald darauf verschwunden war.

Yazeem kletterte unterdessen mit schmerzerfülltem Stöhnen auf den Teppich und kehrte in seine Menschengestalt zurück. »Das war knapp«, stieß er hervor. »Danke.«

Darius ließ ihr Gefährt aufsteigen und sah ihn dann kopfschüttelnd an. »Wir haben dir zu danken, mein Freund«, sagte er ernst, während er noch einmal zu Theroux sah. Das dunkle Tuch an seinem Bein schimmerte feucht. »Du verlierst ordentlich Blut, mein Lieber«, stellte er fest und sah dann wieder zu Yazeem. »Und du auch.«

»Es geht«, erwiderte der Werwolf und versuchte, seine Worte mit einem schiefen Lächeln zu unterstreichen. Silvana und Corrie musterten ihn bestürzt. »Wirklich.«

»So sieht es aber nicht aus«, widersprach Corrie.

»Ich habe schon Schlimmeres überstanden«, entgegnete Yazeem und verzog kurz das Gesicht, als er seine Hand fester auf seine Schulter drückte.

»Das mag sein«, erwiderte Darius. »Aber Anoxii sind giftig. Zwar nur schwach, aber ohne Gegengift dauert die Heilung der Wunde doppelt so lange. Und es kann sehr unangenehm werden. Glaub mir, ich weiß, wovon ich spreche.« Als Xian über ihnen erschien, streckte er seinen Arm in die Luft, und die geflügelte Maus ließ sich auf seinem Handschuh nieder.

»Giftig?«, wiederholte Corrie entgeistert.

»Deswegen werde ich ihn und Karl auch zu einem Medicus bringen, sobald ich euch bei Saray abgesetzt habe«, bekräftigte Darius. »Und die Hand kann er sich dann auch gleich mit ansehen. Mit Brandwunden sollte man kein Risiko eingehen.«

»Das muss bis nach den Sümpfen warten«, murrte Yazeem.

»Und welche Hilfe bist du den beiden in diesem Zustand?«, seufzte Darius.

Dem mussten Corrie und Silvana wohl oder übel zustimmen. Selbst in seiner Werwolfgestalt würde Yazeem sie nur bedingt beschützen können.

Der Werwolf schüttelte den Kopf. »Es wird schon gehen. Ich brauche nur …« Er sog scharf die Luft ein und schloss die Augen. Obwohl er kniete, begann er, leicht zu schwanken. Mit der freien Hand versuchte er, sich auf dem Teppich abzustützen, während sein Stöhnen lauter wurde.

»Yazeem?«, rief Corrie alarmiert.

»Genau davon habe ich gesprochen«, brummte Darius tadelnd und drückte den Werwolf behutsam auf den Teppich nieder.

»Du brauchst Ruhe. Genau wie Karl.«

Silvana sah, dass sich Yazeem auf die Lippen biss. Trotz der Schmerzen zeichnete sich Bitterkeit auf seinem Gesicht ab.

»Tut mir leid«, flüsterte er, ohne die Lider zu heben.

»Ist schon gut«, sagte Corrie leise.

»Jetzt lasse ich euch schon wieder im Stich. Wie in den ganzen letzten Monaten. Was für ein lausiger Lucis Lupi ich doch bin.«

»Das ist doch nicht wahr«, widersprach Silvana und strich ihm sanft über den Arm. »Du hast uns schon sooft geholfen, wenn wir dich gebraucht haben.« Sie starrte auf den Pfeil, der neben ihr lag, und wieder zurück in Yazeems schmerzverzerrtes Gesicht. Er hatte ihnen gegen die Feuerwölfe beigestanden, sie auf Lingal gerettet, im Labyrinth für sie gekämpft, stand ihnen im Laden zur Seite und beim Lösen der Rätsel … und hatte sie heute erneut vor dem sicheren Tod bewahrt. Ja, er war fort gewesen, und es hatte sie alles andere als glücklich gestimmt, aber dennoch hatte er keinen Grund, sich jetzt Vorwürfe zu machen, weil er verletzt ausfiel. Wäre das Mädchen nicht gewesen und die Tröge besser gepflegt, dann wäre heute gar nichts geschehen. Dann hätten sie den Schattenpfeil ohne Zwischenfall zurückbringen können. Tempests Freunde hätten nicht eingreifen müssen, und niemand wäre zu Schaden gekommen. Alles hätte dieses eine Mal glattgehen können.

Ihn traf wahrhaftig keine Schuld.

»Da sind die Drachen ja endlich«, sagte Darius und deutete nach hinten.

»Das hat ... auch lange genug ... gedauert«, fügte Karl heiser hinzu.

Darius nickte ernst. »Da wird der Brandmeister ordentlich zu hören bekommen.«

Corrie drehte sich um und sah am Abendhimmel weite Schwingen auftauchen. Glitzernde Wassermassen wurden von den durch die Rauchsäulen schneidenden Drachen aus riesigen Kübeln auf die brennenden Häuser gegossen. Wo sie niedergingen, ertränkten sie die Flammen augenblicklich. Binnen Lidschlägen war kaum noch etwas von dem Feuer zu sehen.

Kurz darauf tauchte vor ihnen auch schon *Sharwas Zirate* auf. Die Satyra stürzte sofort aus der Tür auf sie zu, kaum dass der Teppich vor ihrem Laden zu Boden gegangen war. »O nein! Ich hatte so gehofft, dass euch nichts zugestoßen ist!« Sie sah die drei Männer und die Freundinnen bestürzt an. »Was ist geschehen? Und wieso brennt es im Händlerviertel? Kiwani hat von einer Explosion erzählt!«

Darius schüttelte grimmig den Kopf. »Erzähle ich dir später. Wir hatten einen Zusammenstoß mit einer Schwarzen Anoxii. Yazeem und Karl müssen zu einem Medicus. Wir fliegen gleich weiter.«

Saray nickte verstehend. »Dann solltest du keine Zeit verlieren.« Sie streckte den beiden Freundinnen die Hände entgegen. »Kommt, meine Lieben. Ihr seht aus, als könntet ihr einen Schluck Slyff vertragen.«

Corrie und Silvana zögerten jedoch.

»Müssen wir uns wirklich keine Sorgen machen?«, fragte Corrie leise.

Yazeem schüttelte den Kopf. »Ich komme schon wieder auf die Beine, Corrie«, sagte er gepresst und richtete sich mühsam auf den linken Unterarm auf. »Ihr müsst euch jetzt auf das konzentrieren, was unmittelbar vor euch liegt. Nicht auf einen alten Flohteppich wie mich.«

Silvana biss sich auf die Unterlippe. »Und wie?«

»So wie immer«, erwiderte Yazeem schmunzelnd. »Ihr seid stark. Und ihr habt bewiesen, was ihr könnt. Das hier schafft ihr auch.« Er drückte Silvanas Hand. »Ich bin in Gedanken bei euch. Und jetzt lauft und sagt Charles, dass ihr den Pfeil habt. Ihr verliert sonst weiter kostbare Zeit. Er wird entscheiden, wie der nächste Schritt aussieht.«

Kurz darauf erhob sich der Teppich mit ihm, Darius und Karl Theroux wieder in die Luft. Corrie, Silvana und Saray sahen ihm nach, bis er über den Dächern der Stadt verschwunden war. Dann folgten die beiden Freundinnen der Satyra mit gesenkten Köpfen in den Laden zurück und die Treppe hinauf in einen Raum direkt hinter der Empore, der mit warmen Stoffen, zahllosen Kissen und niedrigen Tischen dekoriert war. Auf einen davon stellte Saray zwei Gläser und zur Überraschung der beiden Freundinnen einen weiteren weißen Becher, in die sie eine türkisfarbene Flüssigkeit einschenkte. Dann reichte sie jeder der beiden Freundinnen ein Glas. Den Becher nahm sie selbst. »Ich kann mir kaum vorstellen, was ihr gerade erlebt haben müsst«, sagte sie mitfühlend.

Ja, wieder einmal. Wieder einmal war es alles andere als glatt gelaufen. Corrie schnupperte prüfend an dem Inhalt des

Glases, bevor sie trank. Sie hoffte, dass der Slyff eine ähnliche Wirkung haben würde wie Glit und ihre Nerven wieder etwas beruhigte.

»Immerhin habt ihr, weswegen ihr gekommen seid«, fuhr Saray fort. »Und ich bin sicher, dass ihr euren Freund bald wieder wohlbehalten in die Arme schließen könnt.«

»Woher wollen Sie das wissen?«, versetzte Silvana heftiger als beabsichtigt. »Entschuldigung«, murmelte sie und trank ebenfalls einen Schluck der Flüssigkeit, die erstaunlich fruchtig auf ihrer Zunge prickelte.

Saray lächelte und schien nicht verärgert über den Ton zu sein. »Glaub mir, Liebes, ich habe schon viele Verwundungen gesehen – und sie am eigenen Leib erfahren. Als Bestiar kommt man um Blessuren nicht herum. Und eine Anoxii bildet da keine Ausnahme.«

Corrie und Silvana sahen die Satyra entgeistert an, die darauf ihre Tunika nach oben zog und ein Stück vernarbte Haut unterhalb ihrer Rippen entblößte. »Die Stelle war äußerst ungünstig, und zudem konnte mich der Medicus erst Stunden später behandeln. Wie ihr sehen könnt, habe ich dennoch überlebt. Darius kennt einige der besten Heiler in ganz Kalawan, und er weiß, wie er schnell zu ihnen kommt. Glaubt mir, ihr braucht euch keine Sorgen zu machen. Sie werden beide wieder werden. Und jetzt zu eurem weiteren Vorhaben.« Sie nickte zu dem Pfeil. »Was habt ihr wegen der Einhornjagd vor?«

»Wir werden nach wie vor in die Sümpfe reisen«, sagte Corrie und sah ihre Freundin fragend an. »Oder bist du anderer Meinung, Silvie?«

Silvana schüttelte den Kopf. »Wir werden gehen, wie besprochen.«

»Ihr seid zwei tapfere junge Damen.« Saray seufzte. »Mögen die Häuser des Pantheons euch gewogen sein. Alle davon.« Sie erhob sich. »Ich hole euch jetzt den Köder, wie mit Charles besprochen. Darius hat ihn mir bereits vor eurem Erscheinen vorbeigebracht.«

Und nachdem ihnen die Satyra einen dicken Lederbeutel übergeben und versprochen hatte, sie über Yazeems Zustand zu informieren, traten Corrie und Silvana durch das Portal zurück in den *Kaninchenbau* in Heathen Heights. George erwartete sie bereits mit Silvanas Bogen – und einem Gast.

Kajsja winkte ihnen zu und musterte argwöhnisch ihre rußverschmierten Gesichter. »Da seid ihr ja endlich. Ich dachte, wir wären zu viert. Wo ist Yazeem? Und wie seht ihr überhaupt aus?«

»Es gab einen Zwischenfall in Kalawan«, seufzte Corrie. »Yazeem musste zu einem Medicus.«

Kajsja schlug die Hände vor den Mund. »Wie schlimm ist es?«

»Er ist nicht in Lebensgefahr«, erwiderte Silvana. »Aber eine Weile wird er wohl dortbleiben müssen.«

»Und jetzt?«, wollte Kajsja wissen.

»Jetzt rufen wir Botschafter Tempest an. Wie versprochen.« Corrie zog ihr Mobiltelefon hervor, stellte fest, dass der Akku einmal mehr kaum noch Leistung hatte, und wählte die Nummer von Tempest. Nachdem sie ihren Bericht beendet hatte, schwieg er für einen Moment. »Und euch beiden ist nichts zugestoßen?«, fragte er schließlich.

»Uns geht es gut«, bestätigte Corrie. »Wie geht es jetzt weiter?«

Sie hörte, wie Tempest in seinem Sessel Platz nahm. Doch

sonst kam – für den Botschafter ungewöhnlich – keine Antwort.

»Charles?«, fragte Corrie vorsichtig.

Silvana warf ihr einen fragenden Blick zu, doch Corrie schüttelte nur den Kopf.

»Yazeems Tun war durchaus mutig«, sagte Tempest schließlich, »aber dass er euch jetzt nicht begleiten kann, macht die Lage deutlich komplizierter. Nicht nur, dass uns die Zeit davonläuft, mir gehen auch langsam die Leute aus.« Er holte deutlich hörbar Luft. »Würdest du mich bitte auf Lautsprecher stellen, Corrie?«

»Sicher.« Mechanisch berührte Corrie den Bildschirm, um der Bitte des Botschafters nachzukommen.

»Ich fürchte, dass es leider niemanden gibt, den ich euch noch so kurzfristig zur Seite stellen kann. Und in den Sümpfen geht jetzt auch bereits die Sonne unter«, fuhr Tempest fort.

»Was ist mit Alexander?«, fragte Silvana.

»Mr Trindall ist mit den anderen Suchern unterwegs«, gab Tempest zurück.

»Und Donn?«, warf Corrie ein.

»Donn ist dabei, etwas für mich zu erledigen, was hoffentlich Miss Davreau einen großen Teil ihrer Einnahmen kosten wird. Er würde nicht rechtzeitig bei euch sein.«

Dann ging Tempest jetzt also doch gegen den Sukkubus in die Offensive? Einerseits erfüllte Silvana der Gedanke mit Genugtuung, andererseits bedeutete das tatsächlich, dass niemand sie begleiten konnte. Sie dachte daran, wie sehr sie Tempest gegenüber darauf beharrt hatte, mit Corrie alles alleine in die Hand zu nehmen und ihm zu zeigen, dass sie keine Hilfe brauchten, um die Bücher zu finden. Diese Einstellung hatte sich in den letzten Tagen grundlegend geändert. Sie sah zu ihrer Freundin, die nachdenklich vor sich hin starrte. Doch es war dabei keine Furcht in ihrem Blick, sondern vielmehr ihre neu gewonnene Entschlossenheit.

»Wir werden nicht so kurz vor dem Ziel eine Pause einlegen«, sagte Corrie entschieden. »Wir haben den Pfeil, und die Zeit läuft ab. Wir gehen alleine in den Sumpf.«

»Ich hatte befürchtet, dass du das sagen würdest«, klang Tempests Stimme aus den Lautsprechern. »Und mir ist nicht wohl dabei, euch ganz alleine gehen zu lassen. Aber eine wirkliche Alternative gibt es gerade tatsächlich keine.«

»Wohin müssen wir genau?«, fragte Corrie.

»Kajsja wird euch zu einer kleinen Insel am Rand des Sumpfs bringen«, erwiderte Tempest. »Von dort führt ein Steg in Richtung Ci'Bas, ein verlassenes Dorf, in dem immer wieder Schwarze Einhörner gesehen wurden. Sie lieben dunkle, enge Behausungen. Werft den Köder in der Nähe eines Hauses aus und wartet. Wenn Einhörner dort sind, sollte es nicht lange dauern, bis sich eins zeigt.«

»Und wenn keins auftaucht?«, wollte Silvana wissen.

»Dann soll Kajsja euch zurückbringen, und ich nenne euch einen anderen Ort, an dem ihr es versuchen könnt.«

Corrie nickte. »Das klingt nach einem Plan, würde ich sagen.«

Silvana betrachtete nachdenklich den Schattenpfeil, dann schob sie ihn in den Köcher zu den anderen Pfeilen und schnallte ihn sich an den Gürtel. »Also gut. Auf zur Einhornjagd.«

KAPITEL 36

Abends sind alle Einhörner schwarz

Trist.

Das war das erste Wort, das Silvana in den Sinn kam, als die Magie des Strudels nachließ und sie sich umsah. Kajsja hatte dieses Mal erstaunlich präzise gewoben, und so war glücklicherweise niemand von ihnen kopfüber in dem dunklen, brackigen Wasser gelandet, das träge an das Ufer der kleinen, mit ungesund aussehendem, gelbgrauem Gras bedeckten Insel schwappte, auf der sie standen. Nur die schleimigen Pflanzen, die auf der Wasseroberfläche trieben, waren grün und hoben sich deutlich von den verrottenden Pflanzenresten um sie herum ab. Die feuchtwarme Luft schien sich dagegen zu wehren, eingeatmet zu werden, und blieb ihnen mit einem Gestank nach Fäulnis und Verwesung in der Nase haften.

Vereinzelt ragten abgestorbene Äste aus dem Brackwasser wie knochige Arme, an denen graue Flechten wie Überreste alter Leichentücher hingen und sich im seltsam kalten Wind hin und her wiegten. Zwischen ihnen führte ein halb zerfallener Steg über das Wasser, dessen Pfosten und Bohlen mit dem gleichen übel riechenden Schleim behaftet waren wie die vereinzelten Felsgruppen, die hier und da die ölig schimmernde Wasseroberfläche durchbrachen.

»Unheimlich hier«, stellte Kajsja fest, die angespannt den toten, schwarzen Baum hinter ihnen betrachtete, von dessen Ästen graue Vögel mit zwei Köpfen und scharfen, blutroten Schnäbeln auf sie herabstarrten. Zwei kaum noch zu entziffernde Schilder hingen am Stamm und wiesen in verschiedene Richtungen – Ci'San und Ci'Bas.

Corrie nickte, während sie den Blick aufmerksam umherwandern ließ. Das seltsam gelbe Zwielicht, das schmatzende Geräusch des Wassers und die Aussicht, über die verfaulten Brückenreste balancieren zu müssen, waren alles andere als angenehm. Trotzdem spürte Corrie keine Furcht. Sie waren kurz davor, auch die letzte Phiole mit Blut zu füllen. Sie hatten es fast geschafft. Sie sah kurz zu dem Beutel an ihrem Gürtel, in dem sich der Köder befand, griff dann in ihre Tasche und tastete nach der Knochenphiole und dem Dolch. Beides war trotz des Chaos in Kalawan noch da. Entschieden atmete sie durch – ein Fehler, wie ihr im selben Moment bewusst wurde. Der beißende Schwefelgestank ließ sie würgen.

Silvana fasste den Bogen fester. »Besser, wir beeilen uns, was?«

Corrie nickte gequält. »Da hätte ich nichts gegen.« In Silvanas Augen erkannte sie denselben Willen, dasselbe Zutrauen, diese Sache dieses Mal zu einem guten Abschluss zu bringen.

»Sehen wir nach, ob wir bis zu den Einhörnern kommen, ohne zu ertrinken.«

»Klar.« Silvana grinste humorlos. »Ich zuerst. Ich bin schwerer.« Damit wandte sie sich dem Steg zu und setzte prüfend einen Fuß auf die erste Bohle. Sie hoffte, dass sie nicht so morsch war, wie sie aussah, doch das ächzende Knarzen schien sie eher vom Gegenteil überzeugen zu wollen.

»Soll das so klingen?«, fragte Kajsja unsicher.

»Das hoffe ich doch stark«, erwiderte Silvana grimmig. Prüfend legte sie ihr gesamtes Gewicht auf den Fuß. Die

Bohle quietschte, als hätte sie einem Tier auf den Schwanz getreten, aber sie hielt. »Ich denke, wir können es wagen. Kommt ihr?«

»Als wenn wir hier stehen bleiben würden«, spöttelte Corrie und betrat ebenfalls den Steg. Schon nach einem kurzen Stück verschluckten die grünlichen Schwaden den dunklen Bohlenweg vor ihnen, sodass sie unmöglich erkennen konnten, wo er hinführte oder ob er einfach irgendwann im Nirgendwo aufhörte. Sie setzten ihren Weg schweigend fort und lauschten in den Nebel, hörten jedoch nur ihre Schritte auf dem alten Holz und das ölige Wasser, das sich leise gurgelnd an den Pfeilern brach.

»Schau mal«, flüsterte Corrie plötzlich und deutete nach rechts. Silvana erhaschte gerade noch den Blick auf einen stacheligen Rücken, der im Wasser versank. »Wieso muss ich ausgerechnet jetzt an *Swamp Shark* denken?«, murmelte sie und fasste den Bogen fester.

Corrie zog eine wissende Grimasse. Es hätte sie nicht gewundert, hier tatsächlich auf so eine Kreatur zu stoßen. Kein sonderlich erbaulicher Gedanke, egal, wie faszinierend sie die Fauna dieser Welt ansonsten fand. Doch der Rücken blieb verschwunden. Und auch sonst schien alles wie ausgestorben zu sein.

Ein Stück weiter lichtete sich der Dunst etwas, und es wurden wieder Baumstümpfe im Wasser sichtbar. Auch der Gestank nach Verwesung nahm deutlich ab, je weiter sie voranschritten. Schließlich begannen sich in einiger Entfernung zu beiden Seiten des Stegs schemenhafte Uferlinien aus den Schwaden zu schälen. Geisterhafte Lichter flammten unvermittelt über dem Wasser auf und glitten lautlos ein Stück dahin, bevor sie flackernd wieder verloschen.

»Irrlichter«, sagte Kajsja hinter ihr gedämpft. »Man sagt, dass …«

»Dass es die Seelen Ertrunkener sind«, unterbrach Corrie sie leise. »Ich kenne die Geschichten. Aber diese Lichter hier können alles Mögliche sein: Leuchtkäfer, Feen, Whisps …«

»Oder genau das, was man ihnen nachsagt«, warf Silvana ein und deutete auf die Überreste eines Bootes, das halb aus dem Sumpf neben ihnen aufragte. Über seinem Bug kreisten erstaunlich viele der kleinen Lichter, und dort, wo das Wasser zwischen die geborstenen Planken drang, erklang ein leises, in der Stille jedoch deutlich hörbares Klopfen. Zuerst dachten die Freundinnen, dass es sich um etwas handelte, was die Fluten in Bewegung versetzte, doch dann erkannten sie, dass das Geräusch nicht mit dem Takt der sanften Wellen übereinstimmte. Trotz der feuchten Schwüle um sie herum bekamen alle drei eine Gänsehaut. Und Silvana kam nicht umhin, sich an Yazeems Worte auf der Fahrt zum *Kaninchenbau* zu erinnern. Und an Tempests Erwiderung. So wie die Dinge gerade standen, war sie eher geneigt, dem Werwolf Glauben zu schenken, dass es hier doch spukte.

»Kommt, gehen wir weiter«, flüsterte sie und setzte sich wieder in Bewegung. Der Nebel wich immer weiter zurück und gab Stück für Stück ihre Umgebung preis: Baumgruppen, die aus dem Wasser wuchsen und deren Zweige bis tief über den Steg hingen, kleine Inseln, manche gerade breit genug, um einem Busch Platz zum Wachsen zu bieten, und schließlich auch die Umrisse mehrerer alter, verfallener Häuser, die sich am Ufer vor ihnen erhoben. Der Steg führte geradewegs darauf zu und verbreiterte sich zu etwas, das früher vermutlich einmal eine Anlegestelle für Fischerboote gewesen war. Die Boote selbst ragten allerdings nur noch als vermodernde Wracks aus dem Wasser, und die Netze waren ein Gewirr aus Schnüren, die an den verwitterten Gestellen hingen.

»Ist es das?«, wollte Kajsja leise wissen.

»Ich denke schon«, erwiderte Silvana, die aufmerksam das Ufer absuchte. Zum Glück hingen die Äste an dieser Stelle besonders tief über den Steg, sodass sie vom Ufer aus vermutlich kaum gesehen werden konnten. Sie hoffte nur, dass der Wind nicht ihre Witterung hinübertrug. Vor allem nicht die des Köders.

»Hier haben einmal Elfen gelebt?«, fragte Corrie betroffen. Sie hatte ihre Stimme gesenkt, trotzdem kam ihr jedes Wort wie eine Ruhestörung vor.

»Muss schon ziemlich lange her sein«, erwiderte Silvana.

»Ich frage mich, was hier wohl passiert ist.«

»Du könntest Charles fragen, wenn wir das vierte Buch haben«, schlug Silvana vor. »Vielleicht kann er es dir sagen.«

»Vielleicht«, stimmte Corrie zu. »Aber vorher …«

»Müssen wir ein Einhorn fangen«, beendete Silvana den Satz.

»Und wie machen wir das?«, flüsterte Kajsja.

»Gute Frage«, sagte Silvana. »Am besten wäre es, wenn wir auf eines der Dächer kommen könnten. Da oben habe ich eine gute Position, und wir sind vor einem Gegenangriff sicher.«

»Einverstanden«, sagte Corrie leise. »Aber wie kommen wir da unbemerkt rauf?«

»Ich hätte da schon eine Idee«, erwiderte Silvana mit einer Grimasse.

Corrie sah sie einen kurzen Moment lang irritiert an, dann schüttelte sie langsam den Kopf. »Ist nicht dein Ernst, oder?«

»Was denn?« Kajsja sah zwischen ihnen hin und her.

»Sie will klettern«, antwortete Corrie und deutete nach oben.

Kajsja folgte ihrer Hand und hob den Kopf. Über ihnen verzweigten sich die Äste der Bäume bis zum Ufer, wo ein besonders dicker Ast bis über das Dach eines der Häuser neben dem verrotteten Anleger hing.

»Der fliegende Teppich war eine Sache«, fuhr Corrie leise fort und sah ihre Freundin beschwörend an. »Aber da oben herumturnen? Ich weiß ja, dass du kein Problem mit großen Höhen hast, aber …«

»Fällt dir etwas Besseres ein?«, unterbrach Silvana sie.

Corrie schürzte die Lippen. »Nicht wirklich. Über den Steg können wir nicht ins Dorf gehen, weil uns das Einhorn sehen könnte – falls es überhaupt eins gibt. Und ins Wasser möchte ich mit dem Köder an der Seite auch nicht, wenn ich an diese Stachelrücken denke. Außerdem könntest du dabei den Pfeil verlieren.« Sie sah noch einmal nach oben und seufzte. »Also versuchen wir es. Ich wünschte, wir hätten wenigstens ein Seil.«

Das hatten sie jedoch nicht, und so musste es ohne gehen. Zum Glück war der Aufstieg nicht schwer, und der erste Baum bot genügend Halt für Hände und Füße. Die größten Probleme hatte ohne Frage Silvana, die mit dem Bogen über dem Rücken und dem Köcher an ihrer Seite deutlich weniger Bewegungsfreiheit besaß als Corrie oder Kajsja. Doch auch Corrie fürchtete mehr als einmal, entweder den Köder oder die Phiole oder den Dolch zu verlieren, während sie schwitzend auf dem Bauch über einen der Äste vorwärtsrobbte. Doch weder einer der Gegenstände noch eine der drei Freundinnen stürzte aus der Krone, und schließlich ließen sie sich vorsichtig mit den Füßen voran auf das schiefe Dach hinuntergleiten.

»Hoffentlich ist das nicht genauso marode wie die Überreste der Schiffe«, flüsterte Corrie, die sich genau wie die beiden anderen vorsichtshalber noch immer an den Ast klammerte.

Silvana tastete mit den Füßen den Untergrund ab. Er schien zu halten, und so ließ sie den Ast vorsichtig los. Corrie tat es ihrer Freundin gleich und ging auf dem Dach in die Hocke. Nur Kajsja wagte sich noch nicht zu ihnen herunter.

Silvana spähte über den Rand hinunter auf den Platz zwischen den Häusern. »Perfekt geht anders«, murmelte sie.

»Was ist denn?«, fragte Corrie.

»Hohes Gras«, erwiderte ihre Freundin und deutete nach unten. »Da werde ich einen Schatten nur sehr schwer sehen können.«

»Dann muss ich den Köder eben dort hinten hinwerfen«, sagte Corrie und zeigte auf das Stück lehmigen, kahlen Boden vor dem Steg am Ufer. »Kannst du bis dahin schießen?«

Silvana wiegte den Kopf. »Ich denke schon. Kannst du bis dahin werfen?«

Corrie zog eine tadelnde Grimasse. »Wer hat denn den Homerun geworfen, als wir bei meiner Großmutter zu Besuch waren?«

»Das war mit einem Apfel.«

»Einer Birne«, korrigierte sie Corrie.

»Was ist denn ein Homerun?«, wollte Kajsja wissen, die nun auch auf dem Dach stand.

»Erklären wir dir später«, gab Silvana gedämpft zurück. Sie sah noch einmal zu der angesprochenen Stelle und nickte.

»Also gut. Ich versuche, den Schatten von hier aus zu treffen.«

»Du hast nur einen Schuss«, mahnte Kajsja.

Silvana warf ihr einen finsteren Blick zu, während sie den Bogen vom Rücken nahm. »Es noch einmal zu betonen, macht es nicht einfacher.«

»Tut mir leid.«

»Du schaffst das, Silvie«, flüsterte Corrie zuversichtlich.

»Ich weiß, wie gut du bist.«

»Hoffen wir das Beste.« Jetzt, wo es darauf ankam, keimten doch ein paar Zweifel in Silvana auf. Was, wenn sie nicht richtig traf? Oder was, wenn sie gar nicht traf? Sie biss sich auf die Lippe. Schluss damit! Sie war eine hervorragende Schützin, das hatte auch Namar gesagt. Der Gedanke an den Vox Venti ließ sie den schwarzen Bogen beherzter packen.

Sie streifte sich ihren Fingertab über, holte tief Luft und legte den Schattenpfeil auf die Sehne. Dann ging sie in Position.

»Alles klar. Ich bin bereit.«

»In Ordnung.« Corrie zog den Dolch hervor und drückte ihn Kajsja in die Hand, dann öffnete sie den Beutel an ihrer Hüfte. Darin befand sich ein Klumpen von etwas mehr als der dreifachen Größe ihrer Faust, der in einer Art Pergament eingeschlagen war und sich seltsam weich anfühlte. »Wollen wir doch einmal sehen, welchem Leckerbissen du nicht widerstehen kannst«, sagte sie leise und schlug das Papier zurück. Der Anblick ließ die drei Frauen schlucken.

»Ist das …«, begann die junge Weberin entsetzt.

»Ein Herz«, bestätigte Corrie und verzog das Gesicht.

»Und ganz schön … frisch.«

»Wow, ist das widerlich«, bemerkte Silvana.

Kajsja war kreidebleich. »Fressen Einhörner nicht am liebsten Menschenfleisch? Heißt das dann, dass das da …«

»Das ist zu groß für ein menschliches Herz«, sagte Corrie kopfschüttelnd.

»Sicher?«

Corrie sah die junge Weberin schief an. »Vollkommen.« Dann straffte sie die Schultern, visierte den Punkt an, den sie treffen wollte, und warf den Köder so kraftvoll, wie sie konnte.

»Guter Wurf«, lobte Silvana verhalten, als das Herz nicht weit von der Stelle aufkam, die sie sich ausgesucht hatten.

»Dann heißt es jetzt warten.«

»Oder auch nicht«, raunte Kajsja und zeigte auf das Haus gegenüber von ihnen. In der Schwärze hinter der fehlenden Eingangstür bewegte sich etwas.

Das Wesen, das kurz darauf ins Freie trat, ließ die drei erstarren. »Puh, ist das hässlich«, flüsterte Silvana tonlos.

Das schwarze Einhorn hatte mehr mit einer verunglückten Kreuzung aus Ziege und halb skelettierter Fledermaus gemein als mit dem schwarzen, stolzen Pferd, als das es in den Fantasien einiger Leute herumgaloppierte. Seine ledrigen Flügel waren löchrig, seine großen Ohren ausgefranst und das schwarze Fell über dem mageren Körper struppig. Das Horn zwischen den gelben Augen war lang und dünn wie ein Säbel, mit mehreren kurzen, spitzen Verästelungen, von denen halb verrottete Pflanzen hingen. Knurrend bleckte das Tier die scharfen Zähne und entblößte dabei eine doppelt gespaltene Zunge, von der schaumiger Speichel tropfte. Der Gestank nach verfaultem Fleisch drang bis zu ihnen hinauf.

Das Einhorn blieb stehen und hob den Kopf, sodass Corrie und Silvana schon befürchteten, es hätte sie entdeckt, doch dann schnaubte es nur und schritt auf den Köder zu.

»Etwas mehr Sonne wäre schön gewesen«, murmelte Silvana. Sie konnte trotz des kahlen Bodens kaum richtig ausmachen, wo sich der Schatten des Einhorns genau befand. Im Gras vor dem Haus hätte sie ihn auf gar keinen Fall erkennen können. Der Platz war richtig gewählt.

»Du schaffst das«, wisperte Corrie.

Silvana hob entschlossen den Bogen und zog die Sehne bis zum Ankerpunkt. »Das ist für dich, Namar«, murmelte sie. Dann ließ sie den Schattenpfeil los.

Er bohrte sich in den weichen Grund direkt unter dem schwarzen Einhorn, als das Wesen gerade seine Zähne in das blutige Herz versenkte. Mit einem schrillen Schrei riss es den Kopf nach oben, und es schien, als wolle es sich aufbäumen, doch alle vier gespaltenen Hufe blieben fest auf dem Boden.

»Es hat geklappt!«, rief Corrie und sprang auf. »Was für ein Schuss!«

Auch Silvana lächelte erleichtert. Sollte tatsächlich einmal etwas auf Anhieb funktioniert haben? Wobei sie das auch in Kalawan gedacht hatten, bevor die Dinge urplötzlich doch wieder außer Kontrolle geraten waren. Deshalb freute Silvana sich zwar, blieb jedoch angespannt.

Auch Corrie wurde wieder ernst. »Dann holen wir jetzt wohl das Blut?«

Silvana nickte. »Bitte nach dir.«

»Ich hatte befürchtet, dass du das sagst.« Corries nervöser Blick wanderte zu dem schnaufenden Wesen, das wie eine Statue am Ufer stand. Eine überaus wütende Statue. Schaumiger Speichel tropfte aus seinem Maul, während es ein tiefes Knurren ausstieß.

Silvana schulterte den Bogen. »Keine Sorge, ich bin direkt hinter dir.«

»Tröstlich.« Corrie nickte ergeben und trat an den Rand des Daches, um nach einer Möglichkeit zu suchen, unbeschadet hinunterzukommen. Sie hatte Glück; unter ihr waren Stücke der Mauer aus der Fassade herausgebrochen. Als sie sich vorsichtig über die Kante schob, fanden ihre Füße Halt in den Löchern, und der Abstieg war nicht viel schwieriger als über eine Leiter. Trotzdem zitterten ihre Knie, als sie wieder festen Boden unter den Füßen hatte.

Während nun auch Silvana und Kajsja hinunterkletterten, sah Corrie wieder zum Ufer, doch das Einhorn hatte sich kein Stück bewegt. Nur sein Knurren schwoll bedrohlich an. Zu mehr war es nicht in der Lage.

Gemeinsam schritten sie auf das Tier zu. Es rollte seine gelben Augen und stieß eine Wolke heißen Atems aus, der nach Verwesung stank und aus der unmittelbaren Nähe beinahe unerträglich war. Dennoch streckte Corrie langsam die Hand nach hinten aus und spürte, wie Kajsja ihr den Dolchgriff hineinlegte. »Es geht ganz schnell«, murmelte sie, ohne sagen zu können, ob sie damit zu dem Einhorn oder zu sich selbst sprach.

Silvana behielt derweil die Umgebung im Auge. Zu oft war jetzt schon etwas Unvorhergesehenes passiert.

»Kann es wirklich nichts mehr tun?«, fragte Corrie und zögerte.

»Das werden wir gleich erfahren, schätze ich«, erwiderte Silvana trocken, bevor sie ihre Freundin beschwichtigend anlächelte. »Keine Sorge, wenn es das könnte, hätte es das schon längst getan.« Sie sah wieder in Richtung der Häuser – und erstarrte. Hatte sich da gerade etwas bewegt?

Corrie hatte sich dem Einhorn unterdessen so weit genähert, dass sie es berühren konnte. Unruhig blies sie sich eine Haarsträhne aus der Stirn. Würde es tatsächlich keine Schmerzen verspüren, wie Tempest ihnen versichert hatte? Sie hoffte es. Ihnen blieb schließlich keine andere Wahl. Dennoch hielt sie die Luft an, als sie den Dolch an der Schulter des Wesens ansetzte. Das gelbe Auge rollte in ihre Richtung, und das Einhorn stieß ein Zischen aus, das wie eine gereizte Schlange klang.

»Du solltest dich vielleicht ein bisschen beeilen«, hörte sie Silvanas Stimme hinter sich, und der angespannte Tonfall ließ es Corrie kalt über den Rücken laufen. Doch sie wagte nicht, sich umzudrehen. Konzentriert und darauf bedacht, ihre Finger ruhig zu halten, brachte sie dem Einhorn einen kleinen Schnitt bei, gerade groß genug, dass sie die Phiole daran halten konnte.

»Wie weit bist du?«, fragte Silvana eindringlich, während sie sich rückwärts auf ihre Freundin zubewegte. Sie hatte den Bogen wieder von ihrem Rücken genommen und legte einen der normalen Pfeile aus ihrem Köcher auf die Sehne, auch wenn sie wusste, dass er ihnen vermutlich nicht viel nutzen würde.

»Da kommen noch mehr«, keuchte Kajsja neben ihr und wies mit dem Finger zum Steg, unter dem zwei schwarze Einhörner den Fluten entstiegen. Silvana schenkte ihnen nur kurz Beachtung, bevor sie wieder zu den Häusern sah, aus deren Eingängen weitere Wesen hervortraten. »Corrie!«, zischte sie und fasste die Sehne fester.

»Ich habe es!« Corrie steckte den leuchtenden Zylinder in die Tasche und drehte sich um. Als sie die vielen gelben Augen sah, erstarrte sie. »O Mist.«

»Kajsja?« Silvana hatte den Bogen gehoben und versuchte zu entscheiden, welches der Einhörner sie anvisieren sollte. Sie würde nur einmal schießen können. Vielleicht zweimal. Doch für mehr waren die Wesen bereits zu nah. Falls sie sich entschließen sollten, alle gleichzeitig anzugreifen … Und genau das taten sie auch.

Silvana ließ den Pfeil los.

Ob sie getroffen hatte, erfuhr sie jedoch nicht mehr.

KAPITEL 37

Falscher Hase

Kajsja konnte sich unter Stress offenbar wirklich nicht konzentrieren. So schwungvoll, wie der Portalstrudel sie eingesaugt hatte, so schwungvoll spie er sie auf der anderen Seite auch wieder aus.

Corrie stieß einen überraschten Schrei aus, als sie kopfüber im Bällebad der Kinderecke landete und bunte Kugeln zu allen Seiten davonsprangen. Silvana glitten Bogen und Tab aus der Hand, als sie unsanft auf dem Sofa daneben aufkam, und Kajsja riss die Hälfte des Geschenketischs mit sich, als der Sessel unter der Wucht ihres Aufpralls nachgab. Zu den Bällen am Boden gesellten sich Schleifen, Anstecker und Christbaumkugeln, von denen etliche zerbrachen.

»Alles klar?«, fragte Silvana, während sie sich aufrappelte.

»Alles klar«, bestätigte Corrie, die aufsprang und aus dem alten Sandkasten herausstolperte.

Hinter dem umgestürzten Sessel wurde eine Hand sichtbar.

»Ja, hier auch«, ächzte Kajsja und versuchte, sich auf die Füße zu ziehen.

»Da seid ihr ja wieder!«, rief Scrib, der mit Phil auf sie zugesprungen kam. »Wart ihr erfolgreich?« Er hielt inne und legte die Ohren an. »Wo ist Yazeem?«

»Längere Geschichte«, erwiderte Silvana, die ihren Bogen aufhob und das Finger-Tab in ihrer Hosentasche verschwinden ließ. »Er wird leider eine Weile in Kalawan bleiben müssen.«

»Aber wir haben das Blut«, ergänzte Corrie und hielt den beiden Leseratten die Phiole hin.

»Dann holt ihr jetzt das Buch?«, quietschte Phil aufgeregt.

»Hoffentlich«, erwiderte Silvana.

»Ich bin sicher, dass wir alles richtig gemacht haben«, sagte Corrie zuversichtlich. »Und wenn wir das Buch ausgelöst haben, fehlt uns nur noch ein einziges, um diesem ganzen Spuk ein Ende bereiten zu können.«

»Und die Pläne von Lamassar und Saranus zu vereiteln«, fügte Scrib hinzu.

»So ist es«, stimmte Silvana zu.

»Dann hole ich jetzt die übrigen Phiolen von oben«, beschloss Corrie und sprintete die Treppe hinauf.

»Ihr seid so dicht dran«, bemerkte Kajsja, die Silvana mit einer Mischung aus Aufregung und Bewunderung musterte.

»Und ihr habt wieder so viel geschafft. Ich weiß nicht, ob ich das gekonnt hätte.«

»Du hast auch einen Anteil daran«, erwiderte Silvana mit einem Zwinkern, das die junge Weberin erröten ließ.

»Wenn du meinst«, murmelte sie.

»Ohne dich würden wir kaum irgendwo hinkommen. Wir

hätten Wochen gebraucht, wenn wir durch die Portale gereist wären.«

Die beiden Leseratten nickten bekräftigend.

»Sollen wir dich eigentlich mitnehmen?«, fragte Silvana.

»Es liegt auf dem Weg.«

Kajsja winkte ab. »Danke. Aber Thomas hat gesagt, ich muss noch weiter üben und mich besser konzentrieren.« Sie wies zu dem Scherbenhaufen neben dem Tisch. »Wie ich gerade wieder bewiesen habe.«

»Hauptsache, du machst das nicht auch mit Albians Geschirr«, stellte Silvana fest.

»Das hoffe ich auch«, erwiderte Kajsja munter und begann bereits, ihr Portalnetz zu weben. »Ich gebe mir jedenfalls Mühe. Und ich drücke euch die Daumen, dass gleich alles klappt. Viel Glück!« Damit sprang sie in den Strudel hinein, der sich gleich darauf wieder spurlos aufgelöst hatte.

Silvana bedachte das Chaos neben dem Tisch noch einmal mit einem Stirnrunzeln.

»Keine Sorge«, beruhigte sie Phil. »Wir fangen schon einmal an aufzuräumen, während ihr unterwegs seid.«

»Wenn ihr zurück seid, ist alles wieder ordentlich«, fügte Scrib hinzu.

Corrie kam die Treppe heruntergepoltert, in der einen Hand ihr Handy und in der anderen eine Tasche, aus der leises Klirren drang. »Wir können los.« Irritiert hielt sie inne.

»Ist Kajsja schon weg?«

»Gerade gesprungen«, bestätigte Silvana. »Rufst du Charles an?«

»Schon dabei«, erwiderte Corrie, die bereits die Nummer gewählt hatte.

»Wart ihr erfolgreich?«, meldete sich der Botschafter ohne Umschweife, nachdem das erste Freizeichen gerade verklungen war. »Seid ihr schon auf dem Weg zum Haus?«

»So gut wie.«

»In Ordnung«, sagte der Botschafter. »Ich gebe den Suchern bei Albian Bescheid. Wir treffen uns in der High…«

Weiter kam er nicht.

Corrie nahm ihr Handy vom Ohr und sah auf das Display, wo neben einer hastig rotierenden Eieruhr das Wort »Ausschalten« aufblinkte. »Das war es dann wohl«, konstatierte sie seufzend und schob das Telefon in ihre Tasche.

»Leer?«, fragte Silvana unnötigerweise.

Corrie nickte. »Wir treffen ihn am Haus. So viel konnte ich gerade noch verstehen.«

Silvana hob die Schultern. »Meins ist leider auch leer. Sonst hätten wir noch mal anrufen können.«

»Es ist ja alles gesagt.« Corrie zog den Autoschlüssel hervor. Das Gezeitenritual war jetzt alles, was noch zwischen ihnen und dem Vierten Buch von Angwil stand. »Fahren wir.«

Sie waren nicht überrascht, als sie in der Highwater Street bereits den Jaguar des Botschafters parken sahen. Und auch nicht, dass auch Donns Geländewagen dahinter stand, immerhin würden sie auch Talisienns Wissen um das Ritual wieder benötigen. Ansonsten war jedoch niemand zu sehen.

»Sollten die Sucher mit der Essenz nicht auch schon hier sein?«, fragte Silvana stirnrunzelnd. »Sie hatten den deutlich kürzeren Weg als wir, wenn sie bei Albian waren.«

»Vielleicht darf man mit der Essenz nicht so schnell fahren?«, schlug Corrie vor. »Albian hat ja gesagt, dass sie sehr empfindlich ist.«

»Möglich.«

»Sie werden sicherlich gleich kommen«, sagte Corrie überzeugt und stieg aus, die Tasche mit den Phiolen fest in der Hand.

Sie hatte die Tür des HY noch nicht geschlossen, als Tempest sich aus seinem Wagen hievte und mit steifen Schritten auf sie zukam. »Wieso könnt ihr nicht einmal dann ein funktionierendes Telefon bei euch haben, wenn es darauf ankommt?«, begrüßte er sie ärgerlich. Seine Miene war angespannt, und er schien wieder deutlich stärkere Schmerzen zu haben.

»Was ist denn los?«, fragte Corrie verständnislos. Hatte er nicht gesagt, dass sie sich hier treffen wollten?

Sie sah zu Donn und Talisienn, die nun ebenfalls ausstiegen.

»Ihr solltet im Buchladen bleiben«, sagte Tempest und senkte unzufrieden das Kinn.

»Aber du hast doch gesagt, dass wir uns hier treffen«, hielt Corrie dagegen. Sie war sich sicher, dass sie ihn richtig verstanden hatte.

»Und kurz danach habe ich noch einmal versucht, euch zu erreichen. Die Dinge haben sich geändert.«

»Geändert?«, fragte Silvana argwöhnisch. »So schnell?« Sie sah in die Gesichter der drei Männer und konnte sich des Gefühls nicht erwehren, dass es dieses Mal tatsächlich besser gewesen wäre, wenn sie ein empfangsbereites Telefon gehabt hätten.

»Fahrt zurück«, sagte nun auch Donn eindringlich. »Bitte.«

»Was ist denn passiert?«, versuchte es Corrie noch einmal.

Tempest schloss die Augen. »Die Sucher, die ich zu Albian geschickt habe, sind tot.«

Tot.

Silvana wurde plötzlich furchtbar kalt. Und furchtbar schlecht. Auch Corrie war kreidebleich geworden. »Welche Sucher?«, flüsterte sie entsetzt.

»Niemand, den ihr kennt«, erwiderte Tempest dumpf. »Nicht das Team von Thomas Keweloh.«

Was es natürlich nicht besser machte, dachte Corrie, auch wenn sie insgeheim erleichtert war. Gleichzeitig spürte sie aber auch einen heißen, brennenden Knoten in ihrer Magengrube bei dem Gedanken daran, wozu Tempest noch nichts gesagt hatte. »Und … Albian?«, flüsterte sie. »Emma? Styra? Kajsja?«

»Kajsja steht unter Schock«, antwortete Tempest. »Mr Balfour und Mr Trindall sind bei ihr. Emma und Styra sind seit vorgestern bei einer Freundin in Winchester. Ich habe schon Leute zu ihr geschickt, aber es geht ihr gut. Und Albian ist verschwunden.«

»Verschwunden?«, wisperte Corrie fassungslos. Was hatten sie nicht bedacht? Albian war doch auch stets in Kontakt zu den Aaren gewesen, oder? Er konnte nicht der Verräter sein. Es musste einen anderen Grund geben, warum er verschwunden war. Wer hatte noch von allem gewusst? Wer war noch da gewesen, als sie über das Ritual gesprochen hatten? Tempest selbst. Talisienn. Emma, Styra, Kajsja … Sollte es doch einer von ihnen sein? Sie starrte den Botschafter entsetzt an.

»Hier ist es für euch jetzt zu gefährlich«, sagte Tempest eindringlich. »Fahrt so schnell wie möglich …« Er hielt inne, als er Corries Blick bemerkte. »Was ist los?«

Corrie schüttelte langsam den Kopf. »Wie konnten wir

nur so blind sein?«, fragte sie tonlos. »Wieso ist uns das nicht aufgefallen?«

»Was denn?« Donn senkte skeptisch die Brauen. »Wovon sprichst du?«

Corrie sah ihn mit großen Augen an. »Ich weiß, wer der Verräter ist.«

»Du weißt ...«, begann Silvana. »Und wer?«

»Whitberry!«

»Whitberry?«, echote Silvana.

»Whitberry«, bestätigte Corrie.

Sie zuckte zusammen, als hinter ihr dumpfes, rhythmisches Klatschen erklang. »Ich würde ja gerne behaupten, dass man mich damit beschwören kann wie *Bloody Mary* oder *Beetlejuice*«, sagte eine bekannte Stimme, »aber ich muss leider gestehen, dass ich schon die ganze Zeit hier gesessen und zugehört habe.«

Sie drehten sich um und sahen auf einem der Pfeiler des Eingangstors, im Licht einer Laterne badend, die Gestalt des großen, dürren Feldhasen sitzen, der auf sie herabsah.

»Du«, flüsterte Silvana. »Du hast immer alles mitgehört.«

»Und Albian war wirklich nicht geizig mit Informationen. Genauso wenig wie ihr«, sagte Whitberry mit einem abfälligen Grinsen.

»Wer bist du wirklich?«, fragte Talisienn und schob seine Hand in seine Manteltasche.

Whitberry schnalzte tadelnd. »Das würde ich an deiner Stelle nicht tun, Hexer.«

»Und was sollte mich davon abhalten?«

Der Hase fletschte seine großen Schneidezähne. »Das kommt ganz darauf an, ob ihr die kleine Styra schon vor ihrer Taufe zur Halbwaisen machen wollt.«

Silvana sah ihn finster an. »Wo ist Albian? Was hast du mit ihm gemacht?«

»Noch gar nichts«, flötete der Hase und hob in einer unschuldigen Geste die Pfoten. »Er ist nur meine Versicherung, dass euer Hexer und sein kleiner Schoßhund-Bruder sich zu benehmen wissen.« Er sah Talisienn und Donn scharf an. »Verstanden?«

»Wieso sind wir nicht eher darauf gekommen?«, fragte Corrie tonlos.

Whitberry kicherte. »Weil ihr dumm seid. Und jetzt kommt. Albian wartet sicherlich schon auf euch. Dort, wo es schön warm und gemütlich ist.« Er deutete mit der Pfote zum Haus. »Dort ist es auch deutlich angenehmer, diese Unterhaltung zu führen. Und ich habe euch ja noch so viel zu sagen, bevor ihr mir das Buch holt!« Er lachte keckernd und sprang von seinem Sims herunter, wobei er seine menschliche Gestalt annahm, die sie nun das erste Mal zu Gesicht bekamen. Auch als Mensch war Whitberry dürr und wirkte zerrupft; sein Gesicht war länglich, mit kleinen Augen, struppigem, rostbraunem Haar und großen Schneidezähnen, über die sich seine Oberlippe leicht wölbte. Seine Gliedmaßen in dem schlammbraunen Anzug wirkten viel zu lang, und sein Gang hatte tatsächlich etwas von einem Hoppeln, dachte Corrie. Im Grunde genommen wirkte er weniger wie ein Mensch, der sich in einen Hasen verwandeln konnte, sondern eher wie ein Hase, dem man erlaubt hatte, von Zeit zu Zeit ein Mensch zu sein.

»Meister Lamassar wird ja so stolz auf mich sein! Auf seinen treuen Diener Whitberry, Werhase, Spion und der beste Schauspieler von ganz Woodmoore. Ursprünglich hat er mich nur bei Albian eingeschleust, um von Yazeem herauszubekommen, wo genau sich das Erste Buch von Angwil befindet. Es war alles so einfach! Wer konnte diesem süßen, hilflosen Hasen, der von seiner plötzlichen Menschlichkeit verwirrt war, schon widerstehen. Ihr wart alle so naiv. Aber dann habt ihr leider den Buchladen eröffnet und geradewegs das Zweite Buch von Angwil gefunden. Damit wurde die Sache etwas komplizierter. Die Pläne mussten geändert werden. Aber das hat mir auch viel neuen Spaß gebracht.« Er wollte sich zum Gehen wenden, hielt jedoch inne, als Tempest mit den Händen in den Manteltaschen steif stehen blieb. »Was denn, Botschafter«, flötete Whitberry mahnend.

»Das wird aber nicht das, was ich denke, oder? Ist dir Albian und seine kleine Familie denn so wenig wert? Und das, wo sie dich doch zu einem ihrer Patenonkel gekürt haben? Ausgerechnet dich?«

Auch Corrie und Silvana starrten Tempest irritiert an. Er wirkte nachdenklich und musterte den Werhasen abschätzend. Es brauchte nicht viel, um zu erraten, was in ihm vorging.

»Tu es nicht, Charles«, raunte Donn eindringlich. »Nicht Albian.«

Corrie sah Tempest entsetzt an, während sie sich in Silvanas Ärmel krallte. Das würde er nicht wirklich tun, oder? So kalt war selbst er nicht. Albians Tod in Kauf zu nehmen, nur um nicht das vierte Buch dem Werhasen zu überlassen. Womit Lamassar allerdings gewonnen hätte. Corrie schluckte. Nein, das durften sie einfach nicht. Es musste einen anderen Weg geben. Sie mussten ihn nur finden. Und dazu mussten sie erst einmal tun, was Whitberry verlangte, um Zeit zu gewinnen.

Das schien auch Talisienn so zu sehen. »Lass uns mit ihm

gehen, Charles. Bitte. Albians Tod können wir nicht verantworten.«

Tempest sah ihn mit spöttischem Lächeln an. »Wessen Tod könntest du denn verantworten? Wessen Leben wäre weniger wert?«

Der Vampir schwieg betreten.

Schließlich wandte Tempest sich doch wieder zu Whitberry um und nickte auffordernd.

Der Werhase grinste. »Geht doch.«

Gemeinsam folgten sie ihm über den schmalen Pfad zum Haus, wo Whitberry die grüne Tür mit einer einladenden Geste und einem keckernden Lachen aufstieß. »Bitte, einfach geradeaus. Ihr kennt ja den Weg.«

Beklommen traten die beiden Freundinnen hinter dem Botschafter über die Schwelle und ließen den Blick durch den erleuchteten Flur streifen.

Fauliger Geruch schlug ihnen entgegen, und Silvana rümpfte unwillkürlich die Nase.

Corrie schloss kurz die Augen, als sie den Gestank erkannte. »Die Wendigos«, flüsterte sie. Natürlich war ihre Anwesenheit nicht weiter verwunderlich, schließlich hatte Whitberry sie vermutlich auch zum Friedhof geschickt. Wenn sie doch nur eher darauf gekommen wären, dass er der Verräter war …

Silvana stutzte, als ihr Blick die Ölgemälde an den Wänden streifte. Die Krähen und Schattenrehe waren verschwunden. In den Rahmen hingen nur noch leblose Landschaften, kalt und leer. Genauso leer wie das Gefühl, das sich plötzlich in ihrem Innern ausbreitete. Es war, als fehlte dem Haus etwas. Als wäre es jetzt wirklich wie sein Herr. Tot.

Sie traten durch die offene Tür ins Speisezimmer, und

trotz des prasselnden Feuers im Kamin spürten sie kalte Schauer über ihre Körper kriechen. Flackernde Schatten tanzten auf den halb verrotteten Geweihen der ausgemergelten, filzigen Wendigos, die den Raum mit ihrem Gestank einhüllten. Dunkelheit schien in jedem Winkel zu lauern, und auch das Licht der Gaslampen an den Wänden vermochte ihr nicht gänzlich Einhalt zu gebieten. Stattdessen schienen die Schatten noch dunkler, die Szenerie noch unwirklicher. Doch was den Freundinnen wirklich die Luft nahm, war der Anblick des Alchimisten.

Albian lag rücklings festgebunden auf dem großen Esstisch in der Mitte des Saals, Arme und Beine ausgestreckt und mit Stricken fixiert, das dunkle Hemd aufgerissen und im Mund ein blutiges Kinderlätzchen als Knebel. Über ihm stand die ausgezehrte Gestalt eines Wendigos mit ausladenden Hörnern und einem Pelz, aus dem wie bei der Kreatur auf dem Friedhof zäher schwarzer Nebel zu tropfen schien.

Corrie starrte ihn aus weit aufgerissenen Augen an. Er hatte eine Pranke auf die Brust des Alchimisten gestellt, und unter seinen scharfen Krallen quoll bereits Blut hervor.

Bei ihrem Eintreten wandte Albian mühsam den Kopf und stieß durch den Knebel unverständliche Laute hervor.

»Gib dir keine Mühe, Papi.« Whitberry beugte sich zu dem Alchimisten hinunter. »Dein Gebrabbel versteht sowieso keiner. Und du solltest deine Kräfte sparen.« Er tätschelte Albian die Wange und drehte sich wieder um. »Meine Spielzeuge brauche ich euch ja nicht mehr vorzustellen«, bemerkte er und deutete auf den knurrenden Wendigo auf dem Tisch, bevor er sich süffisant lächelnd Tempest zuwandte. »Nicht wahr, Charles? Du spürst sicherlich immer noch den Biss.«

Wie ein Führer, der besonders wertvolle Stücke in einer Ausstellung vorstellte, wies Whitberry dann grinsend zu einem Bannkreis neben dem Kamin, in dem wie eine Vogelscheuche die Gestalt des Novizen hing, nur dass er nicht von einem Holzkreuz, sondern von Magie gehalten wurde. »Und hier der treue Novize Angwils, den ich mir erlaubt habe ruhigzustellen. Seine ewigen Kommentare und Selbstbeweihräucherungen haben mir den letzten Nerv geraubt.« Whitberry strich sich nachdenklich über das stoppelige Kinn. »Eigentlich jammerschade, dass er nur noch ein Geist ist. Er hatte ein vielversprechendes Talent. Seht nur, was er geschaffen hat.« Er nahm eins der Glasgefäße vom Regal. Im Inneren konnten Corrie und Silvana matten Rauch sehen, der sich in einem lautlosen Klagen gegen die Innenwand drückte.

»Herrlich, nicht wahr?«, fragte er fasziniert und drehte das Glas. »So viele verdammte Seelen. Ich glaube, ich werde sie alle als Souvenir mitnehmen. Man kann sie für so viele wundervolle Dinge einsetzen. Und in so reiner Qualität sind sie furchtbar schwer zu bekommen.«

Deriv ächzte unter der Kraft des Bannkreises, doch er brachte heisere Worte hervor. »Dein Herr wird niemals triumphieren. Selbst wenn Meister Angwil nicht zurückkehren sollte.«

Whitberry lachte auf. »Du bist der Beweis dafür, dass selbst ein Geist noch schwachsinnig sein kann. Was für ein Blödsinn. Sieh dich doch nur mal an: Ein Blutmagier, der aussieht wie ein schlecht frisierter Felsenpinguin? Und dann nennst du dich selbst ›schwarzer Novize‹? Als würde man einen Pudel durch ein Nietenhalsband zu einem Kampfhund machen wollen! Absolut lächerlich. Wenn hier einer wirklich diesen Titel verdient hat, dann bin ich das.« Er schüttelte den

Kopf und schob das Glas mit der Seele zurück zu den anderen. »Zum Glück muss ich dich nicht mehr lange ertragen. Und euch auch nicht. Stellt euch alle dahin, wo ich euch sehen kann.« Er nahm eine kleine, bauchige Flasche mit einer in sanftem Violett leuchtenden Flüssigkeit vom Tisch und drückte sie Silvana in die Hand. »Die Gezeitenessenz. Frisch aus der Alchimistenküche. Und jetzt fangt endlich mit dem Ritual an.« Whitberry setzte sich auf einen Stuhl und deutete ungeduldig auf das Pentagramm im Boden, in dessen Mitte das Mosaik des Buches prangte.

Als sich die Vampire, Tempest und die beiden Freundinnen nur zögernd in Bewegung setzten, schnalzte er unwillig.

»Jetzt macht schon.« Er sah auffordernd zu dem Wendigo, der seine Krallen darauf tiefer in Albians Brust grub. Durch den Knebel war der gedämpfte Aufschrei des Alchimisten zu hören.

»Ist ja schon gut«, sagte Corrie beschwichtigend und ging neben dem Pentagramm auf die Knie. Silvana folgte ihrem Beispiel. »Was zuerst?« Sie sah fragend zu Talisienn.

»Versucht nicht, Zeit zu schinden«, sagte Whitberry drohend und beugte sich vor.

»Die Essenz«, erwiderte der Vampir mit zusammengebissenen Zähnen.

Silvana zog vorsichtig den Stopfen aus der Flasche und goss den Inhalt langsam in die Rille, wo sich die Flüssigkeit entlang der Linien im Pentagramm ausbreitete. Ihr violettes Licht pulsierte, und die fünf Vertiefungen begannen, einen feinen Nebel zu verströmen.

»Was sollen wir tun?«, raunte Silvana ihrer Freundin zu, während sie das Gefäß auf den Kopf drehte, um auch die letzten Tropfen herauszulassen. »Gegen ihn.«

»Erst mal weitermachen«, murmelte Corrie und versuchte, dabei die Lippen so wenig wie möglich zu bewegen. »Ich überlege noch.«

Silvana hielt die leere Flasche empor. »Fertig.«

Whitberry klatschte in die Hände. »Brav gemacht.« Er sah wieder zu Talisienn. »Jetzt die Phiolen, nehme ich an?«

Der Hexer nickte stumm.

Whitberry fletschte die Zähne. »Etwas mehr Begeisterung, bitte. Immerhin ist das hier ein freudiger Moment. Zumindest für mich. Gibt es eine bestimmte Reihenfolge?«

»Zuerst der Wind«, murmelte Talisienn finster.

»Wind, ja?«, hakte Whitberry nach. »Weißt du, welche das ist, Corrie?«

Corrie ahnte es. Mit leidvoller Miene zog sie die Phiole mit dem Zeichen des Perytons hervor und ließ sie in das entsprechende Loch hineingleiten. Das Symbol auf dem Deckel leuchtete hell auf. Aus dem Augenwinkel sah sie, wie Deriv die Augen zusammenkniff.

»Nein«, flüsterte er verzweifelt.

»Ah«, seufzte Whitberry und lehnte sich zurück. »Habe ich euch schon erzählt, was für einen Spaß meine Wendigos hatten, die Cochard-Geschwister zu zerreißen? Da fällt mir ein – lebt der Jüngste eigentlich noch? Wie hieß er doch gleich? Feelix?«

Die beiden Freundinnen starrten den Werhasen entsetzt an. »Wieso hast du das getan?«, fragte Silvana. »Warum hast du nicht einfach nur den Peryton umgebracht, wenn du verhindern wolltest, dass wir das Blut bekommen?«

Whitberry schürzte die Lippen. »Es lag überhaupt nicht in meiner Absicht, euch an irgendwas zu hindern. Ich wollte euch töten. Leider haben die Wendigos meinen Befehl wohl etwas missverstanden – ich hatte verlangt, die drei beim Haus zu töten. Ich hatte nur mit euch und eurem Werwölfchen gerechnet. Wer konnte schon ahnen, dass die drei Geschwister vor euch dort auftauchen würden?« Er lachte. »Aber so konnte ich wenigstens erleben, zu was meine neuen Spielzeuge fähig waren. Es war einfach großartig, ihre Schreie zu hören – genau wie endlich wieder unbeschwert nach draußen zu können, ohne diese widerlichen Aare. Dazu musste erst die von mir bestellte Putzfrau das Blut der Bannkreise im Buchladen entfernen. Wisst ihr, wie nervtötend diese Nebelkrähen waren? Wie viel Ärger ihr mir damit bereitet habt?«

»*Du* hast die Putzfrau bestellt?«, fragte Corrie entgeistert.

»Du hast die Putzfrau bestellt?«, äffte der Werhase sie nach.

»Natürlich unter falschem Namen. Dem von Corries Mutter. Sie musste ja völlig ahnungslos sein, sonst hätten die Schutzzauber sie nie hindurchgelassen. Aber so«, er schnipste mit dem Finger, »voilà. Ich konnte euch zwar nicht töten, aber dafür hatte ich auch so meinen Spaß – und obendrein habe ich noch jede Menge Juwelen einstecken können.« Er sah wieder zu Talisienn, der finster zu Boden starrte. »Weiter.«

»Wasser.«

»Das ist das Einhorn«, erklärte Whitberry. »Unten links. Und du könntest ruhig etwas weniger einsilbig sein. Dein Freund wird es dir sicherlich danken.« Er nickte erneut dem Wendigo zu, der seine Krallen dieses Mal in Albians weichen Bauch grub.

Der Alchimist schrie auf und zerrte an den Stricken, mit denen er auf den Tisch gefesselt war.

Talisienn senkte finster die Brauen. »Ratte.«

Whitberry grinste. »Hase!« Er sah zu Corrie, die zwar den entsprechenden Zylinder in der Hand hielt, jedoch zögerte, ihn einzusetzen. »Wird's bald? Oder soll ich dem netten Papa noch ein paar Löcher stanzen lassen?«

Hastig ließ Corrie den zweiten Zylinder in das entsprechende Loch gleiten. Auch dieses Mal begann das eingebrannte Zeichen, hell zu leuchten.

Noch drei Stück.

»Das darf nicht sein«, hörte sie Deriv seufzen. Als sie kurz zu ihm sah, stellte sie fest, dass sein Körper bereits deutlich weniger durchscheinend wirkte.

»Der Nächste«, forderte Whitberry knapp, ohne auf ihn zu achten.

»Feuer. Unten rechts«, sagte Talisienn tonlos. »Das Flamminchen.«

»Schon besser«, lobte ihn Whitberry und sah wieder zu Corrie. »Das mochte ich übrigens besonders gerne. Aus offensichtlichem Grund.«

Sie kramte etwas und zog aus dem Beutel dann die Phiole aus dem *Three Oaks* hervor. »Ich hasse ihn«, brummte sie, während sie den Zylinder in das Loch gleiten ließ.

»Wem sagst du das?«, wisperte Silvana zurück.

Beide sahen sie zu, wie das Symbol in hellem Licht zu erstrahlen begann.

Deriv stöhnte unterdrückt auf und betrachtete seine Hand, die bereits wieder eine feste Form angenommen hatte. »Ihr müsst ihn aufhalten!«

»Wie gut, dass deine Zeit ohnehin bald abgelaufen ist«, erwiderte Whitberry liebenswürdig. »Du gehst mir nämlich gehörig auf die Nerven.«

»Erde«, fuhr Talisienn derweil fort. »Ganz links. Der Pilz.«

»Wunderbar«, rief Whitberry und strahlte Talisienn an. »Du lernst auf deine alten Tage ja doch noch etwas!«

Silvana presste wütend die Lippen zusammen, während Corrie den vorletzten Zylinder herausnahm und in das Loch schob. Gleich war es so weit. Nur noch einer. So langsam mussten sie sich etwas einfallen lassen, sonst hatte dieser widerliche Hase gewonnen. Und so weit durften sie es nicht kommen lassen.

»Ah, das letzte Element«, bemerkte Whitberry zufrieden, als Corrie die Phiole in die Hand nahm. »Das Blut aus der Little-Gruft. Wie schade, dass weder meine Eulkatzen noch meine Wendigos erfolgreich darin gewesen sind, euch auszuschalten. Dabei war der Plan so schön! Ich habe extra ein paar Zutaten verschwinden lassen, damit Albian euch nach Port Dogalaan schicken muss – und dafür gesorgt, dass ihr zu den Kynokephali müsst. Ein Jammer, dass ihr euch aufgeteilt habt. Es wäre so eine schöne Demütigung für den Botschafter gewesen, ihn zu zwingen, mir nach eurem Tod das letzte Blut zu besorgen. Ich hatte mich schon sehr darauf gefreut, sein Gesicht dabei zu sehen.«

»Stattdessen hättest du ihn fast umgebracht, obwohl du noch sein Blut hierfür benötigst?«, spottete Corrie, die den Zylinder noch nicht in das Loch gesenkt hatte.

»Leider ist auf die Wendigos nicht immer Verlass«, wehrte Whitberry lächelnd ab. »Ihr Auftrag lautete eigentlich, dich und Silvana auszuschalten, wann immer sie eure Witterung aufnehmen. Aber es wäre auch kein Drama gewesen, den guten Tempest zu verlieren. Das Blut hätte ich auch vom nächsten Botschafter noch bekommen. Ich frage mich nur immer noch, wie er den Fluch überleben konnte und wie ihr es geschafft habt, meine Wendigos auf dem Friedhof auszulöschen. Apropos, würdest du wohl bitte?«

Corrie überlegte fieberhaft, wie sie das Einsetzen der letzten Phiole hinauszögern konnte. Wie sie Zeit schinden konnte, um einen Plan fassen zu können.

»Das Loch ist direkt vor dir«, bemerkte Whitberry ungeduldig. Sein Finger zuckte in Richtung des Alchimisten.

Hastig, um Albian weitere Schmerzen zu ersparen, steckte Corrie den Zylinder in das Loch.

Im gleichen Moment stöhnte Deriv laut auf. Seine Erscheinung besaß nun keinerlei Ähnlichkeit mehr mit einem Geist. Seine Brust arbeitete sichtbar, seine Züge wirkten verbissen, und Schweiß glänzte auf seinem tätowierten Körper. Er war tatsächlich wieder zu einem Menschen aus Fleisch und Blut geworden. Corrie hatte inzwischen schon einiges an Magie zu Gesicht bekommen, aber dass ein Geist wieder zu einem Menschen wurde, hätte sie sich niemals vorstellen können.

Whitberry war ihrem Blick gefolgt. »Faszinierend, nicht wahr? Nun, dann können wir uns ja jetzt der Stabilisierung der Magieströme widmen, bevor wir das Gezeitenritual abschließen.« Er wandte seinen Blick Tempest zu, der dem ganzen Geschehen scheinbar leidenschaftslos gefolgt war.

»Und damit kommen wir nun zum Botschafter, nicht wahr? Ich muss gestehen, dass ich dich wirklich gerne ausbluten sehen würde, aber das Vergnügen, dich zu töten, werde ich jemand anderem überlassen. Also nur das Nötigste, bitte.« Er wies auf den Boden. »Du darfst auch dein Messer benutzen. Solange du keinen Blödsinn damit machst.«

»Zu gütig«, bemerkte Tempest sarkastisch. Er hängte

Mantel und Jackett über eine der Stuhllehnen, holte das Messer aus der Innentasche und ging neben Corrie und Silvana auf die Knie.

»Ihr gebt ihm das Buch auf gar keinen Fall«, flüsterte er, während er seinen Hemdsärmel aufknöpfte und hochkrempelte.

»Und Albian?«, raunte Corrie.

»Wird Donn übernehmen.« Er setzte die Klinge auf seinen Unterarm, dicht neben der gerade erst verheilten Wunde vom letzten Mal.

»Und du?«

Die Züge des Botschafters wirkten so kühl und berechnend wie immer. »Gebt ihm nicht das Buch«, wiederholte er noch einmal eindringlich, ohne auf die Frage einzugehen.

Corrie schlug das Herz bis zum Hals. Was hatte Tempest vor? Sie sah, wie Whitberry dem Wendigo zunickte, woraufhin ein weiterer erstickter Schrei Albians ertönte. »Nur als kleiner Weckruf, dass wir nicht den ganzen Abend Zeit haben.«

Corrie sah, wie der Botschafter dem Willen des Werhasen Folge leistete und sich mit dem Messer einen Schnitt zufügte, aus dem rasch Blut hervorquoll. Er hatte die Lippen fest zusammengepresst. Da er ohnehin noch unter den Folgen des vergangenen Angriffs litt, schien es ihm dieses Mal deutlich schwerer zu fallen, sich den Schmerz nicht anmerken zu lassen.

Whitberry musterte ihn mit gespieltem Mitgefühl. »Unangenehm, oder? Aber bestimmt nicht halb so unangenehm wie das, was dir noch bevorsteht, wenn der Meister sich mit dir befasst. Ich hoffe, ich darf dabei sein.«

Silvana sah an Tempest vorbei zu Donn. Der Vampir hatte

in ohnmächtiger Wut die Fingernägel in seine Handflächen gekrallt. Ihm war deutlich anzusehen, wie sehr er sich zusammenreißen musste, um nichts Unbedachtes zu tun. Aber er war bereit. Er wartete nur darauf, dass der Botschafter das Signal gab.

Die Farbe des Pentagramms wechselte von einem hellen Violett zu einem dunklen Purpur, in dem die Ströme der Blutmagie so deutlich pulsierten wie das Blut, das aus Tempests Arm strömte. Deriv wand sich in seinem Energiefeld, soweit es ihm möglich war. »Alles umsonst«, stöhnte er immer wieder. »Ich habe versagt.«

»Das habe ich dir ja von vornherein gesagt. Ich triumphiere am Ende«, entgegnete Whitberry, erhob sich und deutete auf Albian. »Töte ihn sofort, wenn mir etwas geschieht«, wies er den Wendigo an und zog aus der Innentasche seines Jacketts einen geschwungenen Dolch aus durchsichtigem Kristallglas hervor.

Das Wesen antwortete mit einem tiefen, unheilvollen Ächzen, das von den Wänden widerzuhallen schien. »Ja, Herr.«

Mit einem hämischen Grinsen schritt der Werhase auf den Novizen zu, den Dolch erwartungsvoll erhoben. »Deine Zeit ist um, mein Lieber. Dein Tod wird wieder das zurückbringen, was du mit seiner Hilfe ins Pentagramm gebannt hast.«

»Das wirst du bereuen«, zischte Deriv.

»Mehr fällt dir dazu nicht ein?«, fragte Whitberry unbeeindruckt. »Das mag in deiner Zeit vielleicht bedrohlich gewesen sein, aber heutzutage …«

»Wie wäre es dann mit: nicht so eilig?«

Der Klang der Stimme ließ Whitberry innehalten und ungläubig Richtung Tür schauen.

»Das gibt es doch gar nicht«, flüsterte Silvana, und auch

die anderen trauten ihren Augen kaum. Talisienn lächelte hintergründig und ließ unauffällig die Finger in seinen Mantel gleiten.

In der Tür zum Flur lehnte Neill Wellington. Sein Gesicht war finster, der Blick seiner verschiedenfarbigen Augen kühl. Er hatte die Arme vor der Brust verschränkt und trug dieses Mal nicht seinen Paletot, sondern eine schwarze Cabanjacke mit halb aufgestelltem Kragen, die ihm eine ungewohnt bedrohliche Aura verlieh.

Whitberry verengte die Augen. »Wer bist du?«

Wellington löste die Arme aus der Verschränkung und drehte eine Handfläche nach oben. Über ihr und in seinen Augen begannen Flammen zu lodern. »Möchtest du raten?«

Whitberry zischte ungehalten. »Hast du meine Wendigos auf dem Friedhof zu Asche verbrannt?«

»Leider nicht alle«, erwiderte Wellington langsam.

Corrie erstaunte seine ungewohnte Ruhe. Weder blinzelte noch wippte er. In diesem Moment erschien er ihr wirklich wie ein grimmiger Fluchbringer. Doch einer, über dessen Erscheinen sie mehr als froh war.

»Dafür stirbst du«, knurrte der Werhase mit zusammengepressten Zähnen. »Noch ein Kopf mehr, den ich meinem Meister bringen werde.«

»Mehr als diese leere Drohung fällt dir nicht ein?«, erwiderte Wellington ungerührt. Silvana sah, dass er einen raschen Blick mit Donn wechselte, der unwillkürlich die Muskeln anzuspannen schien und die Hand seines Bruders berührte. »Du bist für den Tod von Sabian und Eliza verantwortlich. Und dafür, dass ich fast noch mehr Freunde verloren hätte. Damit werde ich dich sicherlich nicht einfach so davonkommen lassen. *Hase.*« Damit formte sich über seinen

Händen ein riesiger Adler aus den Flammen, der mit heißem Fauchen auf den Werhasen zuraste.

Whitberry riss die Hände hoch, und das Feuerwesen zerschellte an einem Schild aus zäher schwarzer Magie.

Das war das Signal, auf das die anderen gewartet hatten. Während Donn mit einem wütenden Schrei den Wendigo über Albian angriff, bevor dieser den Alchimisten zerfetzen konnte, zog Talisienn seine Kette hervor und schwang seine Magie den drei anderen Bestien entgegen, die sich heulend auf seinen Bruder stürzen wollten. Tempest war aufgesprungen und hatte die beiden Freundinnen gepackt. Er drängte sie in die Ecke neben der Tür, zerrte dabei eines der Schwerter von der Waffenplatte an der Wand und stellte sich schützend vor sie.

»Aber das Pentagramm!«, protestierte Silvana. »Das Buch! Wir verlieren es!« Entsetzt glitt ihr Blick zwischen den Kämpfenden hin und her. Donn lag mit dem riesigen Wendigo am Boden verkeilt und bearbeitete den bleichen Schädel mit wuchtigen, blau glühenden Faustschlägen, während Talisienns Magie gerade die übrigen drei Bestien gegen die Wand über dem Kamin schmetterte. Einer der Wendigos verfing sich dabei im ausladenden Geweih des Ki'lins, wo er leichte Beute für den Hexer war, der ihn mit einem befriedigten Lächeln in schwarzen Flammen aufgehen ließ. Die anderen beiden machten sich für einen weiteren Angriff bereit. Unterdessen hatte es Whitberry geschafft, Wellington zu Boden zu werfen und mit einem zähen Geflecht seiner dunklen Magie die Hände zu fesseln. »Mehr hast du nicht drauf?«, höhnte er und spie auf Wellingtons Jacke.

In Wellingtons Augen lohte noch immer das Feuer. »Für dich reicht es noch.«

Whitberry keckerte abfällig. »Ganz sicher nicht.« Corrie stieß einen Schrei aus, als der Werhase den Dolch zog und auf den Bestatter einstechen wollte. Doch Wellington rollte sich zur Seite, ließ dabei seine Fesseln in helle Flammen aufgehen und trat mit voller Kraft nach dem dürren Mann, der das Gleichgewicht verlor und ebenfalls stürzte. Dabei entglitt nicht nur der Kristalldolch seinen Händen – aus seiner Jackentasche fiel ein kleines, gehörntes Kästchen heraus und rollte, eisigen Dunst nach sich ziehend, über die Steine direkt auf Talisienn zu. Dieser hatte gerade ein weiteres Mal die Wendigos zurückgeworfen und griff trotz seiner blinden Augen zielstrebig danach.

Corries Blick war derweil dem Dolch gefolgt, der dem Novizen direkt vor die Füße geschlittert war. Doch erst, als sich Deriv mühelos danach bückte, bemerkte Corrie, dass das Bannfeld nicht mehr aktiv war. Whitberry hatte die Kontrolle verloren. Und nicht nur darüber.

Wütend versetzte der Werhase Wellington einen kraftvollen Schlag in den Magen und kam zurück auf die Füße, bereit, sich erneut auf ihn zu stürzen, als sein Blick auf das Kästchen in Talisienns Händen fiel. »Nicht!«, jaulte er auf.

Aber der Hexer beachtete ihn nicht. Eine entschlossene Handbewegung ließ das Kästchen jäh aufgleißen und in Flammen aufgehen – und mit ihm die Wendigos.

»Dafür töte ich dich!«, heulte Whitberry auf, bevor ihn ein Feuerball des jungen Bestatters traf, der sich hustend wieder hinter ihm aufgerichtet hatte.

Im selben Moment kam Deriv mit dem Kristalldolch in den Händen auf die beiden Freundinnen und den Botschafter zugestürzt. »Charles!«, rief Silvana alarmiert.

Tempest riss das Schwert hoch, doch Deriv blieb schnaufend neben dem Pentagramm stehen und schüttelte den Kopf.

»Wir beenden es, bevor er es in die Hände bekommt. Nehmt das Buch. Schnell!«

Mit diesen Worten stieß er sich den Kristalldolch in die Brust. Dunkles Blut strömte über seine Hände, während er unter Corries und Silvanas erschüttertem Blick in die Knie ging.

»So muss das Ritual nun einmal enden«, keuchte er, während seine Haut bereits wieder durchsichtiger wurde. »Nur so wird das Buch freigegeben.« Winzige Partikel lösten sich von seinem Körper, schwebten davon und verglühten wie Funken in der Luft. Sein verblassendes Gesicht nahm einen zufriedenen Ausdruck an. »Nun ist doch alles so gekommen, wie es sein sollte. Bestellt dem Meister meine Grüße. Und Lebewohl.«

Der Boden unter dem Novizen begann, sich zu verändern. Licht drang durch die Fugen, einzelne Steine verloren den Halt und fielen in das Loch, das sich unter dem Mosaik zu öffnen begann. Derivs Körper war nur noch ein grober Umriss, seine Gesichtszüge kaum noch zu erahnen. Klirrend fiel der Dolch zu Boden, als das Fleisch, das ihn hielt, seine Substanz gänzlich verlor.

Immer mehr Mosaiksteinchen verschwanden, doch diejenigen, die das Abbild des Buches geformt hatten, verschmolzen zu den Umrissen eines realen Buches, das tief unten im Boden in sanftem Licht schwebte. Silvana griff beherzt hinein und zog das Buch heraus. Dabei konnte sie ein erleichtertes Juchzen nicht unterdrücken. Sie hatten es. Das Vierte Buch von Angwil. Jetzt mussten sie nur noch einen Weg hier herausfinden.

Das blieb auch Whitberry nicht verborgen, der sich gerade im Griff des Bestatters wand. Die Angst, den sicher geglaubten Sieg doch noch zu verlieren, verlieh ihm eine ungeheure Kraft. Mit voller Wucht hieb er Wellington den Ellbogen in die Seite, woraufhin der Bestatter keuchend den Griff lockerte. Blitzschnell wirbelte der Werhase herum und wollte dazu ansetzen, einen Zauber in Richtung Silvana zu feuern, doch Wellington warf sich taumelnd dazwischen und fing ihn mit einem flammenden Schild ab. Die Wucht des Aufpralls schleuderte ihn jedoch direkt in Silvanas Beine, und beide gingen zu Boden, wobei sie auch den Botschafter mit sich rissen. Das Buch von Angwil entglitt Silvanas Griff und schlitterte über den Boden bis dicht vor den Kamin, wo die Flammen gierig ihre Hände nach ihm ausstreckten.

»Nein!«, entfuhr es Corrie entsetzt. Sie wollte schon vorstürzen, doch der Bestatter kam erstaunlicherweise schneller auf die Füße und hechtete auf das Buch zu – ebenso wie Whitberry, der seine Hasengestalt angenommen hatte und mit großen Sprüngen auf den Kamin zusetzte.

Er war trotzdem nicht schnell genug.

Wellington griff sich das Buch und holte damit aus. »Corrie!«, rief er.

»Nein! Es gehört mir!«, heulte Whitberry und sprang den jungen Bestatter an. In seiner Hasenform war er nicht verlegen, seine Schneidezähne einzusetzen. Knurrend versenkte er sie in Wellingtons Bein. Mit einem schmerzerfüllten Schrei ging der Bestatter zu Boden, doch das brachte dem Hasen nichts mehr – Wellington hatte das Buch bereits quer über den Tisch geworfen – direkt in Corries Arme.

»Gib es mir!«, fauchte Whitberry. Mit blutigem Schaum

vor dem Mund stürzte er sich nun auf Corrie, die außer dem Buch keinerlei Deckung hatte.

Doch anstatt ihm auszuweichen, reagierte sie im Bruchteil einer Sekunde. Es war Zeit, dem ein Ende zu bereiten. Hier und jetzt. Sie packte Whitberry an den langen, ausgefransten Ohren, bevor er auch bei ihr mit seinen scharfen Zähnen zubeißen konnte, und warf ihn, ohne zu zögern, in das sich schließende Loch im Boden, kurz bevor die letzte Linie zu glühen aufhörte.

»Nein, nein, nein!«, kreischte der Hase und versuchte, wieder herauszukommen, doch es war zu spät. Mit einem Zischen schloss sich der Boden über ihm, und wo zuvor das Buch des Angwil zu sehen gewesen war, zeigte das Mosaik nun die Darstellung eines schreienden, braunen Hasen, der in einem verdrehten Tanz inmitten des Pentagramms gefangen war.

Corrie starrte von dem Bildnis zu dem Buch in ihrer Hand und drückte es fest an sich. »Geschafft«, flüsterte sie und sah zu Silvana.

Ihre Freundin erwiderte den Blick erschöpft, aber mit einem triumphierenden Funkeln in den Augen. »Haben wir.« Sie betrachtete das Mosaik. »Aber wir hinterlassen der Nachwelt ein scheußliches Bild.«

»Kommt er da auch wirklich nie wieder raus?«, fragte Corrie.

»Nie wieder«, bestätigte der Botschafter, dem das Schwert aus der Hand geglitten war und der sich sein Einstecktuch auf den Schnitt in seinem Arm presste.

Donn hatte derweil Albians Fesseln gelöst und half dem Alchimisten beim Aufsetzen. Die Finger des Vampirs nahmen wieder ihren blauen Schimmer an. Behutsam legte Donn sie auf die Wunden, die der Wendigo hinterlassen hatte.

Corrie fiel Wellington erleichtert um den Hals. »Was tust du denn hier, Neill?«

»Meinen Lieblingsbuchhändlerinnen zu Hilfe eilen«, erwiderte er schmunzelnd.

Corrie schüttelte den Kopf. »Aber woher wusstest du, dass wir hier sind?«

»Ich habe die Fluchmagie vom Friedhof aus verfolgt. Die Wendigos und ihr Ursprung haben mir keine Ruhe gelassen. So etwas hier vorzufinden, habe ich allerdings nicht erwartet. Aber offenbar war ich zur rechten Zeit am rechten Ort.«

»Wieder einmal«, bemerkte Corrie lächelnd. Sie sah zu seinem Bein. Seine helle Jeans war blutbefleckt. »Da sollte jemand nach sehen.«

Wellington verzog leidvoll das Gesicht. »Ian wird begeistert sein, wenn ich schon wieder eine neue Verletzung heimbringe.«

»Narben machen attraktiv.« Corrie zwinkerte vielsagend.

Albian glitt mühsam und mit Donns Hilfe vom Tisch hinunter. »Was ist mit Emma und Styra?«, fragte er.

»Sie sind in Sicherheit«, sagte Donn beschwichtigend. »Und wir jetzt auch.«

»Dieser verdammte Hase.« Der Alchimist schüttelte den Kopf.

»Klingt nicht so, als würde Styra jemals einen als Haustier bekommen«, bemerkte Tempest trocken und griff zu seinem Mantel.

Albian zog eine Grimasse. »Ganz sicher nicht. Von Hasen habe ich vorerst genug.«

Dem konnten Silvana und Corrie nur beipflichten. Das hatten sie auch. Und zwar für immer.

KAPITEL 38

Ein bitterer Sieg

Als sie durch das Tor traten, hielt auf der anderen Straßenseite gerade ein Range Rover, aus dem zu ihrer Überraschung Thomas Keweloh, Armin Dar'Baris und Lillianne Cavus stiegen. Während der Priester und die Hexe am Wagen stehen blieben, kam der Traumgänger durch die sanft rieselnden Flocken auf sie zu. »Was tut ihr denn alle hier?«, fragte er entgeistert. »Und Albian? Crannough hatte doch gemeldet, dass er verschwunden ist.«

»Nun, offenbar bin ich wieder aufgetaucht«, erwiderte der Alchimist matt, aber unverkennbar bissig.

Corrie hob ihre Beute hoch. »Wir haben das vierte Buch geholt.«

Keweloh nickte verblüfft. »Verstehe.« Doch natürlich verstand er nichts, dachte Corrie. Wie hätte er auch sollen?

»Eine längere Geschichte«, sagte Tempest. Dann legte er Keweloh eine Hand auf die Schulter und fügte hinzu: »Tut mir leid wegen Chuck und Daniel. Es waren gute Leute.«

Der Traumgänger presste die Lippen zusammen. »Waren sie. Ich gehe davon aus, dass ihr den Schuldigen dafür … unschädlich gemacht habt?« Er deutete vielsagend auf das Haus.

»Ja«, bestätigte Silvana und lächelte grimmig bei dem Gedanken an das Mosaik. »Jetzt müssen wir keinen Verräter mehr fürchten.«

Keweloh nickte, doch es wirkte etwas fahrig, als wäre er in Gedanken schon wieder bei etwas anderem. Etwas Unangenehmem.

Es ließ nicht lange auf sich warten.

»Thomas«, sagte Tempest unvermittelt mit fester und stark unterkühlter Stimme, »wenn ich dich dann bitten dürfte, das zu tun, was ich dir aufgetragen habe?«

Corrie blickte irritiert von dem Sucher zu Tempest. »Was hat das zu bedeuten?«

Tempest sah Keweloh auffordernd an, als er noch immer nicht reagierte. »Thomas? Du weißt, warum Lillianne euch hierhergeführt hat.«

Dem Traumgänger war deutlich anzusehen, wie unbehaglich er sich fühlte. Dennoch trat er vor und räusperte sich. »Neill Wellington, hiermit verhafte ich dich im Namen der Botschaft von Heathen Heights wegen Mordes in wenigstens drei Fällen unter Ausübung der verbotenen Fluchmagie.«

Wellington, der mit etwas Derartigem bereits gerechnet zu haben schien, senkte den Kopf und schloss die Augen.

Die Vampire und die beiden Freundinnen hingegen waren wie vom Donner gerührt. Auch Albian blinzelte erschüttert. Sie mussten sich verhört haben!

Corrie starrte den Botschafter aus weit aufgerissenen Augen an. »Das darfst du nicht! Er hat dir das Leben gerettet!«, rief sie fassungslos. »Du hast gesagt …«

»Dass ich weiß, was zu tun ist. Ganz genau, Corrie«, erwiderte Tempest kühl.

»Und was soll das hier dann?«

»Es ist nötig«, entgegnete Tempest schlicht und wandte sich von ihr ab.

»Neill zu verhaften, ist *nötig*? Ihn wegen etwas zu verurteilen, wofür er nichts kann, ist *nötig?*«, rief Corrie entgeistert.

»Das ist nicht dein Ernst, Charles«, wandte nun auch Donn ein.

Der Blick, den ihm der Botschafter zuwarf, hätte Wasser gefrieren lassen können. »Hast du mich mit so etwas schon einmal scherzen sehen?«

»Bist du wirklich so undankbar?«

»Das eine hat mit dem anderen nichts zu tun, Donn.«

Seine Teilnahmslosigkeit entsetzte Corrie. »Du hast aber doch auch bei Kajsja …«

»Das ist etwas völlig anderes, Corrie«, unterbrach Tempest sie. »Kajsja hat niemanden ermordet. Das scheinen hier alle zu vergessen.« Er senkte das Kinn. »Und damit Ende der Diskussion. Thomas, ich erwarte Neill und dich in der Botschaft. Umgehend, wenn es recht ist.« Er wandte sich um und ging mit langsamen Schritten zu seinem Jaguar.

Silvana verspürte mehr als je zuvor den Drang, ihn zu erwürgen. Sie wollte ihm nachlaufen, aber Donn hielt sie am Arm. »Lass ihn«, sagte er finster. »Das hat keinen Sinn.«

Wütend wirbelte sie zu ihm herum und riss sich von ihm los.

»Wie kannst du so etwas sagen?«, zischte sie. »Willst du ihm Neill einfach so überlassen? Nachdem er uns so oft geholfen hat? Du weißt, dass Neill die Morde nicht freiwillig begangen hat, und du weißt auch, was Tempest mit ihm machen wird!«

»Und ich habe nicht vor, das zuzulassen«, erwiderte der Vampir ruhig. »Aber Charles jetzt anzugehen, wird an seiner Entscheidung nichts ändern.«

»Wieso sagst du das?«, fuhr ihn Silvana an. »Du versuchst es ja noch nicht einmal!«

»Weil ich ihn seit 25 Jahren kenne«, sagte Donn mit einer

Geduld, die Silvana trotz ihrer Wut und Verzweiflung überraschte.

»Dann solltest du ihm auch klarmachen können, dass er einen Fehler begeht«, begehrte sie dennoch auf.

»Charles wird sich nicht umstimmen lassen, begreif das doch«, versuchte es Donn noch einmal.

»Er hat recht, Silvana«, wandte nun auch Talisienn ein. »Lass ihn. Wir finden einen anderen Weg.«

»Und welchen?«, fragte Corrie, die mit geballten Fäusten zusah, wie Tempest ungerührt in seinen Wagen stieg und den Motor startete. Sie spürte Tränen in ihren Augen brennen und sah zu Keweloh und Wellington. Sie fühlte sich hilflos. Ohnmächtig. »Was sollen wir bloß tun?«, flüsterte sie.

Der junge Bestatter sah krampfhaft blinzelnd zu Boden und presste die Lippen zusammen. Keweloh erwiderte Corries Blick und atmete tief durch.

»Wartet ab. Auch wenn wir Neill mitnehmen müssen, heißt das noch lange nicht, dass es unweigerlich zu einer Verurteilung kommt.«

»Wenn er ihn nicht verurteilen will, warum sollte er ihn dann überhaupt festnehmen?«, schnaubte Silvana. »Wenn er nur mit ihm reden wollte, hätte er ihn auch einfach um ein Gespräch bitten können, oder etwa nicht?«

»Charles hat seine Gründe«, erwiderte Keweloh und fuhr sich müde über das Gesicht. »Auch wenn sie nicht immer offensichtlich sind.«

»Aber hierfür gibt es keinen Grund!«, versetzte Corrie. Das Buch in ihren Armen, für das sie so viel riskiert hatten, war vollkommen vergessen. »Wir können doch nicht einfach abwarten und nichts tun! Würdest du das bei deinen Leuten machen? Oder bei deinen Freunden?«

»Ist schon gut, Corrie«, sagte Wellington und sah sie mit einem traurigen Lächeln an. »Es ist besser so. Irgendwann wäre es ohnehin passiert. Jetzt muss ich wenigstens nicht mehr fürchten, dass die Gilde mich zu weiteren Morden zwingt. Und Ian ist in Sicherheit.«

Keweloh sah Corrie betrübt an. »Glaub mir, das hier fällt mir alles andere als leicht. Würde es nach meinem Willen gehen, würde es gar nicht erst stattfinden.«

»Wenn du es nicht willst, warum tust du es dann?«, stieß Silvana unter Tränen hervor. Es war einfach nicht fair! Wellington hatte so viel für sie getan. Das konnte Tempest doch nicht einfach ignorieren! Wellington, der ihm das Leben gerettet hatte, sollte tatsächlich sterben müssen? Was ging bloß in diesem Mann vor?

Keweloh hob unglücklich die Schultern. »Ich arbeite für die Botschaft, Silvana. Ich habe die Anweisungen des Botschafters zu befolgen, auch wenn sie meinen Gefühlen widersprechen. Aber ich kann euch versichern, dass weder ich noch einer meiner Sucher tatenlos zusehen werden, sollte Charles tatsächlich vorhaben, Neill hinrichten zu lassen. Darauf gebe ich dir mein Wort als letzter Traumgänger Großbritanniens.«

»Wieso sollte uns das etwas bedeuten?«, schnappte Silvana und wischte sich über die Augen. »Warum sollten wir glauben, dass du dann auf einmal nicht mehr Tempests Befehl ausführen würdest? Du könntest *jetzt* etwas tun!« Sie zuckte zusammen, als Talisienn unvermittelt einen Arm um ihre Schultern legte und sie beruhigend an sich drückte. Seine Stimme war ruhig, aber fordernd. »Du wirst dich bei uns melden, Thomas, und uns rechtzeitig Bescheid geben. Nicht erst, wenn ein Urteil gefällt worden ist.«

Keweloh nickte. »Das werde ich.« Er wandte sich zum Gehen.

»Würdest du mich bitte begleiten, Neill?«

»Sicher«, erwiderte Wellington leise. Eine Träne rann aus seinem grünen Auge. »Passt gut auf euch auf, ja?«, sagte er zu den Freundinnen. Er nickte ihnen noch einmal erschöpft zu, dann folgte er Keweloh hinkend. Als der Traumgänger es bemerkte, legte er sich Wellingtons Arm sanft über die Schultern und stützte ihn auf dem Weg zum Wagen.

»Das ist nicht richtig«, sagte Corrie kopfschüttelnd, während sie zusah, wie Armin Dar'Baris die Beifahrertür für den Bestatter öffnete.

»Wir werden nicht zulassen, dass ihm etwas geschieht«, sagte Donn beruhigend.

Corrie presste die Lippen zusammen. Nein, das würden sie in der Tat nicht. Nicht nach allem, was sie durchgestanden hatten. Sie packte das Buch fester. Tempest würde einsehen müssen, dass er einen Fehler gemacht hatte.

Sie sah in Silvanas entschlossenes Gesicht und schob den Unterkiefer vor. Sie würden es mit Tempest aufnehmen, wenn er es darauf anlegte. So, wie sie es mit allem anderen aufgenommen hatten, um an das Vierte Buch von Angwil zu kommen. Und wie sie den verräterischen Whitberry hatten besiegen können.

Gemeinsam.

KAPITEL 39

Weihnachtswünsche

»Uns so zu hintergehen.« Silvana schüttelte den Kopf und trank einen Schluck Wein. »Ich glaube, ich hasse ihn nach wie vor.«

Yazeem, der ein paar Tage nach Wellingtons Verhaftung aus Kalawan zurückgekehrt war, ließ sich in den Sessel zurücksinken und faltete die Hände vor dem Bauch. »Ich gebe zu, dass ich mit so etwas auch nicht gerechnet hätte. Und das, obwohl ich Charles nun auch schon eine Weile kenne. Aber er wird seine Gründe gehabt haben.«

»Welche Gründe kann es geben, seinen Freunden so etwas anzutun?«, warf Corrie erbost ein.

»Frag ihn doch«, schlug Yazeem vor.

Corrie zog eine Grimasse und trank ebenfalls noch einen Schluck Wein. »Genau. Das bringt bei ihm ja auch so viel.«

»Gibt es denn wenigstens Neuigkeiten?«, wollte Talisienn wissen und drückte Silvana enger an sich.

Yazeem schüttelte den Kopf. »Leider nein.«

»Was für ein furchtbares Weihnachten für Ian«, sagte Talisienn kopfschüttelnd. »Nicht zu wissen, ob er seinen Mann wiedersehen wird.«

»Sie konnten sich immerhin voneinander verabschieden«, warf Yazeem ein. »Und ich denke nicht, dass Charles all das veranstaltet hätte, wenn er sich nicht halbwegs sicher wäre, Neill bei seiner Gilde auslösen zu können.«

»Ich verstehe aber immer noch nicht, wie die offizielle Festnahme in diesen ganzen Plan hineinpassen soll«, sagte Silvana.

»Vielleicht hat er befürchtet, dass Neill noch immer unter Bewachung durch die Gilde steht?«, mutmaßte Yazeem. »Oder er wollte es nicht so aussehen lassen, als wenn die Botschaft gemeinsame Sache mit Fluchbringern macht und damit erpressbar wird? Oder er hat gehofft, durch die Verhaftung der Gilde gegenüber am längeren Hebel zu sitzen?« Er hob die Schultern. »Ich habe keine Ahnung.«

Scrib, der neben ihm auf der Lehne saß, strich sich über die Barthaare. »Aber er wird sich etwas dabei gedacht haben, das ist sicher. Sonst hätte er es nicht so gemacht, wie er es gemacht hat.«

»Er hat ganz sicher einen Plan«, fügte Phil hinzu, der auf der anderen Lehne saß und an einem Stück Brot nagte.

»Hoffentlich einen, der von Erfolg gekrönt ist«, bemerkte Corrie und beugte sich vor, um noch etwas von dem Brot abzubrechen und damit die Reste der Bratensoße von ihrem Teller aufzuwischen.

»Von Erfolg gekrönt? Wovon sprecht ihr?«, fragte Donn, der gerade mit einem Tablett voller Desserts ins Spiegelzimmer kam.

»Von Neill«, sagte sein Bruder.

Donns Gesicht verfinsterte sich. »Falls Charles ihn nach allem nicht sicher zurückbringt, verzeihe ich ihm das nie.«

»Nanu, du bist doch sonst nicht so nachtragend bei ihm«, bemerkte Talisienn mit gutmütigem Spott und lächelte in sein Weinglas.

Donn zog eine Grimasse. »Bisher vielleicht nicht. Aber Dinge ändern sich. Selbst bei mir.« Er sah von ihm zu Silvana und lächelte. »Wie man sieht.«

Corrie strich ihm kurz über den Oberschenkel. »Und das ist auch gut so. Ihr seid schließlich unsere Freunde.«

Der Vampir hielt ihr mit schiefem Grinsen die Schale mit Trifle hin. »Das habe ich jetzt auch endlich erkannt.«

Yazeem streckte sich. »Dazu fällt mir eine Geschichte ein, wie sie meine Mutter immer erzählt hat.«

»Sehr gut«, lächelte Talisienn. »Und danach haben wir noch eine Überraschung.«

Sie lauschten also gebannt Yazeems weicher Stimme, und nachdem die Geschichte zu Ende war, trug Corrie das Geschirr und die Reste des Trifles hinunter in die Küche. Im Verkaufsraum, der nur spärlich von den Lichtern an den künstlichen Tannen und den Sternen in den Schaufenstern erhellt wurde, blieb sie kurz stehen. Sie betrachtete die Auslagen und die Bücher in den Regalen und musste an das denken, was hinter ihnen lag. Plötzlich beschlich sie ein eigenartiges Gefühl von Einsamkeit. Von oben hörte sie das Lachen und die Stimmen der anderen und seufzte leise. Sie fühlte sich gerade nicht danach, sofort wieder zu ihnen zurückzugehen, Überraschung hin oder her.

Sie beschloss, sich stattdessen einen Moment Zeit für sich zu nehmen. Sie ging zurück in die Küche, goss etwas von dem fertigen Kakao in einen Becher, erwärmte ihn in der Mikrowelle und fügte nach kurzem Zögern einen kleinen Schuss Cointreau hinzu – und nach einem weiteren Zögern noch einen. Mit der angenehm wärmenden Tasse und dem Duft nach Schokolade und Orange in der Nase schlich sie dann am Spiegelzimmer vorbei und zum Dachboden hinauf.

Hier oben war seit ihrem Einzug noch nicht allzu viel passiert. Auch das verlassene Nest des Lindwurms vor dem großen, runden Fenster, von dem aus man über die mondbeschienenen Hausdächer sehen konnte, war noch unberührt. Einen

Moment lang ließ Corrie ihren Blick über die Kisten wandern, die verstaubten Regale und das Schaukelpferd, das sie schon mehr als einmal nach unten in die Kinderabteilung hatten räumen wollen. Ihr Blick blieb an einer Nische zwischen zwei Kisten hängen, in der sich Phil und Scrib ein Lager aus Kissen und Decken gebaut hatten. Neben einer kleinen, eingeschalteten Stehlampe lagen mehrere Bücher, eines davon aufgeschlagen, und dahinter eine Packung mit Minidonuts und eine Tüte getrocknete Apfelringe. Corrie lächelte und stellte sich die beiden Ratten beim gemeinsamen Lesen vor. Sie löschte das Licht und ließ sich im Schneidersitz mitten im Lindwurmnest am Fenster nieder. Das Stroh und die Felle und Decken, aus denen es bestand, waren angenehm weich – der Lindwurm und sein Junges, wo auch immer sie jetzt sein mochten, hatten es hier oben herrlich bequem gehabt.

Mit einem Seufzen lehnte Corrie ihren Kopf an den Fensterrahmen, trank einen Schluck Kakao und sah hinaus zu den erleuchteten Fenstern und dem Mond, der still über Woodmoore hing.

In den vergangenen Wochen waren so viele Dinge geschehen, die ihr rückblickend wie ein schlechter Traum vorkamen und von denen der Rest der Stadt – bis auf wenige Ausnahmen – nicht das Geringste ahnte. Für alle anderen war es ein Weihnachtsabend wie jeder andere auch. Niemand sonst dachte über Wendigos nach, Blutmagie, einen verräterischen Werhasen und die Opfer, die es in den letzten Wochen gegeben hatte. Die Cochards waren tot, ebenso wie einige Sucher. Immerhin war Feelix wieder aus dem Koma erwacht, und auch Karl und Yazeem hatten sich gut von dem Angriff der Anoxii erholt. Albian würde noch eine Weile brauchen, um das Geschehene zu verarbeiten. Emma und er hatten mit

Styra vorerst England den Rücken gekehrt, was Kajsja einen Job in der Botschaft eingebracht hatte, sehr zum Leidwesen von Tim Taistra. Und auch, wenn sie nun keinen Verräter mehr zu fürchten hatten und die Sucher um Thomas und Alexander dank Whitberrys Entlarvung den Weberinnen und Lamassar dichter auf den Fersen waren als je zuvor, bedeutete das doch nicht, dass sie sicher waren. Im Gegenteil. Vielleicht konnten die Streitkräfte des Königs sein Vorankommen behindern. Doch endgültig aufhalten würde ihn nur Angwil können. Und ihn wiederzuerwecken, das war Silvanas und ihre Aufgabe. Und die ihrer Freunde. Yazeem. Donn und Talisienn. Cryas. Blutschatten und Kushann.

Kushann.

Sie stellte den Kakao auf dem geschwungenen Sims ab, zog die Kette hervor, die der Freibeuter ihr vor Monaten geschenkt hatte, und betrachtete den eingefassten Stein. Im Mondlicht schien seine feine Maserung zu leuchten.

Wo er und Blutschatten wohl gerade mit der Pandemonium sein mochten? Ob sie noch immer im Hafen lagen? Sie hatte nach dem Brief mit der Feder keine neue Nachricht mehr von ihm erhalten und hoffte, dass es ihm gut ging. Wie wundervoll es wäre, ihn jetzt hier an ihrer Seite zu haben. Natürlich fühlte sie sich auch in der Gesellschaft von Donn, Talisienn und Yazeem sehr wohl, und sie gönnte es Silvana, mit jemandem Weihnachten zu verbringen, für den sie etwas empfand. Aber es trug dazu bei, dass sich ihr Gefühl der Einsamkeit noch weiter verstärkte. Sie hätte sich in diesem Moment sogar darüber gefreut, wenn ihre Mutter und ihr Vater hier gewesen wären, über deren Absage sie zuerst noch überaus erleichtert gewesen war. Etwas von der elterlichen Geborgenheit hätte sie jetzt gut gebrauchen können.

»Warum bist du nicht wieder zurückgekommen?«, fragte eine wohlbekannte, weiche Stimme hinter ihr unvermittelt.

Corrie erstarrte. Das konnte doch nicht sein, oder? Träumte sie vielleicht gerade? Sie wirbelte herum und sah in das grinsende Gesicht des Freibeuters.

»Shan!« Doch sie zögerte, auf ihn zuzugehen, und betrachtete ihn stattdessen abwartend, als erwartete sie, dass er sich jeden Moment wieder in Luft auflösen würde. Oder dass sie aufwachte. »Wie bist du hierhergekommen?«

Das Lächeln des Mammalikus wurde eine Spur unsicherer, als er mit dem Daumen über die Schulter wies. »Über die Treppe.« Als sein fröhlicher Ton bei Corrie keine Wirkung zeigte, räusperte er sich. »Ich bin gerade angekommen. Yazeem hat Rabas schon vor Tagen einen Drachen geschickt, und Kajsja hat mich hergebracht. Die *Pandemonium* liegt in einer Bucht vor Anker, damit wir Wasser aufnehmen und ein paar kleinere Sturmschäden reparieren können. Rabas hat mich für eine sehr lange Freiwache eingeteilt, damit ich euer Weihnachten mit dir verbringen kann.« Er legte den Kopf schief und lächelte sie fragend an. »Yazeem dachte, du würdest dich freuen. Und ich auch.«

»Entschuldige bitte.« Corrie senkte den Kopf. Sie kam sich so albern vor. »Nach allem, was passiert ist, traue ich meinen Sinnen nicht mehr so ganz.«

»Nun«, erwiderte Kushann, »ich kann dir versichern, dass ich es wirklich bin. Pass auf.« Binnen eines Herzschlags war er verschwunden. An seiner Stelle saß ein schwarzes, geflügeltes Schweinchen mit hellen Augen, das sie fröhlich angrunzte, bevor es sich wieder in die Gestalt des Freibeuters verwandelte. »Glaubst du mir jetzt?«

Ja, das tat sie.

Eilig lief sie auf Kushann zu, der die Arme ausbreitete und sie sanft an sich drückte. »Ich hab dich so vermisst«, flüsterte er in ihr Haar.

»Ich dich auch.« Corrie schloss die Augen, lehnte sich an seine Schulter und versuchte, sich ganz auf dieses Gefühl zu konzentrieren. Er war wirklich hier! »Es tut mir leid, dass ich …«

»Shhht«, machte Kushann, legte ihr sanft den Zeigefinger unter das Kinn und hob ihr Gesicht zu seinem. Seine Lippen legten sich zärtlich auf ihre, und der zögernde Kuss wurde inniger, als Corrie endlich für einen Augenblick vergessen konnte.

»Es ist viel bei euch geschehen, seit wir uns das letzte Mal gesehen haben«, flüsterte er, nachdem sie sich wieder voneinander gelöst hatten.

Corrie nickte stumm. Sie ging wieder zum Fenster und sah hinaus. »Und fast hätte Lamassar dieses Mal gewonnen. Ich weiß, es gibt kein Zurück mehr, und ich will ja auch gar nicht aufgeben – aber ich habe Angst, dass alles nur noch schlimmer wird, egal, was für Entscheidungen wir treffen. Dass wir am Ende alles verlieren, was uns etwas bedeutet. Unser Leben hier, unsere Freunde … einfach alles. Wie kann man mit solchen Gedanken nach vorne sehen? Warum kann ich nicht jetzt schon das Ende der ganzen Geschichte kennen?«

Der Freibeuter schwieg, aber Corrie hörte am Knarren der Holzbohlen, dass er zu ihr trat. Sie versuchte, das Brennen in ihren Augen zu ignorieren. Sie wollte nicht, dass Kushann sie für schwach hielt. Auf der anderen Seite wollte sie sich ihm gegenüber auch nicht verstellen. Am liebsten hätte sie vor Verzweiflung gegen den Karton mit der Frühlingsdeko getreten. Warum musste alles immer so kompliziert sein?

»Ich habe schon viele Situationen erlebt, in denen es mir ähnlich ging.« Die Sanftheit in seiner Stimme, die den für ihn so typischen unbeschwerten Unterton vermissen ließ, überraschte sie. »In denen ich am liebsten einfach ein paar Seiten nach vorne geblättert hätte, um zu sehen, welche Entscheidung die richtige gewesen wäre. Es wird immer Situationen geben, in denen man zweifelt. An sich und an der ganzen Welt. In denen man sich fragt, ob man das Richtige tut oder ob ein anderer Weg ein besserer gewesen wäre. Und in denen man Angst hat, manchmal sogar Todesangst.« Er machte eine Pause und legte ihr seine Hände auf die Schultern. »Wir werden die Angst und die Zweifel nie besiegen, aber wir können lernen, mit ihnen umzugehen und sie so weit zurückzutreiben, dass sie nicht unser Denken und Handeln vernebeln.«

»Und wie soll das gehen?«, fragte Corrie.

»Am besten helfen dabei Freunde.«

»Aber was ist, wenn man um genau diese Freunde fürchtet?« Corrie ließ den Kopf hängen.

»Dafür gibt es leider kein Patentrezept«, seufzte Kushann.

»Mir hilft es, daran zu glauben, dass nichts ohne Grund geschieht, auch wenn man ihn nicht gleich erkennt. Glück oder Verlust, Sieg oder Niederlage, ruhige See oder ein Orkan – vertrau einfach darauf, dass am Ende alles so wird, wie es werden soll. Für dich und alle anderen. Vielleicht wird es nicht genau so, wie du es dir vorgestellt hast, vielleicht nicht einmal annähernd, aber es wird trotzdem gut sein. Glaub an dich und an das, was du tust, dann kannst du alle Hindernisse überwinden. Willst du das für mich tun? Weiter an dich glauben? So wie ich an dich glaube? Und an uns?« Er trat dicht hinter sie und schloss sie sanft in die Arme.

Corrie schmiegte sich an ihn. »Ich versuche es.«

Zusammen betrachteten sie die Dächer der Häuser, auf die leise der Schnee fiel. Der Schein der vielen Lichterketten färbte die weiße Schneeschicht auf den Fenstersimsen und in den Gärten in den unterschiedlichsten Farben.

»Eure Welt sieht so friedlich aus«, murmelte Kushann und küsste zärtlich ihren Hals. »Zeigst du mir morgen mehr davon?«

Corrie erschauerte unter seinem warmen Atem. »Gerne.«

Schwungvoll drehte der Freibeuter sie zu sich herum und legte seine Stirn an ihre. »Dann haben wir einen Plan. Und jetzt lass mich versuchen, wenigstens für heute Abend deine Dämonen zu vertreiben.«

Corrie schmiegte ihren Kopf an seine warme Brust. Ihre Finger strichen über das weiche Leder seiner Weste. »Ich wünschte, das wäre so einfach«, flüsterte sie und schloss die Augen.

»Das ist es«, hörte sie ihn leise sagen. »Vertrau mir.«

Epilog

Am zweiten Tag nach Weihnachten kehrte Kushann auf die *Pandemonium* zurück. Corrie und Silvana beschlossen nach seiner Abreise, einen Spaziergang entlang der Promenade in Port Dogalaan zu machen, wo die Sonne schien und die Luft milder war als in Woodmoore. Mit einem Quaker in der Hand schlenderten sie gemütlich über das Pflaster.

»Glaubst du, wir sind die Verräter jetzt endlich los?«, fragte Corrie.

»Das hoffe ich«, erwiderte Silvana. »Aber da sich alles mit Whitberry und seinem Spiegel erklären lässt, glaube ich nicht, dass unter unseren Freunden noch jemand ist, dem man nicht trauen kann.«

»Auch nicht Donn?«

Silvana grinste und biss in ihren Quaker. »Auch nicht Donn.« Sie schloss die Augen und genoss den Geschmack des süßsauren Kompotts und der locker geschlagenen Creme zwischen der Teigrolle. »Nächste Woche möchten Talisienn und ich mit Donn an die Küste fahren. Meinst du, ich kann dich einen Tag mit dem Laden alleine lassen?«

»Na klar. Yazeem ist schließlich auch noch da«, erwiderte Corrie. Sie freute sich, dass die drei noch einmal neu anfangen wollten. Nachdem Silvana nun wusste, warum Donn stets so abweisend reagiert hatte, wollte sie ihm in Zukunft die Angst nehmen, dass sie sich zwischen ihn und seinen Bruder drängte, nur weil sie Zeit mit Talisienn verbrachte. Außerdem würde sie darauf achten, dass der Hexer Donn nicht ständig bevormundete oder seine Einwände in Bezug auf Gefahr nicht einfach fortwischte, nur weil sie ihm nicht passten. Und dass die beiden Vampire wieder mehr miteinander redeten und aufeinander hörten.

Corrie sah hinaus aufs Meer. Irgendwo hinter dem Horizont würden sich bald die *Pandemonium,* die *Surt* und die *Angrboda* treffen und gemeinsam gen Silberküste von Fa'Laan segeln, um in Tempests Auftrag das dortige Königshaus um Unterstützung gegen Lamassar zu bitten. Fa'Laan verfügte laut Kushann über eine kleine, aber legendäre Einheit von Pegasi, die Gegnern mit Giftwolken und explosiver Drachengalle schweren Schaden zufügen konnten. Sie waren immer wieder erstaunt, wie viele alte Gefallen Tempest einfordern konnte, um ihnen Hilfe gegen die näher kommenden Armeen des Erzmagiers zu sichern. Sein Einfluss reichte wirklich erstaunlich weit, selbst aus der Ferne.

Und es fehlte nur noch ein einziges Buch.

Langsam schlenderten sie weiter. Die Ladenbesitzer entlang des Boulevards hatten damit begonnen, ihre Geschäfte zum Fest des Übergangs in das neue Haus des Pantheons zu schmücken. In ein paar Tagen brach die Zeit Aurylls an, dem Gott der Reisen, des Wissens und der Rechtsprechung, dem auch der Sucher Armin Dar'Baris diente. Auryll zu Ehren wurden Vögel aus blauem Dämmerstein aufgehängt und bunte Wanderstäbe aufgestellt. Silvana fragte sich, ob Dar'Baris wohl Zeit haben würde, das Fest zu begehen, oder ob die Jagd nach den Weberinnen keine Zeit für religiöse Feierlichkeiten bot. Einen Teil der Frauen hatte die Gruppe um Keweloh bereits stellen können, als sie die direkte Verbindung zwischen dem Spiegel im Haus der Blackwoods und dem Spiegel im Versteck der Portalweberinnen genutzt hatten, um ihren genauen Standort aufzuspüren. Einige hatten dabei entkommen können – unter ihnen auch die Oberin selbst. Doch laut Thomas Keweloh war es nur noch eine Frage von Wochen, bis man sämtliche Weberinnen gefasst haben würde. Dann war Lamassar endgültig der Möglichkeit beraubt, überall und zu jeder Zeit Portale zu öffnen und seine Schergen und seine Magie hindurchzuschicken. Ein durchaus beruhigender Gedanke.

»Wollen wir noch eine Weile den Ausblick genießen?«, fragte Corrie und deutete auf die Steinbrücke, die sich vom Boulevard über einen der Kanäle bis zum Hafen spannte und zu einem Aussichtspunkt führte.

Silvana nickte. »Gerne.«

Gemeinsam gingen sie die wenigen Stufen zu der Plattform hinauf, wo eine einzelne Gestalt in einem dunklen Umhang am Geländer lehnte, einen Gehstock neben sich, die Kapuze tief ins Gesicht gezogen.

Die beiden Freundinnen schwiegen für eine Weile, beobachteten nur den Zug der wenigen Wolken über dem fast türkisblauen Himmel und die Segel, die am Horizont auftauchten und kurz darauf wieder verschwanden.

Silvana ließ sich den Wind durch die Haare streichen. »Es könnte alles so wundervoll sein. Hier und in Woodmoore«, bemerkte sie schließlich. »Wenn die ganze Sache mit den Büchern nicht wäre.«

»Aber es ist doch trotzdem wundervoll«, erwiderte Corrie.

»Wenn man Lamassar für einen Moment vergisst«, bestätigte Silvana. »Aber ich muss ständig daran denken, was er wohl gerade tut, wo wir so kurz davorstehen, seine Pläne zu vereiteln – wie auch immer die mittlerweile aussehen mögen.«

Corrie zuckte mit den Schultern. »Die alte Ordnung stürzen. Tod und Zerstörung bringen. Die Welten unterwerfen.«

»Wie kann man nur derart machthungrig sein?«, fragte Silvana verständnislos. »Hatte er am Königshof denn nicht alles?«

»In seinen Augen offenbar nicht«, antwortete Corrie.

»Wie bei dem Fischer und seiner Frau. Manche bekommen nie genug, egal wie viel sie haben.«

»Und es gibt anscheinend genug, die hinter ihm stehen«, sagte Silvana finster. »Ich würde mich deutlich besser fühlen, wenn wir nur wüssten, welche Verbündeten Lamassar um sich versammelt hat und mit wem er noch Allianzen schmieden will. Dann wüssten wir wenigstens, von wo die Gefahr heraufzieht und gegen wen wir uns wappnen müssen.«

»Aber wer sollte uns das sagen können?«, fragte Corrie.

Ein Räuspern ließ die beiden Freundinnen herumfahren.

»Ich glaube, diese Frage kann ich beantworten. Wie es scheint, bringt uns das Schicksal schneller wieder zusammen, als ich erwartet habe.«

Die beiden starrten den Mann am Geländer an, von dem die Worte gekommen waren.

Corrie spürte, wie ihr eine Gänsehaut über den Rücken kroch. Diese Stimme … Nein … Das war unmöglich.

Der Mann lachte leise, als hätte er ihre Gedanken lesen können. Langsam richtete er sich auf und schlug die Kapuze zurück, die sein Gesicht verdeckt hatte.

»Ausgeschlossen«, flüsterte Corrie entsetzt.

Doch es gab keinen Zweifel. Dieses Gesicht hätte sie überall wiedererkannt, auch wenn dieses Mal das Glühen in den Augen fehlte.

Vor ihnen stand Caleb Kor'Alden, der Marschall der Silberhufe.

Danksagung

Unser ganz großer Dank geht an die Geduld unserer Leser. Lange musstet ihr auf eine Fortsetzung unserer Reihe warten, und wir hoffen, dass es sich gelohnt hat. Dieser Band war sehr zeit- und arbeitsintensiv, und uns re Männer kamen oft zu kurz, weshalb w r uns auch bei ihnen für ihre li bevolle Geduld und die Bereitst ll ng zahlr cher koffeinhaltiger Getränke bedanken wollen. Ebenso möcht n wir den zahlr chen Bands für ihre Musik d ken, die unsere Fantasie div rse Male beflügelt und uns nicht nur ei l kreat v motiv rt hat – g nz beso ders Two Steps fr m Hell, Sky Mubs, Dragony, T e Vision Bleak u d Mono Inc.

Hochspannende, opulente und glänzend recherchierte historische Fantasy aus der Zeit der Kreuzzüge

CHRISTOPH LODE

Die Schwertchronik

DER GESANDTE DES PAPSTES

Ein geheimer Auftrag des Papstes führt den Ritter Raoul von Bazerat 1303 nach Jerusalem: Unter dem Vorwand, auf Pilgerfahrt zu sein, soll er das sagenumwobene Zepter des heiligen Antonius finden.

Für den todkranken Raoul ist die Reise die letzte Gelegenheit, seinem bislang recht ausschweifenden Leben einen Sinn zu geben. Doch der Tod könnte den Ritter schneller ereilen als gedacht, denn inmitten von Intrigen und Machtkämpfen im Heiligen Land ist Raoul nicht der Einzige, der das Zepter in seinen Besitz bringen will. Bald sitzen ihm päpstliche Handlanger ebenso im Nacken wie die Söldner des Sultans.

Auf einer halsbrecherischen Flucht trifft Raoul auf die Ägypterin Jada. Auch sie hütet ein unfassbares Geheimnis – und kennt als Einzige die Wahrheit über das Zepter des Antonius …

»Prächtiges Erzählkino.« Alex Dengler, Bild am Sonntag